लेखिका परिचय

कविता काणे *कर्णाज़ वाइफ़ : द आउटकास्ट्स क्वीन* तथा *सीताज़ सिस्टर* की बेस्ट-सेलिंग लेखिका हैं। उन्होंने अपना करियर एक पत्रकार के रूप में आरंभ किया और अब पूर्णकालिक रूप से उपन्यास लेखन में व्यस्त रहती हैं। कविता अंग्रेज़ी साहित्य व मास कम्युनिकेशन्स में पोस्ट-ग्रैजुएट डिग्रियाँ लेने के अलावा सिनेमा और थियेटर में गहरी रुचि रखती हैं। उनके पति नौसेना में कार्यरत हैं, और वे इन दिनों अपनी दो किशोरी पुत्रियों के साथ पुणे में रहती हैं। उनके दो श्वान डूड और चिक, तथा बिल्ली बेब भी उनके साथ ही रहते हैं।

मेनका का निश्चय

कविता काणे

अनुवाद : रचना भोला 'यामिनी'

MANJUL
मंजुल पब्लिशिंग हाउस

MANJUL

मंजुल पब्लिशिंग हाउस

कॉरपोरेट एवं संपादकीय कार्यालय

• द्वितीय तल, उषा प्रीत कॉम्प्लेक्स, 42 मालवीय नगर, भोपाल-462 003

विक्रय एवं विपणन कार्यालय

• सी-16, सेक्टर 3, नोएडा, उत्तर प्रदेश, 201301

वेबसाइट : www.manjulindia.com

वितरण केन्द्र

अहमदाबाद, बेंगलुरू, भोपाल, कोलकाता, चेन्नई,
हैदराबाद, मुम्बई, नई दिल्ली, पुणे

मूल अंग्रेजी पुस्तक सर्वप्रथम रूपा पब्लिकेशंस प्रा. लि. द्वारा 2016 में प्रकाशित

कविता काणे द्वारा लिखित *मेनकास् चॉइस* का
हिन्दी अनुवाद © 2022 मंजुल पब्लिशिंग हाउस प्रा. लि. द्वारा प्रकाशित

Menaka's Choice by *Kavita Kane* - Hindi Edition

यह संस्करण 2022 में पहली बार प्रकाशित

ISBN 978-93-5543-017-5

अनुवाद : रचना भोला 'यामिनी'
आवरण कृति : प्रियंका सचदेव

मुद्रण व जिल्दसाज़ी : थॉमसन प्रेस (इंडिया) लिमिटेड

कविता काणे इस पुस्तक
की लेखिका होने की नैतिक ज़िम्मेदारी वहन करती हैं

मेरे प्रकाश के लिए

अनुक्रम

प्रस्तावना :
मेनका की पुत्री

भयभीत हिरण वन के घने अंधकार में कहीं ओझल हो गया। राजा दुष्यंत ने खीझ कर थोड़ी-सी आह भरी कि अब उसे अपने रथ से उतर कर पैदल ही शिकार का पीछा करना होगा। परंतु हस्तिनापुर का राजा एक दृढ़ निश्चयी युवक था, वह सक्रिय हिरण निश्चित रूप से उसे पराजित नहीं कर सकता था। लंबे और सुडौल गठन वाला दुष्यंत शीघ्र ही घने वन मार्ग तक पहुँच गया ताकि कहीं हिरण उसकी दृष्टि से अलोप नहीं हो जाए। उसने देखने के बजाए, अपने आगे एक घनी और कँटीली झाड़ी में एक तरह की हलचल सुनी और तेज़ी से अपना बाण उसी सरसराहट की ध्वनि की ओर छोड़ दिया। हिरण हल्की-सी कराह के साथ वहीं ढेर हो गया।

इससे पूर्व कि वह अपने शिकार तक पहुँचता, राजा ने एक छरहरी-सी आकृति को कराहते पशु की ओर भागते देखा। वह एक कन्या थी। उसने कौतूहलवश तेज़ी से उस ओर क़दम बढ़ाए। वह एक सुंदर युवती थी जिसका मुख उसके काले घने केशों से ढँका था। उस युवती ने राजा के क़दमों की आहट सुनी और मुड़ कर उसे देखा। दुष्यंत की तो जैसे साँस ही थम गई, उसके लिए साँस छोड़ना भी भारी हो गया था। वह अद्भुत थी, उसका गौर वर्ण लगभग पारदर्शी था, उसके काले और घने केश एक ढीले जूड़े में बँधे थे, जिस तरह तपस्वी अपने केश बाँधते हैं परंतु कुछ लटें ढीली हो कर उसके अंडाकार मुख के दोनों ओर आ गई थीं। उसके विशाल और गहरे नेत्र प्रकाशवान थे और इस समय पीड़ा से व्यथित दिखे। अपनी युवावस्था में पहली बार, राजा ने अपने भीतर से अपराध बोध को उमड़ता हुआ अनुभव

किया; उसके हृदय में हिरण के शिकार का दुख नहीं था, दुख इस बात का था कि उसने इतनी प्यारी युवती का मन दुखा दिया।

"आपको इस निर्दोष हिरण को आहत कर क्या आनंद मिला?" उसने पूछा, उसके नेत्रों से रोष झलक रहा था। "हे विख्यात राजन, क्या यही आपकी महान वीरता का प्रमाण है?" उसने ताना दिया।

दुष्यंत उस युवती के सौंदर्य से निःशब्द था, परंतु उसने उसकी अभिमानी नाक और दृढ़ चिबुक पर ध्यान दिया।

"आप एक महान राजन हैं, है ना?" वह किसी तरह अपने रोष को वश में रखते हुए बोल रही थी, उसके हाव-भाव में राजसी उपस्थिति के प्रति किसी स्वागत या अभिनंदन का चिह्न नहीं था। उसने स्पष्ट रूप से दुष्यंत के राजसी पद के प्रति उपेक्षा को दर्शा दिया था।

"हाँ, मैं हस्तिनापुर का राजा दुष्यंत हूँ," उसने हल्की-सी फुसफुसाहट के साथ कहा, "और मैं क्षमा चाहता हूँ कि मैंने तुम्हारे पालतू हिरण को चोट पहुँचाई।"

"यह मेरा पालतू नहीं है।" युवती ने तीखेपन से उसे सुधारा। "परंतु हाँ, इस वन में सभी पशुओं की स्नेह और दयालुता से देख-रेख की जाती है। हम उन्हें आहत नहीं करते, जिनके बीच हम रहते हैं।"

युवती की रुखाई ने उसे आश्चर्यजनक रूप से रोमांचित कर दिया था। वह केवल अपने अभिमान को ही नहीं बल्कि उस परिस्थिति को भी बचाना चाहता था। उसने फिर से क्षमा माँगनी चाही।

"मैंने अपने उल्लास में मग्न हो कर इस निर्दोष जीव को आहत कर दिया।" वह आगे बोला। "सौभाग्य से यह बाण घातक नहीं है और मैं इसे ठीक कर सकता हूँ। अब इसे आरोग्य प्रदान करने का दायित्व मेरा है। हे कन्या, कृपया बताओ कि मैं इस घायल जीव को देख-रेख और चिकित्सा के लिए कहाँ ले जा सकता हूँ?"

युवती ने उसे संदेह से देखा और उसके आग्रह से प्रभावित नहीं हुई। "इसकी देह से रक्त बह रहा है। आशा करती हूँ कि आपका अभिप्राय अचानक बदल जाने से इसकी मृत्यु नहीं होगी।" उसने मुँह बना कर खुलेआम तिरस्कार करते हुए कहा। "परंतु हाँ, अभी आप इसे मेरे घर ले जा सकते हैं। मेरे पिता का आश्रम निकट ही है।"

फटकार खाने के बाद राजा ने रक्तरंजित हिरण को गोद में उठाया और चुपके से उस कन्या के पीछे चल दिया। वन क्षेत्र समाप्त होते ही हरियाली के बीच एक साफ़-सुथरा आश्रम दिखाई दिया, जिसमें अलग-अलग आकार की कई कुटियाँ बनी थीं। उनमें कई तरह के पशु विचरण कर रहे थे, जिनमें जंगली भालू से ले कर सौम्य हिरणी भी थे। सभी एक-दूसरे से बेपरवाह अपने में मग्न थे। मानो भय का अस्तित्व ही नहीं बचा हो और घने वृक्षों के सरसराते पत्तों के बीच शांति छा गई हो, काकड़ पक्षियों के झुंड मालिनी नदी और जगमग करते जल के किनारे उड़ते दिखे, जहाँ दुष्यंत खड़ा था, वहीं से वह नीचे नदी के तल को भी देख सकता था। उसने शीघ्र ही विचार किया। वनों के बीच यह आदर्श स्थल निश्चित रूप से, आदरणीय ऋषि कण्व का ही होगा, जो इन वनों में वास करते हैं। उसने उनके बारे में सुना था, परंतु विधि और दर्शन के विख्यात ज्ञाता और विद्वान कहीं दिखाई नहीं दे रहे थे।

"ऋषि कण्व कहाँ हैं?" उसने पूछा।

"वे कुछ दिन के लिए किसी काम से नगर गए हुए हैं।" उस कन्या ने उत्तर दिया। "हे राजन! क्या आप इस घने वन में उनका आशीर्वाद लेने पधारे हैं?"

"नहीं, मैं शिकार खेलने आया था।" दुष्यंत ने संकोच से स्वीकारा और कन्या ने जिस अस्वीकृति की दृष्टि से देखा, उससे उसका चेहरा लाल हो गया। "और चूँकि मैं आश्रम में आ ही गया हूँ तो महान आत्मा से भेंट करने का अवसर नहीं छोड़ूँगा।" उसने श्रद्धापूर्वक कहा। "परंतु कृपया बताने का कष्ट करो, तुम कौन हो?"

"मैं उनकी पुत्री हूँ।" उसने संक्षिप्त-सा उत्तर दिया। वह राजा के आग्रह के पछतावे भरे सुर से थोड़ी शांत लगी।

"मेरा नाम शकुंतला है," उसने भीनी-सी मुस्कान के साथ गरिगापूर्वक कहा। "हमारे आश्रम में आपका स्वागत है, यद्यपि हम इस आश्रम में शिकारियों का स्वागत नहीं करते!"

दुष्यंत यह सुन कर थोड़ा-सा लज्जित हुआ, किंतु जल्दी ही वह अविश्वास से घिर गया और ना चाहते हुए भी आश्चर्य प्रकट कर दिया। "उनकी पुत्री?" उसने दोहराया। "परंतु ऋषि कण्व तो अविवाहित हैं, वे ज्ञान प्राप्ति के लिए अपनी एकाग्रता के लिए पूजनीय हैं, अतः..." उसने अपना

वाक्य अधूरा ही छोड़ दिया, अचानक आभास हुआ कि उसके शब्द कितने रूखे और असभ्य लग रहे होंगे।

शायद कन्या ने उसकी विचारहीनता का बुरा नहीं माना। वह उसकी असहजता पर तनिक विस्मित हुई और धीरे-धीरे मुस्कान उसके होंठों पर फैल गई। "आपको उचित जानकारी ही मिली है, श्रीमान। मेरे पिता अविवाहित हैं, और वे एक ब्रह्मचारी हैं। मैं उनकी दत्तक पुत्री के रूप में जानी जाती हूँ।" उसने विस्तार से बताया।

युवा राजा उत्तेजित हो गया। वह इस कन्या के बारे में और अधिक जानकारी पाने को व्याकुल था परंतु उसे अचानक भय हुआ कि ऐसा करना अति हो जाएगी। युवा और बलशाली राजा रणभूमि में शूरवीर कहलाता था, उसने स्वयं को अपने भीतर से उठ रहे इन नए से भावों से जूझते पाया।

"जानी जाती हैं?" उसने विनीत किंतु अनिश्चित स्वर में पूछा।

"जी, यहाँ लगभग सभी जानते हैं कि मैं उनकी पुत्री नहीं हूँ।" उसने ऐंठी हुई मुस्कान के साथ कहा। आँखों के उजाले मंद हो गए थे और उनमें अनजाना-सा भाव उमड़ आया था। वह कारण तो नहीं जान सका, परंतु वह उस युवती के विशाल और उजले नेत्रों में उभर आए उस क्षणिक दुख को मिटा देना चाहता था।

"मैं सर्वाधिक सुंदरी अप्सराओं में एक, मेनका तथा महान व शक्तिशाली ऋषियों में से एक ऋषि विश्वामित्र की पुत्री हूँ।"

"ऋषि विश्वामित्र?" युवा राजा ने चकित हो कर दोहराया। "वही नश्वर राजा, जिन्होंने देवों तथा ऋषियों को परास्त कर सर्वोच्च ज्ञान की प्राप्ति की?"

युवती ने अव्यक्त-सी हामी भरी। "तब वे साम्राज्य के सबसे बलशाली राजा, राजा कौशिक के रूप मे जाने जाते थे परंतु उन्होंने एक ब्रह्मर्षि बनने की आस और आकांक्षा में अपना सब कुछ त्याग दिया। वे ऐसा करने वाले एकमात्र नश्वर ऋषि रहे। अंततः उन्होंने अपना पद पाया, जिसके लिए मेरी माता का आभार माना जाना चाहिए।" उसने कहा, उसके सुर में गर्व, प्रशंसा और इसके साथ ही ऐसा एक भाव था जिसे दुष्यंत समझ नहीं सका – क्रोध, बैर?

"आज वे ऋषि विश्वामित्र के रूप में विख्यात हैं।" उसने पूरे शिष्टाचार से कहा।

राजा दुष्यंत निशब्द था। उससे अपनी स्तब्धता के बीच कोई उत्तर ही नहीं देते बना। सादे वल्कल वस्त्रों वाली यह युवती, पूजनीय ऋषि की पुत्री थी, जिनसे सारा संसार भय खाता था और जिन्हें आदर देता था; और मेनका, धरती तथा स्वर्ग पर सबसे अधिक सम्मोहक प्राणी, स्वर्ग की अप्सरा, जिसके सौंदर्य के आगे किसी का वश नहीं चलता था। *यह भी अपनी माँ की भाँति ही मोहिनी है।* दुष्यंत ने सोचा। उसके नेत्र चोरी से उसकी सुडौल देह को निहार रहे थे। उसने अपने भीतर से वासना के ज्वार को उमड़ता अनुभव किया। वह जानता था कि वह उससे इतना आकर्षित क्यों हो रहा था; वह पहली ही नज़र में उसे अपना हृदय दे बैठा था, वह ना केवल उसके चेहरे की ताज़गी और रूखे लहज़े बल्कि चेहरे की धृष्टता, उठी हुई नाक और सुडौल चिबुक को भी चाहने लगा था।

शकुंतला ने उसे कड़ाई से देखा। "मैं विख्यात माता-पिता की संतान हूँ। वे इतने प्रसिद्ध थे कि मुझ पर अपनी संतान होने का दावा तक नहीं कर सके।" वह दो टूक शब्दों में बोली। "मैं उनकी परित्यक्ता पुत्री हूँ, जिसे ऋषि कण्व ने दत्तक पुत्री माना और अपनी संतान की तरह पाला-पोसा। मेरा यह जीवन उनके नाम है। मेरा नाम शकुंतला है, अर्थात कोई ऐसा जिसे शकुन पक्षियों ने पाला हो।" यह कह कर उसने बरामदे में बैठे पक्षियों के झुंड की ओर हाथ लहराया। "मैं जब छोटी थी, ये पक्षी तभी से मेरी देख-रेख करते आए हैं। मेरी माँ प्रायः मुझे इनके पंखों तले छोड़ जाया करती थी।"

"फिर भी, उन्होंने तुम्हारा त्याग कर दिया..." दुष्यंत ने कोमलता से कहा। "परंतु वह इतनी हृदयहीन क्यों थी?" राजा आवेग में भर कर चिल्लाया। वह उस कन्या को अपनी बाँहों में भर कर सांत्वना देना चाहता था ताकि फिर कोई उसे आहत नहीं कर सके। वह जोश के साथ एक भंगुर-सी निर्दोषिता का मेल, बिना किसी स्पष्टीकरण के द्रवित कर रहा था और वह विचार करने लगा कि शकुंतला के माता-पिता को ऐसी प्यारी कन्या का त्याग क्यों करना पड़ा होगा।

वह कटु हँसी के साथ बोली, "उनके पास अपने कारण थे," उसने अपने कंधे झटके, स्वर असहज-सा हो उठा। "मेरी माता एक अप्सरा थी - वह मुझे अपने साथ अमरावती नहीं ले जा सकती थी। मेरे पिता ने सर्वोच्च ऋषि, ब्रह्मर्षि बनने का संकल्प लिया था और एक शिशु उनकी राह की बाधा बन सकता था..." उसका स्वर अनिश्चित रूप से काँपा, धीमे सुर में

छिपी पीड़ा पहचानी जा सकती थी। “उन दोनों का प्रेम बहुत ही प्रबल तथा विक्षिप्तता की सीमा तक रोमानी था, जिसने सबको स्तब्ध कर दिया था। देवों ने उन्हें अलग करने के षड्यंत्र रचे परंतु उनका प्रेम प्रगाढ़ था, वे संसार को भूल कर, अपने ही संसार में मग्न रहे...”

युवती की आँखें भावों से भरीं, युवा राजा के आगे पीड़ादायी आग्रह कर रही थीं।

“परंतु उनकी कथा, प्रेम और हानि की कथा से कहीं अधिक थी...!”

सृष्टि

वह क्षीर सागर से पारदर्शी रूप में प्रकट हुई। मेनका ने पलकें झपकाईं और अपने आसपास के परिवेश को देखा। आकाश गहरे रंग में, एक गोलाकार वर्णहीन आभा में था, तारे, सुदूर दिखाई दे रहे कहीं बड़े सूर्यों से अधिक जगमगा रहे थे। आकाश गंगा नीचे हो रहे समुद्र मंथन के साथ, कहीं दूर ऊपर एक मार्ग की तरह दिख रही थी। यह एक अद्‍भुत विरोधाभास था, दोनों ही कहीं किसी धुंधले बिंदु पर रूपांतरित हो रहे थे।

यह अंतिम दिन था और वह दिव्य जीवन की समीर से प्रकट होने वालों में से अंतिम थी। देव और असुर, अस्थायी रूप से शांति और प्रयास के लिए एकत्र हुए थे और हज़ारों वर्षों से जादुई जड़ी-बूटियों और पौधों की सहायता से, सागर का मंथन करते आ रहे थे। मंदार पर्वत विशालकाय कच्छप कूर्म पर रखा गया था, जिसने उसका इतना भार वहन करते हुए, उसे तैरते रहने में मदद की और स्वयं एक धुरी बना; महाकाय वासुकि सर्प को पर्वत के आसपास रस्सी की तरह लपेटा गया और देव व असुर उसे दोनों ओर से थाम कर, आपस में लय और ताल साधते हुए मंथन करते आ रहे थे ताकि अमृत का संधान हो सके - अमरता का अमृत।

परंतु विजय का वह क्षण लंबे समय तक नहीं टिका। अमृत से भरे पात्र को अनायास ही असुरों ने छीन लिया, वे इसका पान करने को तैयार थे। परंतु उन्हें एक अपूर्व सुंदरी के आगमन ने रोक दिया, उसकी सुंदरता ने उन सबको एक तरह के सम्मोहन से बाँध दिया। उसकी अँगुलियाँ तो उसकी मोहक मुस्कान से भी अधिक गूढ़ थीं, उसकी मादक दृष्टि ने उन्हें अपने जादू में उलझाए रखा। उसने बहुत ही सुघड़ता से उनके हाथों से वह पात्र

छीना और उसे लेकर हवा में कहीं लुप्त हो गई। फिर वह पात्र इंद्रलोक में पाया गया और आनंदमग्न देवों को लौटा दिया गया। मोहिनी ने एक बार फिर अपना आकर्षण दिखा दिया था।

मेनका उन पुरुषों की मूर्खता पर चुपके से हँसी; देवों ने जाने कितने वर्षों तक अथक परिश्रम किया परंतु एक स्त्री के क्षणिक कपट ने ही आज उन्हें विजय दिलवाई थी। उन्होंने अंतिम युद्ध जीता और अमृत पान किया। यदि मोहिनी नहीं होती, जो भगवान विष्णु का मोहिनी रूप था और वह सही समय पर असुरों का ध्यान नहीं भटकाती, तो देव कभी अमरत्व नहीं पा सकते थे। पहले कूर्म और फिर मोहिनी के रूप में भगवान विष्णु दो बार सहायता करने के लिए पधारे। देवताओं ने तत्काल अमृतपान कर, असुरों को पराजित किया और उन्हें पाताललोक में वापस धकेल दिया। चारों ओर उल्लास के स्वर गूँज उठे; परंतु सागर अब भी धीरे-धीरे हिलारें भर रहा था, उस मंथन से महीन-सी भभक उठ रही थी।

मेनका को हल्की शीतलता का आभास हुआ तो वह काँपी। उसकी कोमल त्वचा ओस की पतली चादर से ढँकी थी। वह जल और मेघ की आत्मा जो ठहरी। क्या वह केवल एक जल देवी थी?

"तुम उससे कहीं अधिक हो..." उसे अपने पीछे से एक स्वर सुनाई दिया।

उसने मुड़ कर देखा तो एक लंबे और सुगढ़ नक़्श वाले पुरुष को देखा। वह एक देवता थे। मेनका ने उन्हें तत्क्षण पहचान लिया। वे भगवान इंद्र थे, देवों के राजा, सबसे शक्तिशाली दिव्य योद्धा, स्वर्ग (इंद्रलोक) के शासक, वर्षा और वज्र के प्रदाता। मेनका ने अपनी मुस्कान छिपा ली; वे हर अवसर को उपयुक्त रूप से सँभालना जानते थे, विविध प्रसंगों में लिप्त, जिनमें उनकी देह और हृदय भी शामिल था।

और ना केवल अपने लिए, बल्कि दूसरों के लिए भी समस्याएँ पैदा करने वाले देव, जो कभी सुधर नहीं सकते थे। इस देवता के अहं के कारण ही तो समुद्र मंथन का सारा प्रसंग हुआ था। उन्हें अपने लापरवाही से भरे रवैए के कारण, अपने दिव्य राज्य और दिव्यता की क़ीमत चुकानी पड़ी। केवल इस एक व्यक्ति के कारण पूरे ब्रह्माण्ड में कोलाहल मचा था। जैसा कि कहा जाता था, ऋषि दुर्वासा ने इंद्र को मैत्री की भेंट स्वरूप एक माला उपहार में दी थी। इंद्र ने अपने अहं के नशे में चूर हो कर, वह माला

अपने गले से उतार कर, अपने हाथी के गले में पहना दी। गजराज ने उसे तत्काल तोड़ा और अपने पैरों तले कुचल दिया। कुपित दुर्वासा ने इंद्र को श्राप दिया कि देव अपनी दिव्यता खो देंगे, साथ ही यह भी कहा कि उन्हें पुनः इसे प्राप्त करना होगा ताकि उसके मोल को जान सकें। अपना स्वर्ग का राज्य खोते ही, इंद्र दुखी हो कर भगवान विष्णु की शरण में भागे, जिन्होंने उन्हें परामर्श दिया कि देवों को अमृतपान करना होगा ताकि उन्हें अमरत्व मिल सके। परंतु अमृत को पाने के लिए, उन्हें उसे क्षीर सागर से मंथन करके निकालना होगा। चूँकि यह कार्य केवल देवों के वश में नहीं था, उन्हें अपने अहं को एक ओर रख, असुरों से इस कार्य में सहायता माँगनी पड़ी। उन्हें वचन देना पड़ा, चाहे बेमन से ही सही, कि वे भी समुद्र मंथन के बाद मिलने वाले अमृत में हिस्सा पाएँगे। इस तरह, पूरी एक सहस्राब्दि तक, देवों ने असुरों की सहायता से क्षीर सागर का मंथन कर अमृत प्राप्त किया।

मेनका ने इंद्र को तनिक तिरस्कार से देखा; सम्मान तो ऐसा भाव था, जो इस व्यक्ति को उससे अर्जित करना होगा। परंतु उसे यह स्वीकारना पड़ा कि इंद्र ख़ूबसूरत था। लंबा, सावधानी से तैयार किए गए लहराते घुंघराले केश और मुख पर तैरती मुस्कान। परंतु उसने उसकी दुर्बल नुकीली चिबुक और नीचे की ओर सूजे हुए पतले होंठ भी देखे। *दुर्बल, पतित और क्रूर!* मेनका ने तुरंत स्वयं को चेताया।

इंद्र अपने सारे दाँत दिखाते हुए, कुछ अधिक ही मुस्करा रहा था, परंतु उसकी आँखों तक वह मुस्कराहट नहीं जा रही थी। "...तुम एक अप्सरा हो। हाँ मेनका, जल से उत्पन्न हुई हो परंतु यह कभी मत भूलना कि तुम दिव्य हो, जो पवित्र क्षीर सागर मंथन से निकली हो।"

"इसी तरह समुद्र मंथन से हलाहल भी तो निकला था ताकि देवों व असुरों; दोनों की श्वास को रोका जा सके।" उसने तत्काल संकेत किया। "केवल भगवान शिव द्वारा उस विषपान के बाद ही संसार की रक्षा संभव हुई।"

इंद्र ने उसे धूर्त दृष्टि से देखा। वह रंभा, घृताची, मनोरमा अथवा अन्य अप्सराओं की तरह नहीं है जिन्हें मेनका से पहले उत्पन्न किया गया, यह तो बहुत ही चतुर है। उन्होंने उसे देर तक प्रशंसात्मक दृष्टि से देखा। वह उन सबमें से सुंदर थी। कैसे, वह कल्पना ही नहीं कर सके, जबकि वे सभी उसी दिव्य मंथन से आई थीं? उसकी सुंदरता देख दिल धड़कना

भूल जाता था और उसे ऐसा ही प्रभाव रचने को बनाया गया था। वह सूर्य की उजली धूप में अपनी पतली और छरहरी काया लिए खड़ी थी और उसकी मादक देह चमचमा रही थी। वह छरहरी थी किंतु इसके बावजूद कामुक लगती थी। उसके कंधों पर टिकी लंबी पतली गर्दन, वक्षस्थल से हल्के से झाँकते उरोज़, पतली कमर और उभरे हुए नितंब, लंबी और पतली टाँगों पर उत्तेजक गहरी नाभि, ज़रा-सा भी हिलते ही उसकी जाँघें घुमावदार ढंग से डोलती थीं।

इंद्र ने गहरी श्वास ली और मुड़ कर उसका मुख देखा। वह भी उसकी सुडौल गठन, छरहरी देह और मोतिया रंगत की तरह ही विनाशक था। वह रहस्यमय तरीक़े से मुस्कराई और उसके भरे हुए लाल होंठ तनिक खुल गए। उसकी गहरी आँखें अपनी डुबो देने वाली गहराई के साथ हल्की बैंगनी लगती थीं और वे छिपी हुई शरारती चमक के साथ उसे प्रश्नसूचक दृष्टि से देख रही थीं। वे विचित्र रूप से उत्तेजक होने के साथ-साथ हार्दिक रूप से निर्दोष थीं।

इंद्र घबरा रहा था। उसे ध्यान भंग करने, विनाश करने और मुग्ध करने के लिए भेजा गया था। वह समुद्र मंथन से निकले अन्य चमत्कारों की तरह नहीं थी - देवों के चिकित्सक धन्वंतरि; दिव्य धेनु, नंदिनी; पारिजात, वह दिव्य वृक्ष जिसकी सुगंध तीनों लोकों में व्याप्त थी; अथवा ऐरावत, गजराज और श्वेत अश्व उच्चैःश्रवा, इंद्र ने तत्काल दोनों पर अपना दावा प्रस्तुत कर दिया था। उसने चाहा कि काश! वह मेनका पर भी अपना दावा जता सकता, परंतु उसे पता था कि वह ऐसा नहीं कर सकता था। उसकी पत्नी शची, उसे कभी अनुमति नहीं देती। *पर हे ईश्वर! मेनका कितनी मादक सुंदरी है। यह तो मदिरा की देवी वारुणी अथवा सौंदर्य व सौभाग्य की देवी श्री से भी अधिक सुंदर है, जो उसी पवित्र सागर से उत्पन्न हुई थीं। क्या मेनका भी उसी हलाहल की तरह, मीठा विष है जिसके विषय में उसने परिहास में इंगित किया?* इंद्र ने खेदपूर्वक सोचा। उस विष ने भगवान शिव को नीलकंठ में बदल दिया था - नीले कंठ वाले - जब वह उनके गले से नीचे उतरने लगा तो अगर उनकी पत्नी पार्वती ने उनका गला नहीं पकड़ लिया होता, तो वह उनकी देह में फैल सकता था।

परंतु वह मेनका थी, मन और कल्पना से उपजी थी, इंद्र ने स्वयं को याद दिलाया, *वह भगवान ब्रह्मा की मानस संतान थी, जो स्वयं सृष्टि*

के रचयिता थे। वह उनकी पुत्री थी, केवल सुंदरता और आकर्षण ही नहीं, परंतु अपवादित बुद्धिमता का उपहार भी पाया था। इंद्र ने स्वयं को चेताया कि मेनका केवल अपने सौंदर्य के बल पर ही नहीं रहेगी, जैसे कि अन्य अप्सराएँ हैं। उसे इसके साथ सावधानी से व्यवहार करना होगा।

वह मेनका को देख कर मुस्कराया। "हाँ, तुम्हें थोड़ा-सा हलाहल भी लेना चाहिए ताकि तुम मोहिनी की तरह बन सको..." इंद्र ने जान कर बात का रुख़ मोड़ा था। उसे पता था कि मेनका सब जल्दी ही समझ लेगी।

मेनका ने धीमे से सिर हिलाया और इंद्र के शब्दों को आत्मसात करने लगी। इंद्र चाहता था कि वह दूसरों को लुभाने के लिए मादक अप्सरा, काम सुख तथा आनंद देने वाली अप्सरा होने के अलावा, अपनी बुद्धि का भी प्रयोग करे।

"...और मेरा मानना है कि यह केवल देवों तथा असुरों के लिए नहीं होगा," मेनका ने अपनी लंबी पलकों से झाँक कर, मुस्कराते हुए कहा। यह देख कर इंद्र मारे आनंद के थरथरा गया। रंभा, तिलोत्तमा और उर्वशी; कोई भी अप्सरा उसे इस तरह प्रभावित नहीं कर पाई थी। यह अप्सरा किस मिट्टी की बनी है?

उसने अपना भाव रहित चेहरा बनाए रखा। "निःसंदेह, असुरों के अलावा, पुरुषों के लिए भी! वे नश्वर मनुष्य जो इन दिनों अमर होने की आशा रखने लगे हैं..." उसने अजीब-सा मुँह बनाया।

"राजा और... उम्म, विशेष तौर पर ऋषि," मेनका ने सिर हिलाया। "वे ही आपके लिए सबसे बड़ा संकट हो सकते हैं, है ना?" उसने धूर्तता से कहा।

इंद्र खिसिया गया। वह जानता था कि मेनका का संकेत किस ओर था। इंद्र और ऋषियों का बैर किसी से छिपा नहीं था। यह केवल इसलिए नहीं था कि इंद्र को उनकी महत्त्वाकांक्षी योजनाओं पर संदेह था या फिर उसे भय था कि किसी दिन वे अपनी शक्ति से सारे संसार को विजित कर, स्वर्ग में उसका सिंहासन पलट देंगे। मेनका जान कर उसे देख कर मुस्करा रही थी, उसके इस परिहास में एक तरह की दुष्टता झलक रही थी। वह खुल कर उसका उपहास कर रही थी, और वह जानता था कि क्यों? उसकी मुस्कान, इंद्र के स्त्रियों के साथ विवादित यौन प्रसंगों के नाम पर चिढ़ा रही थी - वे

स्त्रियाँ, विशेष तौर पर ऋषियों की निर्दोष व सुंदरी पत्नियाँ होती थीं। मेनका खुलेआम, इंद्र की उनके प्रति दुर्बलता की ओर इंगित कर रही थी।

इंद्र का चेहरा उदास हो गया। "ऋषि नश्वर राजाओं से कहीं अधिक भयंकर होते हैं।" उसने कठोरता से कहा। "राजाओं के पास नंगी तलवारें और नग्न महत्वकांक्षाएँ होती हैं; परंतु सर्वज्ञ ऋषि अपने तपस्, आध्यात्मिक शक्ति तथा दंभ के कारण कहीं अधिक घातक होते हैं। यदि कभी वे दोनों एक साथ मिल जाएँ, तब तो हमें ईश्वर ही बचाए!"

उसने सुदूर नीचे, धीरे से अपनी धुरी पर घूमती धरती को देखा, जो प्रकाशमान नीले गोले के समान लग रही थी।

मेनका ने भी नीचे देखते हुए विचार किया। "वह वास्तव में प्रभावकारी होगा - एक क्षत्रिय और एक ऋषि।" उसने गहरी श्वास ली, उसकी बुदबुदाहट तीनों लोकों पर अनिश्चित रूप से मँडरा रही थी।

❦

सत्यवती अपने सामने रखे खीर के दो पात्रों को देख रही थी। उनमें से एक उसके लिए था और दूसरा उसकी माता के लिए रखा गया था। जो कान्यकुब्ज की रानी रत्ना थी। या फिर कह सकते हैं कि वे दोनों पात्र उन्हें पुत्र प्राप्ति के लिए दिए गए थे। एक उसका पुत्र होगा और दूसरा उसका भाई। सत्यवती जानती थी कि उनमें से कौन-सा खीर पात्र उसका था। उसके पति, ऋषि ऋचीक, भृगु वंश के महान ऋषि च्यवन के पुत्र थे और उन्होंने ही इन्हें इस प्रकार तैयार किया था। उन्होंने एक राजकुमारी से विवाह किया परंतु वे उसके राजसी वंश के क्षत्रिय रक्त वंशज को नहीं पाना चाहते थे। उन्होंने विशेष खीर तैयार की थी जिससे उनकी पत्नी एक ऐसे पुत्र को जन्म देगी, जो उनकी भांति एक उल्लेखनीय ऋषि और विद्वान होगा। "इस प्रकार जन्म लेने वाला हमारा पुत्र, सर्वोच्च प्रज्ञा और विद्या का ज्ञाता होगा और अपने गहन तप व संयम से प्रशांति के प्रतीक के रूप में जाना जाएगा।" उन्होंने बड़े ही गर्व और अपेक्षाओं से अपनी पत्नी से कहा था। "और इस सावधानी से तैयार किए गए प्रसाद से, तुम्हारी माता, रानी रत्ना क्षत्रियों में अजेय तथा बलशाली पुत्र को जन्म देंगी जो सभी राजाओं पर विजय प्राप्त करने वाला होगा।"

सत्यवती ने सोचा, *यह देख कर मेरी माँ कितनी प्रसन्न होंगी।* आज से बीस वर्ष पूर्व सत्यवती का जन्म हुआ और तब से उनकी कोई अन्य संतान नहीं हुई थी और वह जानती थी कि उसके माता-पिता, दोनों ही एक पुत्र पाने को कितने तरसते थे। उसने अपने पति से विनती की थी कि वे उसकी माता के लिए भी यज्ञ प्रसाद तैयार करें ताकि वे भी मनचाही संतान प्राप्ति कर सकें।

उसकी माता ने यज्ञ का प्रसाद प्रसन्नतापूर्वक ग्रहण किया, जो उसकी पुत्री सत्यवती ने दिया था और फिर वह अपने राज्य में वापस लौट गई। प्रसन्नमना रानी अनेक अपेक्षाओं के साथ मग्न थी। कई माह बाद, उसके चेहरे पर एक अलौकिक-सा तेज उभर आया। सभी रानी को विस्मय से देखते, वे राजकुमार के जन्म की प्रतीक्षा में थे परंतु एक व्यक्ति इनमें शामिल नहीं था। ऋषि ऋचीक को मूर्ख बनाना सरल नहीं था। वे भ्रमित थे और वे जानते थे कि उनके संदेह का उत्तर कहाँ मिलेगा।

"तुमने अपनी माता को खीर का कौन-सा पात्र दिया था?" उन्होंने तीक्ष्ण स्वर में पूछा।

"वही जिसे देने के लिए आपने कहा था - जिसे ग्रहण करने के बाद महानतम क्षत्रिय का जन्म होगा।" सत्यवती ने उत्तर दिया। वह दिखने में भारी और प्रसन्न लगी। वह एक पात्र में से अंगूर के दाने खा रही थी, क्योंकि वह जानती थी कि ये फल उसके गर्भ में पल रहे शिशु के स्वास्थ्य के लिए उत्तम हैं। उसने अपनी कमर को हौले से छुआ। "और मैंने उस यज्ञ प्रसाद को खाया था जिससे हमारे घर महानतम ऋषि का जन्म होगा, जैसा कि आप चाहते थे।"

उसके पति ने अपना सिर हिलाया। "नहीं, या तो तुमने अपनी माता को ग़लत पात्र दिया है या उन्होंने तुम्हें मूर्ख बना कर उस पात्र से प्रसाद ग्रहण किया, जो तुम्हारे लिए बनाया गया था।" उसके पति ने उदासी से कहा। "परंतु ऐसे कामों के परिणाम बिलकुल भी सुखद नहीं होंगे..."

सत्यवती का मुख कुम्हला गया। उसके पति ने आगे कहा। "तुम्हारी माता एक राजकुमार, तुम्हारे भाई को जन्म देगी, जो एक क्षत्रिय तो होगा परंतु उसके भीतर सर्वोच्च और सार्वभौमिक ब्रह्म का बीज होगा और इस प्रकार वह सभी ऋषियों में से महानतम पद ग्रहण करेगा, अंततः अपनी प्रज्ञा के बल पर तीनों लोकों तथा संसार को विजित करेगा। यज्ञ प्रसाद के बदलने

के कारण, तुम एक ब्राह्मण को जन्म दोगी किंतु वह एक महान क्षत्रिय होगा, बलशाली किंतु निर्दयी, वह अनेक वंशों के राजाओं का समूल नाश करेगा..."

"नहीं!" सत्यवती मारे आतंक के चिल्ला उठी। "नहीं, नहीं कृपया ऐसा ना कहें! मैंने कोई पाप नहीं किया। कृपया मेरी कोख से ऐसी संतान का जन्म नहीं होने दें, जो संसार में आ कर ऐसा जनसंहार करे। हे ज्ञानी ऋषि, वह आपका पुत्र है, उसे एक योग्य पिता का योग्य पुत्र बनने दें - ज्ञानी, दयालु व सत्यनिष्ठ।"

ऋचीक ने अपनी रुदन कर रही पत्नी को पीड़ित दृष्टि से देखा। "संभवतः नियति हमें यही दिन दिखाने वाली है... तुम्हारा एक भाई होगा जो महान ऋषियों और विद्वानों में अग्रणी होगा और प्रिय सत्यवती, हमारा पुत्र सबके रक्त का प्यासा, अजेय योद्धा होगा!"

"प्रिय पतिदेव, उसे हमारा पुत्र नहीं, पौत्र बनने दें।" सत्यवती ने आग्रह किया। उसके मुख पर अश्रुओं की धारा थी। "मैं अपने लिए ऐसा पुत्र नहीं चाहती। आप अपनी महान सिद्धियों के बल पर, मुझे ऐसे ब्राह्मण को जन्म लेने दें जो प्रज्ञावान और दयालु हो और मेरा पौत्र वह क्षत्रिय हो, जिसके हाथों अनेक राजाओं के कुल का नाश हो। मैं आपसे कुछ और नहीं माँगती। केवल इस एक इच्छा को पूरा कर दें।"

ऋचीक ने मुस्करा कर, लंबी आह भरी। "मेरी प्रियतम, मैं वही करूँगा, जैसा तुम चाहती हो। परंतु पुत्र अथवा पौत्र में कोई अंतर नहीं होता। परंतु जैसा कि तुमने कहा, हमारा पुत्र एक ब्राह्मण और हमारा पौत्र एक क्षत्रिय होगा। रानी का पुत्र, तुम्हारा भाई, एक राजकुमार होगा, विशिष्ट गुणों से युक्त राजा, परंतु उसकी नियति उसे एक महानतम ऋषि बना देगी जिससे सभी ऋषि भयभीत होंगे। उसके भीतर एक प्रज्ञावान ब्राह्मण बनने के सारे गुण उपस्थित होंगे और वह अपना पूरा जीवन रक्तरंजित युद्धों के लिए नहीं अपितु शब्दों तथा विवेक के युद्ध के लिए समर्पित कर देगा। वह अपने कठोर तप और संयम के बल पर अंततः ब्रह्मर्षि होगा - विश्वामित्र, संसार का मित्र व गुरु। तो ऐसा ही होने दो।"

कुछ माह बाद, जब सत्यवती अपने सोते हुए शिशु को गोद में झुला कर सुला रही थी तो वह जानती थी कि उसके पति के शब्दरूपी फल एक दिन अवश्य फलेंगे। हालाँकि वे उचित वृक्ष पर नहीं फलेंगे और उसे अपने भीतर से एक पश्चाताप-सा उमड़ता हुआ प्रतीत हुआ।

जब सत्यवती ने अपनी माता रत्ना से इस बारे में पूछताछ की तो उसने झेंपते हुए यह मान लिया, "मुझे लगा कि तुम्हारा पति तुम्हारे लिए कुछ विशेष ही तैयार करेगा और मैं उसे अपने लिए चाहती थी।" उसकी माँ ने स्वीकारा... "सबसे श्रेष्ठ राजकुमार, और फिर श्रेष्ठ राजा।"

सत्यवती के भीतर से एक क्षणिक रोष की लहर उठी, उसकी माता के मुख पर कोई पश्चाताप नहीं दिखा। उसने अपने भीतर उठते रोष के बीच ही रत्ना को उसकी मूर्खता का परिणाम बताया।

"परंतु ऐसा नहीं हो सकता! आपकी सारी धूर्तता कोई परिणाम नहीं दे सकेगी।" पुत्री ने कहा। "मेरे पति ने आपके यज्ञ प्रसाद में, सभी क्षत्रियों की ऊर्जा का उत्तम बीज वपन किया था परंतु खेद से कहना पड़ता है कि उसे मैंने ग्रहण किया और इस तरह मैं ब्राह्मणों के मध्य एक क्षत्रिय पुत्र को जन्म दूँगी। माता, आप एक राजकुमार को जन्म देने के बावजूद उसे एक राजा बनते नहीं देख सकेंगी, उसके भीतर एक ऋषि के गुण होंगे। वह कोई राजा नहीं बल्कि एक आदरणीय व पूजनीय ऋषि के रूप में जाना जाएगा। जो अपना पूरा जीवन ज्ञान तथा प्रबोधन के लिए समर्पित कर देगा। वह शासन करने के लिए नहीं जन्मेगा।" उसने कटुता से कहा। "हे राजमाता, आपके सभी वंशज ब्राह्मण और मेरे सभी वंशज क्षत्रिय होंगे! माँ, क्या आपको पता है कि आपने कितनी बड़ी मूर्खता की है?"

अपनी पुत्री के इस रोष को देख रानी का धैर्य भी चुक गया। उसने म्लान मुख से, पालने में खेल रहे पुत्र की ओर देखा। भीतर ही भीतर उनके मन में चिंता की लहर उठने लगी थी। उसके पुत्र कौशिक का नाम चमकते नेत्रों तथा स्वभाव के कारण, अपने पितामह, राजा कुशिक के नाम पर रखा गया था जो एक प्रसिद्ध महाबली के रूप में जाने जाते थे। कौशिक, उस चुप से शांत शिशु की तरह नहीं था, जो सत्यवती की गोद में था। उसका नाम जमदग्नि रखा गया, तपरया का सागर। परंतु अब उसकी पुत्री दाता कर रही थी कि उसका कौशिक बड़ा हो कर तपस्वी होगा। तपश्चर्या! रानी सोच कर ही थरथरा उठी। *"मैंने जो किया, उसके लिए तेरे पति, राजा गाधि मुझे कभी क्षमा नहीं करेंगे और ना ही कभी अपनी पुत्री से क्षमा मिलेगी।"* रानी के मुख पर चिंता की गहरी रेखाएँ थीं। उसने अपनी एक मूर्खता से कितना अनर्थ कर दिया था। उसने दोनों शिशुओं की ओर देखा और उसका हृदय आतंकित हो उठा।

"माता, जमदग्नि की ओर संदेहास्पद दृष्टि से नहीं देखें। यह वैसा नहीं होगा, इसके बजाए मेरा पौत्र जन्मेगा जिससे क्षत्रिय भयभीत होंगे!" सत्यवती ने शुष्कता से कहा। "आपने हम दोनों के लिए ही सब कुछ विनष्ट कर दिया।"

कौशिक ने मारे उल्लास के अपने पालने में ही किलकारी भरी। वह बहुत ही प्यारा लग रहा था। उसके गालों में पड़ने वाले गड्ढे सबका मन मोह लेते थे। सत्यवती ने उसे उठाया और स्नेह से गले लगा लिया। उसने फिर से किलकारी भर कर अपने दोनों हाथ आकाश की ओर उठा दिए। मानो वह छोटे हाथों से सूर्य को छू लेना चाहता हो। उसका छोटा भाई एक दिन कोई ऐसा बनेगा जिस पर सारे संसार को गर्व होगा। उसे अपने पति के शब्द स्मरण थे, वह जानती थी कि एक दिन वह सभी ऋषियों में महान, विश्वामित्र होगा। *परंतु कैसे, उसने सोचा या कौन उसे एक राजा से ज्ञानी, एक योद्धा से ऋषि बना देगा?* एक क्षण के लिए, उसने चाहा कि काश! कोई ऐसा होता जो आगामी घटनाओं को बदल पाता...

स्वर्ग

यह इंद्रलोक था, स्वर्ग; और अमरावती इसकी भव्य राजधानी। यह सर्वाधिक सुंदर नगरी थी जिस पर पर्वत महामेरु बड़ी सौम्यता से छाया हुआ था। यह अनश्वर लोक था, जहाँ वे अगला अवतार पाने तक सुखपूर्वक निवास करते; उन्हें जीवित और स्नेही जन के लिए सुलभ सभी उपहार प्रदान किए जाते थे, मेनका ने भीनी-सी मुस्कान के साथ सोचा। इंद्रलोक ऐसा स्थान था, जहाँ सभी इच्छाएँ, मानवीय क्षुधा तथा वासना पूर्ति के भोगों को संतुष्ट करता था; जहाँ हर प्रकार की क्षुधा शांत होती थी, चाहे वह पेट की हो अथवा इंद्रियों की। कामधेनु, इच्छापूर्ति गौ थी जो इस बात का ध्यान रखती थी कि कोई भूखा नहीं रहे। या फिर चिंतामणि, वह जादुई रत्न जो हर प्रकार की संपदा और वैभव प्रदान करता था। या कालपत्र जो हर प्रकार के कल्याण और आरोग्य का प्रदाता था। इसके अतिरिक्त वहाँ सुरा और सुर थे - यानी मदिरा और गंधर्वों द्वारा रचा और गाया जाने वाला संगीत। अमरत्व का वरदान ले कर जन्मीं अप्सराओं के हाथों वह सुरा परोसी जाती, जिन्हें दूसरों को सुख व आनंद देने के लिए ही सृजा व रचा गया, परंतु वे स्वयं कभी इसकी चाहना नहीं रख सकती थीं।

जब से अप्सराएँ, क्षीर सागर के मंथन के समय उठती वाष्प से, अलौकिक आभा के साथ प्रकट हुई थीं, उन्होंने लाखों भावों में से वासना को अपने उत्तेजक सौंदर्य तथा आभा से मंत्रमुग्ध करते हुए परिभाषित कर दिया था। वे ऐसी सुंदरियाँ थीं, जो सूर्य किरणों के संग उदित हुई थीं, वे स्वर्ग को जगमगातीं जो आकाश की नील आभा में प्रकाशित था। वे सूर्योदय

की चमक तथा सूर्यास्त की धूमिल आभा थीं, वायु की शीतलता तथा वनों व खेतों की निरंतर स्मरण आने वाली प्रतिध्वनि थीं।

हम आत्मा के जीवन में वास करती हैं, मेनका ने नृत्य कक्ष से बाहर निकलते हुए विचारा और मुस्कराने लगी। दिव्य नृत्यांगना होने के नाते, अप्सराओं को प्रेरणा माना जाता था कि वे मन को असाधारण विचारों तथा असाधारण रचनात्मकता हेतु प्रेरित कर सकती थीं। वे अनेक कवियों, कलाकारों तथा मूर्तिकारों की प्रेरणा रही थीं। फिर भी वे अपने चाहने वालों के लिए प्राणघातक भी थीं। उस एक अद्‌भुत और तरंगित आलिंगन के लिए मनुष्य असुर, ऋषि और यहाँ तक कि देवता भी वासना के वेगवान नाले में अपनी आशाओं को बहा चुके थे और उन पर स्वामित्व पाने के लिए संघर्ष करते रहे। राजा पुरुरवा ने उर्वशी के लिए किया, राजा कुशनाभ ने घृताची के लिए किया, ऋषि विभंडक और अन्य ऋषियों ने अंततः, उनकी नग्न देहों की उत्तेजक मादकता के आगे हथियार डाल दिए, अपने उच्चतम आदर्शों से पतन ही उनकी नियति थी। अप्सराओं के प्रलोभन से बचना असंभव था, वे जीवन का परम आनंद, मादक सौंदर्य का मदमत्त आकर्षण, रहस्य और विलक्षण थीं। जैसी कि वह स्वयं भी थी।

जब वह स्तंभयुक्त गलियारों से होते हुए निकली, तो वह इंद्रलोक की राजसी सभा - भव्य रूप से अलंकृत सुधर्म कक्ष के निकट से गुज़री। यदि चंद्र देवता के दरबार में दयालु लोग बिना किसी कष्ट या शोक के जीते थे, तो सूर्य देवता के राजभवन में, उन लोगों का वास था जिन्होंने अपने वचनों का आदर किया परंतु इंद्र के महल का यह हिस्सा सबसे अधिक ख़ूबसूरत था, इसमें विश्व के वीर नायकों तथा ज्ञानियों का आतिथ्य होता था। जब भी कोई शूरवीर किसी युद्धभूमि में प्राणों का त्याग कर स्वर्ग पधारता, तो उसका ध्यान अपनी ओर आकर्षित करने के लिए अप्सराएँ उसे घेर लेतीं।

यह स्थान पुष्करमालिनी कक्ष की तरह नहीं था, जहाँ इंद्र पवित्र ऋषियों तथा अर्द्ध-देवों का स्वागत करता था, यह तो आनंद और भोग करने का स्थान था; मदमत्त देव तथा गंधर्व मुलायम आसनों पर विराजते, उनकी भुजाओं में लिपटी अप्सराएँ उनके रिक्त पात्रों को मदिरा से भरती रहतीं और उनमें से कुछ अपने मादक नृत्य से उन्हें लुभातीं। नैतिक विरोधाभास के रूप में, सितारे और आकाशगंगा उन ऋषियों व साधुओं तथा मुनियों

का दिव्य धाम थे, जो धरती पर जीते और प्राण त्यागते, वे आध्यात्मिक गुणों से युक्त होते थे। वे कभी इंद्रलोक की वासनाओं के प्रलोभन में नहीं आते थे।

स्वर्ग का ही एक और हिस्सा भी था - सात तलों वाला कष्टों व पीड़ाओं से भरा पाताल लोक - और उसके विचार मात्र से ही मेनका बुरी तरह से काँप गई। स्वर्ग में भी सात तल थे, जिनका पदानुक्रम स्तर तथा वैभव से निश्चित होता था। निर्विवाद रूप से, इंद्र ही सर्वाधिक श्रेष्ठ होने के कारण सबसे ऊपरी तल पर रहता था, जो सबसे श्वेत मेघ पर स्थित था। परंतु यह सातवाँ स्वर्ग भगवान विष्णु का धाम बैकुंठ, भगवान शिव का धाम कैलाश था भगवान ब्रह्मा का सत्यलोक नहीं होने पर भी कितना द्युतिमान था। सारा इंद्रलोक कितना चमकता था। केवल देवों के राजा इंद्र का सिंहासन ही सुवर्ण तथा रत्नों से जटित नहीं था। प्रत्येक संगमरमरयुक्त स्तंभ की अपनी जगमगाहट थी, जिसे हाथों से छू कर सहलाने और सराहने को जी चाहता था। परंतु मेनका के लिए उनका आकर्षण समाप्त हो गया था, क्योंकि वह स्वयं उसी आलोक में लिपटी थी। *निरंतरता से उदासी का जन्म होता है,* उसने कंधे झटके। *जब आप उन्हें प्रतिदिन देखते हैं, महसूस करते हैं, प्रतिदिन धारण करते हैं, तो नवीनता नीरसता में बदलने लगती है।* वहाँ तो हर ओर सौंदर्य था। उसने वह देखा था, परंतु उसकी ओर ध्यान नहीं दे पाती थी। यहाँ तक कि देवों और गंधर्वों का अलौकिक सौंदर्य भी उससे अछूता ही रहा। उस जगह सब कुछ सुंदर, चिर युवा और शाश्वत था। वह पौरुष सौंदर्य से घिरी होने पर भी उसके आकर्षण में नहीं थी। वे रत्नों की तरह चमकते थे, उनकी प्रशंसा तो की जा सकती थी, परंतु अब वे उसे आकर्षित नहीं कर पाते थे। परंतु इनमें से एक अपवाद था - वसु। अब उसे उससे ही भेंट करनी थी। उसने अपने महल की ओर तेज़ी से क़दम बढ़ाए, चौड़े संगमरमरयुक्त गलियारे के बाद सीढ़ियों से ऊपर जाते ही एक आनंद का झरना बहता था।

"जब तुम कुरूपता को देखोगी, तभी तुम सुंदरता को जान सकोगी, मेरी प्रिय।" बाद में, जब वे दोनों अपने शयनकक्ष में सारे स्वर्ग से छिप कर परस्पर आलिंगनबद्ध लेटे तो वसु हौले से उसके कान में बोला। "एक दिन तुम्हें अनुभूति होगी कि तुम इतने लंबे समय से सुंदरता के बीच रहीं इसलिए तुम कुरूपता को जान ही नहीं सकतीं। कितनी सौभाग्यशाली हो तुम!"

"मैं जानती हूँ। इन आशीर्वादों का मोल इस बात पर निर्भर करता है कि हम कौन हैं या किस प्रकार के व्यक्ति हैं। मुझे तुम्हारे सौंदर्य से आनंद मिलता है, इससे अधिक मुझे और क्या चाहिए? या इससे अधिक तुम क्या चाहते हो?" मेनका मुड़ी और उसे चूम लिया। वसु के मुख में उसकी घूमती हुई जीभ के कारण वसु के सुंदर मुख से मुस्कान मिट गई और उसकी अंगुलियाँ मेनका की सुडौल पीठ सहलाने लगीं। "मैं जानती हूँ कि सौंदर्य को कैसे सराहा जाता है।" मेनका बुदबुदाई और उसे हौले से थोड़ा धकेल दिया ताकि उसे पूरी तरह से देख सके। उसकी दृष्टि सिर से पैर तक वसु की सुगढ़ देह को लील रही थी।

गंधर्वों का जोशीला और पौरुषयुक्त कामुक राजा, विश्वावसु उनमें से सबसे सुंदर माना जाता था। वह इंद्र और प्रेम के देवता, कामदेव से भी अधिक सुंदर था। वह गौर वर्ण, घने घुँघराले सुनहरी रंगत वाले भूरे बालों का स्वामी था। भवों का हल्का रंग उसकी रक्तिम आँखों से मेल खाता था। भरे हुए मादक होंठों पर सीधी, पतली और हल्की-सी उठी हुई नाक सोहती थी। चेहरा पूरी तरह से अनुपात में था, एक चौड़ा और सपाट माथा, गालों की ऊँची उठी हुई हड्डियाँ और एक समतल व मजबूत जबड़ा। कोई अपूर्णता नहीं, मेनका ने उसे धृष्टतापूर्वक देखते हुए सोचा। वह हर ओर से शिष्टता और गरिमा की प्रतिमूर्ति था।

विश्वावसु ने मेनका को अनुमति दी कि वह उसे अपनी दृष्टि से निर्वस्त्र कर सके। वह मेनका के इस औचक निरीक्षण का अभ्यस्त हो गया था; वह प्रायः उसे चिढ़ाने के लिए ऐसा करती थी। परंतु जब वह उसे इस तरह ताकती तो उसका दंभ या अभिमान आड़े नहीं आता था, उसके नेत्र और भी कोमल हो आते। परंतु ज्यों ही मेनका ने उसे पीठ के बल धक्का दिया तो उसकी आँखों का वह भाव बदल गया। मेनका की आँखों की जगह उसकी पंखों जैसी अँगुलियों और नम होंठों ने ले ली, जो उसकी देह पर एक बहुत ही मधुर खेल खेल रहे थे।

"मेरे महान संगीतज्ञ, दार्शनिक और विद्वान, तुम भले ही ऋषि याज्ञवल्क्य के मेधावी शिष्य हो परंतु तुम जब मेरे साथ हो तो अपनी धारणाओं और सिद्धांतों को एक ओर रख दिया करो।" वह हौले से बोली और वसु के नेत्रों में उभरते आवेग का आनंद लेने लगी, वसु की साँस जैसे उखड़ने-सी लगी थी। "मैं जब भी सौंदर्य को देखती हूँ तो उसे मान्यता

अवश्य देती हूँ।" मेनका ने खिलखिलाते हुए, अपनी एक पतली अँगुली उसके चेहरे, गर्दन और छाती व पेट से नीचे तक ले जाते हुए जाँघों के निकट रोक दी। वसु सिहर गया।

"सुंदरता... वह यहाँ... वह यहाँ और यहाँ..." मेनका ने नशीले स्वर में कहा। उसकी तेज़ी से घूमती जीभ वसु के सुंदर भरे हुए रसीले होंठों के आसपास नम रेखा बनाते हुए, उसकी चिबुक से होते हुए मजबूत गर्दन तक पहुँची और फिर उसके कंठ के आधार पर धक-धक करती शिरा पर आ थमी। वह जान कर रुकी, उस जगह को धीरे से चूमा और अपने नीचे उसके धड़कते हृदय को अनुभव किया। उसने उसके समतल चौड़े कंधे चूमे, उसके नख, वसु की तनी हुई पीठ में गहराई तक धँसे जा रहे थे। "...और यहाँ!" वह बोली और वसु की शिराओं में रक्त उबाल खाने लगा। "मैं हर स्थान पर सुंदरता को सराहती हूँ!"

उसके सुलगते होंठ और उसकी मदमाती अँगुलियों का स्पर्श वसु को भीतर तक दहका रहे थे और उसके भीतर एक तीव्र ज्वाला जाग गई। मेनका को अपने पुरुष को हर तरह से उत्तेजित करना और फिर शांत करना आता था। उसने मेनका के सुंदर मुख को अपनी अधखुली आँखों से देह के निचले हिस्से की ओर झुकते देखा और फिर जो हुआ वह सब किसी स्वर्ग से कम नहीं था...

"हे ईश्वर!" एक गहरे निःश्वास के साथ तृप्त वसु ने मेनका को अपने तरसते होंठों की ओर खींच लिया। मेनका से उसकी अपनी गंध आ रही थी।

"ईश्वर नहीं! ये मैं हूँ!" मेनका शांतिपूर्वक मुस्कराई। "...सौंदर्य की उपासना कर रही थी, तुम प्रसन्न हुए?"

"ओह, अतीव प्रसन्न।" वह बुदबुदाया।

मेनका हँसी और वसु को फिर से उसी स्वर्ग के दर्शन करवाने को तत्पर हुई। हर बार मेनका वसु को विस्मित करते हुए अहसास दिलाती कि उसका प्रेम पात्र होना क्या था। और क्यों सभी देव, और विशेष रूप से, इंद्र भी उससे ईर्ष्या रखता था।

विश्वावसु को देवगंधर्व भी कहते थे, परंतु मेनका के लिए वह केवल वसु, उसका प्रेमी व उसका पति था। स्वर्ग के लिए यह शब्द विचित्र था। अप्सराएँ विवाह नहीं करती थीं परंतु मेनका ने किया था। वे प्रेम नहीं करतीं

परंतु मेनका ने किया। उसने वसु को प्रेम किया और उसने वसु से विवाह करने का साहस किया।

ऐसा नहीं था कि गंधर्व विवाह नहीं करना चाहते थे या स्थायी संबंध नहीं रखना चाहते थे, विवाह के एक प्रकार का नाम भी उनके नाम पर ही रखा गया था। गंधर्व विवाह पद्धति में प्रेमी-प्रेमिका संसार से परे, एकांत में एक-दूसरे के प्रति प्रेम और निष्ठा का वचन देते थे और इसके लिए किसी की सहमति अथवा आशीर्वाद की आवश्यकता नहीं थी। परंतु वसु ने तो मेनका की कामना की, उसे चाहा और लुभाया, वह अन्य गंधर्वों की तरह नहीं था, जो इतनी आसानी से किसी के अधीन नहीं होते थे। वे गर्वीले और अपने-आप से प्रेम करने वाले गंधर्व थे। वसु मेनका से एक विचित्र और दुर्लभ स्वामित्व के साथ प्रेम करता था। स्वर्ग में सब कुछ साझा था; प्रचुरता से भरी उस नगरी में किसी भी चीज़ पर स्वामित्व नहीं रखा जा सकता था। आप सब कुछ पा सकते थे; परंतु उस पर मालिक़ाना हक़ नहीं रख सकते थे।

इंद्र ने उनके इस समाचार को दयालुता से नहीं लिया था। अप्सराओं की रानी रंभा ने एक उचित अवसर पाते ही यह विषबुझा बाण इंद्र की ओर छोड़ा और इंद्र के गुस्से की सीमा नहीं रही।

"यह इंद्रलोक है, गंधर्व और अप्सरा प्रेम करते हैं परंतु उनके कभी विवाह नहीं होते!" इंद्र ने किसी तरह अपने को वश में रखते हुए मेनका से कहा, उसे जैसे अब भी इस बात पर विश्वास नहीं हो रहा था। "तुम दोनों ही, ऐसे किसी भी व्यक्ति के लिए उपलब्ध हो, जो तुम्हें पाने की शक्ति रखता हो। तुम्हें सुंदर, युवा व अमर बनाया गया - परंतु वह सबकी विलासिता के लिए है। केवल तुम्हारे लिए नहीं! इस जगह निजी वैवाहिक आनंद जैसा कुछ नहीं है, उसका यहाँ कोई अस्तित्व नहीं है! तुमने इन नियमों का भंग करने का साहस कैसे किया!" उसने वसु की ओर मुड़ते हुए कुपित स्वर में कहा।

वसु ने भी उसे देखा, वह हमेशा की तरह मनमोहक दिख रहा था परंतु उसके चेहरे पर एक आभा थी जो उसे और कांतियुक्त बना रही थी। इंद्र को भीतर से तीव्र जलन का अनुभव हुआ या फिर वह क्रोध का चरम था? वसु उसका परम मित्र रहा था, उसका आत्मीय सखा, उसने ही उससे कपट किया, अपने इस गुप्त प्रेम प्रसंग के बारे में एक शब्द तक नहीं कहा। इंद्र के लिए वह अब उस शत्रु के समान था, जिस पर कभी विश्वास नहीं

किया जा सकता था। अब वे आमने-सामने थे, दोनों के बीच की कटुता पूरी गंभीरता से सम्मुख थी।

"विश्वावसु, तुम्हें तो यह ज़्यादा अच्छी तरह पता होना चाहिए था। तुमने ही तो उर्वशी और उसके नश्वर राजा पुरुरवा को अलग करने के हमारे षड्यंत्र में अपनी भूमिका निभाई थी।" इंद्र ने रुक कर वसु को गुस्से से देखा। दोनों ही अपने क्रोध को नियंत्रित करने की कोशिश में थे और मेनका यह सुन कर बुरी तरह आश्चर्यचकित व सचेत हो गई क्योंकि यह रहस्य अपने-आप में कम शक्तिशाली नहीं था। "तुम जानते हो कि इस स्वर्ग में केवल दैहिक प्रेम ही फल-फूल सकता है, निजी रोमानी संबंधों के लिए कोई स्थान नहीं है! फिर भी तुमने इतनी धृष्टता दिखाई और इसके लिए मैं तुम्हें..."

"नहीं, हमें क्षमा कर दें। मैं भी उसकी तरह अपराधिनी हूँ।" मेनका ने झट से हस्तक्षेप किया, वह जानती थी कि इंद्र का सारा रोष कहर बन कर वसु पर ही गिरेगा, क्योंकि वह कभी मेनका को हानि पहुँचाने का साहस नहीं कर सकेगा। क्या वसु को इंद्रलोक से निकाल दिया जाएगा? परंतु मेनका ने उसी समय एक चतुराई से भरा निष्कर्ष निकाल लिया - इंद्र केवल वसु को ही बाहर नहीं निकाल सकता, उसे मेनका को भी स्वर्ग से निष्कासित करना होगा। इंद्र ऐसा करने की कल्पना तक नहीं कर सकता। उसे दोनों को दंडित करना होगा अन्यथा दोनों को ही क्षमा करना होगा। अगर वे दोनों एक ही अपराध के दोषी हैं, तो उन्हें एक जैसा दंड दिया जाना चाहिए।

मेनका ने इंद्र का रोष सहने के लिए स्वयं को प्रस्तुत कर लिया था। उसका अकल्पनीय आकर्षण ही उसका शस्त्र था और वह पहले भी कई पुरुषों पर इसका प्रयोग कर चुकी थी। इसके बाद इंद्र की बारी थी। परंतु उसे बहुत प्रयत्न नहीं करना पड़ा। मेनका ने कुछ क्षणों तक टकटकी बाँध कर इंद्र की ओर देखा और वह अपना रोष भुला कर वहीं द्रवित हो उठा।

मेनका ने इंद्र के चेहरे की ओर अनुनय-विनय भरी दृष्टि से देखते हुए कोमलता से कहा, "इसका दोषी तो मुझे ठहराया जाना चाहिए। मैंने एक अप्सरा के रूप में अपने धर्म की अवहेलना की है।" उसका स्वर मधुर व शांत था। मेनका एक निपुण गायिका थी और जानती थी कि अपने सुर में किस स्थान पर कैसा उतार-चढ़ाव दिया जाना चाहिए। उसके सुर में पश्चाताप और आत्म-स्वीकृति का उचित मिश्रण सुना जा सकता था।

"मैंने इस संसार में बनी सीमाओं का उल्लंघन किया और दूसरे पुरुषों की तुलना में एक पुरुष को प्राथमिकता दी। ऐसा मैंने किया। मैंने उसे मोहित किया, क्योंकि मैं उसे पाना चाहती थी!" उसने होंठ काटे, आँखें अब भी इंद्र पर टिकी थीं। "हे देवराज! मैं ही इसके प्रेम में बंदी बनी और स्वयं को रोक नहीं सकी। मैंने पाया कि आपके गंधर्वराज विश्वावसु भी मुझ पर उतने ही सम्मोहित थे - मैं केवल उसे पाना नहीं चाहती थी, उसे हमेशा के लिए अपना बना लेना चाहती थी। यही कारण था कि मैंने एक ऐसा अपराध किया जिसे करने के बारे में कोई सोच तक नहीं सकता - मैंने उससे विवाह कर लिया। मुझे करना ही पड़ा। यह एक ज्वर की तरह, मुझे दग्ध कर रहा था, मुझे खाए जा रहा था और मैं इस अग्नि में, इस ताप में आजीवन झुलसना चाहती थी।" वह रोने लगी और अपने सुर को इतना उठाया कि उसकी असहायता और दुख साफ़ झलक सकें।

इंद्र ने अधीरता से उसकी ओर देखा, परंतु उसकी आँखें मारे जलन के चमचमा उठीं।

मेनका ने अपनी बात जारी रखी, "हमारी कामाग्नि शांत हुई, परंतु कभी नहीं मिटी और अपने-आप को बचाने के लिए हमें विवाह करना पड़ा। यह भी मेरा ही निर्णय था परंतु मैंने इसे आपके लिए, देवों के लिए, अमरावती के लिए किया..."

इंद्र कुछ उलझन में दिखा और मेनका को अपनी बात विस्तार से समझाने का यही उचित अवसर लगा। "जब मैं ही व्यथित थी तो मैं दूसरों को सुख व आनंद कैसे दे सकती थी? यही कारण था कि मैंने विश्वावसु से विवाह किया ताकि मैं प्रसन्न रहूँ और दूसरों को भी प्रसन्न रख सकूँ। मेरी कामना मुझे लज्जित नहीं करती - मैंने वसु की इतनी कामना की कि उससे विवाह कर, उसे अपना बना सकूँ।" उसने इंद्र को अपने होंठ भींचते देखा। "सौभाग्य से मैंने किसी नश्वर मनुष्य को नहीं, अपने ही संसार से किसी साथी को पति रूप में चुना। किसी देव या ऋषि को अपने लिए नहीं चुना। मैंने अपने पद का दुरुपयोग नहीं किया और अपने लिए एक गंधर्व को चुना। कोई ऐसा व्यक्ति, जो अप्सराओं पर लगी सीमाओं को समझ सके और इतना उदार हो कि अपनी पत्नी को दूसरों व आपकी सेवा के लिए बाँट भी सके, मेरे प्रभु।" मेनका अब भी अनुनय के ही सुर में बोल रही थी। "मैं वचन देती हूँ, वसु से विवाह के बाद भी मैं अपने कर्तव्य निभाने से

कभी पीछे नहीं हटूँगी। मैं वह सब अवश्य पूरा करूँगी, जिसकी एक अप्सरा से अपेक्षा की जाती है। मैं एक स्वर्ग में रहने वाली दिव्य स्त्री हूँ और हमारी कामनाएँ अनंत हैं!" उसने चतुराई भरे वाक्य से अपनी बात का अंत किया।

मेनका झट से भाँप गई कि इंद्र का गुस्सा उतर गया और चेहरा चमक उठा था। वह वासना युक्त प्रसंग को सुन कर शांत नहीं रह सकता था, उसने स्वयं भी तो कई बार ऐसा किया था।

इंद्र ने मेनका के कोमल शब्दों से अपने गुस्से की आग को शांत होने दिया, उसकी जलन के अंगारे मानो बुझ से गए। मेनका मात्र एक अप्सरा, उसके दिव्य दरबार की राजनर्तकी मात्र नहीं थी, जिसे वह देखना पसंद करता था। मेनका अपनी हर मादक थिरकन, भाव-भंगिमा और कटीली चितवन से उसे अपनी अँगुलियों पर नचा सकती थी। वह इंद्र को अपनी उपस्थिति मात्र से ही मोहना जानती थी। इंद्र जानता था कि वह मेनका को सदा अपने साथ, अपने पास चाहता था, वह उससे अपनी दृष्टि नहीं हटा पाता था, वह उसके बिना रह ही नहीं सकता था। वह उसके लिए किसी जीवनी शक्ति के समान थी, जो आजीवन उसके भीतर एक चिंगारी दहकाए रखती थी।

इंद्र थोड़ी नाराज़गी के साथ मुस्कराया। उसने उन्हें क्षमा कर दिया था, मेनका ने उसकी मुस्कराहट से यही अनुमान लगाया, वह मारे घबराहट के अपना होंठ चबा रही थी। वह भी उसे देख कर मुस्कराई और एक अदा से अपने सिर को एक ओर झटका, उसके चेहरे पर भार-मुक्ति का भाव पढ़ा जा सकता था, वह इंद्र की ओर बढ़ी और आभारस्वरूप उसका हाथ थाम लिया। वह अपने हँसते-मुस्कराते मुख के साथ इंद्र को बार-बार धन्यवाद देने लगी, फिर वह वसु की ओर बढ़ी और उसके पास जा कर उसका हाथ थाम लिया। वह अपनी विजय के उल्लास में अट्टहास करना चाहती थी परंतु उसने मुख पर आभारयुक्त मुस्कान बनाए रखी। वह इस वाद-विवाद में विजयी हुई।

इस सारे प्रकरण की साक्षी बनी रंभा को जैसे अपने कानों पर विश्वास नहीं हो रहा था। उसके काजल से कजरारे नयन और भरे हुए होंठों के छोर ज़रा देर को तिर्यक हो उठे। उसका रोष साफ़ झलक रहा था जैसे उसकी मोहकता छिपाए नहीं छिपती थी - लंबे काले लहराते केश, गहरे नेत्र, लंबा क़द, सुडौल देहयष्टि और यौवन के भार से दबी लचीली देह, जिसका वह उदारता से प्रदर्शन करती थी। उसके गहरे और शहद जैसे रंग वाली

वक्षसंधि स्थल के विस्तार से कोई भी पुरुष अपनी दृष्टि हटा ही नहीं सकता था। परंतु वह उसे पूरी चतुराई से थोड़ा ढँके रखती। पारदर्शी अंगवस्त्र उसे छिपाने के बजाए और कामुकता से उघाड़ता था ताकि उसे पूरी उदारता से ताका जा सके। मानो उसे अपनी कोई परवाह ही नहीं हो। उसकी गहरी कजरारी अँखियाँ और रंगे हुए होंठ, उसके उस आत्मविश्वास के परिचायक थे। जिसके बल पर वह अपने भारी नितंब लहराते हुए कामुकता से भरी चाल चलती थी।

मेनका के मामले में, इंद्र एक मूर्ख से अधिक नहीं था। रंभा मन ही मन सुलग उठी। उसने सोचा कि मेनका ने उसे अपने पर स्थापित और अधिकृत अधिकार दिया है। वह उसका अनुचित लाभ उठा रही थी और इंद्र इसे देख नहीं पा रहा था। रंभा अपने मुख पर जबरन मुस्कान लाई, भले ही वह अस्थायी रूप से पराजित रही परंतु उसने पूरी सहनशीलता के साथ सुखद भाव लाने का प्रयत्न किया। उसने इंद्र की सम्मोहित आँखें खोलने की कोशिश की थी, उसे आशा थी कि अपनी हिंसक ईर्ष्या के वशीभूत हो कर इंद्र प्रेमियों के जोड़े को स्वर्ग से निष्कासित कर देगा। परंतु मेनका ने इंद्र को अपने शब्दों के जाल में उलझा लिया था। वह इसी जगह आ कर हमेशा जीत जाती थी। मेनका को किसी को लुभाने के लिए अपने देह सौष्ठव की आवश्यकता नहीं थी, उसका आकर्षण और बुद्धि चातुर्य ही लुभाने के लिए शक्तिशाली अस्त्र थे। वह एक बार फिर से इंद्र को लुभाने में सफल रही। रंभा ने निर्ममतापूर्वक शपथ लेते हुए कहा, *'एक दिन अपनी सबसे ख़ूबसूरत प्रतिद्वंद्वी को स्वर्ग से बाहर खदेड़ दूँगी।'* फिर वह वसु को अनिष्टकर रूप से देखते हुए आगे चल दी।

वसु से वह दृष्टि नहीं छिपी और ज्यों उसे मेनका के साथ एकांत मिला तो उसने अपनी चिंता को स्वर देने में संकोच नहीं किया।

"रंभा कभी भी तुम्हें हानि पहुँचाने से पीछे नहीं हटेगी, मेनका। संभवतः उसने ही इंद्र को हमारे विरुद्ध उकसाया था। हम दोनों को और अधिक सावधानी से रहना होगा।" वे दोनों मेनका के बाग में बेला के झाड़ तले शीतल छाया में घास पर निर्वस्त्र लेटे थे।

मेनका ने कंधे झटके। "सावधान? मैं तो शुक्र मना रही हूँ कि बात खुल गई और अब हमें छिप कर रहने की आवश्यकता नहीं है।" वह और पास आई और अपनी बाँह उसकी कमर के इर्द-गिर्द लपेट दी।

उसने वसु को देखा। प्रायः शांत रहने वाला वसु भी अनमना-सा दिखा। वह उसके पास लेटी, इस भाव को समझ सकती थी। वह उसकी मांसपेशियों की ऐंठन, मुट्ठी में भिंचे हाथ और भिंचे जबड़ों को महसूस कर सकती थी।

मेनका ने उसे दिलासा देने के लिए बेपरवाही से कहा, "दरअसल वह मुझे क्षमा नहीं कर पाई कि मैंने तुम्हें छीन लिया।" अप्सराओं की रानी होने के नाते उसे लगता है कि मेरे जैसी छोटी अप्सरा के हाथों तुम्हें खोना उचित नहीं था। उसे तुम्हारे बदले में नलकुबेर और तुम्बरु मिले। वे दोनों उसका ही पक्ष लेते हैं।"

वसु को चैन नहीं आया। उसने अपनी छाती पर भटकती मेनका की अँगुलियों को अपने हाथों में लेते हुए कहा, "उसके पास तो पहले से ही सब श्रेष्ठ है। तुम्बरु गंधर्वों में सर्वश्रेष्ठ है, स्वर्ग में उनके जैसा स्वर किसी के पास नहीं, नारद भी उनसे ईर्ष्या रखते हैं और नलकुबेर, धन के स्वामी कुबेर का पुत्र है।"

मेनका बोली, "परंतु उसके पास तुम नहीं हो। या फिर तुम उसके पास थे, इसलिए तुमसे अलग होना उसे पसंद नहीं आया?"

वसु मुस्कराया, "पिछले प्रेम प्रसंगों का नाम भी मत लाना।" उसने उसके होंठों पर अपनी अँगुली रख दी।

मेनका ने मारे जलन के अचानक अपना होंठ काट लिया, "तो तुम कभी उसके साथ थे?

"मेनका, तुम अच्छी तरह जानती हो कि गंधर्वों और अप्सराओं के जीवन में कोई नियम नहीं होते। हम समय-समय पर अपना साथी बदलते हैं। परंतु कभी-कभी ऐसे दुर्लभ अवसर भी आते हैं, जब हमें कोई प्रिय प्रेमी, मित्र और साथी मिल जाता है..." वसु ने उसकी चिबुक थाम कर कहा। वसु पूरे अधिकार से अपना अँगूठा उसके कस कर भिंचे होंठों पर तब तक फिराता रहा, जब तक मेनका उसे मुँह में रख कर हौले से चूसने नहीं लगी। '... वैसा ही साथी, जैसे मेरे लिए तुम हो।'

"परंतु अब?" मेनका ने वसु का अँगूठा ज़ोर से दबाते हुए शरारत की।

मेनका ने प्रश्न पूछा था परंतु उसे शीघ्र ही अनुभव हुआ कि वह एक प्रश्न से अधिक, एक वाक्य था जो उनके संबंध के स्तर से जुड़ा था। स्वर्ग

में कुछ भी स्थायी नहीं था, किसी भी चीज़ पर स्वामित्व संभव नहीं था, किसी भी चीज़ को निजी नहीं कह सकते। यह तभी तक आपकी है, जब तक आप इसका आनंद उठाते हैं - फिर चाहे वह सत्ता हो, प्रेम या फिर वासना।

वसु आलस्य से भरी मुस्कान में मग्न था, उसे मेनका के सुर में छिपी जलन से कोई अंतर नहीं पड़ा, "मेरी मोहिनी, तुम्हारे प्रशंसकों की गिनती भी कुछ कम तो नहीं।" वह उसका कान गुदगुदाते हुए हौले से बोला, "और मैं केवल इंद्र की बात नहीं कर रहा।" उसने कहा।

मेनका के माथे पर बल आ गए। वह अपने होंठ हाथ से खींचते हुए सोचने लगी कि वसु किसकी बात कर रहा था।

"ओह, तुम उरण्यु की बात कर रहे हो। मुझे मानने में कोई हर्ज़ नहीं कि हम कभी एक थे, पर फिर हम अलग हो गए।" मेनका ने उदासीनता से कहा।

वसु ने कहा, "पर वह अलग नहीं हो पाया। वह अब भी उदास और प्रतीक्षारत नेत्रों से तुम्हारी राह देखता है। उसे देख कर मुझे बहुत बुरा लगता है।"

मेनका ने हँसते हुए अपने खुले बाल मुट्ठी में लपेट कर कहा, "यह चुनाव मेरा था।" वसु उसे इस तरह बाल लपेटते हुए देख हमेशा उत्तेजित हो जाता था। जिस तरह वह अपने हाथ उठाती, उसके गोल कंधे, नंगी पीठ और लंबी सुराहीदार गर्दन का पिछला हिस्सा और भी उत्तेजक दिखने लगते। "जिस तरह यह तुम्हारा चुनाव था, एक बार तुमने मेरी बजाए रंभा को चुना था। मुझे अब जा कर इसका अनुभव हआ, पर बहुत देर हो चुकी। हम सभी के पास कभी न कभी कोई चुनाव होता है - यह हम पर निर्भर करता है कि हम उन्हें कैसे चुनते हैं। वही हमें बनाते हैं।"

"या फिर हमें बिगाड़ते हैं।" वसु ने हौले से से उसकी खुली गर्दन को चूमा और उसका हाथ धीरे-धीरे उसके वक्षस्थल के उभार पर घूमने लगा।

वह अब भी व्याकुल लग रहा था। उसे इस बात से परेशानी नहीं थी कि दूसरे गंधर्व को उसकी पत्नी से प्रेम था। रंभा कहीं अधिक ख़तरनाक बैरी थी। उसे अब भी याद था कि वह मेनका को कैसी खा जाने वाली नज़रों से घूर रही थी।

"पर मेनका, थोड़ा सावधान रहो। यह मेरे और उसके काम प्रसंगों से कहीं अधिक है। यह उसकी ईर्ष्या से भरे अहं का प्रश्न है, जिसे मैंने नहीं, तुमने आहत किया है। वह तुमसे जलती है - तुम्हारी सुंदरता, आकर्षण, लोकप्रियता और इंद्र से तुम्हारी घनिष्ठता से जलती है। वह तुम्हारी रानी होने के बावजूद तुम पर कोई नियंत्रण नहीं रख पाती। डोर तो इंद्र के हाथों में है, जिसके संरक्षण और तुम्हारे प्रति लगाव को सभी जानते हैं। यह तो स्पष्ट है कि तुम उसकी प्रिय हो और वह इस बात को कभी नहीं छिपाता। वह तुम्हारे लिए दीवाना है और लगभग नेत्रहीन, मेनका। मैंने उसे आज देखा - वह तुम्हारे हाथों का खिलौना है! उसने यह कहते हुए उसकी गर्दन के कोमल वक्र पर होंठ फिराए। वह एक क्षण के लिए तुम्हें आँखों से ओझल करना सहन नहीं कर सकता। यही कारण है कि भले ही तुम जो भी करो, वह तुम्हें कभी जाने नहीं देगा। और मेरी मेनका? मेरी यह बात तुम भी अच्छी तरह जानती हो, है ना?" उसने हौले से कहा। उसकी अँगुलियों ने मेनका की जंघा के भीतरी हिस्से को थाम रखा था। कहते हैं कि इंद्र ने अपने हज़ार नेत्र बना रखे हैं ताकि तुम जहाँ भी जाओ, वह तुम पर नज़र रख सके!"

"क्या वह मुझे अब भी देख रहा है।" मेनका ने घास से उठ कर, इधर-उधर ताका और कृत्रिम हँसी हँसने लगी। जब वह गरिमामयी ढंग से उठ कर आसपास देखने लगी तो वसु मुस्करा दिया, मेनका ने अपनी पतली भुजाओं को निःसंकोच उठाया तो उरोजों का उभार स्पष्ट दिखने लगा। उसकी पीठ का नाजुक-सा घुमाव एक मेहराब बना रहा था।

"हो सकता है, मुझे पूरा यक़ीन है कि उसके गुप्तचर हर स्थान पर हैं।" वसु ने दाँत निपोरे। उसकी आँखें अपने सामने दिख रहे उस अद्‌भुत सौंदर्य को पी रही थीं। परंतु उसकी आँखें गंभीर थीं। "तुम उसकी दुर्बलता हो और यही तुम्हें शक्तिशाली बनाता है।" उसने उसे याद दिलाया। "मेनका, तुम केवल एक सुंदर अप्सरा ही नहीं, तुम बहुत शक्तिशाली भी हो। और रंभा को इसी बात का भय सताता है। क्या तुम्हें इसका अहसास है?"

"शक्ति तभी सार्थक है जब इसका प्रयोग किया जाए।" मेनका ने अपनी पूरी देह को उसके ऊपर लाते हुए कहा, वह अपने शरीर पर उसकी नग्न त्वचा का स्पर्श अनुभव कर रही थी। "मैं किसी भी रूप में, किसी पर भी इसका प्रयोग नहीं करना चाहती।"

"तुम नहीं चाहतीं? तुमने आज इंद्र के साथ बहुत अच्छी तरह इसका प्रयोग किया और इस समय मेरे साथ कर रही हो..." वसु दबी हँसी के साथ बोला। उसने अपनी दोनों भुजाओं में मेनका को घेर लिया और उन्हें उसकी कमर पर टिका दिया। और तुम अच्छी तरह जानती हो कि इंद्र को कैसे अपने इशारों पर नचाना है।"

"मैं उसे इसी तरह सँभालती हूँ - वह अहंकारी है और इतना-सा भी नैतिक साहस नहीं रखता!" मेनका ने वसु की चिंतित दृष्टि की ओर देख कर कहा। "उसके अहं को निरंतर पोषित करना पड़ता है।"

अचानक वसु के मन में एक बात आई और उसके मुख की मुस्कान लुप्त हो गई। "ईश्वर नहीं करे, यदि किसी दिन उसका तुमसे मोह भंग हो गया तो? तब वह स्वर्ग में तुम्हारा अंतिम दिन होगा। हमारा स्वर्ग में अंतिम दिन होगा।" उसने स्वयं को सुधारा और अपना सिर पीछे झटक दिया। उसके घने केश बिखर गए और माथे पर चिंता की लकीरें दिखने लगीं। वह सुंदर लग रहा था परंतु वह उसके मुख से चिंता की रेखाओं को पोंछ देना चाहती थी।

मेनका ने सिर हिलाया और अपना मुख उसके पास ला कर बोली, "यह केवल उसकी ओर से मूर्खता भरा आकर्षण ही नहीं हैं; इंद्र को मेरी आवश्यकता है और वह कभी मुझे बाहर नहीं निकालेगा।" उसने कहने को तो कह दिया परंतु उसके होंठों पर एक कड़ी मुस्कान थी। "हमें उनके बारे में सोच कर अपनी ऊर्जा नष्ट नहीं करनी चाहिए - खुले आकाश के साए तले प्रेम करने से उत्तम कुछ नहीं हो सकता।" उसने आह भरी और नीचे झुक कर, वसु के मुख को हौले से चूम लिया। फिर वह उसके होंठों से खेलने लगी। "प्रिय, तनाव मत पालो, वह दिन कभी नहीं आएगा, मैं तुम्हें विश्वास दिलाती हूँ।"

वसु ने भी मन ही मन मनाया कि ऐसा ही हो। परंतु उसके भीतर कहीं भय की छोटी चिंगारी दबी रह गई थी।

कौशिक ने संतुष्टि भरी साँस ली। सब कुछ ठीक वैसा था, जैसा उन्होंने अपने लिए चाहा। उनके राज्य कान्यकुब्ज का विस्तार हो रहा था, वे अपने

सारे युद्ध जीत चुके थे, शत्रुओं को अधीन कर चुके थे, प्रजा प्रसन्न थी और साम्राज्य प्रति दिन संपन्न हो रहा था। वे अपने पिता और पुरखों की संतान थे - महान राजन, कुश और उनके पुत्र कुशनाभ, विख्यात राजर्षि। उन्हें जो राजसी उत्तराधिकार मिला था, उन्हें उसे और श्रेष्ठ बनाना था। केवल अच्छा बनने से बात नहीं बन सकती थी। जब वे युवावस्था में आए, तभी से उनके हृदय में अपने पूर्वजों से आगे निकलने की गहरी इच्छा धधक रही थी। राजा गाधि का पुत्र होना सरल नहीं था; उनके पिता एक बुद्धिमान राजा थे, जितने महान, उतने ही सत्यनिष्ठ। कौशिक को विरासत में सिंहासन मिला किंतु उन्हें तो बहुत कुछ करना था, कुछ बहुत ही विराट!

कौशिक व्याकुलता से हिले।

"क्या हुआ?" हेमवती ने धैर्य से पूछा। वह अपने पति के तेज़ी से बदलते मनोभावों से परिचित थी। वे अपने मनोभावों के अधीन थे, प्रायः गहरे मौन और असहज-सी व्याकुलता के बीच बने रहते। हेमवती ने पति को ध्यान से देखा। वे अपने ही विचारों में खोए थे और उनका चेहरा विकृत हो आया था। कुछ ही क्षण पूर्व वे प्रसन्न और संतुष्ट थे और उनकी सारी सुबह मुस्कराहट के बीच बीती थी। उसने उन्हें फिर से देखा। वे आकर्षक तो थे किंतु सुंदर नहीं थे। वे देवों की तरह कोमल और मुलायम त्वचा और सुंदरता का दावा नहीं कर सकते थे, परंतु उनका ऊबड़-खाबड़ चेहरा ही उन्हें चुंबकीय बनाता था। वे लंबे क़द के थे और सब कुछ भेद देने वाली छोटी सचेत आँखों पर घनी और मोटी भौंहें थीं। उनकी मज़बूत और तीखी नाक ही उन्हें एक ख़ास तरह का चरित्र प्रदान करती थी, उनकी विचित्र निमर्मता का परिचय मिलता था। उनकी गहरी दरारयुक्त चिबुक पर उनके होंठ गहन मौन में भिंचे थे। उनके उदार और भरपूर होंठ सदा मुस्कराने को तत्पर दिखते। जब भी वे ऐसा करते तो गालों पर गड्ढे दिखने लगते। उनके इस गहन गंभीर स्वर ने ही उन्हें इतना लोकप्रिय बना दिया था - प्रजा और रानियाँ, दोनों ही उन पर जान छिड़कते थे। हेमवती उन्हें स्नेहपूर्वक देखती रही। उनकी चौड़ी और गालों पर गड्ढे लाने वाली मुस्कान किसी को भी आसानी से लुभाते हुए, शत्रु को भी मित्र बना सकती थी। यही कारण था कि वे अपने रोष और दंभ के बावजूद सबके प्रिय और चहेते थे। जब वे मुस्कराते नहीं थे तो उनका कठोर चेहरा लगभग धृष्ट जान पड़ता था, जैसे कि वे इस समय दिख रहे थे। उनकी लंबी गठीली देह, आगे की ओर

आक्रामक तरीक़े से झुका हुआ सिर, उनके कस कर भिंचे जबड़े, अडोल छोटी भूरी आँखें; यह सब मिला कर क्रूर प्रचंडता रचते थे।

"क्या हुआ है?" उसने फिर से पूछा। "आप अभी एक युद्ध जीत कर लौटे हैं और इतनी जल्दी दोबारा कोई और बात आपको परेशान करने लगी?"

"मुझे एक और युद्ध आरंभ करना होगा।" कौशिक ने लंबे अंतराल के बाद कहा। वे विचार कर रहे थे कि क्या उन्हें अपने इस युद्ध की सूचना अपनी पत्नी को अभी दे देनी चाहिए। वे जानते थे कि यह सुनते ही वह अप्रसन्न होगी, जैसा कि हमेशा होता था और वे अधीर हो जाते। हेमवती को स्मरण रहना चाहिए कि उसने एक राजा से विवाह किया है। *सभी राजाओं से बढ़ कर,* कौशिक ने स्वयं को सुधारा, *एक सम्राट।*

हेमवती के सौम्य मुख से मुस्कान लुप्त हो गई। ना चाहते हुए भी उसके मुख से निकल ही गया, "अब और नहीं।" हालाँकि उसे पता था कि यह सुन कर उसके पति खीझेंगे। उसने मन ही मन स्वयं को कोसा, वह जानती थी कि उसे अपने पति को बेहतर तरीक़े से सँभालना सीखना चाहिए। *जिस तरह उनकी अन्य रानियों रेणु और शीला ने किया।* हेमवती के मुख में कटुता घुल गई। *या तो वे बुद्धिमान हैं या मेरा ही स्वामिगत भाव अधिक है।*

"मेरे पिता ने मुझे एक दायित्व सौंपा है।" कौशिक ने संक्षेप में कहा। "मुझे उससे परे जाना है - मुझे उनके राज्य को उससे कहीं अधिक बड़ा और मज़बूत बनाना है जैसा मुझे दिया गया था।"

हेमवती ने सिर हिलाया। "आप एक राजा थे और अब एक सम्राट बनना चाहते हैं।" उसने तर्क दिया, "आप सब पर शासन करना चाहते हैं। परंतु यह विजय पर्व कब समाप्त होगा? और क्यों, किसके लिए? हमारे पुत्र के लिए? या फिर केवल आपकी महत्त्वाकांक्षा के लिए?" हेमवती के स्वर में निराशा का पुट था।

"तुम कैसी रानी हो, जो यह नहीं चाहती कि उसका पति सबसे बलशाली सम्राट बने?" कौशिक अब खीझे हुए दिखे।

"एक असंतुष्ट रानी! उसने उत्तर दिया। मैं महान शासक की अनेक पत्नियों में से कोई एक बनने के बजाए किसी विनम्र राजा की एक रानी बनना पसंद करूँगी!"

कौशिक ने उसे अविश्वास से देखा। “अब तुम किस बात का उलाहना दे रही हो? मैं अन्य रानियों के कारण तुम्हें प्यार नहीं करता? मेरी प्रिय हेमा, अब तक तो तुम्हें पता चल जाना चाहिए था कि ये विवाह अनिवार्य रूप से राजनीतिक संबंधों के लिए होते हैं और...”

“...और आपने उनसे इसलिए विवाह किया ताकि आप उन्हें जीते हुए पुरस्कारों के रूप में दिखा सकें? हाँ, परंतु इससे आपकी पत्नी के रूप में मेरे अधिकार का भी हनन होता है। मुझे आपको उनके साथ बाँटना पड़ता है।” वह बोली।

“मैं सब कुछ सँभाल सकता हूँ परंतु मुझसे एक ईर्ष्यालु पत्नी नहीं सँभाली जाती।” उन्होंने परेशान होते हुए कहा। “यहाँ मैं योजना बना रहा हूँ कि एक और अभियान के लिए क्या किया जाए और प्रिय, तुम अपने वैवाहिक अधिकारों का रोना ले कर बैठ गईं! तुम मेरी पटरानी हो और इससे अधिक क्या चाहती हो?”

“आपको!!” वह चिल्लाई। “आप जिन रक्तरंजित युद्धों से प्रेम करते हैं, उनमें से ही किसी में आपकी मृत्यु हो सकती है। परंतु मैं अपने लिए विलाप नहीं करती।” उसने कहा। हेमवती का गुस्सा अचानक शांत हो गया और वह व्यग्रता के नए ही प्रवाह में बहने लगी। “मैं हम दोनों के लिए, आपके लिए बहस कर रही हूँ। अपनी संतानों और परिवार के लिए बहस कर रही हूँ। हमें अपना थोड़ा समय दीजिए। उसने आग्रह किया, मैं आपको खोना नहीं चाहती!”

कौशिक ने शीघ्र ही उसके भावों के परिवर्तन को जान लिया। उन्होंने फिर से उसके हृदय को आघात पहुँचाया था। वे उसकी अप्रसन्नता के कारण और व्याकुलता अनुभव करने लगे परंतु उनके मन में अपराध बोध का भाव नहीं था। वे स्वयं को बदल नहीं सकते थे। और ना ही अपनी पत्नी का दृष्टिकोण बदल सकते थे। उन्होंने उसे निहारा। ते एक आकर्षक, लंबी, शहद जैसे वर्ण वाली, अपनी काली आँखों और लंबे सीधे केशों के साथ गरिमामयी रूप से राजसी जान पड़ती थी। उसके केश सदा बँधे रहते। यदि वह उन्हें खुला रखती तो संभवतः उसके तीखे नैन-नक़्श थोड़े कोमल लग सकते थे। उन्होंने सोचा। वे उसे बहुत पसंद करते थे। उसकी निर्भीकता, स्पष्टवादिता, विचार और मर्यादित आचरण, परंतु उसके प्रति उनके मन में एक सहज आदर का भाव था। वे उसके प्रति प्रेम भाव नहीं रखते थे, जैसा कि वह

अक्सर उलाहना देती। कौशिक अधीर अनुभव करते, उनके पास प्रेम के लिए समय या प्रवृत्ति नहीं थी। यह वासना की तरह नहीं था, प्रेम का भाव मनुष्य को भीतर से सोख लेता है। वे मन ही मन मुस्कराए, स्त्रियाँ और युद्ध, वे केवल उनके लिए ही लड़ते और उन्हें ही चाहते थे।

"हमारे पास सब कुछ है - धन, मान, सत्ता, परिवार और इससे भी महत्त्वपूर्ण, प्रजा का प्रेम और आदर भाव।" हेमवती ने धीरे से कहा। "आप इससे अधिक और क्या चाहते हैं? आप किससे प्रतियोगिता कर रहे हैं? स्वयं से? आप जानते हैं कि आप सर्वश्रेष्ठ हैं। आपने अपने पिता और पितामह को भी बहुत पीछे छोड़ दिया है।" उसने चतुराई से कहा, हालाँकि वह उनकी तीव्र कामना और इच्छा को अच्छी तरह जानती थी। "आप एक न्यायी, दयालु और प्रजा की देख-रेख करने वाले राजन हैं। अपने स्वयं को एक बलशाली योद्धा के रूप में प्रतिष्ठित किया है, आप युद्धकला में इतने निपुण हैं कि कोई आपको चुनौती देने का साहस नहीं कर सकता। आप वीर और पराक्रमी हैं, किसी से भयभीत नहीं होते, ना तो किसी शत्रु से और ना ही अनंत से। आप अजेय हैं। तो कौशिक, आपको राजाओं को चुनौती देने और युद्ध करने से क्या हासिल होगा? आपके भीतर हर बार और अधिक सफलता अर्जित करने की इच्छा क्यों जाग जाती है?"

कौशिक के होंठ एक पतली और गुस्सैल रेखा में खिंचे थे, आँखें महल के प्रांगण से बाहर का दृश्य देख रही थीं उनका राज्य सुदूर क्षितिज से भी आगे तक फैला था। अगर वे दावा करते कि उन्होंने अपनी प्रजा को सब कुछ दिया था तो यह कोई अतिशयोक्ति नहीं थी। उनका राज्य संपन्न था जिस प्रकार स्वर्ग में अमरावती थी, वह भूमि धन-धान्य से संपन्न थी। फिर भी वे और अधिक चाहते थे - वे अपनी प्रजा को और अधिक देना चाहते थे। यह केवल अधिग्रहण की बात नहीं है। कुछ पाने से सत्ता का सुख तो मिलता है परंतु कुछ देने से उन्हें नियंत्रित प्रभाव का अहसास होता था। वे एक ऐसे राजा के रूप में प्रसिद्ध होना चाहते थे, जो अपनी प्रजा के सहयोग के पुण्य से राजा बना हो। केवल अपने अधीन किए गए राज्यों के बल पर नहीं। उन्हें समझ आया कि हेमवती इस बात को कभी समझ नहीं सकेगी। फिर उन्होंने धीरे से सिर हिला दिया।

कौशिक को युद्ध की गंध का आभास आते ही भीतर से जानी-पहचानी उत्तेजना की लहर अनुभव हुई और अब वे जानते थे कि उन्हें क्या करना था।

उन्हें केवल अपनी योजना को साकार रूप देना था। वे अपने सेनापति को आदेश भेजेंगे कि वह आधे घंटे के भीतर उनके पास आ कर सैन्य अभियान के आरंभ की चर्चा करे।

हेमवती ने जैसे उनके मन की बात भाँप ली। कौशिक फिर से युद्ध के लिए प्रस्तुत थे - वे अपना मन बना चुके थे। क्या वे उसके पास सुरक्षित लौटेंगे?

"क्या आपके भीतर सत्ता की कभी ना मिटने वाली क्षुधा है?" उसने हौले से पूछा। "ऐसा और क्या है जिस पर आप विजय पाना चाहते हैं?"

"मैं एक राजा के रूप में जन्मा था।" वे हौले से बोले। "परंतु मैं एक सम्राट के रूप में सारे संसार पर शासन करना चाहता हूँ और मैं इसे पा कर रहूँगा।"

स्वर्ग में संकट

अमरावती अंतहीन सुख और आनंद का सदा बने रहने वाला लोक था, वह एक ऐसी नगरी थी जिसमें वास करने वालों की कभी मृत्यु नहीं होती थी। मेनका जानती थी कि उसके पास उस नगरी की तरह सब कुछ था - सुंदरता, युवावस्था, अमरत्व, प्रेम और पुरुषों पर एक विचित्र-सा सम्मोहन। परंतु फिर भी उसका संतोष कहीं न कहीं खोखला-सा था। अथवा वह प्राचुर्य की समस्या से पीड़ित थी? हो सकता है कि उसके पास सब कुछ बहुत अधिक हो? मेनका केवल कल्पना ही कर सकती थी, जब वह कुछ तय नहीं कर पाती, तो इससे उसकी व्यग्रता और भी बढ़ जाती, जो उस दिन प्रातःकाल उसके नृत्य प्रदर्शन मुद्राओं में झलक रही थी।

कामदेव कुछ नई नृत्य मुद्राओं पर चर्चा कर रहा था, उसने शीघ्र ही मेनका में आए इस परिवर्तन को लक्ष्य किया। “तुम्हारा ध्यान इतना विचलित क्यों है?” उसने तीक्ष्णता से पूछा। “इन दिनों तुम नृत्य पर एकाग्र नहीं हो पा रहीं?”

मेनका ने यह फटकार सुन कर अपना होंठ काटा।

कामदेव के चेहरे पर खीझ दिखी, अन्यथा उसका चेहरा हास्य-बोध से जगमगाता था। मेनका से यदा-कदा ही भूल होती थी; वह एक अच्छी शिष्या थी और कामदेव द्वारा सिखाए प्रत्येक शब्द, मुद्रा, भंगिमा और चरणों को शीघ्र ही सीख लेती थी। संभोग करना केवल यौन परित्याग का भाव नहीं होता, यह एक रचनात्मकता थी - सृजन और भाव। एक उन्नत कौशल, एक निपुणता, एक ऐसी कलात्मकता जो केवल धैर्य और संयम से सीखी जा सकती है। मेनका के पास ये शक्ति और बुद्धि दोनों ही थीं।

"अपने व्यक्तित्व का त्याग कर दो, जब भी नृत्य करो और पुरुष को अपने अंतिम लक्ष्य के निकट ले जाओ, परंतु इससे पूर्व अपनी ही भंगिमा से उसके भीतर काम तनाव उत्पन्न करो। तुम्हें उसे स्पर्श नहीं करना है। उसे अपनी दृष्टि और हर भंगिमा से लुभाओ - नृत्य उसी भाषा की अभिव्यक्ति है! कामुक बनो - कामोत्कर्ष की साधना सीखो। कोई शब्द नहीं हों, यह देह का खेल है - आदिम और तरल। कामुक, मादक, कपटी और निर्लज्ज बनो!"

मेनका ने आह भरी और ऐसा लगा जैसे उसकी देह क्लांत हो गई हो। मेनका ने रुखाई से सोचा कि कामदेवता को प्रेम और काम का देव कहना उचित ही है। कामदेव, गंधर्व तुम्बरु और ऋषि मुनि ने अप्सराओं को नृत्य कला सिखाई ताकि वे पुरुषों को लुभा सकें। वे स्वर्ग की सभा में नाचने वाली अप्सराएँ थीं, जिन्हें संभोग की पैंसठ मुद्राओं में प्रशिक्षित किया गया था।

"तुम्हारा नृत्य उत्तेजक होना चाहिए।" तुम्बरु अधीरता से चिल्लाया। "तुम उन छब्बीस अप्सराओं में से हो, जिन्हें मैंने और कामदेव ने इंद्र के दरबार की शोभा बनाने के लिए चुना था। तुममें से प्रत्येक, एक ललित कला का प्रतिनिधित्व करती हो। याद रखो, नृत्य मादकता है जिसमें दैहिक प्रलोभन सूक्ष्म रूप से शामिल है। यह केवल देह का प्रदर्शन मात्र नहीं - वह तो कोई भी कर सकता है। तुम कलाकार हो, तुम ऐसी राजनर्तकियाँ हो जिन्हें कुछ विशेष पुरुषों को प्रसन्न करने, बलशाली को मोहने, कठोरतम को दुर्बल करने के लिए निपुण बनाया गया है - वे नश्वर मनुष्य, असुर, देव अथवा ऋषि हो सकते हैं!" वह ताल में तेज़ी लाने के लिए भुजाएँ हिलाते हुए बोला। "पुरुष सदा से स्त्री की सुंदरता के प्रति भावुक रहा है। यह उसकी दुर्बलता है और कई बार इसे छिपाने के लिए कुछ लोग आक्रामक भी हो जाते हैं। मादा यौन शक्ति के प्रति इस पुरुष संवेदनशीलता से ही कामजनित उत्तेजना पैदा होती है। ये दोनों ही अद्भुत और आक्रांत करने वाले हैं। प्रायः पुरुष अपनी काम शक्ति के अभाव में स्त्रियों का अपमान करते हैं। हे अप्सराओं, सचेत रहो, वे तुम्हें शक्तिशाली और लोभनीय मानने के बावजूद यौन आक्रामकता के समय दुर्बल मानते हैं। तुम्हें हिंसा से दूर रहना चाहिए, पता होना चाहिए कि इसे कैसे साधना है और फिर भी वासनाओं को बनाए रखना है, वासना उत्पन्न हो परंतु अग्नि पर नियंत्रण हो। इस प्रकार..."

मेनका को अपने गुरु के शब्द सुनाई ही नहीं दे रहे थे। वह बहुत अस्वस्थ अनुभव कर रही थी, जो अनश्वर प्राणियों की उस भूमि पर एक

विचित्र और दुर्लभ अनुभव था। उस स्थान पर रोग अथवा मृत्यु नहीं थे, परंतु फिर वह क्यों शारीरिक रूप से अस्वस्थ अनुभव कर रही थी। उसकी टाँगों में बुरी तरह से ऐंठन हो रही थी, पीठ में दर्द था और भरे हुए उरोजों में एक मीठी-सी पीड़ा अनुभव हो रही थी। यह सब उस सुबह के काम ज्वार के कारण नहीं था। अचानक उसके आगे वसु और उसका वह चित्र कौंध गया - वसु अपने होंठों के पूरे ताप के साथ उसकी निर्वस्त्र देह पर, उसे छूते हुए, अपने मुख से उसके पूरे अस्तित्व को प्रकट करते हुए, दुर्बल बना रहा था, उसे वासनाओं के आवेग में ले गया था। उसने अपनी आँखें बंद कर लीं, उसका सिर फिर से चकराने लगा था।

यह सब नृत्य की घुमावदार मुद्राओं के कारण भी नहीं था। वह लड़खड़ाई और कामदेव झट से उसकी ओर भागा। उसने निकटतम स्थान पर उसे सहारा दे कर बिठा दिया।

"क्या तुम स्वस्थ नहीं हो?" उसने मेनका के म्लान और उतरे हुए चेहरे को देख व्याकुलता से पूछा।

"इसे श्वास लेने का थोड़ा समय दो।" उसकी पत्नी रति बोली। "खिड़की खोल दो ताकि थोड़ी ताज़ा हवा भीतर आ सके और वह शीघ्र ही अच्छी हो जाएगी। तुम अभ्यास आरंभ करो, मैं इसके पास बैठती हूँ।" वासना की देवी ने, अपने चकराए हुए पति को दिलासे से भरी मुस्कान दी।

मेनका ने कुछ गहरी साँसें भरीं और उसकी व्याकुलता धीरे-धीरे घटने लगी। उसने रति को आभारपूर्वक देखा।

"धन्यवाद, पर मैं भी कितनी मूर्ख हूँ। मुझे उठ कर अपना अभ्यास जारी रखना चाहिए।" वह जल्दी से उठी पर फिर से सिर चकराया और उसे जबरन दोबारा बैठना पड़ा। मेनका ने असहज महसूस किया। ऐसा लगा जैसे मुख में पित्त का स्वाद आ गया हो, उसका गला भीषण रूप से संकुचित हो रहा था।

"बस यहीं लेटी रहो।" रति ने कहा। "कुछ देर बिलकुल मत हिलो। अपने होश-हवास क़ायम करो। विश्राम लो!"

मेनका ने आज्ञा का पालन किया और लेट गई। "मुझे क्या हुआ है?" वह खीझते हुए कराही, भीतर से दोबारा जी मिचलाया।

रति ने उसे पैनी नज़रों से देखा। वह उसकी शिक्षिका थी और उसे संभोग के लिए अनूठी काममुद्राओं का प्रशिक्षण देती थी। मेनका बहुत जल्दी उन्हें सीख लेती और अपनी ओर से कुछ नया शामिल कर, एक नए रूप में प्रस्तुत करती। इसमें कोई आश्चर्य नहीं, सभी देवों के बीच वही सबसे अधिक वांछित थी और केवल अपने अपवादित नृत्य कौशल के लिए ही नहीं जानी जाती थी। वसु कहीं बेहतर जानता होगा, वह दबी मुस्कान के साथ सोचने लगी। मेनका का उतरा हुआ चेहरा देख कर ही उसने अनुमान लगा लिया कि उसे क्या हुआ होगा। मेनका पिछले पंद्रह दिन से अस्वस्थ अनुभव कर रही थी और यह साधारण प्रसंग नहीं था। स्वर्ग में कोई रोगी नहीं होता था। परंतु रति तय नहीं कर पा रही थी कि उसे मेनका को बताना चाहिए या नहीं। परंतु यही उचित होगा कि दिव्य चिकित्सक धन्वंतरि से सुनने के बजाए, वह रति के मुख से ही सुने। वह झट से इंद्र को सूचित कर देगा और पूरे स्वर्ग में तहलका मच जाएगा। मेनका के लिए यही सुरक्षित होगा कि किसी तीसरे व्यक्ति के बजाए, स्वयं वही इंद्र को इस बारे में सूचना दे। परंतु अभी तो मेनका को ही उसकी स्थिति से अवगत कराना होगा।

उसने देखा कि मेनका को फिर से उबकाई आ रही थी।

"मुझे लगता है कि शायद तुम गर्भ से हो, मेनका।" रति ने उसे हौले से छूते हुए कहा।

इसके बाद एक लंबा-सा मौन छा गया और रति सोचने लगी कि क्या मेनका ने उसकी बात सुनी भी या नहीं, या वह थकान के मारे सो चुकी थी। परंतु मेनका उसे ताक रही थी, उसके होंठ और नेत्रों से जैसे किसी ने अचानक चमक छीन ली थी। उसने कुछ कहना चाहा पर फिर से उबकाई आने को हो गई। सच का स्वाद तो और भी कटु था।

"गर्भवती?" उसने भिंचे हुए दाँतों से अपने होंठ को खींचते हुए, लड़खड़ाते स्वर में दोहराया। "परंतु अप्सराएँ तो गर्भवती नहीं होतीं!" उसने आश्चर्यचकित होते हुए अपना सिर हिलाया।

"वे हो सकती हैं और होती हैं।" रति ने उसे सुधारा। "उर्वशी और ऋषि विभंडक ने ऋष्यश्रंग को जन्म दिया, राजा पुरुरवा और घृताची से नौ पुत्र जन्मे और राजा कुशनाभ से पुत्रियों को जन्म दिया।"

“परंतु उन्हें तो उन प्राणियों को लुभाने के लिए गर्भ में धारण किया गया था।” मेनका ने तर्क दिया। इस नई सूचना का भार उसे अपने तले निरंतर दबा रहा था।

“नहीं, अप्सराएँ वासना से संतान पैदा नहीं कर सकतीं। उन्हें प्रेम में होना होता है, जैसे तुम हो।” रति ने कहा। “अप्सराएँ वासना और कामना की पूर्ति के लिए हैं, वे प्रेम के बिना संतान पैदा कर ही नहीं सकतीं। परंतु वे यह भी तो नहीं जानतीं कि प्रेम होता क्या है। वे प्रेम करने के लिए बनी ही नहीं हैं। परंतु मेनका, तुमने प्रेम किया है।” रति ने उसे हौले से याद दिलाया।

यह सुनते ही मेनका अपने भ्रम के बीच भी मुस्कराने लगी।

“देखा, यह वासना का नहीं, प्रेम का चमत्कार है।” रति मुस्कराई। “वासना केवल क्षणिक होती है परंतु मेरा मानना है कि प्रेम कहीं अधिक स्थायी है। यह निश्चित रूप से लंबे समय तक बना रहता है।”

यह कोई प्रश्न नहीं था, रति का निरीक्षण था। उसने मेनका को संभोग कला की निपुणता के बीच देखा और जाना था - उग्र, विक्षिप्त की भाँति, स्वयं पर नियंत्रण रखते हुए, अपने पुरुष की वासना की पूर्ति करना। उसे रति ने ही तो शिक्षण दिया था। परंतु वह यह समझ नहीं पा रही थी कि मेनका के जीवन में प्रेम ने किस समय प्रवेश किया होगा। अप्सराओं को तो प्रेम करने के लिए ही नहीं बनाया गया। उनके पास कोई हृदय नहीं होता - उन्हें हृदयहीन होने का प्रशिक्षण दिया जाता था। वे तो क्षणिक वासना की पूर्ति का साधन थीं - जिस प्रकार कामना, सत्ता और संपदा - भले ही क्षणिक आनंद देते हों परंतु इतने अस्थायी और भंगुर होते हैं कि देखते ही देखते हाथों से फिसल जाते हैं। ये निष्ठावान नहीं होतीं; इन्हें केवल स्वयं पर और अपने संभोग कौशल पर विश्वास होता है। वे किसी से प्रेम नहीं करतीं; वे केवल स्वयं से प्रेम करती हैं। वे अपने दिल और दिमाग़ की नहीं सुनतीं; उनकी कल्पना ही उनका नेतृत्व करती है। उन्हें स्वार्थी और दयाहीन बनाया जाता है; वे केवल अपनी देख-रेख करती हैं। परंतु मेनका ने अपने हृदय को दाँव पर लगाने का साहस किया, निश्चित रूप से उसकी जीत होगी... परंतु इस समय “क्या मुझे इस अतिक्रमण के लिए दंड भोगना होगा?” मेनका ने रूखे स्वर में पूछा, उसका चेहरा किसी कुम्हलाए पुष्प की तरह हो गया था।

“प्रेम तो सदा ही दंड देता आया है।” रति ने आह भरी।

और मुझे दंड मिलेगा। मेनका ने अपने निचले होंठ को काटते हुए सोचा। वह भीतर उठते भावों से जूझ रही थी, परंतु जाने क्यों भय उसे चारों तरफ़ से घेर रहा था। उसे वसु को बताना होगा और इंद्र को भी बताना होगा। जब उसे अहसास हुआ कि हिसाब-किताब करने का समय आ गया है तो उसने अपने अनजाने में ही कंधे झटके।

❦

कौशिक उस सेना को घूर रहे थे, जो दूर तक पहाड़ी क्षेत्र में फैली हुई थी। वे युद्ध जीत चुके थे। चारों ओर मुस्कानों, नारों और उल्लास का शोर था परंतु महाराज कौशिक चिंता में डूबे थे। वे जानते थे कि विजयी सेना का तेज़ी से पतन हो रहा था और वे भूखी सेना के साथ अपने घर वापस नहीं जाना चाहते थे। चारों ओर लूट-खसोट हो सकती थी। कौशिक काँप उठे; उन्हें अनावश्यक लूटपाट और हिंसा से घृणा थी। उनकी दृष्टि ने सुदूर प्रवाहित नदी के पास एक दृश्य देखा। कौशिक ने नेत्र सिकोड़े। वह लंबी और फूस से बनी कुटियाओं से भरा आश्रम लग रहा था जो दूर से देखने पर भी अच्छी तरह देखा जा सकता था। उन्होंने चैन की श्वास ली। शायद वे उनसे थोड़ा अनाज ले सकते थे। उन्होंने फिर से अपनी सेना को देखा - धूल से भरी और क्लांत। कौशिक ने तय किया कि वे निजी रूप से आश्रम में जाएँगे।

जब वे घाटी को पार कर, हरे-भरे खेतों से होते हुए आश्रम तक पहुँचे तो वे गर्म हवा और शांति को महसूस कर सकते थे। यही आश्रम होगा, वे मुस्कराए और अपने घोड़े को एड़ लगा दी। आश्रम वैसा ही साफ़-सुथरा था, जैसा उन्हें पहाड़ी से दिखा था। उसमें ऋषि के अनेक शिष्यों का वास था।

"यह किनका आश्रम है?" उन्होंने एक युवक से पूछा।

युवक ने उन्हें अविश्वास से देखा, "ऋषि वशिष्ठ का। क्या आप इस भूमि पर अजनबी हैं?"

"हाँ, और मैं आदरणीय ऋषि को प्रणाम निवेदित करना चाहूँगा।" कौशिक ने उत्तर दिया और अपनी मुस्कान से तुरंत शिष्य का दिल जीत लिया।

"हे राजन, आप मेरे साथ पधारें।" युवक ने कौशिक के राजसी वेश से उन्हें पहचान लिया। "गुरु संध्या-वंदन में लीन होंगे, परंतु वे आपसे

अवश्य भेंट करेंगे। वे इतने महान होने के बावजूद बहुत ही विनीत स्वभाव के हैं।"

कौशिक ने ऋषि वशिष्ठ के बारे में सुना हुआ था। किसने नहीं सुना होगा? वे सात पवित्र ऋषियों - सप्तर्षियों में से थे। वेदों तथा उपनषिदों के पितामह, वे केवल भगवान ब्रह्मा के मानस पुत्र होने के कारण ही ब्रह्मर्षि नहीं कहलाते थे, उनकी कठिन तपस्या, ज्ञान और निःस्वार्थ तप ने ही उन्हें यह पद प्रदान किया था।

कौशिक भले ही बलशाली राजा थे, परंतु वे इतने महान ऋषि से भेंट करने के विचार से संकोच में आ गए। उनके दरबार में भी अनेक ऋषि उपस्थित रहते थे, वे उनकी बात मानते थे और उन्हें एक राजा के रूप में पूरा सम्मान देते थे परंतु इस विनीत आश्रम में, उन्हें अपनी भूख से पीड़ित सेना के लिए सहायता माँगनी होगी। यह कोई समान समीकरण नहीं था और इसलिए उन्हें अच्छा नहीं लग रहा था। कौशिक ब्रह्मर्षि की ओर बढ़ते हुए थोड़ा असहज और विचलित अनुभव कर रहे थे।

ऋषि वशिष्ठ तुरंत ही बाहर आ गए। वे एक लंबे और दुबले वृद्ध थे, परंतु उनके लंबे-लंबे क़दम, आयु को झुठला रहे थे। ज्यों ही वे निकट आए तो कौशिक ने उन्हें ध्यान से देखा। उनके चेहरे पर झुर्रियाँ थीं, परंतु त्वचा पारदर्शी और ताज़ा थी, वह एक विचित्र ही आभामंडल से दमक रही थी जो उनके कोमल नेत्रों से भी झलक रही थी। वे श्वेतकेशी थे, उनके केश लंबी श्वेत दाढ़ी की तरह ही लहरा रहे थे। उनके हाथ आदर की मुद्रा में जुड़े थे।

"आपका अभिनंदन, महाराज कौशिक! मेरे इस विनीत आश्रम में आपका स्वागत है।" वे अपनी दाढ़ी के बीच मुस्कराए। "क्या आप इस ओर से निकल रहे थे, इसलिए विश्राम करने का निर्णय लिया या फिर आप मेरा आशीर्वाद पाने आए हैं, श्रेष्ठ राजन?" उनके नेत्रों की चमक कुछ और बढ़ गई थी।

कौशिक को पल भर में ही ऋषि भा गए। उनके शिष्य ने उचित ही कहा था, वशिष्ठ सभी ऋषियों में पूजनीय होने के बावजूद बहुत ही सरलमना थे - और हास्यबोध रखते थे, कौशिक ने चेहरे पर एक चौड़ी मुस्कान के साथ मान्यता दी।

उन्होंने भी प्रणाम निवेदित किया और गुरु के सम्मुख झुके। "मैं दोनों ही चाहता हूँ, आदरणीय - आपका आशीर्वाद और विश्राम!" वे अपने गंभीर

सुर में बोले। "परंतु मुझे केवल अपने लिए विश्राम नहीं चाहिए..." वे थम गए। उन्हें इस तरह सहायता की याचना करने में संकोच हो रहा था।

"हाँ, राजन कहिए?" वशिष्ठ ने दयालुता से आग्रह किया। "मैं अपनी ओर से यथासंभव सहायता प्रदान करूँगा।"

कौशिक ने तय किया कि उन परिस्थितियों में उनका अंह कहीं अधिक तुच्छ है। "वे बोले, मैं भोजन पाने की आशा से आया हूँ। मुझे केवल अपने लिए नहीं, अपनी सारी सेना के लिए भोजन चाहिए, जो नीचे घाटी में प्रतीक्षा कर रही है। यदि आप दयापूर्वक कुछ अनाज दे सकें तो मेरी सेना का पोषण हो जाएगा।"

उनके मुख से तीव्र प्रवाह में शब्द निकले मानो वे एक बार में ही सब कह देना चाहते हों। उन्होंने अपनी ओर से आग्रह कर दिया था; ऐसा पहली बार हुआ था और यह इतना कठिन भी नहीं था, जितना उन्होंने सोचा था।

वशिष्ठ के मुख पर पहले आश्चर्य और फिर प्रशंसा के भाव दिखे। "हे राजन! यदि आपने केवल अपने लिए सहायता की याचना की होती तो यह स्वार्थ होता। परंतु आपने पहले अपनी सेना के बारे में विचार किया, उनकी आवश्यकता को जाना। आप निजी रूप से मेरे पास आए, यह आपकी उदारता का परिचय है। आत्म-रुचि की नहीं, अपनी प्रजा की सेवा आपकी प्राथमिकता है और यही एक श्रेष्ठ राजा का लक्षण है।"

कौशिक ने अपना सिर हिलाया। "मैंने कुछ भी असाधारण नहीं किया। मुझे अपनी प्रजा की देख-रेख करनी ही है। आपके आश्रम में कोई राजा नहीं, अपनी प्रजा के भोजन के लिए चिंतित व्यक्ति आया है।"

"हे श्रेष्ठ राजन! अब आपको चिंता करने की आवश्यकता नहीं है। आइए, अपनी सेना को इधर ही बुला लीजिए। आपकी सेना को भरपेट भोजन मिलेगा!" वृद्ध ऋषि ने आत्मीयता के साथ कहा।

इस बार आश्चर्यचकित होने की बारी कौशिक की थी। पूरी सेना को भोजन करवाना? वे चकित हो कर बोले, "मैं तो आपसे केवल कुछ बोरे अनाज की याचना करने आया था ताकि वे एक दिन का काम चला सकें परंतु..."

"हे राजन, आप चिंता नहीं करें। आप और आपकी सेना, जितने दिन चाहे, विश्राम करते हुए पर्याप्त भोजन कर सकती है।" वशिष्ठ ने दिलासा

दिया। "मेरे पास पर्याप्त भोजन है – इतना भोजन है कि सारी सेना का पेट भर सकता है। कृपया उन सबको ले आएँ। मेरा आश्रम एक अच्छे अतिथेय की भूमिका अदा करेगा।"

एक घंटे बाद, कौशिक को ऋषि की ओर से मिले आश्वासन के लिए संतुष्ट होना ही पड़ा। उन्होंने उनके हज़ारों की संख्या में उपस्थित सैनिकों को भोजन करवाया, स्वयं ऋषि की धर्मपत्नी अरुंधती ने यह ध्यान दिया कि कहीं किसी सैनिक को भरपेट भोजन मिलने से रह नहीं जाए। कौशिक स्तब्ध और भ्रमित थे। इस व्यक्ति ने ऐसे असाधारण भोज का प्रबंध कैसे किया? कौशिक ने पुनः आश्रम का निरीक्षण किया। वह छोटा और साफ़ था जिसमें एक छोटी-सी पाकशाला थी। हालाँकि, कुछ ही समय में, वृद्ध ऋषि ने उनकी भूखी सेना को भरपेट भोजन परोस दिया। उन्होंने स्वयं एक कौर तक नहीं लिया था।

"आप भोजन क्यों नहीं कर रहे?" वशिष्ठ ने उनकी विचारधारा भंग करते हुए पूछा।

"आदरणीय, मैं आपके साथ भोजन ग्रहण करूँगा।" कौशिक ने विनम्रता से उत्तर दिया।

वशिष्ठ ने अपना सिर हिलाया। "आज मेरा उपवास है। आप अपना भोजन ग्रहण करें। यह आपके महल में बनने वाले सुस्वादु और विलासितापूर्ण भोजन जैसा तो नहीं होगा परंतु भूखे व्यक्ति का पेट तो भर ही सकता है।"

"व्यक्तियों का!" कौशिक ने मुस्करा कर कहा। "मैं यह देख कर प्रभावित हूँ कि आपने किस तरह मेरी इतनी बड़ी सेना को भोजन करवा दिया। मुझे आपकी पत्नी, आदरणीया अरुंधती का आभार प्रकट करना चाहिए, जिन्होंने इतनी अच्छी तरह से आतिथ्य धर्म निभाया। मेरे कारण आपको जो असुविधा हुई, उसके लिए मैं आपसे क्षमा चाहता हूँ।"

वशिष्ठ ठठा कर हँसे। "नहीं वत्स, हालाँकि आज जो मैं हूँ, वह अपनी प्रिय अरुंधती के बिना नहीं हो सकता था परंतु इस कार्य का पूरा श्रेय उसे नहीं दिया जा सकता। आपकी सेना को जो भव्य भोजन प्रस्तुत किया गया, उसे मेरी पत्नी ने नहीं, मेरी बछिया, मेरी गौ नंदिनी ने प्रस्तुत किया था।" वे दबी हँसी के साथ बोले। "हम उसे स्नेह से सबला कहते हैं। वह इंद्र की दिव्य गौ कामधेनु की पुत्री है जिसे उन्होंने मुझे उपहार में दिया था।

नंदिनी भी अपनी माता की तरह, कामधेनु है; वही मुझे सब कुछ प्रदान करती है!"

जब वे आपस में बात कर रहे थे तो वशिष्ठ उन्हें नंदिनी के पास ले गए। कौशिक उस अद्‌भुत जीव का देखते ही रह गए। पहली नज़र में, वह सामान्य बछिया दिखी, जो अपने आसपास के परिवेश के अनुसार सादा और विनीत थी। परंतु जब उन्होंने उसे ध्यान से देखा तो उन्हें उसकी रेशमी त्वचा, कोमल और सुनहरे नेत्र दिखे जिनमें एक अद्‌भुत चमक थी, उसके आसपास उज्ज्वल प्रकाश का आभामंडल था और वह कितनी शांत दिख रही थी।

"यह कुछ भी दे सकती है?" कौशिक अपने स्वर में छिपे विस्मय को दबा नहीं सके।

"अरे हाँ, कुछ भी! अन्यथा मैं दरिद्र ऋषि आपको सुवर्ण पात्रों में भोजन कैसे परोस सकता था?" वशिष्ठ हँसे। "क्या आप कुछ चाहते हैं। आप अभी नाम लें, यह आपके लिए प्रकट कर देगी - यहाँ तक कि अमरावती भी दे सकती है!" उन्होंने अपने बूढ़े नेत्रों में हल्की-सी चिढ़ाने वाली चमक के बीच कहा।

कौशिक भी दिल खोल कर हँसे। "अच्छा, मेनका भी?" गालों के गड्‌ढे गहरा गए, चेहरे पर आधा हास्य और आधा उपहास झलक रहा था। इससे पूर्व कि वे अपने विस्मय को वश में करते, स्वर्ग की सुंदरी अप्सरा उनके सम्मुख थी। आँखों की मुस्कान कहीं थम गई। *मेनका, जिसे पाने के लिए स्वर्ग के देव भी हज़ार मौतें मरने को तैयार थे!*

कौशिक का कंठ सूख चुका था। वे तय नहीं कर पा रहे थे कि वह अपने सामने खड़े उस सौंदर्य से अभिभूत थे या दूसरे चमत्कार नंदिनी को देख कर चकित थे। उन्होंने पलकें झपकाईं और आशा प्रकट की कि संभवतः वह दिव्य सुंदरी ओझल हो जाएगी। परंतु मेनका तो निकट ही खड़ी थी, उसके होठों पर छोटी सी खिझाने वाली मुस्कान थी, नेत्र कोमल तरीक़े से लुभा रहे थे और वह निर्दोष भाव से टकटकी लगाए थी। उन्होंने अपने शुष्क होंठों पर जीभ फिराई और किसी तरह अपना सिर हिलाया और विस्मय को प्रकट किया।

"मैं तो विश्वास ही नहीं कर सकता!" उनके पीले नेत्रों में असंयम और मंशा की झलक उठी थी। भीतर से एक अबाध उत्तेजना का अनुभव हुआ। यह तो पागलपन था।

मेनका मादक रूप से हँसी। ओह, यह देख कर तो वे मंत्रमुग्ध ही हो गए।

"मैं कुछ नहीं चाहता। मैं तो परिहास कर रहा था।" उन्होंने अपनी सुध क़ायम रखते हुए कहा। उन्होंने प्रतीक्षारत अप्सरा को झुक कर प्रणाम किया। उन्होंने फिर से मेनका की हास्यलहरी सुनी और फिर वह उस हवा के बीच कहीं खो गई। वह जा चुकी थी, ठीक उसी तरह जैसे आई थी। कौशिक ने भीतर से अजीब-सी ऐंठन महसूस की।

वे वृद्ध ऋषि की ओर मुड़े, "हम भूखे थे और आपने हमें भरपेट भोजन करवाया। मैं इसके लिए आपका आभारी रहूँगा। मैं और कुछ नहीं चाहता।" उन्होंने अपनी बात दोहराई। उन्होंने स्वयं को अधीर और मूर्ख अनुभव किया और अब वे केवल यही चाहते थे जितना शीघ्र हो सके, उस आश्रम से निकलें।

यह तो ज्ञानी राजा है - अन्यथा अपने लिए और अधिक की चाहना रखता। बूढ़े ऋषि कोमलता से मुस्कराए।

☙

मेनका ने पुनः स्वयं को उन विचलित करने वाले विचारों के बीच पाया तो उसने अपना होंठ काट लिया। उसने हौले से अपनी कमर को छुआ और अपने भीतर पल रहे नन्हे-से भार के प्रति सजग हो गई। उसे अभी वसु को भी बताना था।

वसु ने मेनका की अपेक्षा से कहीं अधिक सुखद तरीक़े से इस समाचार को लिया। वह आनंदित हो उठा। नेत्रों में चमक आ गई और चेहरा हार्दिक मुस्कान से खिल गया। उसके हास्य में उल्लास और उत्साह था जिसका साहस मेनका के पास नहीं था जबकि उसे मातृत्व का उपहार मिला था।

"कल्पना करो, मेनका, हमारी संतान का जन्म... हमारी संतान!" वह रोने लगा और उसके स्वर में विस्मय सुनाई दिया। "यह हमारी है - हमारा प्रेम, हमारी अपनी। परंतु तुम इतनी प्रसन्न नहीं दिख रहीं?" उसने अचानक उसके मुख की कठोरता देख कर पूछा।

"मैं डरी हुई हूँ।" उसने अपना होंठ दाँतों के बीच भींच रखा था।

वसु ने जल्दी ही उसकी चिंता को जान लिया।

"तुम इंद्र की प्रतिक्रिया से आशंकित हो?"

"तुम्हें भी तो होना चाहिए।" मेनका ने धीरे से कहा।

वसु ने उसे आत्मविश्वास से देखा। "तुम समय के साथ उसे मनाने में कामयाब रहोगी।" उसने दिलासा दिया। "वह तुम्हें इंकार नहीं कर सकता, मेनका, तुम जानती हो।"

"वसु, क्या तुम्हें दिखाई नहीं देता कि क्या हो रहा है? हो सकता है कि वह शिशु को जन्म तो देने दे परंतु हमें उसे रखने की अनुमति नहीं दे। इंद्रलोक में संतान और वैवाहिक जटिलताओं के लिए कोई स्थान नहीं है। तुम्हें पता होना चाहिए – तुम पहली बार संतान के पिता नहीं बन रहे।"

वसु खिसिया गया। "परंतु वे सदा अपनी माता के पास रहे, चाहे मेरे पास नहीं रहे।"

"क्योंकि वह कोई अप्सरा नहीं थी! एक अप्सरा अपनी संतान को पास नहीं रख सकती। मैं भी कोई अपवाद नहीं, जिसे इंद्र उपेक्षित कर देगा। उसे और अधिक कोप होगा क्योंकि ऐसा मैंने किया।"

"नहीं, वह ऐसा नहीं करेगा।" वसु ने मुख बनाया। "वह तुम्हारे और निर्दोष शिशु के प्रति इतना निर्मम नहीं हो सकता।"

"वसु, इंद्र क्रूर है!" वह रोने लगी। "तुम्हें अब तक अहसास हो जाना चाहिए था। वह यूँ ही देवों का राजा नहीं बनाया गया। तुमने देखा नहीं कि वह कितना असुरक्षित और अनैतिक स्वभाव का है?"

"हाँ, परंतु हम इस जगह राजनीति की चर्चा नहीं कर रहे।" वसु ने कहा।

"इस तरह एक अवांछित पहल आरंभ हो जाएगी।" मेनका ने कहा।

"वह इस स्वर्ग में पति, पत्नी, शिशु और परिवार नहीं चाहता।"

"केवल अप्सरा और गंधर्व, जो प्रेम करें और संगीत रचें!" उसने कहा और अपनी कटुता को छिपा नहीं सकी।

"तो हम क्या करें?" वसु ने हौले से उसका हाथ थामते हुए कहा। उसकी अँगुलियाँ भिंची थीं और वह उसकी बंद मुट्ठी के तनाव को महसूस कर पा रहा था।

"दयनीय भाग यह है कि हम कुछ नहीं कर सकते।" उसने असहाय भाव से कहा। "हम उसकी दया पर हैं!"

"वह हमें निष्कासित कर सकता है... या हम दोनों ही अमरावती का त्याग कर सकते हैं..." वसु ने कहा।

"एक शिशु के साथ मिल कर जीना? कहाँ? धरती पर - पृथ्वीलोक - हम उस जगह नहीं रह सकेंगे?" मेनका ने वसु को अविश्वास से ताकते हुए हिंसक सुर में कहा। "मैं अपनी कल्पना में भी इसे कोई समाधान नहीं मान सकती। तुम्हें क्या लगता है कि इंद्र कभी ऐसा करने की अनुमति देगा? वह हम दोनों में से एक को भी कहीं नहीं जाने देगा। वह हमें मुक्त नहीं करेगा!"

वसु ने कंधे हिलाए। "तो अब हम क्या करें?" उसने व्यग्रता से पूछा। "अपनी संतान का त्याग कर दें?!! मैं किस तरह का पिता हूँ, जो अपनी ही संतान की रक्षा नहीं कर सकता?"

मेनका ने धीरे से हामी भरी। "क्योंकि तुम पिता बनने के लिए नहीं हो और ना ही मैं माँ बन सकती हूँ। हम गर्भ धारण तो कर सकते हैं किंतु संतान का पालन नहीं कर सकते। वसु, तुम अन्य संतानों के पिता भी तो बने हो, है ना?" उसने वसु को उत्कंठा से देखा। "परंतु क्या तुम्हें उनमें से किसी को भी पालने की अनुम्रति मिली? उनकी देख-रेख ऋषियों अथवा निःसंतान राजाओं ने ही की। हम गंधर्व और अप्सरा हैं, जिन्हें दूसरों को तथा हमें स्वयं को आनंद देने के लिए रचा गया। ऐसे ही स्वर्ग में हमारा वास है।"

"हद हो गई। अभी इंद्र को भी इसके बारे में बताना है..." वसु ने ख़ाली नज़रों से ताकते हुए कहा।

वसु ने आशा प्रकट की कि इंद्र उससे अधिक दयालु निकले जिससे अधिक की उससे अपेक्षा है, परंतु मेनका के मन में ऐसा कोई भ्रम नहीं था। स्वर्ग में उदासी के लिए कोई स्थान नहीं होता। परंतु अब वह हृदय में पैदा हो चुकी थी - उसके और वसु के हृदय में। क्या उसका स्वर्ग अब नरक में बदल रहा था?

युद्ध और पराजय

राजा कौशिक, अपनी संपन्न नगरी महोदया में वापस लौट आए, परंतु वे नंदिनी के विचार को भुला नहीं पा रहे थे। जब भी उसके विषय में विचार करते तो उनका ध्यान एक और चीज़ की ओर चला जाता जिसे वे कभी प्राप्त नहीं कर सकते थे - मेनका। जब भी वे इन दोनों के बारे में सोचते तो एक विचित्र-सी व्याकुलता से भर उठते। उन दोनों पर ही स्वामित्व पाना कठिन था... और वे उन्हें पाना चाहते थे।

उनके मंत्री ने उन्हें अभी सूचित किया कि उनके राज्य के उत्तरी भाग में अकाल पड़ा हुआ था। कौशिक के भीतर रोष उमड़ पड़ा। सूखे और अकाल की मार से नदियों का जल सूख चुका था, फ़सलें बरबाद हो गई थीं। उनकी प्रजा भूख से मर रही थी। कौशिक ने अनाज भेजने का आदेश दिया परंतु वे जानते थे कि यह एक अल्पकालीन समाधान था। अपनी उस कुंठा में उन्हें ऋषि वशिष्ठ के आश्रम में किए गए भव्य भोज का ही स्मरण हुआ; और सौम्य नेत्रों वाली कामधेनु नंदिनी, जिसने उनकी भूखी सेना के लिए असंख्य व्यंजन क्षण भर में प्रस्तुत कर दिए थे। तब उनके मन में विचार आया, *मैं इसी तरह अपनी भूखी प्रजा को भोजन दे सकता हूँ।*

कौशिक ने उसी क्षण एक निर्णय लिया। वे पुनः आश्रम जाएँगे और ऋषि से सहायता की याचना करेंगे। उन्हें नंदिनी की आवश्यकता थी और यह सोचते ही उनका रोष शांत हो गया। भीतर से मनोभाव और प्रवृत्ति भी शांत अनुभव होने लगे। वे तत्काल वशिष्ठ के आश्रम की ओर प्रस्थान कर गए, हमेशा की तरह सैनिकों का एक दल उनके साथ था।

वशिष्ठ अपने कुछ शिष्यों तथा अरुंधती के साथ यज्ञ कर रहे थे। वे राजा को देख कर आश्चर्यचकित हुए। "यह तो वास्तव में अनापेक्षित है परंतु राजन, आप आसन ग्रहण करें।" बूढ़े ऋषि ने कहा। "ऐसा कौन-सा प्रयोजन आन पड़ा कि व्यस्त राजा ने पुनः मेरे आश्रम में आने का समय निकाला?" उन्होंने पूछा।

कौशिक के मुख पर खिसियाहट उभर आई, परंतु अभी उन्हें अपना प्रयोजन स्पष्ट करना था और उन्होंने पूरी ईमानदारी से आने का कारण बताने का निर्णय लिया। "मैं क्षमा चाहता हूँ कि बिना किसी पूर्व सूचना के आपके आश्रम में आ गया, परंतु एक तत्काल कारण उपस्थित हो गया, जिसके लिए आपसे भेंट करना आवश्यक था। आपसे एक निवेदन है।" कौशिक ने अपनी बात को विराम दिया।

वशिष्ठ मौन रहे, वे प्रतीक्षा में थे कि कौशिक अपनी बात पूरी करें परंतु उन्होंने कौशिक के मनोभाव में आए बदलाव को तुरंत भाँप लिया। यह तो वह राजा नहीं था जो अपनी भूखी और क्लांत सेना के भोजन और विश्राम की प्रार्थना ले कर उनसे मिला था। आज उसकी क्षुधा कुछ अलग थी - इन दोनों में भारी भेद था।

"मेरे राज्य के उत्तर में भारी अकाल पड़ा है। पशु और प्रजा दुर्भिक्ष से मर रहे हैं।" राजा ने गंभीर उदासी के बीच कहा।

वशिष्ठ ने हामी भरी। "हाँ, मैंने भी सुना कि नदी का जल सूख गया। पिछले तीन वर्षों से वर्षा नहीं हुई। परंतु आप मेरे पास क्यों आए हैं? मैं आपकी समस्या का हल कैसे निकाल सकता हूँ?" वशिष्ठ ने हैरानी से कहा। "क्या आप चाहते हैं कि मैं इंद्र देव को प्रसन्न करने के लिए यज्ञ करूँ ताकि वे वर्षा करें?"

"नहीं, हम अपनी ओर से प्रयत्न कर चुके हैं... और अब उसके लिए भी देर हो चुकी है।" कौशिक ने कहा और तय किया वे सीधे काम की बात करेंगे। "मैं आपसे आग्रह करता हूँ कि कृपया अपनी नंदिनी मुझे दे दें ताकि मैं उसे अपने साथ उत्तर की ओर ले जा सकूँ। वह मेरी भूख से मर रही प्रजा को भोजन और सहायता दे सकती है; उनकी रक्षक और कल्याणकारी माता बन सकती है।" उन्होंने उत्साह से कहा।

वशिष्ठ अविश्वास से कौशिक का मुख देखते रहे। "परंतु उसने कभी इस आश्रम से बाहर पैर नहीं रखा। वह मेरे अथवा अरुंधती के बिना नहीं रह सकती…"

अरुंधती ने भी हामी भरी, हालाँकि वह कुछ कहना चाहती थीं, परंतु उन्होंने शांत रहना ही उचित समझा। राजा को कुछ समझ नहीं आ रहा था, उसकी दृष्टि केवल नंदिनी पर लगी थी।

"तो कृपया आप भी साथ चलें ताकि हम असहाय प्रजा की सहायता कर सकें।" कौशिक ने शीघ्र ही अधीर स्वर में अपना सुझाव दिया, जो लगभग कठोर ही था।

"हे राजन, मैं इतना वृद्ध हूँ कि कोई यात्रा नहीं कर सकता और ना ही आपको अपनी गौ दे सकता हूँ। वह एक उपहार है और अपना उपहार किसी को दिया नहीं जाता - इससे उपहार देने वाले का तथा उपहार का अपमान होता है।" ऋषि ने शांत भाव से कहा। "परंतु मुझे संदेह है कि आपके आग्रह का कोई और कारण भी है। क्या आप स्वयं इस बछिया को पाने की इच्छा रखते हैं?"

कौशिक इस तीखे प्रहार से संकुचित हो उठे। "यदि आप परिस्थिति की विवशता को समझ लें तो क्या आप हज़ारों लोगों की प्राण रक्षा के लिए नंदिनी दे कर सहायता नहीं कर सकते?"

"कोई चीज़ उधार लेने या उसे अपने अधीन करने में अंतर होता है, राजन।" वशिष्ठ ने कहा।

कौशिक के मुख पर रोष के भाव दिखने लगे। "मैं कोई चोर नहीं हूँ। मैं आपको इसके बदले में मनचाहा मोल देने को तैयार हूँ। आप कहें और आपको तुरंत इसका मोल चुकाया जाएगा।"

"तो आपकी मंशा इतनी अच्छी भी नहीं है, जितनी दिखाई दे रही थी, है ना?" वशिष्ठ ने कटाक्ष किया। "मेरी नंदिनी, मेरे परिवार का हिस्सा है, मैं इसे बेच नहीं सकता और ना ही इसे आपको उपहार में दे सकता हूँ।" उन्होंने कहा।

कौशिक को अहसास हुआ कि वशिष्ठ भले ही शिष्ट आचरण कर रहे थे परंतु पूरी धृष्टता से अपने इंकार पर अड़े थे। उन्हें वशिष्ठ को फुसलाने के लिए कोई और तर्क देना होगा।

"परंतु मैं इस भूमि का राजा हूँ, श्रीमान। आपके पास जो भी है, वह मेरा है।" उन्होंने बहुत ही कोमल किंतु घातक स्वर में याद दिलाया। "नंदिनी भी इसमें शामिल है।"

वशिष्ठ का चेहरा कठोर हो आया। "मैं भी आपके राज्य के नागरिक के रूप में अपने अधिकार जानता हूँ।" उन्होंने कहा। "मुझे आपका आदेश मानना होगा या इस स्थान का त्याग करना होगा। परंतु यदि आप ध्यान से देखेंगे तो पाएँगे कि मेरी नंदिनी का आपकी भूमि पर वास नहीं है, जब वह चलती है तो उसके चरण सदा धरती से थोड़े ऊपर होते हैं।"

कौशिक ने मुड़ कर गौ को निकट से देखा। उसने भी कौशिक को स्थिर और कोमल दृष्टि से देखा। गौ ने अपना घुटना थोड़ा-सा मोड़ कर दिखा दिया कि उसके स्वामी का दावा सच था। वह वास्तव में उस जगह से थोड़ा-सा ऊपर था, जहाँ वह खड़ी थी।

कौशिक के भीतर रोष उबल रहा था जो कभी भी बाहर आ सकता था। "मेरे पास आपके ज्ञान को सुनने का समय नहीं है परंतु आपके राजा और एक आदरणीय अतिथि होने के नाते, मैं आपसे पुनः आग्रह करता हूँ कि नंदिनी को मुझे सौंप दें।"

"राजा कौशिक, आपने मुझे धर्मसंकट में डाल दिया है, आप मुझे कुछ ऐसा करने को विवश कर रहे हैं जो मुझे अप्रिय है। मैं आपको इंकार नहीं कर सकता क्योंकि आप मेरे राजा और संरक्षक हैं।" उन्होंने उपहास किया। "आप मेरे अतिथि भी हैं इसलिए अतिथि को भी इंकार नहीं कर सकते, इसलिए यदि मेरी नंदिनी आपके साथ जाने को तैयार हो तो मैं इसे आपको ले जाने की अनुमति प्रदान करता हूँ।"

कौशिक को भीतर से उल्लास का अनुभव हुआ। अब उसके पास नंदिनी होगी!

"उसे इधर ले आओ।" राजा ने अपने सैनिकों को आदेश दिया।

उसके सैनिक नंदिनी को उसके निकट ले आए। नंदिनी ने अपने विशाल, द्रवित कर देने वाले कोमल भूरे नेत्रों से उसे देखा। यह कितनी सुंदर है, कौशिक ने विजयी भाव से मुस्कराते हुए सोचा।

"राजन, आप मुस्करा क्यों रहे हैं?" ऋषि ने कोमलता से पूछा। "क्या आप इस बछिया से मिलने वाली सभी वस्तुओं की कल्पना कर रहे हैं -

अथाह संपदा, धरती, रत्न और कीर्ति? आपने कहा कि आपके पास सब कुछ है परंतु फिर भी आप और अधिक पाने के लोभ में इसे अपना बनाना चाहते हैं। वह और क्या अधिक क्या है? स्वर्ग? इंद्र देवता का सिंहासन? अमरत्व? अमरावती का वैभव और सुख? मेनका?" उन्होंने व्यंग्यपूर्वक कहा।

कौशिक चिहुँके और ऋषि तत्काल राजा के मन में दबी इच्छा को जान गए। "मुझे पता है कि आपको क्या चाहिए," वशिष्ठ निरंतर बोलते गए। "परंतु आपको नंदिनी से पूछना होगा कि क्या वह आपके साथ जाने को प्रस्तुत है? क्योंकि जब तक वह इच्छुक और प्रसन्न नहीं होगी, वह आपकी कोई कामना या इच्छा पूर्ति नहीं करेगी।"

नंदिनी ने आक्रामकता से सिर हिलाया और पीछे की ओर हटते हुए ऋषि वशिष्ठ के निकट हो गई।

"राजन, तुम्हें तुम्हारा उत्तर मिल गया।" अब ऋषि के मुख पर विजयी मुस्कान आने के क्षण थे। "वह तुम्हारे साथ नहीं जाना चाहती। अतः मैं तुम्हारे आग्रह का मान नहीं रख सकता।"

कौशिक जानते थे कि अब उनके पास अपने समर्थन में कोई तर्क नहीं थे : ज्ञानी गुरु ने अपने शब्दों से ही उन्हें परास्त कर दिया था। कौशिक के मन की यह इच्छा इतनी प्रबल थी कि उन्होंने एक ऐसा क़दम उठाने का निर्णय ले लिया, जो संभवतः वे साधारण परिस्थिति में नहीं लेते।

"कोई बात नहीं, इसे मेरे साथ चलने की आवश्यकता नहीं है। मैं इसे उठवा सकता हूँ या घसीट कर अपने साथ ले जा सकता हूँ।" उन्होंने दुष्टता से उत्तर दिया। यह कहते ही वे आगे की ओर लपके और नंदिनी के गले में बँधी रस्सी खींच कर उसे अपने साथ ले जाने की चेष्टा की। नंदिनी ने ज़ोर लगा कर खुद को पीछे किया और अपने खुर मज़बूती से जमा दिए।

वशिष्ठ कौशिक की इस धृष्टता को देख दंग रह गए। "राजन! यह पाप है, आप इस पर बलात् अपनी इच्छा लाद रहे हैं। वह आपके साथ नहीं आना चाहती।" वशिष्ठ ने अपनी बात दोहराई।

कौशिक को अपने निर्णय पर इतना भरोसा था कि उन्होंने वशिष्ठ की बात का उत्तर देना आवश्यक नहीं समझा। उन्होंने रस्सी को और दुष्टता से अपनी ओर खींचा। नंदिनी ने हल्की-सी कराह भरी। उसने कौशिक और वशिष्ठ दोनों को अनुनय भरी दृष्टि से देखा।

अरुंधती ने अपनी ओर से विरोध प्रकट करना चाहा। "कृपया, आदरणीय, इसे इसकी इच्छा के विरुद्ध नहीं घसीटें। यह प्रहार है, इसके प्रति असम्मान होगा।"

राजा का आवेग शांत हुआ और वह रस्सी छोड़ कर, दोनों हाथ जोड़ कर बोले, "हे साध्वी! मुझे इस गौ की बहुत आवश्यकता है। नंदिनी मेरे राज्य को बचा सकती है।" फिर उन्होंने अनिच्छुक नंदिनी की रस्सी खींची और वह हौले से रँभाई।

"बस करो। तुम मेरे ही आश्रम में घुस कर किसी लुटेरे की तरह इसे छीन कर नहीं ले जा सकते।" ऋषि ने कुपित होते हुए कहा। "मुझे लगा था कि तुम एक ज्ञानी और युवा राजा हो जो अपनी प्रजा का कल्याण चाहता है।"

"मैं इस समय यही तो कर रहा हूँ।" कौशिक ने सफ़ाई पेश की। "मुझे अपनी मरणासन्न प्रजा के लिए नंदिनी की आवश्यकता है।"

"यदि यही सच्चा कारण होता तो मैं बड़ी प्रसन्न्ता से इसे तुम्हें कुछ समय के लिए दे देता परंतु अब तुम्हें अच्छी तरह जान लिया है, तुम इसे कभी वापस नहीं करते। यह तुम्हारी मंशा ही नहीं थी। तुम अपने अहं और लोभ की पुष्टि के लिए, इसे सदा के लिए अपने पास रखना चाहते हो।"

"मेरे पास सब कुछ है! मैं उससे अधिक और क्या चाह सकता हूँ?" कौशिक ने कटाक्ष किया।

"तुम अपने लिए कामधेनु चाहते हो - हर मनोकामना पूरी करने वाली नंदिनी। इस स्वामित्व से तुम्हें शक्ति का अनुभव होगा। वह तुम्हारी उन संपत्तियों में से होगी जिनका तुम प्रदर्शन कर सकते हो। तुम्हें वह सब प्रदान करेगी जो तुम इस संसार में पाना चाहते हो।" उन्होंने एक अर्थपूर्ण विराम दिया।

"राजन, याद रखो, वह स्वेच्छा से यह कार्य करती है। क्या वह तुम्हारा आग्रह सुनेगी?"

यह सुनते ही नंदिनी ने रस्सी को ज़ोर से खींचा और स्वयं को कौशिक की पकड़ से छुड़ा लिया। फिर वह निकटतम बाड़े की ओर भागी।

"पकड़ो उसे जल्दी!" कौशिक ने अपने व्यक्तियों को आदेश दिया और वे उसके पीछे भागे। पहले कुछ लोग ऐसा नहीं कर सके तो और लोग भी

उनके साथ शामिल हो गए। वे भी ऐसा नहीं कर सके। जल्दी ही, सभी सैनिक इसी आदेश के पालन में जुट गए।

"मैं क्या देख रहा हूँ? एक पराक्रमी राजा असहाय धेनु को हानि पहुँचाने की चेष्टा कर रहा है?। मूर्ख राजन, यह कोई शिकार नहीं। तुम बल प्रयोग कर रहे हो। एक राजा के रूप में अपने अधिकारों का दुरुपयोग कर रहे हो।"

"बूढ़े व्यक्ति! ज़रा शांत रहो और मुझे इस गौ को वश में करने दो।" कौशिक ने कहा।

ऋषि ने कंधे झटके और इस राजसी बल का तमाशा देखते रहे। नंदिनी के पीछे हाँफते सैनिकों का पूरा दल था। यदि हालात गंभीर नहीं होते तो इसे देख कर हँसी आ सकती थी - सैकड़ों सिपाही एक असहाय गौ के पीछे निरंतर भाग रहे थे। जल्दी ही सैनिक क्लांत दिखने लगे और जब नंदिनी ने इधर-उधर भागना बंद किया तो उन्होंने मन ही मन चैन की साँस ली। कौशिक ने दंभी मुस्कान के साथ सोचा, यह भी भाग-भाग कर थक गई है। पर अचानक ही नंदिनी असावधान खड़े सिपाहियों पर तीरों की वर्षा करने लगी। इससे पूर्व कि वे अपनी तलवारें निकाल पाते, तीरों ने उनके हृदय भेद दिए और वे वहीं मारे गए।

कौशिक की मुस्कान विलुप्त हो गई और चेहरे का उल्लास चला गया। वे उस निर्दोष दिखने वाली बछिया को अविश्वास से देख रहे थे। उसने अभी-अभी उनके सैकड़ों सैनिकों के प्राण ले लिए थे।

उन्हें अपने सैनिकों के निष्प्राण शरीर देख कर भीतर से रोष का अनुभव हुआ। वे गुस्से में पगला कर, नंदिनी की ओर लपके। हाथ में तलवार की म्यान पकड़ी हुई थी - परंतु वे तलवार को बाहर नहीं निकाल सके, वे उस बछिया के प्राण नहीं ले सकते थे, क्योंकि इस तरह तो उनका ही उद्‌देश्य अधूरा रह जाता। परंतु इस तरह उसे भयभीत तो किया ही जा सकता था, यही विचार कर, उन्होंने अपनी म्यान से तलवार बाहर खींच ली।

परंतु बछिया भी तैयार थी। उसने कौशिक पर भी तीर बरसाने आरंभ कर दिए और उनके हाथ से तलवार छूट गई। कौशिक दिव्य युद्धकला में निपुण थे। उन्होंने अग्नि बाण बरसाने आरंभ कर दिए। उन्होंने सोचा कि प्रत्येक पशु को अग्नि से भय होता है।

परंतु इससे पूर्व कि वे नंदिनी के पास जाते, वे अग्नि बाण ही भस्म हो गए। कौशिक स्तब्ध रह गए। बूढ़े ऋषि के दृष्टिपात ने ही अग्नि बाणों को भस्म कर दिया था और उनके जलते हुए अंगारे धरती पर पड़े थे!

“बहुत हुआ! उनका स्पर्श मत करना।” वशिष्ठ ने अपने क्रोध को वश में करते हुए कहा। “यह मेरे संरक्षण में है। हालाँकि इसे उसकी आवश्यकता नहीं है। जैसा कि तुम अभी देख ही चुके हो, इसने किस तरह तुम्हारी सेना का नाश किया। हे राजन, यह मानने की भूल कभी मत करना कि जो भी असहाय या विनीत है, वह दुर्बल भी होगा। नंदिनी ने तुम्हारे शोषण का विरोध किया और वह तुम्हारे भी प्राण ले सकती थी। परंतु तुम राजा हो इसलिए हम तुम्हें वापस जाने की अनुमति देते हैं।” उन्होंने स्पष्ट किया।

‘इसने मेरे सैनिकों का वध किया!’ कौशिक ने भिंचे दाँतों से श्वास लेते हुए सोचा, उनके नेत्रों से अंगारे उगल रहे थे। ‘वे सैनिक मेरे आदेश का पालन कर रहे थे। वह चाहती तो मेरा आमना-सामना कर सकती थी। मूर्ख बूढ़े, तुम्हें एक दिन इस घड़ी के लिए पछताना होगा!’

वशिष्ठ का मुख एक सौम्य शांति से प्रकाशित था। “मैंने तुम्हारे प्राण नहीं लिए ताकि तुम जीवित रहो और एक दिन अपने किए पर पछता सको। परंतु राजा कौशिक, यदि तुमने अभी इसी समय मेरे आश्रम से प्रस्थान नहीं किया तो इसके बाद भस्म होने की बारी तुम्हारी होगी! जाओ! तुम नंदिनी को नहीं ले जा सकते!” उन्होंने कहा।

यह सुन कर कौशिक का गुस्सा सातवें आसमान पर पहुँच गया। कौशिक ने ऊष्मा और शीत को एक साथ अनुभव किया जैसे एक अग्नि उसके भीतर जली और उसके भीतर के रोष को जला दिया। समझ नहीं आ रहा था; यह अपमान था या रोष, वे दुखी थे या यह सभी भावों का मिश्रण था। उन्होंने कभी पहले स्वयं को इतना असहाय, शक्तिहीन, अक्षम और गर्व व अभिमान से रहित अनुभव नहीं किया था। “एक दिन मैं आपके समतुल्य बन कर लौटूँगा, भले ही आपसे श्रेष्ठ नहीं बन सकूँ। इसके लिए मैं अपनी ओर से यथाशक्ति प्रयत्न करूँगा।” उन्होंने वशिष्ठ और उनकी सौम्यमुखी पत्नी को देखते हुए संकल्प लिया, जो अपने पति को चिंतित दृष्टि से देख रही थीं।

वृद्ध ऋषि पर उनके वचनों का कोई प्रभाव नहीं दिखा।

कौशिक धीरे से मुड़े और स्वयं से एक दिन उसी जगह वापस आने का वादा किया ताकि वे अपना प्रतिशोध ले सकें।

इंद्र ने मेनका और विश्वावसु को स्तब्ध सन्नाटे के बीच देखा, हालाँकि वह सारी बात जानने के बाद भावात्मक प्रभाव से मन ही मन कुपित था। वे अपना अपराध स्वीकार कर चुके थे कि उन्होंने स्वर्ग में संतान प्राप्ति करने का साहस किया है। इंद्र को उनकी मूर्खता से अधिक धृष्टता के प्रदर्शन पर क्रोध था। परंतु वह भी तो मूर्ख निकला; उसने ही यह सब करने की अनुमति दी।

"मुझसे क्या अपेक्षा रखते हो?" उसने अंततः पूछा, उसकी आँखें मेनका को निगलने को तैयार थीं।

"हमें हमारी संतान को जन्म देने दें।" मेनका ने निर्भीकता से उत्तर दिया।

आज मेनका के स्वर में आग्रह नहीं, उसके आग्रह में एक प्रकार की अशिष्टता का आभास था।

"मेनका, इस बार तुम बहुत दूर तक निकल गई हो..." इंद्र ने ख़तरनाक तरीक़े से कहा। "और तुम इसे जानती हो।"

"नहीं, मैं नहीं जानती थी कि मैं गर्भवती हो जाऊँगी।" उसने कहा। मेनका ने विशाल नेत्रों से इंद्र को देख कर कहा। "मैं नहीं जानती थी। मैं आपसे कभी मिथ्या नहीं कहूँगी। मैं कल्पना भी नहीं कर सकती थी कि मैं एक संतान को जन्म दे सकती हूँ... अप्सराएँ संतान को जन्म नहीं देतीं, क्या यह होना संभव है?"

इंद्र के होंठ सख़्ती से भिंच गए। "मुझसे सवाल मत करो, मेनका! तुम मुझे उत्तर दो।" वह गरजा।

मेनका ने अपने हाथ जोड़ लिए। "मेरे पास कोई उत्तर नहीं है। मेरे पास वे उत्तर कैसे होंगे?"

"अच्छा, तुमने जो भी किया, उसके बाद ये मीठी-मीठी बातें कर रही हो? तुम निरंतर इस स्थान के नियमों और सत्ता की अवहेलना करती आई हो और सब जानने के बाद भी, तुमने उनमें से प्रत्येक नियम को तोड़ा है।

नहीं, वसु, तुम बीच में पड़ कर इसका बचाव मत करो... मैं केवल इससे बात करना चाहता हूँ।”

इंद्र ने उसे फटकारते हुए भुजा उठाई। वसु को विवश हो कर चुप होना पड़ा। परंतु इंद्र ने उसके नेत्रों में उमड़ते रोष को देख लिया था।

“मेनका, तुम्हें सबको प्रसन्न करने और लुभाने के लिए रचा गया था। तुम्हारा कोई निजी जीवन नहीं हो सकता। तुम हमसे संबंध रखती हो। यह तुम जानती हो, फिर भी तुमने प्रेम में पड़ने के बारे में सोचा... वह भी सबको छोड़ कर, मेरे ही मित्र, देवगंधर्व विश्वावसु के साथ। तुमने पूरी चतुराई से उसे अपना बना लिया। परंतु यह तो तुम्हारे लिए कठिन नहीं रहा होगा, है ना मेनका? तुम तो किसी को भी अपने क़दमों पर गिरा सकती हो।” इंद्र ने कटाक्ष किया। उसका मुख लाल हो गया था। चेहरे पर विकृत-सी छाया थी।

“हम एक-दूसरे से प्रेम करते हैं। हममें से किसी ने भी एक-दूसरे को ऐसा करने के लिए विवश नहीं किया।” वसु ने हौले से उत्तर दिया, उसके हृदय में ज्वाला धधक रही थी। वह जानता था कि उसे शांत रहना होगा परंतु वह नहीं चाहता था कि इंद्र अपनी ईर्ष्या की अग्नि में मेनका को अकेले ही झुलसा दे।

“आह, प्रेमी रक्षण करने आ गया। तुम प्रेम के बारे में क्या जानते हो? एक गंधर्व और अप्सरा के बीच जो होता है, वह प्रेम नहीं वासना है? दिव्य वासना!” उसने दुष्टता भरी मुस्कान के साथ कहा। “यह तुम दोनों के बीच काम आवेग था और मैंने ही इसके लिए अनुमति दी थी। तुम्हारा कोई विवाह नहीं हुआ, भले ही तुम जो चाहे मानते रहो!” इंद्र ने उपहास किया। “यह एक अस्थायी और सुविधाजनक संबंध है। तुम्हें केवल शारीरिक सुख भोगना था, संतान उत्पन्न नहीं करनी थी। वसु, मेरे प्रिय मित्र, उसे तुम्हारे सहयोग की आवश्यकता नहीं है। मेनका अपनी देख-रेख करना जानती है। परंतु क्या तुम्हें नहीं लगता कि तुम दोनों ही बहुत ज़्यादा चीज़ों की कल्पना कर बैठे?” इंद्र ने अपनी कमर पर हाथ रख कर पूछा। “तुम दोनों प्रेमी बन कर ही पर्याप्त दुष्टता कर चुके हो। क्या तुम्हें अहसास भी है कि इस तरह अप्सराओं और गंधर्वों के आपसी समीकरण में कितना परिवर्तन आ जाएगा? तुम्हें पता होना चाहिए, तुम गंधर्वों के राजा हो।” इंद्र ने कटुता से कहा। “और तुम मेनका, तुम्हें हमारे मनोरंजन के लिए बनाया गया था, निजी

संबंध बनाने के लिए नहीं! भले ही तुमने दिव्य वृक्ष कल्पतरु को साक्षी मान कर गंधर्व से गुप्त विवाह रचा लिया, परंतु स्वर्ग में यह विवाह एक अपराध है और फिर मैंने तुम्हारे प्रति अपने मोह के चलते ऐसा होने दिया। इंद्र ने अपना सारा रोष मेनका पर उड़ेल दिया। तुम जानती थीं कि तुम इस अपराध से बच नहीं सकतीं। मुझे तुम्हें उसी समय स्वर्ग से निष्कासित कर, इस मामले को यहीं निपटा देना चाहिए था... परंतु।" इंद्र ने थोड़ा रुक कर गहरी श्वास ली। "परंतु मैंने ऐसा नहीं किया और मेनका, फिर से तुमने मेरा अनुचित लाभ उठाया और आज इतना दुःसाहस कर लिया कि वसु की संतान को जन्म देने वाली हो? अप्सराओं को मनुष्यों को लुभाने के लिए बनाया गया है, जो बहुत ही महत्त्वाकांक्षी राजा अथवा ऋषि हैं; मेरी अमरावती में यह कार्य नहीं करना था। यह तुम्हारा सबसे बड़ा अपराध था और मैं मूर्ख था कि मैंने तुम्हें ऐसा करने की अनुमति प्रदान की। प्रिय, अब ऐसा नहीं हो सकता।" इंद्र की आँखों में कठोरता का पुट झलक आया।

"मैं अमरावती को छोड़ कर चली जाऊँगी।" मेनका ने हौले से कहा। वह सीधा इंद्र की आँखों में देख रही थी।

ज्यों ही उसने ये शब्द कहे, इंद्र जान गया कि वह उसे किसी भी हाल में स्वर्ग से जाने नहीं दे सकता था। भले ही इस क्षण में मेनका से कितनी भी घृणा क्यों नहीं हो रही हो, उस पर कितना भी गुस्सा क्यों नहीं आ रहा हो। उसने इंद्र को कितना भी धोखा क्यों नहीं दिया हो, वह अपने स्वर्ग में उसके बिना रहने की कल्पना तक नहीं कर सकता था।

"नहीं, तुम ऐसा नहीं करोगी।" उसने झट से कहा, उसके मुख से कुपित शब्द निकले। "तुम कभी अमरावती को छोड़ कर नहीं जा सकतीं..."

"और ना ही वसु," मेनका ने कहा। "वह गंधर्वों का राजा है, आप उसे आसानी से नहीं निकाल सकते।"

इंद्र जानता था कि मेनका ने उसे दुविधा में डाल दिया था। उसकी हार्दिक इच्छा थी कि वसु को ठोकर मार कर स्वर्ग से बाहर कर दे, क्योंकि वह उसके दुख का मूल था परंतु इंद्र यह भी जानता था कि उसे असहाय बना कर कोने में कर दिया गया था, क्योंकि वह वसु को आहत नहीं कर सकता था, मेनका अपने भीषण रूप में उसकी रक्षा के लिए साथ खड़ी थी। वह वसु से तो बाद में निपट लेगा, परंतु अभी तो वह नहीं चाहता था कि मेनका उससे दूर जाए और ना ही यह चाहता था कि वह अपनी मनमानी करे।

"मैंने ग़लती की और मैं इसका दंड भुगतूँगी। बेहतर होगा कि मैं अपने शिशु को ले कर स्वर्ग से चली जाऊँ।" मेनका ने दोहराया और इंद्र से अनुमति लिए बिना ही वापस जाने के लिए मुड़ गई। वह जानती थी कि उसके पहला क़दम उठाने से पहले ही उसे रोक दिया जाएगा।

"मेनका, तुम्हारा इतना साहस कि तुम मेरी बात टालो। तुम कहीं नहीं जा रहीं, यहीं खड़ी रहो।" इंद्र चिल्लाया।

"और मैं अपनी संतान को नहीं छोड़ सकती।" मेनका ने कोमलता से कहा।

"मेनका, तुम सब कुछ नहीं पा सकतीं। तुम्हारे पास तुम्हारा प्रेम और तुम्हारा पति है, परंतु तुम अपनी संतान को स्वर्ग में नहीं रख सकतीं। स्वर्ग ऐसा करने की अनुमति नहीं देता..."

"यह देवों को विवाह करने और संतान पैदा करने की अनुमति देता है।" मेनका ने अपनी बात पर ज़ोर दिया। "मेरी संतान, उनकी संतान से अलग कैसे हो सकती है?"

"क्योंकि भले ही तुम एक अमर रहने वाली अप्सरा हो, परंतु तुम कोई देवी नहीं हो!" इंद्र ने पलटवार किया।

यह सुनते ही मेनका का चेहरा उतर गया। उसका रंग फीका पड़ गया था। "आप कहना चाहते हैं कि मैं स्वर्ग में वेश्या हूँ, ना किसी की पत्नी, ना माता!" मेनका ने तिर्यक होंठों से कहा।

"स्वर्ग में कोई वेश्या नहीं होती!" इंद्र गरजा। "तुम एक अप्सरा हो, कोई वेश्या नहीं!"

"इसे स्वीकारने से यह स्वीकार्य नहीं होगा।" मेनका चिल्लाई।

"इसे स्वीकारने में कोई कलंक भी नहीं है।" इंद्र ने अपना सिर उठा कर आरोप लगाया। "कोई भी तुम्हें या किसी अन्य अप्सरा को वेश्या कहने का साहस नहीं कर सकता। यह दूषित शब्द पृथ्वीलोक में प्रचलित है। इस जगह इसका कोई प्रयोग नहीं करता। एक अप्सरा होने में कोई अपमान या दूषण नहीं है। मैंने इस स्थान पर प्रलोभन को अनुमति दी है और यह एक सुंदर बात है। धरती से आए अपवित्र शब्दों से इसे विकृत मत करो।"

मेनका आगे की ओर झुकी और सामने आ कर अनुरोध किया, "इसे स्वीकार करें महाराज, मैं यही हूँ, मैं एक ऐसी मनमोहिनी हूँ जिसे ना चाहने

पर भी यह सब करना पड़ता है। लोगों को लुभाना, उसने प्रेम करना, परंतु वह मेरे अपने सुख के लिए नहीं है। एक वासनामयी युवती जो प्रेम या विवाह नहीं कर सकती, अपनी संतान को जन्म नहीं दे सकती। आपका असीम वैभव और संपन्नता सामाजिक समता का पक्षधर नहीं..."

इंद्र कुपित दिखाई दिया। "स्वर्ग में हर किसी को अपनी भूमिका का निर्वाह करना होता है। तुम्हारा काम दूसरों का मनोरंजन करना..."

"उन्हें लुभाना, अपने सौंदर्य के जाल में उलझाना।" मेनका ने प्रत्युत्तर दिया। "मनुष्यों को लुभा कर नष्ट करना, बस इतना ही। आपने मुझे एक ऐसी स्त्री बनाया जो सौंदर्यमयी सृष्टि का प्रतीक है, परंतु इसके बावजूद कितनी अल्पविकसित। मैं वही अनंत सुंदरी स्त्री हूँ जो यह मानती है कि उसे स्वर्ग में रहने का पुण्य प्राप्त हुआ। आपने मुझे प्रेम, काम और वासना के सभी शस्त्र दिए परंतु मुझे सजग चुनाव और निर्णय के शस्त्रों से निरस्त्र कर दिया। क्यों? मैं एक स्त्री हो सकती हूँ, परंतु कभी एक पत्नी या माँ नहीं हो सकती। केवल एक काम दासी। एक वेश्या।" मेनका ने अपनी बात पर बल दिया।

वसु को लगा कि अब अंत आ गया; इंद्र मारे रोष के आग उगलने लगा। "ख़तरनाक लोगों को लुभा कर संसार की रक्षा करना, वेश्यावृत्ति नहीं कहलाता, यह तो मोक्ष है!"

"मोक्ष! ख़तरनाक मनुष्य? किसके लिए ख़तरनाक? आपके लिए?" मेनका ने सम और कोमल स्वर में कहा। "प्रेम करने और षड्यंत्र रचाने में अंतर होता है। मनुष्य के शोषण लिए मेरी कामुक छवि का प्रयोग करना कपट है। किसी छिपे मंतव्य के साथ किसी से संभोग करना, ना केवल कपट है, बल्कि वेश्यावृत्ति भी है! आप मुझसे वही करवाते हैं! आपके लाभ के लिए मुझे समझौते करने पड़ते हैं। आप ना केवल मेरा प्रयोग मनुष्यों को लुभाने के लिए करते हैं बल्कि उन्हें उनके लक्ष्य से दूर करने और पथभ्रष्ट करने के लिए भी मेरा प्रयोग किया जाता है। यह काम प्रलोभन का सबसे विकृत रूप है। मेरे पास यह कोई विकल्प नहीं, यह मेरी विवशता है जिसे मुझ पर लादा जाता है। फिर भी आप मुझे प्रेम करने और अपनी संतान को जन्म दे कर, पालने के अधिकार से वंचित करना चाहते हैं... यदि मुझे आपने एक स्त्री बनाया है तो मैं एक माँ क्यों नहीं बन सकती?"

इंद्र ने उसे अविश्वसनीय दृष्टि से देखा। “अधिकार? कैसे अधिकार?” वह गरजा। “मेनका, हमारे लोक में धरती के नियम मत लाओ। तुम्हारे जीवन में भावनाओं की कोई भूमिका नहीं फिर चाहे वह प्रेम हो, पीड़ा या फिर शोक। ये केवल शब्द मात्र हैं। तुम इन सभी दुर्बलताओं से परे हो, फिर भी तुमने इन्हें अपनाया इसलिए अब तुम दुख पा रही हो। मेनका, अपनी संतान या अपने लिए दया की भीख मत माँगो। तुम्हें बताया गया था कि तुम अनिवार्य रूप से क्या हो। तुमसे कहा गया था कि तुम इसी तरह कामोत्तेजना जगाने वाली मनमोहिनी बनी रहोगी, इससे अधिक कुछ नहीं। नर्तकी अप्सराएँ संतान को जन्म नहीं दे सकतीं।” इंद्र ने अपने पतले होंठों की तिर्यक रेखा से उत्तर दिया। “तुम अपनी संतान को जन्म तो दे सकती हो परंतु उसे अपने साथ नहीं रख सकोगी। परंपरा के अनुसार, अप्सराओं की संतानों को पृथ्वीलोक के ब्रह्मचारी ऋषियों को सौंप दिया जाता है जो उनके पिता बनते हैं या फिर किसी राजन को सौंपा जाता है।”

“हमारे द्वारा घृणित और अप्रिय!” मेनका ने मुँहतोड़ उत्तर दिया।

वसु एक क़दम आगे आ गया। “मैं पिता हूँ। मैं अमरावती का त्याग कर, अपनी संतान की देख-रेख करने को तैयार हूँ।” उसने दृढ़ शब्दों में कहा।

“मैं इस बहस में और नहीं पड़ना चाहता।” इंद्र ने अधीरता से कहा। “तुम दोनों स्वर्ग में ही रहोगे, किंतु तुम्हारी संतान को पृथ्वीलोक पर भेजा जाएगा।”

“अथवा...?” मेनका ने चुनौती दी। वह किसी भी तरह इस दंड को कुछ समय के लिए रोकना चाहती थी।

“मुझे जबरन उस शिशु को इस स्थान से फेंकना होगा।” इंद्र का स्वर बेहद कोमल था। “मेनका, मेरी सहनशक्ति की और परीक्षा मत लो।”

इंद्र मेनका पर जितना अधिकार रखता था, उसने उसी दंभ को एकत्र करते हुए उसे घूरा। मेनका उसके सामने पूरी धृष्टता से खड़ी थी और उसके नेत्रों से रोष झलक रहा था। इंद्र ने भीतर से एक गहरे तनाव और भय को अनुभव किया। क्या उसने उसे हमेशा के लिए खो दिया था? उसे अपने आसपास के वातावरण में तनाव की गंध आ रही थी और मेनका अपने भावों से उबरने का संघर्ष कर रही थी।

"मैं आपके आगे हाथ जोड़ती हूँ!" मेनका के सब्र का बाँध टूट गया। "कृपया, ऐसा मत करो!" वह बार-बार इसी शब्द को दोहराते हुए विलाप करने लगी। फिर वह घुटनों के बल बैठी और परास्त भाव से अपना मुख झुका लिया।

इंद्र निःशब्द था। वसु का चेहरा पीला हो गया था। मेनका उसके चरणों में पड़ी विनती कर रही थी। इंद्र के भीतर जैसे एक विचित्र ही भाव उत्पन्न हुआ; एक सुंदरी का गर्व उसके पैरों में चकनाचूर हो चुका था। वह अपने अहं, गरिमा, मर्यादा, अपने अस्तित्व और आत्मा को उसके पैरों में डाले बैठी थी। इंद्र ने भीतर ही भीतर आत्ममुग्ध अनुभव किया। उसने आज उसे तोड़ दिया था।

"मैं तुम्हारे लिए..." उसने कहा। "मैं वसु के लिए तुम्हारे सौंदर्य, आवेग और प्रेम को समझ सकता हूँ।" हालाँकि उसने कोमलता से कहा किंतु शब्दों की धार का तीखापन छिपा नहीं रह सका। "मैं तुम्हारी तड़प और विवशता को समझ सकता हूँ।" इंद्र ने दो टूक शब्दों में कहा। "परंतु हाँ, मेनका। मैं तुम्हें एक चुनाव दूँगा।" मेनका की आँखों की चमक जैसे वापस आ गई। "तुम अपनी संतान का त्याग कर सकती हो..." फिर वह नाटकीय रूप से रुका... "या फिर तुम वसु और इस स्वर्ग का त्याग कर दो, जिससे तुम्हें इतनी घृणा है। क्या चुनना चाहोगी?" उसने कटुता से पूछा।

मेनका के भीतर का सन्नाटा जैसे पूरे कक्ष में बिखर आया था। मानो सब कुछ जैसे थम-सा गया हो। वह अचल खड़ी रही। श्वास तक नहीं ले पा रही थी। उसने महसूस किया कि उसके बिखरे हुए विचार बाहर आ रहे थे। धीरे-धीरे श्वास छोड़ते हुए, हाथों की मुट्ठियों को भींच, स्याह चेहरे के साथ मेनका इंद्र के ठीक सामने जा खड़ी हुई। नेत्र जैसे भीतर से जल रहे थे। इंद्र ने उसके सामने एक ऐसी परिस्थिति खड़ी कर दी थी, जहाँ अनुकूल परिणाम का आना असंभव था; वह जो भी निर्णय लेती, उसकी हानि तो होनी ही थी। इंद्र का प्रस्ताव कपट था परंतु वह जानती थी कि उसके पास इंकार करने का चुनाव था। उसने खुद को याद दिलाया, हमारे चुनाव और हमारे चुनाव ही नियति रचते हैं - उसकी, उसकी संतान और उसके प्रेमी की।

उसे निर्णय लेने के लिए बाध्य किया जा रहा था। वह बोली, "महाराज, ऐसा ही होगा। संतान का जन्म होते ही उसका त्याग कर दूँगी।" ऐसा लगा

मानो उसका दम घुट जाएगा। उसने इंद्र को इस तरह देखा कि वह उसके मन की बात का अनुमान नहीं कर सका।

उसने देखा कि मेनका गरिमा और मर्यादा के साथ कक्ष से बाहर निकल गई जो उसके सिवा कोई दूसरी अप्सरा कर ही नहीं सकती थी। इंद्र को दंभ का अनुभव हुआ, उसने मेनका को सबक़ सिखा दिया था, परंतु भीतर से मन दुखी भी हो रहा था। वह उसे कभी क्षमा नहीं करेगी। उसने मन ही मन यह सोचा, *क्या मैं कभी उसे क्षमा कर सकूँगा?*

उसने वसु से रुखाई से कहा, “इस बात का ध्यान रहे कि संतान का जन्म होने के बाद वह उसे देखने नहीं पाए। अगर उसने उसे गोद में ले लिया तो वह फिर कभी उसका त्याग नहीं कर सकेगी। उसे इस पीड़ा से बचा लेना।”

वसु ने होंठ भींच लिए। “यदि तुम चाहते तो ऐसा भी कर सकते थे।”

इंद्र ने सिर हिलाया। “वसु, उसके पीछे मत छिपो और उसके कंधे पर रखकर बाण मत बरसाओ। मैं अभी चाहूँ तो तुम्हें स्वर्ग से निष्कासित कर दूँ, मेरे धीरज की परीक्षा मत लो। तुम्हें पता है कि अब हम मित्र नहीं रहे। पर तुम दोनों को एक दिन इसकी क़ीमत चुकानी होगी...”

वसु ने उसे कनखियों से देखा। “हम पहले ही चुका चुके हैं।”

प्रतिशोध

कौशिक अब पहले जैसे नहीं रहे थे। हेमवती इस बात को भाँप सकती थी। उन्होंने अपनी शांति, अपना चैन और मुस्कान खो दी थी - वही मुस्कान जो हृदय लुभा कर किसी भी विवाद में जीत हासिल कर सकती थी और एक भी बाण नहीं चलाना पड़ता था।

उसे उनके इस मौन का कारण पूछने की आवश्यकता नहीं थी - वे अब भी अपनी पराजय पर सिर धुन रहे थे। हेमवती को आशा थी कि जल्दी ही सब ठीक हो जाएगा। वह जानती थी कि कौशिक बहुत ही अस्थिर प्रकृति के व्यक्ति थे और उनके मनोभाव बदलते रहते थे। कभी सौम्य, कोमल और दयालु लगते तो कभी अचानक प्रतिशोध से भर जाते। उन्हें बहुत जल्दी क्रोध आता था परंतु उसने उन्हें आज से पहले इतना विषादपूर्ण और भीतर ही भीतर घुलते हुए नहीं देखा था। मानो भीतर से रोष बाहर ही नहीं आना चाहता था।

"आप इस बारे में जितना अधिक विचार करेंगे, मन को उतना ही दुख होगा।" उसने उन्हें सांत्वना दी। वे एक हठी व्यक्ति थे और अपने मन की बात पूरी करके ही दम लेते।

"क्या तुमने कभी अपमान का सामना किया है?" उन्होंने शांत भाव से पूछा, सुर में हल्के रोष का आभास था।

हाँ, उसने सोचा। *हर बार जब भी आप अपनी अन्य पत्नियों के पास जाते हैं, तो मैं ऐसा ही महसूस करती हूँ।*

"यह बहुत ही असहाय-सा भाव होता होगा।" उसने मन की बात कहने के बजाए कहा। "वह घटना नहीं, परंतु आप उसे जो महत्त्व दे रहे हैं, वह आपके दुख का कारण बन रहा है। आप स्वयं को उसे भूलने की अनुमति ही नहीं दे रहे।"

कौशिक ने अपने चौड़े कंधे झटके, जो तनाव से अकड़ से गए थे। "मैं इतनी आसानी से पराजय स्वीकार नहीं कर सकता।" उस बूढ़े को अपने किए का दंड भुगतना ही होगा।

हेमवती ने अपने पति को चिंतित भाव से देखा। "उन्होंने क्या अनुचित किया? आपने अनुचित किया। आपने उनकी बछिया को छीनना चाहा और उन्होंने आपसे उसका रक्षण किया। अपने अहं को न्याय की राह में बाधा नहीं बनने दें।" उसने कहा। ज्यों ही उसके मुख से ये शब्द निकले, उसे अपनी मूर्खता का आभास हुआ, उसने देखा कि कौशिक का चेहरा तमतमा गया था, चेहरे पर रोष उमड़ा आया और जबड़े कस कर भिंच गए।

"मैं जिन व्यक्तियों को जानती हूँ, उनमें से आप सबसे अधिक न्यायी हैं।" हेमवती दिलासा देने के स्वर में बोली। "परंतु आप एक राजा हैं। आपने उसे पाने का लोभ रखा जिसे पाया नहीं जा सकता था। यह आपकी ओर से एक भूल थी। आपने जबरन वह छीनना चाहा, जो आपका नहीं था। अब हालात को और बुरा नहीं बनने दें।"

"मैं हालात को कैसे बुरा बना रहा हूँ। अपने दंभ से? या फिर एक राजा के रूप में अपनी सत्ता से? नहीं, प्रिय, मुझे अहसास हो गया है कि इस राजसी सत्ता की अपनी सीमाएँ हैं। मैं उस वृद्ध ऋषि से नहीं जीत सका क्योंकि मैं एक राजा हूँ, इसके कारण ही मेरी हार हुई। मैं उस शक्ति का त्याग कर दूँगा जो मुझे दुर्बल बनाती है..." वे धीरे से बोले, हर शब्द भीतर की गहराई से निकल रहा था।

अचानक ही उनकी लंबी काठी में एक विचित्र-सी स्थिरता दिखाई दी। उनकी पीठ सीधी तनी थी, चेहरा पाषाण की तरह दिख रहा था और शीश सहज अभिमान से उन्नत था। जब वे अपने अनायास लिए गए निर्णय पर विचार कर रहे थे, तो उनके विचार की जड़ें और गहराई तक चली गईं और उनका चेहरा अपने संकल्प से जगमगा उठा। वे अपना निर्णय ले चुके थे।

हेमवती ने भीतर ही भीतर व्याकुलता का अनुभव किया। "आप कहना क्या चाहते हैं?" उसने श्वास भरी, वह कौशिक के मुख से निकलने वाले

शब्दों से आशंकित थी। "आप अपनी सत्ता का त्याग कर देंगे? आप कहना चाहते हैं कि सिंहासन का त्याग करेंगे?" वह उन्हें अविश्वसनीय आतंक से ताक रही थी।

कौशिक ने हौले से हामी भरी और उनके नेत्रों से कोमलता झलक उठी। "हाँ, मुझे मेरे राजसी पद के दुरुपयोग का कलंक नहीं सहना होगा। मैंने राज्य और सिंहासन के त्याग का निर्णय कर लिया है।"

हेमवती ने जो सुना, वह उन शब्दों पर विश्वास नहीं कर सकी। परंतु वह हृदय में उठते भय के प्रति सचेत थी; कौशिक कोई ऐसा भीषण निर्णय ले चुके थे, जो उन सबके जीवन को नष्ट कर सकता था।

"ठहरिए, कृपया रुकिए, आप यहाँ किसी युद्ध की योजना नहीं बना रहे! गंभीरता से पेश आएँ। आप एक ऋषि से स्पर्धा के लिए राजपद का त्याग नहीं कर सकते! राज्य के प्रति आपके उत्तरदायित्व का क्या होगा? और क्यों? केवल इसलिए कि आपके मन में उस ऋषि के प्रति रोष है? आपको अपमान से नहीं, विनय से आसरा मिलेगा। प्रतिशोध की यह ज्वाला ही आपका पतन होगी! आप इसका त्याग क्यों नहीं कर देते?" उसने आग्रह किया। "ऋषि वशिष्ठ एक राज्य से दूसरे राज्य में प्रवास करते रहते हैं - हो सकता है कि वे अब तक हमारे राज्य का त्याग भी कर चुके हों। निःसंदेह उन्होंने अपने मन से इस घटना को निकाल ही दिया होगा। इसलिए आपको भी ऐसा ही करना चाहिए। आप अपने परिवार, सिंहासन, आपके राज्य और लोगों की क़ीमत पर अपना प्रतिशोध लेने पर क्यों तुले हैं?" फिर हेमवती ने तत्काल उनकी दुर्बलता पर प्रहार किया। "उन्हें अपने राजा की आवश्यकता है। कान्यकुब्ज को आपकी आवश्यकता है!"

कौशिक मुस्कराए, परंतु यह एक सुखद मुस्कान नहीं, तिरस्कार से भरी मुस्कान थी। "मैं किसका राजा हूँ? एक राज्य, एक साम्राज्य का? यह तो भूमि का एक खंड है जिसे मैंने अपने पूर्वजों से उत्तराधिकार में पाया, जो राजाओं का प्रसिद्ध वंश था। यह भूमि का ऐसा खंड है जिस पर प्रजा, मंत्रियों, दरबारियों, व्यापारियों, निर्धनों तथा वणिकों का वास है। मैं इन पर शासन करता हूँ। मेरे पास सत्ता, संपदा, प्रेम व सम्मान है। और फिर भी कुछ नहीं है..." उन्होंने घोषणा की। उनकी आँखों में एक विचित्र-सी चमक थी। "मेरे पास एक ऋषि या उसकी बछिया को अपने अधीन करने की शक्ति नहीं है। वे दिव्य शक्ति की डींग हाँकते हैं, एक ऐसी शक्ति जो राजशक्ति

से कहीं बढ़ कर है। मैं भी उसे पा कर रहूँगा...” उन्होंने अपनी बात को विराम दिया। फिर एक गहरी श्वास भर कर बोले, “मैं इसे पा कर रहूँगा।” उन्होंने वाक्य दोहराया और इस बार उनका स्वर बेहद कोमल था।

“मैं तपस्या करके दिव्यास्त्र प्राप्त करूँगा जो वशिष्ठ, उसकी कामधेनु और सेना का नाश कर देगा! इस पराजय ने मुझे मेरी राजसी शक्ति की सीमाओं का भान करवा दिया है : यह एक जाल से अधिक नहीं है। मुझे सिद्धि और तपोबल चाहिए – तप की महान योगशक्ति। जब तक मुझे मेरा मनचाहा नहीं मिल जाता, तब तक ध्यान में ही मेरा मोक्ष, मुक्ति और शक्ति है।” कौशिक ने घोषणा की, उनका स्वर सुनने में इतना कठोर लगा मानो वे स्वयं से ही कोई वादा कर रहे हों। “मैं असीम दिव्य शक्तियों व अस्त्रों के लिए भगवान शिव का आह्वान करूँगा...”

“नहीं, कृपया ऐसा नहीं करें, आप ऐसा नहीं कर सकते।” हेमवती उनका हाथ पकड़ कर चिल्लाई। “अच्छे कार्य के लिए देवों के आशीर्वाद की कामना करनी चाहिए अन्यथा वह श्राप बन जाता है। आप एक भविष्यदर्शी क्षत्रिय हैं, क्या आप देख नहीं सकते कि आपकी यह निरर्थक प्रतिस्पर्धा तथा प्रतिशोध लेने का हठ, हम सबके लिए अभिशाप में बदल जाएगा? आप कुछ ऐसा चाह रहे हैं जिसकी कल्पना तक नहीं की जा सकती। आप एक राजा, एक पति और पिता के रूप में अपने कर्तव्यों को नहीं भुला सकते!” इस विचार ने ही हेमवती के हृदय को खंडित कर दिया था। “आप हमारा त्याग नहीं कर सकते... हमारी और कान्यकुब्ज की देख-रेख कौन करेगा?”

“हमारे पुत्र करेंगे।” कौशिक ने उत्तर दिया। “अंधर्क इतना बड़ा और समझदार हो गया है कि वह सिंहासन सँभाल सकता है। वह प्रजा की सेवा भी करेगा। उसका भाई मधुचंद उसकी सहायता करेगा। क्या तुम्हें उस पर विश्वास नहीं है?”

“हाँ, मुझे उस पर विश्वास है। वह एक सुयोग्य पुत्र है और एक दिन अच्छा राजा होगा। परंतु वह दिन अभी नहीं आया। हमें आपकी आवश्यकता है! मुझे आपकी आवश्यकता है! ओह, मैं आपसे प्रेम करती हूँ – आप इतने हृदयहीन नहीं हो सकते...” वह रोने लगी, उसके नेत्रों में आतंक और भय का ऐसा प्रतिबिंब था जिसे अश्रु भी धो नहीं सकते थे। कौशिक ने अपनी आँखें मूंद लीं; ताकि उस शोक को स्वयं से दूर कर सकें। कौशिक के कहे शब्दों के भार से, हेमवती का संसार चूर-चूर हो रहा था और वह केवल

असहाय भाव से देख सकती थी कि उसके पास भविष्य में अंधकार के सिवा कुछ नहीं बचा था। कौशिक का स्वप्न उसके लिए एक दुःस्वप्न था।

उसने अपने दोनों हाथ जोड़े और कौशिक से विनती करने लगी कि वे उसे छोड़ कर नहीं जाएँ। वह उनके पैरों में गिरने को तत्पर थी। "मैं आपके बिना जीवित नहीं रह सकूँगी, अपनी महत्त्वाकांक्षा के लिए मेरा त्याग नहीं करें, कौशिक। मैं आपकी पत्नी हूँ। हमारे जीवनों से खिलवाड़ नहीं करें। विचार करें, एक क्षण के लिए विचार करें - मैं, हमारा पुत्र; आप हमारा त्याग नहीं कर सकते!" वह फूट-फूट कर रोने लगी।

कौशिक अचल खड़े रहे, चेहरा स्वर जितना ही कठोर हो गया था, "हाँ, मैंने तुम्हारा दिल दुखाया परंतु अब मैं असफल होने के बजाए एक हृदयहीन पिता बनने को वरीयता दूँगा। एक अपमानित राजा के रूप में जाने जाने से बेहतर होगा कि लोग मुझे एक हृदयहीन पति कहें।" उन्होंने कहा। उनके हाथ शरीर के दोनों ओर भिंचे थे। "अब यही मेरा अभियान होगा।"

"हमारा क्या होगा?" उसने दोहराया। उसके भाव जड़ हो चुके थे। "आप निर्ममता से अपने नेक और स्वार्थी काज के लिए हमें त्याग रहे हैं।" यह कोई प्रश्न नहीं था; यह एक कटु अभियोग था जो सीधा वार कर गया। "आप एक कायर हैं, एक असफल व्यक्ति, जो अपने आहत दंभ को सँभाल नहीं सके।" उसने आरोप लगाया, बिना बहे अश्रुओं के बीच नेत्र दहक रहे थे। "आप अपने आहत अहं को सहलाने के लिए उन लोगों को आहत करने से बाज नहीं आते जो आपसे प्रेम करते हैं। आप ज्ञान और विवेक पाने की बात करते हैं, परंतु आप मेरे जानकार लोगों में से सबसे अधिक नैतिक रूप से दोषी व्यक्ति हैं। एक व्यक्ति जिसने कीर्ति पाने के लिए अपने परिवार का त्याग किया!"

हेमवती कौशिक को घायल करना चाहती थी, क्योंकि उसने भी उसे ठेस पहुँचाई थी। उसके पास इस युद्ध में शब्द ही मारक अस्त्र थे, जिनके बल पर वह कौशिक को वापस लाना चाहती थी, अपनी रक्षा करना चाहती थी। म्लान और कंपित हेमवती दुख और रोष से भी पीड़ित थी : उसे अपने पर रोष था कि उसने ऐसे व्यक्ति से प्रेम क्यों किया और दुख इस बात का था कि वह उसे सदा के लिए खोने जा रही थी; और वह जानती थी कि उसके पति कभी वापस नहीं लौटेंगे।

इसी गहन पीड़ा के बीच उसे याद आया कि उसकी ननद सत्यवती ने शादी के समय उस वधू से क्या कहा था - उसने कहा था कि हेमवती एक दिन अपने पति को खो देगी। वह मृत्यु नहीं परंतु एक विचित्र भविष्यवाणी थी जो सदा राजपरिवार को आतंकित करती आई थी। यद्यपि कौशिक राजवंश में जन्म ले कर, राजकुमारों की तरह पलेंगे और एक राजा बनेंगे परंतु एक दिन सब कुछ त्याग कर संन्यास ले लेंगे ताकि एक ऋषि बन सकें...

तब वह यह बात सुन कर खिलखिलाने लगी थी और यही सोचा था कि यह एक वृद्धा की कल्पना से अधिक कुछ नहीं था। एक राजा भला तपस्वी कैसे हो सकता है? एक योद्धा ज्ञान पाने के लिए युद्ध कला और शस्त्रों का त्याग कैसे कर सकता है? परंतु ढलते सूर्य तले उस लंबी क़द-काठी के व्यक्ति और उसके संकल्प को देख कर वह जान गई थी कि आज भविष्यवाणी सत्य हो रही थी।

अपने तेज़ी से बहते अश्रुओं के बीच, हेमवती को अहसास हुआ कि वह दिन आ गया था।

☙

मेनका क्लांत भाव से बिस्तर पर पड़ी, अपनी संतान को देखने की प्रतीक्षा में थी। उसे केवल इतना याद था कि जब संतान ने जन्म लिया तो उसके रोने का स्वर सुनाई दिया था। उसे याद नहीं कि उसने उसे गोद में भी लिया था। उसे यह भी पता नहीं था कि उसकी कोख से पुत्र ने जन्म लिया है या पुत्री ने। परंतु उसके भीतर से एक पुत्री पाने की इतनी तड़प थी कि उसे लगता था कि उसने पुत्री को ही जन्म दिया होगा। वह उसकी पुत्री थी और वह निश्चित रूप से सुंदर होगी। मेनका ने अपनी तंद्रावस्था में ही सोचा। वह पहले ही वसु के साथ अपनी पुत्री का नाम सोच चुकी थी : प्रमद्वरा, सजग और सावधान। उसने कटुता से सोचा कि उसकी पुत्री अपनी माँ जैसी नहीं होगी। उसका उपनाम मेनका को उसकी लापरवाही और निष्ठुरता की याद दिलाता रहेगा। उसी क्षण से, उसे एक हृदयहीन माता होने का कलंक सहना होगा, जिसने अपनी संतान का त्याग कर दिया। वह सब सह सकती थी, लोगों की बातें और ताने परंतु क्या वह अपना ही सामना कर सकेगी? मेनका ने इस दुख से उबरने के लिए अपनी मुट्ठियों को कस कर भींच

लिया, उसके नाखून नरम मांस में गड़े जा रहे थे। उसने अभी तक अपनी नवजात को नहीं देखा था और फिर उसे उसका त्याग करना होगा।

"मेरा बच्चा कहाँ है?" उसने तिलोत्तमा से फुसफुसाहट भरे स्वर में पूछा। तिलोत्तमा अप्सराओं में उसकी सबसे प्रिय सखी थी, उसने उसे दिलासे से भरी मुस्कान देते हुए कहा, "मैं वसु को बुला कर लाती हूँ।"

मेनका ने भौंहें सिकोड़ीं। कुछ तो ग़लत हो रहा था। तिलोत्तमा कभी ऐसा व्यवहार नहीं करती थी।

वसु को कक्ष में प्रवेश करते देख मेनका को थोड़ा चैन आया। वह आ गया था; उसे पता होगा।

"वह कहाँ है?" मेनका ने व्यग्रता से पछा। "तुमने अब तक मुझे उसे दिखाया क्यों नहीं?"

"क्योंकि तुम उसे देख नहीं सकतीं, मेनका। इससे तुम्हारा कोई भला नहीं होगा, बताओ कोई भला होगा क्या?" वसु ने सूनी-सूनी निगाहों से देखा।

"तुम कहना क्या चाहते हो?" मेनका ने विक्षिप्तों की तरह पूछा। "मैं उसे देख क्यों नहीं सकती?"

"उस कन्या को पहले ही दे दिया गया है।" यह एक कटु सत्य था, जो वसु के होंठों से निकला।

तो मैंने पुत्री को ही जन्म दिया था। मेनका ने दयनीय भाव से सोचा। परंतु वह जा चुकी थी, मेनका को उसकी एक झलक तक नहीं दिखाई गई और उसे एक बार भी गोद तक में नहीं लेने दिया गया। 'मैं उसे कभी नहीं देख सकूँगी,' यह सोचते ही मन पीड़ा से भर गया।

"क्यों?" वह धीरे से बोली। "उसे तो भेजना ही था तो मुझे थोड़ी देर के लिए उसे दिया जा सकता था। तुम ऐसा क्यों नहीं कर सके?" भीतर से पीड़ा की एक और गहरी लहर उठी। या वह गुस्सा था? "तुम मुझसे वह अनुभव छीनने का साहस कैसे कर सके? मेरे पास उसके साथ बिताने के लिए वही एक क्षण था।"

"वह अब हमारी नहीं थी।" वसु ने पीड़ित स्वर में कहा। "जितनी जल्दी हमसे दूर हो जाती, उतना ही बेहतर था। वह इतनी सुंदर थी कि तुम उसका त्याग कर ही नहीं पातीं... अगर एक बार उसे देख लेतीं तो तुम्हारे

लिए उसका त्याग करना असंभव होता। मैं तुम्हें और कष्ट नहीं देना चाहता था। तुम इसे सहन नहीं कर पातीं।"

मेनका ने उसे तीखी नजरों से देखा, वह जो सोच रही थी, उस पर भरोसा करने में भी भय हो रहा था। "तुम्हें भय था कि कहीं मैं उसे ले कर, तुम्हारा और अमरावती का त्याग नहीं कर दूँ?" उसने उसके विचारों का अनुमान लगाया। "यही वजह है कि तुमने शिशु के जन्म लेते ही अलग करने का साहस कर लिया।"

वसु का चेहरा फक्क हो गया था। "मेनका, मैं कोई निष्ठुर नहीं, उसका पिता हूँ। हम किसी भी दशा में अपनी संतान को अमरावती में नहीं रख सकते थे। मेनका, हम अपनी संतान के लिए स्वर्ग का त्याग करने को तैयार थे? यदि तुम्हारे पास इस प्रश्न का उत्तर देने का साहस है तो तुम्हें तुम्हारा उत्तर मिल जाएगा।"

मेनका ने पीड़ा से बचने के लिए अपना होंठ काट लिया। अपराध बोध हावी होता जा रहा था। "अब वह कहाँ है?"

"मैं उसे ऋषि स्थूलकेश के आश्रम में छोड़ आया हूँ।"

"क्या तुमने उनसे बात की? क्या तुमने उन्हें बताया कि वह हमारी पुत्री है?"

"मैंने बताया था। पर अब हम उसके माता-पिता नहीं हैं, मेनका!" अंततः वसु ने भी अपनी पीड़ा प्रकट कर ही दी। "मैं बस तुम्हें इस अपराध बोध से बचाना चाहता था कि तुम्हें किसी अजनबी के हाथों अपनी बच्ची को नहीं सौंपना पड़े, तुम्हारा दिल टूट जाता। मैं किसी के लिए भी ऐसा नहीं चाहता तो तुम्हें यह कष्ट कैसे दे सकता था?"

"वसु, मेरे लिए निर्णय मत लो। मैं उसे अब कभी नहीं देख सकूँगी। उसे कभी नहीं जान सकूँगी। तुमने उसे और उसकी यादों को छीन लिया जिन्हें मैं आजीवन अपने पास रख सकती थी।" मेनका का स्वर बिखर गया। "ओह, वसु, मैंने उसे त्याग दिया।" वह सुबकियाँ भरने लगी, "मेरे पास चुनाव था..."

"वह एक दुष्ट योजना थी!" वसु गरजा। "तुम और तुम्हारी पुत्री कैसे अपना रक्षण करते?"

"जैसे अब वह करेगी, बिलकुल अकेली..."

वसु ने कोई जवाब नहीं दिया, पर उसने मेनका को पास खींच कर अपनी छाती से लगा लिया ताकि वह जी भर कर रो ले। उसकी टूटी हुई सुबकियों से ही कक्ष का मौन टूट रहा था। फिर वह अचानक रोना बंद कर, वसु की निकटता को उपेक्षित करते हुए, भीतर से उठते रोष के बीच बोली, "तुम इंद्र के निर्देशों का पालन कर रहे थे। उसने नेत्रों से बहते अश्रुओं के बीच अनुमान लगाया। तुमने हमेशा की तरह इंद्र की बात मानी।"

वसु कुम्हला गया। "तुम अप्रसन्न हो..."

"पर जो कह रही हूँ, वह सत्य है। यह इंद्र का ही सुझाव था कि मुझे प्रमद्वरा से मिलने ही नहीं दिया जाए।" मेनका के चेहरे पर लालिमा उभर आई थी। प्रमद्वरा का नाम लेने भर से ही उससे अपनेपन का भाव भीतर से उभर आया। पर वह जानती थी कि वह सब व्यर्थ था। उसका गुस्सा भी दुख के साथ बढ़ता गया। "तुमने इंद्र की बात सुनी, है ना?"

"मैंने तुम्हें कष्ट से बचाने के लिए ऐसा किया।" वसु ने असहाय भाव से कहा और मेनका के काँपते हाथों को अपने हाथों में ले कर सहलाने लगा। पर मेनका का गुस्सा बढ़ता ही जा रहा था।

"उसने मुझे आहत करने के लिए ऐसा किया!" वह चिल्लाई। "तुमने इसकी हामी भरी। वसु, उसने एक बार फिर से तुम्हारा इस्तेमाल किया। उसने तुम्हें मेरे ख़िलाफ़ इस्तेमाल किया। एक दिन वह हम दोनों को अलग कर देगा। उसने हमें स्वीकार करने का दिखावा किया पर वह कभी ऐसा नहीं करेगा। वह ध्यान रखेगा कि हम कभी आपस में खुश नहीं रह सकें।"

वसु ने अपना सिर हिलाया। "वह ऐसा तभी कर सकता है, जब हम उसे ऐसा करने देंगे।" वह उग्र स्वर में बोला। "तुम इस समय यही कर रही हो - तुम एक ऐसे निर्णय पर अतिप्रतिक्रिया दे रही हो, जिसके बारे में हम पहले से तय कर चुके थे। हम इससे बच नहीं सकते थे। हम पहले भी कई बार इस बारे में बहस कर चुके हैं, हमारे पास एक चुनाव था और हमने तय किया था कि हम अपनी संतान प्रमद्वरा को स्वर्ग में नहीं रख सकेंगे, हमारी बच्ची प्रमद्वरा को!" वसु ने जानबूझ कर प्रमद्वरा का नाम पहली बार लिया पर उसका हर शब्द क्रूरता से लिपटा हुआ था। "मेनका, इसे स्वीकार करो और इंद्र की ओर से शुभेच्छा की आशा मत करो। अब हम उसके पक्ष में नहीं और वह किसी न किसी रूप में, हम पर प्रहार अवश्य

करेगा। अगर तुम मुझ पर अनावश्यक आरोप लगाओगी तो इस तरह हम दोनों स्वयं ही अलग हो सकते हैं।”

मेनका ने पहली बार वसु की पीड़ा को अनुभव किया।

“मुझे तुम्हें दोष नहीं देना चाहिए।” आँखें नम हो आई थीं, मेनका ने उन्हें झपका कर साफ़ किया। वसु ने सौम्यता से, उसका आँसुओं से भरा चेहरा अपने हाथों में थाम कर कहा, “कृपया, उसे हम दोनों के बीच मत आने देना। वह यही कर रहा है। मैं आख़िरी बार बता रहा हूँ - मैंने जो किया, तुम्हें बचाने के लिए किया, बस मेरे पास यही एक उपाय था। मैं तुम्हें आहत करने के बारे में सोच तक नहीं सकता। हाँ, मैंने उसके आदेश का पालन किया परंतु वह तुम्हारी भलाई के लिए था। मैंने उसकी बात मानी, क्योंकि मैं तुम्हारी पीड़ा नहीं सह सकता था...”

“परंतु वसु सदा यही तो करता है, क्यों नहीं करता? हमेशा इंद्र का कहा मानता है!” पूरे कमरे में एक आवाज़ तेज़ी से गूँज गई। वह कटु स्वर इतना तीक्ष्ण था कि उसे सुनते ही मेनका जान गई कि वह किसका स्वर था। कक्ष में उर्वशी ने प्रवेश किया था।

वसु की देह तन गई और वह अचानक बाहर जाने को उद्यत हुआ। उसका चेहरा पीला और नेत्र क्लांत लग रहे थे। मेनका को भीतर से अपराध बोध का अनुभव हुआ। वह भी तो पीड़ित होगा, परंतु उसने अपने स्वार्थ और दुख के कारण, दुर्भाग्य का सारा दोष वसु के सिर ही मढ़ दिया था। उसने अपना होंठ काटा और उसका हाथ पकड़ कर खींचा ताकि वह बाहर नहीं जाए। परंतु वसु ने हौले से अपना हाथ उसकी पकड़ से छुड़ा लिया।

“बेहतर होगा कि मैं अब चला जाऊँ।” वह धीरे से बोला और उसके होंठों पर धीरे से एक चुंबन दे दिया।

मेनका ने भी अपने अपराध बोध को कम करने के लिए उसे ज़ोर से चूमा, वह नहीं चाहती थी कि वसु बाहर जाए परंतु वह यह भी जानती थी कि उसके लिए जाना ही ठीक रहेगा, स्वयं को उर्वशी के कटाक्षों से बचाने का यही एक उपाय था। वसु ने जो किया, उसके बाद वह उर्वशी के तानों का सामना नहीं कर सकेगा। या फिर, इंद्र ने जो उससे करवाया।

मेनका ने झट से आँसू पोंछे और अपने होंठों पर उसके होंठों की गरमाहट महसूस करते हुए, अपनी ओर आती हुई उर्वशी को चिंतित भाव

से देखा। उर्वशी की चाल में एक मादकता थी, चलते हुए उसकी कमर बल खाती, कंधे सीधे और उरोज तने हुए दिखाई देते। वह स्वर्ग की सबसे सुंदर अप्सरा मानी जाती थी और इसी वजह से उससे प्रेम और घृणा करने वालों की कमी नहीं थी। वह उन सबमें से सबसे अधिक कामुक व उत्तेजक भी थी।

उर्वशी - जैसा कि उसके नाम से ज्ञात होता था - ऐसी स्त्री जो हृदय को वश में करती है। विडंबना यह थी कि वह ऐसा ही नहीं कर सकी - उसने अपना हृदय एक नश्वर मनुष्य, एक राजा को सौंप दिया था। प्रतिष्ठान का राजा पुरुरवा उस पर इतना मोहित हुआ कि वह उसके लिए अपनी पत्नी, राज्य और धरती तक छोड़ने को तैयार था। परंतु उसे स्वर्ग में वास करने की अनुमति नहीं मिली। उर्वशी भी उससे सम्मोहित थी जो किसी महान रथी से विवाह करने के बजाए किसी प्रेमी से विवाह करना चाहती थी, वह उसके शस्त्रों की शक्ति नहीं, शब्दों की शक्ति पर मोहित हुई थी। पुरुरवा एक अभिव्यक्तिपूर्ण प्रेमी साबित हुआ, उसके विचारों की काव्यात्मकता देखते ही बनती थी। उर्वशी ने उसके साथ धरती पर रहने के लिए सहमति दी परंतु उसकी दो शर्तें थीं। पहली, वह उसकी पालतू भेड़ की देख-रेख करेगा। और दूसरी, वह उसके अतिरिक्त किसी अन्य के सम्मुख नग्न नहीं होगा। वह अपने इस चतुर उपाय के बल पर उसे सदा के लिए अपने पास रखना चाहती थी, यह सुनिश्चित करना चाहती थी कि वह सदा उसके प्रति एकनिष्ठ रहे, अपनी पहली पत्नी या किसी अन्य स्त्री के पास नहीं जाए। सम्मोहित पुरुरवा ने वचन की हामी भरने से पूर्व एक बार भी विचार नहीं किया। उन्होंने विवाह कर लिया और धरती पर अनेक वर्षों तक सुखपूर्वक रहते रहे और फिर इंद्र को अपनी अप्सरा की याद सताने लगी। उसे हर हाल में उर्वशी को वापस पाना था। जब उसे एक बार उर्वशी की ओर से रखी गई उन असाधारण शर्तों के बारे में पता चला, तो उसने अपने मित्र वसु को विश्वास में लिया और मिल कर एक षड्यंत्र रचा। वसु ने आधी रात को दो अन्य गंधर्वों के साथ मिल कर उर्वशी की पालतू भेड़ चुरा ली। सचेत पुरुरवा को शीघ्र ही पता चल गया और वह पलंग से उतर कर, चोरों का पीछा करने भागा। वसु ने आकाश में बिजली पैदा की और अचानक नींद से उठी उर्वशी ने अपने पति को नग्नावस्था में दो गंधर्वों के पीछे भागते देखा। उनमें से एक, जिसे वह पहचानती थी, वह वसु था। उर्वशी का हृदय टूट गया। यह सब क्या और क्यों हुआ, यह जानने के लिए उर्वशी को

तुरंत स्वर्ग वापस आना पड़ा। परंतु उसने अब भी वसु को क्षमा नहीं किया था और उन क्षणों की प्रतीक्षा में रहती थी जब वह वसु को उस षड्यंत्र में संदेहास्पद भूमिका के लिए दुत्कार सके। आज उसे ऐसा ही एक परपीड़क अवसर फिर से मिल गया था।

"आशा करती हूँ कि तुम भी उसी पीड़ा से गुज़रोगे, जिससे मुझे गुज़रना पड़ा था।" उर्वशी ने वसु को कक्ष से निकलता देख, चिल्ला कर कहा।

मेनका चिहुंकी। "ऐसा कह कर, तुम मुझे भी कोस रही हो।" उसने दुर्बल स्वर में कहा।

"नहीं, मैं ऐसा नहीं कर रही। तुम उसे उसके किए अपराध से बचा नहीं सकतीं।" उर्वशी बोली। "भले ही तुमने वसु से कितना भी प्रेम क्यों नहीं किया हो, मैं चाहती हूँ कि वह कष्ट भोगे... दुष्ट कायर!!"

"यह वाक्य तो इंद्र के लिए अधिक उचित होगा।" मेनका ने भी पूरे वेग से कहा। "वसु तो केवल अपने राजा के आदेश का पालन कर रहा था। इंद्र तुम्हें वापस पाना चाहता था और इसी कारणवश उसने वसु से वह सब करवाया।"

"वसु उसका मित्र था। उन्होंने मिल कर यह योजना बनाई। वैसे भी, चित्रसेन और तुम्बरु की तरह, वसु प्रभावशाली गंधर्वों में से है।" उर्वशी ने तर्क दिया। "वह गंधर्वों का राजा है, वह एक शक्तिशाली व्यक्ति का पुत्र है, एक गुरु है, एक दार्शनिक और स्वर्गिक स्वर वाला गायक! अग्नि और चंद्र के बाद, मनुष्य उसकी पूजा करते हैं - वह एक अर्द्ध-देव और स्वर्ग का एकमात्र अमर गंधर्व है।"

"पृथ्वीलोक की स्त्रियाँ, वैवाहिक अनुष्ठान में उसका पूजन करती हैं क्योंकि वह प्रेम का प्रतीक है।" मेनका ने आह भरी, उसने अपने बालों का ढीला जूड़ा बाँधने की चेष्टा की। "यदि वसु निर्णय लेने की स्थिति में होता तो वह कभी तुम्हें कष्ट नहीं देता। उर्वशी, यह बात तुम भी जानती हो कि वह कितना दयालु है। उसने वही किया जो इंद्र ने उसे करने को विवश किया। इंद्र पर अपनी भड़ास निकालो, असली अपराधी तो वही था!"

"परंतु वसु भी उतना ही शक्तिशाली है। वह इंद्र को समझा सकता था; इंद्र उसकी बात मान लेता!" उर्वशी ने कहा। "आज जब वह भी वही

कष्ट भोग रहा है, तो वह इंद्र का असली चेहरा देख सकता है। मेनका, यही मेरा प्रतिशोध है। आज वह भी उसी पीड़ा और असहाय भाव के बीच है, जिसे मैंने तब अनुभव किया था, जब उन्होंने मुझे पुरुरवा को छोड़ कर वापस आने पर विवश कर दिया था!"

"पर इंद्र आज भी मुक्त है, उसे उसके किए के लिए उत्तरदायी कौन ठहराएगा?" मेनका ने वार किया, उसके होंठ एक अजीब से संकल्प में भिंचे थे। तुम्हारा हृदय तोड़ने के लिए वसु नहीं, इंद्र दोषी था। वह तुम्हें वापस पाना चाहता था और यही कारण था कि उसने ऐसा षड्यंत्र रचा। क्या तुम उसके समाने खड़ी हो कर यही अभियोग लगा सकती हो, जो तुम वसु पर लगा रही हो? उर्वशी, तुम भी बहुत शक्तिशाली हो, जिसने जुड़वाँ देवों – मित्र और वरुण को संतान दी है, फिर भी तुम इंद्र को चुनौती नहीं दे सकतीं!"

उर्वशी ने अपने होंठ कस लिए। मेनका जानती थी कि वह इतनी निर्मम नहीं थी जितना वह दिखाई देती थी। वह केवल इतना चाहती थी कि उर्वशी वसु के प्रति थोड़ा दया भाव रखे। "तुम्हारे कारण ही, सागर तथा नदियों के देवता, मित्र और वरुण, अगस्त्य और वशिष्ठ जैसी संतान पा सके, तुम्हारे पास ही अयोनि संभोग की शक्ति थी। केवल तुम्हारी उपस्थिति मात्र से देवों ने जल पात्रों में अपने वीर्य का त्याग किया और उन संतानों का जन्म हुआ! तुम वरुण और मित्र के प्रेम से इतना द्रवित थीं कि तुमने उनकी संतानों को अपने गर्भ में धारण कर जन्म दिया। क्या तुम हमारे प्रति भी इसी तरह थोड़ी दयालु नहीं हो सकतीं?"

"मेनका, क्या मैं ऐसा कर सकती हूँ?" उर्वशी ने कठोर मुखमुद्रा से पूछा। "क्या मैं कभी वसु को क्षमा कर सकती हूँ? पर लगता है कि अब उससे द्वेष रखने की आवश्यकता नहीं रही। उसका निकटतम मित्र इंद्र ही यह कार्य अच्छी तरह कर रहा है। इंद्र इस बात को सहन नहीं कर सका कि तुमने वसु से प्रेम किया और फिर तुम दोनों ने विवाह कर लिया। उसने अपने ईर्ष्यालु बैर के कारण तुम्हारे बारे में बुरी अफवाहें प्रसारित करवा दीं कि तुम्हारी पुत्री का जन्म विवाह के बिना हुआ।" "विवाह? अप्सराएँ कब से विवाह करने लगीं?" उर्वशी धीमे-से फुसफुसाई, "और वह इसी तरह तुम्हें सताता रहेगा। तुम अपनी नवजात संतान को देख भी नहीं सको, यह उसकी ओर से प्रतिशोध के आरंभ का ही कार्य था। वह इसे जारी रखेगा,

परंतु क्या तुम और वसु लंबे समय तक यह सब सह पाओगे? वह तुमसे तुम्हारी संतान छीन कर ले गया, क्या तुम कुछ कर सकीं, या कर सकोगी?"

"नहीं, मैं नहीं कर सकी।" मेनका ने भिंचे जबड़ों के बीच स्वीकारा। "और ना ही तुम इतने बरसों में कुछ कर सकीं। यही कारण है कि अपनी नपुंसक विवशता के बीच तुम वसु को दोष देती हो। तुम केवल उसे ही दोषी ठहरा सकती हो। परंतु मैं इंद्र को कभी क्षमा नहीं करूँगी। कभी नहीं। ना ही उसे कभी भूलने दूँगी।"

मेनका ने गहरी और ज़ोर से श्वास लेते हुए अपने दुख को शांत करना चाहा। "परंतु क्या मैं ऐसा कर सकूँगी? यह बहुत सच नहीं है। हम निरंतर स्वयं को झूठ बोलते हैं कि हम स्वर्ग में हैं और हमारे पास सब कुछ है। हमारे पास युवावस्था, सौंदर्य और अमरत्व के सिवा कुछ नहीं है; अनेक वर्षों तक जीने का आशीर्वाद है और इन सालों में हमारे पास भय और असुरक्षा के सिवा कुछ नहीं होता, क्या पाना है? किसके लिए? हम उसकी संपत्ति के अमूल्य अंश हैं जिन्हें वह अपनी मर्ज़ी से ले-दे सकता है। हम अपने महाराज इंद्र के मनोरंजन और खिलवाड़ की वस्तु से अधिक नहीं हैं। हमारे पास कोई चुनाव, कोई स्वर नहीं है और फिर भी हम उसका स्तुति गान करते हैं।"

उर्वशी ने मेनका की भिंची हुई मुट्ठियाँ अपने हाथों में ले लीं। वे ठंडी थीं और भीतरी रोष से काँप रही थीं। "तो फिर खुशी से गीत गाओ, और इसलिए ही तो हमें रचा गया था - ताकि हम प्रसन्न रहें और दूसरों को प्रसन्न रख सकें। परंतु तुम उदास हो क्योंकि तुम्हें अपनी संतान को छोड़ना पड़ा।" उसने कहा। "परंतु मेनका, स्वयं को मातृत्व के बोझ से क्यों लादना? यह हमारे लिए नहीं हैं। हम दूसरों का पालन-पोषण करने को नहीं बनीं; हमें तो किसी और ही चीज़ का पोषण करना है - काम, मादकता, सुख - हमारे काम को परिभाषित करने के लिए कई तरह के शब्द बनाए गए हैं। प्रेम करना और संतान उत्पन्न करना उनमें शामिल नहीं हैं। मेरी केवल पुरुरवा से ही संतान नहीं हुई, मैंने इंद्र के आदेश पर जाने कितनी संतानों को जन्म दिया। हालाँकि उन्हें अपनी माता के बिना जीना पड़ा परंतु वे जहाँ भी रहे, कहीं अधिक प्रसन्न रहे - अपने पिता या फिर दत्तक माता-पिता के पास!"

मेनका को जैसे दिलासा नहीं आया, उसके चेहरे पर बहते आँसुओं के बीच मौन दुख की गहरी छाया थी।

"हम अप्सराओं को मुक्त और अपने चुनावों में स्वतंत्र होना चाहिए। हम प्रेम करती हैं और चली जाती हैं। यही हमारा सूत्र है मेनका, ऐसे ही जीवन व्यतीत करो अन्यथा तुम्हें सदा इन अनकहे और अनावश्यक दुख के साथ जीना होगा। देव, ऋषि, गंधर्व और मनुष्य, मात्र अलग-अलग तरह के पुरुष ही हैं!" उर्वशी ने उपहास किया। "परंतु वे सभी आनंद और सुख पाने के लिए घुटनों के बल रेंगते हुए हमारे पास आते हैं; उन्हें वह दो परंतु उनके या उनकी संतान के मोह में मत पड़ो। उनके साथ मनोरंजन करो, थोपी गई अमरता का दोष या अपराध बोध क्यों वहन करना? परिवार या विवाह हमें अपने अधीन नहीं कर सकते। हमारे कोई पति, पुत्र, पुत्री अथवा कोई संबंध नहीं होते। हम अप्सराएँ, मुक्त और स्वच्छंद!"

"परंतु वह हमारी बच्ची थी, उर्वशी! मेरी और वसु की संतान।" मेनका चिल्लाई।

"वसु की अन्य संतानें भी हुईं। वह जानता है कि उनका त्याग करना क्या होता है, जैसा मैंने किया था।" उर्वशी ने शांति से कहा। "यह तुम्हारे लिए नया है। यही कारण है कि तुम विक्षिप्तों-सा व्यवहार कर रही हो। समझदार बनो, यदि तुम पुत्री को रख भी लेतीं तो उसे क्या भविष्य दे सकती थीं? उसे भी हमारी तरह राजनर्तकी, गायिका या..."

"नहीं, ऐसा मत कहो।" मेनका ने तेज़ी से अपना होंठ काटते हुए कहा।

"एक अप्सरा," उर्वशी ने कटुता से कहा। "यही बेहतर है कि हमारे बच्चे किसी ब्रह्मचर्य का पालन करने वाले ऋषि अथवा निःसंतान राजा के पास पलें। वे ज्ञान अथवा संपदा के बीच पलेंगे और हम उन्हें कोई स्तर नहीं दे सकते।" उसकी मुस्कान व्यंग्य और तिरस्कार से सनी हुई थी। "स्वर्ग में संतानों को नहीं पाला जाता, आवेगों और त्याग के इस स्थान पर केवल अप्सराओं को प्रेम का प्रसार करना होता है।"

मेनका के चेहरे पर एक कटु मुस्कान खेल गई, और शेष रहती है दिव्य प्रतिशोध की तत्परता!!!

चुनौती का उत्तर

कौशिक ने अपने हाथों में थामे हुए अस्त्रों को देखा - वे दिव्यास्त्र भगवान शिव की ओर से उपहार में दिए गए थे। अनेक वर्षों की तपश्चर्या के बाद, उन्हें वह मिला, जिसे वे जाने कब से पाना चाहते थे। भगवान शिव ने अपने दिव्यास्त्रों की सुरक्षा देने के साथ-साथ उन्हें एक नई उपाधि से भी सम्मानित किया - राजर्षि।

"अब अपना तप बंद करो, तुमने पर्याप्त विद्या अर्जित कर ली है। यह इतनी भीषण है कि मेरी देह जला रही है।" भगवान शिव ने चिंतित मुस्कान के साथ कहा था, "हे राजर्षि कौशिक, तुम्हें मेरा आशीर्वाद मिल चुका है।"

कौशिक वशिष्ठ के आश्रम के बाहर प्रतीक्षा कर रहे थे। आकाश में भोर से पहले का हल्का बैंगनी अंधकार था, परंतु कौशिक आश्रम में प्रत्येक कुटिया की छाया देख पा रहे थे। वे अपने नए दिव्यास्त्रों के साथ, आज वशिष्ठ को परास्त करने के अभिप्राय से पुनः आए थे। उन्होंने अपने प्रारंभिक अस्त्र पाशुपातास्त्र का संधान किया। उसने झट से एक सूखी कुटिया को जला दिया और वह लपटों में घिर गई। वही अग्नि आसपास की कुटियाओं तक जाने लगी। कौशिक की अपेक्षा थी कि बूढ़े वशिष्ठ कुटिया से बाहर भागे आएँगे परंतु ऐसा नहीं हुआ। परंतु उनके शिष्य आतंकित भाव से चिल्लाते हुए बाहर आए और उनमें से कुछ सहायता के लिए अपने गुरु की ओर दौड़े।

वशिष्ठ ने अनुभव किया कि वे अपनी झुर्रीदार त्वचा पर जो तेल मालिश कर रहे थे, वह तेल असाधारण रूप से उष्ण लगने लगा था। उन्होंने

कनखियों से बाहर देखा तो खिड़की से अग्नि की संतरी रंग की लपटें उठती दिखाई दीं। उसी धुएँ के बीच, उन्हें एक व्यक्ति की परछाईं दिखी। वे झट से पहचान गए कि वह व्यक्ति कौन था - कौशिक। वशिष्ठ पल भर में समझ गए कि हो क्या रहा था। एक शिष्य भागता हुआ उनकी कुटिया में आया और बोला, "आदरणीय! बाहर चलिए। आश्रम अग्नि से घिरा है! हमें सहायता चाहिए। हमें इस अग्निकुंड से कौन बचाएगा? यह तो दावानल की तरह फैल रही है।"

"शांत हो जाओ, वत्स।" वृद्ध ऋषि बोले, उनके स्वर मुख की तरह ही सौम्य था। उनके प्रशांत नेत्र देखते ही शिष्य का भय तिरोहित हो गया। "किसी को कोई हानि नहीं होगी। शांत रहो और देखो कि कहीं पशु भयभीत नहीं हों।"

शिष्य ने हामी भरी, गुरु का आश्वासन पाते ही उसके मन को सांत्वना मिल गई थी। वह उनके निर्देशों का पालन करने के लिए भागा। वशिष्ठ ने अपनी गर्दन मोड़ कर देखा कि लपटें कितनी ऊपर तक जा रही थीं। उनका लगभग पूरा आश्रम ही जल रहा था, परंतु पहले उन्हें आग को फैलने से रोकना था। वे तेल मालिश के कारण इतना चिपचिपा महसूस कर रहे थे कि उठने में भी परेशानी हो रही थी। वे उस समय पूरे वस्त्रों में भी नहीं थे और अपराधी को दंडित भी करना था। उन्होंने अपनी कुटिया में इधर-उधर देखा। उन्हें अपना जर्जर-सा सात गाँठों वाला बाँस का दंड दिखा जो कच्ची दीवार की टेक लिए खड़ा था। वे उस ओर झुके और उसे ही उठा कर बाहर फेंक दिया।

"यही दंड उसे सबक़ सिखाने को पर्याप्त होगा।" वे हौले से बोले और फिर से अपनी तेल मालिश करने लगे।

कौशिक ने अग्नि शस्त्र चला कर आसपास के वृक्षों को भी जला दिया। अचानक ही उसे वशिष्ठ की कुटिया से फेंका गया दंड दिखाई दिया। उन्होंने कौतूहल से उस दंड को देखा जिसने देखते ही देखते एक ही बार में सारी अग्नि को निगल लिया। कौशिक स्तब्ध हो गए। *यह कोई जर्जर पुरानी बाँस की लाठी नहीं, यह तो ब्रह्मदंड बन गया था।* उन्होंने सोचा।

कौशिक ने उसे परे हटाने के लिए वायु अस्त्र चलाने के बारे में सोचा परंतु उस ब्रह्मदंड ने सीधे खड़े हो कर सारी हवा को सोख लिया और कौशिक को मुख पर शीतल वायु का आभास होने लगा। इसके बाद

संतापणास्त्र छोड़ा गया परंतु उसे भी ब्रह्मदंड ने निगल लिया। कौशिक एक के बाद एक निरंतर सारे दिव्यास्त्र चलाते रहे परंतु हर बार वह ब्रह्मदंड उन्हें निरस्त कर देता।

कौशिक के हाथ में अपना अंतिम अस्त्र, ब्रह्मास्त्र ही बचा था और वे जानते थे कि वह सब कुछ विनष्ट कर सकता था। उन्होंने उसे हल्के-से छुआ और उनकी इस सोच से ही तीनों लोक थरथरा उठे...

"यह हो क्या रहा है?" इंद्र चिल्लाया, अमरावती में उसका दरबार बुरी तरह से हिलने लगा और मेनका का नृत्य थम गया। इंद्र बुरी तरह से भयभीत था।

"एक मनुष्य, कौशिक नामक राजा को भगवान शिव ने ब्रह्मास्त्र दिया है और वह उसका उपयोग करने जा रहा है!" अग्नि देव ने चिंतित स्वर में इंद्र को सूचित किया।

"एक मनुष्य ने ब्रह्मास्त्र कैसे अर्जित किया और मुझे पता तक नहीं चला।" इंद्र ने कुपित होते हुए प्रश्न किया।

क्योंकि तुम वसु और मुझ पर गुप्तचरी करने जैसे ओछे कामों में लिप्त थे। मेनका ने चुपचाप मुँह बनाया। जब उसने कौशिक को स्मरण करना चाहा तो मस्तिष्क में एक चेहरा कौंध गया। *ऋषि वशिष्ठ के साथ वह लंबा-चौड़ा राजा, एक अद्‌भुत से आदिम पाशविक चुंबकत्व से युक्त,* उसे हल्का-सा याद था। *वे सुनहरे चमकते नेत्र, गालों पर गड्ढे डालने वाली मुस्कान। मुझे कैसे खुल कर सराहना भरी दृष्टि से देखा था।* तब वह विस्मित हो गई थी; परंतु अब वह उस नाम और व्यक्ति को ध्यान में रखेगी; इंद्र इस व्यक्ति से भयभीत होता था। *वह नश्वर राजा, इंद्र और तीनों लोकों को पलटने की क्षमता रखता था,* वह विचार करने लगी।

"और मेरा यह मानना है कि उसे रोकने वाला कोई नहीं है?" इंद्र ने गुस्से से पूछा।

"संभवतः, ऋषि वशिष्ठ, जिनके साथ उसने एक अंतहीन शत्रुता की प्रतिज्ञा की है...?" अग्नि देव ने संदेह से कहा। उसने स्वर्ग से नीचे देखते हुए प्रार्थना की कि वे सभी इस व्यक्ति के आग्नेय क्रोध से बच सकें।

कौशिक इतनी जल्दी परास्त होने वालों में से नहीं थे। यह सच था कि उनके सभी दिव्यास्त्र वशिष्ठ के आगे व्यर्थ रहे, इससे उनका संकल्प

और दृढ़ हो गया था। परंतु अनायास मन में एक विचार आया, यदि उन्होंने *ब्रह्मास्त्र चला दिया तो क्या वे बच सकेंगे?* इससे पूर्व कि वे किसी उत्तर की कल्पना करते, उन्होंने संसार को नष्ट करने की इच्छा रखने वाला वह अस्त्र चला दिया...

ज्यों ही ब्रह्मास्त्र ने उस दंड को छुआ, वह हिमलंबों की तरह टपकने लगा। फिर वह घास पर पिघले हुए पानी के छोटे से निर्लज्ज कुंड में बदल गया। ब्रह्मदंड स्थिर और तना हुआ खड़ा था, उसने उस घातक दिव्यास्त्र को निरस्त कर, संसार को संभावित विनाश से बचा लिया था। फिर वह एक नए उद्देश्य के साथ खड़ा हो गया, उसे आक्रमणकारी पर हमला करना था।

कौशिक को अहसास हुआ कि अब उन्हें उस दंड के हाथों पिटना होगा तो वे भयभीत हुए और *आज फिर से मेरी पराजय हुई,* उन्होंने सोचा, अपमान की लहरों ने सारे प्रतिशोध को बहा दिया था। वशिष्ठ ने एक भी बाण का प्रयोग नहीं किया और ना ही दिव्य अस्त्र चलाया। उनकी बाँस की पुरानी लाठी ही महासिद्धियों के बल पर ब्रह्मदंड में बदली और कौशिक के वर्षों के तप, संयम और उसके फल को निगल गई। वह भी अपने स्वामी की तरह ही अजेय थी।

कौशिक ने वशिष्ठ को उनकी कुटिया के द्वार पर खड़े देखा जो बहुत सौम्यता से उन्हें ही देख रहे थे। उनके नेत्रों में कोई गुस्सा या प्रतिशोध नहीं था, परंतु कौशिक उस दृष्टि के ताप को अनुभव कर सकते थे। यह कोई महाशक्ति नहीं; यह उनकी योग तपश्चर्या की महाशक्ति थी। यह उनके मन की शक्ति, ब्रह्मबल था, सात्विक तेज था, उनकी सौम्यता का बल जो सभी अस्त्रों-शस्त्रों की तुलना में कहीं अधिक बलशाली था, कुछ ऐसा जिसने केवल एक साधारण दंड को ही अजेय अस्त्र में बदल दिया था। भले ही उन्हें राजर्षि की उपाधि प्रदान की गई थी परंतु कौशिक के पास जो नहीं था, वे उसके लिए बिसूर रहे थे। उनके पास केवल रजस बल, वर्चस्व और आवेग की शक्ति थी। उन्हें मन की शक्ति अर्जित करनी थी, और अधिक कठिन और भीषण तपोबल, जैसा वशिष्ठ के पास था; उन्हें पूजनीय ऋषि की भाँति ब्रह्मर्षि बनना होगा।

कौशिक सुदूर खड़े उस आकृति को ताकते रहे, जिसने उनके निकट आने की कोई चेष्टा नहीं की। परंतु उनके नेत्र आपस में टकराए और

कौशिक को भीतर से वही जाने-पहचाने प्रतिशोध पूर्ण क्रोध की चिंगारी दिखी। *यह व्यक्ति मुझे दो बार परास्त कर चुका है।* कौशिक ने अपने-आप से एक और नया वादा किया, *मैं ऋषि की समतुल्य शक्तियों से ही इसे पराजित करूँगा। मैं भी एक दिन ब्रह्मर्षि बनूँगा।*

"क्या तुम दोनों के बीच आपसी मनमुटाव शांत हो गया?" मेनका ने वसु के चौड़े कंधों पर आराम से सिर टिकाया और उसकी छाती पर अँगुलियाँ फिराते हुए पूछा। उसके लंबे खुले केश चारों ओर फैले हुए थे। वह सोच रही थी और इस दौरान अपने होंठों को और भी निर्ममता से चबा रही थी। उसने स्वयं स्वीकारा कि वह खीझने की हद तक व्यग्र हो रही थी।

वसु ने कोई उत्तर नहीं दिया। वह भी विचार कर रहा था, उसके लाल नेत्रों में चिंता के डोरे थे परंतु वह मेनका को परेशान नहीं करना चाहता था। उसे अपने भीतर से चिंता की एक ऐसी लहर उठती हुई महसूस हुई जो धीरे-धीरे एक भय में बदल रही थी।

परंतु मेनका ने भी उसे भाँप लिया। कभी अच्छे मित्र रहे, इंद्र और वसु के बीच का बैर, समय के साथ भी कम नहीं हुआ था, जैसा कि उसे भी लगता था। इंद्र अपने वरिष्ठ पद के चलते प्रायः दोनों को सार्वजनिक रूप से अपमानित करता। मानो वसु और इंद्र दोनों ही मेनका को पाने के लिए प्रतियोगिता कर रहे थे। परंतु मेनका यह नहीं मानना चाहती थी कि वही उनके बीच बैर का प्रमुख कारण थी। बात कुछ गहरी थी; उनकी मित्रता कटुता और कपट में कुंडली मारे बैठी थी।

इंद्र अपनी पहचान के प्रति बहुत अधिक सजग था। वह किसी भी प्रकार की प्रतिस्पर्धा सहन नहीं कर सकता था; वह सदा से ही विजेता बनना चाहता था परंतु वसु ने मेनका को जीता। इंद्र की व्यग्रता ने उसे दोहरी असुरक्षा प्रदान की। प्रायः दूसरों के प्रति उसके स्वभाव में उसके झूठे दंभ का परिचय मिलता, विशेष तौर पर वसु के लिए उसके मन में छिपा बैर था, जिसे बाक़ी सब कहीं अधिक स्नेह और स्वीकृति देते थे। इसके अतिरिक्त उसके मन में यह भी संदेह पल रहा था - वसु उसकी तरह ही शक्तिशाली बनता जा रहा था।

"मैंने उसकी उपेक्षा करने का निर्णय कर लिया है..." वसु ने बालों में हाथ फिराते हुए आह भरी।

"उसके दिन-प्रतिदिन किए जाने वाले अपमानों से भी?"

"हाँ, क्योंकि वे एक ईर्ष्यालु व्यक्ति के मुख से निकले शब्द हैं; वे मुझे प्रभावित नहीं करते। वैसे भी, मेनका हम कर भी क्या सकते हैं?" उसने अपने खुले हुए कंधे झटके, उसकी भुजाएँ मेनका के आसपास कसी थीं। मेनका को खोने के भय से उसने अपनी मुट्ठियाँ भींच लीं।

"वह मुझसे बैर रखता है। हमने उसका समर्थन खो दिया है और अब केवल सहन करने का ही उपाय शेष है।" फिर उसने एक दबी मुस्कान के साथ कहा, "और नहीं, मेनका, तुम्हारा आकर्षण भी अब उस पर काम नहीं करेगा इसलिए ऐसा कोई प्रयत्न भी मत करना। इस तरह उसका रोष और प्रतिशोध भाव और भी बढ़ जाएगा।"

"उसने मुँह फुला रखा है और मुझे लगा था कि अब सब ठीक हो जाएगा पर ऐसा कुछ नहीं हुआ।" मेनका को अपने त्यागे हुए शिशु का स्मरण हो आया। उसे याद करके अब भी मन रोता था। "हम दोनों कर भी क्या सकते हैं?"

"कुछ भी नहीं! जैसा कि मैंने कहा।" वसु ने चेतावनी दी। "वह एक प्रतिशोध भरा व्यक्ति है और वह हमें निरंतर सताता रहेगा। यही उसका लक्ष्य और सुख है। वह परपीड़क है। हमें उसकी पीड़ा का पात्र बनना ही होगा।"

मेनका ने संदिग्ध रूप से सिर हिलाया। "मैं सोच रही थी कि इंद्र ऐसा क्यों है। ऐसा क्यों है कि सर्वाधिक शक्तिशाली व्यक्ति असुरक्षित और असंवेनदशील महसूस करता है? उनके पास सब कुछ होता है परंतु फिर भी वे लगातार एक विक्षिप्त से भय से घिरे रहते हैं।"

"उनके पास परिपक्वता और आत्मविश्वास का अभाव होता है।" वसु ने अपने भूतपूर्व मित्र के बारे में विचार करते हुए कहा। "उन्हें लगातार अपने झूठे दंभ या लोगों से मिलने वाले आश्वासन की आवश्यकता होती है। प्रायः तुम उन्हें साधारण और औसत लोगों से घिरे पाओगे, जो उन्हें कभी चुनौती नहीं देते।"

"क्योंकि वे स्वयं भी साधारण ही होते हैं। दंभ और मूर्खता मिल कर जोड़ीदार हो जाते हैं।" वह बोली। "इंद्र अपने ही पद से भ्रष्ट हो गया है। वह लंबे समय तक..."

"उसे कौन बाहर निकालेगा?" वसु ने कटुता से कहा, "मैं, ओह, एक बुद्धिमान और विवेकी राजा पाना चाहती हूँ! किसी ऐसे नेता के अधीन रह कर कार्य करना एक स्वप्न ही है, जिसके मन में कोई भय या संदेह नहीं हो और जिसका मन-मस्तिष्क सहजता से आपके भीतर की प्रतिभा को बाहर ला सके। इंद्र भी कभी ऐसा ही था..." उसने आह भरी। "और अब मुझे इस बात की शर्मिंदगी है कि मैंने इंद्र की ऐसा शैतान बनने में सहायता की, जो वह अब बन चुका है।"

"तुम आपस में मित्र थे।" उसने तत्काल सुधारा। "यही कारण है कि वह दुष्टता पर उतर आया है। वह हमें एक साथ नहीं देख सकता। यह देख कर वह और अधिक उत्तेजित होता है।" मेनका ने विचार कर कहा, "उसे लगा था कि हम भी आपस में जल्दी ही अलग हो जाएँगे जैसा कि दूसरों के साथ होता आया है, परंतु हमने ऐसा नहीं किया। हमने विवाह किया और संतान को जन्म दिया। रंभा तुम्बरु के साथ थी परंतु थोड़ा मनाने पर वह नलकुबेर के साथ हो गई। परंतु वह किसी के भी साथ हो, इतनी चतुर तो अवश्य है कि अपने प्रेम से संतान प्राप्त नहीं करेगी। वसु, हमने ऐसा किया और हमारी ओर से यह सबसे बड़ा विश्वासघात था। इंद्र ने अपना एक मित्र और अप्सरा को खो दिया।"

"उसकी प्रिय अप्सरा, उससे कम नहीं! हाँ, वह जानता है, उसने तुम्हें खो दिया है।" वसु ने सहमति दी। "उसने पुरुरवा से उर्वशी को छीन लिया परंतु तुम्हें वापस नहीं पा सका।"

"मैं अब उसकी पसंद से बहुत ऊपर हो गई हूँ।" मेनका के स्वर में परिहास का पुट नहीं था। "मैं उसकी चल-संपत्ति नहीं बन सकती, और ना ही कभी थी। वह जानता है कि मैं तुम्हारी हूँ।"

मेनका ने ये शब्द इतनी सच्चाई और ईमानदारी से कहे कि वसु का दिल डोल गया। यह कोई वासना नहीं; यह अनंत कोमलता से भरा गहरा भाव था। उसने हौले से उसका चेहरा छुआ और महसूस किया कि वह काँप रही थी।

"वह तुम पर भी स्वामित्व नहीं लाद सकता। तुम दूसरे गंधर्वों की तरह नहीं, तुम भी उसके और अन्य देवों की तरह अमर हो। परंतु वह तुम्हें हानि तो नहीं पहुँचाएगा ना?" मेनका ने अपने होंठ को कस कर दाँतों से दबाते हुए व्यग्रता से कहा।

"वह मुझे मार नहीं सकता, परंतु मुझे इंद्रलोक से निष्कासित कर सकता है।" वसु के स्वर में अनिश्चितता थी, उसके सुंदर मुख पर चिंता की रेखा दिख रही थी।

मेनका ने इस बात को ख़ारिज़ कर दिया। "वह ऐसा कर सकता है? तुम शक्तिशाली और लोकप्रिय हो, कोई साधारण गंधर्व नहीं हो। तुम उनके राजा हो और भूतपूर्व राजा के पुत्र हो। तुम उसके दरबार के चमकीले रत्न, एक संगीतज्ञ और दुर्लभ अध्यात्मविद्, एक दार्शनिक, कलाओं और मायाविज्ञान के ज्ञाता हो। तुम्हें चाक्षुषी विद्या आती है, जो तुमने चंद्र देवता से सीखी थी। क्या तुम उसका प्रयोग कर इंद्र की बुद्धि ठिकाने नहीं लगा सकते?" उसने पूछा।

वसु आधे मन से हँसा, मुख पर अब भी तनाव था। "काश! पर अब मुझे चलना चाहिए।" वह उठा और पलंग से छलाँग लगा दी। मेनका की दृष्टि ने उसकी नग्न देह को लोभ से देखा, उसका दिल अपनी धड़कन ही भूल गया था।

"मुझे अभी उससे दरबार में भेंट करने जाना है, परंतु बाद में नृत्य के पूर्वाभ्यास में भेंट होगी। मेरी सुंदरी अप्सरा, हमारी युगल जोड़ी हमेशा की तरह फिर से जादू रच देगी, जैसे कि हम हमेशा करते आए हैं!" उसने मेनका के निचले होंठ को खींचते हुए उसे चूमा। "इसे इतना मत काटा करो। किसी दिन इसे खा ही लोगी। यह मेरा है!"

उसने अपना सिर उसके सिर से जोड़ दिया, मेनका की अँगुलियाँ उसके घने घुँघराले बालों में थीं। परंतु अंततः वसु ने स्वयं को बेमन से अलग कर लिया।

"मैं भी कैसी अप्सरा हूँ जो तुम्हें पुनः बिस्तर में लाने के लिए लुभा नहीं सकती?" मेनका ने लजीली अदा से लुभाते हुए कहा, उसका पीछे की ओर झुका चेहरा, देह की नग्नता के बीच खुला निमंत्रण दे रहा था, रेशमी चादरें उसके नीचे एकत्र हो गई थीं।

वसु ने हँसते हुए अपना अस्त-व्यस्त सिर हिलाया और कक्ष से बाहर हो गया। मेनका ने अँगड़ाई ली और तंद्रा अनुभव करते हुए अपने बिस्तर की गरमाहट में पसर गई।

वह अचानक एक झटके से उठ बैठी। एक भूकंप-सा आया था; उसने भी उसे महसूस किया, पलंग हिलने से ही वह जागी। क्या यह फिर से कौशिक के कारण था? इस बार उन्होंने अपना दिव्यास्त्र किस पर छोड़ा था? यदि उनके विषय में अफवाह सत्य थी तो अब वे इंद्र के लिए सबसे बड़ा संकट बन गए थे। कई दशकों से चल रहा उनका तपस् देवताओं को चिंतित करने लगा था। वशिष्ठ से सामना होने के बाद, उन्होंने असाधारण शक्तियाँ अर्जित कर ली थीं और ऐसा लगता था कि वे अपने मित्र राजा सत्यव्रत के लिए एक नए स्वर्ग का निर्माण करने जा रहे थे, क्योंकि इंद्र ने उसे इस स्वर्ग से फेंक दिया था।

कितनी विचित्र बात है, ईर्ष्या से भरे बैर के कारण मनुष्य क्या-क्या कर सकता है और मेनका इंद्र और वसु के बीच होने वाले बैर के बारे में सोचने लगी जो कभी आपस में परम सखा होते हुए, अब शत्रु बन गए थे। रंभा और वह, ऋषि वशिष्ठ और राजा कौशिक; सभी इसी सूची में आते थे। इंद्र के लिए यह प्रसंग उसके सबसे विकृत रूप को बाहर ला रहा था। राजा कौशिक के लिए यह प्रसंग, उन्हें श्रेष्ठतम करने को प्रेरित कर रहा था। उन्हें एक ऐसा मनुष्य मान कर अस्वीकृत कर दिया गया जो कुछ असंभव पाने का स्वप्न रखता था, जब तक उन्होंने नई आकाशगंगा के निर्माण से सारे संसार को स्तब्ध करते हुए, इंद्र को खुल कर चुनौती नहीं दे दी। क्या यह झटका, इंद्र को उनके द्वारा बनाए जा रहे एक और ब्रह्माण्ड की सूचना देने के लिए था? इंद्र का रोष तो अब तक सातवें आसमान पर आ चुका होगा...

मेनका विस्मित भाव से उठी, शीघ्रता से वस्त्र धारण कर, अच्छी तरह से केश बाँधे ताकि उनकी लटें चेहरे पर नहीं आएँ। नृत्य के पूर्वाभ्यास का समय हो गया था और तुम्बरु व कामदेव को उसके देरी से पहुँचने पर अच्छा नहीं लगता। वह अपनी ओर से समय की पाबंदी के लिए जानी जाती थी। जो लोग समय पर नहीं आते, जो अपने व दूसरों के समय का सम्मान नहीं करते। वह वसु को प्रायः यही तर्क देती थी, जो अपने आलस्य के लिए प्रसिद्ध था। आज उसे प्रमुख गायक के रूप में, कुछ समय बाद नृत्य कक्ष में उपस्थित होना था। मेनका का नृत्य और वसु का गायन मिल कर एक ऐसा

अद्भुत मेल प्रस्तुत करते थे जिसे देख कर श्रोता दंग रह जाते और तुम्बरु व रंभा के लिए तो यह विशेष रूप से ईर्ष्या का विषय था।

मेनका अभी दहलीज़ पर ही थी, जब तिलोत्तमा लगभग दौड़ते हुए भीतर आई।

मेनका उसे अपने सोने के कमरे में इस तरह आता देख चकित हो गई। वह उसकी प्रिय सखी थी और सभी अप्सराओं में सबसे शांत और सौम्य मानी जाती थी, हालाँकि विडंबना यह थी कि उसका जन्म केवल विनाश और मृत्यु के लिए हुआ था। उसे देवताओं के शिल्पी विश्वकर्मा ने तिल - सबसे छोटे कण तथा अन्य श्रेष्ठतम वस्तुओं जैसे रत्नों तथा तीनों लोकों के गुणों को मिला कर रचा था। तिलोत्तमा अपने-आप में सुंदरी और ख़तरनाक रूप से विचित्र थी। भगवान ब्रह्मा के दिव्य आदेश से, उसे दो असुर भाइयों सुंद और उपसुंद को नष्ट करने के लिए रचा गया था, जिन्होंने संसार और स्वर्ग को नष्ट करने की ठान ली थी।

उसने उन दोनों को ही अपने प्रेम जाल में उलझाया और दो जुड़वाँ भाइयों के बीच कलह करवा दी, जो आज तक जीवन में हर चीज़ बाँटते आए थे, जिनमें उनकी वधुएँ तक शामिल थीं। दोनों भाइयों के बीच तिलोत्तमा के लिए भीषण युद्ध हुआ और अंततः उन्होंने एक-दूसरे के प्राण ले लिए। तिलोत्तमा की शक्ति और सौंदर्य का ऐसा प्रभाव था।

परंतु इस समय वह अप्सरा म्लान मुख लग रही थी, जैसे उसकी सुंदरता पर किसी व्यग्रता का गहरा साया पड़ा हो। मेनका को उसके अनापेक्षित प्रवेश से व्यग्रता और अधिक आश्चर्य हुआ; वह तो कभी पूर्व सूचना के आती ही नहीं थी, वह सदा सावधानी रखती थी कि वसु की उपस्थिति में सखी से भेंट करने नहीं आए।

“मैं तो दरबार की ओर ही आ रही थी, तुम्हें मेरे साथ आने की आवश्यकता नहीं।” मेनका ने कहा परंतु तिलोत्तमा के नेत्रों से झलकती चिंता को देख चुप लगा गई। “क्या हुआ?” उसने तीक्ष्णता से पूछा।

“वसु...” तिलोत्तमा ने किसी तरह कहा।

उसने जिस तरह यह शब्द कहा... मेनका सब समझ गई। उस समय मेनका का हृदय जिस आशंका से पीड़ित हुआ, वैसा भय तो उसने पहले कभी अनुभव नहीं किया था। उसके साथ क्या हुआ होगा?

"वसु और इंद्र!" तिलोत्तमा ने जल्दी से दोहराया। "जब इंद्र ने वसु पर एक मदमत्त व्यभिचारी होने का अभियोग लगाया तो उनके बीच उग्र तर्क-वितर्क हुआ। वसु ने क्रोध में आ कर उसे चेतावनी दी..."

परंतु इंद्र कभी वसु के प्राण नहीं ले सकता। वह तो अमर है, मेनका के मन में यह बात आते ही चैन आ गया। परंतु चुनौती किस बात के लिए दी थी?

"तिलोत्तमा, कृपया आरंभ से बताओ..." मेनका ने दिलासा देने के सुर में कहा। वह अपने भीतर बढ़ते चिंता के भार को कम करने का प्रयास कर रही थी।

"यह सब रंभा के कारण हुआ। उसने दरबार में शिकायत की कि वसु हमेशा संगीत अभ्यास के समय मदिरापान करके आता है..."

"फिर से कहना?" मेनका को जैसे अपने कानों पर विश्वास नहीं हुआ।

"हाँ, उसने झूठ-मूठ रोते हुए कहा कि वसु कई बार मदमत्त हो कर उससे अशिष्ट व्यवहार कर चुका है और इंद्र को उसके विरुद्ध कोई कार्रवाई करनी चाहिए।" तिलोत्तमा ने अपनी बात जारी रखी। "रंभा को कुछ अन्य अप्सराओं ने भी समर्थन दिया और वसु पर यही आरोप लगाया..."

"क्या उर्वशी भी उनमें से एक थी?" मेनका ने डूबते हृदय से पूछा। उसे वसु से प्रतिशोध लेने का अवसर मिल गया होगा।

"कह नहीं सकती। वह कक्ष में उपस्थित नहीं थी।"

मेनका ने अपना होंठ काटा। "इंद्र ने वसु को सबके बीच बुला लिया।" तिलोत्तमा ने आगे बताया, "वसु ने पहले अपनी ओर से अपनी निर्दोषिता प्रकट की और इंद्र ने उस पर विश्वास करने से मना कर दिया, तो उसने कुपित हो कर अभियोग को स्पष्ट करने के लिए अभियोग चलाने की माँग की। इंद्र ने मना कर दिया अैर वसु ने इंद्र पर आरोप लगाया कि वह उसके विरुद्ध षड्यंत्र कर रहा है, उस पर दूसरों को भड़काने का आरोप लगाया। इंद्र क्रोधित हो गया और अपना वज्र वसु पर दे मारा..."

मेनका की जैसे श्वास ही थम गई। वज्र तो इंद्र का दिव्य अस्त्र था। *वह घातक था, उसके परिणाम बहुत ही घातक होते थे, परंतु वह वसु को नहीं मार पाया होगा।* मेनका के भीतर एक आस जगी। वसु कभी नहीं मर सकता।

“इसने उसे नहीं मारा।” तिलोत्तमा ने मेनका के मन की बात की भाँप ली। “परंतु इसने वसु के सिर और अंगों को उसकी पीठ में घुसा दिया और उसे एक राक्षस में बदल दिया - एक नेत्र वाला, बड़े मुँह वाला राक्षस जिसकी लंबी भुजाएँ और एक बड़ा-सा पेट था। इंद्र ने उसे सिर विहीन केवल कबंध असुर बनने का श्राप दिया और कहा कि वह अब से धरती के वनों में भटकेगा। यह सब बहुत ही भयंकर था! वह पीड़ा से कराहते हुए, दया की भीख माँग रहा था, दुख से चिल्ला रहा था। यदि उसे मृत्यु दे दी जाती तो कहीं बेहतर होता। परंतु इंद्र पर कोई असर नहीं हुआ और उसने श्राप दिया कि वह सदा धरती पर कष्ट पाता रहेगा। वसु जा चुका है, मेनका!” तिलोत्तमा रोने लगी।

मेनका वहीं अचल खड़ी रही, दुख की लहर निरंतर उठ रही थी, इंद्र या रंभा के लिए कोई रोष नहीं था बस भीतर से जैसे सुन्नता महसूस हो रही थी। वसु जा चुका था, आख़िर तक लड़ते हुए, उसे दूर कर दिया गया, जैसा कि मेनका को सदा से भय था। पर अब वह भय नहीं रहा, वह उस दुख के सागर से उबर आई थी, अब उसके पास बचाने को कुछ नहीं था... उसके सिवा।

उसने भीतर से उठते भावों के ज्वार से लड़ते हुए साहस और संकल्प की दृढ़ता पैदा की और तय किया कि वह रोने जैसी दुर्बल प्रवृत्ति का आश्रय नहीं लेगी।

सूखे नेत्रों के साथ काँपते हुए, वह दरबार की ओर चली।

“नहीं मेनका! दरबार में मत जाओ। सभी बहुत स्तब्ध हैं!” तिलोत्तमा ने सावधान किया। “सुबह के समय सभा में तुम्हारे नृत्य प्रदर्शन से पहले, जान कर तुम्हारी अनुपस्थिति में यह सब किया गया।”

“इंद्र ने मुझे इस पीड़ा से बचा लिया।” उसने कटुता से कहा। “वह इतना कायर है कि उसने मुझे यह सब देखने भी नहीं दिया।”

“तुम उसकी दुर्बलता हो।” तिलोत्तमा ने हौले से कहा। “वह तुम्हें कभी जाने नहीं दे सकता इसलिए उसने वसु को स्वर्ग से निकाल दिया। हममें से किसी भी अप्सरा को कभी न कभी श्राप दे कर स्वर्ग से निकाला गया, परंतु मेनका तुम। क्या तुमने कभी सोचा? वह तुम्हारा रक्षण करता है, बचा कर रखता है तुम्हें...”

"और फिर भी वही मुझे सबसे अधिक आहत भी करता है।" मेनका ने उग्र स्वर में कहा। "वह एक राक्षस है। मैं उसे नहीं चाहती! परंतु उससे मुक्त नहीं हो सकती!" वह निराश हो कर रोने लगी, उसकी देह सुबकियों से काँप रही थी।

तिलोत्तमा ने सिर हिलाया। "वसु ने तुम्हें उससे मुक्त करवाना चाहा, परंतु उसने अपनी ईर्ष्या के आवेग में उसे ही बाहर निकाल दिया। मेनका, वह पूरी तरह से तुम्हें अपने लिए चाहता है। तुम उसके लिए श्रेष्ठ हो।"

उसके सबसे विकृत रूप को बाहर कौन लाया? मैंने ही तो उसके मित्र को शत्रु नहीं बना दिया? उसे हमेशा के लिए बदसूरती और अपमान, दुर्भाग्य और कष्ट का विष पीने को विवश कर दिया। इंद्र के बजाए मृत्यु उसके लिए कहीं अधिक दया पूर्ण होती। मेनका ने अपने हाथ उठाए और अपना चेहरा ढँक लिया ताकि अपने चारों ओर पसरे दुख से अपना बचाव कर सके। वह उस पर टूट पड़ा और उसे अंधकार के गर्त में खींच ले गया, वह रोने लगी।

परंतु जब उसके गालों पर अश्रुओं की धारा प्रवाहित थी तो उसी समय एक संकल्प से उसका चेहरा जगमगा उठा। यह उसके स्तब्ध हो चुके मस्तिष्क से होते हुए दुखित हृदय तक पहुँचा : इंद्र और रंभा को ऐसे ही नहीं छोड़ा जा सकता। एक व्यक्ति अपने ही बनाए स्थानों से बनता है, वह इंद्रलोक में रहती थी और मेनका इसी नियम का पालन करेगी। जो भी दिया जाता है, वही वापस मिलता है। परंतु यह स्वर्ग नहीं, नरक होगा। उन्हें इस छल की क़ीमत अदा करनी होगी।

संघर्ष और टकराव

कई सप्ताह तथा असंख्य निवेदनों के बाद, मेनका जान कर, धीमे क़दमों से इंद्र के महल की ओर चली, वह अंततः इंद्र के आग्रह पर दरबार में उपस्थित होने जा रही थी। मेनका महल की ओर बढ़ते क़दमों के बीच, आसपास के लोगों की फुसफुसाहटों और तिर्यक दृष्टियों को उपेक्षित करते हुए, निष्प्राण-सी आगे को ताकती, बढ़ती जा रही थी। वह दया से सनी दृष्टियों, पाषाण-मुख द्वारपालों और हज़ारों रत्नजटित स्तंभों को पार करते हुए, इंद्र की जगमग करती सभा में पहुँची।

वह जिस मार्ग पर प्रायः दिन में दो बार आती थी, वही आज कितना लंबा और सुदूर लग रहा था। वह अब उसके और इंद्र के बीच की खाई थी। *मैं इसे किसी देव या भाग्य के सहारे नहीं छोड़ूँगी; यह प्रतिशोध मेरा होगा।* मेनका ने सुधर्म सभा की ओर बढ़ते हुए स्वयं से प्रण किया। उसके लिए यही शांति का स्रोत होगा। वह इस समय पीड़ा के जिस अंधकार में थी, वह उसे धीरे-धीरे चीर रहा था, कभी-कभी अतीत की मधुर स्मृति वापस भी आती तो भी वह किसी बीते कल या खोई हुई चीज़ की तड़प में बदल जाती। उसके मुख पर वसु का कोमल मुख, रक्तिम नेत्रों से उसे देख कर हँसता हुआ वसु, उनके परस्पर जकड़े हुए हाथों की ऊष्मा, मेनका के कानों में उसका स्वर; अब उसके पास केवल यही सहारे बचे थे? तो ऐसा ही हो, उसने तय किया और सभा की ओर हो ली।

ज्यों ही उसने प्रवेश किया, चारों ओर एक स्तब्धकारी मौन छा गया, सुई भी गिरती तो आहट सुनाई देती। सभी भौंचक्के दिखे, कुछ के चेहरे पर शर्मिंदगी भी दिखी। परंतु उसके नेत्र केवल एक पर टिके थे। इंद्र अपनी

पत्नी शची के साथ सिंहासन पर बैठा, बड़े ही दंभ से निहार रहा था। मेनका की आँखों ने लक्ष्य किया कि किस तरह इंद्र की अँगुलियाँ शची के हाथों को थामे हुए थीं।

"मेनका, तुम्हारा पुनः स्वागत है! मेरा दरबार अनेक दिनों से तुम्हारी सौंदर्यमयी उपस्थिति से वंचित रहा है। मुझे विश्वास है कि तुमने अपने पति के अशिष्ट व्यवहार के बारे में सुना ही होगा। तुम उसके इस लज्जाजनक कार्य के बारे में क्या अनुभव करोगी, यह सोच कर ही मेरा हृदय प्रकंपित हो जाता है, और यही कारण रहा होगा कि तुम दरबार में अपना चेहरा नहीं दिखा पा रही थीं?"

मेनका ने स्वयं को शांत रखते हुए कहा, "हाँ। मैंने यह भी सुना कि आपने कितनी सुंदरता से न्याय किया। देव भी प्रशंसा कर रहे हैं।"

इंद्र की मुस्कान विलुप्त हो गई। "वसु को वही दंड मिला जो एक मदमत्त को मिलना चाहिए! उसने रंभा को सताने का दुःसाहस किया, जो अप्सराओं की रानी है!"

"विश्वावसु कभी आपका आत्मीय मित्र था। आप उसे भली-भाँति जानते थे।" मेनका ने उसे रुखाई से याद दिलाया। "जब आपने उसे गंधर्वों का राजा बनाया था, तब तुमने यह नहीं देखा कि वह एक मदमत्त और व्यभिचारी है? क्या आपकी मित्रता इतनी गहरी और अंधी थी कि आपने एक मित्र के निर्लज्ज दोषों को भी क्षमा कर दिया और अपने दरबार में प्रमुख गंधर्व पद दिया? हे राजन, आपने सदा इसी मित्र की आड़ ले कर, उसे अपनी सभी योजनाओं का सहभागी बनाया..." मेनका ने रुक कर उर्वशी को देखा। उर्वशी शांत रही। मेनका ने कटुता से सोचा, *यह शांत ही रहेगी, यह मौन ही उसका अभियोग था। उसके साथ जो बुरा हुआ, यह उसका ही प्रत्युत्तर था।*

इंद्र का चेहरा गुस्से से तपने लगा था, शची ने उसे सँभालने के लिए अपना हाथ उसके हाथ पर रखा।

"प्रिय मेनका, केवल तुम ही अनभिज्ञ नहीं थीं।" इंद्र ने इस तरह कहा मानो उसे कोई अंतर नहीं पड़ा हो। "मैं भी नहीं जान सका कि वह इतना नीचे गिर सकता है।"

"आपकी अज्ञानता तथा मित्र को अनावश्यक आश्रय देने के कारण ही बेचारी रंभा को ऐसी असुविधाजनक क़ीमत चुकानी पड़ी।" मेनका ने रुखाई

से कहा। "उसका दावा है कि वसु ने मदिरा के नशे में चूर हो कर उसके साथ अनुचित व्यवहार किया। उसने वसु पर यौन शोषण का आरोप लगाया। हम किस पर विश्वास करें?"

"बेशक! जिसके साथ हुआ, अनुचित हुआ है।" इंद्र ने पलटवार किया। "वैसे भी, रंभा के अलावा अन्य अप्सराओं ने भी वसु पर यही आरोप लगाया था।"

मेनका ने धीमे से सिर हिलाया। "कार्यस्थल पर मदिरापान करके आना अक्षम्य अपराध है और फिर उस पर अनुचित और अशिष्ट कृत्य।"

"मेनका, तुम्हें तो बेहतर पता होना चाहिए, वह सीधा तुम्हारे ही कक्ष से आ रहा था।" रंभा ने दंभ से कहा। वह सदा की तरह अपूर्व सुंदरी दिख रही थी परंतु विजय के उल्लास ने उसके कजरारे नेत्रों में एक संतोष भरी चमक पैदा कर दी थी। "उससे सदा मदिरा की और तुम्हारी गंध आती रहती थी!"

"काम, यौन शोषण, यौन दासता और अब हम अमरावती में एक मदमत्त द्वारा यौन आक्रमण की घटना सुन रहे हैं! फिर भी, हम जानते हैं कि सबसे मदमत्त देवता को भी कैसे वश में करना है..." मेनका ने इंगित किया।

इस बार शची का चेहरा लाल हो उठा।

"हम अप्सराएँ प्रायः इन बातों को यह सोच कर सहन कर लेती हैं कि हमारा इस तरह दुरुपयोग करना उनका अधिकार है। हमें इसलिए ही रचा गया था, उन्हें सुख दे सकें, उन्हें देहसुख के लिए लुभा सकें? याद है ना? मदिरा, महिला और मद्यपान ही हमारी संस्कृति है, और यदि तुम कहती हो कि उससे मदिरा और मेरी गंध आती थी..." मेनका ने रंभा को गुस्से से घूरते हुए कहा, "तो वसु तुम्हारी ओर देखने का साहस भी कैसे कर सकता था जबकि उसके पास तो मैं थी?" उसने चुनौती दी।

रंभा भीतर ही भीतर कुम्हला गई। "जब उसे सबके सामने लाया गया, तब उससे ही पूछना चाहिए था?" रंभा भभक कर बोली।

"परंतु मैं तो इस सभा में नहीं थी, क्या मैं उस दिन सभा में थी?" मेनका ने तत्काल कहा। "जब वसु पर आरोप लगाया गया और सुनवाई हुई, तब मुझे दरबार में बुलाया ही नहीं गया। ऐसा क्यों हुआ कि उस दिन दरबार में सभी अप्सराएँ उपस्थित थीं और केवल मैं ही नहीं थी?"

"क्योंकि तुम अपने पति के दोष को माने बिना, किसी एकनिष्ठ पत्नी की तरह उसके पक्ष में तर्क रखतीं।" शची ने सभा में पसरे तनाव को कम करने के लिए मध्यस्थता की। "पत्नियाँ प्रायः अपने प्रियतम के दोषों को देख नहीं पातीं।"

मेनका ने विरक्त-सी मुस्कान दी, "यह बात आप कह रही हैं। सत्य कहा आपने।" शची उसे घूरती रही।

मेनका के सुंदर और सौम्य मुख पर तिरस्कृत भाव थे, "परंतु यदि मैं तुम्बरु पर वही आरोप लगा दूँ जो वसु पर लगाया गया तो क्या मुझे भी न्याय मिलेगा?"

रंभा अचानक चिहुँकी और तुम्बरु भी इतना स्तब्ध हो गया कि उससे कुछ कहते नहीं बना। पूरी सभा में एक क्रुद्ध फुसफुसाहट सुनाई देने लगी।

"मेनका तुम अपनी सीमा पार कर रही हो।" इंद्र झपटा। "तुम्बरु गुरु है और तुम उसकी शिष्या; इस संबंध को अपवित्र मत करो। वह एक महान संगीतज्ञ और मेरे दरबार का प्रमुख गायक है, तीनों लोकों में उसका कोई सानी नहीं है..."

"वसु भी ऐसा ही था। उससे कहीं अधिक था। दर्शन, शास्त्रों व अध्यात्मवाद का ज्ञाता और ऋषि याज्ञवल्क्य का शिष्य। वसु के दिव्य ज्ञान पर नहीं परंतु उसकी मंशा पर संदेह किया जा सकता है तो ऐसा ही तुम्बरु के साथ क्यों नहीं हो सकता, जब मैं यह अभियोग लगा रही हूँ? क्या आप मुझे तुम्बरु गंधर्व के विरुद्ध लगाए गए आरोप के लिए न्याय नहीं देंगे?"

"तुम्हारे पास कोई प्रमाण नहीं है।"

"परंतु रंभा के पास पर्याप्त प्रमाण थे? या फिर अन्य अप्सराओं के मिथ्यावचनों को इस झूठ को सहारा देने के लिए प्रयुक्त किया गया?" मेनका ने कटाक्ष किया। "परंतु यह शुक्र है कि मेरे पास प्रमाण भी है। तिलोत्तमा ने भी तुम्बरु पर यही आरोप लगाया है। उसका कहना है कि जब भी वह उसे अभ्यास करवाता है तो मदिरा के नशे में चूर होता है।" मेनका ने कहा और सभा में उपस्थित दरबारियों के मुख से निकले स्वरों को उपेक्षित कर दिया। "पूछिए उससे!" मेनका ने अपने साथ खड़ी अप्सरा को आगे आने को कहा।

तिलोत्तमा ने हामी भरी। "हाँ, उसने भी कई बार अशिष्ट व्यवहार करने की चेष्टा की है।" तिलोत्तमा ने दो टूक शब्दों में कहा। "यदि रंभा ने

साहस कर, वसु की शिकायत नहीं की होती तो मैं भी कभी अपनी बात कहने का साहस नहीं कर पाती। तुम्बरु प्रायः मदिरा के नशे में चूर, नृत्य की विविध मुद्राएँ सिखाने के बहाने मुझे ग़लत तरह से स्पर्श करता है।"

"यह सब मूर्खतापूर्ण बकवास है! मैंने कभी ऐसा नहीं किया।" तुम्बरु चिल्लाया, उसका चेहरा गुस्से के मारे लाल हो गया था। "यह एक घृणित अभियोग है। मैं निर्दोष हूँ; यह बात सभी जानते हैं। मैंने आज तक कभी किसी स्त्री को अपमानजनक ढंग से नहीं देखा परंतु आज ऐसा कर रहा हूँ। ये दोनों, जिन्हें मुझे अपनी शिष्याएँ कहने में भी लज्जा आती है, ये कोरा झूठ बोल रही हैं!"

"यदि हम झूठ बोल रही हैं तो रंभा और अन्य अप्सराएँ भी बोल रहीं थीं।" मेनका ने दुख के आवेग में कहा। *क्या मेरे वसु ने भी भरी सभा में इसी तरह अपने ऊपर लगे अभियोग का प्रतिकार किया होगा। वह असहाय भाव से इसी तरह न्याय के लिए चिल्लाया होगा, विनती की होगी कि कोई उसकी बात सुने और माने?* मेनका यह सोच कर ही काँप गई।

उसने अपने गुरु के मुख पर शर्मिंदगी दिखी और वह बोली, "किसी अच्छे और नेक व्यक्ति की प्रतिष्ठा का हनन करना पाप है। रंभा ने यही किया था। उसने यौनाचार को हथियार बनाया और एक व्यक्ति से उसका आदर, सम्मान और अस्तित्व ही छीन लिया। यह भी तो एक प्रहार है; वह नहीं जो अभियोग वसु पर लगा; परंतु वह जो रंभा ने उसके साथ किया। अपने तर्क को स्पष्ट करने के लिए ही मैंने ऐसा किया। मैं सार्वजनिक रूप से अपना अपराध स्वीकार करती हूँ - मैंने रंभा को अनुचित और वसु को निर्दोष सिद्ध करने के लिए तुम्बरु पर मिथ्या अभियोग लगाया। मैंने आपकी प्रतिष्ठा पर आक्रमण किया और उसे अपने झूठे आरोप से तार-तार कर दिया।" उसने दोनों हाथ जोड़ कर आदर भाव से आग्रह किया। "आप मेरे गुरु हैं और मैंने जो किया वह वास्तव में अक्षम्य है। यदि हो सके तो मुझे क्षमा कर दीजिएगा। मैं आपके आगे दोषी हूँ..." उसने कहा।

फिर मेनका ने आरोप लगाते हुए कहा, "इन्होंने अपनी दुष्टता से एक प्राणी को भीषण श्राप की ओर धकेल दिया, उसे तीनों लोकों में अपमानित कर लांछन दिया। इनके झूठ के आधार पर वसु को राजा ने दंड दिया।"

मेनका ने मुड़ कर इंद्र को देखा। "तो मुझे मेरा न्याय कैसे मिलेगा?"

सभा में गहरा सन्नाटा छाया था, कोई भी अपने विचार, संदेह अथवा असहमति प्रकट नहीं कर पा रहा था।

"वसु पर लगा लांछन कैसे मिटेगा?" मेनका ने आग्रह किया। "मुझे मेरा वसु कैसे वापस मिलेगा? क्या आप अपने श्राप को वापस ले कर, मेरे वसु को वापस स्वर्ग में ला सकते हैं, महाराज इंद्र?"

वह इंद्र के उत्तर की प्रतीक्षा करने लगी। उसे गहरे सन्नाटे के सिवा कुछ नहीं मिला। वह निर्ममता से बोली, "हे राजन! रंभा अपराधी है, वसु नहीं! साथ ही, आप भी दोषी हैं!"

मेनका ने इसके बाद जो कहा, उसने उस गहरे सन्नाटे को पूरी तरह से तोड़ दिया। "अगर आप मेरे साथ और मेरे निष्कासित वसु के साथ न्याय नहीं कर सकते, तो मैं यहीं, सबके आगे घोषणा करती हूँ कि वसु के वापस आने तक इस सभा में नृत्य का प्रदर्शन नहीं करूँगी।" उसने दो टूक शब्दों में कहा। "महाराज इंद्र, मैं केवल आपके आदेश का मान रखने के लिए ही सभा में उपस्थित हुई थी। आज से, मैं इस सभा का भाग नहीं हूँ। आज से आप एक स्वर्ग अप्सरा के रूप में मुझसे किसी आदेश पूर्ति की अपेक्षा नहीं रखें। आप मेरे राजा नहीं हैं!"

इंद्र उसे गहरे अविश्वास से, निःशब्द देखता ही रह गया।

"यह तो भयंकर राजद्रोह है! तुमने महाराज की अवज्ञा करने का साहस कैसे किया?" शची ने खड़े होते हुए कहा, उसका चेहरा गुस्से से लाल हो गया था। "लंबे समय से तुम्हारी इस धृष्टता को सहन किया जाता रहा है परंतु अब ऐसा नहीं होगा। तुम्हारी इस अवज्ञा के लिए, तुम्हें निष्कासित किया जाना चाहिए।"

"मैं इसके लिए प्रस्तुत हूँ।" मेनका ने सहज ही कहा। "मैं प्रसन्नता से अमरावती का त्याग कर दूँगी परंतु वसु के वापस आने तक सभा में किसी का मनोरंजन नहीं करूँगी।"

शची सकते में आ गई। आख़िरी धमकी भी काम नहीं आई। मेनका तो अपने संभावित निष्कासन से भी नहीं डरी। शची को संदेह यही था कि मेनका ऐसा ही चाहती थी। *क्या मेनका जानबूझ कर इस सारे वार्तालाप को अपने निष्कासन की ओर ले जा रही थी?*

इंद्र को अपनी पत्नी से कहीं पहले यह अहसास हो गया; मेनका ने चतुराई से अपनी शर्तें रख दी थीं। अब उसकी बारी थी, उसे चुनाव करना था - उसे उसकी धृष्टता के लिए स्वर्ग से निकाल दे या उसे उसकी शर्तों पर वहीं स्वर्ग में रहने दे।

"क्या मैं जाऊँ महाराज?" मेनका ने उसकी दुविधा का पूरा आनंद लेते हुए कहा, जिसे सुन कर इंद्र की असहजता और भी बढ़ गई।

पूरी इंद्र सभा उसके उत्तर की प्रतीक्षा में थी। उसका अंतिम निर्णय जो उसकी शक्ति व अधिकार को सिद्ध करने वाला था। चाहे जैसे भी हो, इंद्र को पता था कि उसकी पराजय हुई। मेनका ने दरबार में उपस्थित सभा के सम्मुख प्रमाणित कर दिया था कि उसने अपने तुच्छ प्रतिशोध को पूरा करने के लिए वसु को दंड दे कर निष्कासित किया, यह किसी स्त्री की ओर से लगाए गए अभियोग के उत्तर में किया गया न्याय नहीं था। वसु नहीं, वह स्वयं अपराधी था। इसी तरह मेनका ने यह भी बहुत ही प्रभावी तरीक़े से दिखा दिया था कि रंभा नहीं, उसे और वसु को पीड़ित किया गया था।

"नहीं," इंद्र ने दंभ से कहा। "नहीं, तुम मेरी सभा का त्याग नहीं कर सकतीं। तुम एक अप्सरा हो, जिसका कर्तव्य है कि वह स्वर्ग में ही रहे..."

"जो मैं नहीं करूँगी; मैं वसु के वापस आने तक सभा में नृत्य नहीं करूँगी।" उसने इंद्र को स्मरण करवाया।

"क्या आपने सुना, यह आपसे कितनी उद्दंडता से बात कर रही है? इसे बाहर निकाल फेंकिए।"

"हाँ, कृपया ऐसा ही करें।" मेनका ने चुनौती दी। "मुझे भी इस स्थान से मुक्ति मिलेगी, जहाँ कोई लज्जा, पछतावा अथवा कोई नैतिक संकोच नहीं है। हे महारानी! आप भले ही इसे मेरी उद्दंडता कहें, मैं यह लड़ाई केवल न्याय के लिए नहीं बल्कि अपनी मर्यादा के लिए भी लड़ रही हूँ! मेरे पति, मेरे प्रेमी पर घृणित अभियोग लगाया गया - कहा गया कि उसने मदिरापान कर रंभा का अनुचित यौन शोषण करना चाहा। उसकी प्रतिष्ठा सदा के लिए धूल में मिला दी गई और ना ही कोई उचित सुनवाई हुई। उस निर्दोष व्यक्ति को एक भीषण जीवन और हीन अस्तित्व के साथ जीने का श्राप दिया है आपके पति देवेंद्र ने, जो देवों के राजा कहलाते हैं। मैं, वसु की पत्नी होने के नाते, केवल विरोध प्रकट कर सकती हूँ। यह मेरी उद्दंडता नहीं; यह मेरी ओर से न्याय की माँग है।"

उसका स्वर स्पष्ट रूप से पूरी सभा में सुना जा सकता था। म्लान मुख मेनका, सिर ऊँचा किए खड़ी थी और उसके नेत्रों में एक भीषण चमक थी। उसने सभा में एक बार भी तेज़ आवाज़ में बात नहीं की परंतु सभी उसे सुन पा रहे थे।

"हाँ, वह तुम्हें अवश्य मिलेगा। परंतु तुम्हें यही रहना होगा।" इंद्र ने हौले से कहा। "तुम्हारी शर्तों पर।"

पूरी इंद्र सभा में मौन का जाल टूट गया, सभी स्तब्ध थे किंतु सबने चैन की श्वास ली।

"एक राजा के रूप में, मुझसे जो गंभीर भूल हुई है, मैं उसके कर्म और प्रभाव को वापस नहीं ला सकता।" इंद्र ने वीरता से कहा।

परंतु वह उसे मूर्ख नहीं बना सका। इंद्र अपनी ओर से अपनी लज्जा ढँकना चाह रहा था। वह अपनी बची-खुची गरिमा और विश्वसनीयता को बचाना चाह रहा था जिसे मेनका ने सबके सामने धूल में मिला दिया था।

"मेनका को यहीं रहने की अनुमति देते हुए, मैं अपनी ओर से उसके प्रति हुए अन्याय का प्रतिकार करूँगा..."

"और वसु?" मेनका ने तुरंत पूछा। "आपके पास उसकी वापसी की क्या योजना है?"

इंद्र फिर से जाल में उलझ गया था। मेनका अपनी ओर से हर छल-छंद अपना रही थी। "मैंने उसे श्राप दिया है और उसे वापस नहीं ले सकता परंतु इस विषय में पवित्र त्रिमूर्ति - भगवान ब्रह्मा, विष्णु तथा महेश से चर्चा करूँगा।" इंद्र ने मेनका की आँखों में चेतावनी की कौंध को पहचान लिया और वह झट से बोला, "मैं तुम्हें और सभा में उपस्थित सभी जन को भरोसा दिलाता हूँ, मेनका कि वसु कबंध के रूप में मेरे श्राप से मुक्त होगा, भगवान विष्णु का अवतार उसे मुक्त करेगा, जो शीघ्र ही धरती पर जन्म लेने वाले हैं।"

"उसे ससम्मान, गंधर्वराज के पद पर आसीन किया जाएगा।" मेनका ने ज़ोर दे कर कहा।

इंद्र ने भिंचे होंठों से हामी भरी और सभा में सभी वाह-वाह कर उठे। मेनका ने गहरी श्वास छोड़ी और उसका तनाव धीरे-धीरे घटने लगा। इंद्र

अपने दिए वचन से पलट नहीं सकेगा। आशा यही है कि उसे अपने हिस्से का दंड भी अवश्य मिलेगा। उसकी शक्ति का बहुत बड़ा अंश नष्ट होगा, वह मन ही मन अनुमान लगाने लगी कि इंद्र ने स्वयं अपने लिए कितने श्राप अर्जित कर लिए थे, फिर भी वह कोई सुधार नहीं कर सकता था और ना ही उन्हें बदल सकता था।

मेनका ने इंद्र को अपनी ओर आते देखा।

"तुम्हें क्या लगा, तुम जीत गईं?" इंद्र ने कटाक्ष किया।

"सब कुछ हारने के बाद, मेरे पास अब हारने को कुछ नहीं रहा तो मैं कैसे जीती?" उसने झूठी मुस्कान के साथ कहा। "तुमने सबके आगे सिद्ध कर दिया कि तुम क्या हो? तुमने जो किया, उसमें कोई आश्चर्य नहीं है; तुम वसु से सदा भयभीत रहे और उससे छुटकारा पाने का अवसर तलाशते रहे। तुमने ऐसा अवसर बना भी लिया। परंतु घृणित बात यह थी कि तुमने रंभा का दुरुपयोग किया और वसु पर नीच अभियोग लगाया। तुम इससे अधिक नीचे नहीं गिर सकते थे!" मेनका घृणा भरी दृष्टि से इंद्र को ताक रही थी और उसकी आँखों में गहरे तिरस्कार का भाव झलक रहा था। "तुमने सदा हम अप्सराओं के माध्यम से यौनाचार को हथियार की तरह इस्तेमाल किया। प्रलोभन कहो अथवा सम्मोहन, परंतु यह यौन संबंध सदा लोगों की सहमति से हुए। हम दूसरों को यौन प्रलोभन देते थे, परंतु हमने कभी किसी की इच्छा के विरुद्ध बलप्रयोग नहीं किया। यदि कहीं बलप्रयोग था, तो वह तुमने किया, हमें आदेश देने में, दिव्य कर्तव्य के नाम पर हमें पीड़ित करने में! परंतु आज जो तुमने किया, वह कोई शोषण नहीं बल्कि किसी के चरित्र पर वार करने के लिए उसे हथियार बनाया। तुमने वसु और उसकी प्रतिष्ठा का अनादर किया।"

"मेनका, इतनी नैतिक मत बनो। यह तुम पर नहीं सुहाता। मैंने माना कि मैंने वसु को शिकार बनाया परंतु मुझे इसका कोई पछतावा नहीं है, मुझे जो चाहिए था, मैंने पा लिया!" वह कर्कश स्वर में बोला, उसके दाँत एक भद्दी मुस्कान में दिखने लगे। "परंतु तुम, मेरी प्रिय, तुम उत्पीड़ित नहीं हुईं। तुम एक अप्सरा हो, तुम इस तथ्य को लगातार भूलती रहीं, तुम सबके लिए थीं, परंतु केवल एक का ही पक्ष लेना चाहती थीं - वसु। यही कारण था कि रुचि और अहं, अंतःकरण और प्रतिष्ठा के बीच संघर्ष हुआ।" वह हौले से हँसा। "परंतु अब तुम्हें लंबे... लंबे समय तक वसु से भेंट करने

का अवसर नहीं मिलेगा।" उसने अपनी बात पर बल दिया, उसकी आँखों में एक डरावनी चमक थी।

"वह वापस आएगा..." मेनका ने इंद्र को आश्वासन दिया। "और मैं सदा उसकी प्रतीक्षा करूँगी। परंतु आपके लिए, मैं सदा यहीं रहूँगी; आप मुझे देख तो सकोगे किंतु कभी स्पर्श नहीं कर सकोगे, सुन सकोगे परंतु मेरा गायन कभी नहीं होगा। आप मुझे पा नहीं सकते!" वह फुफकारी और इंद्र की ओर आते हुए मुस्कराई। "आप हर सुबह, हर शाम मेरे लिए तड़पेंगे, जब भी कभी नृत्य प्रदर्शन होंगे, मेरी नृत्य मुद्राओं का मानसिक चित्रण करेंगे, मेरे विषय में कल्पना करेंगे, मुझे पाने को तड़पेंगे किंतु पा नहीं सकेंगे! मैं यहीं रहते हुए भी, आपके आगे नृत्य नहीं करूँगी। केवल आनंद लूँगी - आपकी व्याकुलता, आपकी बेचैनी का! महाराज, मेनका आपके लिए तब तक नहीं नाचेगी, जब तक उसका वसु वापस नहीं आ जाता। आप मुझे और वसु को याद करेंगे।" उसने मधुर मुस्कान, कटु नेत्रों के साथ निर्ममता से कहा। "मैं इस बात का सदा ध्यान रखूँगी।"

अपने इतना निकट उसका तमतमाया हुआ मुख, जलते हुए नेत्र, तियर्क भंगिमा में मुड़े होंठ, हर श्वास के साथ उठते-गिरते वक्ष को देख इंद्र उत्तेजित हो उठा, वह अपने रोष में भी कितनी मादक लग रही थी। इंद्र के चेहरे पर भय की एक रेखा खिंच गई। यह अप्सरा उसके लिए किसी शाप से कम नहीं थी परंतु फिर भी वह उसे निर्लज्जता से चाहता था।

"क्या तुम्हारी ओर से मेरे लिए यही दंड तय हुआ है?" वह अनिश्चित-सी हँसी के साथ बोला। "मैं अब भी स्वर्ग का राजा हूँ और चाहूँ तो इससे भी अधिक अनुचित कर सकता हूँ।"

"आप मुझे और अधिक हानि नहीं पहुँचा सकते। परंतु मैं कर सकती हूँ। मैं आपको श्राप देने में अपनी ऊर्जा नष्ट नहीं करूँगी। आप मेरी घृणा के योग्य भी नहीं, आपको केवल तिरस्कार मिल सकता है मुझसे। घृणा जैसे भाव को भी आप पर नष्ट नहीं करना चाहती। आप वही पाएँगे जो आपने दिया..." उसने उदासीनता से कंधे झटके। "परंतु महाराज, एक दिन आएगा, आपको जितनी भी चीज़ों पर अभिमान है, उन सबको छीन लिया जाएगा। सिंहासन के प्रति यह असुरक्षा, आपकी सत्ता, अमरावती, इंद्रलोक, अप्सराओं और गंधर्वों का समूह और...और आपकी पत्नी।" मेनका ने बहुत

सोच-समझ कर अपने शब्द उच्चारे, “तब तक, अपने मूर्खतापूर्ण वर्चस्व में डूबे रहिए।”

इंद्र का मुख तमतमा गया, “एक अप्सरा का श्राप किसी काम नहीं आता।”

“ऐसा है क्या? एक बार तिलोत्तमा ने महाराज सहस्रानिक को श्राप दिया था; और आपको पता है कि क्या हुआ! उन्हें अपने प्रेम से तब तक वियोग सहन करना पड़ा, जब तक तिलोत्तमा ने उन्हें क्षमा नहीं किया।” मेनका ने इंद्र को तीखेपन से स्मरण करवाया। “परंतु मैं अपने श्राप को आप पर नष्ट नहीं करूँगी। आप इसके भी लायक़ नहीं हैं। परंतु मैंने जो कहा, उसे स्मरण रखना, ये एक ऐसी स्त्री के शब्द हैं जिसे आपने दुख दिया - आपने मेरी संतान को छीना, आपने मेरे प्रेम को सदा के लिए दूर कर दिया।” उसका स्वर काँपा किंतु अचानक ही कठोर हो आया। “यह कोई श्राप नहीं, यह एक चेतावनी है।”

स्वर्ग और धरती

कौशिक ने आशा की कि उसने अपने मित्र का ऋण उतार दिया था। राजा सत्यव्रत ने उसके परिवार और राज्य की तब देख-रेख की थी, जब वह सब त्याग कर अपने नए पथ पर चला गया था। हेमवती उस पथ को कटुता और व्यंग्य में, उच्चतम लक्ष्य कहती थी। वह पथ जो लंबा, कठोर और अंतहीन था। उसे अब भी वह नहीं मिला था जो वह चाहता था। परंतु सत्यव्रत और इंद्र के साथ हाल ही में हुए प्रसंगों और उसकी मध्यस्थता के कारण उसे एक नई उपाधि मिली - विश्वामित्र, तीनों लोकों का मित्र - इस उपाधि ने उसे इतनी प्रतिष्ठा और शक्ति प्रदान की जो इंद्र और वशिष्ठ दोनों को ही चुनौती देने के लिए पर्याप्त थी। *उन दोनों को ग़लत साबित करने के लिए, मैंने अपना एक नया ब्रह्माण्ड रचा, मेरा अपना स्वर्ग,* कौशिक दुष्टता से भरे संतोष से घूर रहा था।

यह सब एक छोटी-सी इच्छा के साथ आरंभ हुआ। इक्ष्वाकु राजवंश का सत्यव्रत, कोसल का राजा था। कौशिक और उसकी मित्रता बड़ी पुरानी थी। उसने एक विचित्र-सी व्यर्थ लगने वाली इच्छा प्रकट की। अपनी सुंदरता पर मुग्ध राजा, अपने श्रेष्ठ मानव रूप में अर्थात जीवित ही स्वर्ग में प्रवेश की इच्छा रखता था। वह चाहता था कि वह अपने यौवन और सौंदर्य के बल पर, इंद्र के स्वर्ग की विलासिता का भरपूर आनंद उठा सके। उसने स्पष्ट रूप से अपनी यह इच्छा अपने राजपुरोहित ऋषि वशिष्ठ के आगे रखी। पहले तो वे सुन कर विस्मित हुए और फिर राजा की निरर्थक कल्पना को नकार दिया। उन्होंने बड़े ही धैर्य से राजा को समझाया कि वह एक असंभव इच्छा कर रहा था। जीवित व्यक्ति स्वर्ग में प्रवेश नहीं कर सकते थे, चाहे वे

सुंदर हों अथवा असुंदर। उसे स्वर्ग जाने के लिए प्राणों का त्याग करना होगा और इसके सिवा कोई उपाय नहीं था। सत्यव्रत का शाही आदेश धमकी में बदल गया, परंतु बूढ़े कुलगुरु व राजपुरोहित टस से मस नहीं हुए। कुपित राजा ने किसी दूसरे ऋषि से सहायता लेने के बारे में सोचा, यहाँ तक कि ऋषि के पुत्र से भी आग्रह किया, परंतु उन सबने भी स्पष्ट इंकार कर दिया। इस घटना ने बहुत ही बुरा मोड़ ले लिया, जब वशिष्ठ के बड़े पुत्र शक्ति को सत्यव्रत की इस अहंकारी शान पर गुस्सा आ गया, उसने राजा को उसके अंतिम तीन पापों - लोभ, अहंकार तथा अवज्ञा के कारण त्रिशंकु नामक चांडाल में बदल दिया। असहाय त्रिशंकु ने सहायता के लिए कौशिक को पुकारा। कौशिक ने एक क्षण में सारी परिस्थिति जान ली; वह अपने मित्र की इच्छा पूरी करने के साथ-साथ अपना उद्देश्य भी पूरा कर सकता था। यही उसकी नई रणभूमि होगी। त्रिशंकु ने उसे अपने शत्रु को पराजित करने का एक अवसर दे दिया था। वशिष्ठ को पराजित कर, वह त्रिशंकु के लिए स्वर्ग जाने का मार्ग बना सकता था।

कौशिक जानता था कि उसने अपने मित्र को जो वचन दिया था, वह उसकी इतनी बड़ी उपलब्धि होगी जिसे कभी कोई दूसरा नहीं पा सकता था। वह ना केवल वशिष्ठ के निर्णय को विवादित करेगा, बल्कि उसे देवों को भी पराजित करना होगा। वह जानता था कि इंद्र इस बात को इतनी सरलता से स्वीकार नहीं करेगा। उसे अपने सारे ज्ञान और शक्तियों के बल पर, अग्नि के देवता, अग्निदेव तथा वायु के देवता, वायुदेव का आह्वान करना होगा ताकि असाधारण गुणकारी यज्ञ आरंभ हो सके। कौशिक ने अपने भांजे जमदग्नि के साथ मिल कर, अनुष्ठानिक कर्म आरंभ किए ताकि त्रिशंकु के सदेह स्वर्ग प्रवेश के लिए दिव्य मार्ग बनाया जा सके।

त्रिशंकु को ऐसा करने का अवसर भी मिला परंतु उसका यह आनंद भी उसके लुप्त हो चुके सौंदर्य जितना ही अस्थायी था। उसे तत्काल कुपित इंद्र ने धक्के दे कर स्वर्ग से निकलवा दिया। जब त्रिशंकु लुढ़कते हुए, धरती की ओर आ रहा था, तो कौशिक ने उसे बीच आकाश में ही गिरने से रोक दिया। स्वर्ग और तीनों लोकों से प्रतिशोध लेने पर उतारू, कौशिक ने तय किया यदि त्रिशंकु को इंद्र ने स्वर्ग में सदेह प्रवेश नहीं करने दिया, तो उसे त्रिशंकु के लिए एक नए स्वर्ग की रचना करनी होगी। कौशिक जानता था कि वह स्वयं को तथा अपनी महत्त्वाकांक्षा को अति की ओर ले जा रहा था, वह

जो चाहता था, वह असंभव था, कुछ ऐसा जिसे पाने के बारे में कोई सोच भी नहीं सकता था। उसने जमदग्नि के साथ मिल कर एक महायज्ञ प्रारंभ किया, वह मंत्रपाठ करते हुए, कुछ नया रचने की राह पर था...

दिन सप्ताहों में बदलते गए और इंद्र ने आतंकित भाव से एक अविश्वसनीय दृश्य देखा। ऋषि कौशिक ने एक नया ब्रह्माण्ड रच दिया था, एक समानांतर आकाश गंगा, जिसमें नए सितारे, नक्षत्र, सौर मंडल आदि थे। इसके अतिरिक्त वहाँ बसने की प्राण ऊर्जा के अलावा, शासन करने के लिए इंद्र का प्रतिरूप भी बना दिया।

"हमारे दो इंद्र कैसे हो सकते हैं?" इंद्र ने भगवान ब्रह्मा को गुहार लगाई, जो इस चमत्कार को देखने नीचे आ चुके थे। एक नश्वर मनुष्य इस चमत्कार को करने में सफल रहा - मनुष्य ने स्वर्ग बना दिया था!

कौशिक ने आत्म-मुग्ध मुस्कराहट के साथ इंद्र को देखा। "हमारे पास अब दो इंद्र होंगे, महाराज क्योंकि आपने त्रिशंकु को अपने स्वर्ग में प्रवेश नहीं करने दिया। यह इंद्रलोक पक्षपाती है जो जाति, वर्ण और देश के आधार पर भेदभाव करता है। मेरी प्रतिसृष्टि - यह नया ब्रह्माण्ड - न्यायी और समत्व भाव रखने वाला, सबका स्वागत व आदर करने वाला और सबको मोक्ष प्रदान करने वाला होगा। यहाँ जन्म के अधिकार पर नहीं, गुणों के आधार पर कार्य होगा।"

इंद्र को कौशिक के उस दुष्ट वक्तव्य से घृणा होने लगी परंतु वह शांत रहा, वह उसे और अधिक भड़काने का साहस नहीं कर सका।

"अग्नि देव और वायु देव के अनिच्छुक सहयोग के कारण ही मैं त्रिशंकु को इस नए स्वर्ग तक ला सका।" कौशिक ने आगे कहा। "परंतु हे दंभी राजा तुमने तो उसे बाहर ही फिंकवा दिया था, क्योंकि वह श्याम वर्ण, मलिन और अस्पृश्य था, जिसे ऋषियों ने दुत्कारा और वशिष्ठ के पुत्रों ने शापित किया! तुम्हारा यह स्वर्ग भी तो कतिपय ऋषियों और राजाओं के कहने पर ही चलता है।"

"नहीं, नहीं! मैंने ऐसा इसलिए किया क्योंकि वह एक जीवित व्यक्ति था।" इंद्र ने पूरे बल से विरोध प्रकट किया। "मैं उसे अनश्वर लोक में प्रवेश की अनुमति नहीं दे सकता, भले ही यह कितना भी सुंदर या लुभावना क्यों नहीं लगे।"

"...और इसी कारण से मैंने एक और स्वर्ग बना लिया, मेरा अपना मनुष्य का! वह तुम्हारे स्वर्ग से कहीं अधिक दयालु है!" कौशिक ने कंधे झटके।

ब्रह्मा जी की शर्मिंदगी को देखते हुए विश्वामित्र ने निर्णय लिया कि वे अपने विजय का उल्लास मनाना बंद कर, ब्रह्मा जी की विनती का मान करते हुए, महायज्ञ रोक देंगे, जो उनकी प्रतिसृष्टि में चौथी आकाशगंगा का निर्माण करने ही वाला था। ब्रह्मा जी यह देख कर प्रभावित हुए और कौशिक को धन्यवाद देते हुए, उन्हें एक नए नाम और उपाधि से सम्मानित किया - विश्वामित्र, ब्रह्माण्ड का मित्र व दार्शनिक।

इंद्र प्रसन्न नहीं था, परंतु उसने चुपके-से चैन की श्वास ली। इस तरह त्रिशंकु और वे सितारे नए स्वर्ग में पूरी सौम्यता से जगमगाते रहे। स्वर्ग का वह युद्ध समाप्त हो गया था। यह इस बात का स्मारक था कि यदि एक मनुष्य चाहे तो क्या नहीं कर सकता।

आज सारा संसार मुझे विश्वामित्र के नाम से जानता है, उन्होंने मुख पर एक भीनी-सी मुस्कान के साथ सोचा। वे अपने लक्ष्य के बहुत निकट आ चुके थे। *किसी दिन, विश्वामित्र वशिष्ठ से एक उन्नत रणभूमि में मिलेंगे, जहाँ वे वृद्ध ऋषि स्वयं अपने हाथों मुझे ब्रह्मर्षि की उपाधि सौंप देंगे, जैसे भगवान ब्रह्मा ने किया था।*

विश्वामित्र ने अपने आसपास देखा, वे अपने आसपास के परिवेश को प्रफुल्ल दृष्टि से देख रहे थे। उन्हें राजा अंबरीष की ओर से आयोजित राजसूय यज्ञ में आमंत्रित किया गया था। विंध्य के दक्षिण से आदरणीय जमदग्नि तथा अगस्त्य ऋषि भी पधारे थे। सूर्यवंशी राजा ने भव्य तैयारियाँ की हुई थीं। पवित्र नदी सरयू के निकट ही एक विशाल यज्ञ वेदी तैयार की गई थी।

अचानक, विश्वामित्र ने अपनी आँखें सिकोड़ीं। उन्होंने अभी जो देखा, वे उस पर विश्वास नहीं कर सके। यज्ञ वेदी पर ही एक नवयुवक को रस्सियों से बाँधा गया था।

"यहाँ एक नरबलि क्यों दी जा रही है?" वे गरजे, उनका रोष तीव्रता से प्रकट हो रहा था। "एक राजसूय यज्ञ, एक प्रकार का उत्सव तथा संसार व अधीन राजाओं के सम्मुख यह घोषणा होती है कि तुम एक सम्राट हो। तो नरबलि देने का घृणित कार्य क्यों किया जा रहा है?"

राजा अंबरीष को काटो तो ख़ून नहीं। "यज्ञ पशु - बलि का पशु कहीं लुप्त हो गया..." वह अनिश्चित भाव से रुका। "हमने उसे कई घंटों तक खोजा परंतु वह नहीं मिला और अंतिम उपाय के रूप में, इस यज्ञ के सर्वोच्च पद को ध्यान में रखते हुए, एक ब्राह्मण युवक की बलि देने का प्रस्ताव रखा गया जो इस उत्सव के अनुरूप है।"

"एक मनुष्य!" विश्वामित्र गरजे, वे अब भी कुपित थे। "कर्मकांड के रूप में बलि, अमानवीय है - भले वह किसी पशु की हो अथवा किसी मनुष्य की। सर्वोच्च पशु के रूप में, मनुष्य को अन्य जातियों का संरक्षक माना गया है। परंतु तुम एक राजा होते हुए भी, अपनी बर्बर रक्तपिपासा मिटाने के लिए क्या कर रहे हो।"

अंबरीष उनके शब्दों को सुन कर भयभीत हो गया। परंतु विश्वामित्र को जल्द ही अहसास हो गया कि बलि दिया जाने वाला यज्ञ पशु कहाँ अलोप हो गया था और यह किसका कार्य था - इंद्र। केवल स्वर्ग का वह दुष्ट बुद्धि तथा असुरक्षित राजा ही ऐसा कर्म कर सकता था, उसे भय था कि विश्वामित्र और अधिक शक्तिशाली हो कर, स्वर्ग पर अपना क़ब्ज़ा करने आ जाएगा, ऐसा षड्यंत्र उसका ही विचार हो सकता था।

"कौन है युवक?" विश्वामित्र ने पूछा।

"वह एक निर्धन ब्राह्मण का पुत्र है, जो बलि के लिए अपने पुत्र को बेचने के लिए मान गया, उसने बदले में थोड़ा भोजन और गौएँ ले कर अपना पुत्र हमें बेच दिया..."

विश्वामित्र इस विचार से ही थरथरा उठे, *यह कैसे संभव है कि एक पिता अपने पुत्र को ही बेच दे?*

"और एक राजा के रूप में तुमने ऐसा होने दिया?" विश्वामित्र ने तिरस्कार भरे स्वर में पूछा। "अपने सम्मान की रक्षा के लिए तुम दूसरे जीवन का बलिदान करने के लिए मान गए; तुम्हारी ही प्रजा में से एक व्यक्ति, जिसके भरण-पोषण का दायित्व भी तुम्हारा ही है। वही तो एक राजा का प्रथम कर्तव्य होता है।" उन्होंने बड़ी कटुता से राजा को स्मरण करवाया। "एक अच्छा राजा।"

विश्वामित्र ने अपना सिर हिलाया। "मैं अब किसी भी प्रकार की बलि की अनुमति नहीं दूँगा - यह घृणित है! हे सम्राट, तुम एक सभ्य संसार के

राजा हो, अथवा नहीं? यहाँ किसी भी निर्दोष के साथ रक्तपात नहीं होना चाहिए। यह कोई युद्ध नहीं है!" वे गुस्से से गरजे। "उस युवक को मुक्त करो! मेरे पास ले कर आओ...!"

उस युवक को तत्काल मुक्त किया गया। भयभीत और काँपता हुआ युवक भाग कर विश्वामित्र के पास आया और उनके चरणों में गिर गया।

"आपने मेरे जीवन की रक्षा की!" वह हौले से बोला, उसे पतले और दुर्बल मुख पर अश्रुओं की रेखा प्रवाहित हो रही थी। "आप मेरे रक्षक और प्राणदाता हैं!"

"तुम्हारा नाम क्या है?" विश्वामित्र ने दयापूर्वक पूछा।

"मैं शनुःशेप हूँ, ऋषि ऋचीक और सत्यवती का सबसे छोटा पुत्र। हमारी भूमि पर अकाल पड़ा और हमारे पास खाने को कुछ नहीं बचा। मेरा परिवार भूख से लगभग मर रहा था... और यही कारण था कि मैंने अपनी बलि के लिए हामी भर दी, मुझे आशा थी कि कम से कम मेरी मृत्यु से तो परिवार का कल्याण होगा।" वह सुबकियाँ भरने लगा।

विश्वामित्र ने घूम कर, राजा अंबरीष को ऐसी आग्नेय दृष्टि से देखा कि वह वहीं जल कर भस्म हो सकता था। "किस प्रकार के राजा हो तुम? तुम्हारी भूमि पर अकाल पड़ा है और तुम अपने अहं की तुष्टि के लिए इतना व्यय साध्य राजसूय यज्ञ रचाए बैठे हो? यह उपलब्धि पुण्यदायी कैसे हो सकती है? तुम्हारी सबसे बड़ी चिंता यही होनी चाहिए कि तुम्हारी अपनी प्रजा का रक्षण कैसे हो, इस समय तुम्हें अपने बारे में विचार नहीं करना चाहिए।" वे कुपित स्वर में बोले। इस निर्धन परिवार की सहायता करने के स्थान पर, तुमने अपनी दयनीय प्रतिष्ठा और सम्मान की रक्षा के लिए एक अमानवीय विनिमय करने की अनुमति प्रदान की? हे विख्यात वंश के प्रतापी सम्राट, तुम स्वयं कितने निर्धन हो? तुम सम्राट बनना तो दूर रहा, एक मनुष्य बनने के लिए भी उपयुक्त नहीं हो!"

उस विलाप करते युवक को देख कर, विश्वामित्र ने राजा अंबरीष से कहा, "क्या तुम जानते हो कि यह युवक कौन है?"

"यह ऋषि ऋचीक का पुत्र है।" राजा बड़बड़ाया।

"...और मेरा भांजा, यह मेरी बहन सत्यवती का पुत्र है।" विश्वामित्र ने गुस्से से कहा। "यह ऋषि जमदग्नि का छोटा भाई, जो यहाँ तुम्हारे यज्ञ में निमंत्रित अतिथि के रूप में उपस्थित हैं।"

राजा के चेहरे का रंग उतर गया और वह मरणासन्न दिखने लगा।

विश्वामित्र जमदग्नि की ओर मुड़े। "क्या आप नहीं जानते कि आपका परिवार इतने भीषण संकट से गुज़र रहा था?"

जमदग्नि यह सब जान कर स्तब्ध हो उठे। "मैं प्रबोधन के पथ पर निकल पड़ा था और मुझे अपने परिवार से भेंट किए कई वर्ष बीत चुके हैं।"

"और आज हमने कितना सुंदर प्रबोधन पाया है, है ना? मेरे प्रिय भांजों।" विश्वामित्र ने उपहास किया, उनका स्वर किसी शुष्क धरती की तरह सूखा था। "जमदग्नि यज्ञ का आरंभ करो और महासागरों, सागरों तथा नदियों के देवों को यह समझाने की चेष्टा करो कि बलि कर्म देवों के लिए भी अच्छा शकुन नहीं होता।"

"परंतु इसे तो बलि चढ़ाना ही होगा, यदि ऐसा नहीं किया गया तो वरुण देवता कुपित होंगे।" भयभीत राजा अंबरीष ने कहा।

विश्वामित्र ने उसे कुम्हलाई हुई दृष्टि से देखा, "ओह, तो ऐसा है?" फिर वे अनासक्त भाव से बोले, "तब तो हमें इस युवक का रक्षण करते हुए, स्वयं वरुण देवता को धरती पर बुलाना होगा।"

इस चर्चा को वहीं समाप्त करते हुए, विश्वामित्र ने आगे कहा, "मैं तुम्हें एक मंत्र सिखाऊँगा, वत्स, इसका पाठ करो, इसे समझो और इसका तात्पर्य जानो।" उन्होंने सौम्य किंतु दृढ़ स्वर में कहा। उनके गहरे सांत्वनायुक्त शब्दों ने युवक को दिलासा दिया और वह विश्वामित्र के साथ उस मंत्र को दोहराने लगा। मंत्र धीरे-धीरे ज्ञानी ऋषि के मुख से निकलते हुए, युवक के मंत्रोच्चार से गुंजित होने लगा। ऐसा कई प्रहर तक चलता रहा, सूर्य मद्धिम हो गया, पवन स्थिर था और पक्षियों ने चहचहाना बंद कर दिया था। परंतु फिर भी यज्ञ जारी रहा, ऋषि अगस्त्य, जमदग्नि और विश्वामित्र; तीनों पूजनीय ऋषियों ने मिल कर पूरे उत्साह के साथ यज्ञ करना आरंभ कर दिया था और इसके साथ ही वे लंबा मंत्रोच्चार भी कर रहे थे।

शीघ्र ही यज्ञ की तीव्र लपटों के बीच वरुण देवता पधारे, उनके हाथ जुड़े हुए थे और वे प्रणाम की मुद्रा निवेदित करते हुए, महान ऋषियों की

इच्छा पूरी करने को प्रस्तुत थे। ज्यों ही उन्होंने यज्ञ के माध्यम से अपनी दिव्य उपस्थिति प्रकट की, सभी दर्शक अविश्वास से देखते रह गए।

"विश्वामित्र, आपके कारण ही आज महाराज ने बलि शब्द के अर्थ को जाना है। इसका अर्थ केवल बलि चढ़ाने का कर्मकांड नहीं अपितु यह तो देने और निःस्वार्थ भाव से हानि वहन करने का नाम है।" वरुण देवता ने कहा। "महाराज ने यह बलि स्वयं नहीं दी और ना ही अपना वचन पूरा किया। उन्होंने एक पुत्र चाहा जो उन्हें मिला और फिर वे यज्ञ रचा कर, देवों का आभार मानने के लिए किसी दूसरे की बलि चढ़ाना चाहते थे! उन्हें अपने अंतःकरण पर विचार करना चाहिए..." वे मुस्कराए और विश्वामित्र तथा शनुःशेप को अपना आशीर्वाद दिया।

विश्वामित्र ने अपनी भुजा उस नवयुवक के कंधे पर रख दी और उस पवित्र सभा में घोषणा की, "शनुःशेप! मैंने वरुण देवता की कृपा से तुम्हें पाया है। अब से तुम मेरे पुत्र हो और मैं तुम्हें देवरथ के नाम से पुकारूँगा।"

व्यथित राजा अंबरीष विश्वामित्र के चरणों में लोट गया।

"मैंने बहुत भारी भूल की। मैंने एक निर्दोष के प्राणों से बढ़ कर अपने झूठे अहं को माना। मैं एक राजा के रूप में असफल रहा और अकाल के समय अपनी प्रजा के कल्याण की उपेक्षा करते हुए उन्हें छला।" वह विलाप करने लगा। "आज से मैं सदा इस पाठ को स्मरण रखूँगा। हे महान विश्वामित्र! आपने मेरे नेत्र खोल दिए और आप वास्तव में संसार के मित्र हैं!"

विश्वामित्र मुस्कराए; अब वे विश्वामित्र थे, धरती पर रहने वाले प्राणी ने अपना निजी स्वर्ग रच दिया था और देवों को धरती पर उतारा था।

❦

मेनका फूस के बने बिस्तर पर लेटी कन्या के सफ़ेद पड़े हुए सौम्य मुख को एकटक ताक रही थी। वह उसकी पुत्री, प्रमद्वरा थी, जो मृतप्रायः थी और जीवन के बजाए मृत्यु की ओर बढ़ रही थी। मेनका बारंबार स्वयं से यही कहे जा रही थी, वह नीले होंठों और फक्क पड़े हुए चेहरे वाली कन्या उसकी पुत्री नहीं हो सकती। समय और भाव जैसे कहीं थम गए थे। वह सुन्न पड़ी हुई थी और दिल डूबा जा रहा था। मन में यही विचार आ रहा

था कि अपनी पुत्री की उस दशा के लिए वही उत्तरदायी थी। वह स्वयं को इस बात से सांत्वना नहीं दे पा रही थी कि उसने अपनी पुत्री का त्याग कर, उसका भला ही किया था। ये चीज़ें इतनी अलग कैसे हो सकती थीं?

वह मेनका की तरह ही सुंदर थी, जैसी मेनका उसके लिए सदा कल्पना करती आई थी। वसु से चेहरा-मोहरा इतना मिलता था कि मेनका उसे देख कर दोबारा दुखी हो गई और उसे वसु की याद सताने लगी। वह अपने पिता की पुत्री थी; उसने अपने पिता की तरह सुनहरी त्वचा, नाक-नक़्श, हृदय के आकार के मुख पर पारदर्शिता पाई थी। परंतु वह तो अभी बहुत छोटी थी। *वह इतनी जल्दी प्राण कैसे त्याग सकती थी?* मेनका भ्रमित थी, क्योंकि वह नहीं जानती थी कि मृत्यु क्या होती है। उसने अपनी पुत्री के बेजान पड़े हाथ को छुआ और इस बर्बरतापूर्ण प्रहार ने उसे नश्वरता की निर्ममता का आभास करवाया। यह भी वसु को अपने साथ ना पाने जितना ही भीषण दुख था। मेनका विस्मित थी। *प्रमद्वरा हमारी पुत्री है - मेरी और वसु की पुत्री - तो उसे भी अमर होना चाहिए था, ना?*

मेनका को ध्यान ही नहीं रहा कि वह अपनी मानसिक व्यथा के बीच यह वाक्य ज़ोर से बोल चुकी थी।

"नहीं, प्रमद्वरा का पालन-पोषण धरती पर हमने किया है इसलिए वह हमारी तरह है।" ऋषि स्थूलकेश ने सौम्यता से कहा, उनके वयोवृद्ध मुख पर दुख और चिंता की रेखाएँ थीं। "यही कारण है कि एक सर्पदंश भी उसके लिए घातक हो गया।"

"...और अब वह मर रही है।" मेनका ने शुष्क स्वर में कहा।

"हम्म, यही कारण है कि मैंने तुम्हें संदेश भेजा ताकि तुम उससे आ कर मिल सको..." उनका स्वर लड़खड़ा गया। "हमें इसका अंतिम संस्कार करना होगा।" बूढ़े ऋषि रोने लगे।

मेनका ने अपनी पुत्री के स्याह पड़ चुके मुख को देखा। वह आज उसे अंतिम बार नहीं, प्रथम बार देख रही थी। आज पहली बार उसे छू सकती थी, उसे बाँहों में भर सकती थी। मेनका ने संकुचित भाव से उसकी बाजू को छुआ। वह हिम-शीतल थी। मेनका काँप गई।

"परंतु जब मैं उसकी माता होते हुए जीवित हूँ तो इसकी मृत्यु कैसे हो सकती है?" उसने विचलित स्वर में कहा।

"तुम मृत्यु से नहीं लड़ सकतीं। यह एक अटल सत्य है।" ऋषि बुदबुदाए, "मैं यही बात बेचारे रुरु को समझने की चेष्टा कर रहा था जिससे अगले सप्ताह ही प्रमद्वरा का विवाह होने वाला था। नवयुवक मारे दुख के बौरा गया है। वह स्वीकार नहीं कर पा रहा कि वह मर रही है। परंतु हमने इसे बचाने का हर संभव उपाय किया..." रोते-रोते बूढ़े ऋषि का गला रुँध गया था।

मेनका ने अपने भीतर से उठते एक पुराने अपराध बोध को अनुभव किया। वे उसकी पुत्री के पालक पिता थे, जिनके संरक्षण में उसकी बच्ची एक सुंदर युवती बनी, जबकि यह कार्य उसके हाथों होना था।

स्थूलकेश ने स्वयं को सँभाला और अपने क्लांत नेत्रों से अश्रु पोंछ लिए। वे एक और वयोवृद्ध ऋषि की ओर मुड़े, "प्रमति, कृपया अपने पुत्र रुरु को सांत्वना प्रदान करो। वह मृत्यु के देवता, यमराज को चुनौती दे रहा है कि वे प्रमद्वरा के प्राण लौटा कर, बदले में उसके प्राण ले लें। यह कामना कभी पूरी नहीं हो सकती! उसकी सुध वापस लाने का प्रयत्न करो...!"

"परंतु रुरु कहाँ है?" मेनका ने तत्काल पूछा।

उसे बताया गया कि नवयुवक तपस्वी घने वन में अपनी प्रेमिका की मृत्यु का शोक मना रहा था। मेनका की पुत्री की तरह, रुरु का जन्म भी घृताची नामक अप्सरा से हुआ था, जो अपने नवजात पुत्र को ऋषि जनक प्रमति के पास छोड़ गई थी। उसने भी मेनका की तरह, अपने पुत्र को स्वयं के स्वार्थी स्वभाव के कारण त्याग दिया था। आत्म-रक्षण ही तो उनका स्वभाव था।

मेनका जानती थी कि इससे पहले यमराज रुरु की विनती मान लें, उसे शीघ्र ही उसके पास जाना होगा। अन्य देवता इस विनती से द्रवित और भावुक थे और यमदेवता को भी रुरु के इस विचित्र प्रस्ताव को स्वीकार करने में देर नहीं लगेगी। मेनका ने मन ही मन मनाया कि ऐसा दोबारा नहीं होना चाहिए।

मेनका को वन में एक नवयुवक दिखा। उसका चेहरा मुरझाया हुआ था, आँखें निराशा से स्याह हो गई थीं और वह निरंतर विलाप कर रहा था। क्या यह पीड़ा थी? क्या यह विक्षिप्त प्रलाप दुख के कारण था? क्या

मनुष्य मारे दुख के इसी तरह पीड़ित होते हैं? मेनका उस पीड़ा को देख काँप गई : वह अपने प्रेम के लिए प्राण देने को तत्पर था।

"रुरु, मैं तुम्हारा दुख समझ सकता हूँ परंतु मैं उसके प्राण वापस नहीं कर सकता।" यमराज ऋषि युवक को समझाने की चेष्टा कर रहे थे।

"परंतु मैं उसके बिना जीवित नहीं रह सकता!" रुरु असहाय भाव से रुदन करने लगा, जिसे सुन कर मेनका का हिम-शीतल हृदय और मस्तिष्क थरथरा उठे। जब से वसु को स्वर्ग से निकाला गया था, वह तभी से जैसे स्तब्ध हो चुकी थी। वह किसी अप्सरा की तरह ही जीने लगी थी जैसी कि उससे अपेक्षा की जाती थी - निर्दयी और हृदयहीन, स्वयं को अपनी उपस्थिति से उत्तेजित करने वाली, आवेगमयी और अपनी गहन कामुकता के बीच प्रज्ज्वलित। फिर भी वह भीतर से उतनी ही जड़ और मृत थी, जिस तरह प्रेम और जीवन से रहित हो कर, उसकी पुत्री इस समय पड़ी थी।

परंतु इस समय वह एक माता थी, जो अपनी बच्ची की प्राण रक्षा करना चाहती थी।

"रुरु, मैं उसके बदले में तुम्हारे प्राण भी नहीं ले सकता, क्योंकि जीवन का विनिमय नहीं हो सकता। यमराज कह रहे थे। मैं उसके स्थान पर तुम्हें नहीं मार सकता।"

"परंतु मैं ऐसा कर सकती हूँ, क्या मैं ऐसा नहीं कर सकती?" मेनका ने धीरे-धीरे यम की ओर बढ़ते हुए, सीधा उनके नेत्रों में देखते हुए कहा।

"मैं आयु की सीमाओं से परे हूँ। मैं मर नहीं सकती इसलिए मैं अपना थोड़ा जीवन अपनी पुत्री को दे सकती हूँ। क्या मैं ऐसा नहीं कर सकती?"

यम थोड़े चकराए हुए लगे।

"मैं अमर हूँ।" मेनका ने अपनी बात पर बल दिया। "मैं मृत्यु के अधीन नहीं हूँ परंतु मेरे पास इतने वर्ष हैं कि मैं उन्हें अपनी पुत्री को दान में दे सकती हूँ, जिसे मैंने देव गंधर्व वसु के साथ जन्म दिया, वे भी अमर हैं।"

"यह सत्य है, परंतु तुम जो चाह रही हो, वह आज तक किसी ने नहीं सुना - एक अमर व्यक्ति प्राणों का विनियम चाहता है। तुम्हें अनंत जीवन का जो वरदान दिया गया है तुम उसका अनुचित लाभ लेना चाहती हो?"

"मुझे समझ नहीं आ रहा कि क्या करना चाहिए। मेरे पास अनंत जीवन है। क्या मैं इसमें से अपनी मृत पुत्री को थोड़ा-सा जीवन नहीं दे सकती?"

यम असहाय दिख रहे थे। उन्हें कभी किसी अप्सरा से इस तरह बात करने का अवसर नहीं मिला था, जो उन्हें शब्दों से लुभाते हुए, अपने तर्कों से पराजित करने की चेष्टा कर रही हो।

"आप रुरु से उसके प्राण नहीं ले सकते। ऐसा नहीं हो सकता। वह एक नश्वर प्राणी है परंतु आप किसी अनश्वर से तो जीवन ले ही सकते हैं, हम अप्सराओं की कभी मृत्यु नहीं होती।" मेनका ने तर्क दिया। "मैं मर नहीं सकती इसलिए मेरे प्राण, मेरी अपनी ही पुत्री को दिए जा सकते हैं। मुझे एक माता के रूप में यह एक अधिकार मिलना ही चाहिए!"

रुरु ने स्वयं को यम के चरणों में डाल दिया। "आप मेरी इच्छा पूरी नहीं कर सकते थे, क्योंकि मैं एक मनुष्य था जो अपने प्राणों के बदले किसी के प्राणों की याचना नहीं कर सकता परंतु आप इनकी बात तो मान ही सकते हैं। वह एक माँ है जो अपनी पुत्री के लिए आपसे अनुरोध कर रही है, मेरे स्वामी। आप एक असहाय माँ की एकमात्र इच्छा से इंकार नहीं कर सकते।"

यम ने मेनका को संदेह से देखा परंतु वे उसकी प्रशंसा करने से नहीं रह सके। "हाँ, मेरा मानना है कि यदि विश्वावसु इस स्थान पर होता तो उसने भी यही किया होता; और मैं एक शक्तिशाली देवगंधर्व को इंकार भी नहीं कर पाता। ना ही अब कर सकता हूँ। मेनका, उसकी माता के रूप में, मैं तुम्हारी इच्छा पूरी करता हूँ।"

न्याय की जीत हुई, मेनका के मुख पर उल्लास के भाव दिखने लगे। आश्रम में, प्रमद्वरा अपनी गहरी निद्रा से जाग गई। वह पहले की तरह सुंदर और तरोताज़ा दिख रही थी और अपनी पसंद के युवक से विवाह करने को उत्सुक थी। अपनी पुत्री को पहली बार गले से लगाते हुए, मेनका केवल उसकी नम और आभारयुक्त आँखों को देख कर मुस्कराहट ही दे सकी। वह एक अनजानी-सी प्रसन्नता से घिरी थी जिसे वह जाने कब से भुला बैठी थी। उसने जीवन का मोल सीख लिया था, उसने जीवन और मृत्यु का सार पा लिया था। उसे लगा था कि जब उससे उसकी संतान को छीना गया था या वसु को उससे दूर किया गया तो वह अमरावती में ही भीतर से थोड़ा मर गई थी। परंतु आज, अपनी पुत्री के स्थिर चेहरे को देखते हुए,

मेनका ने मृत्यु के भौतिक प्रदर्शन को देखा, उसके निर्मम प्रहार को देखा कि जीवन के बिना, देह में श्वास के बिना निष्प्राण होना किसे कहते हैं। मृत्यु के इस साक्षात प्रदर्शन व पिछले सभी भावों से उबरने के बाद स्वयं मेनका ने भी अपने अमरत्व के उल्लास को अनुभव किया और उसके भीतर एक जीवंत ऊर्जा का प्रवाह हुआ। उसने जाना कि हमेशा जीवन से भरे रहना, कभी नहीं मरना यानी अमर होने का क्या अर्थ होता है।

इसके साथ उसके भीतर एक दीर्घकालीन अनुभव ने जन्म पाया : माँ बनने का अनुभव। भले ही यह एक दिन के लिए रहा, परंतु उसके लिए यह किसी जीवनकाल से कम नहीं था। उसने अपने स्वर्ग को छू लिया था।

विश्वामित्र स्वर्ग में थे। वे सुधर्म कक्ष के भव्य द्वार को निहार रहे थे। यही इंद्रलोक का वह प्रमुख स्थान था, जिस जगह पर सत्ता का सौदा होता और शांति से समझौता किया जाता। विश्वामित्र जानते थे कि सत्ता क्या है, यह क्या प्रदर्शित करती है और क्या संकेत करती है। एक राजा के रूप में, विश्वामित्र बड़ी सरलता से अपने शीश पर राजमुकुट धारण कर चुके थे। हालाँकि विश्वामित्र के लिए यह ख्याति प्राप्त करना इतना सरल भी नहीं रहा था। संभवतः इसलिए क्योंकि उन्हें यह पद बड़ी मेहनत से कमाना पड़ा और यह उन्हें राजसी उत्तराधिकार में प्राप्त नहीं हुआ था। या संभवतः, क्योंकि यह उन्होंने अर्जित किया था, इसलिए यह सत्य कई लोगों के लिए ईर्ष्या का विषय था। वे इस बात का प्रमाण थे कि यदि मनुष्य अपना उद्‌देश्य तय कर ले तो क्या-क्या नहीं कर सकता। वे एक ऋषि बनना चाहते थे, एक प्रबुद्ध ऋषि और उन्होंने इसे पा लिया। इसी कार्य के बाद, उनके बारे में की जाने वाली विस्मित फुसफुसाहटों ने गुंजरित हो कर, उन्हें एक महान हस्ती बना दिया था, एक प्रेरक नायक। वे ना तो कोई महत्त्वाकांक्षी राजा थे और ना ही कोई अवसरवादी ऋषि, वे विश्वामित्र थे।

उनके समकालीन अधिकतर असंतुष्ट ऋषि थे, जो अपनी अप्रसन्नता दिखाने का कोई अवसर नहीं छोड़ते थे। विश्वामित्र उनसे बहुत अलग और लगभग जाति च्युत थे, वे सभी उनसे घृणा करते थे और मन में बैर रखते हुए सम्मान का प्रदर्शन करते। कई ऋषियों ने उन दरबारों का बहिष्कार कर दिया था जिनमें विश्वामित्र जाते थे, वे उन यज्ञों से अशिष्टता से उठ

कर निकल जाते, जहाँ विश्वामित्र पाए जाते। वे विश्वामित्र से आमने-सामने वाद-विवाद करते, उनकी विश्वसनीयता पर प्रश्न-चिह्न लगाते या फिर पूरी धृष्टता से उन्हें अपमानित करते।

परंतु आज नहीं, विश्वामित्र ने मन ही मन उन भीषण क्षणों को याद करते हुए कोसा। वे इंद्र के उस आलीशान दरबार के सम्मुख खड़े थे जहाँ सभी देवगण एकत्र होते थे। उन्हें उस स्थान पर स्वयं देवों ने निमंत्रित किया था। *यहीं वे सब कुछ तय करते थे, वहीं सारे षड्यंत्र बनते और फिर उन्हें संसार को तोड़ने के लिए साकार किया जाता,* वे सोचने लगे। इंद्र स्वयं मुस्कान और अभिनंदन के साथ उनका स्वागत करने नीचे उतरा। परंतु दोनों ही खोखले थे। विश्वामित्र उसकी अप्रियता को भाँप सकते थे और वे सचेत होने के बजाए प्रसन्न हुए। पिछली बार जब उसे देखा था, तो उन्होंने इंद्र को गहरी दुविधा में डाल दिया था, उसे विवश कर दिया था कि वह विश्वामित्र को विश्वामित्र के रूप में मान्यता प्रदान करे। उन्हें अपने इस अहं से बेहद लगाव था।

"आदरणीय ऋषिवर, मैं इंद्रलोक में आपका स्वागत करता हूँ। यहाँ आप पहली बार पधारे हैं।" इंद्र ने इंगित किया।

"हाँ, देवेंद्र, यह निश्चित रूप से अंतिम बार नहीं है। जब भी कोई सभा अथवा सम्मिलन होगा तो मैं इस स्थान पर आता रहूँगा।" विश्वामित्र ने प्रफुल्लित भाव से कहा।

इंद्र के चेहरे की मुस्कान आँखों में नहीं झलक रही थी। भगवान वरुण ने पूरे आदर भाव से उनका स्वागत किया। उनके कारण ही विश्वामित्र को स्वर्ग सभा में प्रवेश का निमंत्रण दिया गया था, वे विश्वामित्र की श्रेष्ठता और वरीयता को सबके सम्मुख लाना चाहते थे, जिन्होंने सागर के देवता को, राजा अंबरीष के यज्ञ में धरती पर आने के लिए विवश कर दिया था। वरुण मन ही मन इस ऋषि के हाथों हुए अपमान से कुपित था, परंतु उसने उन्हें ला कर श्रेष्ठ आसन पर बिठाया। यह उनकी पराजय और विश्वामित्र की विजय का क्षण था।

विश्वामित्र ने चारों ओर सहमतिपूर्वक देखा; वे बहुत अच्छी संगति में थे। सप्तर्षि वहीं उपस्थित थे, उनके भांजे जमदग्नि को छोड़ कर अन्य ऋषि उन्हें किंचित संदेह की दृष्टि से देख रहे थे – ये सात महान ब्रह्मर्षि थे जिन्होंने दैवीय रूप से जन्म लिया। उन्हें स्वयं ब्रह्मा जी ने ब्रह्मर्षि की उपाधि

प्रदान की थी। वे विश्वामित्र की तरह नहीं थे, जो स्वयं अपने उद्देश्य और संयम के बल पर इसे अर्जित करने वाले थे। विश्वामित्र ने स्वयं को अपना प्रण स्मरण करवाया। वे एक मनुष्य के रूप में अपना युद्ध लड़ेंगे, उन्हें देवों अथवा उनकी दिव्यता की आवश्यकता नहीं थी।

वे एकमात्र मनुष्य थे जो उन दिव्य ऋषियों के मध्य विराजे थे - भारद्वाज, गौतम, अत्रि, कश्यप और वशिष्ठ। उन्होंने ऋषि बृहस्पति को देखा जो देवों के गुरु थे और इसके अतिरिक्त अन्य भी उन्हें संदेहास्पद दृष्टि से ताके जा रहे थे। एक राजर्षि उनके बीच क्या कर रहा था? उनकी असहजता से विश्वामित्र ने सहज अनुभव किया। वे उनकी ईर्ष्या और द्वेष के बीच सुस्ता रहे थे।

इसके अतिरिक्त आठ दिक्पालों में से छह वहीं उपस्थित थे - इंद्र, अग्नि, यम, वरुण, चंद्र तथा कुबेर - वे थोड़े तनावग्रस्त लगे। क्या उनकी उपस्थिति सब पर भारी पड़ रही थी?

विश्वामित्र जानते थे कि उन्होंने उस दिव्य सभा को एक विशेष शोभा प्रदान की थी और यह केवल इसलिए नहीं था कि उन्होंने उपलब्धियाँ प्राप्त की थीं। यह तो स्पष्ट था कि उनका बहुत अधिक स्वागत नहीं हुआ, परंतु सब उन्हें मान्यता प्रदान करने के लिए विवश थे। देवों तथा ऋषियों को इस बात का रोष था कि विश्वामित्र ने स्वयं यह महानता अर्जित की थी। वे उनकी तरह नहीं थे, जिन्हें जन्म से यही भाग्य मिला, विश्वामित्र अपने कर्म से उस स्थान तक पहुँचे और आज उनके बीच उपस्थित थे।

विश्वामित्र को अपनी ख्याति का अनुभव हुआ। वे उस संदेह से भरे वातावरण के बीच भी उसका आनंद उठा रहे थे। यह उनकी कीर्ति जगमगाने के क्षण थे। शीघ्र ही चर्चाएँ होने लगीं और वाद-विवाद में बदल गईं। प्रत्येक ऋषि अपने ही अहं में इतना डूबा था कि उसे दूसरे की बात या तर्क खोखला लगता था। विश्वामित्र ने शीघ्र ही स्वयं को उस परिवेश में ऊबते हुए पाया, वे लोग आपस में एक-दूसरे के विचारों को मौन सहमति देने के अतिरिक्त कुछ नहीं कर रहे थे। इंद्र ने चर्चा आरंभ कर दी थी कि सच्चा होना या उस सच्चाई को बनाए रखना कितन कठिन था। विश्वामित्र ने सोचा कि इस विषय पर बात करने के लिए उचित व्यक्ति सामने आया है, परंतु उन्होंने यह भाव अपने मुख पर नहीं आने दिया।

"इस संसार में ऐसा कोई नहीं जो अपने सत्य का पालन पूरी निष्ठा से कर सके।" वह कह रहा था। बहुत सारे लोगों ने स्वीकृति में सिर हिलाया किंतु एक अपवाद भी था।

वशिष्ठ अपने कोमल और सौम्य स्वर में बोले, "देवेंद्र, सबको एक ही तराजू पर मत तोलो। सत्य की चाहना कठिन है परंतु इसे बनाए रखना और भी कठिन है। यहाँ तक कि देवगण भी इसका पालन नहीं कर पाते!"

एक बार तो विश्वामित्र भी उनसे सहमत हुए परंतु उन्होंने इस स्वीकृति के लिए कोई हाव-भाव नहीं दिखाए। इंद्र वशिष्ठ के इस उत्तर को सुन कर सकते में आ गया किंतु उसने अपनी विनम्रता का आवरण नहीं उतारा।

"मैं ना तो आपके इस कथन को अपनी सहमति देता हूँ और ना ही इसका अनुमोदन करता हूँ। क्या आप यह कोई तर्क या केवल प्रभाव डालने के लिए कह रहे हैं?" वशिष्ठ ने पूछा, उनके स्वर में हल्के व्यंग्य का आभास झलक रहा था। "असुर अपने मिथ्यावादन के लिए जाने जाते हैं और देवगण इसका उपहास करने के लिए। केवल मनुष्य ही एकमात्र ऐसा प्राणी है जो इन सबमें से ईमानदार है।"

"मनुष्य?" विश्वामित्र ने हस्तक्षेप करते हुए एक भौंह नचाई। "उन्हें हर क़दम पर मिथ्यावादन के लिए विवश होना पड़ता है। चाहे आप इसे परिस्थिति कहें अथवा सुविधा परंतु किसी मनुष्य के लिए सत्यवादन असंभव और धोखा देने वाला है।"

"क्षमा करना विश्वामित्र, मैं तुमसे सहमत नहीं हूँ।" वशिष्ठ ने मित्र शब्द पर बल देते हुए स्पष्ट किया वे आपस में मित्र नहीं थे। "मनुष्य अपने दैनिक जीवन में सत्य के साथ जीता है।

"आप किस मनुष्य की बात कर रहे हैं?" विश्वामित्र ने खीझ कर कहा। "वह निर्धन व्यक्ति जो अपने परिवार का पेट पालने और उसके लिए अगले प्रहर के भोजन की व्यवस्था करने में चिंतित रहता है? अथवा वह दुर्बल जो किसी आतंक या यंत्रणा के सम्मुख सत्य बोलने से डरता है? या फिर उस लोभी की जो अधिक धन संग्रह करने को झूठ बोलता है? या फिर उस शक्तिशाली और धनी व्यक्ति की बात कर रहे हैं जिसके लिए सच और झूठ दोनों का एक मोल होता है, वह इनका मोल नहीं जानता परंतु फिर भी दोनों को दुत्कारता है? सच बिकने के लिए होता है और यह तभी ख़रीदा जा सकता है, जब आप इसे ख़रीदने योग्य हों। सभी मनुष्य इतने संपन्न नहीं

होते। आप किस मनुष्य की बात कर रहे हैं?" उन्होंने व्यंग्य की चाशनी में लपेट कर अपना प्रश्न दोहराया।

"राजा हरिश्चंद्र। वशिष्ठ ने उत्तर दिया। वे अपनी सत्यनिष्ठा के लिए सातों लोकों में जाने जाते हैं। वे कभी सत्य के पथ से नहीं डिगते।"

"त्रिशंकु का पुत्र!" विश्वामित्र हँस दिए। यह तो एक प्रत्यक्ष मोर्चा था। "परंतु प्रिय आदरणीय, वे आपके रक्षित हैं और इसके साथ ही आप उनके राजगुरु भी हैं, आप उनका इतना कड़ा समर्थन क्यों कर रहे हैं?"

वशिष्ठ बुरी तरह से क्रोधित हो गए।

"तुमने मुझ पर आरोप लगाने का साहस कैसे किया?" वृद्ध ऋषि कुपित हो गए थे। "हाँ, मैं राजा हरिश्चंद्र का राजगुरु हूँ और उसके पिता के समय में भी उनका राजगुरु था जब त्रिशंकु ने सदेह स्वर्ग जाने की इच्छा प्रकट की थी। एक मूर्खतापूर्ण इच्छा, जिसे तुमने प्रोत्साहित किया..."

"परंतु जिसे मैंने अर्जित किया!" विश्वामित्र ने सहज भाव से उत्तर दिया।

"तुमने एक मूर्ख राजा को ही पोषित नहीं किया बल्कि प्रकृति के नियमों, व्यवस्था और सृष्टि के आधारभूत नियमों से भी खिलवाड़ किया है!" वशिष्ठ ने तर्क दिया।

"...ताकि एक नए ब्रह्माण्ड की रचना की जा सके। क्या आपको इस पर आपत्ति है?" विश्वामित्र ने चुनौती दी।

"तुमने जो भी किया, वह अद्‌भुत था।" वशिष्ठ बोले। "परंतु तुमने मूर्ख राजा के अहंकार और उससे भी अधिक महत्त्वपूर्ण, अपने अहंकार के पोषण के लिए यह सब किया। यह काम अनुचित था, यह आत्म-विवर्धन का बचकाना प्रयास था, तुम ब्रह्माण्ड के साथ खेलने को तैयार थे!"

"क्या मूर्खता से ब्रह्माण्ड रचा जा सकता है? मुझे लगा था कि यह कार्य विवेक और बुद्धि से संभव होता है।" विश्वामित्र ने कहा, अचानक ही उनका स्वर बेहद घातक हो गया था। "देवों ने भी ऐसा किया था, इसलिए मैंने भी किया।"

"यह सदा तुम्हारे और तुम्हारे अहं का कर्म रहा।" वशिष्ठ ने उपहास किया। "तुम स्वयं को महान सिद्ध करना चाहते थे, तभी तुमने त्रिशंकु को चुना और उसकी इच्छापूर्ति को माध्यम बनाया। अब मुझसे तर्क कर रहे

हो, क्योंकि तुम्हारा दंभ तुम्हें झुकने नहीं देता। जब मैंने यह कहा कि राजा हरिश्चंद्र इस लोक में सत्य और ईमानदारी का जीता-जागता रूप हैं तो तुम मुझ पर कुलपक्षपात का आरोप लगा रहे हो।"

"परंतु इस बात का क्या प्रमाण है?" विश्वामित्र ने पलटवार किया।

"उसका अपना अस्तित्व। वह सत्य का मूर्तिमान रूप है। हरिश्चंद्र केवल एक राजन नहीं, वह एक धार्मिक स्वभाव का व्यक्ति है, जिसने इस पथ पर चलने का संकल्प लिया है। वह अपने पथ से कभी नहीं डिगेगा, भले ही कैसी भी परिस्थिति क्यों नहीं हो।"

"मुझे इसमें संदेह है। कोई भी मनुष्य, भले ही वह कितना भी असाधारण क्यों नहीं हो, लंबे समय तक अपनी सत्यनिष्ठा का बोझ नहीं ढो सकता। उसे अंततः अपनी रक्षा और बचाव के लिए मिथ्यावादन करना ही पड़ता है। यदि आत्मा को ना भी बचाना हो तो भी प्राण रक्षा के लिए ऐसा करना ही पड़ता है।" विश्वामित्र ने वशिष्ठ की बात को नकारते हुए कहा। "इन सातों लोकों या उनसे परे ऐसा कोई भी नहीं जो लंबे समय तक ईमानदार बना रह सके। वह झूठ बोलेगा और वह सत्य के बोझ के हाथों पराजित होगा। आपने जिस महान राजा का वर्णन किया, आपका राजन हरिश्चंद्र, आपका रक्षित, यह भी कोई अपवाद नहीं है।"

देव अब थोड़ा विचलित लगने लगे, ऋषि भी इतने स्तब्ध थे कि कोई बीच में आने का साहस नहीं कर पा रहा था। अब यह कोई चर्चा नहीं थी, बल्कि संघर्ष का रूप ले चुकी थी। केवल इंद्र ही गुप्त रूप से प्रसन्न था। वह तो प्रहार करने के लिए अवसर की तलाश में था। उसे इस चिंगारी को ईंधन देना था ताकि यह शब्दों और युद्ध का नरक बन सके। इन दोनों ऋषियों को आपस में लड़वा कर, वह अपने स्वर्ग की रक्षा कर सकेगा। इस तरह वह उस घृणित विश्वामित्र से अपना प्रतिशोध भी ले लेगा; वह अपने अपमान की अग्नि को शांत करेगा। वह उसे विनष्ट कर देगा।

उसने बहुत ही कोमलता से हस्तक्षेप किया, "दो महान मस्तिष्क परस्पर चर्चा में हैं। इनके साथ सहमति अथवा असहमति प्रकट करना कठिन है। यदि वशिष्ठ सत्य कह रहे हैं तो विश्वामित्र उसकी पुष्टि करना चाहते हैं।"

इंद्र के शब्दों ने लगभग शांत हो चुके वशिष्ठ को भड़काने के लिए कोड़े का काम किया। "तुम सत्य की बात करते हो, विश्वामित्र। दंभी युवक, प्रमाण

चाहते हो तो जाओ स्वयं जा कर ले लो।” वशिष्ठ गरजे। “तुम हरिश्चंद्र के विषय में मुझे ग़लत साबित कर दो और मैं तुम्हारे सम्मुख शीश झुका दूँगा।”

विश्वामित्र को चुनौतियों से प्रेम था परंतु यह तो करो या मरो वाली स्थिति थी। या तो उनकी जीत होगी या बूढ़े ऋषि की हार। उन्हें यह चुनौती स्वीकार करनी ही पड़ी।

“हाँ, मैं निश्चित रूप से यही करूँगा।” उन्होंने गहन गंभीर स्वर में कहा। “मैं प्रमाणित कर दूँगा कि हरिश्चंद्र भी मात्र एक मनुष्य है जो सत्य के हाथों पराजित है। मैं इस व्यक्ति को मिथ्यावादी प्रमाणित कर दूँगा!”

विश्वामित्र उन्नत शीश लिए सभा से चल दिए। उनका संकल्प पूरी तरह से दृढ़ था। उन्हें हरिश्चंद्र के मुख से एक झूठ बुलवाना था, ताकि अपनी बात को सत्य सिद्ध कर सकें।

योजना और प्रस्ताव

इंद्र तय नहीं कर पा रहा था कि उसे मेनका को बुलवाना चाहिए या वह स्वयं उससे जा कर मिले। वह परेशानी में था और केवल वही उसकी सहायता कर सकती थी। इसी असहाय भाव ने उसे गुस्सैल और दुर्बल बना दिया था; और वह मेनका की उपस्थिति में ये दोनों भाव ही नहीं चाहता था। वह उससे घृणा करता था और उसने जिस तरह इंद्र की भरी सभा में सार्वजनिक रूप से उसका अपमान किया, वह इस बात का प्रमाण था। परंतु यह उसके लिए एक दैनिक दंड के समान था - वह उसे देख सकता था परंतु उसके निकट नहीं जा सकता था। उसे देखने का अर्थ था, उसकी दृष्टि में अपने लिए तिरस्कार और अपमान की झलक देखना।

परंतु उससे मिलने तो जाना ही होगा, परिस्थिति ही कुछ ऐसी थी। अंत में, उसने उसके महल में अपने आगमन की सूचना भिजवाई, उसके हृदय में आशा से अधिक आशंका हावी थी।

मेनका सदा की तरह अभूतपूर्व सुंदरी दिख रही थी और उसने उसकी उपस्थिति को जान कर, इतनी-सी स्वागत मुस्कान तक देने का कष्ट नहीं किया।

“मैं अनुमान लगा सकती हूँ कि तुम अवश्य ही किसी बड़े संकट में हो, अन्यथा तुम मुझसे इस तरह भेंट करने नहीं आते।” उसने कटु शब्दों में कहा। “चलो, कम शब्दों में झट से अपनी बात कहो। तुम्हारा नया शिकार कौन है और मुझे किसका पीछा करना होगा? या फिर मुझे किसके साथ हमबिस्तर होना होगा - और मैं इन दोनों ही कामों के लिए पहले से इंकार करती हूँ।”

इंद्र चिहुँका। मेनका जब जी चाहे कटु हो सकती थी, ऐसे में उसका मधुर स्वर, मुख से निकले प्रत्येक शब्द को और भी कटु बना देता था।

"कौशिक।" वह बोला। "इन दिनों वह विश्वामित्र के नाम से जाना जाता है।" वह दुष्टतापूर्वक यह बताना भी नहीं भूला।

मेनका का चेहरा भावविहीन रहा। "विश्वामित्र, जिसने ऋषि वशिष्ठ से प्रतिशोध लेने के लिए नया स्वर्ग रचा।" उसने कुछ विचार कर कहा।

"नहीं, मुझसे प्रतिशोध लेने के लिए।" इंद्र ने कठोरता से प्रत्युत्तर दिया।

"जहाँ तक मैंने सुना है कि उसका रोष आदरणीय ऋषि के प्रति है। महाराज, इसका आपसे कोई लेना-देना नहीं है। यह दो ऋषियों का परस्पर संघर्ष है।" मेनका बोली। इंद्र की ऐसी विकलता देख उसने मुँह बनाया।

"विश्वामित्र को स्वर्ग का राजा बनने की चाह नहीं, वे वशिष्ठ की तरह ब्रह्मर्षि बनना चाहते हैं। वे जल्दी ही बन भी जाएँगे। जिस तरह वे इन दिनों तपस्या कर रहे हैं, उन्हें अपना लक्ष्य पाने में देर नहीं लगेगी।" मेनका ने कहा। "यदि एक मनुष्य स्वर्ग की रचना कर सकता है, तो उसे ब्रह्मर्षि बनने से कौन रोक सकता है?"

"मैं रोक सकता हूँ।" इंद्र ने कहा। फिर अपना अधिकार दिखाते हुए, दोनों हाथ नितंबों पर टिका कर खड़ा हो गया। "मुझे उसे रोकना ही होगा अन्यथा वह मेरे इंद्रलोक को विनष्ट कर देगा। वह दुःसाहसी..."

"...और तेजस्वी है।" मेनका ने उपहास करते हुए बीच में कहा।

"उसने एक और स्वर्ग की रचना की और भगवान ब्रह्मा ने उसकी अनुमति देते हुए, उसे विश्वामित्र की उपाधि प्रदान की।" इंद्र बोला, उसका सुंदर चेहरा रोष से लाल हो गया था। उसने मुड़ कर मेनका को देखा और कहा, "तुम्हें उसे रोकने के लिए मेरी सहायता करनी होगी।"

"मुझे?" मेनका ने विस्मित भाव से कहा। फिर उसने पूरी उदासीनता से अपनी टाँगें लंबी पसार दीं। परंतु मन ही मन उसका कौतूहल जाग चुका था। इंद्र को उसकी आवश्यकता थी और वह अपने लाभ के लिए उस अवसर का बहुत अच्छा उपयोग कर सकती थी। "मैं ऐसा क्यों करने लगी?"

इंद्र ने उसे विचलित दृष्टि से देखा। "हाँ, केवल तुम ही उसका पागलपन रोक सकती हो। वह ज्ञान पाने के लिए कई वर्षों से तपरत है और ऐसी सिद्धियों का संग्रह कर रहा है जो केवल देवों के पास ही हो सकती हैं।

अब उसका तपस् इतना प्रबल होता जा रहा है कि उसकी आँच अमरावती तक आने लगी है। तुम्हारी सुंदरता ही उसके तप को भंग कर सकती है। तुम्हें ही उसकी और हमारी मुक्ति बनना होगा।"

उसने सिर हिलाया। "देवों को लगता है कि उनके पास शक्तियाँ हैं। उन्होंने इन्हें इस मनुष्य की तरह नहीं कमाया। विश्वामित्र को मोक्ष की चिंता क्यों? उन्हें आपकी या आपके स्वर्ग की आवश्यकता नहीं है। वे स्वयं अपना स्वर्ग रचने में सक्षम हैं। अब वे एक सामान्य मनुष्य नहीं रहे; वे किसी देव से कहीं अधिक शक्तिशाली हैं। परंतु यही आपकी चिंता का कारण है, है ना महाराज?"

इंद्र ने निराश हो कर अपने हाथ खड़े कर दिए। "हाँ, यदि विश्वामित्र और अधिक पाने की चाहत रखेगा तो वह धरती और स्वर्ग के बीच असंतुलन पैदा कर देगा..."

"मनुष्य और देव के बीच।" मेनका ने प्यार से उसकी बात को सुधारा। "उन्होंने सिद्ध कर दिया है कि मनुष्य को अब देवों की आवश्यकता नहीं है।"

"उचित कहा! मनुष्य देवता होगा और इसीलिए उसकी धृष्टता पर रोक लगाना उचित होगा। विश्वामित्र से उसकी शक्तियाँ छीननी होंगी, उसकी आध्यात्मिक सिद्धियों और बल को छीनना होगा; और यह कार्य केवल तुम कर सकती हो।"

मेनका शांत रही परंतु वह पूरे मनोयोग से सुनती रही और इंद्र को अपनी कुंठा और भय निकालने का अवसर दिया।

"जब उसने प्रतिसृष्टि की रचना की तो मुझे धरती पर जा कर उसे ऐसा नहीं करने की याचना करनी पड़ी।" इंद्र ने कुढ़ कर कहा। "उसने मेरी बात नहीं सुनी परंतु सौभाग्य से ब्रह्मा जी की बात मान ली जिसके लिए उसे विश्वामित्र की उपाधि दी गई, जो तीनों लोकों व जगतों में भय व आदर का पात्र है। तभी से, विश्वामित्र अपनी दुर्लभ सिद्धियों के माध्यम से आगे प्रगति करता जा रहा है और मुझे व देवों को भय है कि जब उसके देह-त्याग का समय आएगा तो स्वर्ग में उसे कैसे रखेंगे और उसे किस आयाम में रखा जाएगा..."

"परंतु महाराज, उन्हें आपका स्वर्ग नहीं चाहिए।" उसने दोहराया, इंद्र के चेहरे का रंग उतर गया और उसका चेहरा अजीब-सा दिखने लगा।

इंद्र ने कक्ष में चक्कर लगाना बंद कर दिया, उसका रोष बढ़ता जा रहा था। गुस्सा दिखाई नहीं दे रहा था पर अंदर ही अंदर उसे एक गहरी चिंता खाए जा रही थी। मेनका इन लक्षणों को पहचानती थी; इंद्र बहुत चिंतित था। विश्वामित्र उसका नया आवेश, नया आतंक और भय था।

"उसे रोकना ही होगा। इंद्र ने मुट्ठी भींचते हुए कहा। वह दिन-ब-दिन शक्तिशाली होता जा रहा है। मेनका, केवल तुम ही उसे अधीन कर सकती हो। उसने धृष्टता से कहा। मेरे पास ऐसा कोई नहीं जो तुमसे बेहतर यह कार्य कर सकता हो।"

मेनका देख रही थी कि बात का सिरा किस ओर जा रहा था।

"अब उसे तोड़ने का समय आ गया है! मुझे तुम्हारी आवश्यकता है।" उसने आग्रह किया। "मैं चाहता हूँ, तुम धरती पर जा कर उसकी तपश्चर्या भंग करो, उसकी सारी सिद्धियों का क्षय कर, उसे और स्थायी रूप से गृहस्थ जीवन के आनंद से बाँध दो।"

मेनका स्तब्ध खड़ी, इंद्र के शब्दों को समझने की चेष्टा में थी। "तुम्हारा तात्पर्य संतान से है? जैसे कि मैं पहले भी एक संतान को जन्म दे चुकी हूँ?"

"नहीं, तुम्हारी और वसु की संतान की तरह नहीं।" इंद्र ने थोड़ी कठिनाई से शब्दों का चयन किया। "ठीक वैसे ही जैसे उर्वशी ने ऋषि विभंडक के पुत्र को जन्म दिया था - प्रेम करो और त्याग दो। विश्वामित्र से संतान प्राप्त करो, उसे त्याग दो और संतान का उत्तरदायित्व उस पर ही छोड़ दो। इस तरह संसार की रक्षा करने के बाद, तुम स्वर्ग वापस आ जाना।"

मेनका के चेहरे पर मुस्कान खेल गई। "और आपको बचाने के बाद, महाराज। कितना भारी काम है, परंतु यह कार्य मुझे ही क्यों करना होगा?"

इंद्र यह सुन कर सकते में आ गया।

मेनका ने उसे कनखियों से देखा। "और केवल मैं ही क्यों? यह तो कोई दूसरी अप्सरा भी कर सकती है। विश्वामित्र को इस तरह अपने सम्मोहन में डालना होगा कि वह पूरी तरह से नष्ट हो जाए, उसकी सारी सिद्धियों का नाश हो, ठीक? यह काम हमारे लिए नया तो नहीं है, तो यह कार्य मुझे ही क्यों सौंपा जा रहा है? उर्वशी पहले भी यह कार्य कर चुकी है। उसे करने को कहें।"

"क्योंकि तुम्हारे पास सौंदर्य और बुद्धि का वह अद्भुत मेल है जो उसे समर्पण करने को विवश करेगा। विश्वामित्र का शिकार करना इतना सरल नहीं है।" इंद्र ने चेतावनी दी, उसे उम्मीद थी कि मेनका इसे चुनौती मान कर स्वीकार कर लेगी। वह कभी किसी चुनौती से पीछे नहीं हटती थी।

मेनका ने फीकी-सी मुस्कान के साथ, इंद्र की बातों में आने से इंकार कर दिया। उसने कहा, "ठीक कहा, वे एक ख़तरनाक व्यक्ति हैं तो आप मुझे संकट में क्यों डाल रहे हैं, महाराज। या यह आपकी कोई योजना है।" उसने व्यंग्य की चाशनी में लपेट कर पूछा। "विश्वामित्र कोई मूर्ख नहीं जो इतनी आसानी से वासना और काम की चपेट में आ जाएँगे। वे झट से मेरा छल जान लेंगे। जहाँ तक मुझे उनके कुपित स्वभाव के बारे में पता है, वे निश्चित रूप से मुझे श्रापित कर देंगे।" मेनका ने थोड़ा रुक कर पूछा, "क्या आप यही चाहते हैं?"

"बिलकुल नहीं! मेनका, तुम जानती हो, मैं तुम्हें किसी भी दशा में खो नहीं सकता। कभी नहीं!" इंद्र ने तत्काल उत्तर दिया। "तुम मेरे लिए इतनी अमूल्य हो कि तुम्हें खोने का विचार भी असहनीय है। मैं तो तुम्हें अपनी दृष्टि से ओझल तक नहीं कर सकता।" उसने कहा। "परंतु मुझे यह जोखिम मोल लेना ही होगा और मुझे यह भी पता है कि तुम ही उसे उसके अभियान से दूर ले जा सकती हो।" इंद्र ने अपना सारा भरोसा और आस मेनका के हाथों सौंपते हुए, विचित्र-सी गंभीरता से कहा।

"परंतु मुझे आपकी सहायता क्यों करनी चाहिए?" मेनका ने दोहराया।

इंद्र के चेहरे पर थोड़ा अपराध बोध झलका।

"मुझे तुम्हारी आवश्यकता है।" उसने झट से कहा परंतु उसके कहे शब्दों से उसकी विवशता झलक रही थी।

"आपके लिए हर तरह का पाप करूँ, आपके द्वारा बिगाड़े कामों को सँवारूँ, अपके शत्रु को लुभा कर, उसके साथ काम संबंध स्थापित करूँ, ताकि आपकी जीत हो और आप और अधिक शक्तिशाली हो जाएँ।" उसने कहा। "मैं ऐसा क्यों करूँगी? मैं आपकी दासी, आपके स्वर्ग की वेश्या बनने से इंकार करती हूँ।"

इंद्र को 'वेश्या' शब्द से घृणा थी और जब मेनका कहती थी तो उसे और भी बुरा लगता था। *मेनका मेरी वेश्या नहीं है।* वह मन ही मन

चिल्लाया। अगर कोई दूसरा मेनका की ओर देखता भी था तो उससे सहन नहीं होता था। उसे अपने दुख भरे दिन याद आ गए, जब वह वसु के साथ होती थी। उसने वसु को स्वर्ग से निकाल दिया था, परंतु इसके साथ ही मेनका को भी खो दिया। *अब मैं स्वयं मेनका को उस दुष्ट राजा विश्वामित्र के हाथों सौंप रहा हूँ*, इंद्र ने मुँह बनाया। उसे इस विचार से घृणा हुई परंतु उसे यह करना ही था और अगर मेनका इंकार करती है तो उसने तय किया कि वह उसे विवश करके यह कार्य करवाएगा।

"मैं अब भी तुम्हारा राजा हूँ। मैं तुम्हें यह कार्य करने का आदेश देता हूँ।" उसने सादा शब्दों में कहा।

मेनका ने प्रश्नसूचक दृष्टि से देखा। "आप मुझे आदेश नहीं दे सकते, याद रखें। मैं अब आपके लिए नृत्य प्रदर्शन तक नहीं करती तो मैं आपके द्वारा दूसरों को लुभाने के इन दूषित खेलों का हिस्सा क्यों बनने लगी?"

"क्योंकि तुम सर्वश्रेष्ठ हो! मुझे तुम्हारी आवश्यकता है।" उसने उग्रता से दोहराया। "क्या यह तुम्हारा प्रतिशोध लेने का तरीक़ा है, मैं तुम्हारे आगे विनती करूँ। यह कार्य करने की याचना करूँ?"

इंद्र के उन शब्दों को सुन कर मेनका के मस्तिष्क में दो छवियाँ एक साथ कौंधीं - वह अपनी संतान को वापस पाने के लिए घुटनों के बल बैठी गिड़गिड़ा रही है और वसु इंद्र से दया की गुहार लगा रहा है। दोनों में से किसी को भी न्याय नहीं दिया गया। उसने दोनों को ही खो दिया। अब वह भी ऐसा ही कर सकती थी। परंतु इंद्र को इंकार करके, उसे क्या लाभ मिलने वाला था?

"परंतु यदि तुमने अब भी मना किया तो मुझे विवश हो कर किसी और को भेजना होगा..." उसने कंधे झटके। हेमा, या फिर शायद तिलोत्तमा, उसने असुर भाइयों को रक्तरंजित मज्जा में बदल दिया था। या फिर मनोरमा, या सौदामिनी। "अगर तुम नहीं गईं तो मेरी कोई और अप्सरा इस विश्वामित्र का तप भंग करके आएगी।"

परंतु इंद्र यह भी जानता था कि वह स्वयं को मूर्ख बना रहा था। मेनका जैसी कोई नहीं थी - कामुक और बुद्धिमती। उसे प्रेम से गढ़ा गया था - सागर और रेत, साँचे में ढालकर, मिश्रित, परस्पर गुँथे हुए। वह सभी जीवित वस्तुओं की जीवनी शक्ति से उपजी थी - वायु और जल ने उसे सबसे भयंकर और अद्‌भुत मनोहरता से गढ़ा था। उसने आह भरी, *ओह*

मेनका, मैंने देखा है कि तुम पुरुषों पर कैसा प्रभाव डालती हो, उन्हें पता भी नहीं चलता और तुम उन्हें सदा के लिए तबाह कर देती हो। तुम्हारी सुंदरता ने मुझे पिपासु बना रखा है, एक ऐसा प्यासा जो सदा और अधिक पीने की आस रखता है। इंद्र उसे देख रहा था। अपने दुख में भी वह इतनी रमणीय लग रही थी कि उसे देख कर एक कभी ना मिटने वाली काम क्षुधा जाग्रत होती थी। उसके काले घने केश, जल में उठती लहरों की तरह थे, वे उसके कोमल कंधों से नीचे लटक रहे थे, उन्हें जूड़े में नहीं बाँधा गया था जैसा कि वह प्रायः बेपरवाही में किया करती थी। उसके कामुक, रसीले होंठ, जिन्हें वह अक्सर बेध्यानी में चबाया करती, वे इतने मादक थे कि उन्हें तुरंत चूमने को जी चाहता था। उसकी आँखों का रंग ही मदमत्त कर देता था, ऐसा कौन-सा पुरुष था जो उसकी माया से अछूता रह सकता था। *निश्चित रूप से विश्वामित्र तो ऐसा नहीं कर सकेगा,* इंद्र ने मन ही मन मुँह बनाते हुए सोचा। वह चाहता था कि योजना पूरी हो जाए और मेनका ही योजना को पूरा कर सकती थी। उसने स्वयं से वादा किया कि वह मेनका को इसके बाद अपने से अलग नहीं होने देगा, बस इस बार उसे जाना होगा। फिर वह मेनका को कभी अपनी दृष्टि से ओझल नहीं करेगा। वह बड़ी ही अनिच्छा से मेनका से यह कार्य संपन्न करवा रहा था। उसने अपना ध्यान मेनका के कहे शब्दों की ओर लगाया।

"दूसरी अप्सराओं का नाम प्रस्तुत कर, आपको आशा है कि मैं उत्साहित हो कर स्वयं आगे आ जाऊँगी?" मेनका ने व्यंग्यपूर्वक पूछा।

इंद्र को ऐसे छल-कपट बहुत आते थे। वह प्रायः अप्सराओं के बीच इसी तरह भेद डालता और उन्हें विभाजित कर, उन्हें अपने नियंत्रण में रखता था।

"परंतु मेनका, मैं चाहता हूँ कि कोई दूसरा नहीं बल्कि तुम ही यह कार्य करो। केवल तुम ही विश्वामित्र को सँभाल सकती हो, जो इस समय धरती के सबसे बलशाली मनुष्यों में से है। केवल तुम ही उसे घुटनों के बल आने पर विवश कर सकती हो। तुम्हारी बुद्धि और सौंदर्य ही यह कार्य कर सकते हैं।"

"सचमुच?" मेनका की हास्यलहरी सुनाई दी और इंद्र का जी चाहा कि उसे अपने होंठों से रोक दे। "वैसे तुमने ठीक ही कहा, मुझे नहीं लगता कि मैं किसी दूसरी अप्सरा को यह कार्य करने दूँगी। मैं ही इसे पूरा करूँगी।" वह धीरे से बोली।

मेनका को इंद्र के चेहरे पर आश्चर्य और प्रसन्नता का भाव दिखाई दिया और उसने इसे छिपाने की कोई चेष्टा नहीं की।

"वैसे भी इस जगह मेरा कोई काम नहीं है।" मेनका ने अपने सुडौल कंधे झटके। "महाराज, मैं ऊब गई हूँ और यह विश्वामित्र काफ़ी रोचक व्यक्ति जान पड़ता है।"

"ओह, वह तो निश्चित रूप से है ही।" इंद्र के माथे पर बल थे। "महादंभी, अभिमानी और अशिष्ट..."

"महाराज, आप जान कर कुछ इस तरह उसका वर्णन कर रहे हैं कि मैं इस काम में हाथ डालने के लिए प्रोत्साहित हो रही हूँ।" हालाँकि मेनका ने मन में सोचा कि *इन शब्दों से इंद्र अपना ही वर्णन कर रहा था।* दंभी लोगों के भीतर झूठा अभिमान भरा होता है। इंद्र स्वयं भी तो यही था। हालाँकि मेनका ने यह बात उसे प्रत्यक्ष रूप से नहीं कही। वह उसका उत्साह बढ़ाने के लिए मुस्कराती रही।

"परंतु तुम ठीक इसी तरह उसे फाँस सकती हो।" इंद्र ने कहा। "अपने व्यवहार और दंभ के बावजूद वह एक दयालु व्यक्ति है जो अक्सर दुख, पीड़ा, हानि या त्रासदी की घटनाओं से द्रवित हो जाता है - तुम ऐसा ही कोई प्रसंग सुना सकती हो।"

"आपका मतलब है कि मुझे स्वयं को पीड़िता अप्सरा के रूप में प्रस्तुत करना होगा।" मेनका बोली। "हाँ, पुरुषों के मामले में यह तरीक़ा हमेशा काम आता है। वे लोग आँसुओं, रोने-धोने और पलकें झपकाने-गिराने की अदाओं के दीवाने होते हैं। और हाँ, ऐसी प्रस्तावना के बीच अगर वक्षस्थल की हल्की-सी झलक दिख जाए तो वह प्रसंग और भी लोभनीय हो जाता है परंतु इस बार, इस व्यक्ति के बारे में मैं निश्चित तौर पर नहीं कह सकती।" मेनका कुछ विचार करने लगी। उसका होंठ दाँतों के बीच था। लुभाने की कला का प्रदर्शन वहीं किया जाता है, जब सामने वाला इतना संवेदनशील हो। कोई झूठ या रोना-धोना नहीं चलेगा क्योंकि वे झट से मेरा यथार्थ जान लेंगे। लोगों की सच्ची प्रकृति को जानने के लिए उनकी योग शक्तियाँ कभी कम नहीं होंगी। उसने चेतावनी दी। "वे एक क्षण में ही मेरा कपट जान लेंगे और वही मेरा अंतिम क्षण होगा!"

इंद्र के माथे पर त्यौरियाँ खिंच गईं। यह सब तो उसकी कल्पना से कहीं अधिक जटिल होने वाला था। मेनका ने जो कमियाँ गिनवाई थीं, उससे

योजना की दुर्बलता स्पष्ट हो रही थी। परंतु उसकी बुद्धि इतनी तेज़ थी कि वह संभावित कमियों को दूर कर सकती थी। इंद्र जानता था कि वह उसके पक्ष को मज़बूत कर रही थी। यही कारण था कि मेनका हमेशा दूसरों से अलग जान पड़ती थी - वह प्रायः दूसरों को लुभाने की उन योजनाओं में अपनी अपवादित बुद्धि लगा कर उन्हें साकार करती। इंद्र को याद आया कि किस तरह मेनका ने उसे उसके ही दरबार में निमर्मता से तोड़ दिया था।

"मुझे उनके पास मेनका बन कर ही जाना होगा।" उसने अपने विचारों को परखते हुए कहा। "ना कोई मिथ्यावादन, ना छल, ना कपट - ऐसा कुछ नहीं जिससे उन्हें कोई भी संदेह हो सके। यदि संदेह का इतना-सा भी अंश हुआ तो तुम्हारा शत्रु स्वर्ग की दहलीज़ पर होगा।"

"तो तुम यौन संबंध बनाने के अतिरिक्त उसकी सहानुभूति और संवेदना पाने के लिए कौन-सा प्रस्ताव रखने के बारे में सोच रही हो?" इंद्र ने पूछा।

मेनका ने मुँह बनाया। इंद्र कई बार हद रुखाई तक उतर आता था।

"मैं अपना परिचय उसी रूप में दूँगी जो मैं हूँ - मेनका, स्वर्ग से निष्कासित अप्सरा।" उसने अपनी योजना कही। "मैं उन्हें विश्वास दिला दूँगी कि तुमने मुझे स्वर्ग से निष्कासित करके दंड दिया है, क्योंकि मैंने देवगंधर्व विश्वावसु से प्रेम कर, उससे संतान उत्पन्न करने का अपराध किया था। और किस तरह तुमने उसे श्राप दिया, विश्वामित्र की सहानुभूति अर्जित करने के लिए यही सब बातें विस्तार से करनी होंगी।" मेनका का स्वर निर्मम हो आया था। "इस तरह, मेरी कहानी में कुछ भी झूठ नहीं होगा।"

इंद्र अचानक घबरा-सा गया। "तुम्हें सारी बातें विस्तार से बताने की आवश्यकता नहीं है।" उसने अचानक कहा।

"परंतु ऐसा करने से ही तो मेरी कहानी पर उन्हें भरोसा होगा - क्योंकि वह पूरी तरह से सत्य होगी। भले ही विश्वामित्र मेरी सुनाई कहानी की जाँच कर लें, उन्हें किसी प्रकार के छल या बेईमानी का अंश नहीं मिलेगा।" मेनका ने कहा। "याद रखिए, मेरे महाराज, आप उन्हें मूर्ख नहीं बना सकते, भूल कर भी ऐसी भूल नहीं करना।"

इंद्र ने धीरे से गर्दन हिलाते हुए मेनका से सहमति प्रकट की, परंतु उसके अगले शब्दों ने उसे बुरी तरह से चौंका दिया।

"मैं कामदेव को अपने साथ ले जाना चाहूँगी।"

इंद्र ने मारे विस्मय के अपनी भौंहें उठाईं। "क्या अपने पर इतना भी विश्वास नहीं रहा?" उसने व्यंग्य किया। "मेनका, तुम्हें देखते ही कोई भी आदमी अपनी इंद्रियों पर वश खो देगा और तुम्हारे पीछे दौड़ा-दौड़ा आएगा।"

"परंतु महाराज, यह व्यक्ति नहीं!" मेनका ने विरोध प्रकट किया। "वे किसी स्त्री के फेर में पड़ने वाले मूर्ख नहीं हैं, भले ही वह कितनी भी मनमोहिनी क्यों नहीं हो। वे सदा सजग और सचेत रहते हैं, जो उनके संयम और तप की देन है। यही कारण है कि मुझे कामदेव की आवश्यकता होगी, वह अपने काम बाणों का प्रयोग करेगा। मैं विश्वामित्र को लुभाने के लिए नृत्य भी नहीं करूँगी। यह देख कर वे निश्चित ही गुस्से से भड़क जाएँगे!"

इंद्र ने मेनका को अविश्वास से देखा, "परंतु मेनका, वही तो तुम्हारी सबसे बड़ी शक्ति है, तुम्हारा श्रेष्ठ साधन! तुम लोगों को अपने जाल में फाँस कर, उन्हें अपनी कामुक अदाओं से रिझा लेती हो। तुम सर्वश्रेष्ठ नर्तकी हो जो यह जानती है कि किसी पुरुष को अपने वश में कैसे करना है, चाहे वह कितना भी कठोर हो या फिर प्रार्थनारत ही क्यों नहीं हो। तुम जानती हो और पूरी निर्दयता से अपने इस गुण का प्रयोग भी करती आई हो। तुम अपनी देह, अपने अंगों और नृत्य मुद्राओं के बल पर उनकी कल्पना को उत्तेजित कर देती हो और वे तुम्हें पाने, और अधिक पाने को तड़पने लगते हैं।"

मेनका यह जानती थी, और कामदेव एक उत्तम गुरु था। उचित समय पर आँखों का संचालन, विभिन्न प्रकार के भावों से युक्त स्वर - कामुक, उत्तेजक, असहायता, शोकसंतप्त या फिर एक निःश्वास - या फिर हाथों अथवा कंधे पर हल्का-सा स्पर्श; परंतु इसमें प्रत्यक्ष रूप से कहीं भी कामुकता शामिल नहीं होती। *पुरुष को विश्वास दिला दो कि तुम उसे चाहती हो, वे झट से इसे सत्य मान लेंगे और तुम्हें अपने लिए विशिष्ट मानने लगेंगे। मानो तुम उनके लिए ही बनी हो, पुरुष ऐसे ही मूर्ख होते हैं।* मेनका ने सोचा।

"परंतु यह सब विश्वामित्र पर काम नहीं करेगा।" उसने सिर हिलाते हुए असहमति दिखाई। "यदि मैंने उनकी तपस्या भंग करनी चाही तो वे तत्काल मेरा प्रयोजन जान लेंगे - वे मुझे वांछित स्त्री नहीं, केवल उनका तप भंग करने वाली मोहिनी के रूप में देखेंगे, जिसे उनके शत्रु ने इसी

अभिप्राय से भेजा है। वे खुली आँखों से यह सब देखेंगे और तत्काल मुझे श्राप देंगे या कपट के कारण जला कर भस्म कर देंगे। परंतु कामदेव, मेनका ने मुस्कान के साथ कहा, यदि वह उस जगह उपस्थित होगा तो वह सारे दृश्य को थोड़ा सरल व अनुकूल कर देगा। उसके काम बाण सुरक्षित रूप से अपना काम करेंगे।"

"तो तुम्हारी ओर से यही दो शर्तें हैं - कामदेव तुम्हारे साथ जाएगा और तुम नृत्य नहीं करोगी।" इंद्र ने कहा। मेनका ने सिर हिलाया तो वह बोला, "ठीक है, हालाँकि मुझे लगता है कि यह कार्य तो तुम अकेली ही कर सकती हो, तुम्हें कामदेव को साथ ले जाने की आवश्यकता नहीं है। मुझे उसकी तुलना में तुम्हारी माया पर अधिक विश्वास है। तुम इसे किस तरह करने की योजना बना रही हो?"

"हम आपस में इस पर चर्चा करके, बाद में बता देंगे।" मेनका ने संक्षेप में इंद्र से कहा।

उसके इस वाक्य का अर्थ था कि चर्चा समाप्त हो चुकी थी। इंद्र ने असहज होते हुए होंठ भींच लिए। परंतु वह बात को बिगाड़ना भी नहीं चाहता था। मेनका अपने अभिमान के लिए जानी जाती थी, परंतु वसु के जाने के बाद से उसके मनोभाव और भी उग्र हो गए थे। *भाड़ में जाए वह व्यक्ति। वह निरंतर उसके विचारों में सेंध लगाता रहता है। बेशक! वह अब भी मेनका के दिल और दिमाग़ से निकला नहीं है।* इंद्र ने मेनका को भेदने वाली दृष्टि से देखा। वह उदास हो चुकी थी, वह शोक मना चुकी थी, विद्रोह कर चुकी थी, इंद्र को नीचा दिखा चुकी थी और अपने दुख का प्रतिकार कर चुकी थी या अभी उसे यह करना बाक़ी था? इंद्र ने भीतर से व्याकुलता अनुभव की।

क्या मेनका फिर से कोई चाल चल रही थी? उसे यह जानकर सुखद आश्चर्य हुआ था कि मेनका ने किस तरह उसकी योजना के लिए झट से हामी भर दी थी। हालाँकि इंद्र ने अच्छी तरह विचार किया तो उसे समझ आया कि सारी बात को मेनका ने ही नियंत्रित किया और षड्यंत्र रचा। उसने सोचा था कि वसु के जाने के बाद, उनकी आपसी शत्रुता को देखते हुए मेनका से काम करवाना कठिन होगा। *तो मेनका अचानक इतनी आसानी से कार्य संपन्न करने को कैसे मान गई। यह उसका कोई छल था या प्रतिशोध?*

खोज और शिकार

उसने इस षड्यंत्र में इंद्र का साथ देने के लिए हामी क्यों भर दी थी? परंतु मेनका अपना उत्तर जानती थी - यह उसकी प्रतिशोध योजना या कोई कपट नहीं था। यह उसके लिए स्वर्ग से पलायन करने का एक असहाय प्रयत्न भर था। परंतु वह कैसे बच सकती थी और कहाँ छिप सकती थी? उसने धरती देखी थी, जब वह अपनी मरणासन्न पुत्री को भुजाओं में लिए बैठी थी तो उसने धरती की हरियाली और जीवन के अस्थायित्व को देखा था। प्रमद्वरा के प्राण बच गए और अब वह ऋषि रुरु के साथ सुखद वैवाहिक जीवन जी रही थी, परंतु मेनका दो प्रसन्न आत्माओं के मेल से अधिक की साक्षी रही थी। उसने जीवन और जीने के बारे में जितना कुछ धरती पर सीखा था, उतना तो इंद्रलोक के सुंदर संसार में कभी नहीं सीख पाई थी। उसने पृथ्वी की पार्थिव सुंदरता के पीछे छिपी कुरूपता और दुख को देखा था, परंतु मेनका पीड़ा, आनंद और भावों के इस जगत में रहने को प्रस्तुत थी। उसे स्वर्गिक दीर्घकालीनता के अंतहीन शून्य और वसु के बिना लंबे रिक्त वर्षों के बीच रहना गवारा नहीं था...

मेनका अब स्वर्ग में रहना सह नहीं पा रही थी और इंद्र कभी उसे स्वर्ग से दूर नहीं जाने देता। उसने आशा की थी कि संभवतः इंद्र उसे स्वर्ग से निकाल देगा, जब उसने दरबार में इंद्र का सार्वजनिक रूप से अपमान करते हुए, उसकी दुष्ट मंशा और योजना सबके सामने रख दी थी। परंतु उसकी जीत हुई थी - उसने अपना प्रतिशोध पाया और बाक़ी सबने उसे आदर भाव दिया - परंतु स्वर्ग से दूर होने का अवसर हाथ से जाता रहा। विश्वामित्र पलायन के लिए एक वैध अवसर हो सकते थे और वह ध्यान

रखेगी कि यह काम उचित रीति से पूरा हो, उसने स्वयं को स्मरण करवाया। सौभाग्यवश इंद्र अब भी उसके कपट से अनजान था।

उसने काम देव की ओर देखा। वह अपनी हरित आभा वाले नेत्रों तथा होंठों पर खिली मुस्कान के साथ हमेशा की तरह सुंदर और भव्य लग रहा था। आज कामदेव अपने साथ धनुष भी लाया हुआ था, जो गन्ने से बना था और प्रत्यंचा के स्थान पर डोरी के बजाए मधुमक्खियों की पंक्ति थी। काम के तूणीर में केवल पाँच बाण थे, उनमें से प्रत्येक विभिन्न सुगंधित पुष्पों से सुसज्जित था - मोगरा, श्वेत कमल, नील कमल, आम का बौर तथा अशोक के पुष्प, जो कि काम के प्रिय थे। उन्हें प्रेम और इच्छा का प्रतीक माना जाता था।

"क्या ये प्रेम बाण पर्याप्त होंगे?" उसने परिहास किया।

"तुम्हारे आसपास होने से विश्वामित्र को एक भी बाण की आवश्यकता नहीं होगी।" वह दबी हँसी हँसा। "तुमने बहुत अच्छी योजना बनाई है।" वह प्रभावित हो गया था। "मुझे वह कहानी पसंद आई जो तुमने विश्वामित्र को सुनाने के लिए बनाई है। इस तरह तुम सीधा झूठ बोलने से बच जाओगी। तुम्हारा दिखावा तुम्हारे लिए सरल और उसके लिए आश्वासनपूर्ण हो जाएगा।"

वे लोग माही नदी की ओर जा रहे थे। उसके किनारे ही विश्वामित्र का आश्रम था।

"रति कहाँ है?" मेनका ने आश्चर्य से पूछा क्योंकि कामदेव की पत्नी सदा उसके साथ होती थी। स्वयं उसके ही शब्दों में, "जब प्रेम को बाण से भेदना हो तो..." जैसा कि रति दुष्टता से कहती थी।

काम और रति की प्रेमकथा भी अपने-आप में कम रोचक नहीं थी। युवा कामदेव को उसके सृजन के बाद भगवान ब्रह्मा की ओर से निर्देश दिया गया था कि उसे संसार में प्रेम का प्रसार करना होगा, वह अपने प्रेम बाणों की क्षमता जाँच रहा था। जाने कैसे अपने भ्रमित उत्साह के बीच, उसने अपने बाणों का प्रयोग ब्रह्मा जी और उनके पुत्रों पर कर दिया और वे सभी संध्या नामक युवती से प्रेम करने लगे। कामदेव कहाँ जानता था कि संध्या तो ब्रह्मा जी की ही पुत्री थी। संध्या अपने प्रति, अपने पिता और भाइयों की कुभावनाओं को देख कर इतना भयभीत हुई कि उसने आत्मघात कर लिया।

कामदेव अनजाने में हुए इस पाप से त्रस्त हो कर, पश्चाताप के लिए भगवान विष्णु की शरण में गया, उन्होंने उसे प्रजापति दक्ष (ब्रह्मा जी के पुत्र) के घर रति नामक कन्या के रूप में जन्म लेने का वरदान दिया। रति ने अंततः काम से विवाह किया, जो उसकी मृत्यु और इस नए जीवन के लिए उत्तरदायी था। वह उसका सच्चा प्रेम थी, मेनका मुस्कराई, वह सोचने लगी कि प्रेम, जीवन और काम की रीति भी संसार से निराली ही होती है। क्या अप्सरा और देवों को भी अपने कर्मों का फल भोगना होता है? मेनका ने सोचते हुए अपना होंठ काट लिया। वे अब भी अपने कर्मों के लिए उत्तरदायी थे, हालाँकि वे जीवन और मरण के चक्र से मुक्त थे। उन्हें भी अपनी भूलों, प्रायश्चित और दंड के साथ जीवन जीना होता था। जैसा कि वसु कर रहा था... मेनका ने पलकें झपकाईं और स्वयं को वर्तमान में ले आई।

परंतु उस प्रसंग ने काम को एक पाठ तो निश्चित रूप से सिखा दिया था। अब वह इस विषय में बहुत सावधानी रखता था कि उसे अपने प्रेम बाणों का प्रयोग किस पर करना चाहिए। संभवतः यही कारण था कि वह अपने तूणीर में पाँच से अधिक काम बाण नहीं रखता था।

काम मुस्कराया, "रति ने कहा कि तुम साथ हो इसलिए मुझे उसकी आवश्यकता नहीं होगी। हमें एक बेचारे विश्वामित्र को लुभाने के लिए तीन लोगों की क्या आवश्यकता होगी? ख़ैर, मुझे विश्वास है कि तुम उस पर किए जाने वाले प्रारंभिक कर्म के लिए पूरी तरह से सज्ज हो?"

मेनका ने अनजाने में निचला होंठ चबाते हुए सिर हिलाया। "मैं किसी भी तरह की लापरवाही नहीं कर सकती अन्यथा रंगे हाथों पकड़ी जाऊँगी।"

"जिसका अर्थ होगा कि हम भस्म होंगे या राक्षस बना दिए जाएँगे अथवा फिर कोई और श्राप भी मिल सकता है!" उसने आँख दबाई परंतु ज्यों ही उसने मेनका के चेहरे के बदलते भाव देखे तो उसकी मुस्कान ग़ायब हो गई। उसने उसके चेहरे पर दुख की छाया देखी और अपनी असंवेदनशीलता के लिए स्वयं को कोसा। वह अब भी वसु से प्रेम करती थी और अपनी हानि से उबर नहीं सकी थी।

इसी सोच ने काम को और चिंतित कर दिया। यह कोई एक बार में लुभाने वाला काम नहीं होने वाला था। उसे विश्वामित्र के साथ लंबे समय तक प्रणय प्रसंग बनाना होगा। मेनका को विश्वामित्र को अपने प्रेम में इतना मंत्रमुग्ध करना होगा, उसका ध्यान इस तरह भटकाना होगा कि वह अपना

मन और अभियान दोनों ही पूरी तरह से भुला दे। क्या वह अपनी भूमिका का निर्वाह सही तरह से कर सकेगी, क्योंकि अब से उसे विश्वामित्र की सुंदर प्रतिशोध की देवी बनना था? वह मेनका को खोना नहीं चाहता था। वह उसकी प्रिय शिष्या थी और कामदेव अब भी इंद्र से इस बात के लिए सुलह नहीं कर सका था कि उसने अपनी दुष्टता से वसु को कष्ट का भागी बनाया। वह एक अक्षम्य अपराध था।

"इस नई कपटलीला में, क्या तुम विश्वामित्र से प्रेम करने का आडंबर रच सकोगी?" उसने धीरे से पूछा। "प्रेम करना या प्रेम का दिखावा करना, दोनों बातों में अंतर है। वासना को तुरंत निपटाया जा सकता है परंतु प्रेम में ऐसा नहीं होता। यह एक लंबे समय तक रहने वाला, क्लांत करने वाला भाव है जिसका दिखावा भी करना पड़ सकता है।"

मेनका ने कंधे झटके मानो स्वयं को आने वाले क्षणों के लिए तैयार कर रही हो। उसने उत्तर दिया। "मैं बहुत अच्छी तरह प्रेम का दिखावा कर सकती हूँ। मैं काम और प्रेम का अंतर जानती हूँ।" वह फीकी-सी मुस्कान के साथ बोली, जैसा कि तुमने एक बार सिखाया था, प्रेम में कई अवस्थाएँ होती हैं। पहली दृष्टि में प्रेम आरंभ होता है, नेत्रों का संपर्क। फिर इच्छा आती है, जब हृदय और मन, दोनों का सामंजस्य होता है, वे गहन विचारों और आशाओं से भरपूर होते हैं, इसके बाद प्रेम को पाने और प्रेम का प्रत्युत्तर पाने का संकल्प आता है। संसार से विरक्ति, भूख और नींद में कमी भी ऐसे ही लक्षण हैं परंतु इनसे एक निश्चित प्रकार की विद्रोही प्रवृत्ति, प्रेम में एक तरह की विक्षिप्तता उत्पन्न होती है। इसके बाद प्रसन्नता और सहवास आता है। अंत में, प्रेम का भी अंत होता है - यह वियोग, विश्वासघात अथवा प्रेमियों की मृत्यु के कारण होता है, मैं यह जानती हूँ।" वह अपने रिक्त हाथों की ओर देखते हुए बोली, "मैं दिखावा करना ही बेहतर मानती हूँ। असली प्रेम बहुत पीड़ादायी है, इसके साथ जीना सरल नहीं होता, कामदेव। मैं एक बार मरते-मरते बची और दोबारा उस पीड़ा को सहन करना आत्मघात करने के समान होगा।" उसका जड़ चेहरा एक अनिश्चित से भाव की ऊष्मा में रंग गया। "जल्दी से विश्वामित्र के आश्रम की ओर चलें। मैं उन्हें जल्दी ही वश में करना चाहती हूँ, कहीं वे पुनः लंबे ध्यान सत्र में नहीं बैठ जाएँ।"

विश्वामित्र को बार-बार अपने पर क्रोध आ रहा था। वे अपने सितारों को भले वश में कर लें, परंतु अपने गुस्से को वश में नहीं कर सकते थे? उनके कुपित मन में एक भूली हुई स्मृति कौंध गई। ब्रह्मा के शब्दों की गूँज सुनाई दी। "विश्वामित्र, जिस दिन तुम अपने इस दंभी व्यवहार पर अंकुश साध लोगे, तुम्हें वह मार्ग मिल जाएगा जिसे जाने कब से खोज रहे हो। उसी दिन संभवतः तुम ब्रह्मर्षि भी बन जाओ।"

दरअसल गुस्से को वश में करना इतना कठिन भी नहीं था - सीधा कारण का पता करो। परंतु वे इतना सरल-सा कार्य भी क्यों नहीं कर पाते थे? उन्होंने एक नई आकाशगंगा रची, देवों को धरती पर आने के लिए विवश किया, स्वर्ग में उन्हें निमंत्रित किया गया। वे अपने स्वप्न के निकट जा रहे थे...

अचानक एक हल्के से ताने से ठिठके : वे अब तक राजा हरिश्चंद्र के प्रसंग में वशिष्ठ को अनुचित नहीं ठहरा सके थे। यही बात उनके दिमाग़ में घूमती रहती थी - क्या वशिष्ठ उन्हें पुनः पराजित कर देंगे?

विश्वामित्र की आँखें झटके से खुलीं, उनमें अथाह बैर था। वे सादे विचारों पर एकाग्र नहीं हो पा रहे थे या ध्यान नहीं कर पा रहे थे। वे खीझ कर उठे। दिन का अंत होने को था, आकाश में संध्या की लालिमा छाई थी। यदि एक बार स्नान कर लें तो शायद मन शांत हो जाए। वे झट से नदी की ओर चल दिए। उन्होंने माही नदी के शीतल जल में प्रवेश किया और जल में डुबकी लगाते ही मन की सारी विकलता शांत हो गई। नदी का जल बलशाली नदी गंगा तथा शांत नदी सरस्वती की तुलना में कहीं अधिक चपल और जीवंत था, यद्यपि इनमें से प्रत्येक एक ही स्रोत से निकली थीं। नदियाँ भी मनुष्यों की तरह थीं, सभी एक ही स्रोत से निकलती हुईं परंतु उनमें से प्रत्येक अपनी दिशा स्वयं तय करती, विभिन्न स्थानों से प्रवाहित होते हुए, एक ही अंत तक पहुँचती हैं और एक ही सागर में, अपनी शक्ति और मात्रा के बावजूद सारा जल रिक्त कर देती हैं। *मनुष्य को इन नदियों से एकाध पाठ अवश्य पढ़ना चाहिए,* विश्वामित्र ने गहरी श्वास ली और फिर निपुणता से तैरने लगे।

वे स्फूर्ति पा कर जल से बाहर आए और तेज़ दृढ़ संचालन करते हुए फिर से किनारे की ओर तैरने लगे। वे बीच रास्ते में रुके और पहली बार आसपास के बदले हुए माहौल को देखा। वह जगह तो रंग और गंध से

भरपूर लग रही थी, पेड़ों और झाड़ियों पर जैसे पुष्प लदे हुए थे। विश्वामित्र के माथे पर बल आए, अभी तो बसंत भी नहीं आया। मानो रातों-रात किसी ने ऋतु परिवर्तन कर दिया हो। हो सकता है कि वे अपने ही विचारों में इतना मग्न रहते हों कि उन्होंने ध्यान नहीं दिया हो। उन्होंने कंधे झटके परंतु यह देख कर भी आश्चर्य हुआ कि वे जिस नदी में तैरते थे, उसका दृश्य भी कम अद्‌भुत नहीं था। उन्हें प्रकृति से और निकटता बढ़ानी चाहिए ताकि इसमें बसी सहज उत्कृष्टता का मोल जान सकें - घने वन, उत्सुक भाव से बेलों का लिपटना, नीचे की ओर झुकीं शाखाएँ, जो पुष्ट फलों से लदी थीं और मीठी गंध वाले पुष्पों के झुंड, पास के झरने से गिरते साफ़ जल वाले नाले का स्वर। विश्वामित्र की सचेत दृष्टि को एक स्थान पर कुछ हलचल-सी दिखी और वे उसी की ओर बढ़ चले।

विश्वामित्र ने उसे देखने के बजाए सुना। यह एक मीठी, मुलायम और कोमल-सी धुन थी, उनकी इंद्रियों को और सुनने का लोभ दे रही थी, वे जानना चाहते थे कि इतने मधुर स्वर की स्वामिनी कौन है...

उनकी श्वास कंठ में ही अटक गई, यह विचित्र रूप से सूख गया था। उनकी आँखें विस्फारित थीं और वे सोच रहे थे कि क्या वे वास्तव में अपने सम्मुख उस अवर्णनीय सौंदर्य को देख रहे थे। मेनका, अचानक उनके मस्तिष्क से यह नाम उभरा। *वह इस जगह क्या कर रही है?* वह उस झरने में नहा रही थी। उसके भीगे वस्त्रों से झाँकती देह जैसे एक पारदर्शी आवरण से ढँकी थी। उसकी भीगी साड़ी छिपाने के बजाए उसके तन को और उघाड़ रही थी, वह उसकी जलमग्न देह से बुरी तरह से चिपकी थी। उन्होंने उसकी लंबी टाँगों को गौर से देखा और देह के एक-एक घुमाव को देखते हुए ऊपर की ओर बढ़े - उसकी गहरी नाभि के नीचे के दोहरा आवर्तन, उसकी पतली कमर जो भारी वक्षस्थल की कोमलता को और भी निखार रही थी, अंगवस्त्र पूरी तरह से भीगा हुआ था जिसके भीतर से उरोज झाँक रहे थे।

उन्होंने अपने नेत्र बलपूर्वक हटा दिए। उसके खुले कंधों पर लंबे, काले और घुँघराले केशों के मध्य गीला चेहरा चमक रहा था, पानी की बूँदें, उसकी गोरी ग्रीवा से होते हुए, वक्षस्थल की गहराई तक उतरती जा रही थीं। वह किसी अद्‌भुत आनंद से कम नहीं थी, उसका सौंदर्य लगभग पीड़ादायी था। उन्हें लगा कि वे सिर से पैर तक उसकी सुंदरता में डूबते हुए, नीचे भँवर में खिंचे जा रहे थे...

वह अचानक झरने से बाहर आते हुए उन्हें देख कर स्तब्ध हो गई - उसकी चौड़ी पलकों वाले नेत्र विस्फारित थे, वे नेत्र अपनी चमकीली गहराई के भँवर में उन्हें डुबो रहे थे, उन्हें उसकी ओर खींच रहे थे। उन्हें इस तरह भाव अभिभूत कर रहे थे, जिसका वर्णन नहीं हो सकता था।

"मेनका?" उन्होंने किसी तरह बुदबुदाया और याद करने लगे कि वे उससे आख़िरी बार कब मिले थे। स्वर्ग में, जब वे कुपित हो कर इंद्र के सभा कक्ष से बाहर आ रहे थे, परंतु उस समय वे उसका सुंदर मुख नहीं देख सके थे, क्योंकि वह अपने महल के गलियारे में सुदूर एक खिड़की में खड़ी थी। उन्हें अपनी आँखों पर विश्वास नहीं हुआ था, ना तब और ना ही अब।

वह झरने से बाहर आई, उसने हौले से गर्दन हिलाई, वह चकित थी कि ऋषि ने उसे पहचान लिया, उसकी मुस्कान लजीली और नेत्रों में एक अनिश्चितता की झलक थी, परंतु इतना निश्चित था कि वह ऋषि का दिल जीत चुकी थी। उसके आकर्षण का जादू चल चुका था। अब उसे उन पर सूक्ष्म रूप से काम करना होगा। वह रुकी, और अपने भीतर से उमड़ती लज्जा को अनुभव किया। उसने नेत्र मूँदे और प्रार्थना की, क्योंकि वह अब जो करने जा रही थी, वह अक्षम्य था।

'हे ऋषिवर, दया करें। मैं जो कर रही हूँ, उसके लिए क्षमा करें। मैं विनाश का एक अस्त्र हूँ, जिसे किसी और ने आपके लिए भेजा है।' उसने मन ही मन सोचा।

उसने अपने नेत्र खोले तो उसे उनका गुरु गंभीर स्वर सुनाई दिया, जिसमें वासना की खनक थी।

"अप्सरा?" उन्होंने एक अविश्वसनीय मुस्कान के साथ कहा।

मेनका ने काँपते हुए सिर हिलाया। वह सर्दी के कारण नहीं, उनकी गहरी, धीमी और मधुर आवाज़ का प्रभाव था। उसने लक्ष्य किया कि विश्वामित्र की मुस्कान किस तरह उन्हें पूरी तरह से बदल देती थी। यह लगभग बचकानी थी, यह मुस्कान उनके कठोर और खुरदुरे चेहरे को मृदु करते हुए, पूरे चेहरे पर फैलती और आँखों के कोरों में चमक पैदा करते हुए उन्हें एक गरमाहट से भरपूर कर देतीं। देवों के रमणीय मुख देखने की अभ्यस्त मेनका के लिए यह चेहरा वास्तव में सुंदरता से रहित था, उसने एक आलोचक की दृष्टि से देखा। परंतु उसने जो भी देखा, उसे पसंद आया। उनके भीतर एक परभक्षी मादकता थी, जो उन्हें लंबा व छरहरा दिखाती थी।

चौड़ी छाती से स्पष्ट दिखती मांसपेशियाँ जो एक सुडौल पेट और पतली कमर तक सँकरी हो रही थीं। उन्होंने देह के ऊपरी हिस्से में कोई वस्त्र नहीं पहना था और कमर में नीचे एक छोटा कौपीन धारण कर रखा था। उसने ध्यान से उसके उभार को लक्ष्य किया। फिर उसने उनके मुख पर ध्यान दिया। चेहरे पर दाढ़ी और मूँछों के जंजाल के बीच मज़बूत लंबी नाक और गहराई में उतरे हुए नेत्रों के सिवा कुछ नहीं दिखा। उनकी अनापेक्षित मुस्कान और गहन स्वर ने मेनका के हृदय को ऐसी गरमाहट से भर दिया था कि वे तत्काल आकर्षक लगने लगे।

उनकी लंबाई कुछ आवश्यकता से भी अधिक थी। वह भी लंबी थी परंतु उनके आगे बौनी लग रही थी और उसे विश्वामित्र से बात करने के लिए सिर उठा कर देखना पड़ रहा था। वे दूर से कहीं अधिक युवा दिखाई दिए थे, लंबे और छरहरे, घनी दाढ़ी और मुस्कान के अभाव में, उभरी हुई नाक वाला धूप में तमतमाया हुआ साँवला चेहरा। परंतु जब उनसे आमना-सामना हुआ तो वे बड़े लगने लगे - छोटी आँखों में विध्वंसकारी अनंतकाल की झलक थी, जिससे वे आए थे और जिसमें उन्हें जाना था। उनकी पूरी देह नियंत्रित, तनी हुई और एक तरह के पाशविक संयम से बँधी थी। उनकी देह में घबराहट का एकमात्र संकेत उनके गालों में दिखते हल्के से गड्ढे थे जो घनी दाढ़ी में छिपे थे। वे जब भी बोलते तो गड्ढे थोड़े और गहरे हो जाते। वह ज्यों ही उनके और निकट गई, उन्होंने अनायास अपने जबड़े भींच लिए।

"ओह, मुझे लगता है कि मैं राह भूल गई। मैं प्यासी थी, पर झरने का जल इतना लुभावना था कि मैं स्नान किए बिना नहीं रह सकी। मुझे क्षमा करें, मुझे अहसास ही नहीं हुआ कि मैं आपके आश्रम में आ गई।"

"परंतु तुम यहाँ कर क्या रही हो?" उन्होंने आँखें सिकोड़ते हुए पूछा, वे एक क्षण को भी उसके चेहरे से दृष्टि नहीं हटा पा रहे थे।

मेनका ने अपने होंठ चाटे और अचानक ही उसे घबराहट महसूस होने लगी। उसने उनके जबड़े कसते हुए देखे। *क्या मेरा आकर्षण घट गया है, ये मेरी जाँच-पड़ताल करने लगे हैं? क्या काम को अपने प्रेम-बाण का उपयोग करना ही होगा?*

"मैं एक अप्सरा हूँ जिसे इंद्र ने स्वर्ग से निष्कासित कर दिया।" उसने धीरे से, अपने सुर को साधते हुए कहा। "मैं लंबे समय से भटक रही थी

और इस तरह आपके आश्रम तक आ गई। एक बार फिर से क्षमा चाहती हूँ, जल्दी ही इस स्थान से चली जाऊँगी।” वह अचानक मुड़ी और वापस जाने का दिखावा किया। उसने उन्हें पूरा अवसर दिया कि वे उसकी लचकती, बल खाती और निमंत्रण देती कमर को देख सकें।

“नहीं, कृपया प्रतीक्षा करो।” विश्वामित्र ने झट से कहा। “मैं इतनी अशिष्टता से पेश नहीं आना चाहता था परंतु यही सोच रहा था कि एक अप्सरा का धरती पर क्या काम...”

“जब तक उसे किसी ऋषि का ध्यान भंग करने नहीं भेजा जाए।” मेनका ने उनकी पंक्ति पूरी कर दी। भले ही इस व्यक्ति के मन में उसके लिए वासना जगी हो परंतु संदेह भी पैदा हुआ था। मेनका ने सोचते हुए अपना होंठ काटा। ऐसा लगा कि वे उसे लगातार ताक रहे थे, वे उसके कहे एक-एक शब्द पर मंत्रमुग्ध लगे।

“नहीं, श्रीमान, मेरे पास ऐसी कोई शक्ति नहीं है। मैं एक अप्सरा हूँ और मुझे स्वर्ग से इसलिए निकाला गया क्योंकि मैंने देवगंधर्व से प्रेम करने की मूर्खता की।” वह जानबूझ कर अपनी बात में प्रभाव लाने के लिए थोड़ा रुकी। “हमारी इस धृष्टता के लिए, मेरे पति वसु को धरती पर राक्षस बनने का श्राप दिया गया और मुझे इंद्रलोक से निकाल दिया गया...”

मेनका ने मुख के भावों को संयत रखा परंतु विश्वामित्र उसकी अँगुलियों का खुलना और भिंचना देख सकते थे।

उन्होंने किसी निरीक्षक की सी दृष्टि से विचार करते हुए उसे देखा। मेनका ने किसी तरह स्वयं को सँभाला और उम्मीद करने लगी कि उसके मुख पर दिख रही विवशता शीघ्र ही विश्वामित्र के हृदय को भावुक कर देगी।

“विश्वावसु को कबंध राक्षस बना दिया गया है और अब वह दंडक वन में आने वाले लोगों को आतंकित करता है।” उन्होंने बताया और मेनका उन्हें आश्चर्य से देखने लगी। वे जानते थे। जैसा कि उसे भी पता था और उसने इंद्र को आगाह किया था, विश्वामित्र अपनी शारीरिक शक्तियों के माध्यम से उसकी पड़ताल कर रहे थे। उन्हें दुख की किसी निर्बल कथा से, मूर्ख नहीं बनाया जा सकता था और ना ही आसानी से नृत्यकला से लुभाया जा सकता था, जैसी कि इंद्र की योजना थी, उसने घृणापूर्वक सोचा।

"हाँ, यही हमारा दंड है और हमें इसे भोगना होगा।" उसने आह भरी। उसके होंठ काँपे और उसने अपनी व्याकुलता के बीच अँगुलियों को लहराया।

विश्वामित्र उसके हिलते होंठों से अपनी दृष्टि नहीं हटा सके, वे उनकी नम कोमलता का स्वाद चखना चाहते थे। वे सीधे तन कर खड़े थे, देह की दोनों ओर मुट्ठियाँ भिंची थीं, उनका मन अब भी मेनका के अचानक मिल जाने के आश्चर्य से चकराया हुआ था, वह उनसे इस तरह बात कर रही थी मानो बेहद पुरानी परिचित हो। उन्होंने जबड़े कसे, जब वह जाने को हुई तो वे घबराए परंतु उसे रोकने में असमर्थ थे। उसका तो सब कुछ ही कितना रोचक था, उसके चमकीले केशों से ले कर छोटे नंगे पैर। उसे देखते ही उनके भीतर एक ऐसी चिंगारी उमड़ी जो आज तक किसी स्त्री को देखने से उत्पन्न नहीं हुई थी, ना ही उनकी तीनों पत्नियों के साथ ऐसा कभी हुआ था। परंतु उनके सामने दिख रहे इस दृश्य ने उनके पैरों तले धरती खिसका दी थी। वह लपट धीरे-धीरे उनका मुख सुखा रही थी। उनके दिल पर हथौड़ों से वार कर रही थी और उन्हें उष्ण व श्वासहीन करने पर तुली थी।

वे उस ढलती संध्या बेला में अचल खड़े उसे ताकते रहे, शिराओं में रक्त बहते हुए पीड़ा दे रहा था और वे पूरी तरह से सजग थे कि उन्होंने अपने जीवन में कभी ऐसी स्त्री नहीं देखी थी जिसे वे इतना चाहते हों।

"तुम इस स्थान पर थोड़ी देर ठहर सकती हो..." वे अनिश्चय के सुर में बोले, उन्हें अपने ही शब्दों पर मानो विश्वास नहीं था। उन्हें अपनी मंशा पर भी विश्वास नहीं था। वे उसके बहुत पास नहीं खड़े थे इसलिए एक और क़दम आगे बढ़ा दिया, वे उसे छूने की अतीव लालसा से भर गए, वे उसे पकड़ कर भुजाओं में कुचल देना चाहते थे, उसकी भीगी देह से उठती गंध उन तक आ रही थी जो बहुत हल्की होने पर भी ताक़तवर थी। वे उसके भरे हुए उरोजों की उठती-गिरती लय के साथ आती कोमल श्वास के आरोह-अवरोह को भी सुन सकते थे। संभवतः उस एक क्षण में, उनके आसपास सब कुछ मानो अपने केंद्र से बाहर हो गया था।

आकाश का रंग गहरा हो गया और अचानक हवा के तेज़ झोंके ने उन्हें लड़खड़ा दिया। मेनका का अंगवस्त्र हवा के झोंके से उड़ा और वह स्त्री अपने भव्य रूप में उनके सम्मुख निर्वस्त्र खड़ी थी। अब उनकी कल्पना के प्रश्रय के लिए कुछ शेष नहीं था। सब कुछ प्रत्यक्ष था। उन्होंने पाया

कि वे श्वास नहीं ले पा रहे थे, उनकी आँखें जल रही थीं। जब हवा ने उसका अंगवस्त्र हटाया तो उन्हें उस स्थान से हट जाना चाहिए था परंतु वे तो जैसे वहीं जड़ हो गए थे, मंत्रमुग्ध से उसे निरंतर ताक रहे थे। उसने असहाय दृष्टि से उन्हें देखा, वह अपने गोरे हाथों से नग्न वक्षस्थल को ढाँपने का प्रयत्न करते हुए, उनसे धीरे-धीरे पीछे हट रही थी। उसके हिलते ही विश्वामित्र भी हरकत में आए और उसकी ओर लपके, उन्होंने उसे झट से कलाई से पकड़ा और अपनी ओर खींचने लगे, उनके दूसरे हाथ ने उसकी छोटी-सी कमर को कसा हुआ था। वे अपनी देह के साथ उसकी नग्न, कोमल और रेशमी देह की छुअन अनुभव कर सकते थे। भीतर से रक्त का सैलाब-सा उमड़ा, उनका चेहरा दग्ध हुआ जा रहा था, उन्होंने अपने होंठ उसके प्रतीक्षारत होंठों पर रख दिए। वे उन होंठों को कुचलते हुए, गहराई से चूमते हुए, इस तरह कोमलता को पी रहे थे मानो वे उसे कभी अपने से दूर नहीं जाने देना चाहते हों।

मेनका इस चुंबन के लिए तैयार थी परंतु उसे जो अनुभव हुआ, वह उसके लिए प्रस्तुत नहीं थी। उनकी दीवानगी से भरी अँगुलियों का स्पर्श, उसकी त्वचा को जलाते हुए, उसके भीतर एक अग्नि पैदा कर रहा था। उनकी जीभ कोमलता से उसके मुख में घूमते हुए, लपट को और तीव्र कर रही थी। वह एक गहरे सदमे और गहन आनंद से संकुचित हो उठी। भीतर से वासना का ऐसा ज्वार उमड़ा कि वह उनसे चिपक गई, अपने नाख़ून उनकी खुली तांबई पीठ में गड़ा दिए। उन्होंने झट से उसे अपने नीचे कर लिया और उनके होंठ फिर से उसके होंठों से जा गुंथे, उनकी अँगुलियों ने उसके केश जकड़े हुए थे, एक काँपता हाथ वक्षस्थल की कोमलता से खेल रहा था। उन्होंने उसी विक्षिप्तता के बीच उसे निरंतर चूमते हुए, सौम्य जल के बीच सहवास किया और उस समय मेनका के मन में केवल यही एक विचार आया था... क्या वह उन्हें लुभा चुकी थी? या उन्होंने उसे लुभा लिया था?

तीन साए सुदूर वन से मेनका और विश्वामित्र को देख रहे थे।

"यह काम बहुत अच्छी तरह संपन्न हुआ।" कामदेव दमक कर बोला। "और मुझे एक भी बाण नहीं चलाना पड़ा। बस मैंने परिवेश को थोड़ा सुंदर

और अनुकूल कर दिया था। जैसा कि मैंने कहा था, अकेली मेनका ही सारे ब्रह्माण्ड के ऋषियों को लुभा सकती है! निःसंदेह, वायु ने भी अपना काम अच्छी तरह किया - तेज़ हवा के झोंके से उसके अंगवस्त्र के हटने से तो कमाल ही हो गया!"

"वह भी मेनका के ही दिमाग़ की उपज थी। कोई भी संत या कपटी इस लुभावने प्रस्ताव से बच ही नहीं सकता।" वायु ने अपने सँकरे और दुर्बल सुंदर मुख से हँसते हुए कहा, आज वह पहले की तुलना में थोड़ा कम पवित्र लग रहा था।

"अप्सराएँ और इनका मायावी प्रलोभन।" काम ने आह भरी। "लगता है कि ऋषियों का घृताची के प्रति कुछ अधिक ही मोह था। पहले ऋषि भारद्वाज, फिर प्रमति, जिनसे उसे रुरु मिले।" वह भी हँसी में शामिल हो गया।

"वह विश्वामित्र से भी संबंध रखती थी।" वायु ने तुरंत कहा। "उसने राजर्षि कुशनाभ से विवाह किया, जो विश्वामित्र के पितामह थे। ये सभी ऋषि इतने प्रबुद्ध हैं, परंतु एक अप्सरा को देखते ही जाने कैसे मूर्ख हो जाते हैं!" उसने तिरस्कार के सुर में कहा। "ये मनुष्य ब्रह्मचर्य का आश्रय लेते हैं ताकि यह दावा कर सकें कि वे स्त्रियों के आकर्षण से परे हो चुके हैं।"

"यही कारण है कि इनका ध्यान भंग करने और नाश करने के लिए अप्सराओं को रचा गया!" काम ने खीसें निपोरीं। "अगर मनुष्य की आदिम प्रवृत्ति की बात करें तो वह वासना ही है।"

वायु ने आँख दबाई, "काम, तुम और अप्सराएँ, वासना के प्रतीक हो और मनुष्य कई प्रकार की कामनाओं का दास है। उसके भीतर काम वासना है, शक्ति पाने की वासना है, भूमि की वासना है, स्वामित्व की वासना है, ज्ञान पाने की वासना है, यही कारण है कि वह बलशाली ज्ञानी कौशिक आज स्वयं को विश्वामित्र कहता है। परंतु फिर भी उसने एक स्त्री के प्रति वासना के लिए अपने सबसे उच्चतम लक्ष्य का त्याग कर दिया। अंततः आज वह अपने दुर्भाग्य से मिला है या यह उसके लिए वरदान साबित होगा?" वह हास्य उत्पन्न करने के अपने प्रयत्न पर स्वयं ही हँसा। "उसने अपने महायज्ञ के दौरान मुझे यह कहने का साहस किया कि मैं उसके मित्र त्रिशंकु को स्वर्ग ले जाऊँ..." वायु ने मुँह बनाते हुए याद किया, उसके पतले होंठ भिंचे हुए थे। अब वह उसकी दासता करेगा। "वह उसे अपना दास बना लेगी - वह

सब कुछ खो देगा और स्वयं को मुक्त नहीं कर सकेगा। अंततः हमें उससे छुटकारा मिल ही गया।"

काम ने वायु को गौर से देखा तो उसे एक और विचार आया। "तुम एक और कारण से विश्वामित्र से घृणा करते हो ना? एक बार तुमने उसके पुरखों, राजा कुशनाभ और घृताची की पुत्रियों को लुभाना चाहा। परंतु राजकुमारियों ने तुम्हें दुत्कार दिया और तुमने कुपित हो कर उनके शरीरों में प्रवेश कर लिया था ताकि वे स्वयं को विकृत कर दें। अंत में, जब ऋषि ब्रह्मदत्त ने उनका स्पर्श किया तो उन्हें उनका खोया हुआ सौंदर्य वापस मिला और वे तुमसे मुक्त हो सकीं। अंत में उन्होंने उन राजकुमारियों से विवाह कर लिया, उसे वह मिला जो तुम्हें भी नहीं मिल सका। राजकुमारियों का विवाह उससे हुआ। हो सकता है कि विश्वामित्र तुम्हारी उसी धृष्टता के लिए तुम्हें पाठ पढ़ाना चाहता हो?" काम ने अपने उत्साह को छिपाते हुए कहा। "वायु, तुम्हारा और विश्वामित्र का लेन-देन बहुत पुराना है।" वह दुष्टता से मुस्कराया। "तो यही कारण है कि जब मेनका ने तुम्हें विश्वामित्र के विरुद्ध सहायता करने को कहा तो तुमने तत्काल स्वीकृति दे दी होगी। परंतु तुम्हारा दावा उचित है।" काम ने संतुष्ट मुस्कान के साथ कहा। "विश्वामित्र असहाय भाव से मेनका के प्रति आसक्त रहेगा।"

इंद्र ने घनघोर तनाव को तोड़ा। वह उनके प्रलाप का एक शब्द तक नहीं सुन रहा था।

"काम, तुमने अपने कामबाण क्यों नहीं छोड़े?" उसने गुस्से से पूछा।

काम ने उसे घबरा कर देखा। परंतु उसकी आवश्यकता नहीं थी। उसने विरोध किया। मेनका ने उसे पहली ही दृष्टि में लुभा लिया था।

"परंतु मैं चाहता हूँ कि तुम एक प्रेम बाण उस पर भी चलाओ।" इंद्र ने कठोरता से कहा।

काम और वायु ने उसे अविश्वास से देखा। "परंतु क्यों?" काम ने पूछा। "मेनका प्रेम और वासना की दूषित वायु के समान है। उसे इसकी क्या आवश्यकता है?"

"मैं चाहता हूँ कि उसे विश्वामित्र से प्रेम हो जाए।"

"कितनी विचित्र बात है। इस तरह तो सारी योजना पर पानी फिर जाएगा।" काम ने ज़ोर दिया। "विश्वामित्र को मेनका से प्रेम होना चाहिए,

मेनका को विश्वामित्र से नहीं। उसे स्वयं को वश में रखना होगा, ताकि वह विश्वामित्र को वश में रख सके। यदि वह स्वयं ही उसके प्रेम में होगी, तो वह अपने को नियंत्रित नहीं रख सकेगी और ना ही दिया हुआ काम पूरा होगा।”

“मैं चाहता हूँ कि वह वसु को भुला दे।” इंद्र ने दाँत पीसते हुए कहा। “तो बाण चलाओ ताकि उसे विश्वामित्र से प्रेम हो जाए।”

काम स्तब्ध रह गया; उसने इंद्र की ओर से योजना में इतने बड़े परिवर्तन या इस अनापेक्षित बदलाव की अपेक्षा नहीं की थी।

“महाराज, यह उचित नहीं होगा।” उसने अपने सदमे से उबरते ही इंद्र को एक बार और समझाना चाहा। “हमें अपनी मूल योजना के अनुसार ही चलना चाहिए। प्रमाण तो आपके समक्ष ही है। आपने अभी तो देखा कि किस प्रकार महान विश्वामित्र किसी मंत्रमुग्ध युवक की तरह उसके दास हो गए।”

मैं भी तो हो गया, प्रिय मित्र। इंद्र ने मुँह बना कर सोचा। “जल्दी करो!” वह चिल्लाया। “मैं जानता हूँ कि मैं क्या कर रहा हूँ।”

कामदेव अनिश्चित-सा दिखा परंतु उसके जबड़े सख़्ती से बंद थे। वायु ने हस्तक्षेप करने का निर्णय लिया। “क्षमा करें महाराज, हमारी योजना संपूर्ण जाल की तरह थी। अगर मेनका को विश्वामित्र से प्रेम हुआ तो सब गड़बड़ हो जाएगा। आपको याद है उर्वशी और पुरुरवा के मामले में क्या हुआ था? आप वसु को उसके जीवन से पहले ही निकाल चुके हैं; उसे समय दें। वह उसे भूल भी जाएगी। परंतु यदि उसे विश्वामित्र से प्रेम हो गया तो हम नहीं जानते कि वह आगे चल कर कैसी प्रतिक्रिया देगा या वह क्या कर सकता है!”

इंद्र के माथे पर बल थे; वायु ने जो कहा, उसकी बात में दम था। वायु बहुत ही सजग रहने वालों में से था। वह जानता था कि कब पवन के झोंके को तूफ़ान में बदलना चाहिए। परंतु इंद्र यह भी अच्छी तरह जानता था कि विश्वामित्र कितना भयंकर शत्रु हो सकता था, यह बात इंद्र से बेहतर और किसे पता हो सकती थी? परंतु वसु का ख़तरा फिर से सिर पर मँडराने लगा और इंद्र चाहता था कि मेनका वसु को हमेशा-हमेशा के लिए भुला दे। उसके पास ऐसा करने का केवल यही अवसर था।

“मेनका पर बाण चलाओ, काम। उसने गुस्से से कहा। अभी!”

फिर वह बदसूरत-सी हँसी हँसा।

काम ने बेमन से, अपने तूणीर से एक बाण निकाला। अपनी आँखें बंद कर प्रार्थना की कि उस बाण से हानि के बजाए लाभ हो, दुख के बजाए सुख मिले। फिर उसने दूर से उस जोड़ी पर बाण चला दिया, उसे नहीं पता था कि वह तीर दोनों में से किसे जा कर लगा...

प्रेम और वासना

विश्वामित्र अब कोई अजनबी नहीं, वे उसके प्रेमी थे। मेनका ने अपने साथ निर्वस्त्र सोते पुरुष को देखा, जिसने अपनी नग्न टाँग में उसकी टाँगों को उलझा रखा था जबकि जाल में तो मेनका ने उन्हें फँसाया था। वह मेनका थी, जिसके साथ सहवास मग्न पुरुष कामग्नि से तड़पते हुए पुकारता और तरसता था, वह उसे स्वर्गिक सुख के शिखर तक ले जाती और वह और सुख पाने की याचना करने लगता। वह इस जगह उनके मन को साधने और संकल्प को तोड़ने आई थी; और यदि आवश्यकता हो तो हृदय भी तोड़ा जा सकता था। परंतु वह तो आसान होगा, मेनका ने उन्हें देखते हुए, आलस्य से भरी मुस्कान दी। उन्होंने अपनी बड़ी और भारी भुजा से उसे अवचेतन स्वामित्व भाव से घेरा हुआ था। वह उनकी थी, परंतु ऐसा केवल कुछ समय के लिए था और वह किसी कामुक जोंक की तरह थी जो हर बार उनकी ऊर्जा और तेजस्विता सोख लेती थी। वे उससे संभोग करते हुए धीरे-धीरे अपना बल, ओज और शक्ति खो रहे थे। उनकी प्राप्त की गई सिद्धियों का क्षय हो रहा था।

परंतु यह पुरुष अलग था। वह सोचने लगी कि वे वसु से कितने अलग थे। यह व्यक्ति बड़ी निर्ममता से प्यार जताता था। वह मेनका के वस्त्र फाड़ कर, उसे केशों से पकड़ कर पीछे खींचता और मेनका के मुख पर अपने कठोर होंठों से चुंबन देते हुए उसके होंठ कुचल देता। यह विचित्र-सी बात थी कि उसकी यह क्रूरता मेनका को उत्तेजित करती थी और वह तुरंत वसु के बहुत ही सहज और निपुण संभोग कला से इसकी तुलना करने लगती।

उसने मदमाती हँसी के साथ उनके कंधों को पीछे धकेला और धीरे-धीरे सिखाया कि किस तरह सौम्य भाव से, अपने कामावेग को नियंत्रित रखते हुए आनंद लिया जाता है। वह हँस कर बोली, "पहले निर्वस्त्र करने की कला सीखिए।" फिर उसने धीरे से उनकी धोती का छोर खोला और उसके हाथ विश्वामित्र की देह पर नीचे को खिसकते हुए, उत्तेजक हर्षोन्माद के अलग ही लोक में ले गए। "वस्त्र उतारने का अर्थ है कि आप अपना कवच उतार रहे हैं। इस तरह आप हमले के लिए बचावरहित और संवेदनशील हो जाते हैं। मेरे ऋषि-योद्धा, आप कोई युद्ध नहीं लड़ रहे, प्रेम कर रहे हैं। मैं कोई प्रतिद्वंद्वी नहीं, जिसे अधीन करना है; मैं आपकी प्रेमिका हूँ जिससे आपको आंनद प्राप्त करना है।" वह उनकी कराहों और उखड़ती साँसों के अंतराल के बीच हौले से बोली ।

"ओह, मुझे मुक्त करो।" वे कामवेग से थरथराते हुए चिल्लाए। उनकी आँखें दहक रही थीं मानो उससे आग्रह कर रही हों। मेनका मुस्कराई, उसका मुख उनकी ओर झुका, जो परमानंद से विकृत हो गया था।

परंतु वे भी तो उसे दहकती अग्नि में झुलसाने की क्षमता रखते थे। हर बार जब भी वे सहवास करते तो वह उनके भीतर की उस शक्ति को महसूस करती - वह ऊष्मा से भरा अनायास उमड़ता आवेग, उसे अपने भीतर जीवंत अनुभव होता। उसे लगता मानो हर बार उसका नया जन्म हुआ हो और वे उसे ऐसी ऊर्जा से अनुप्राणित कर देते जिसकी परिभाषा देना उसके बस में नहीं था। उसे लगता कि उसके रोम-रोम में एक अग्नि भर गई हो, जो धीरे-धीरे उसे सुलगाते हुए, नई बलशाली जीवंतता से भर रही हो। यह उसके भीतर छिपी शक्ति और मेनका की अपनी शक्ति के साथ, आकर्षित करती थी जो वह उन पर रखती थी। यह एक सहजीवी संबंध था; दोनों ही परस्पर पोषक, एक ही अग्नि में सुलगते हुए।

परंतु विश्वामित्र दोनों के प्रति ही असंवेदनशील थे, वे उसके भीतर इतनी गहराई तक समा चुके थे कि उन्हें समझ नहीं आ रहा था, वह उन्हें वासना और कामुकता से क्लांत कर रही थी। वे उसे अपनी साथी, प्रेमिका, उनके लिए भोजन पकाने और दिन-रात को ऊष्मा से भरपूर बनाने वाली गृहस्थिन के रूप में देखते थे। उन्हें उसके साथ रहते हुए एक माह हुआ, परंतु मेनका जानती थी कि उन्होंने कभी किसी स्त्री से इतना प्रेम नहीं किया था जितना वे उससे करने लगे थे। उन्होंने जो प्रचंड दिन एक साथ बिताए,

इस दौरान उनका प्रेम इतना बढ़ गया था कि वह जानती थी, अब वे उसके बिना नहीं रह सकते थे। उन्हें अपनी भावनाओं को नियंत्रण में रखने के लिए बहुत मेहनत करनी पड़ती थी, परंतु वे उन्हें छिपा नहीं पाते थे।

ऐसा नहीं कि वे बहुत सीधे-साधे थे। मेनका को याद था कि उसने किस तरह उन्हें अपनी दुख भरी कथा सुना कर, अपनी दयनीय दशा का भरोसा दिलाया था।

"इंद्र एक पशु है!" वे गुस्से से गरजे थे। "मैं सदा उसे एक आडंबरप्रिय मूर्ख के रूप में जानता था, परंतु उसने तुम्हारे साथ जो किया... दुष्ट है वह!" विश्वामित्र ने क्रोध में कहा था। "तुमने यह प्रतीक्षा क्यों की कि वह तुम्हें स्वर्ग से निष्कासित करेगा। क्या तुम बच कर भाग नहीं सकती थीं?"

"नहीं।" उसने आह भरी। अपनी दोनों भुजाओं को उठा कर सिर के पीछे बाँध लिया। वे उसके उरोजों का उभार और झीने कपड़े पर पड़ता दबाव देख सकते थे। "यदि मैं ऐसा कोई प्रयत्न करती भी तो वे मुझे फिर से घसीट कर स्वर्ग की ओर ले जाते। रंभा के अलावा, हममें से किसी को भी स्वर्ग छोड़ कर ब्रह्माण्ड में विचरने की अनुमति नहीं है। उर्वशी अक्सर चुपके से चली जाती थी। परंतु एक बार, उस पर कुछ असुरों ने आक्रमण कर दिया और वह तब से, स्वर्ग से बाहर नहीं निकली।" उसने कहा और अपना सिर उनके कंधों पर रख दिया। राजा पुरुरवा सही समय पर उसके रक्षण के लिए आ गए थे। इस प्रकार उन दोनों की भेंट हुई।

"एक संकट में पड़ी युवती को कौन नहीं बचाना चाहेगा।" उन्होंने उसकी गर्दन का पिछला हिस्सा सहलाते हुए कहा। "जैसे तुम। क्या मैं तुम्हारे रक्षण के लिए आया था या तुमने मुझे मेरे शून्य जीवन से उबारा?"

वह अपने होंठ उनके होंठों के पास ले गई और विचार करने लगी कि उसकी कहानी का अधिकतर भाग तो सच्चा ही था, इस तरह उनके लिए इस पर विश्वास करना और भी सरल रहा, उनकी तेज़ छठी इंद्रिय ने कोई बाधा नहीं दी। लापरवाही से हुई भूल का झूठ - जैसा कि काम इसे कहता था - झूठ बोलने की वह सूक्ष्म कला - जिसमें सच का एक निश्चित महत्त्वपूर्ण तत्त्व भी शामिल होता है। उसने बहुत कलात्मक तरीक़े से स्वयं को इंद्र की दुष्ट चाल के हाथों का मोहरा दर्शा दिया, उसने बड़ी चालाकी से उनके हृदय की डोरी अपनी ओर खींची, पर्याप्त समानुभूति उत्पन्न करते

हुए उनके भीतर सहज रूप से बची रक्षणीयता की प्रवृत्ति को बाहर ले आई। उन्होंने तत्काल उसके आगे प्रस्ताव रख दिया था कि वह उनके घर रह सकती है।

"क्या मैंने तुम्हें फिर से भयभीत कर दिया?" ज्यों ही उनकी परछाईं मेनका पर पड़ी और वह सचेत हो कर पीछे खिसकी तो वे बोले। "तुम्हारी यह आदत भी मज़ेदार है, तुम अक्सर भयभीत हिरणी की तरह आसानी से चौंक जाती हो!" उन्होंने उसके स्याह पड़े मुख को देखा तो उनकी मुस्कान वहीं सूख गई। "मेनका, तुम किस बात से आशंकित हो?" वे उसके पीछे की ओर आए और कमर में अपनी भुजाओं का घेरा बनाते हुए कोमलता से पूछा। मेनका ने भीतर से आनंद की लहर उमड़ती महसूस की। क्या यह उनका स्पर्श था या उनके स्वर की कोमलता का कमाल था?

"इंद्र? ज्यों ही मेनका की देह में हल्का खिंचाव फिर से महसूस हुआ तो वे बोले, इंद्र?"

"उसने मुझे निष्कासित कर दिया परंतु मैं सदा इसी भय से भयभीत रहती हूँ कि वह कभी भी मुझे वापस ले जाने आ सकता है..." वह हौले से बोली, उनकी भुजाओं में मुड़ते हुए, उनकी ओर मुख कर लिया। उसकी आँखों में दमित आशंका की परछाईं देखी जा सकती थी।

"वह तो निश्चित रूप से ऐसा ही करेगा।" विश्वामित्र कठोर स्वर में बोले। "उसे लगता है कि वह तुम्हारा स्वामी है और वह तुम्हें सदा के लिए नहीं छोड़ेगा। यह निष्कासन तो केवल तुम्हें पाठ पढ़ाने के लिए एक दंड मात्र है। वह तुम्हें वापस ले जाएगा।"

मेनका अपने मुख से निकलने वाली आशंकित निःश्वास को रोक नहीं सकी। "नहीं, उसने उग्र रूप से कहा और फिर अपने सुर में थोड़ा भय लाते हुए बोली, मैं पुनः उस नरक में पैर तक नहीं रखना चाहती। नहीं, नहीं, नहीं!" वह रोने लगी और इसी आशंका से सारी देह थरथरा उठी। अगर उसके नाट्यशास्त्र के गुरु, भरतमुनि उसे अभी देखते तो उन्हें मेनका के धाराप्रवाह अभिनय प्रदर्शन को देख कर गर्व होता।

विश्वामित्र ने अपना काँपता हाथ उसके कंधों पर रख दिया। "तुम्हें कहीं जाने की आवश्यकता नहीं है। जैसा कि मैंने कहा, तुम इस जगह सुरक्षित हो। तुम सदा के लिए मेरे साथ रह सकती हो..." उन्होंने उसे

दिलासा दिया और उस पर अपनी पकड़ को कस दिया। "मेनका, मेरी पत्नी बन कर रहो, क्या तुम मुझसे विवाह करोगी?"

वह एक क़दम पीछे हटी, चेहरा विवर्ण हो गया था। "नहीं, आपने मेरे लिए जो किया, मैं पहले ही आपकी ऋणी हूँ। हाँ, मैं सदा आपकी मित्र और सहायिका बन कर रहूँगी, जो आपका घर सँवारेगी, आपके लिए भोजन तैयार करेगी; परंतु मैं आपकी पत्नी नहीं बन सकती। मुझे इतने उच्च पद पर आसीन नहीं करें कि मैं लज्जित हो जाऊँ। मैं एक भूतपूर्व अप्सरा और आप विख्यात विश्वामित्र, मुझ जैसी पतित स्त्री से विवाह कर, अपने स्तर को नीचा नहीं करें।"

इस बनावटी विनम्रता के पीछे, स्वार्थलोलुप उद्‌देश्य छिपा था। उसकी सारी शक्ति उसकी कामुकता, स्वयं को कामोत्तेजित रूप से प्रकट करने की योग्यता और तत्परता में छिपी थी; वह कामुक रूप से उत्तेजक, मादक और रोचक थी। विवाह इस योग्यता को नष्ट कर सकता था, इसके स्थान पर जानी-पहचानी नीरसता उत्पन्न हो सकती थी। या फिर इससे उनका संबंध मज़बूत हो जाता। दोनों ही रूपों में वह अपनी लैंगिकता से खेल सकती थी, वह उस जुनून को इस्तेमाल करती, जिसे उसने विश्वामित्र पर एक हथियार के रूप में इस्तेमाल किया, उस पर आक्रमण करते हुए, उसे दुर्बल बनाया। यह उसका प्रकटन, उसकी मुक्ति थी; परंतु विश्वामित्र के लिए एक क़ैद होती जिससे वह कभी मुक्त नहीं हो सकता था।

"मैं तुमसे प्यार करता हूँ, मेनका।" उन्होंने कहा। उनकी आँखों में कोमलता और आग्रह था। "मेरी पत्नी बनो।"

मेनका ने उस एक क़ैद से मुक्ति पाने और स्वतंत्र होने के लिए अपनी सारी धूर्तता और चतुराई लगा दी थी। वह स्वर्ग से भाग आई थी और अब आश्वस्त सुरक्षा के दूसरे जाल में फँसने को बिलकुल तैयार नहीं थी। वह स्वयं को अनुमति नहीं दे सकती थी कि एक पुरुष के जोशीले प्रेम के हाथों हार जाए। वह उसे ही उलझा कर रखेगी और सावधान रहेगी कि वह स्वयं इस जाल में नहीं उलझे। उसने प्रेम और विवाह के लुभावने जाल में आने से इंकार कर दिया था। यह इतना दमघोंटू था कि उसके लिए श्वास लेना और जीना भी कठिन हो रहा था। जिस प्रकार स्वर्ग में हो चुका था।

"मैं सदा तुम्हारी रहूँगी, हमेशा के लिए।" उसने उन आँखों में देखते हुए कहा। "पर कृपया, मुझसे विवाह करने के लिए नहीं कहें... यह उन सभी चीज़ों को जटिल कर देगा जो हमारे पास हैं या जो हम हैं..."

इस तरह, उसने उन्हें रोक रखा था। वह उनकी थी परंतु वे उसके लिए तरसते थे और उसे पूरी तरह से पाना चाहते थे, उस पर अपना अधिकार चाहते थे। यह आग्रह इतना प्रबल था कि वह इंद्र या फिर किसी भी देव का सामना करने को तैयार थे। वह उन्हें इंद्र से अपने रक्षण के लिए प्रयुक्त करेगी। विश्वामित्र उसके अस्त्र थे, वह उनकी ढाल थी। मेनका ने, विश्वामित्र में बड़ी चतुराई से एक सौम्य मानवीय पक्ष देख लिया था। उनके रोष और तीखी बोली, उनके दंभ और अतिमहत्त्वाकांक्षा के पीछे विश्वामित्र एक देख-रेख करने वाले शुद्ध अंतःकरण वाले पुरुष थे जो केवल उसका ही नहीं, किसी का भी कष्ट सहन नहीं कर सकते थे। उनकी दयालुता, हृदय की ऊष्मा, देख-रेख करने का भाव और सहानुभूति ही उनकी मानवीय दुर्बलता भी थी। मेनका ने कुटिलता से उसे ही अपना निशाना बनाया था।

मेनका को काम की ओर से मिली चेतावनी याद थी। "कभी भी विचारणीय उद्देश्य या संदेहास्पद व्यवहार मत दिखाना। वह तुम्हारा शिकार है और तुम शिकारी। परंतु उसे ऐसा लगना चाहिए वह तुम्हारा है - तुम्हारा पुरुष, तुम्हारा प्रेमी, तुम्हारा संरक्षक, तुम्हारा जीवनसाथी। इन्हीं संवेदनशील बिंदुओं पर आघात करना, यही जानकारी आगे चल कर भी उसे साधने के काम आने वाली है। सब कुछ छिपा कर अपना बचाव करके रखना, यह एक दोहरा उद्देश्य बना रहे। अपनी कामुक योग्यता, झूठ और छल पर बहुत भरोसा मत रखना। इस जगह केवल सौंदर्य से बात नहीं बनेगी, तुम्हें उसके मन को वश में करना होगा। अधिकतर अप्सराएँ केवल देह का प्रयोग करती हैं, परंतु तुम्हें अपना मस्तिष्क भी लगाना होगा और अपना हृदय कभी मत देना। इतनी निर्ममता बनी रहे कि तुम उस व्यक्ति को जब जी चाहे आहत कर सको, हानि पहुँचा सको। तुम्हें विरक्त, असंवेदनशील और अनुत्तरदायी बनना होगा। तुम्हें उसके नाश के लिए ही भेजा जा रहा है।"

इस सुंदर मनुष्य को नष्ट कर दूँ? मेनका ने अपना सिर एक ओर झटकते हुए विश्वामित्र को ध्यान से देखा। उनके मुख पर एक विचित्र-सी सौम्यता थी, जब वे जाग्रत और कुपित होते तो वह दिखाई नहीं देती थी। संभवतः क्योंकि उनकी आँखें बंद होती थीं; उनके पूरे मुख और व्यक्तित्व में

वे आग्नेय नेत्र ही सबसे प्रधान थे। ऐसा लगता था कि अब वे गहरी तंद्रा में थे, मोटी और काली पलकें, चेहरे की झुलसी हुई त्वचा पर मुड़ी हुई थीं। वे अपारंपरिक रूप से आकर्षक थे। नाक उनके अहं जितनी ही लंबी और ऊँची थी, नथुने गुस्से से फूले रहते जिन्हें किसी के उकसाने की आवश्यकता नहीं पड़ती थी। उनके होंठ भरे हुए, कामुक और उदार थे। जब वे बोलते या चूमते तो होंठ कठोर और आक्रामक हो जाते। वह अपने कंधों पर आई खरोंचों और अपने उरोजों की हल्की सूजन को देख कर मुस्कराई। उनकी दाढ़ी तले एक मज़बूत जबड़ा छिपा था। उसे उन्हें मनाना होगा कि वे उस दाढ़ी को काट दें। उसने उन्हें हौले से छूते हुए तय किया।

उनकी आँखें पूरी तरह से खुलीं, विस्फारित और सचेत लग रही थीं, ज्यों ही दिन की रोशनी में बोध वापस आया तो आँखों की रंगत भी बदल गई। वे मुस्कराए और मेनका का दिल डोल गया। मेनका को उनसे इस तरह प्रभावित नहीं होना था, परंतु वह स्वयं को रोक भी कहाँ पा रही थी। वह अपनी नग्न देह पर उनके देह की गरमाहट को महसूस करते हुए थोड़ा पास आ गई और अपनी नाज़ुक नग्न टाँग को उनकी टाँगों के बीच धकेलते हुए, अपने पैरों की अँगुलियों से उनके टखनों के भीतरी हिस्से को सहलाने लगी। वह अपना चेहरा और पास ले आई थी और इस संकेत को समझते ही, विश्वामित्र और उसके बीच एक लंबे और गहरे चुंबन का आदान-प्रदान हुआ।

"आप देर से सो कर उठे! आज सुबह का ध्यान भी रह गया।" वह हौले से आरोप लगाते हुए हँसी, उसने खुद को थोड़ा-सा पीछे धकेल लिया ताकि वे उसकी नग्न गौर वर्ण देह को देख सकें। उन्होंने ठीक वैसी प्रतिक्रिया दी जैसी वह चाहती थी। उन्होंने दोनों हाथों में उसका वक्ष थामा और उसे चूसने लगे। वह आनंद के अतिरेक में कराही - यह आनंद वास्तविक था, बनावटी नहीं, जैसा कि उसने अपेक्षा की थी। उसके वक्षस्थल पर विश्वामित्र के दाँतों की कठोरता बढ़ती गई और वह हौले-हौले सिसकारियाँ भरती रही।

"मैं आज फिर देर से उठा। तुम मुझे कितना थका देती हो।" वे धीमे से बोले, गहरी वासना ने सुर को भी बदल दिया था। "मोहिनी, पता ही नहीं चलता कि कब रात बीती और कब दिन निकल आया!"

वह हँसी और बिस्तर पर पीछे की ओर खिसकते हुए, अश्लील विलासिता का सुख उठाते हुए अपनी नग्न देह का प्रदर्शन किया। वह नहीं

चाहती थी कि वे अधिक विचार करें, वे सदा उन्हें एक अलग ही कल्पनालोक का वासी बना कर रखना चाहती थी - गुँथे हुए अंग, भारी नितंब, टकराती जंघाएँ, वासना के आवेग में डूबी हुई आपस में फिसलती चमकीली देह। उन्हें इस तरह विक्षिप्तों की तरह उस पर निर्भर रहना होगा। उनके इस अबाध सहवास को एक आदत बनना होगा, एक अदम्य इच्छा, उनके दैनिक जीवन का बाध्य ढाँचा।

इसी बात को ध्यान में रखते हुए, वह क्लांत भाव से उनके ऊपर आ गई, वह सोच रही थी कि रति ने कौन-सी मुद्रा सिखाई थी, जिसे रोचक तरीक़े से नए सिरे से अन्वेषित किया जा सकता था।

विश्वामित्र अपनी दाढ़ी हटाने के लिए जूझ रहे थे। मेनका उन्हें कौतुक से देख रही थी। वह उठी और उनके हाथ से उस्तरा ले लिया।

"मुझे करने दें, वह मुस्कराई। इससे पहले कि आप चेहरे पर और निशान डाल दें।"

उसने अपनी शीतल अँगुलियों को उनकी कलाई पर रखा।

"एक और निशान पड़ने से कोई अंतर नहीं पड़ेगा। चेहरे पर युद्धों से मिले इतने चिह्न हैं जो भी भूलने नहीं देते कि मैं कभी एक राजा था!" उन्होंने उत्तर दिया।

"ठीक कहा! आप इस उस्तरे को किसी तलवार की तरह ही चमका रहे थे!" वह बोली, "स्थिर बैठिए।"

अगले कुछ क्षण के सन्नाटे के बीच मेनका ने उनके जबड़े और चिबुक से सारे बाल हटा दिए। "हम्म... बेहतर।" वह छोटा दर्पण उनकी ओर सरकाते हुए बोली।

"मैंने यह तुम्हारे लिए किया।" वह बोले। "हम्म, मैं इतना कुरूप भी नहीं।" वे अपने मुलायम गालों पर हाथ फेरते रहे।

"ओह, तो आपके गाल पर एक गड्ढा भी पड़ता है।" मेनका ने परिहास किया। "और चिबुक में एक फाँक भी है।" उसकी आँखें खुशी से दमकीं। च्चच-च्च्च! कितनी मोहिनी सूरत उस गंदी दाढ़ी के पीछे छिपी थी।

वह उनकी चिबुक पर अपनी अँगुली रखे बिना नहीं रह सकी। विश्वामित्र ने उसे कलाई से थाम लिया, आँखें कुछ और ही कह रही थीं। उसने झट से अपनी अँगुली अपने होंठों पर रख दी और जीभ से चाटने लगी। वे बुरी तरह से थरथरा उठे। यह युवती एक छोटी-सी मुद्रा या हाव-भाव को भी कामुक बनाना जानती थी।

"जाइए, आप वन में ध्यान कीजिए, तब तक मैं गायन का अभ्यास कर लूँगी।"

उसने उनकी नग्न भुजा पर हाथ रखते हुए, उन्हें धीरे से धकेला। उसकी शीतल अँगुलियों की छुअन से उनकी रीढ़ की हड्डी तक लहू का उबाल दौड़ गया। वह उठी और उनसे परे चली गई, उसकी चाल में भी कितनी मादकता थी।

उसकी तरह ही उसका सुर भी कमाल था। विश्वामित्र को उसका गायन बहुत भाता था। वे अपनी आशंकाओं और बुरे विचारों से सुकून पा लेते थे। अब उन्हें चिंता नहीं थी कि वशिष्ठ से बदला कैसे लेना है। यह सब बहुत पुराना और निरर्थक लगने लगा था। *यह कटुता भी कितना नीरस असहाय भाव है; यह आपके भीतर से प्राण ले लेता है, केवल एक केंचुली रह जाती है। मेनका ने मुझे एक नया जीवन दिया।*

जब वे किशोर थे, तब भी प्रेम उनकी महत्त्वाकांक्षा की राह में बाधा नहीं बन सका। अब वह उनके विचारों, दृष्टिकोण तथा दैनिक चर्या को बदल रहा था। वे सदा एक राजा और ऋषि के रूप में अनुशासित व्यक्ति रहे, जिसके लिए उसका काम ही सबसे पहली प्राथमिकता थी। अक्सर उनका ध्यान भोर बेला से पहले आरंभ होता और भले ही उन्हें कितनी भी देर क्यों नहीं हो, वे एक दिन में होने वाले सभी कार्यों का विवरण अपने मस्तिष्क में ताज़ा रखते थे। ध्यान की आदत ही सच्चे ज्ञान का आधार थी, वे धार्मिक भावना से इस पर विश्वास करते हुए अभ्यास करते थे। प्रेम ने बाक़ी सबको पीछे छोड़ दिया था। वे पूरे दिन उससे प्रेम करते और कई बार तो वे कई दिनों तक कामासक्त रहते। वे प्रेम में मग्न थे; ऐसे उपेक्षित घंटों में भी काम पर लौटना सरल था। जब तक मन का भाव प्रसन्न हो तो यह काम करने की प्रेरणा देता है और किसी भी अनुशासन का पालन किया जा सकता है। जैसा कि अब हुआ था, वे वन में गूँजते हुए सुरों को सुन

पा रहे थे। वे शब्द उन्हें एक अभूतपूर्व शांति प्रदान करते हुए, एक अलग ही लोक में ले जाते थे।

विश्वामित्र को स्मरण आया कि किस तरह वशिष्ठ अपनी पत्नी अरुंधती को देखते थे - हर बार उन्हें देखते ही उनके नेत्रों में स्नेह और प्रशंसा का भाव उभर आता। वह उनकी अर्धांगिनी थीं - प्रेम और शिक्षण में उनकी बराबर की साथी। वे दोनों मिल कर संसार का कल्याण करते हुए, सबको ज्ञान और विवेक प्रदान कर रहे थे। उन्हें स्वयं भगवान शिव ने आदर्श जोड़े के रूप में आशीर्वाद दिया था, आकाशगंगा के छठे सितारे का नाम उनके नाम पर रखा गया, जो उनके प्रेम और परस्पर आदर भाव का प्रतीक था। विवाह अनुष्ठान के दौरान, वर और वधू से अपेक्षा की जाती थी कि वे आकाश में देख कर वशिष्ठ-अरुंधती के छठे सितारे को खोजें और उससे प्रार्थना करें कि उनके जीवन में भी परस्पर उसी तरह का प्रेम, विश्वास, आदर और प्रसन्नता उत्पन्न हो सके।

उन्होंने तीन स्त्रियों से विवाह किया, परंतु विश्वामित्र को यह स्वीकार करने में आपत्ति नहीं थी कि वे उनमें से किसी से प्रेम नहीं कर सके। वे उनकी रानियाँ, उनकी पत्नियाँ, उनकी संतानों की माताएँ थीं। वे उनसे और उनके अतिरिक्त अन्य कई स्त्रियों से संबंध रख चुके थे, परंतु उन्होंने उन्हें उस तरह प्रेम नहीं किया जिस प्रकार वे मेनका को चाहते थे। वह उनका वही प्रेम थी, जिसे उन्होंने चाहा और विश्वास किया, उनके आगामी कल का विश्वास, एक ऐसी स्त्री जिसके साथ वे संपूर्णता की सभी संभावनाओं पर विचार कर सकते थे।

विश्वामित्र को इस बात पर आश्चर्य था कि वासना और प्रेम के बीच कहीं, परस्पर मैत्री का भाव उमड़ रहा था, संभवतः वह मैत्री उनके परस्पर एकांत की देन रही हो। उन्हें एकांत में रहने की आदत थी और वह अपनी त्रासदी के कारण एकांत में थी।

“जब वसु स्वर्ग में लौट आएगा तब तुम क्या करोगी?” वे स्वयं को यह प्रश्न पूछने से रोक नहीं सके, यद्यपि वे उत्तर की आशंका से भयभीत थे। *क्या वह वसु के लिए मेरा त्याग कर देगी?* यह विचार प्रायः उन्हें मथता रहता था। “जब वह वापस आएगा तो तुम उसे स्वर्ग में नहीं मिलोगी।”

“ना ही वह मेरी खोज करने धरती पर आ सकता है।” मेनका ने संक्षिप्त शब्दों और कठोर मुखमुद्रा में उत्तर दिया। “स्वर्ग में कुछ भी निजी

रूप से रखने के लिए नहीं होता, यहाँ तक कि संबंध भी नहीं होते। नश्वरता, नश्वर मनुष्यों के लिए है, हमारे लिए नहीं है। हम प्रत्येक क्षण का आनंद उठाते हुए आगे चलते हैं। मेरा और वसु का संबंध दुर्लभ और अपवादित था, परंतु स्पष्ट रूप से होना नहीं चाहिए था। इंद्र ने इसी बात को ध्यान में रख कर यह क़दम उठाया।" मेनका ने व्यावहारिक रूप से कहा। "मैंने इस आस पर जीने से इंकार कर दिया है कि एक दिन वसु वापस आएगा और फिर भी मुझसे ही प्रेम करेगा। आशा केवल एक आश्वस्तकारी विचार से अधिक नहीं, हमारा अपना निर्दोष अस्वीकरण, एक निश्चित यथार्थ को अस्वीकार करने की संभावना, जिसे बदलने की शक्ति हमारे पास नहीं होती।"

वह अपने सौंदर्य के साथ कटु नहीं लगी और बैर भाव ने भी उसे विकृत करने के स्थान पर एक तरह का बल प्रदान किया था, जिसे प्राप्त करना कठिन था। विश्वामित्र उस दिन जान गए थे कि मेनका अपने अतीत के बारे में बात करना पसंद नहीं करती। वे उसे ऐसी किसी चर्चा में धकेलना नहीं चाहते थे।

"मैंने अभी इतनी दूर तक नहीं सोचा, जैसा कि आप करते हैं। आपको क्या दिखाई देता है?" मेनका ने उनसे पूछा।

वे शब्द उनके आपसी मेल को षड्यंत्र की तरह दिखा रहे थे। वे एक अजीब-सी कड़वी-मीठी संवेदना से घिर गए। "हम भविष्य को अपने वश में नहीं कर सकते।" वे बोले।

"आप मुझे बताना नहीं चाहते।" उसने हौले से कहा।

हालाँकि विश्वामित्र अपनी सिद्धियों के बल पर इतनी पहुँच रखते थे कि यदि वह उनसे कुछ भी चाहती तो वे तुरंत उसे ला कर दे सकते थे।

परंतु विश्वामित्र ने हौले से अपना सिर हिलाया और वह उस सहज चुप्पी के बीच मुस्कराने लगी। वे दोनों ही आपसी साहचर्य के मैत्रीपूर्ण भाव के बीच पूरी तरह से अजनबी थे। उन्हें हर बार मेनका में कुछ ऐसा मिल जाता कि उनके लिए उससे बात करना पहले से और सहज लगने लगता।

"क्या आपको अपनी पत्नी और संतान को त्याग करने का अपराध बोध नहीं सताता?" उसने कौतूहल से पूछा मानो उनका मन भाँप लेना चाहती हो। "क्या आपको नहीं लगता कि आपने उनके साथ उचित नहीं किया, आपको उनके पास वापस चले जाना चाहिए?" पुरुषों को हमेशा बोलना

पसंद होता है और उसे सुनना पसंद था जैसा कि उसने उनके पौरुष के अनुभवों से जान लिया था। उसने खिसक कर अपने पास ही उनके बैठने के लिए स्थान बना दिया।

"ईमानदारी से कहूँ तो मैंने उन्हें कभी इतना प्रेम ही नहीं किया कि मुझे उनकी याद सताएगी।" उन्होंने संक्षेप में कहा। "मैं एक स्वार्थी मनुष्य हूँ। मुझे इससे इंकार नहीं है। जिस प्रकार तुम एक स्वार्थी माता के रूप से इंकार नहीं कर सकतीं, जिसने अपनी संतान का त्याग किया।"

उनका प्रत्यक्ष ताना तीखी छुरी की तरह तेज़ और दंश देने वाला था। मेनका कुछ कहने ही जा रही थी कि उन्होंने रोक दिया।

"अब तुम इस बारे में कुछ नहीं कर सकतीं। वापस जाने के लिए बहुत देर हो चुकी है।" उन्होंने संकेत दिया।

"सुधार करने के लिए हर अवसर उचित ही होता है।" उसने कहा।

विश्वामित्र ने कंधे झटके, उन्हें परवाह नहीं थी। वे उसे पा चुके थे और अब अपने लिए कोई व्यक्ति या वस्तु नहीं चाहते थे। कभी-कभी वे आपस में असहमत हो जाते परंतु जैसे-जैसे दिन बीतने लगे, उन्हें अहसास होने लगा कि वह उसे बहुत, बहुत और बहुत पसंद करने लगे थे। वह उनके विषय में सब कुछ जानती थी।

"इंद्र हमेशा आपकी बातें करता रहता था। आप उसके लिए बैरी, शत्रु, उपद्रवी और परम दुष्ट मनुष्य थे जिससे वह छुटकारा नहीं पा सकता।" उसने विश्वामित्र के जबड़े से होते हुए, कान के भीतर अँगुली ले जाते हुए कहा।

"उसे मेरे साहस से घृणा है।" उन्होंने झट से कहा। "इंद्र को हर उस इंसान से घृणा है जिसके भीतर साहस है। उसके पास ऐसा कुछ अधिक नहीं जिस पर वह अभिमान कर सके।"

मेनका ने माना कि उसने विश्वामित्र के लिखे ग्रंथ भी पढ़े हुए थे। वे समझ नहीं पा रहे थे कि यह सुन कर प्रसन्न हों अथवा संदेह प्रकट करें, परंतु वे प्रभावित थे। "तुम वेदों के बारे में कैसे जानती हो?" उन्होंने कौतूहल से पूछा।

मेनका ने हमेशा की तरह अपना होंठ काटा, उसके छोटे मोतियों जैसे दूधिया दाँत, मदहोश कर देने वाले निचले गुलाबी होंठ की मुलायम चमड़ी

को काट रहे थे। उन्हें यह पागल कर देने वाले ढंग से निर्मम और ध्यान भटकाने वाला लगा।

"वसु!" वह लगभग फुसफुसाने वाले स्वर में बोली।

"हाँ, मैंने सुना कि वह दार्शनिक था।" विश्वामित्र ने सिर हिलाया। "और एक माया का ज्ञाता। यह सब करना आसान नहीं होता। ध्यान करने में बरसों लग जाते हैं। यही देवों का स्वभावगत रहस्य है जो अभी तक मनुष्य पर प्रकट नहीं हुआ।"

"और आप इसे नहीं पाना चाहते?"

"अभी तो मैं तुम्हें पाना चाहता हूँ, इसके बारे में फिर कभी सोचेंगे..." उन्होंने उसे एकदम अपनी ओर खींच लिया, उनके होंठ मेनका के होठों की खोज में थे। एक मुस्कान की छुअन और एक गौर कंठ से निकली किलकारी, उसके अधखुले होंठ और उनकी गठी हुई पीठ पर नीचे की ओर बढ़ते उसके हाथ, नई तरह की संवेदना को जन्म दे रहे थे, उसकी सुंदरता उनके उत्तेजित मस्तिष्क तक जा पहुँची। उस खुले आकाश तले, कठोर धरती पर, सहमति में सिर हिलाते-झूमते वृक्षों के बीच, उन्होंने प्रेम किया - कोमलता और कठोरता के साथ। जब वह एक क्षण आया तो उन्होंने मेनका को विजयी भाव से मुस्कराते देखा, वह उनकी इस अधीनता का आनंद उठा रही थी। फिर उन्होंने अपना हाथ धीरे से उसके मुख पर रख दिया, उन्हें भय था कि वन का गहरा मौन उसके मुख से निकली हास्यलहरी को दूर तक ले जाएगा। उन्होंने स्वयं को भी सुना, उनकी कराह उनके कंठ से निकली जो और अधिक पाने को आतुर थी, वे उसकी भुजाओं में ही ढेर हो गए, उनका चेहरा उसकी गर्दन के सुगंधित वक्र में छिपा था...

वे उसके पास ही नग्न लेटे थे और ऐसे मग्न हो कर देख रहे थे मानो वह कहीं ओझल हो सकती थी और फिर वे दोबारा उसे कभी नहीं देख सकेंगे - गहरी काली रात जैसे लंबे केश चारों ओर फैले हुए, उसके मिट्टी लगे होंठ, तेज़ी से उठता-गिरता वक्षस्थल और विजय के उल्लास में विलास करती मेनका का वह दृश्य। वे सदृश थे, प्रेम एक जीत था और इसी तरह सहवास करना भी।

वे पीठ के बल अचल थे, सिर पीछे की ओर लटक रहा था, हाथ नम और मुट्ठियाँ भिंची हुई थीं, जब वे झूमते वृक्षों के विस्तार, मेघों तथा सुदूर

क्षितिज को देख रहे थे तो दिल तेज़ी से धड़क रहा था। चंद्रमा के धूमिल प्रकाश में, मीलों-मील तक रोशनी थी। उस जगह दूर-दर तक किसी व्यक्ति या पशु का चिह्न नहीं था। संभवतः संसार में वे दोनों ही शेष रह गए थे।

उन्होंने एक ओर मुड़ कर उसका सुंदर चेहरा देखा और उसे हौले से छुआ।

"क्या मैं आपको कौशिक बुला सकती हूँ?" मेनका ने अनायास पूछा।

विश्वामित्र स्तब्ध रह गए। अब उन्हें इस नाम से कोई नहीं बुलाता था। इससे उन्हें आत्मीयता अनुभव हुई परंतु उन्हें मेनका में यही खूबी तो भाती थी; वह उनसे किसी आदरणीय ऋषि की तरह नहीं बल्कि एक साधारण मनुष्य की तरह व्यवहार करती थी। वे लोगों के भीतर जिस प्रेरणा और विस्मय का संचार करते थे, उससे थक चुके थे। मेनका उनके साथ इस तरह पेश आती थी जैसे आज तक कोई स्त्री नहीं आई थी - कोई भी परख़ किए बिना, बिना किसी अपेक्षा के मूल्यांकन करते हुए।

"मैं कोई ज़िद नहीं कर रही।" उनके विराम को अनिच्छा जान कर मेनका ने झट से कहा। "मैं आपको विश्वामित्र नहीं कह सकती। यह बहुत भारी नाम है। मैं केवल आपके साथ होना चाहती हूँ! किसी विख्यात राजा या ऋषि के साथ नहीं, एक पुरुष के साथ। क्योंकि मैं एक अप्सरा हूँ और केवल दो ही काम जानती हूँ - नाचना और गाना। और हाँ, लुभाना भी तो!"

विश्वामित्र ने आह भरी, *वह अपनी ही सुंदरता पर विश्वास करने से इंकार करती थी।* "हाँ, वह तो तुम अद्भुत करती हो।" उन्होंने हँसते हुए खिझाया, परंतु उसे गंभीरता से देखते हुए बोले, "तुम्हें अपने नाम का अर्थ पता है?"

अब चकराने की बारी मेनका की थी। "मेरा नाम?"

"मेनका अर्थात मन से उपजी हुई। तुम समुद्र मंथन के दौरान भगवान ब्रह्मा के मन से उत्पन्न हुईं। तुम उनकी पुत्री हो।" उन्होंने कहा। मेनका यह सुन कर स्तब्ध हुई तो वे उसके अज्ञान पर विस्मित हुए। "यही कारण है कि तुम्हारे पास तीक्ष्ण बुद्धि और एक कलाकार की प्रतिभा है। तुम स्वयं को एक राजनर्तकी कहती हो, परंतु नृत्य और गायन केवल मनोरंजन नहीं बल्कि रचनात्मक अभिव्यक्ति हैं। तुम जाने कितनों के लिए प्रेरणा हो। परंतु यदि तुम्हें प्रेरणा मिले तो तुम भी उच्च विचार और भाव प्राप्त कर सकती हो। वही करो।"

मेनका लजा गई। यह एक सुंदर दृश्य था। उसने अपना होंठ काटा और अचानक ही उसकी आँखें संकोच से भर गईं। "मुझे हर प्रकार की सुंदरता की धनी कहा जाता है और मैं जानती हूँ कि मैं ऐसी ही हूँ।" यह कहते ही मेनका अपने आत्मविश्वासी रूप में लौट आई। परंतु मस्तिष्क... उसने अपना होंठ काटा और सजग होते हुए हँस दी। "कभी नहीं!"

"क्या तुम भरोसे से कह सकती हो? यही वजह है कि एक प्रतिभाशाली और बुद्धिमान, देवगंधर्व विश्वावसु तुमसे प्रेम कर बैठा। और यही वजह है कि मैं भी तुमसे प्रेम करता हूँ।" उन्होंने धीरे से कहा। "यह केवल तुम्हारी सुंदरता के कारण नहीं है। मेरे लिए, तुम वह मेनका हो जो सौंदर्य और बुद्धि दोनों की धनी है।"

उनके शब्द उसे एक अवर्णनीय भाव की ओर ले गए। यह सब ऐसे नहीं होना चाहिए था, उसने स्वयं को तुरंत याद दिलाया। होना तो यह चाहिए था कि वे उससे मंत्रमुग्ध हो कर मूर्खतापूर्ण प्रेम में मग्न रहते और वह अपना लक्ष्य पूरा कर लेती। परंतु वे उसे भावुकता के साथ प्रभावित कर रहे थे।

"और हाँ, तुम मुझे कौशिक बुला सकती हो।" वे हँसते हुए बोले और उसे उसके भ्रमित विचारों से बाहर ले आए। "एक साधारण मनुष्य, तुम्हारा दास।"

उन्होंने स्वीकारा कि वे उसके दास थे, प्रेम और चाहना से बँधे थे। वे जानते थे कि जब वह उनके साथ होती थी, तब भी वे उसके लिए तरसते थे, निर्लज्जता से उसके प्रति वासना रखते थे। यदि रात को अचानक नींद खुलती तो उसी समय वे उसके बारे में सोचते हुए नींद भूल जाते; वह अपनी रेशमी और मुलायम देह लिए उनके साथ, उनकी भुजाओं में सो रही होती और वे उसके बारे में सोचते रहते। जब वे उसे वन में पशु-पक्षियों और फूलों से मेल-मिलाप करते देखते तो उन्हें उसके भीतर से प्रसन्नता फूटती दिखाई देती। वह एक अनूठे तरीक़े से उन्हें स्पर्श करती मानो वह उन्हें प्रेम करती हो। वे सोचते, *वह एक अप्सरा थी इसलिए उसे हर किसी को लुभाना आता था?*

वे जानते थे कि उन्हें उससे प्रेम था, परंतु क्या वह भी उनसे प्रेम करती थी? वे इस बात पर विश्वास करना चाहते थे। जिस तरह कोई मनुष्य प्रेम के आवेश में होता है, वे उसी तरह उसे पाने और सत्य से थोड़ा अधिक कहने का प्रयत्न करते। परंतु क्या उनका प्रेम हमेशा बना रहेगा? क्या वह

वशिष्ठ और अरुंधती के प्रेम जैसा ही विशुद्ध तथा उत्कृष्ट होगा? उनका यह प्रणय कहीं समाप्त नहीं हो जाए, एक दिन उन्हें विवाह कर लेना चाहिए।

वे उसे उसकी ईमानदारी के लिए चाहते थे। वह अक्सर उन्हें नग्न सत्य से निरुत्तर कर देती। परंतु जब विवाह का प्रश्न आता, तो विचित्र रूप से मौन धारण कर लेती, लगभग रहस्यमयी होते हुए, उन्हें विक्षिप्त-सा कर देती। वे उसका आश्वासन चाहते थे, वे चाहते थे कि उसके मुख से वे अद्भुत शब्द सुनें कि वे दोनों सुखी-सुखी रहने लगे। परंतु वह ऐसा नहीं करती थी। स्वामित्व भाव से उत्तरदायित्व की कोमलता धाराप्रवाह बहती; वे उसके पति बनना चाहते थे, केवल एक प्रेमी नहीं बनना चाहते थे, जो किसी चीज़ के लिए उत्तरदायी नहीं होता। वे उससे असंख्य बार विवाह के लिए कह चुके थे, परंतु वह हर बार मना कर देती। ऐसा नहीं कि उन्हें उस पर संदेह था, परंतु यह इंकार उन्हें विचलित कर देता, वे उसे पूरी तरह से पाने के लिए व्याकुल थे।

"क्यों," उसने खिझाया। "कोई भी यही सोचेगा कि आप प्रेम में थे!"

परंतु उस रात, उनकी भुजाओं में, छाती के निकट लेटे हुए, वह हौले से, अनायास और अनपेक्षित बोली, "मैंने कभी किसी पुरुष को इस तरह प्रेम नहीं किया, जैसे आपको करती हूँ और ना ही कभी करूँगी।"

उन्होंने इन शब्दों को अविश्वासी किंतु उत्साही प्रसन्नता के बीच सुना।

प्रेम और झूठ

"मैं ने कभी किसी पुरुष को इस तरह प्रेम नहीं किया, जैसे आपको करती हूँ और ना ही कभी करूँगी।" वह हौले से बुदबुदाई और रुक गई। फिर भी वह कसम खा सकती थी कि वही वे क्षण थे, जब वह उनके प्रेम में पड़ी, उस एक क्षण में, जब उसने देखा कि उसके शब्द सुन कर उसकी गहरी आँखों में एक अवर्णनीय कोमलता आ गई थी और चेहरा प्रसन्नता से दमक उठा; जब उसने महसूस किया कि वे शब्द पूरी तरह से उन पर छा गए, उनके हृदय को द्रवित किया और उसकी चेतना को जड़ कर दिया। उसने सोचा, *मैं इन्हें कितनी आसानी से प्रसन्न कर सकती हूँ। मैं इन्हें सदा इसी तरह प्रसन्न रखना चाहूँगी।*

उसे पूरा यक़ीन था कि वह उनके प्रेम में थी। जब उसने वह बात कही तो वह झूठ नहीं कह रही थी। यह एक मुक्त स्त्री के मन से निकली अनायास इच्छा, एक वैयक्तिकता, एक खुलापन और भावनाओं का ऐसा स्वीकरण था कि वह जान गई कि यही आगे चल कर उसके आनंद और दुख का कारण होगा।

उसे अहसास हुआ कि वह फिर से मुस्करा रही थी। कितने लंबे समय के बाद होंठों पर सहज स्मित, जाने कितने भाव, कितनी आशाएँ उमड़ आईं, उसने उन्हें एक नए आनंद से भर दिया, जब उसने उन्हें अपने नए परमानंद के बीच सोते पाया। वे हिले, अब भी नींद की तंद्रा में और अपने सपने के संतोष के बीच थे। उन्हें लगा कि सपने की ऊष्मा ने उन्हें कितना कोमल बना दिया था। वे उठे तो मन में उसके आख़िरी कहे गए शब्दों का उल्लास गूँज रहा था। उठने के कुछ ही क्षणों में पुनः उसका स्वर सुन कर

वे और अधिक उत्साहित हो गए, सारे संदेह और अनावश्यक भय कहीं दूर हो गए। उन्होंने कभी ऐसी स्त्री को नहीं जाना था, जो केवल अपने कोमल और मृदु स्वर के बल पर सामने वाले व्यक्ति की मनोदशा बदलने की क्षमता रखती हो। अथवा जब वह उन्हें स्पर्श करती या अपना हाथ उनके हाथ पर रखती। उसने उस एक क्षण में उनके खोए हुए विश्वास को लौटा दिया था और वे हर वियोग की पीड़ा से दूर हो गए।

"मुझसे विवाह कर लो।" वे हौले से बोले और उसकी लंबी गर्दन सहलाई। उसने अपना मुख मोड़ा और स्तंभित हो कर सिर हिलाया। उसने पिछली रात जो शब्द कहे, वे केवल लुभाने का तुरंत आमंत्रण थे। परंतु उन्होंने उन्हें विवाह का आग्रह माना। मेनका के भीतर से लज्जा की लहर उमड़ने लगी और वह बुरी तरह से भ्रमित हो गई।

"और यह कोई आग्रह नहीं, एक आदेश है।" उन्होंने उसके खुले हुए मुख को चूमते हुए कहा, उसके होंठ अब भी मारे आश्चर्य के खुले थे। उन्होंने उसके खुले हुए होंठों में अपनी जीभ फिराई, अपनी देह से उसके नितंबों को दबाया और उसकी रेशमी कोमलता को उनकी नसों में बहते रक्त का उबाल अनुभव हुआ। उन्होंने उखड़ी हुई साँसों के बीच उसे कुचल दिया। अब वह उनके रक्त में प्रवाहित थी, किसी रोग की तरह ख़तरनाक! वे उसे अपने से दूर जाने नहीं देना चाहते थे।

उसने सहज भाव से चुंबन लौटाया। प्रस्ताव का आनंद धीरे-धीरे सदमे की जगह ले रहा था। परंतु वह स्वयं को यह याद दिलाने से नहीं रोक सकी कि वह उन्हें छल रही थी।

"परंतु आपका विवाह हो चुका है।" उसने स्वयं को पीछे खींचते हुए कहा।

"हाँ, मेरा विवाह हो गया है; मैंने तीन बार विवाह किया।" वे मुस्कराए। "परंतु तुम्हारा विवाह भी तो हो चुका है।" उन्होंने याद दिलाया।

मेनका की आँखें उदास हो आईं। वह वसु को लगभग भूल ही चुकी थी। उसका पीला और दुख से मुरझाया हुआ चेहरा देख कर कौशिक ने खुद को कोसा।

"नहीं, इतनी उदास मत हो।" उन्होंने अपने हाथों में उसका चेहरा थाम लिया। "हम दोनों का ही एक अतीत रहा है। हम इसे बदल नहीं सकते,

किंतु मैं तुमसे प्रेम करता हूँ। मैं तुम्हें इस तरह चाहता हूँ जैसे मैंने कभी किसी को नहीं चाहा और मुझे तुम्हारी ज़रूरत है। मैं तुमसे विवाह करना चाहता हूँ; मेरी पत्नी, मेरी प्रेमिका और मैत्री संगिनी बनो। क्या हमारे विवाह की बात करना बहुत बड़ी माँग है?" उन्होंने पूछा, उनकी आँखें आशा के साथ गहराई से सराबोर थीं।

मेनका के गले में कुछ अटक-सा गया मानो कोई कंकड़ गले में जा कर दम घोंट रहा हो। वह उनकी आँखों में दिखते उस प्रेम की ताब नहीं ला पा रही थी, उनके स्वर में एक आग्रह था। वह ना केवल उन्हें बल्कि स्वयं को भी तो छल रही थी। उसके दिखावे ने उसे शोषक और अपने प्रति भी कपटी बना दिया था।

उसने झट से सिर झुका लिया ताकि उसके चेहरे पर दिखते अपराध बोध को छिपा सके और धीरे से अपना सिर हिलाया।

"क्या यह मेरे प्रस्ताव के लिए इंकार है या मेरे प्रश्न के लिए इंकार है?" उन्होंने झट से पूछा।

उन्हें भय था कि मेनका इंकार कर देगी, उन्हें भय था कि वे एक दिन उसे खो देंगे। वह एक अप्सरा थी; एक स्वर्ग में रहने वाली प्राणी; और वे एक मनुष्य। एक दिन वे मृत्यु को प्राप्त होंगे परंतु वह कभी नहीं मरेगी। वे वृद्धावस्था को प्राप्त होंगे किंतु वह नहीं होगी। वे पिछले चार वर्षों से एक साथ थे, परंतु उसने एक बार भी स्वर्ग को छोड़ कर धरती पर रहने के लिए पश्चाताप प्रकट नहीं किया था। उसका कहना था कि वह धरती पर कहीं अधिक प्रसन्न थी। वे उसकी बात का विश्वास करते थे, जितनी बार वह उन्हें चूमती, उनसे प्यार करती, उनकी देख-रेख करती; वे उस पर विश्वास करते थे।

फिर वही पुराना भय एक बार फिर सामने आ गया। *क्या इंद्र सुध आते ही मेनका को वापस ले जाएगा?* वे इंद्र को चुनौती देंगे, जैसे वे पहले भी कर चुके थे। इस बार वे एक और स्वर्ग के लिए संघर्ष करेंगे।

"क्या एक मनुष्य किसी अप्सरा से विवाह कर सकता है?" मेनका ने संदेह से पूछा। उन्होंने उसके स्वर में छिपे भय और निराशा को पहचान लिया।

"ऐसा पहले भी हो चुका है। पितामह ने घृताची नामक अप्सरा से विवाह किया था और वे उसके बाद सुखपूर्वक रहे।"

मेनका ने उन्हें आश्चर्य से देखा। "मुझे लगा कि उर्वशी और पुरुरवा ही एकमात्र उदाहरण थे!"

"उर्वशी और ऋषि विभंडक के लिए भी यह सत्य था। परंतु वह प्रेम नहीं, कपट था।" विश्वामित्र बोले, उनके होंठ तिरस्कार की मुद्रा में तिर्यक हो आए। "उसने उस बेचारे मनुष्य से छल किया, उससे पुत्र प्राप्त किया और फिर दोनों को धरती पर छोड़ कर स्वर्ग लौट गई - ऋषि से उनका वर्षों का कमाया हुआ तप छीन लिया, उनकी योग उपलब्धियों को नष्ट कर, उनके प्रेम और विश्वास को आहत किया! कैसी नीच... अप्सरा!" उन्होंने कटुता से कहा।

मेनका चिहुँकी, उनके शब्द कोड़े की मार की तरह वार कर रहे थे। उन्होंने अप्सरा शब्द का प्रयोग ऐसे किया था मानो कोई अपशब्द हो। मेनका का म्लान मुख देख कर विश्वामित्र ने जल्दी से बात सँभाली। "मैं उर्वशी की बात कर रहा था; सभी अप्सराएँ उसकी तरह हृदयहीना नहीं होतीं। ना ही वे तुम्हारी तरह होती हैं।" उन्होंने कहते हुए, उसका हाथ अपने हाथों में ले लिया। उनके बड़े कठोर हाथों के आगे उसके हाथ नाजुक और गोरे थे। "इन हाथों ने मेरे लिए बहुत कुछ किया है, बहुत कुछ... तुम खाना पकाती हो, तुम कपड़े धोती हो, तुम झाड़ू-पोंछा करती हो - क्या कोई और अप्सरा यह सब कर सकती है? तुमने इस कुटिया को घर बना दिया है!" उन्होंने कोमलता से उसके हाथ की एक-एक अँगुली चूम ली। "मेरी प्रिय! तुम कोई अप्सरा नहीं, इस घर की गृहिणी हो, मेरी गृहस्थिन, मेरी शक्ति। यहाँ तक कि एक राजा के महल में भले ही सुवर्ण और दास-दासियाँ भरे हों, परंतु वह एक पत्नी के बिना सूना ही होता है। बिन घरनी का घर, किसी बीहड़ वन की तरह वीरान होता है। मेनका, तुम मेरी पत्नी और मेरा घर हो, क्या तुम मेरा वही घर बनोगी? कृपया मुझे पुनः इंकार मत करना... हर बार तुम मेरा हृदय तोड़ देती हो, परंतु मेरा पुनः प्रस्ताव करने का संकल्प नहीं तोड़ सकतीं।"

मेनका जानती थी कि वे मन ही मन अपने भावों से जूझ रहे थे।

"परंतु मेरा मानना है कि मेरा प्रेम, मेरे अहं से बड़ा है, इसलिए मैं तुमसे वही प्रश्न करता हूँ - क्या तुम मुझसे विवाह करोगी?" उन्होंने किसी किशोर जैसी मुस्कराहट और आँखों में शरारत लिए फिर से पूछा। "हम बहुत समय से पाप के साथ जी रहे हैं और अब मैं केवल इतना चाहता हूँ

कि बाहर बह रही पवित्र नदी में डुबकी लगा कर शुद्ध हो जाऊँ और इसके तुरंत बाद तुमसे विवाह कर लूँ! तो?" उन्होंने प्रश्नसूचक दृष्टि से पूछा। वे उत्तर की प्रतीक्षा में थे।

मेनका अपना होंठ काट कर मुस्कराई, जिसने उनके हृदय को ऊष्मा प्रदान की। "हाँ!" उसने कहा और हँसते हुए अपने अंतिम संदेह को भी कहीं दूर भगा दिया।

जो भी हुआ, सब कुछ एक प्रसन्नचित्त धुँधलेपन-सा लग रहा था। वे लोग दोपहर में विवाह करने वाले थे। उन्होंने उसे बताया कि उनके एक पुराने मित्र ऋषि कण्व विवाह करवाएँगे। वे कह चुके थे कि यह एक सादा अनुष्ठान होगा।

वैसा गंधर्व विवाह नहीं, जैसा उसने वसु के साथ रचाया था। उसका हृदय संकुचित हो गया। *वह कहाँ था और कैसा था?* मेनका स्वयं को पहले विवाह का स्मरण करने से रोक नहीं सकी और फिर से उसे अपराध बोध और उदासी ने घेर लिया। वह कितनी आसानी से कौशिक से विवाह के लिए मान गई। वह कितनी आसानी से वसु को भुला चुकी थी। वह दुख किस तरह, उसके मन को सालता रहता था परंतु क्या अब भुलाया जा चुका था? परंतु वह उसे भूली नहीं थी, क्योंकि वह अपने अवचेतन में निरंतर उन दोनों पुरुषों की तुलना करती रहती। उनकी भौतिक छवि, उनका प्रेम प्रदर्शन, उनके प्रेम का तरीक़ा, उनके गुण... यह एक मूर्खता थी और उसने इस तरह वसु को अपनी स्मृतियों में जीवित रखा हुआ था। वह उसे अपने अतीत के सहारे की तरह जीवित रखना चाहती थी, अचानक वह थरथराहट के साथ उन पलों में लौट आई। कौशिक उसका वर्तमान थे परंतु क्या उसके साथ उनका कोई भविष्य होगा? वह एक बार वसु को खो चुकी थी, क्या वह उसे वापस पा सकेगी? क्या उसे इन दो में से किसी एक को चुनना होगा? या वह दोनों को ही खो देगी?

वह विचलित थी, आरंभिक प्रसन्नता किसी मायावी बुलबुले की तरह उड़ चुकी थी। वह उस चट्टान से उठ खड़ी हुई। उसने देखा कि कौशिक अभी भी स्नान में मग्न थे; उनकी तांबई देह, मांसपेशीयुक्त शरीर उज्ज्वल जल को चीरता हुआ जा रहा था, वे नदी के जल को अपनी भुजाओं के शक्तिशाली वेग से धकेल रहे थे। आज उसने इस व्यक्ति से विवाह करना था। उसने पक्के संकल्प से अपने कंधों से उदासी का लबादा उतारा और

स्वयं से वचन लिया कि वह अपनी ओर से श्रेष्ठ करते हुए, उन्हें अपना श्रेष्ठतम देगी।

वह पहली बार सजना-सँवरना चाहती थी। यह किसी को लुभाने के लिए नहीं, परंतु अपने लिए था। उसके पास बहुत कुछ नहीं था और वह चाहती भी नहीं थी। केवल अपनी सज्जा के लिए मुट्ठी भर पुष्प ही बहुत थे। वह उन्हें आश्रम के पास लगाई गई झाड़ियों से बटोर सकती थी, वन में चारों ओर उन फूलों की भीनी महक थी और रंग फैले हुए थे। वह फूल चुनते हुए गुनगुनाने लगी। उसने अपने लिए अधिकतर मोगरे के फूल ही तोड़े। वे छोटी, अधखुली दूधिया कलियाँ उसे बहुत प्रिय थीं। वे अपनी श्वेत आभा की शुद्धता के साथ एक शांत और मादक सुगंध देती थीं जिससे कोई दूर रह ही नहीं सकता था।

उसने तुरंत किंतु बहुत ही जतन से पोशाक धारण की। बहुत समय से वह अपने लिए तैयार नहीं हुई थी। उसने कौशिक के लाए हुए दर्पण में स्वयं को निहारा, संभवतः उन्होंने अपनी सिद्ध शक्ति से उसे प्राप्त किया था, जैसा कि वह उन्हें अक्सर चिढ़ाती थी। एक बार उन्होंने उसे काँसे के बर्तन में रखे जल में अपना प्रतिबिंब निहारते देखा था। अगले ही दिन उन्होंने उसे हाथ में लेने वाला छोटा दर्पण उपहार में दिया - उनका पहला उपहार - वह उनकी इस असाधारण कोमलता से भावुक हो गई थी। उसने उसी दर्पण में अपनी छवि निहारी। दर्पण पर सुंदर नक़्क़ाशी की गई थी। ठीक उसकी तरह, सुंदर और कपटी। नहीं, उसने उग्र स्वर में कहा, यह दिखावा नहीं था। यह कभी भी नहीं था, परंतु वह उससे भाग खड़ी हुई, उसे भय था कि वह फिर से आहत नहीं हो। उसने उन्हें एक विजय के रूप में नहीं बल्कि अपने लिए एक पलायन, एक नई आस और नए जीवन के रूप में देखा। वे उसको उससे ही बचाने के लिए, रक्षक बन गए थे। पिछली रात, लंबी और नींद से कोसों दूर थी, उनका प्रणय प्रस्ताव उसका निरंतर उपहास करता रहा। वह सुबह उठी तो एक नया दुख उसके मन में था। *क्या मैंने उन्हें निर्देशानुसार लुभाया या मैंने स्वयं की रक्षा के लिए ऐसा किया? अथवा क्या मैं उन्हें अपने लिए चाहती थी? क्या मेरे पास कोई चुनाव था या मैं निर्णय लेने के लिए मुक्त थी? या फिर मुझे पुनः प्रेम हो गया था?*

उसने अपना चेहरा हाथों में छिपा लिया, वह स्वयं को दर्पण में और नहीं देख पा रही थी। क्या वह एक बेहतर प्राणी और अधिक योग्य स्त्री

नहीं हो सकती थी? आज वह उनसे विवाह करने जा रही थी, उनके प्रेम और विश्वास को वरने जा रही थी, जिसे वह तब से प्रतिदिन छलती आ रही थी, जब से वह उनके साथ रह रही थी।

⸙

काम ने इंद्र के कक्ष की ओर जाते हुए मन में सोचा, *वह प्रेम बाण निश्चित तौर पर मेनका को लगा होगा,* जैसी कि मैंने आशा की थी कि वह नहीं लगा हो। वह इंद्र को नया समाचार देने जा रहा था जिसे वह डूबते हुए हृदय के साथ सुन चुका था। परंतु फिर भी वह मेनका के लिए प्रसन्न था। अंततः वह भी जीवन में प्रसन्नता पाने की हक़दार थी। परंतु वह यक़ीन से नहीं कह सकता था कि ऐसा कब तक होगा। इंद्र इसकी अनुमति कभी नहीं देगा।

"मुझे लगता है, तुमने मेनका और विश्वामित्र के विवाह के बारे में सुन ही लिया होगा।" उसने इंद्र के आगे घोषणा की। "उन्होंने कुछ दिन पूर्व विवाह कर लिया है।"

इंद्र मौन रहा, परंतु काम जानता था कि वह इस समाचार से प्रसन्न नहीं था। वह अपनी ओर से भरपूर कोशिश कर रहा था कि वे भाव उसके चेहरे पर नहीं दिखें। परंतु काम भी आज अनापेक्षित रूप से कुपित था, और उसका कारण पूरी तरह से अलग था।

"क्या तुम्हें यह समाचार सुना कर आनंद आ रहा है?" इंद्र ने पूछा।

काम के गुस्से को भड़काने के लिए एक चिंगारी ही बहुत थी। "तुम्हारा ही यह सब किया-धरा है। तुमने ही उसको विश्वामित्र से उसका प्रेम करवाया और आज उनका विवाह हो गया। क्योंकि तुम वसु से उसका ध्यान हटाना चाहते थे। यही सबसे अधिक जटिल कारण था।"

काम का रोष बढ़ता जा रहा था, परंतु इंद्र ने उसे ऐसा करने दिया जैसा कि वह अपने निकटतम मित्रों के साथ करता था। उसने सोचा, जैसा कि उसने एक बार वसु के साथ भी किया था। अब केवल काम ही था जिसके साथ वह अपने गुप्त विचारों के बारे में बात कर सकता था, हालाँकि वह उससे भी कई बार अपनी दुष्ट योजनाओं को छिपा ले जाता था।

"विश्वामित्र को बरबाद करने के लिए मेनका से बेहतर चुनाव कोई और नहीं हो सकता था।" काम ने बात जारी रखी। "उसका अपना एक

आकर्षण, छल और तर्कशीलता थी, वह हमारी योजना को पूरा कर, मनोवांछित परिणामों के साथ स्वर्ग वापस आ जाती। परंतु ऐसा कुछ नहीं हुआ। वह किसी तरह विश्वामित्र को लुभाने में सफल रही, परंतु स्वयं को अनावश्यक रूप से उस व्यक्ति के साथ उलझा लिया, जिसके लिए तुम्हारे मस्तिष्क को दाद देनी होगी!"

"काम, इससे तुम्हारे बाण की शक्ति सिद्ध होती है।" इंद्र ने शुष्क स्वर में कहा। "यह मानता हूँ कि मेरी ओर से उठाया गया यह क़दम सही नहीं था..."

काम ने ताना मारा। "तुम पहले उर्वशी को लगभग खो चुके थे और अब मेनका को निश्चित रूप से विश्वामित्र के हाथों खो दिया है। वह एक बार फिर तुमसे जीत गया।"

इंद्र ने अपने होंठ कस कर भींच लिए और इन बातों को उपेक्षित करने का प्रयत्न किया। "ज़रा बताना, इस भूल का प्रतिकार कैसे करोगे? मुझे विश्वास है, तुमने कुछ न कुछ विचार तो कर ही लिया होगा।"

काम ने इंद्र को अविश्वास से देखते हुए कहा, "तुम वाकई बहुत सरल समाधानों में विश्वास रखते हो, है ना? तुमने यह सब जाल फैलाया और अब हम इसे समेटेंगे!"

"बहुत हुआ।" इंद्र गरजा। "मैं तुमसे तुम्हारी राय नहीं, उत्तर चाह रहा हूँ। परंतु काम के चेहरे पर सहयोग के कोई चिह्न नहीं देख, इंद्र ने निर्णय लिया कि उसके लिए अपनी अधीरता और खीझ पर संयम रखना ही उचित होगा। "हम मेनका को वापस कैसे ला सकते हैं?" उसने सुर को थोड़ा कोमल करके पूछा। "तुम जानते हो कि उसके बिना मेरा काम नहीं चल सकता। उसे गए लंबा समय हुआ, लगभग चार वर्ष होने को हैं। अब तक तो उसे विश्वामित्र की संतान पैदा कर, उन दोनों को धरती पर छोड़ कर, स्वर्ग वापस आ जाना चाहिए। अब तक तो उसे विश्वामित्र को पूरी तरह से नष्ट कर देना था। उसकी शक्ति का क्षय हो गया होगा। अब वह अपनी आध्यात्मिक सिद्धियों को पुनः पाने की आशा नहीं रख सकता। विश्वामित्र एक प्रेमासक्त विवाहित मूर्ख बन कर रह गया है जो एक अप्सरा का पति है। इससे ही पता चलता है कि वह उसके प्रेम में कितना मग्न है!"

"और वह भी उसके प्रेम में उतनी ही मगन है!" काम ने व्यंग्यपूर्वक देवों के राजा को याद दिलाया। "यही तो समस्या है।"

"काम, तुम समस्या को हल करने के लिए हो," इंद्र ने अतिरिक्त धीरज रखते हुए कहा।

"मैं उसे इस प्रेम भाव से बाहर नहीं निकाल सकता, तुम्हारा यही अर्थ है ना?" काम के चेहरे पर मुस्कान थी। "अगर यह संभव होता तो जब वह वसु का शोक मना रही थी तो तुम मुझसे कहते कि मेनका पर बाण छोड़ा जाए या उसे ऐसा कोई द्रव्य पिलाया जाए। वह एक लंबे समय से विश्वामित्र के साथ है और इससे हमारी समस्या कई गुना हो गई है, और उनकी भावनाएँ उतनी ही गहरी हो गई हैं।" उसने आह भरी। "सच कहूँ, मुझे नहीं लगता कि वह वापस आना चाहती है। वैसे भी, विश्वामित्र उसे आने भी नहीं देगा। मैंने तुम्हें चेताया था, विश्वामित्र अपने-आप में एक भीषण शत्रु है।"

"अब नहीं है।" इंद्र ने तत्काल कहा। "याद रखो, वह अपनी सारी शक्तियाँ खो चुका है। उसका काम ख़त्म हो चुका है, बेहतर होगा कि मेनका वापस आ जाए।"

काम ने उसे संदेह की दृष्टि से देखा। "कैसे?" फिर उसने पूछा।

"वह एक अप्सरा है जो उसकी प्रेमिका बन गई है। तुमने ही उसका और विश्वामित्र का प्रेम संभव करवाया। अब वह पूरी तरह से उसकी हो चुकी है। केवल यही उपाय बचता है कि तुम उसका अपहरण कर लो जैसे तुमने उर्वशी के साथ किया था। इंद्र, उर्वशी ने तुम्हें कभी क्षमा नहीं किया। सावधान, मेनका का व्यवहार और भी बुरा होगा। तुम फिर से उसका दिल नहीं तोड़ सकते, और ना ही तुम इतने निर्मम हो सकते हो! वह हमेशा तुम्हारा प्रिय खिलौना रही, तुम्हारी प्रदर्शन की वस्तु, जिसका तुमने बेशर्मी से इस्तेमाल किया। इंद्र, उसके प्रति कुछ तो दया विचारो।"

"ओह, बस भी करो। तुम कब से इतने कोमल हृदय हो गए?" इंद्र ने अधीरता से कहा। "वह स्वर्ग की रहने वाली है..."

"तुम कहना चाहते हो, वह तुम्हारी है..."

"वह स्वर्ग की है..." इंद्र ने कहा। "वह हमेशा विश्वामित्र के साथ नहीं रह सकती।"

"परंतु वह तो यही आस रखती है।" काम ने चेतावनी दी। "वह अभी उसके साथ रहना चाहती है और तुम्हारे कारण ही यह संभव हुआ।"

परंतु इंद्र के मस्तिष्क में संदेह की चिंगारी भड़क रही थी। *क्या यह आरंभ से ही उसकी योजना थी कि वह विश्वामित्र को लुभाने के नाम पर मुझसे दूर हो जाएगी और फिर कभी वापस नहीं लौटेगी?* इंद्र के भीतर रोष उमड़ पड़ा। सोया हुआ प्रतिशोध का भाव जाग चुका था। "वह इतना साहस नहीं कर सकती..."

"मुझे लगा कि तुम्हें अपना उत्तर मिल गया होगा।" इंद्र अचानक ही अनिश्चित-सा महसूस करने लगा। "मैंने उसे पूरा समय दिया, उस पर भरोसा किया कि वह सारा काम सही तरह से पूरा करेगी।"

काम ने इंद्र को कुशलतापूर्वक स्मरण करवाया, उर्वशी ने पुरुरवा और विभंडक, दोनों से ही विवाह किया। "परंतु मेनका एक धूर्त मोहिनी निकली, जब वह कोई निर्णय कर लेती है तो कर लेती है : उस कार्य के साथ ही उसका पिछला पछतावा समाप्त हो जाता है। वह अपनी भावनाओं को काम के आड़े नहीं आने देती। अभी तक तो मैं उसके बारे में यही मान कर चलता था, परंतु फिर, तुमने काम बाण चलवा कर, उसका और विश्वामित्र का प्रेम करवा दिया।"

"हो सकता है कि यह विवाह उसके छल का ही एक हिस्सा हो।" इंद्र के स्वर में संदेह का पुट था। "काम, मुझे लगता है कि तुम जा कर उससे मिलो, यही उचित होगा। उसे कहो कि हम उसे स्वर्ग में वापस बुला रहे हैं।"

काम भी मेनका के बारे में निश्चित तौर पर कुछ नहीं कह सकता था; प्रेम में सबसे अधिक छली औरतें भी हारी थीं और प्रेम ने उन पर जीत हासिल की थी। यदि मेनका को विश्वामित्र से प्रेम हो गया था तो यह बात तो काम को भी पता थी कि उस बाण को अब वापस नहीं लिया जा सकता था। अब मेनका से निजी रूप से भेंट करने का समय आ गया था। परंतु उसने उसे चेताने के लिए कहे जाने वाले अपने शब्दों को दोहराया - सबसे श्रेष्ठ युद्ध छल से ही जीते गए थे।

मनुष्य और विवाह

मेनका ने अपने पैरों तले बिछी घास पर ओस के भीगेपन को महसूस किया; वह हर सुबह इस सुख का आनंद उठाती थी। एक कोमल और शीतल हवा उसकी देह से टकराई। उसने पूरी आभा के साथ खिले जंगली पुष्पों की मादक गंध को सूँघा। यही तो धरती का सौंदर्य था, उसने मन ही मन आह भरी। इसी सौंदर्य के आगे स्वर्ग दमघोंटू जान पड़ता था। भले ही वह अनंत जीवन का वचन देता था, परंतु हर चीज़ कितनी ठंडी और बेजान लगती थी, फूलों के रंग और सुगंध तक सुंदर किंतु आत्मा से रहित थे। उर्वशी तो प्रायः धरती के सौंदर्य का अनुभव पाती रहती थी, मेनका ने पहली बार धरती का सौंदर्य तब देखा था, जब वह प्रमद्वरा से मिलने आई थी। अपनी पुत्री को मृत्यु के मुख में जाने से बचाने के सदमे और प्रसन्नता के बाद, मेनका ने तय किया था कि वह धरती के रहस्य को जानेगी। उसके मन में धरती का हरा-भरा सौंदर्य ऊष्मा और पीड़ा, दुख और हिंसा, सुंदरता और कुरूपता के विरोधाभासी समन्वय के साथ कई गुना हो गया था। हालाँकि अब धरती ही उसका स्वर्ग थी; कौशिक के साथ उसका घर, यह सोचते ही होंठों पर एक मुस्कान खेल गई।

"ओह तो अकेले ही आनंद लिया जा रहा है।" उसे एक स्वर सुनाई दिया। वह कहने वाले का चेहरा देखे बिना ही पहचान गई और झट से पीछे मुड़ी। दिल मारे भय के आतंकित हो गया। कामदेव अमराइयों की छाँव तले खड़ा था। मेनका स्तंभित थी, उसके चेहरे से भय छिपाए नहीं छिप रहा था, मानो उसे अहसास हो गया हो - उसे इंद्र ने ही भेजा था।

"तुम हमेशा की तरह कमाल लग रही हो!" काम उसे देख कर गर्मजोशी से मुस्कराया।

मेनका की व्यग्रता घटी, चिंता का भार कम होते ही चेहरे पर एक भीनी मुस्कान आ गई।

"तुम अपनी शिष्या से छेड़छाड़ नहीं कर सकते।" वह हँसी किंतु हँसी थमने से पहले ही वह सीधे काम की बात पर आ गई। "तुमने मेरी निगरानी करने के लिए अपना अमूल्य समय निकाला।"

काम की मुस्कान गंभीर हो आई, "इंद्र बहुत समय से तुम्हारी वापसी की प्रतीक्षा में था। जब उसने सुना कि तुमने विवाह कर लिया, तो तुम जानती ही हो, वह तो..."

"और उसने मुझे तुरंत वापस आने का आदेश दिया है।" वह झट से बोली।

"हाँ।"

उसने अपनी गर्दन हिलाई।

"तुम नहीं कर सकतीं या तुम नहीं करोगी?"

"दोनों, मैं उर्वशी नहीं, जो जल्दी ही धरती और इसके निवासियों से ऊब जाती है।"

"मेनका, तुम जानती हो, इंद्र चाहे तो तुम्हें ज़बरदस्ती इस जगह से घसीट कर ले जा सकता है।"

"वह ऐसा नहीं करेगा।" मेनका ने झट से उत्तर दिया। "उसे पता है कि उसे कौशिक का सामना करना होगा... विश्वामित्र।" उसने विनम्रतापूर्वक सुधारा।

"विश्वामित्र का बल अब व्यर्थ हो चुका।" काम ने कंधे झटके। "इंद्र अब उसे परास्त कर सकता है।"

"काम, उनके बल को कम मत आँको। वे उतने शक्तिहीन नहीं हैं, जितनी तुमने कल्पना कर ली है।" मेनका ने चेतावनी दी। "इस समय वे ध्यान में हैं।"

"यह भी तुम्हारा किया-धरा होगा। तुम्हारा अपराध बोध उसे पूरी तरह से नष्ट नहीं होने देगा। मेनका, चाहे जैसे भी हो, तुम ही इस संघर्ष को रोक सकती हो। तुमने इस जगह अपना काम प्रशंसनीय तरीक़े से कर दिया है।

अब चुपचाप स्वर्ग लौट आओ, कृपया।" काम ने उसे मनाते हुए कहा। "तुम्हें दुख के सिवा कुछ नहीं मिलेगा। उसे त्याग दो, मेनका। वह कभी तुम्हारा था ही नहीं। वह शिकार था और तुम एक रणनीति।"

"मैं एक कारणकार्य संबंध थी और विश्वामित्र भी।" उसने आरोप लगाया। तुमने मुझसे यह सब करवाया।"

"मैं भी यहीं था, मेनका।" काम ने असहाय भाव से कहा, अब वह इस सत्य को और नहीं छिपा सका। "इंद्र ने मुझे उस दिन तुम पर एक कामबाण चलाने को कहा, ताकि तुम्हें विश्वामित्र से प्रेम हो जाए।"

मेनका वहीं जड़ हो गई, उसके नेत्र विस्फारित हो गए। "परंतु वह तो योजना में नहीं था!"

"यह इंद्र की योजना थी ताकि तुम वसु को भुला दो।"

मेनका ने सिर हिलाया हालाँकि अभी वह कुछ कहने की हालत में नहीं थी। अचानक उसके मन में एक बात आई। उसने भौंहें नचाईं, "वह बाण मुझे लगा था या विश्वामित्र को, काम? वे तो पहले ही मेरे सम्मोहन में थे..." मेनका के स्वर में अनिश्चितता थी।

काम का चेहरा पीला पड़ गया। "मैं यक़ीन से नहीं कह सकता। तुम भी अनिश्चित ही लग रही थीं। और फिर भी..." काम के चेहरे पर हैरानी के भाव थे।

मेनका स्तंभित थी और मुख पर विषाद के चिह्न थे। "फिर भी मुझे कौशिक से प्रेम हुआ।" वह रुकी। "मैंने इसे स्वीकार किया। इस बार यह तुम्हारी और इंद्र की करनी थी। मैं उसे नहीं छोड़ूँगी। मैं स्वर्ग में भी वापस नहीं आना चाहती।"

मेनका की इस घोषणा के साथ ही उसके स्वर की उग्रता वापस आ गई। काम कोई तर्क देने की स्थिति में नहीं था। सारी योजना पर पानी फिर गया था। उसका बाण मौजूद था और मेनका को विश्वामित्र से प्रेम हो चुका था। ऐसा लगा कि यही नियति को मंजूर था। क्यों? मेनका को नियति ने विश्वामित्र के भविष्य को बदलने के लिए चुना था, कीर्ति से उसके पतन का साधन और कारण। वह स्वयं ही शिकार हो गई।

"मेनका, मैं तुम्हारी भावनाओं को समझता हूँ, तुम उसे इतना प्यार करती हो कि उसे छोड़ने के बारे में सोच भी नहीं सकती।" उसने अंततः

कहा। "परंतु तुम्हें एक दिन तो अमरावती वापस आना ही होगा। अगर आज नहीं तो संभवतः आगे चल कर, परंतु यह तो अनिवार्य है।"

"नहीं," मेनका का इंकार एक धृष्टता से भरी गूँज में बदल गया।

"तुम जानती हो कि तुम इससे बच नहीं सकतीं।" काम ने धीरे से कहा। "इंद्र तुम्हें वापस आने के लिए विवश कर देगा।"

"वह ऐसा साहस नहीं करेगा।" मेनका ने व्यंग्यपूर्वक कहा। "उसे पहले कौशिक का सामना करना होगा!"

"मेनका, स्मरण रहे, विश्वामित्र पहले जितना शक्तिशाली नहीं रहा। इंद्र यह जानता है, वह इसी बात का अनुचित लाभ लेगा। वह विश्वामित्र की अनुपस्थिति में तुम्हारा अपहरण कर सकता है, जैसे उसने उर्वशी के साथ किया। तब तुम क्या करोगी?"

"कौशिक को तुरंत पता चल जाएगा कि मैं कहाँ हूँ और अपराधी कौन है और इसके बाद युद्ध होगा!" उसने कहा। "जैसी कि मैंने पहले भी चेतावनी दी थी, उनकी आध्यात्मिक शक्तियों की ताक़त को कम मत आँको। वे एक दृढ़ निश्चयी और अपने उद्देश्य के पक्के व्यक्ति हैं और इस तरह के लोग ख़तरनाक होते हैं।"

काम ने हँस कर कहा, "उद्देश्य? मेनका, क्या वह अब भी ब्रह्मर्षि बनने की आकांक्षा रखता है? कभी समय था जब वह महान कहलाता था। तुमने बड़ी सुंदरता से उसका नाश किया।"

मेनका सकुचा गई।

"तुमने उसे पूरी तरह से मिटा दिया - उसकी अमूर्त भावना और दैवीय संभावना। अब वह एक साधारण मनुष्य से अधिक नहीं है।" काम ने कहा। "तुमने उसे अपने प्रेम में परास्त किया परंतु अपना दिल भी हार गईं। क्या यह मेरे प्रेम बाण का कमाल था या मनुष्यों का जादू?" उसने सवाल किया। "मैंने सुना है कि मनुष्य अद्भुत प्रेमी होते हैं?"

उसकी पारदर्शी त्वचा पर गुलाबी रंग उभर आया और काम ने विस्मित भाव से मेनका को लजाते देखा। यह एक दुर्लभ और कमाल का दृश्य था, वह पहले से अधिक आकर्षक दिखने लगी, बहुत ही नाजुक और सुंदर, उसकी घनी पलकों के पीछे, आँखों की लज्जा छिपी थी। वह स्त्रैण सौंदर्य का प्रतिरूप लग रही थी, स्वर्गीय दिव्यता कहीं खो सी गई थी।

"उर्वशी अक्सर शिकायत करती थी कि पुरुरवा उसे सारा दिन इतना प्रेम करता था कि वह क्लांत हो जाती थी!" उसने आँखों में चमक के साथ मेनका को सताया। "क्या विश्वामित्र पुरुरवा से भी आगे है?"

मेनका कोई उत्तर नहीं दे सकी। वह और भी अधिक लजाने लगी। वह इस कोशिश में थी कि कौशिक के उस जुनून, रगों में बहते लहू, आहें भरते हुए मुख से आती उथली श्वासों की आहट, परमानंद से भरी आँखों, मेनका की देह को मथती उसकी फुर्तीली देह, नंगी खुली छाती से बहते स्वेद, सख़्त हड्डियों वाले हाथों की मुलायम जकड़न, सूखे होंठों की बुदबुदाहट, उसके गीले और नरमी से भरे मुख में घूमती उसकी गर्म जिह्वा का मानसिक चित्रण नहीं करे। उसने अपनी आँखें बंद कर लीं। मनुष्य ख़तरनाक और उत्तेजक रूप से अलग थे; देवों तथा गंधर्वों को पसीना नहीं आता, किंतु मनुष्यों को पसीना आता है। मेनका अनायास ही वसु के निपुण संभोग कौशल से कौशिक के निर्मम आवेग की तुलना करने लगी।

"तो तुम्हारा अगला क़दम क्या होगा? उसकी संतान को जन्म देना चाहती हो?" काम ने जिज्ञासा शांत करनी चाही। मेनका ने अपने कामुक विचारों को झट से समेट लिया।

"इंद्र यही तो चाहता था।" वह झट से बोली।

"ओह, चयनात्मक आज्ञा पालन? तुम ऐसा करोगी हालाँकि यह इंद्र के आज्ञा पालन के लिए नहीं होगा। तुम अपने प्रेमी से एक संतान पाना चाहती हो, है ना? तुम्हारे मन में ऐसी कोई मंशा नहीं कि शिशु को उसके पास छोड़ कर स्वर्ग वापस आया जाए। तुम अपने लिए एक सुखद परिवार की कल्पना में हो!" काम ने कहा। "परंतु मेनका, मैं पहले ही चेतावनी दे रहा हूँ। तुम यह सपना कभी साकार नहीं कर सकतीं।"

"यह स्वर्ग से मेरा पलायन होगा।" मेनका ने उग्र रूप रो कहा। "मैं मानसिक स्वास्थ्य पाने के लिए संघर्ष कर रही हूँ और यदि वह प्रसन्नता है, तो मैं उसे पाना चाहती हूँ।"

"जब विश्वामित्र को पता चलेगा कि तुमने उसे ठगा है, तो क्या होगा? तब क्या होगा जब उसे पता चलेगा कि तुम इंद्र की योजना का हिस्सा थीं?" काम ने उपहास किया। "वह तुम्हें इसलिए प्रेम करता है क्योंकि उसे तुम पर भरोसा है। परंतु वह अब भी सत्य नहीं जानता। ज्यों ही उसे यह सब पता चलेगा, वह तुम्हें स्वयं ही बाहर निकाल देगा!"

मेनका ने अँगुलियों को मुट्ठियों में भींच लिया, वह काम को अपने भीतर छिपे भय से खेलने की अनुमति नहीं देना चाहती थी। "मैं मानती हूँ कि कौशिक को अभी तक मेरे छल के बारे में नहीं पता चला। परंतु उसे कौन बताएगा?" मेनका ने चुनौती देते हुए कहा। "तुम? अथवा इंद्र? यदि तुम दोनों भी इस रहस्य को खोलने आए, तो भी वे तुम दोनों पर विश्वास नहीं करेंगे!" मेनका ने खुलेआम उपहास किया।

काम शांत खड़ा रहा, वह मेनका के आत्मविश्वास को देख कर स्तब्ध था। "क्योंकि वे मुझ पर अधिक विश्वास रखते हैं। मैंने उन्हें बताया है कि मुझे इंद्र ने निष्कासित किया था। उन्हें भरोसा हो गया क्योंकि मेरी बात की सत्यता प्रमाणित थी। वे मुझे इतना प्रेम करते हैं कि मेरा रक्षण कर सकते हैं, मेरे लिए लड़ सकते हैं। ज्यों ही कौशिक को पता चलेगा कि इंद्र मुझे फिर से स्वर्ग ले जाना चाहता है तो यही मानेंगे कि ऐसा बलपूर्वक किया जा रहा है। मुझे यह बात उन्हें कहनी भी नहीं पड़ेगी; वे जानते हैं कि मैं इंद्र के हाथों पीड़ित हूँ।" मेनका बोली।

काम ने उसे एक नई नज़र से देखा। "तुमने तो पहले से ही योजना बना ली थी, है ना?" उसके स्वर में हल्की-सी प्रशंसा का पुट था। "तुमने दोनों पुरुषों का प्रयोग किया।"

मेनका ने काम को अवज्ञापूर्वक देखा।

"तभी तुमने इंद्र की सहायता करने की हामी भरी थी। उस दंभी और मूर्ख इंद्र को पता ही नहीं चला कि तुम उसका दुरुपयोग कर रही थीं और उससे दूर जाने का उपाय कर रही थीं। तुमने उसकी ही योजना को उसके विरुद्ध हथियार बना कर इस्तेमाल किया। इंद्र की तरह ही तुमने विश्वामित्र को भी मूर्ख बनाया।"

"मुझे ऐसा करना ही पड़ा, अपनी जान बचानी थी।

"वह इसे कभी पसंद नहीं करेगा, कभी नहीं!" काम ने चेतावनी दी। "वह अवश्य ही प्रतिशोध लेगा। मैं तुम्हारे और विश्वामित्र के लिए प्रार्थना करूँगा। तुम दोनों खुश रहो।" उसने आह भरी। "मैं वापस जा कर इंद्र को क्या संदेश दूँ?"

"अभी उसे केवल इतना ही कहना कि यह विवाह, हमारी योजना का ही अगला चरण है।" उसने झट से उत्तर दिया। "मैं भरोसा दिलाती हूँ, वह तुम्हारी इस बात पर विश्वास कर लेगा।"

काम मुस्कराए बिना नहीं रह सका। "तुम कितनी दुष्ट हो!"

"मैं उसे भी अच्छी तरह जानती हूँ।" मेनका ने हामी भरी। "वह इस बात को मान कर कुछ वर्ष तक निश्चिंत रहेगा। तब तक मैं कौशिक के साथ रह सकती हूँ।" मेनका ने उत्साह से अपना होंठ काटते हुए कहा।

"तुम उधार लिए हुए समय पर जी रही हो।" उसने चेताया। उसके आशावाद में कहीं न कहीं थोड़ा ख़तरा और बेरहमी शामिल थी।

मेनका कहाँ थी? *हो सकता है कि सुबह की दिनचर्या में व्यस्त हो।* विश्वामित्र ने मन ही मन अपने आश्रम के विस्तार का जायज़ा लिया। उनके पास और अधिक शिष्य और सहायक होने चाहिए, जो उनसे विद्या प्राप्त करें और मेनका को थोड़ी सहायता मिल सके। परंतु उनसे अपने स्वर्ग में अनजान लोगों के आने की संभावना भी सहन नहीं होती। नहीं, मेनका और उनका जीवन इसी तरह संपूर्ण था। वह कुटिया में नहीं थी। *वह निश्चित ही नदी में तैरने गई होगी।* उसे तैरना बहुत पसंद है। उन्होंने मन में सोचा।

"मेन...का!" उन्होंने उसके नाम को तत्कालिता के साथ पुकारा, अनजाना-सा भय मन में आया कि कहीं वह चली तो नहीं गई या उसे कोई उठा तो नहीं ले गया।

विश्वामित्र ने मेनका को नदी के पानी में पूरी मादकता के साथ स्नान करते पाया तो सोचा, *ईर्ष्या के बारे में कुछ भी लज्जाजनक नहीं है।* वे इसे सच्चे प्रेम की निशानी मानते थे। परंतु उन्हें इस बात का भी गर्व था कि वे ईर्ष्यालु नहीं थे। उन्हें कभी कोई संकट महसूस नहीं हुआ, संभवतः क्योंकि उनके पास सब कुछ था। वे सबकी ईर्ष्या का केंद्र बिंदु थे। मेनका से भेंट होने तक उनके मन में कभी ईर्ष्या का भाव नहीं आया था। उन्हें वसु की स्मृतियों या इंद्र के स्वामित्व भाव से पीड़ा होती थी। वे मेनका पर पूरा विश्वास करते थे, परंतु उन्हें भय था कि वे एक दिन उसे खो देंगे।

पानी आमंत्रण देता प्रतीत हो रहा था। जल्दी ही वे भी नदी में उसके साथ थे। वह निश्चित रूप से अच्छा तैर सकती थी। वे उसके पीछे गए, परंतु उन्होंने पाया कि मेनका को पकड़ना कठिन था। कुछ समय बाद वह स्वयं ही मुड़ कर लौट आई, उतनी ही तेज़ी से, जितनी तेज़ी से दूर गई थी।

वह उनके आसपास गोल चक्कर लगाने लगी, उनका चेहरा गीला हो कर दमकने लगा। "मैं इस एक काम में आपसे श्रेष्ठ हूँ!" वह जीत के उल्लास में हँसने लगी।

वह अपने पीछे मुड़े और बड़े से चंद्रमा को ताकने लगे। जल में गरमाहट थी, परंतु वे उसे सराहने की मनोदशा में नहीं थे। वे चाहते थे कि मेनका स्नान पूरा कर जल से बाहर आए या फिर वे वहीं जल में उसके साथ संभोग करेंगे। मेनका उनके मन की बात जान कर, चिढ़ाने के लिए उनसे दूर जाने लगी। वह बार-बार पास आती और दूर चली जाती। वह उन्हें स्पर्श करती और लौट जाती। उसकी फिसलन से भरी देह, उनकी जंघाओं पर उसके हाथ, उनके गीले होंठों पर उसके होंठ, कानों और अचानक ही सूख गए मुख के भीतर फिरती उसकी जीभ। वह उन्हें हर जगह छू रही थी, उसके केश पानी पर तैर रहे थे, उनकी आँखों पर आ रहे थे; उन्हें लगा कि उनके हृदय में उल्लास के कारण विस्फोट हो जाएगा। जब उसने अपनी देह को उनकी देह से सटाते हुए, दोनों को जल के भीतर धकेला तो उन्हें अपने ही मुख से दबी आह सुनाई दी। परंतु वे उसकी देह को अच्छी तरह जानते थे, उनके हाथों ने उसकी कमर को थामा हुआ था, वे परमानंद में चूर हो कर, संभोगलीन थे। जल के भीतर यह रतिक्रीड़ा पूरी होने पर वे दोनों हाँफते हुए बाहर आए, शरीर आपस में अब भी गुँथे थे और गरम पानी पर तैर रहे थे। वे उसी संतुष्टि से भरे मौन के बीच तैरते रहे, अँगुलियों की छुअन के बीच जल का आनंद लेते रहे और आकाश में दिखते तारों को ताकते रहे।

"आप सितारों से मंत्रमुग्ध हो जाते हैं, है ना?" मेनका ने पूछा। "ब्रह्माण्ड, आकाशगंगा, खगोलशास्त्र - यही कारण था कि आपने एक आकाशगंगा बनाई..."

"मैंने जो रचा, उससे कहीं अधिक खोजा।" वे हौले से हँसे। "मनुष्य को केवल प्रकृति की खोज करनी है और उसे हर स्थान पर देव मिलेंगे। परंतु मनुष्य को अभी और अधिक खोजने की आवश्यकता है, और अधिक और वह लगातार खोजता रहता है, कभी हार नहीं मानता, तो तुमने आज क्या किया?" उन्होंने मेनका से पूछा।

"दिन में नृत्य के अभ्यास के बाद नदी में तैरने से अच्छा लगा।" उसने आह भरी और साँस को सम करने का प्रयत्न करने लगी। "हाँ, एक अच्छी कन्या की तरह मैं कोई कामुक नृत्य नहीं बल्कि शास्त्रीय नृत्य का अभ्यास

कर रही थी!" उसने शरारती अंदाज़ में दिलासा दिया, उसकी जीभ मुस्कराते होंठों से खेल रही थी। "गुरुजी, मैं जल्दी ही अपनी बातचीत में श्लोकों और स्वरों का विराम देना भी सीख लूँगी।"

"क्या मैं कामदेवता से भी श्रेष्ठ गुरु हूँ?" वे अंधकार में मुस्कराए।

"कहीं अधिक! मैंने अपना हज़ार चक्करों का लक्ष्य पूरा कर लिया है।" उसने मुख बनाया। "सौभाग्यवश भरत मुनि और तुम्बरु ने मुझे शास्त्रीय नृत्य करने के ज्यामितीय सौंदर्य बोध की शिक्षा दी हुई थी।" उसने अपनी लंबी टाँगें फैला दीं और जल छपछपाने लगी। "मुझे उनसे सीखे हुए सारे पाठ स्मरण आ गए और जल्दी ही मैंने उन्हें भी अभ्यास में उतार लिया। इन मुद्राओं में एक तार्किक लय है। हमारे कामुक नृत्यों में, हमें बार-बार नई खोज करनी पड़ती है, परंतु इसकी जड़ें शास्त्रीय नृत्य में ही रखी जाती हैं अन्यथा हम भटक सकते हैं। यदि आप समय पर निर्देश नहीं देते तो शायद मेरे साथ भी यही होता।" उसने हौले से कौशिक का कंधा छुआ।

"क्या तुम्हें कभी नृत्य में आध्यात्मिकता का पाठ नहीं पढ़ाया गया?" उन्होंने प्रश्न किया, आँखें गंभीर थीं। "नृत्य एक दर्शन है। मैं चाहता हूँ कि तुम इसे खोज कर इसमें श्रेष्ठता हासिल करो। यह कामुकता और आध्यात्मिकता का मूर्तिमान रूप है, एक दिव्य भाव और यह नर्तकी के नृत्य तथा जीवन, दोनों में ही झलकना चाहिए।" उन्होंने कहा। "संगीत और नृत्य केवल मनोरंजन नहीं हो सकते। प्रदर्शक एक ऊर्जा, शांति तथा सौम्यता का प्रसार करता है, जो वैज्ञानिक रूप से लगभग परिभाषित है। नृत्य तथा संगीत, दोनों में ही, ध्वनि का प्रयोग बहुत महत्त्वपूर्ण होता है, भले ही वे राग हों या संचालन और आप जितना अधिक संलग्न होंगे, यह ध्यान का उतना अधिक आनंद देगा। यह अनुभव के एक विभिन्न आयाम के रूप में विस्फोट होता है।"

मेनका अनमने ढंग से आकाश के तारों को देख रही थी। "जी, मैंने भगवान शिव के बारे में सुना है, जो संसार के श्रेष्ठ नर्तकों में से हैं, उनके पास हमेशा एक डमरू होता है जो जीवन की लय और ताल का प्रतीक है।"

"नृत्य शरीर की लय और शक्ति है और यह केवल हृदय की धड़कन में नहीं है।" विश्वामित्र ने समझाया। प्रत्येक रोम, प्रत्येक प्राणिक नाड़ी, प्रत्येक चक्र तथा शरीर में प्रत्येक नब्ज़ की अपनी ही धुन होती है। ध्वनि तथा शरीर की गतिविधि का अपना ही पूरा विज्ञान है। ऐसा नृत्य आध्यात्मिक मुक्ति

है, जिसमें शारीरिक हाव-भाव, शब्दों व संगीत, साज-सज्जा तथा भावों के माध्यम से उस पावन के साथ संप्रेषण संभव होता है।"

मेनका ने सिर हिलाया। "भारतीय नाट्यशास्त्र के नौ रस नृत्य के साथ ही समाहित हैं - मादक, हास्य, करुण, उग्र, वीर, भय, घृणा, आश्चर्य तथा शांत।" उसने कहा। यह केवल उनका स्वर नहीं था बल्कि वे जो बोले, उन शब्दों ने मेनका को सम्मोहित कर दिया था। भले ही वे नदी में थे परंतु उसे ऐसी चर्चा में बहुत आनंद आ रहा था। वे एक विद्वान थे, परंतु कभी उसे महसूस नहीं होने देते थे कि वे कितने महान हैं। वे अक्सर उसे अहसास दिलाए बिना ही कितना कुछ सिखा देते थे।

"भरत मुनि ने तुम्हें नाट्य और संगीत की अच्छी शिक्षा दी है। हे ईश्वर! अब नाट्यशास्त्र के वे छह हज़ार श्लोक मत दोहराने लगना! वैसे क्या तुम जानती हो कि मुनि को वह नाम कैसे मिला? 'भरत' शब्द तीन वर्णों के मेल से बना है - भ अर्थात भाव, र अर्थात राग और त अर्थात ताल।"

"ओह!" मेनका के मुख पर हैरानी थी। "अगर मुझे पता होता तो मैं उन्हें अवश्य सताती।"

"सताती?" उन्होंने हैरानी से अपनी एक भौंह उठाते हुए कहा। "मैंने तो सुना है कि वे अपने अनुशासन के बहुत पाबंद हैं। तुम उन्हें लुभा भी सकती थीं, क्या यह संभव था?"

मेनका खिलखिलाने लगी। "वे ज़रा थोड़े से... हमेशा सटीक प्रदर्शन की माँग करते थे। एक बार तो लक्ष्मी नारायण नृत्य के दौरान, जब भगवान विष्णु के लिए 'पुरुषोत्तम' शब्द कहने के स्थान पर उर्वशी के मुख से पुरुरवा निकल गया था तो वे उसे लगभग श्राप ही देने वाले थे!"

"प्रेम तुम्हारे साथ ऐसा ही करता है।" विश्वामित्र मुस्कराए। "देखा, तुमने मुझे अपना स्वामी और दास दोनों बना लिया है। तुम मेरे अधीन कितना सुंदर प्रशिक्षण ले रही हो।" उन्होंने अपने पैरों से उसके पैरों को छू कर उपहास किया। जल ने सारी थकान दूर कर दी थी।

मेनका ने सिर हिलाते हुए अपना होंठ दबा लिया।

"ऐसा मत करो।" कौशिक ने अचानक अपनी तर्जनी उसके होंठों के बीच रख दी। मेनका ने हौले से उनकी अँगुली काटी तो अँगुली निकाल कर बोले, "देखो, तुमने मुझे कैसे काटा है।"

"आप बहुत अच्छे गुरु हैं, पता है आपको?" मेनका ने प्रशंसा के स्वर में कहा। "कई बार सोचती हूँ कि क्या कभी नृत्य करते हुए हम अप्सराओं के मन में ये बातें आती होंगी। क्या श्रंगार को मादक और आध्यात्मिक होना चाहिए? क्या गरिमा और सौंदर्य नृत्य के दो तत्त्व हैं? परंतु आपने मुझे सिखाया कि नृत्य ईश्वर के आगे प्रदर्शन जैसा है, देखने के लिए कोई दर्शक नहीं, कोई संगत नहीं, केवल तुम्हारे हृदय की आस्था का गीत। केवल नर्तक और उसका आंतरिक स्वरूप, यही दैवीय गुणवत्ता की सर्वोच्च व्यवस्था है। जिस प्रकार, जब मैं आपके लिए नृत्य करती हूँ।" उसने बात को विराम दिया। "आप मेरे स्वामी हैं, आप ही मेरे गुरु हैं।"

विश्वामित्र कुछ कहने ही वाले थे, परंतु उसके स्वर की विचित्र-सी गहनता ने उन्हें मौन कर दिया। वह सीधी हुई और अपने हाथ उनकी धड़कती छाती पर रख दिए। "मुझे आशीर्वाद दें कि मैं आज के बाद कभी भी अपनी कला को अशुद्ध नहीं करूँ।"

उन्होंने उसे कंधों को कोमलता से थाम लिया। "तुम एक अप्सरा हो, इसलिए इसमें कोई अपवित्रता नहीं है। यह तुम्हारा पेशा है, कोई पाप नहीं।"

मेनका ने मुख हिलाया। "परंतु यह है, मैं यही तो करती थी। आपने मुझे नया मार्ग दिया, एक आध्यात्मिक अंतर्दृष्टि जो मेरे पास नहीं थी।"

"क्योंकि तुम्हें कभी उस तरह सिखाया ही नहीं गया, इस तरह इंद्र ने तुम्हें एक कलाकार के स्थान पर एक प्रदर्शक में बदल दिया।" उन्होंने माथे पर बल डाले।

"एक मोहिनी।" उसने हौले से कहा।

उन्होंने हामी भरी। "बिलकुल ठीक, उसने तुम्हें यही परिभाषा दी है। मेनका, तुम एक कलाकार हो। सभी अप्सराएँ होती हैं। वे दूसरों को अपना शिकार बनाने वालीं, मनोरंजन करने वाली नर्तकियाँ नहीं बल्कि कला की प्रचारक हैं। परंतु इसका अर्थ यह नहीं कि तुमने अब तक जो किया, वह अनैतिक या अपवित्र था। तुम ऐसा क्यों सोचती हो?" उन्होंने हल्की-सी चिंता के पुट में कहा। "यह तुम्हारी विनम्रता है? तुम ना तो हीन हो और ना ही अयोग्य। मेनका, तुम तो स्वर्ग की एक प्राणी हो। तुम सबसे पवित्र मनस् से जन्मी दिव्य संतान हो।" उन्होंने उसकी गर्दन सहलाई। "तुम मेरी प्रेरणा, मेरा बल हो। मैं इस बात को और अधिक बेहतर तरीक़े से कैसे कह

सकता हूँ कि मैं तुमसे प्रेम करता हूँ, आदर करता हूँ और मुझे तुम पर गर्व है।" उन्होंने धीरे से अपनी अँगुली उसके चिबुक पर रखी और उसका सिर अपनी ओर घुमा कर, उसकी आँखों में अपलक ताकने लगे। "मैंने जो कहा, उसका एक-एक शब्द महत्त्व रखता है। मैं चाहता हूँ कि तुम उन पर विश्वास करो।" उन्होंने अपने होंठ उसकी भौंहों पर रख दिए, मानो उसे पूज रहे हों।

उनकी इस कोमलता ने मेनका के भीतर एक पीड़ादायी भाव को जगा दिया, भीतर से अधूरेपन का गहरा भाव उमड़ा। पश्चाताप की लहर दौड़ गई। वह उनके आग्रह से दूर होना चाहती थी, परंतु अपराध बोध के कारण मुख भी नहीं मोड़ सकी। उन्होंने उसे कस कर थामा हुआ था और एक सत्य का सामना करने को विवश कर रहे थे - क्या वह उनका प्रेम पाने के योग्य थी? वह एक कपटी थी; उसने परिस्थितियों को अपने वश में किया, उसने वह होने का दिखावा किया जो वह नहीं थी। उसने अपनी झूठी पहचान दी। उसने अपना व्यवहार, व्यक्तित्व और अभिप्राय बदला। उसने उन्हें और स्वयं को मूर्ख बनाया। परंतु एक सत्य को वह नहीं नकार सकी, वह प्रेम में थी। मेनका ने निर्भीक हो कर, अपने शेष नैतिक साहस को बटोर कर, उनकी ईमानदार आँखों में झाँका। "मैं प्यार करती हूँ। आपसे प्यार करती हूँ। मैं प्रसन्न हूँ कि मैं पवित्र हूँ, मुझे भय है कि एक दिन मैं सब खो दूँगी, आपको और अपने स्वर्ग को खो दूँगी।" वह जानती थी कि वह उनसे झूठ नहीं कह रही थी।

खेल और जुआ

उसने झट से उनकी उपस्थिति भाँप ली। मेनका ने कनखियों से आसपास देखा, सारी इंद्रियाँ सचेत हो चुकी थीं। वह जानती थी कि इंद्र छिप कर, कहीं झाड़ियों के पीछे से झाँक रहा था। सौभाग्य से, कौशिक वन में उसकी अवांछित अनुपस्थिति को नहीं जान सकेंगे : वे गहरे ध्यान में थे और कुछ दिन तक उसी तंद्रा में रहने वाले थे। वह पिछले कुछ माह से उन्हें बहुत ही आराम से, उनकी पुरानी दिनचर्या में वापस जाने के लिए मनाने में सफल रही। ऐसा नहीं कि इससे उसका अपराध बोध कम होता था। उसके मन में एक महान व्यक्ति को उसकी करनी के कारण अपना सब कुछ नष्ट करते देख, मारे लज्जा और ग्लानि के मरी जा रही थी।

इंद्र को कौशिक के भीतर तप के लिए इस नई भावना को देख कर ही पुनः भय होने लगा होगा और वह उसे आँखें दिखाने आ पहुँचा। सूरज की उजली रोशनी में, आड़ में छिपी आकृति साफ़ दिखने लगी थी। इंद्र ने अपने जाने-पहचाने अंदाज़ में मुस्कराते हुए उसका स्वागत किया - दंभी किंतु उदारता के आवरण में छिपी हुई मुस्कान।

“लगता है, अपने लिए यहीं एक स्वर्ग रच लिया है।” इंद्र ने कहा। “वैसे इसके बदले में असली स्वर्ग को कब बदलने की योजना है?” चेहरे पर हल्की मुस्कान थी पर आँखें किसी हीरे की तरह कठोर लग रही थीं। “मैं कोई विवाद नहीं चाहता, मेनका। तुम पिछले आठ वर्षों से उसके साथ समय नष्ट कर रही हो! मैं विशेष तौर पर तुम्हें अपने साथ वापस ले जाने आया हूँ।” इंद्र उससे किसी भी तरह का झगड़ा मोल लेने को तैयार दिख रहा था।

मेनका उन निद्राविहीन रातों में हज़ारों बार इस दृश्य का मन ही मन पूर्वाभ्यास कर चुकी थी। वह जानती थी कि इंद्र का व्यवहार क्या होगा, और उसने इसी के आधार पर अपनी योजना तैयार की थी। उसने स्वयं को प्रार्थना करते हुए पाया कि उसकी योजना साकार हो जाए। उसी सफलता पर उसकी प्रसन्नता निर्भर करती थी।

"महाराज, मैं आपके साथ विवाद नहीं कर रही। मैं जानती हूँ कि आप कितने बलशाली हैं।" उसने धीमे सुर में कहा। "परंतु आपसे विनती करती हूँ, कृपया मुझे यहीं रहने दें! मैं उनसे प्रेम करती हूँ। मुझे उनसे दूर नहीं करें...!"

इंद्र ने भीतर से आनंद का आवेग अनुभव किया। एक बार फिर मेनका उसके आगे गिड़गिड़ा रही थी।

"उससे प्रेम करके ही तुम्हारी बुद्धि फिर गई है।" उसने प्रसन्न होने के बजाए कहा।

"अब मेरे पास आपसे लड़ने का साहस नहीं रहा। पिछली बार हार गई थी और इस बार भी हथियार डालती हूँ, यह मेरे लिए नहीं, कौशिक के लिए है। मैं उनके लिए कुछ भी करूँगी।" उसने इस तथ्य को स्वीकारा।

"कृपया कोई रक्तपात मत होने देना! मैं उसे छोड़ने को तैयार हूँ, परंतु यह नहीं चाहती कि तुम कौशिक को उसी तरह हानि पहुँचाओ, जैसा तुमने वसु के साथ किया था।" मेनका ने नाटकीय ढंग से कहा।

वसु, इंद्र के मुख में कटुता घुल गई। *मेनका ने फिर उस व्यक्ति को बीच में घसीट लिया।* परंतु अब मेनका के भीतर कोई मालिन्य नहीं था, यह एक असामान्य-सी अधीनता थी। उसकी शक्ति तले मेनका की आत्मा कुचली जा चुकी थी जिससे वह आतंकित थी। मेनका ने कुछ क़दम उठाए मानो विनीत भाव से उसके साथ चलने को तत्पर हो।

"क्या यही कारण है कि तुम उनके आश्रम में मुझे खुलेआम लेने नहीं आए?" उसने निर्दोषिता से पूछा।

"मैं वन में छिपा था, ताकि पहले इस बारे में तुमसे चर्चा हो जाए।" इंद्र झट से फुफकारा। उसका अभिमान आहत हुआ था। "मैं विश्वामित्र का सामना नहीं करना चाहता, उसकी आवश्यकता नहीं है। यह एक कपट था और इसे इसी तरह छिपा हुआ रहने दो। तुम उसी तरह चुपचाप लौट जाओगी, जैसे उसके जीवन में आई थी।"

"कौशिक को अहसास हो कि मैं जा चुकी हूँ, इससे पहले निकल चलें।" मेनका ने आग्रह किया। "वे मारे क्रोध के बौरा जाएँगे।"

"वह तुम सँभालना - तुमने उसे इतना दुर्बल बना दिया कि शायद अब उसके भीतर देवों को चुनौती देने का साहस नहीं बचा होगा। यह सब अब तक क्यों नहीं किया गया?" इंद्र को अब भी अपने बैरी की अज्ञात शक्तियों पर संदेह था, "या प्रेम ने तुम्हें भी अशक्त कर दिया है?"

ज्यों ही इंद्र ने यह कहा, उसे अहसास हुआ कि उसने अपनी भूल स्वीकार की है। उसने ही तो मेनका से कहा था कि वह विश्वामित्र से प्रेम करे परंतु वह इस हानि को पूरा नहीं कर सकता था। वह अपने ही जाल में उलझ गया था। उसने तत्काल खुद को सँभाला, अपनी भूल स्वीकारने के बाद साहस का प्रदर्शन करने का निर्णय लिया।

"तुम तो शहीद हो, है ना?" इंद्र के चेहरे पर दुष्टता से भरी चमक थी। "हमेशा की तरह आग उगलने के बजाए मेरे साथ वापस चलने की तैयारी करो। इस बार प्रेम ने तुम्हें बलवान नहीं, बल्कि अशक्त बना दिया है।"

"मैं जानती हूँ, तुमसे कभी जीत नहीं सकती। मैं कौशिक के साथ रहना चाहती हूँ परंतु ये भी पता है कि तुम ऐसा होने नहीं दोगे। मैं तुमसे लड़ूँगी नहीं, मैं कौशिक को उनकी भलाई के लिए त्याग दूँगी।"

"उसकी भलाई?" इंद्र ने प्रश्न किया।

मेनका ने हामी भरी, इंद्र को सरलता से भरी दृष्टि से ताका ताकि उसे कुछ विचित्र नहीं लगे।

"मेरा हृदय टूटेगा परंतु वे तुम्हारे कोप से बच जाएँगे।" उसने पीड़ा से भरी आह निकाली। "वे लड़े बिना नहीं मानेंगे और मैं उससे ही बचाव करना चाहती हूँ। हमें उनका ध्यान पूरा होने से पहले स्वर्ग चले जाना चाहिए। हालाँकि, वे आते ही होंगे..." उसने जान कर वाक्य को अधूरा छोड़ दिया।

इंद्र ने आँखें सिकोड़ीं। "अब भी उसके पास दैवीय शक्ति है? मुझे तो लगा था कि सब समाप्त हो गया?"

मेनका ने असहाय भाव से सिर हिलाया। "वे इतने बड़े ऋषि थे कि इतनी आसानी से सब समाप्त नहीं होगा। यह सब पलक झपकते नहीं हो सकता।" उसने उत्तर दिया। हालाँकि उसे पता था कि इंद्र की पलक झपकने का अर्थ एक मनुष्य के पूरे जीवनकाल के समान था।

इंद्र ने मन ही मन आह भरी। "मैं इस आदमी से और युद्ध नहीं करना चाहता। यही कारण है कि मैंने यह योजना बनाई थी। मुझे पिछली बार भगवान ब्रह्मा से फटकार मिली थी, इसलिए मैं और समस्या पैदा नहीं करना चाहता..." वह उलझन में दिखा। "तुमने विश्वामित्र को केवल उतना ही बताया है ना, जितना तुम्हें बताना चाहिए था?" उसने मेनका से पूछा।

मेनका की आँखें मारे भय के विस्फारित हो गईं। "मैं हमारे छल के बारे में क्यों बताने लगी?" उसने किसी तरह अपने मुख से 'हमारे' शब्द उच्चारा ताकि ऐसा लगे कि वे दोनों इस योजना के अपराधी थे। "अगर उन्हें मेरा सच पता चल गया तो मुझे शाप दे देंगे। बेहतर होगा कि मैं तुम्हारे साथ वापस स्वर्ग चलूँ।"

इंद्र के माथे पर बल आ गए। "हम्म, तुम लंबे समय से उसके साथ हो। कितने वर्ष उसके साथ बिताना चाहती हो? ऐसा हमेशा के लिए नहीं हो सकता। तुम अच्छी तरह जानती हो।"

"मैं जानती हूँ। जानती हूँ मैं! मैं स्वयं को यह भूलने नहीं दे सकती कि मैं स्वर्ग की रहने वाली हूँ। मैं इस धरती की नहीं किंतु मेरा हृदय इस जगह का ही रहेगा।" उसने एक आह भरते हुए कहा।

मेनका को स्वयं को सँभालने में समय लगा। उसने घबराहट के साथ अपना अंगवस्त्र सही कर लिया। इंद्र को उस सादगी और सरलता में भी उसकी सुंदरता दिखाई दी। मेनका ने एक भी आभूषण नहीं पहना हुआ था पर फिर भी दमक रही थी। वह अब भी उसका हृदय हरने की क्षमता रखती थी। *ओह! मैंने इसे कितना याद किया। इसकी उपस्थिति के लिए तरसता रहा - इसकी मुस्कान जो इसके दैवीय चेहरे और संसार को जगमगा देती थी। जब यह चलती थी तो इसकी स्वर्गिक गंध, इसके नितंबों की सम्मोहनकारी लय, कमसिन गर्दन से उठते हास्य की स्वरलहरी, इसका अपने मादक लाल होंठों को काटना। इसके बिना तो स्वर्ग ही नरक लगने लगा था। मैं इसे वापस पाना चाहता हूँ,* उसके मस्तिष्क में तत्काल ये विचार आए। वह उसके साथ वापस चलने को तैयार थी, इस बात से हालात और बेहतर लगने लगे थे। हालाँकि वह उसकी तत्परता देख कर आश्चर्य में पड़ गया था और थोड़ा संदेह भी हुआ परंतु मेनका बदल चुकी थी, उसे अचानक यह अहसास हुआ। वह पहले से कहीं अधिक विनम्र और अधीन हो गई

थी। उसके बल में भी एक कोमलता थी, विश्वामित्र ने उसे अपने ही तरीक़े से साधा था। इंद्र के चेहरे पर दबी मुस्कान थी, नश्वर मनुष्यों का भी अपना ही एक जादू होता है। वह पहले से कहीं अधिक पिघली हुई और परिपक्व लग रही थी। उसके भीतर से संघर्ष के बजाए एक दुर्लभ विवेक झलक रहा था। उसे मेनका का यह रूप ज़्यादा पसंद आया, इसे आसानी से बदल सकते थे, कोमलता से थाम सकते थे। उसने बेमन से अपना ध्यान दूसरी ओर लगाया और तय किया कि अब उन्हें उस जगह से निकल जाना चाहिए।

"मेनका, पहले से कितनी समझदार हो गई हो। अब तुम पहले जैसी प्रेममग्न मूर्खा नहीं रहीं।"

मेनका ने अपना होंठ काटते हुए इस व्यंग्य को झेल लिया। उसे अपनी भूमिका बड़ी सावधानी से निभानी होगी। "बिलकुल, मैं इस रक्तपात की साक्षी बनने के बजाए उसे छोड़ना बेहतर समझूँगी!"

उसने इंद्र को प्रसन्न होते हुए देखा, मेनका ने इंद्र की नष्ट करने की शक्ति का वर्णन किया तो उसे लगा कि उसकी प्रशंसा की जा रही थी।

"परंतु महाराज, हमारे जाने से जो रक्तपात होगा, उसका क्या करेंगे। मैं हमेशा से जानती थी कि एक दिन तो स्वर्ग वापस जाना ही होगा, परंतु क्या कौशिक ऐसा करने की अनुमति देंगे?" उसने सावधानी से अपनी बात को विराम दिया। "वे अवश्य ही कुपित होंगे। वे मुझे या आपको श्राप दे देंगे। या फिर दोनों को।" मेनका ने इंद्र के सबसे बड़े भय से अनुचित लाभ लेना चाहा - एक श्राप के साथ जीने का भय। पिछली बार उसे ऋषि गौतम से श्राप मिला था, जब उसने अहिल्या के पति के वेश में उससे संभोग किया था, इंद्र को सार्वजनिक रूप से उपहास का सामना करना पड़ा था। गौतम ने उसे नपुंसक बनाते हुए उसे एक हज़ार भग से भेद दिया था ताकि उसकी वासना शांत हो जाए।

इंद्र ने होंठ भींच लिए ताकि कहीं कंपन नहीं दिख जाए। मेनका समझ नहीं सकी कि वह उसका भय था या फिर गुस्सा। "विश्वामित्र में अब भी इतनी योगशक्ति है कि वह हमें श्राप दे सके?"

"हम्म, उनके भीतर आपको चुनौती देने की भी शक्ति है, मैं फिर से चेतावनी देती हूँ, महाराज।" मेनका ने धीरे से याद दिलाया।

"मुझे लगा कि अब तो वह पूरी तरह से मिट चुका होगा।" वह बुदबुदाया। "तुम्हें उसे पूरी तरह से समाप्त करने के लिए और कितने समय की आवश्यकता होगी?" उसने चिंतित भाव से पूछा।

"वे अब भी ध्यान के लिए जाते रहते हैं और कई बार ध्यान नहीं करने के लिए मान भी जाते हैं..." यह अपने-आप में झूठ का पूरा पुलिंदा था। इंद्र नहीं जान सकेगा और ना ही उसे पता चलना चाहिए कि वह ही कौशिक को पुनः तप करने को मना रही थी। "उन्हें ध्यान से पूरी तरह से अलग करने के लिए, एक व्यस्त पारिवारिक व्यक्ति बनाना होगा। केवल मेरा प्रेमी बनना ही पर्याप्त नहीं है।" मेनका को इंद्र से अपनी बात मनवाने के लिए एक वैध कारण मिल गया था। उसने दिखावा किया कि वह बहुत विचार कर रही है।

इंद्र अपनी बाजुएँ मोड़े सीधा खड़ा था, वह अक्सर अपने आक्रामक रवैए के दौरान ऐसा ही करता था, वह उसका उत्तर सुनने की प्रतीक्षा में था।

"संभवतः मेरा नयापन लुप्त-सा हो रहा है इसलिए वे दोबारा ध्यान पर जाने लगे हैं।" मेनका ने घबराहट से कहा।

"नहीं, मैं इस बात पर भरोसा नहीं कर सकता। विश्वामित्र का तुम्हारी ओर इतना ध्यान है कि वह तुम्हारे सिवा कुछ और सोच भी नहीं सकता। मेनका, तुम तो एक इंसान को शारीरिक तौर पर इतना अक्षम कर देती हो कि वह कुछ और सोचने या करने के योग्य ही नहीं रहता।" इंद्र ने झट से पलटवार किया। "यह बात वाकई ख़तरनाक है कि वह अपने पुराने तौर-तरीक़ों पर वापस आ रहा है। इस तरह उसके भीतर की पुरानी आग फिर से जल जाएगी और महत्त्वाकांक्षा की चिंगारी भड़क उठेगी।" इंद्र के माथे पर बल आ गए और इसी विचार में भौंहें सिकुड़ीं, उसे कहाँ पता था कि स्वयं मेनका ही तो विश्वामित्र को उसके सोए हुए स्वप्न को पुनः जगाने के लिए उकसा रही थी।

"बिलकुल ठीक। अगर मुझे उनका पूरा ध्यान अपनी ओर लगाए रखना है तो मुझे और ताक़तवर बनना होगा। मुझे उनके साथ रहना होगा, उन्हें इतना व्यस्त रखना होगा कि उन्हें मेरे सिवा कुछ और नहीं सूझे... ओह, मैं ऐसा कर सकती हूँ।" उसने थोड़ा सुकून दिखाते हुए कहा। "जैसा कि तुमने एक बार कहा था, मुझे विश्वामित्र की संतान को जन्म देना चाहिए।" ये शब्द मेनका के मुख से निकले और ठीक वही प्रभाव डालने में सफल रहे,

जिसे डालने के लिए इन्हें कहा गया था। उन्होंने वांछित प्रभाव डाला - इंद्र के माथे से बल हट गए, अब उसे पूरी तरह से विश्वास हो गया कि मेनका संपूर्ण रूप से उसके साथ ही थी। उन दोनों को मिल कर उस महान ऋषि को पतन की ओर अग्रसर करना होगा।

"महाराज, आप ठीक कहते थे, मुझे विश्वामित्र की संतान का पालन करने दें। मैं उन्हें गृहस्थ जीवन के जंजाल में ही उलझा कर रखूँगी।" मेनका ने चेहरे पर ऐसी मुस्कान के साथ अपनी बात कही मानो उसे आख़िर में बहुत ही ठोस उपाय सूझ गया हो। "वे ना केवल मुझसे, बल्कि अपनी संतान से भी बँध कर रहेंगे। अंततः जब मैं उनका त्याग कर दूँगी तो वे शिशु से बँधे रहेंगे और नहीं चाहने पर भी अपने तप, अपनी जिज्ञासा और अभियान को छोड़ कर शिशु का पालन-पोषण करना होगा।"

इंद्र के चेहरे पर दंभी मुस्कान आ गई। "मैंने तो तुम्हें पहले ही ऐसा करने को कहा था, परंतु तुमने इतने वर्षों में मेरी इस बात का अनुसरण क्यों नहीं किया?"

"वे नहीं चाहते थे।" मेनका ने झूठ कहा। "वे चाहते थे कि उनके सिवा मुझ पर किसी का अधिकार नहीं हो। परंतु अब मुझे उन्हें अपनी बातों के जाल में उलझाना होगा। उनके मन में शिशु के लिए लालसा जगानी होगी परंतु ऐसा करने में तो समय लगेगा..."

इंद्र ने अब भी मुँह बना रखा था।

मेनका ने अपनी बात पर बल दिया, "जब मैं स्वर्ग वापस जाऊँगी तो वही शिशु उनके कोप और शोक का भी अंत करेगा।" मेनका ने अपनी बात जारी रखी, वह बातों को इस तरह पेश कर रही थी कि वे सच्चे दावे लगें और इंद्र को उस पर कम से कम संदेह हो। "विश्वामित्र को एक शिशु की देख-रेख करनी होगी तो वे भूल कर भी आपको या देवों को चुनौती देने के बारे में नहीं सोच सकेंगे। शिशु उन्हें उनके उत्तरदायित्व की याद दिलाएगा और वे प्रतिशोध के बारे में विचार नहीं करेंगे। क्या मैं ग़लत कह रही हूँ?"

"ओह, जहाँ तक मैं देख सकता हूँ, वह तुम्हें बहुत चाहता है और जब तुम उसका त्याग करोगी, तो निश्चित रूप से उसका हृदय टूटेगा और वह हर चीज़ से हार जाएगा - तुम, उसका वह बेहूदा अभियान और शायद उसका अपना जीवन भी!" इंद्र ने कोसते हुए कहा। "पर शिशु से जुड़ी आस, मुझे

लगता है कि योजना में जान है। परंतु क्या तुम उस आदमी और बच्चे, दोनों का त्याग कर सकोगी, मेनका?" इंद्र ने चेहरे पर बुरे से भाव लाते हुए पूछा।

"मैंने पहले भी तो ऐसे किया है, तुम्हारी वजह से करना पड़ा और मैं पहले ही यह सब दुख भोग चुकी हूँ।" मेनका के स्वर में अश्रुओं की खनक सुनाई दी। "इस बार मैं नहीं चाहती कि यह प्रसंग मेरे सहित सबके लिए इतने अधिक दुख का कारण बने।"

इंद्र को प्रसन्नता थी कि मेनका ने हल खोज लिया था, हालाँकि अब उसे मेनका की स्वर्ग वापसी के लिए कुछ और अधिक प्रतीक्षा करनी होगी। परंतु मेनका अब भी कुछ सोच रही थी, उसकी एक भौंह ऊपर उठी हुई थी।

"परंतु इस जगह दुविधा यह नहीं कि मैं क्या चाहती हूँ या तुम क्या कर सकते हो..." उसने कहा। "दुविधा यह है कि हम कौशिक को रोक नहीं सकते। हम उनके उस अपार रोष को कैसे रोक सकेंगे? वे तो युद्ध छेड़ देंगे। मैं जिस पल इस जगह का त्याग करूँगी, चाहे अभी या फिर आने वाले समय में; कौशिक ना केवल प्रतिशोध लेंगे बल्कि पहले से भी मज़बूत उद्‌देश्य के साथ वापसी करेंगे, है ना? पहले तो यह केवल वशिष्ठ के साथ एक युद्ध था, परंतु महाराज, इस बार तो यह आपके साथ भी होगा। आपने जो भी किया, वे उसके लिए आपको कभी क्षमा नहीं करेंगे!"

इंद्र के भीतर भय की सिहरन दौड़ गई। "तुम क्या कह रही हो?" उसने आँखें सिकोड़ीं।

"यही कह रही हूँ कि ज्यों ही मैं उनका त्याग करूँगी, वे प्रतिशोध की भावना लिए पुनः ब्रह्मर्षि बनने के पथ पर चल देंगे।" उसने संक्षेप में अपनी बात कही। "मैं उन्हें अच्छी तरह जानती हूँ, वे इतनी बुरी तरह से नहीं बिखरेंगे कि हर चीज़ से मोह भंग कर दें। वे एक आहत पशु की तरह व्यवहार करेंगे जो सबके रक्त का प्यासा होगा। महाराज, एक बार फिर से आपके स्वर्ग के द्वार पर एक अजेय पुराना बैरी युद्ध के लिए ललकार रहा होगा।" मेनका ने अपने शब्दों को यथासंभव काँपते और डरते हुए कहा, मानो वह इस संभावना से डरी हुई हो। इंद्र का स्याह चेहरा देख कर उसे यक़ीन हो गया कि उसने इंद्र को काफ़ी चेता दिया था और अब वह बुरी तरह से भयभीत होने के क़गार पर था।

"परंतु आपके पास एक चुनाव है।" मेनका ने झट से अपना दाँव आज़माया। "आप या तो कौशिक के साथ दो-दो हाथ करने को तैयार रहें

क्योंकि वे फिर से सबसे शक्तिशाली ब्रह्मर्षि बनने की राह पर हैं... वह जान कर रुक गई, या फिर मुझे कौशिक के पास हमेशा के लिए छोड़ दें, ताकि उन्हें वश में रखा जा सके।"

उसने अपने शब्दों को कहने के बाद, उस परिवेश में घुलने का समय दिया। वह बहुत अच्छी तरह अपनी पारी खेल चुकी थी, उसने इंद्र को बड़े-बड़े वादों और प्रलोभनों के बाद भयभीत करने में सफलता हासिल की और उसे ऐसी मनोदशा में ले आई कि वह उससे सहमत होने के लिए राज़ी हो जाए। उसने इंद्र को पूरी तरह से अपनी पकड़ में ले लिया था और वह उसे मनचाहे तरीक़े से मोड़ सकती थी। वह उसे उसी तरह तड़पाना और तरसाना चाहती थी, जैसे वह आज तक उसके साथ करता आया था। अगर मेनका ने अपनी पकड़ ढीली की तो इंद्र फिर से उसे अपने चंगुल में उलझा सकता था। वह उससे पीछा छुड़ाना चाहती थी, वह चाहती थी कि दोबारा उसका मुख नहीं देखना पड़े।

"तो महाराज, आप किस चुनाव को बेहतर मानते हैं?" उसने विनीत भाव से पूछा। "मैं अभी आपके साथ अमरावती चलूँ या आपके शत्रु के साथ रहते हुए, उसे वश में रखूँ ताकि आपकी बाधा आपसे दूर रहे?" वह व्यग्रता से अपने प्रश्न के उत्तर की प्रतीक्षा में थी, अँगुलियाँ अंगवस्त्र के छोर से खेल रही थीं।

इंद्र को अपना मानसिक संतुलन साधने में समय लगा। इस अप्सरा ने उसे फिर से निरुत्तर कर दिया था। उसके चेहरे पर रोष के स्पष्ट भाव दिखाई दिए। उसने किसी तरह स्वयं को सँभाला। मेनका उसे तीक्ष्ण दृष्टि से देखते हुए, उसकी कुंठा के एक-एक क्षण का आनंद उठा रही थी। वह अपने ही बनाए कपट जाल में उलझ गया था।

"प्रिय, तुमने अद्भुत योजना बनाई है।" वह भिंचे दाँतों के साथ बोला।

"क्यों मैंने ऐसा क्या किया?" मेनका ने हैरान होने का दिखावा किया। "बस मुझसे यही भूल हुई कि जिसे शिकार बनाना था, उससे प्रेम कर बैठी, मेरी ऐसी कोई मंशा नहीं थी।" उसने चतुराई से कहा, उसके सुर में एक आग्रह से भरी फुसफुसाहट थी। उसने इंद्र को ठीक उसी जगह पहुँचा दिया था, जहाँ वह कभी अपने षड्यंत्र को स्वीकार नहीं करता और ना ही यह मानता कि वह अपनी ही योजना का शिकार हो चुका था। *इसे इसके पश्चाताप में ही घुलने दो,* मेनका ने आत्मसंतुष्ट भाव से सोचा।

लेकिन इंद्र जानता था कि आगे क्या होने वाला है। विश्वामित्र स्वतंत्र, उन्मादग्रस्त पशु की तरह हो जाएँगे, बदला लेने और रक्त बहाने के लिए आतुर। अब केवल मेनका ही उन्हें नियंत्रित कर पाएगी। उसे निर्णय करना था कि उसे अपने साथ ले जाए या उसे गँवा दे। उसने मेनका को अनिश्चय के साथ देखा। उसे भरोसा नहीं था कि शायद वह मेनका को उसकी बुद्धिमत्ता के लिए श्रेय दे सकता है जिसे लेकर उसे संदेह था। उसने भयंकर भूल की थी, मेनका ने नहीं। मेनका ने प्रेम में पड़ने समेत उसके हर आदेश का पालन किया था। एक समस्या को ख़त्म करने के लिए उसने दूसरी समस्या पैदा कर दी थी, जो कि उसे भी निपटा सकती थी। मेनका घातक रूप से पथभ्रष्ट करने वाली थी, उसने उसे अपने जाल में फँसा लिया था। वह नहीं जानता था कि इससे कैसे इससे बाहर निकला जाए। वह अपने ही निर्णय में उलझ गया था। उसे अपने आप को शक्तिशाली बनाने के लिए अपनी कमज़ोरी को छोड़ना होगा। अन्यथा कुछ ही दिनों में दोनों उसे ख़त्म कर देंगी। उसे मेनका को जाने देने होगा।

'हाँ, मेरे महाराज?' मेनका ने अपनी जबान को धार देते हुए पूछा। 'मुझे क्या करना चाहिए?'

'यहीं रहो और इस नर्क में सड़ो!'

जन्म और महत्त्व

कौशिक का जीवन अनुशासन से बँधा था। वे दोनों पिछले दस वर्षों से एक साथ थे, परंतु कौशिक की दिनचर्या ठीक पहले जैसी ही रही और मेनका अब उसकी अभ्यस्त हो चुकी थी। प्रायः यह सब साधारण ही था, परंतु इससे वह सुरक्षित, शांत और सहज अनुभव करती।

मेनका अपने जीवन में इससे अधिक प्रसन्न नहीं हो सकती थी। उसने श्राप के साए को अपने से कहीं दूर धकेल दिया था। इंद्र अब उसे और नहीं सता सकेगा, वह सुरक्षित थी। वह गर्भ से थी। इस बार उसके मन में कोई भावात्मक संकट नहीं था। लक्षण आश्चर्यजनक रूप से समान थे - सुबह उठते ही जी मिचलाना, पूरे दिन शरीर में आलस्य बना रहना, स्तनों में हल्का कड़ापन, परंतु इस बार वह इन क्षणों का भरपूर आनंद उठा रही थी।

"अप्सराएँ प्रेम करती हैं, परंतु जब वे संतान उत्पन्न करती हैं, तो वे प्रेम में होती हैं!" रति ने एक बार कहा था। यही कारण था कि उसे संतान पैदा करने में इतना समय लगा? क्या अब उनके लिए उसका प्रेम संपूर्ण तथा भय व कपट से रहित हो गया था? वह बच्ची उनके प्रेम का सत्य थी, उनकी योग ऊर्जा में एक दूसरा स्वर्ग रचने की क्षमता थी और उनके पावन प्रेम के मेल ने अकलुष का अंतिम चिह्न तक मिटा दिया था। उन्होंने हज़ारों बार प्रेम किया होगा, हज़ारों रात्रियों में, रात्रि से भोर तक, दिवस किस तरह रातों में बदल जाते थे। फिर भी मेनका उस एक स्तंभित क्षण को पहचान सकती थी, जब उसने गर्भ धारण किया होगा। उसने इसे भोर बेला में अनुभव किया था, अभी सूर्य ने अगले दिवस के आगमन की सूचना नहीं दी थी। उसने महसूस किया था कि उनका ऊष्म आवेग और

ऊर्जा उमड़ते हुई उसके भीतर समाई और एक नए जीवन का बीज पड़ा। जो एक विशुद्ध, सुंदर तथा विशेष रूप में फलने जा रहा था। मेनका ने हौले से अपनी कमर को छुआ, होंठों पर भीनी मुस्कान खेल गई।

यह एक आनंददायी रहस्य था, जो उसने अभी कौशिक को नहीं बताया था। उसकी मुस्कान झट से लुप्त हो गई और अचानक उसे चिंता ने घेर लिया। *वे कैसी प्रतिक्रिया देंगे? क्या वे रुष्ट होंगे? कुपित होंगे? या उसके समान ही प्रसन्नता का अनुभव करेंगे जैसे वह अभी गर्म जल में अपने पैर चलाते हुए महसूस कर रही थी?* वह अपने मनपसंद स्थान पर बैठी थी – नदी के किनारे पड़ा बड़ा-सा पाषाण, वह पानी की लहरों को आपस में अठखेलियाँ करते देख रही थी। उसने सोचा कि यह काफ़ी हद तक उसके अपने जीवन की तरह था। लहरों में बह कर किसी एक दिशा में खिंची चली जाती है और फिर उस दौरान ही उसका जीवन एक नई दिशा ले लेता है। क्या ऐसा हो चुका था? उसे अभी यह सुविधा नहीं दी गई थी। उसने अपनी ओर से पूरा प्रयत्न किया, संघर्ष किया ताकि धरती पर ही अपना स्वर्ग रच सके। वह भी कौशिक की तरह अपना स्वर्ग रच चुकी थी। वह उस काँपते जल में अपने पैर देख रही थी, वह शीतल कोलाहल उसके मन को शांत कर रहा था, उसे सब सामान्य हो जाने की संभावना का आश्वासन दे रहा था।

"अगर जल में और देर तक खेलती रहीं तो ठंड लग जाएगी, बच्चों को प्रायः यही कहा जाता है।"

वह अचानक ही उनके गहन स्वर से चौंक गई, उनके हाथों ने उसकी कमर को घेर लिया था। वह उनकी ओर मुड़ी और मुस्कराई।

"आज आप जल्दी लौट आए! हम मिल कर सूर्यास्त का दृश्य देख सकते हैं।"

वह उनकी ओर झुकी, उसका सिर उनकी छाती से जा टिका, बाजुओं ने उनकी कमर को घेरा हुआ था। उसने पक्षियों की चहचहाहट सुनी, जिन्हें शायद अपने घोंसलों में लौटने की जल्दी थी। मेनका ने गहरी आह भरी, वह उनकी भुजाओं में, अपने घर में ही थी। अचानक वह सारे भय, आशंका और संदेह से मुक्त हो गई। विचित्र रूप से शांत, मन को सहलाने वाला आनंदी भाव उमड़ आया। उसने आँखें बंद कीं और उनकी गंध ली, वह उन दोनों के साथ को जैसे भरपूर जी रही थी।

“मैं आपकी संतान की माँ बनने वाली हूँ।” वह संतोषपूर्वक हौले से बुदबुदाई, उसका स्वर हवा में हौले से तैर रहा था। उसने महसूस किया कि उन्होंने अचेत ही, उसके आसपास अपनी भुजाओं को कस दिया था। वह पीछे नहीं मुड़ी, परंतु उसके पेट पर रखे उनके हाथों को थपथपाया, उसकी आँखें बंद थीं और होंठों पर गरमाहट से भरी एक मुस्कान थी।

उसने पाया कि वे झुके और अपने होंठ उसके नग्न कंधों पर रख दिए। “ओह मेनका! तुम मुझे इससे बड़ी प्रसन्नता नहीं दे सकती थीं।”

मेनका गहरे संतोष से भर गई। उसने सिर मोड़ कर उन्हें देखा। “मुझे चिंता थी कि आप यह सुन कर विचलित होंगे।” उसने स्वीकारा।

“और तुमने ऐसा क्यों सोचा?” वे धीरे से बोले। “क्या तुम अब तक मुझे जान नहीं सकीं?”

उसने अपना सिर धीरे से हिलाया। “नहीं, मैं आपको जानती हूँ, परंतु आप वह नहीं जो हुआ करते थे, मैंने आपके जो होने की अपेक्षा की थी, आप वह नहीं हैं।”

“और तुमने यह अपेक्षा की और माना कि मैं इस समाचार को मन से ग्रहण नहीं करूँगा?” उन्होंने दोहराया।

मेनका ने अपने होंठ चबाए। “क्यों मेनका? क्या मुझ पर विश्वास नहीं?”

“मैं विश्वास करती हूँ। केवल...” वह सकुचाई। “यह मेरी मूर्खता थी।”

“नहीं, तुम असुरक्षित थीं।”

मेनका दूसरी ओर देखने लगी, फिर वही पुराना भय हृदय को आक्रांत करने लगा। उसने अपने हाथों से दोनों घुटनों को जकड़ा और उन्हें खींच कर चिबुक तक ले आई।

“तुम्हें भय था कि अगर तुमने संतान को जन्म दिया तो मैं तुम्हें छोड़ कर चला जाऊँगा?” उन्होंने चतुराई से अनुमान लगाया। मैं तुम्हें उसी तरह त्याग दूँगा, जैसे मैंने कान्यकुब्ज में अपनी पत्नियों और पुत्रों को त्याग दिया?” उनके होंठ आपस में भिंच गए।

मेनका खिसियाई। “तुम इतने वर्षों से इसी भय में जीती आई हो?” उन्होंने प्रश्न किया, उनकी आँखों में एक अनजाना भाव उभर आया था।

"क्या एक व्यक्ति के रूप में मेरी यही छवि है?" यह कोई जिज्ञासा नहीं एक कथन था।

"यह भय आपके कारण नहीं, मेरे कारण था।" मेनका ने स्पष्ट करना चाहा। उसने अपना हाथ उनके हाथ पर रख दिया। "मुझे भय था कि कहीं आपको ऐसा नहीं लगे कि मैं आपको जाल में फँसाने के लिए शिशु का उपयोग कर रही हूँ..."

"क्या तुम अपने बारे में ऐसी राय रखती हो और मेरे बारे में इतना नीच सोचती हो, मेनका?" उन्होंने अपने हाथ से उसकी चिबुक उठाते हुए कहा। "जहाँ तक मेरा प्रश्न है, मानता हूँ कि मैंने अपने परिवार को त्यागा। मैं स्वार्थी और दया रहित था और अपनी विक्षिप्त महत्त्वाकांक्षा का मारा था। परंतु अब वह सब बदल चुका है। मैंने अपने लिए अपने राज्य का त्याग किया; परंतु अब मैंने तुम्हारे लिए अपने संन्यास का त्याग कर दिया है।" उन्होंने आह भरी, उनका अँगूठा हौले से मेनका की गर्दन सहला रहा था। मेरी प्रिय, मैं तुम्हारा त्याग कर भी कैसे सकता हूँ? तुम्हारे मन में यह भय आया भी कैसे?"

मेनका का चेहरा अपराध बोध से लाल पड़ गया। उसने अपनी पीड़ा को छिपाने के लिए आँखें बंद कर लीं। विश्वामित्र को लगा कि मेनका उन्हें चुंबन देने को बुला रही थी। उन्होंने अपने होंठ उसके होंठों से जोड़ दिए और उनकी जीभ उसके मुख में घूमने लगी।

"मैं चाहता हूँ कि मेरा शिशु तुम्हारे भीतर आकार ले," उन्होंने उसके कोमल पेट पर हाथ फिराते हुए कहा। "मैं इसके लिए इंकार कैसे कर सकता था? तुम्हारे भीतर मेरा अंश है, हम दोनों के अंश का संपूर्ण रूप - हमारी संतान। ओह मेनका, हमारी! हमारी! हमारी!" वे अचानक ज़ोर से चिल्लाए।

उनकी पुकार की गूँज बहुत देर तक उनके कानों में गूँजती रही।

वह उनका मनपसंद भोजन पका रही थी - दालों के साथ भुना हुआ बैंगन। जब वह झुक कर, गुनगुनाते हुए पात्र में कड़छुल हिलाती तो वे उसे अपलक ताकते। उसके सुर में उसका अपना ही एक संसार था - उसके पकाए गए भोजन की गंध, पौधों को पानी देने के बाद धरती से उठती सोंधी गंध, उसके बालों में निपुणता से सजाए गए फूलों की गंध, नदी से पात्र में जल लाती

मेनका के पात्र से जल का छलकना - यह सब संगीत था, जब वह धीरे से गुनगुनाती तो वह उनके कानों में संगीत की तरह सुनाई देता।

वह पहले से भारी हो रही थी, गर्भ का उभार दिखने लगा था। परंतु वह पहले से भी अधिक लावण्या हो गई थी। चूल्हे के सेंक से ही चेहरा लाल नहीं था। उसका चेहरा पहले से और दिपदिपाने लगा था। गालों पर सेहत और प्रसन्नता की लाली दमकती थी। उसका जूड़ा ढीला हो गया था। उसने अधीरता से अपने केशों को गर्दन से उठा कर समेटते हुए झट से जूड़ा बना लिया। हमेशा की तरह, उसकी गर्दन की कोमलता और कमनीयता देख विश्वामित्र के भीतर इच्छा का आवेग उमड़ आया।

वे आह भरते हुए, भोजन को बाहर ले जाने में उसकी मदद करने उठे। उन्होंने पके हुए भोजन की मात्रा कम देख कर त्यौरी चढ़ाई। "क्या तुम फिर से भोजन नहीं करने वालीं?" उन्होंने तीक्ष्णता से पूछा।

"खाने का मन नहीं है, रोटी की गंध से जी मिचलाता है।"

"तो मत खाओ। थोड़ा भात खा लो।" उन्होंने कंधे झटके। "इस तरह उपवास करने से कैसे चलेगा? ठहरो, तुम्हारे लिए कुछ लाया था।"

वे बाहर तक गए और लौट आए। उनके हाथ में एक टोकरी थी। मेनका ने कौतूहल से देखा तो उसमें कुछ फल दिखाई दिए। उसने उन्हें हाथों में उठाया।

"आड़ू और खुबानी!" उसने किलकारी भरी और आँखों में चमक आ गई। "ये आपको कहाँ से मिले? इनका तो मौसम ही नहीं है?"

"इस जगह नहीं है।" वे फलों को पानी के कटोरे में धोने में व्यस्त थे। फिर उन्होंने उसे पोंछ कर, मेनका के खुले हुए मुख में डाल दिया। वह उसे झट से निगल गई और उसका रस होंठों के कोरों तक छलक आया जिसे कौशिक ने अपने अँगूठे से पोंछ कर अपने हाथों से सहला दिया।

"तो तुम्हें भूख लगी थी!" वे कोमलता से मुस्कराए।

"इनकी ही भूख थी।" मेनका ने झट से एक और फल मुख में डाला और रस से भीगे होंठों को चाटने लगी।

"और लो?" उन्होंने उसे चाव से फल खाते देख कर कहा।

"हम्म, हाँ और, और! जैसे प्यार से जी नहीं भरता, ठीक उसी तरह।" वह दमकी और रसीले फल खाने लगी। अचानक मन में एक बात आई

और वहीं ठिठकी, आधी खुबानी अब भी मुख में थी, होंठों की मुस्कान जा चुकी थी।

"आपने आज की सारी सुबह इन्हें लाने में ही बिता दी?"

"हम्म, जैसे तुमने खाना बनाने में समय लगाया।" वे बोले। "घर की साफ़-सफ़ाई की।"

वह अचानक उदास हो आई। आँखों में उदासी के चिह्न उभर आए। "आपने आज भी ध्यान नहीं किया। एक सप्ताह हो गया है! उसने आरोप लगाया। मैं देख रही हूँ कि आप मेरे सो कर उठने से पूर्व उठ कर नदी से जल ले आते हैं और मेरे काम करने से पहले ही वस्त्र भी धो देते हैं। कौशिक, मैं रोगी नहीं हूँ। मैं अब भी ये काम कर सकती हूँ। आपको अपना ध्यान-पूजन छोड़ने की आवश्यकता नहीं है।"

उन्होंने उत्तर नहीं दिया परंतु मेनका को अपना उत्तर मिल गया था। वे अपनी दिनचर्या से परे जा रहे थे, जिसे वे पिछले कुछ समय से मेनका के निरंतर आग्रह और विनती के कारण जारी रखे हुए थे। मेनका को अपने भीतर पराजय और निराशा का अनुभव हुआ, उसे ऐसा लगा कि वे ध्यान करना नहीं चाहते थे और अब तक उसके आग्रह पर करते आए थे।

"क्यों, क्या अब आप ब्रह्मर्षि नहीं बनना चाहते?" उसने दो टूक पूछा।

उन्होंने तत्काल उत्तर नहीं दिया। मेनका को लगा कि वे उसे उपेक्षित कर रहे थे, परंतु वे अपलक दृष्टि से उसे ताकने लगे।

"नहीं, अब मैं ऐसा कुछ नहीं बनना चाहता।"

मेनका इस तरह चकराई मानो किसी ने तमाचा दे मारा हो, चेहरे का सारा रंग उतर गया। नहीं! वह स्तब्ध मन में चिल्लाई। दिमाग़ ख़ाली हो चुका था। उनके शब्द बार-बार कानों में बज रहे थे। अब मैं ऐसा कुछ नहीं बनना चाहता। वे हार चुके थे। उन्होंने मेनका के नाम पर सब त्याग दिया था। सब कुछ उसके लिए, उसके कारण त्याग दिया था। जैसे कि योजना बनाई गई थी, एक स्वर ने भीतर से ताना दिया। मेनका जो पाने के लिए आई थी, उसने वह पा लिया था। वे अपना सब कुछ त्याग कर, उसके दास हो चुके थे। जिस लुभावनी अप्सरा को उनके पास भेजा गया था, उसने उन्हें उनके स्वप्न से दूर कर दिया था। उसने उनकी महत्त्वाकांक्षा को मार दिया, सफल होने की इच्छा छीन ली और उनकी क्षुधा बढ़ा दी थी। उनके पास

मेनका के प्रति अदम्य कामना के सिवा कुछ नहीं बचा था। संभवतः मेनका को मन में इसका भान हुआ होगा, तभी वह उन्हें बारंबार उनका काम जारी रखने, ध्यान करने और उनके भीतर की आग को जीवित रखने का आग्रह करती रही थी। वह उन्हें उनकी आध्यात्मिक प्रवृत्ति की ओर वापस ले जाना चाहती थी। परंतु वह असफल हो चुकी थी। क्योंकि वही उनकी असफलता का कारण थी। उनकी ख़तरनाक मोहिनी, जैसा कि वे प्रायः उसे चिढ़ाने के लिए कहते थे, वह उन्हें लुभा कर उनके पतन की ओर ले जा चुकी थी। अब यदि वह उनकी मदद करना भी चाहती थी तो भी नहीं कर पा रही थी। वह सहायता कर भी नहीं सकती थी, क्योंकि वही तो थी जिसने उन्हें कीर्ति और ख्याति के शिखर से धकेला था। वही उनके पतन की उत्तरदायी थी। उसने ही उन्हें नष्ट किया था।

परंतु उसे अपनी ओर से प्रयत्न करना था, वह सरलता से हार नहीं मान सकती थी, वह उन्हें इतनी आसानी से हार नहीं मानने देगी।

"आप इतनी आसानी से कैसे हार सकते हैं?" उसने चुनौती दी। "आप कभी ब्रह्मर्षि बनना चाहते थे, आपका लक्ष्य ही यही था कि आप एक दिन महर्षि वशिष्ठ से भी श्रेष्ठ हों..."

"वशिष्ठ के पास शक्ति के लिए अरुंधती थी, मेरे पास तुम हो।" वे केवल इतना बोले।

मेनका का गला मारे लज्जा के रुँध गया। "नहीं, कौशिक, नहीं! मुझे इतना नीचे मत गिराओ! मैं इतने आदर की अधिकारी नहीं!"

"मेरे पास तुम हो, तुम मेरे पास हो और यह मेरे जीवन में आनंद का स्रोत है। क्या तुम समझ नहीं सकतीं, मेनका! मैं आज जितना शांत और संतुष्ट हूँ, उतना जीवन में पहले कभी नहीं रहा। यह सब तुम्हारे कारण संभव हुआ है। जब मेरा संसार, मेरा स्वर्ग और मेरा ब्रह्माण्ड मेरे साथ है, तो मुझे कोई और चाहना क्यों रखनी चाहिए?"

मेनका ने विक्षिप्तों की तरह अपना सिर हिलाया। "आप सभी राजाओं में महान थे, परंतु आपने अपना सिंहासन, राज्य, नाम, यश और संपदा केवल उस एक महान स्वप्न के लिए तज दिया। आपने उसके लिए ही अपने परिवार को भी त्याग दिया। अपने ऋषियों से मिला अपमान सहन किया, कठोर से कठोर तप किया और वह बने जो आज आप हैं, एक ऐसा अद्‌भुत

विद्वान जिसके पास देवों से अधिक ज्ञान तथा बल है। आपने ऋषियों के आगे सिद्ध कर दिया कि आपका कोई सानी नहीं था - एक ऐसा योद्धा जो युद्ध का प्यासा नहीं, परंतु अपने पुण्यों के बल पर ऋषि बनने का विवेक रखता है। यह सब किसलिए? इस जगह... इस शून्य तक आने के लिए?" वह चिल्लाई। आप ऐसा नहीं कर सकते!"

"परंतु मैंने ऐसा किया है।" वे शांति से बोले। "मुझे अहसास हुआ कि मैं अपनी महत्त्वाकांक्षा के साथ दंभी, अपनी खोज में मूर्खतापूर्ण था और अब मुझे इनमें से कुछ भी नहीं चाहिए।"

"आपने यह साबित कर दिखाया कि अगर मनुष्य के पास संकल्प शक्ति हो तो वह कुछ भी कर सकता है। आपने एक मनुष्य हो कर भी देवों को परास्त किया। आपने उनके स्वर्ग को परास्त कर, उनके दंभ और दैवीय शक्ति का निशान मिटा दिया। आपने उन्हें इस संभावना से भयभीत कर दिया कि एक मनुष्य को अब देवों की आवश्यकता नहीं रही। आपने सिद्ध किया कि मनुष्य अब अपना स्वर्ग स्वयं बना सकता है। आपने देवों को घुटनों के बल आने पर विवश कर दिया। आपने यह सब किया, कौशिक, आपने। और तभी आप विश्वामित्र हुए! आप यह कैसे भूल सकते हैं??"

वे मुस्कराए, वे देख रहे थे मेनका अपने माथे पर बल डाल कर भी कितनी सुंदर दिखती थी, उसकी आँखों में गुस्से की चमक थी, उसके गालों पर हल्का गुलाबी रंग झलक रहा था।

"मेनका, तुमने अभी तो कहा। मनुष्य अपना स्वर्ग स्वयं बना सकता है। अब मेरे साथ तुम्हारा स्वर्ग है। वह स्वर्ग जो मैंने रचा था, वह मेरे दंभ, अभिमान और शक्ति की पिपासा से जुड़ा था। यह स्वर्ग जो अब मेरे पास है, इसे हमने अपने प्रेम से बनाया है, मेनका। मैं अपने लिए इसे चुनता हूँ।"

मेनका अपने कानों पर विश्वास नहीं कर सकी। उसकी पूरी देह आतंकित हो गई।

"आप सात पवित्र ऋषियों, सप्तर्षियों में से एकमात्र नश्वर ऋषि हैं, जो दिव्य शक्ति से उपजे। आपने अपनी दिव्यता स्वयं रची। भगवान ब्रह्मा ने स्वयं आपको महान विश्वामित्र के रूप में मान्यता प्रदान की, आप उन्हें निराश नहीं कर सकते! आप अपने ही उद्देश्य को परास्त नहीं कर सकते, कौशिक। आपने कभी जिसकी चाहना की थी, जिसके लिए संसार को त्यागा

था, उसे इतनी सरलता से नहीं तज सकते।" उसने अपना हाथ उनके बाजू पर रखा, उसे आशा थी कि वह स्पर्श उनकी सुध वापस ले आएगा।

वे मौन रहे परंतु उनका मौन स्वीकृति नहीं था। मेनका ने फिर से याद दिलाया, "आप ब्रह्मर्षि बनना चाहते थे। दुर्लभ और असाधारण ऋषि, जिन्होंने अपने आत्मबोध का अनुभव पाया ताकि उस परम यथार्थ के रूप में रहस्यमयी चेतना के परमानंद को पा सकें, परम दैवीय ज्ञान, ब्रह्मज्ञान प्राप्त कर सकें। आप ऐसे मुक्त जीवन होने वाले थे, जो अपने ब्राह्मण, अनंत आत्मा तथा सच्चे आंतरिक स्व के प्रति सचेत होता है। आप, हे विश्वामित्र! आप ही वे एकमात्र मनुष्य और एकमात्र ऋषि हैं, जो इस उन्नत पद तक पहुँचे। आप अपने पुण्यों के बल पर इस जगह तक आए और सिद्ध किया कि ब्राह्मण का स्तर अर्जित किया जा सकता है, यह कोई उपाधि नहीं होती, आपने संसार को बताया कि जन्म नहीं, योग्यता ही किसी व्यक्ति के जीवन को निश्चित करती है। आप मुझसे मिलने से पहले तक, ब्रह्मर्षि बनने के क़गार पर थे..." वह रोने लगी। फिर उसने किसी तरह स्वयं को सँभाला, "आप इतना आगे तक आ गए थे, आपका लक्ष्य पहुँच में है, तो ऐसे में आप इसे कैसे दुत्कार सकते हैं, विश्वामित्र?"

"मुझे इस नाम से मत पुकारो। तुमने मुझे कभी इस नाम से नहीं पुकारा तो आज मेरा उपहास क्यों कर रही हो? मैं तुम्हारे लिए कौशिक हूँ।"

"आप विश्वामित्र भी हैं," उसने उन्हें कटुता से याद दिलाया। "यदि आप भूल गए हैं तो यह लज्जा की बात है।"

उन्होंने अपने होंठ कस कर भींच लिए, मुख पर रोष के प्रथम चिह्न दिखने लगे।

"तुम्हें इससे क्या अंतर पड़ता है कि मैं क्या था और क्या हो गया, मेनका?" उन्होंने रुखाई से कहा। क्या इतना ही काफ़ी नहीं कि हम एक साथ प्रसन्न हैं, हमारे घर संतान का जन्म होने जा रहा है? तुम तपस्, विद्या और प्रबोध की बातें क्यों रट रही हो? मैंने इस सच्चाई को स्वीकार लिया है..."

"कौन-सी सच्चाई?" मेनका ने तुरंत पूछा।

"एक ब्रह्मर्षि बनने का संयम और रति सुख दोनों एक साथ नहीं हो सकते। इनमें से किसी एक का चुनाव करना होगा। विशुद्ध तप के लिए, पूरे एकांत में समाज व परिवार से दूर, आत्म-बोध पाने का ध्यान शामिल होता

है। उसे एक ब्रह्मचारी के रूप में, सांसारिक सुखों को भुला कर, आध्यात्मिक लक्ष्यों की प्राप्ति करनी होती है। यही कारण है कि मुझे अपने परिवार का त्याग करना पड़ा था। मोह से तप में बाधा आती है। यह अग्नि भीतर से जलाती है, इसके बल पर ही योगी प्रबोध पाता है ताकि उस असीम आत्म-संयम..."

और मैंने उस आत्म-संयम को मार दिया। मेनका को मन में अहसास हुआ और पश्चाताप किसी तेज़ छुरे की धार-सा काटने लगा।

वे आगे बोले, "एक ऋषि को अखंड एकाग्रता की आवश्यकता होती है और उसका केंद्र पूरी तरह से उसके विवेक और सत्यनिष्ठा पर आधारित होता है। उसे अपने शरीर, मन, इच्छा तथा चरित्र को अनुशासन में रखना होता है, अपने पर पूरी तरह से नियंत्रण रखना होता है और अंत में वह बिना किसी स्वार्थ या पुरस्कार की इच्छा के कार्य करता है। मुझे ऐसा लगा कि अब मैं ऐसा नहीं कर सकता था, ब्रह्मर्षि का लक्ष्य अपने-आप में एक पुरस्कार था, जो मैं अपने अहं की तुष्टि के लिए चाहता था। मैंने वह सब ग़लत कारणों से किया।"

"अब आप इसे उचित कारण से कीजिए।" मेनका ने समझाया। "मुझे या मेरी संतान को लक्ष्य की राह में नहीं आने दीजिए। हम यहीं आपकी प्रतीक्षा करेंगे। कौशिक, मैं आपकी हूँ, मैं सदा यहीं आपकी प्रतीक्षा करूँगी।"

"मेनका, मैंने तुम्हारे कहने पर तप करना चाहा, परंतु केवल तुम्हारा और हमारे जीवन में आने वाली इस नई प्रसन्नता के अतिरिक्त कोई और विचार नहीं कर सका। फिर मैं सोचने लगा कि मैं इतना लोभी क्यों हो रहा हूँ? मेरे पास सब कुछ है और मैं अपनी किसी दंभी महत्त्वाकांक्षा को पूरा करने के लिए फिर से सब त्यागने की मूर्खता क्यों कर रहा हूँ। अचानक ही यह लक्ष्य खोखला लगने लगा!"

"कौशिक, आपका लक्ष्य आपका सपना है। आत्म-बोध से बड़ा कल्याण कोई और नहीं है। यह एक उल्लेखनीय उपलब्धि है और आप यह जानते हैं।" मेनका ने तर्क दिया। "आप कुछ ऐसा पाने वाले थे जो पाना बेहद कठिन था। आपने असंभव को संभव किया था, कौशिक! इस स्थान से चले जाएँ, मुझसे और इस स्थान से दूर चले जाएँ और अपने सपने को पूरा करें। मेरे पास एक ब्रह्मर्षि बन कर लौटें। तब मैं कह सकूँगी कि मैं उसी प्रकार आपकी पत्नी बनने के उपयुक्त हूँ जिस प्रकार अरुंधती वशिष्ठ ऋषि के लिए हैं।"

“परंतु इस बार मैंने तुम्हें चुना है और हमारी संतान मेरी शक्ति की भूख से कहीं ऊपर है। मैं केवल तुम्हें चाहता हूँ। एक साथ दोनों नहीं मिल सकते।”

“कौशिक, आप दोनों रख सकते हैं। क्या अन्य छह ब्रह्मर्षि विवाहित नहीं हैं? उन्होंने पारिवारिक जीवन में ही संन्यस्त और गृहस्थ जीवन का मेल किया है। उनकी भी संतानें हैं। आपसे विनती करती हूँ कि वही करें जिसके लिए आपको नियति ने चुना है, मैं आपके विजयी हो कर लौटने की प्रतीक्षा करूँगी। मेरे पास ऐसे योद्धा बन कर लौटें जिसने अपना युद्ध जीता हो, ऐसे ब्रह्मर्षि, जिन्होंने इन सब पर विजय प्राप्त की हो।”

वे मुस्कराए, वही मनमोहिनी मुस्कान, “परंतु मेनका, मैं अब वह व्यक्ति नहीं रहा। अब मैं वैसा व्यक्ति रहना भी नहीं चाहता। वह एक आत्म-दंभी, आत्म-स्वार्थी, सत्ता का भूखा, प्रतिशोधपूर्ण और घृणित अहंवादी था। मैं अब बदल गया हूँ; तुमने मुझे बदल दिया है। क्या मेरा यह रूप तुम्हें स्वीकार नहीं है?”

“आप महानता पाने के लिए बने थे। यही कारण था कि आप कौशिक से विश्वामित्र हुए। कौशिक, आपसे प्रेम करती हूँ और सदा करती रहूँगी। परंतु स्वयं से प्रेम करना नहीं छोड़ें, जो कि आप हो सकते थे।” उसने कुंठित होते हुए कहा। वह ना केवल तर्क में हार रही थी बल्कि जीत असंभव हो रही थी। भले ही उसने इंद्र के लिए उसका युद्ध जीता हो परंतु अपनी लड़ाई तो हार गई थी। फिर भी वह आसानी से हथियार नहीं डालने वाली थी, वह अब भी उन्हें मनाने, समझाने और सामना करने पर तुली थी। परंतु वे भी कम अड़ियल नहीं थे, अपने विश्वास में डूबे हुए, उसके प्रेम में मग्न थे।

“मेनका, तुमने मुझे एक नया इंसान बना दिया है।” उन्होंने उसका चेहरा हाथों में थामा और माथे पर स्नेह से चूमा। यह मानो एक आदर से भरा कृत्य था। मेनका के लिए अपनी लज्जा छिपाना भारी हो गया। “तुमने ही मुझे कहीं बेहतर, सादा और शांत संसार दिया। मेरी संतान को जन्म देने वाली हो। एक मनुष्य इससे अधिक और क्या चाह सकता है?”

“आकांक्षा।” उसने बल देते हुए कहा। चेहरा लाल हो गया। “एक आकांक्षा, एक प्रेरणा, एक स्वप्न!”

"मेरे पास है, मेरे सामने खड़ा है। बस तुम और कुछ नहीं।" वे हौले से बोले। आँखें कोमलता से फुसफसा रही थीं। "मुझे दूर मत भेजो। मेनका, अपने घर आ गया हूँ। तुम ही मेरा घर हो।"

मेनका का चेहरा फ़क्क पड़ गया। उनका हर शब्द सीधा उसके अपराध बोध पर वार क्यों कर रहा था? क्योंकि वे उसे वास्तव में अपना सच्चा प्रेम जान कर प्रेम करते थे। वे उसे अपने साथ रखने के लिए, अपने आदर्श, अपनी तेजस्विता और भविष्य को भी दूर रखने को तैयार थे। उनका प्रेम उनकी आत्मा का अखंड विश्वास बन कर रहने वाला था।

मेनका को अपने पर घृणा होने लगी, उसने एक व्यक्ति का क्या हश्र किया। एक महान व्यक्ति को प्रेम के नाम पर कितना नीचे झुका दिया। उससे उसका भविष्य छीन कर अपना वर्तमान कमाया, परंतु अतीत तो अब भी छल रहा था। उसका पछतावा और लज्जा अब उसे इस छल से बाहर आने को विवश कर रहे थे। उसने अपनी अँगुलियों की मुट्ठी भींच ली, उसने उनके साथ क्या कर दिया था?

माता और संतान

"मेनका ने एक पुत्री को जन्म दिया है।" काम का चेहरा भावविहीन था। इंद्र ने उसके आसपास उदासीनता से देखा। मेनका की अनुपस्थिति के कारण वह कक्ष कितना सूना लगने लगा था।

"एक और अप्सरा के यहाँ पुत्री जन्मी है," उसने विरक्ति से कंधे झटके, परंतु काम जानता था कि इंद्र के चेहरे की वह बेपरवाही उसका छल थी। इंद्र मेनका या अपनी किसी अन्य अप्सरा के लिए इतना उदासीन हो ही नहीं सकता था, वे सब उसकी चल-संपत्ति थीं। कुछ लोग डाहवश उन्हें उसकी रक्षिताएँ भी कह देते थे, क्योंकि वह अपनी पत्नी की तुलना में उनके प्रति अधिक स्वामित्व भाव रखता था। काम व्यंग्यपूर्वक मुस्कराया। शची भले ही उसकी रानी या अर्धांगिनी हो, परंतु उसे भी इंद्र के आसपास इतनी लावण्यमयी स्त्रियों को देखने का अपमान सहन करना पड़ता था।

"परंतु यह एक मिथ है कि अप्सराएँ केवल कन्याओं को ही जन्म देती हैं।" काम ने कहा। "उर्वशी का ऋष्यश्रंग तथा घृताची का रुरु विख्यात पुत्र हुए! उनकी पुत्रियाँ भी अप्सरा बन सकती हैं, या नहीं बन सकतीं, देवेंद्र?" उसने घृणापूर्वक पूछा।

"जिस गति से हम मनुष्यों के हाथों अपनी अप्सराओं को खो रहे हैं, उसे देख कर तो यही लगता है कि हमें उनकी एक नई जाति बनानी होगी।" एक रूखे स्वर ने बाधा दी। दोनों पुरुषों ने एक साथ मुड़ कर देखा।

प्रवेश द्वार के पास खड़ी रंभा अपनी पूरी कीर्ति के साथ जगमगा रही थी, उसकी कटु कामुकता छलक रही थी।

"हमने उर्वशी को बहुत पहले खो दिया था और अब मेनका भी गई! महाराज, अब समय आ गया है कि स्वर्ग शिशुओं को अप्सराओं और गंधर्वों के रूप में बड़ा करने की अनुमति प्रदान करे। अब हमारे पास गंधर्व और अप्सरा नहीं रहे।"

काम चिहुँका। रंभा स्वर्ग से निकाले गए तुम्बरु और वसु की बात कर रही थी। हालाँकि उसे विश्वावसु के जाने से उसे कोई अंतर नहीं पड़ा था। परंतु विचित्र बात थी, अब तुम्बरु भी वसु जैसा ही भाग्य भोग रहा था। कुबेर का प्रिय होने के नाते, तुम्बरु को प्रायः गंधमादन पर्वत पर गाते सुना जा सकता था, जो धन के देवता का आवास था। परंतु अचानक, ही उसने स्वयं को दैवीय संरक्षण से परे पाया, तुम्बरु रंभा को उचित समय पर नृत्य प्रदर्शन के लिए प्रस्तुत नहीं कर सका जिससे कुबेर ने स्वयं को अपमानित अनुभव किया। उसे दैत्य जय और उसकी पत्नी शतह्रदा के घर असुर विराध के रूप में जन्म लेने का श्राप मिला, एक विशाल भयंकर जीव जिसके पास एक भयंकर मुख और दो लंबी भुजाओं के सिवा कुछ नहीं होगा। परंतु अप्रिय सत्य यह था कि कुबेर ने यह श्राप एक निजी कारण से दिया था। कोई भी उन दोनों के प्रणय प्रसंग से प्रसन्न नहीं था, उसने बड़ी धूर्तता से तुम्बरु को हटाने का उपाय कर दिया था ताकि रंभा उसके पुत्र नलकुबेर की ओर पूरा ध्यान दे सके।

वे दोनों ही अपनी पसंद को ले कर नाटकीय रहे - विश्वावसु और तुम्बरु। दोनों गंधर्व, दोनों ही अप्सराओं के प्रेमी, जिनके प्रेम उनके लिए श्राप साबित हुए और दोनों को ही अपने मित्र-कल्याणकर्ता देवों की ओर से नर्क के समान पीड़ा भोगने के श्राप मिले।

परंतु न्याय काव्यमयी भी था और इस बार रंभा पीड़ित थी। मेनका की तरह, उसने भी एक श्राप के कारण अपने प्रेम को खोया और इस क्रूर विडंबना को सब देख सकते थे। परंतु रंभा ने विलाप करने वाली विधवा बनने से इंकार कर दिया; उसने अपने दुख का सार्वजनिक प्रदर्शन नहीं किया; हालाँकि उसने मेनका की तरह दुख मनाया परंतु एक अंतर था। मेनका ने अपनी त्रासदी के लिए उत्तरदायी व्यक्ति से प्रतिशोध ले लिया था। उसने इंद्र से प्रतिशोध लेने के बाद किसी को कुछ नहीं कहा, रंभा से भी कुछ नहीं कहा जो उस षड्यंत्र में भागीदार थी। *परंतु रंभा अपने कोप से स्वर्ग को नरक में बदल देगी और काम को इस बात का पूरा विश्वास था।*

"रंभा, अब क्या बात है? यह मत कहना कि तुम्हें मेनका की याद आ रही है? वैसे भी तुम उसे बहुत पसंद नहीं करती थीं और अब जबकि वह और वसु स्वर्ग में नहीं रहे तो तुम्हें सबसे अधिक प्रसन्न होना चाहिए। अब किस बात का उलाहना है?"

क्योंकि मेनका ने अपने हिस्से की प्रसन्नता कमाई थी, रंभा ऐसा नहीं कर सकी। परंतु काम ने मुख से कुछ नहीं कहा।

"मैंने सुना है कि मेनका ने कन्या को जन्म दिया है। क्या इसका अर्थ है कि वह स्वर्ग वापस आ जाएगी या उस मनुष्य से अपना संपर्क बनाए रखेगी?" रंभा ने तिरस्कार को विष की चाशनी में लपेट कर पूछा। "अब मेरे पास देवों तथा ऋषियों के आनंद के लिए अप्सराओं का अभाव है। मेनका उनमें से श्रेष्ठ थी इसलिए उसे इतनी आसानी से जाने नहीं दिया जा सकता।" रंभा ने घूरते हुए कहा।

"तुम मुझसे क्या चाहती हो?" इंद्र के चेहरे पर चिंता की रेखाएँ थीं। रंभा ने ईर्ष्यावश सोचा, वह मेनका के लिए तड़प रहा है। क्या वह सचमुच चाहती है कि मेनका वापस आ कर उसका जीवन नारकीय बना दे? या फिर वह मेनका को स्वर्ग में इसलिए चाहती है कि वह उसे बरबाद कर, उसके जीवन से बची-खुची प्रसन्नता भी नष्ट कर दे?

"तुम उसका उसी तरह अपहरण क्यों नहीं कर लेते, जैसे उर्वशी का किया था?" रंभा ने सुझाव दिया।

"और वह रक्तपिपासु विश्वामित्र हमारे द्वार पर होगा, क्योंकि वह सारी धरती में खोज करने के बाद सबसे पहले इसी जगह आएगा।" इंद्र ने रंभा के मूर्खता भरे सुझाव पर कटुता से उत्तर दिया।

"आप और अन्य देव मिल कर उसे बाहर नहीं कर सकते?" रंभा को इंद्र के रोष से कोई लेन-देन नहीं था। "आप उसे वश में कर सकते हो।"

"स्वर्ग में युद्ध होगा, रंभा। इस मूर्खता के कारण मुझे अपने सिंहासन से हाथ धोना पड़ सकता है। पिछली बार स्वर्ग पर हमला कब हुआ था? हम किसी दुष्ट असुर या अतिमहत्त्वाकांक्षी राजा से नहीं बल्कि एक सत्यनिष्ठ ऋषि से लड़ रहे होंगे। हम सभी भगवान, ब्रह्मा, विष्णु और महेश के कोप के भागी होंगे और इस बार त्रिमूर्ति देव हमारी मदद के लिए आगे नहीं आएँगे, क्योंकि यह सारा युद्ध हमारा अपना किया-धरा होगा।"

हम्म, आपने ही किया है। रंभा कहते-कहते ही रुक गई।

"क्या वह वापस आएगी?" उसने संक्षेप में पूछा।

"मैं कह नहीं सकता।" इंद्र ने चिंतित स्वर में कहा। वह जानता था कि अगर उसने पूरी तरह से इंकार कर दिया तो रंभा की ईर्ष्या का अंत नहीं रहेगा। वह पहले से ही फुफकारती नागिन बनी हुई थी, जो दंश देने को तैयार थी। ये अप्सराएँ केवल मुट्ठी भर थीं और वह यह जानने में सदा असफल रहा कि वे इसके बाद क्या सोचेंगी। उसने कटुता से सोचा कि उसे उन्हें सँभालना नहीं आता। मेनका ने उसे बुरी तरह से परास्त करते हुए कुचल दिया था।

"अगर मेनका वापस नहीं आती तो मेरे पास आपके और देवों के सम्मुख प्रदर्शित करने के लिए केवल नौ देविकाएँ हैं। अन्य चौंतीस सांसारिक लौकिकाएँ हैं, जो केवल मृत नायकों का स्वागत करने के ही काम आती हैं, जिनका स्वागत अप्सराएँ नहीं करतीं। देविकाओं की तरह वे अमर नहीं हैं और ना ही मैं उन्हें बना सकती हूँ। कुल मिला कर, मैं मेनका के स्थान पर किसे ला सकती हूँ?" उसने चुनौती दी।

"कुछ समय तक प्रतीक्षा करते हैं और फिर देखते हैं।" इंद्र ने उसे भेजने के लिहाज़ से कहा, वह चाहता था कि रंभा उस जगह से चली जाए।

"उसे शीघ्र ही वापस ला कर दें या उसके बदले में कोई और अप्सरा दें।" रंभा ने तेज़ी से लौटते हुए अपने दंभी अंदाज़ में कहा।

इंद्र जानता था कि अब इस मामले को और विलंबित नहीं कर सकते थे। स्वर्ग को तत्काल एक अप्सरा की आवश्यकता थी। परंतु उसे नहीं पता था कि अब क्या करना चाहिए। उसके पास अप्सराओं को रचने की शक्ति नहीं थी। अप्सराएँ दिव्य प्राणी थीं जिन्हें सुमद्र मंथन के दौरान रचा गया और मेनका उनकी आख़िरी रचनां थी। तिलोत्तमा का जन्म, भगवान ब्रह्मा के आग्रह से दिव्य शिल्पी विश्वकर्मा से हुआ। उर्वशी का जन्म और भी विचित्र तरीक़े से हुआ था।

इंद्र को याद आया कि किस तरह उसने काम के साथ दो अप्सराओं को आदरणीय ऋषियों नर और नारायण के लंबे समय से चले आ रहे तप को भंग करने भेजा था, जो हिमालय के पर्वतों में तप लीन थे। इंद्रलोक की अप्सराओं से अप्रभावित, नारायण ने एक पुष्प तोड़ कर अपनी जंघा पर

रखा और उससे इतनी सुंदर युवती बाहर निकली जिसे देख कर स्वर्ग की अप्सराओं को भी मोह आ गया। यह यौवन से मदमाती लावण्यमयी उर्वशी थी, जिसे उन्होंने तप पूरा होने पर इंद्र को उपहार में दे दिया। तभी से, वह इंद्र की सभा का गौरव बनी हुई थी, इसके साथ ही इंद्र का ध्यान दोबारा अपनी समस्या की ओर आ गया। स्वर्ग में इस समय अप्सराओं और गंधर्वों का अभाव था। वसु और तुम्बरु जा चुके थे और उरण्यु गंधर्व, इन दिनों किसी काम का नहीं था। वह मेनका की अनुपस्थिति से इतना पीड़ित था कि कुछ नहीं कर पा रहा था। जाने मेनका ने कितने पुरुषों को सदा के लिए अपने प्रेमपाश में बाँध रखा था?

इंद्र परेशान हो कर काम की ओर मुड़ा। "क्या तुम्हारे पास कोई ऐसा पेय नहीं है जिसे पी कर प्रेम का नशा उतरे और व्यक्ति अपनी सुध में लौट आए?" वह प्रलाप करता रहा, "मैंने ही यह खेल रचा था जो वापस लौट कर मुझ पर ही हावी हो रहा है। मैंने अनेक अप्सराओं को अनेक अभियानों पर अनेक ऋषियों के पास भेजा परंतु ऐसी दुविधा तो कभी नहीं आई।"

"...क्योंकि तुमने पहले कभी अप्सरा पर प्रेमबाण नहीं चलाया?" काम ने पलटवार किया।

इंद्र लज्जित हो उठा। "मैं एक समस्या के बदले में दूसरी समस्या मोल ले रहा हूँ। पर काम, क्या तुम्हारे पास मेनका को वापस लाने का कोई उपाय है? उसने मुझे धोखा दिया है। उसने मेरे लिए यही चुनाव छोड़ा है कि स्वर्ग के द्वार पर योद्धा विश्वामित्र से लड़ूँ या स्वर्ग उसके बिना रहेगा; क्योंकि केवल मेनका ही उसे दोनों से दूर रख सकती है, उसका आत्म-विनाश और हमारा विनाश। क्या तुम कोई उपाय सोच सकते हो?" इंद्र की असहाय दृष्टि मित्र की सहायता चाह रही थी।

काम ने आत्म-संतोष से भरी मुस्कान छिपा ली। *मेनका आख़िरकर जीत ही गई, इंद्र को एक ऐसी दुविधा में डाल दिया जिसमें एक अनुकूल परिणाम आना असंभव था, उसने जो भी किया, उसकी पराजय निश्चित ही थी।*

यह प्रेम और आवेग का दस वर्ष का संबंध है, यह तोड़ा नहीं जा सकता, जब तक उन दोनों में से कोई इसे तोड़ने का निश्चय नहीं कर ले।" काम ने सहज भाव से कहा।

यह बहुत अच्छी तरह से रचा गया, हमेशा सुखी रहने वाला प्रेम प्रसंग था, जिसे मेनका ने बहुत चतुराई से बनाया था; बस इसमें फेर-बदल यही था कि उसने कभी कल्पना तक नहीं की थी, वह स्वयं विश्वामित्र के प्रेम में पड़ जाएगी। परंतु उसने एक अनजानी बाधा को अपने लाभ में बदल दिया था। अब बाज़ी उसके हाथ में थी।

"काश! मैं उसका सच विश्वामित्र के सामने ला सकता।" इंद्र गरजा। उसे हर हालात को अपने वश में करने की आदत थी। मेनका ने उसे नीचा दिखा दिया। "परंतु विश्वामित्र को मेनका की सच्चाई बताने का अर्थ होगा कि मैंने उसका दिल तोड़ने के बजाए उसकी कोई रक्त वाहिका तोड़ दी। वह निश्चित रूप से मुझे और मेनका को श्राप दे देगा। इसका तो कोई उपाय ही नहीं सूझता।" उसने दुख भरे स्वर में कहा।

काम मन ही मन इंद्र की इस असुविधा और बेचैनी का आनंद उठा रहा था। उसे इस रूप में देखना भी दुर्लभ था : माथे पर बल थे, दंभ कहीं छिप गया था, चेहरे पर भय की रेखाएँ थीं, लंबी सुघड़ नाक घटनाओं के इस अनापेक्षित मोड़ से गुलाबी पड़ गई थी।

"इंद्र, तुमने उसे खो दिया है।" उसने धीरे से कहा। "उससे उम्मीद छोड़ दो।"

"मैं अपनी ओर से समाधान कर रहा हूँ।" इंद्र ने गुस्से से सिर हिलाते हुए कहा।

"परंतु मुझे रंभा के आग्रह पर भी ध्यान देना होगा। अब मैं नई अप्सरा कहाँ से लाऊँ? मैं उसे रच तो नहीं सकता। केवल भगवान ब्रह्मा के पास ही सृजन का अधिकार है।"

"और विश्वामित्र," काम अपनी बात कहने से रह नहीं सका। "उनके पास पहले से एक और मेनका है और वे तुम्हें दूसरी मेनका बनाने में मदद तो नहीं करने वाले।"

इंद्र ने आँखें तरेरीं, "तब मुझे विवश हो कर ब्रह्मा के पास जाना होगा। उन्हें इस क्षुद्र सांसारिक प्रसंगों में उलझने से चिढ़ होती है। पिछली बार उन्होंने मध्यस्थता तब की थी जब त्रिशंकु का स्वर्ग रचा गया था और वे मुझसे अधिक क्रुद्ध हुए थे, जबकि विश्वामित्र उस सुंदर पदवी के साथ सारा सम्मान बटोर ले गया था! अब मैं दोबारा उनके पास जाने का साहस नहीं कर सकता। इसलिए अब मुझे क्या करना होगा?"

"कुछ नहीं। मामला हमारे हाथों से निकल गया है।" काम ने कंधे झटके। "अब हमें प्रतीक्षा करनी होगी।"

⸙

"आप इसका नाम क्या रखना चाहेंगे?" मेनका ने शिशु को देखते हुए कहा, जो सुबह की हल्की धूप में, उसके पास खड़ी हिरणी को देख खिलखिला रही थी। "हम उसे हमेशा घर में पुकारे जाने वाले नामों से नहीं बुला सकते जो स्नेह में पगी घरघराहट से अधिक नहीं लगते।"

विश्वामित्र हँस दिए, उनकी आँखें अपनी पुत्री पर टिकी थीं, वह हवा में अपनी नन्ही टाँगें चला रही थी। यह एक शक्तिशाली कन्या है। अपने आसपास बड़े पशुओं और पक्षियों से भी भयभीत नहीं होती। उन्होंने अनुभव किया।

मेनका ने उनकी दृष्टि का अनुसरण किया। शकुन पक्षियों का एक दल, शिशु के पास गोलाई में चक्कर लगा रहा था, मानो वे उसे बाहरी दुनिया के संकटों से बचा लेना चाहते हों।

इस विचित्र दृश्य से अभिभूत हो कर मेनका के मुख से अचानक निकला - शकुंतला - भूरे रंग के वे पक्षी उसकी पुत्री की किलकारी में सुर मिला कर चहक रहे थे।

वे अचानक चौंके पर धीरे-धीरे उनके आश्चर्य का स्थान मुस्कान ने ले लिया। "हाँ, इसके लिए यही नाम उचित रहेगा - शकुंतला," उन्होंने उस नाम को अच्छी तरह मुख से दोहराया। "यह अनंत सौंदर्य की स्वामिनी है। हालाँकि अब यह प्रकृति पुत्री अधिक लगने लगी है। यह वन के सभी पशुओं और पक्षियों को अपनी ओर आकर्षित करती है।"

"हम्म, अनंत सौंदर्य, क्या सच में ऐसा ही है? मेरा मानना है कि इसके पास मेरी सुंदरता और आपकी ओर से थोड़ी-सी बुद्धि है।" मेनका ने खिझाया।

"और तुम्हारी अच्छाई भी।" विश्वामित्र बोले। उनके स्वर में गंभीरता थी। "बाहरी सुंदरता की बजाए आंतरिक सुंदरता कहीं अधिक महत्त्व रखती है।"

मेनका ने फिर भीतर से उस अपराध बोध को उमड़ता महसूस किया, उसने झट से पलकें झुका लीं।

“एक पुत्री।” उन्होंने आह भरी। “मैं सदा अपने लिए एक पुत्री चाहता था और अब मेरी एक पुत्री है!” उन्होंने बच्ची को गोद में उठा लिया। उन्होंने उसे एक बाजू में उठाया और दूसरे हाथ से सहारा दे कर उसके सुंदर मुखड़े को दुलारने लगे। यह एक विरोधाभास था - एक विशालकाय मनुष्य अपने नन्हे शिशु को पुचकार रहा था। “मेरे पुत्र मेरे राज्य पर राज कर सकते हैं, परंतु पुत्री सदा मेरे हृदय पर राज करेगी। यह मेरी राजकुमारी है। परंतु यह एक रानी होगी, महानतम सम्राट की माता बनेगी, जिसके नाम पर इस देश का नाम रखा जाएगा।”

मेनका विचित्र रूप से द्रवित हो उठी। उसने उन्हें विचारपूर्वक देखा। यह कितनी अद्‌भुत बात है, मनुष्य स्नेह देने में कितने सक्षम होते हैं। सब कुछ छिन जाने वाला है, उसके बावजूद वे अपने भविष्य के लिए योजना बनाते हैं। “आप लोग अस्थायी समय के बावजूद प्रेम के स्थायित्व में विश्वास रखते हैं। आप मनुष्यों में मुझे यही बात चमत्कारिक लगती है।” उसने कहा। “हालाँकि अमर होने के नाते, हमारे पास कुछ भी स्थायी नहीं है।”

“संभवतः इसलिए क्योंकि हम समय और काल से बँधे हैं, हमें जीवन और इसकी संक्षिप्तता का मोल पता है।” वे सहमत थे।

“या फिर इसीलिए आप धरती के लिए बने हैं और मैं स्वर्ग के लिए।”

उन्होंने झट से मेनका की ओर देखते हुए कहा, “नहीं, मेनका तुम मेरा अमरत्व हो।”

तभी उनकी पुत्री ने सुंदर मुख से रोने की आवाज़ निकाली।

“इसे मुझे दीजिए। यह भूखी है।” मेनका ने कृत्रिम मुस्कान के साथ कहा।

उन्होंने आज्ञा का पालन करते हुए पुत्री को मेनका की गोद में दे दिया। मेनका कितनी अद्‌भुत दिख रही थी। वृक्ष से छन कर आती धूप उसके मुख पर पड़ रही थी, पुत्री को दूध पिलाती मेनका आंतरिक सौंदर्य से परिपूर्ण थी। यह संतोष से भरी छवि थी। शब्द कहीं खो गए और भूखे शिशु के दूध गटकने का स्वर सन्नाटे का संगीत बना।

“क्या तुम्हें पता है कि केवल इन क्षणों में ही तुम्हारी मादकता कहीं खो जाती है?” वे मुस्कराते हुए बोले। “तुम मेरे सामने अर्द्धनग्न अवस्था में बैठी हो और मैं केवल एक माता को देख रहा हूँ जो अपने शिशु को स्तनपान

करवा रही है। यह एक सुंदर दृश्य है। मातृत्व एक स्त्री को परिभाषित करता है, परंतु यह एक पिता के रूप में पुरुष की अनिवार्य योग्यता भी तय करता है, वह निश्चित रूप से अपने नए उत्तरदायित्वों को सुनिश्चित कर पाता है।" उन्होंने कहा। उनकी आँखों में भाव उमड़ रहे थे। "मेनका, मैं पहले भी पिता बना था, परंतु तुमने मुझे इसके सच्चे सार से अवगत करवाया।"

विश्वामित्र अचानक झुके और उसकी भौंहों को चूम लिया। यह चुंबन वासना का नहीं, सम्मान की उपज था।

मेनका के चेहरे पर आत्म-सजगता का रंग उतर आया और विश्वामित्र ने इसे उसकी लज्जा ही समझा। यह मेनका की आत्म-ग्लानि का रंग था। जब भी वे उसकी प्रशंसा में कुछ कहते, मेनका का हृदय रक्तरंजित हो जाता।

उन्हें नदी की ओर जाता देख, मेनका ने कंधों से बाल समेट लिए, यह निश्चित रूप से उसकी विवशता का संकेत हुआ करता था। मैं इनके योग्य नहीं हूँ। मेनका ने स्वयं को एक टहोका दिया। वह शिशु को दूध पिलाते हुए नहीं बिसूरेगी। उसने नन्ही पुत्री को देखा जो आँखें मूँदे संतुष्ट भाव से दूध गटक रही थी। मेनका को याद आ गया, जब उसने पहली बार उसे गोद में लिया था, रक्त से लथपथ बच्ची मलमल के कपड़े में लिपटी थी। उसे भीतर से कुछ उमड़ता महसूस हुआ, और जब भी वह उसे उठाती तो वैसा ही महसूस करती थी, उसे गोद में लेते ही नन्ही देह की ऊष्मा महसूस होने लगती। उसका नन्हा-सा दिल मेनका के हृदय के साथ मज़बूती से धड़क रहा था।

जब पहली बार संतान हुई थी तो उसे यह सुख नहीं मिल सका था। क्या ऐसा इसलिए था कि वसु ने वही किया जो उसे करना पड़ा? ताकि वह अपने उस अनुभव से वंचित रहे, जो उसे कभी नहीं मिलने वाला था? एक संतान को पैदा करना और त्याग देना; एक अप्सरा इससे ज़्यादा दुष्ट नहीं हो सकती। उसे इस तरह क्यों रचा गया, केवल दूसरों को लुभाने के लिए, प्यार करने और देने के लिए, रति सुख का आनंद पाने के लिए, गर्भ धारण करने के लिए, उसे जीवनी शक्ति, बल तथा आत्मा प्रदान करने के लिए! परंतु वह कभी उस स्नेह का अनुभव पाने की अधिकारी नहीं मानी गई जो एक माँ और संतान के बीच होता है?

परंतु क्यों? मेनका स्वयं से यह प्रश्न करती रही थी, *क्या वह वसु से लड़ी थी? क्या उसने इंद्र से युद्ध किया था?* और हर बार वह अपने ही

उत्तर से परास्त हो जाती – उसे वह अधिकार नहीं दिया गया, उसे मातृत्व से वंचित रखा गया। उसे अपनी पहली संतान, प्रमद्वरा को देखने तक का अवसर नहीं दिया गया; वह नहीं देख सकी कि कब वह एक नन्ही बच्ची से बड़ी हुई, कब एक युवती बनी। बस वह उसे उसकी अंतिम घड़ियों में ही देख सकी, जब वह संसार से विदा लेने वाली थी। मेनका उस आतंक को नहीं भुला सकती, जो उस मरणासन्न पुत्री को गोद में ले कर अनुभव हुआ था। वह उसे इस तरह हिला रही थी मानो उसके अंदर थोड़ी श्वास वापस ला सके। उसने उसके प्राण वापस पाने के लिए याचना की थी और यम ने प्रमद्वरा के धरती पर सीमित वर्षों को, मेनका के अमरत्व से थोड़ा समय दे दिया था। अब उसकी पुत्री उससे उधार मिले वर्षों पर जीवित थी। तब मेनका को कुछ देने तथा एक माता होने का आनंद मिला था।

मातृत्व उसके लिए एक आलौकिक रूपांतरण था। उसे उर्वशी के शब्द याद आए, “अप्सराएँ माताएँ बनने के लिए नहीं होतीं।” अगर संसार सामान्यतः उसे ही माता मानता है जो कोई कुछ नहीं लेती, कोई माँग नहीं रखती, देना ही अपना विशेषाधिकार मानती है तो मेनका जानती थी कि उसने और उसके जैसी स्त्रियों ने परिभाषा को विकृत किया था। एक माता दुष्ट, धूर्त और निर्दयी भी हो सकती है। अप्सराएँ साबित कर चुकी थीं कि वे ऐसी ही होती हैं। वे केवल मोहक, सौंदर्य का भाव देने वाली अमूर्त इच्छा, यौन रूप से मुक्त पुलकित आत्मा थीं, जो कि वह स्वयं थी, मेनका ने स्वयं को याद दिलाया। उन्हें मन से रचा गया, परंतु सुंदर देह दी गई ताकि वे देह की वासना की पूर्ति कर सकें, उन्हें मातृत्व के बोझ तले दबा कर अधीन नहीं किया जा सकता था। यह सुखवाद अपनी परिपूर्णता के बावजूद कितना अधूरा था – इसमें नैतिक अथवा अनैतिक की कोई आशंका नहीं थी, वे अपने नियम के सिवा कोई विधान नहीं मानती थीं और वह यही था कि वे अपने अस्तित्व को पूर्ण करती रहें। उनके सौंदर्य जगत में, नश्वरता का अस्तित्व नहीं था और मूल्यों का अभाव था। परंतु मेनका ने स्वयं को विरोधाभासों से भरे एक संसार में पाया – एक मुक्त स्त्री जिसके पास अपना कोई चुनाव नहीं था, मन और सौंदर्य; सत्य और झूठ तथा आनंद व कर्तव्य के बीच विभाजित। कामुकता के सभी आदर्शों पर ख़री उतरती थी वह, यही कारण था कि उसे एक नर्तकी, गायिका, अभिनेत्री, राजनर्तकी तथा शारीरिक संबंध बनाने वाली प्रेमिका बनाया गया परंतु माता बनने के लिए नहीं रचा

गया। वह कभी पालनहार नहीं हो सकती थी, क्योंकि यह उसकी आत्मा में ही नहीं था।

क्या मुझे एक बार फिर से अपनी संतान का त्याग करना होगा? यह भय गहरा होते हुए, उसके विषादग्रस्त मन को चीर रहा था। हृदयहीन माता होने का आत्म-तिरस्कार पुनः वैध होने वाला था।

मेनका ने शकुंतला के कोमल केशों को छूते हुए, सिर को थपथपाया। उसे अपने पास खींचते हुए निर्णय लिया कि वह उसे कभी अपने से अलग नहीं होने देगी। हालाँकि उसके मन ने उसे फटकारा। उसकी बच्ची को उसके पापों की सजा भुगतनी होगी। वह एक कपटी थी, जो अपने अपराध की नीचता और अपने किए की जवाबदेही से दूर नहीं भाग सकती थी। मिथ्या जीवन जीते हुए, उसका स्नेह भी एक झूठ ही तो था, जो किसी आशा या विश्वास के अभाव में क्षणभंगुर था। क्या उसकी पुत्री भी उससे घृणा करेगी? मेनका ने एक बार फिर से सोती हुई बच्ची को देखा। *क्या मैं कौशिक और इसके साथ छल कर रही हूँ? केवल इसलिए कि मुझे एक अप्सरा होने का श्राप मिला है जो हृदय और आत्मा के बिना बेहद लुभावनी है?*

पुण्य और पात्रता

"तुम बच्ची को स्तनपान करवाते हुए क्या सोचती रहती हो?" विश्वामित्र ने कौतूहल से पूछा, वे वहीं बिस्तर पर बैठे शकुंतला को दूध पिलाते हुए देख रहे थे। इन दिनों जैसे यही उनके जीवन का सबसे आवश्यक कार्य हो गया था, उनके अनुभव का सबसे आनंददायक हिस्सा।

"वही मौन तो माता और बच्चे की आत्मीयता बनता है। इस तरह हम दोनों आपस में बात करते हैं।" मेनका ने सरल शब्दों में कहा।

शकुंतला सो चुकी थी और मेनका ने उसे पालने में लिटा दिया, जो विश्वामित्र ने वन के वृक्ष की लकड़ी से बना दिया था।

"यह तार्किक और औपचारिक संपर्क क्या कहता है?" वे मुस्कराए।

मेनका नहीं मुस्कराई। "यही कि उसके पिता राजा हरिश्चंद्र के राज्याभिषेक समारोह में क्यों नहीं गए?" उसने हल्के-से उपालंभ के स्वर में कहा। "आपने एक और राजसी यज्ञ करने का निमंत्रण ठुकरा दिया।"

यह कोई आरोप नहीं था, वह खुल कर आमने-सामने बात कर रही थी। विश्वामित्र ने आह भरते हुए महसूस किया। "हाँ, क्योंकि मैं उस जगह जाना नहीं चाहता था।" उन्होंने उदासीनता से कंधे झटके। "आओ, अब तुम सारे काम कर चुकी हो। मेरे पास आओ।"

उसने उनकी बात नहीं मानी और उन्हें रूखी दृष्टि से देखा। "परंतु आप उन कुछ लोगों में से हैं जो ऐसे अनुष्ठान कर सकते हैं।" उसने सोते हुए शिशु को ध्यान में रखते हुए हौले से कहा। "आप वे विश्वामित्र हैं

जिन्हें प्रत्येक राजा विवेक और आशीर्वाद के लिए अपने दरबार में रखना चाहता है।

"और भी लोग हैं जो ये काम कर सकते हैं..."

"वे एक हाथ की अँगुलियों पर गिने जा सकते हैं।" उसने याद दिलाया। "जैसे केवल एक ही ब्रह्मर्षि हैं, ऋषि वशिष्ठ।"

विश्वामित्र ने व्यंग्य को उपेक्षित किया, परंतु वे मेनका के दुर्भाव को देख दंग रह गए। वह कभी इस तरह के शब्दों का प्रयोग नहीं करती थी, वह पूरी निर्मम ईमानदारी से सच बोलती थी, परंतु प्रतिहिंसक नहीं थी।

"इन बातों को दोबारा आरंभ मत करो।" उन्होंने तुरंत उठते हुए कहा।

"इस उत्तर से मत भागिए, यह प्रसंग ऐसे ही समाप्त नहीं होगा।" उसने कहा।

वे रुके और वहीं थम कर उसे बड़े ही धीरज से देखते हुए कहा, "लगता है आज फिर से झगड़ने का मन है, परंतु मैं किसी विवाद में नहीं पड़ना चाहता!"

वह उठी और उनके पीछे खुले बरामदे में आ गई।

"मैं आपसे पूछ रही हूँ, झगड़ा नहीं कर रही।" उसने कुंठित होते हुए थोड़ा ज़ोर से कहा।

विश्वामित्र मुड़े, उनके चेहरे पर रोष था। वे आगे आए, उसे कलाई से पकड़ कर अपनी ओर खींच लिया। वह उनकी छाती पर गिरी, जब वे उसकी ओर झुके तो उनके चेहरे पास-पास आ गए।

"उत्तर दीजिए।" वह फुफकारी और उनसे आक्रांत होने से इंकार कर दिया।

"मैं पत्थर का नहीं बना।" उनकी कनपटियों में लहू उबाल खा रहा था। "मैं तुम्हारी इन हरकतों से तंग आ गया हूँ। तुम संकेत करोगी और मैं दौड़ा आऊँगा। ऐसा नहीं होगा। मेनका तुम एक अप्सरा हो और तुम जानती हो कि काम को अपना हथियार कैसे बनाया जा सकता है। तुम इसी बहस के बीच, इन दिनों मुझे तुम्हें स्पर्श तक नहीं करने देतीं! क्यों? क्योंकि तुम मुझसे नाराज़ हो? मुझसे निराश हो गई हो?"

उन्होंने अपना मुख उसके पास लाना चाहा, परंतु वह हाथापाई करने लगी और उन्होंने पाया कि वह काफ़ी मज़बूत थी। वे एक लंबे भयंकर क्षण

तक उसे अपने वश में करने का प्रयत्न करते रहे, उन्होंने कस कर अपने होंठ उसके होठों से जोड़े, अपने नितंबों को उससे सटाया, उसे कलाइयों से अपनी ओर खींचा। फिर मेनका का एक हाथ मुक्त हुआ और उसने हिंसक रूप से उन्हें परे धकेल दिया।

इस धक्के से विश्वामित्र की सुध लौटी। उनकी साँस उखड़ गई थी। वे उसे ताकने लगे, उसका होंठ जख़्मी हो गया था और वह पूरी गरिमा से अपनी साड़ी सहेज रही थी। उसने ज़ोर से धक्का दिया था, पर उन्हें अब भी अपनी छाती पर उसके हाथ की कोमलता का आभास हो रहा था। वे उसके स्पर्श के लिए तरस रहे थे, उन्हें अपना अभियोग याद आ गया जो उन्होंने अभी-अभी उस पर लगाया कि वह उन्हें शारीरिक संबंध नहीं बनाने देती। वह अक्सर ऐसा ही करने लगी है। वह दिन भर शिशु या घर के कामों में उलझी रहती है। वह उनसे रुष्ट थी और अब वे जानते थे कि उन्होंने उसे आहत कर दिया था। वे अपनी इस निर्ममता पर लज्जित थे। वे अचल खड़े उसे देखते रहे, वे तेज़ी से श्वास ले रहे थे।

"मुझे क्षमा करना।" वे हौले से बोले, उसे कमर से पकड़ते हुए अपने पास खींच लिया। फिर बड़ी कोमलता से अपना मुख उसके मुख के पास ले गए परंतु वह धृष्टता से बंद ही रहा।

"आपको शीघ्र ही अपने शिष्य देवरथ से भेंट करनी है।" उसने भिंचे होंठों से कहा और स्वयं को उनके होंठों की पकड़ से छुड़ा लिया, वह उनकी सुलगती देह से पीछे हो गई। परंतु उन्होंने उसकी कलाई नहीं छोड़ी। उनके इस स्पर्श में आग्रह छिपा था। वह अपने हाथ तले उनके स्नायु का दबाव सुन सकती थी। ऐसा लग रहा था मानो उन्हें ज्वर हो आया।

"वही शनुःशेप जिसके प्राण आपने वेदी पर बलिदान होने से बचाए थे, जब आप विश्वामित्र थे।" उसने झट से संकेत किया।

उन्होंने गुस्से से हाथ झटक दिया, "मैं अब भी विश्वामित्र हूँ।"

"आप अब भी विश्वामित्र हैं?" उनसे सिर झुका कर, उदास मुख से उन्हें देखा। "आप आख़िरी बार अपने शिष्यों से कब मिले थे? आपने उन्हें आख़िरी बार कहाँ पढ़ाया था? अब वह आश्रम कहाँ है? यह," उसने वन में बनी उस एकांत कुटिया की ओर संकेत किया। "यह कोई आश्रम नहीं, यह तो निजी बैठक है!"

विश्वामित्र के चेहरे का रंग उतर गया मेनका को लगा कि कहीं उसने अति तो नहीं कर दी। परंतु विश्वामित्र के चेहरे पर गुस्सा नहीं था, वे आहत दिखाई दिए। मेनका ने दाँतों के बीच होंठ भींच लिया, उसे उन्हें आहत करके अपने पर गुस्सा आ रहा था।

"यह कोई आश्रम या ज्ञान का केंद्र नहीं परंतु एक कुटिया है, कौशिक।" उसने कोमल स्वर में कहा। "एक साधारण मनुष्य का घर जो अपनी पत्नी और संतान के साथ रहता है।"

"और मुझे इस बात के लिए कोई लज्जा नहीं है।" उन्होंने धीरे से कहा, परंतु उनके स्वर में दृढ़ता थी।

"यह तो विवेक और महान विचारों का केंद्र होना चाहिए।" उसने कहा। "आपको उस पर भी लज्जित होने की आवश्यकता नहीं या एक के लिए दूसरे की उपेक्षा की आवश्यकता नहीं है।"

"जिस तरह इन दिनों तुम मेरी उपेक्षा कर रही हो, और नहीं मेनका, तुम्हारी अनिच्छा के लिए हमारी बच्ची कोई बहाना नहीं हो सकती, मेरा यही मानना है।" वे बोले।

मेनका ने उनकी बात नहीं काटी और गहरे सन्नाटे के बीच उन्हें ताकती रही।

उन्होंने फिर से उसका हाथ थाम लिया, उनकी अँगुलियाँ उसके कोमल मांस में गड़ी जा रही थीं। "अब नशा उतर गया है, है ना?" वे अपलक देख रहे थे।

"हाँ," उसने निर्ममता से कहा। "आप वे व्यक्ति नहीं रहे, जिसकी मैं कभी प्रशंसिका थी, वे जो कभी ब्रह्मर्षि बनना चाहते थे, वे आज एक साधारण ऋषि होने का दावा तक नहीं कर सकते। वे संसार को उस प्रकार शिक्षा या ज्ञान नहीं देते, जैसे उन्हें देना चाहिए। वे केवल एक पति, पिता और प्रेमी हैं, बस।" मेनका के शब्दों से तिरस्कार झलक रहा था।

उसने उनकी आँखों में क्रोध की लपट देखी परंतु वह धीमी पड़ती गई। "एक ऐसा प्रेमी जो संभवतः तुम्हें अब और नहीं मोहता? क्या मैं अपेक्षा पर ख़रा नहीं उतरा या फिर तुम मेरी कल्पना से भी कहीं अधिक महत्त्वाकांक्षी हो?" उन्होंने कठोरता से कहा। "यह तो साफ़ है कि तुम्हारे पति और तुम्हारी संतान के पिता के रूप में मैं तुम्हारे लिए पर्याप्त नहीं हूँ। मेरा प्यार और सम्मान तुम्हारे लिए पर्याप्त नहीं..."

"कौशिक, आपने वह सम्मान कमाया था। मैंने आपको प्रेम किया था, क्योंकि आप विख्यात विश्वामित्र थे। क्या अब आप स्वयं को वह संबोधन दे सकते हैं?"

वे कठोर चेहरे के साथ उसे ताकते रहे। "परंतु इससे तुम्हें क्या अंतर पड़ता है, मेनका कि मैं कौन हूँ। यह तुम्हारा कैसा प्रेम है, जो इतनी जल्दी रूप बदलता है? ऐसी कौन-सी पत्नी है जो यह नहीं चाहती कि उसका पति उसे और उसकी संतान को प्रेम करे, बताओ मुझे!"

"मैं आपसे कह रही हूँ कि मैं आपके भीतर एक महान व्यक्तित्व को नष्ट होते देख रही हूँ और मैं इससे घृणा करने के सिवा कुछ नहीं कर सकती।"

"क्योंकि मैं देवरथ से नहीं मिला। क्योंकि मैंने अपने शिष्यों को नकार दिया? या फिर मैं राजा हरिश्चंद्र के यज्ञ में नहीं गया?" गुस्से से उनका स्वर काँप रहा था। "परंतु उनके पास किस मुख से जाऊँ? उनका गुरु, जो एक अप्सरा का प्रेमी है?" वे गुस्से से गरजे।

मेनका ने कोई उत्तर नहीं दिया, उसका चेहरा पीला पड़ गया। उसने अपने होंठ को इतनी ज़ोर से काटा कि मुख से कराह निकल गई। वे अनजाने में ही सत्य कह गए थे। वे उसके कारण संसार का सामना नहीं कर सकते थे। यही कारण था कि उन्होंने अपने प्रेम, आवेग और अस्वीकार की कुटिया में छिप कर रहने का संकल्प लिया था। महान विश्वामित्र ने एक अप्सरा के आकर्षण के आगे घुटने टेक दिए और संसार उनका उपहास कर रहा था। वह अपनी मुट्ठियों को खोलने और बंद करने लगी ताकि अपनी पीड़ा से ध्यान हटा सके।

उनके बीच का सन्नाटा लंबा होने लगा, तनाव इतना गाढ़ा हो गया कि वह उस सन्नाटे में चिल्ला रहा था।

"तब, फिर तो आपके पास अपने खोए हुए सम्मान को पाने के और भी कारण हैं, आपको केवल मेरे लिए नहीं ऐसा करना। आपको इस संसार के लिए यह करना होगा जिसे अपना मुख दिखाने में आपको लज्जा आती है।" मेनका बोली। उसकी पलकों के पीछे अभिमान और पीड़ा के अश्रु छिपे थे।

विश्वामित्र ने उसके पीले पड़े मुख को देख कर कहा, "मेनका, मैं तुमसे लज्जित नहीं हूँ। तुम मेरी पत्नी हो।" उन्होंने उसका हाथ थाम कर

अँगुलियों को चूमा। वे उसे छोड़ नहीं सकते थे। उनकी आँखें आहत थीं और वे अनजाने में कहे गए शब्दों के भार से दबे हुए थे।

"कौशिक आप स्वयं से लज्जित हैं परंतु मेरे प्रति आपका प्रेम, आपको यह स्वीकार नहीं करने देता। परंतु, कौशिक, मैं कभी वशिष्ठ की अरुंधती या कश्यप की अदिति नहीं हो सकती। मैं केवल एक मेनका हूँ जिसने एक ऋषि को लुभा कर उसका तप भंग किया। संसार कभी मुझे आपकी पत्नी के रूप में नहीं देखेगा!" मेनका ने खोखले स्वर में कहा। "परंतु हम मेरी बात नहीं कर रहे, यह आपके बारे में है। आप ऐसे प्रबुद्ध ज्ञानी थे जिनके पास ऐसा ज्ञान था जो कभी किसी ने नहीं पाया, आप सभी देवों और महानतम ऋषि वशिष्ठ से भी आगे जाने को तैयार थे। जाइए, अपने मार्ग पर जाइए और अपनी खोई हुई कीर्ति को अर्जित कीजिए।"

वह अचानक मुड़ी और घबराहट में अपने बालों को कंधों से उठा लिया, विश्वामित्र उसकी यह मुद्रा पहचानते थे। विश्वामित्र ने उसे कंधों से पकड़ कर झकझोर दिया और उसके कोमल मांस में अपनी अँगुलियों को गड़ाते हुए बोले। "मेनका, तुम समझती क्यों नहीं, मैं तुमसे प्रेम करता हूँ। उनके गहन स्वर में भावों की प्रबलता थी।" आँखें तरसते हुए मेनका को ही ताक रही थीं। "क्या यह प्रेम ही तुम्हारे और हमारे लिए पर्याप्त नहीं है? मैं तुम्हारे सिवा और कुछ नहीं चाहता।" उन्होंने गहरी साँस ली और उसे दीवानों की तरह चूमने लगे। "मैं संसार की आकांक्षा नहीं रखता, क्योंकि तुम मेरा संसार हो। मुझे परवाह नहीं कि वे मेरे बारे में क्या सोचते हैं, मैं केवल तुम्हारी परवाह करता हूँ। मेरी मेनका, मैं तुम्हारे बिना जीवित नहीं रह सकता।" वे हौले से बोले और अपना सिर उसकी कोमल गर्दन पर रख दिया। "क्या मैं बहुत बड़ी चीज़ माँग रहा हूँ? मेनका, मेरे साथ इतनी कठोर मत बनो।" उन्होंने अपना मुख उसके गुख पर रखते हुए कहा।

ज्यों ही मेनका ने उनके स्वर में उस विवशता का पुट सुना जो प्रेम में मग्न हो कर तर्क को भुला चुका था तो वह जान गई कि अब उसे फिर से कठोरता दिखानी होगी। कोई दया नहीं, कोरी निर्ममता। अपनी घृणा और प्रतिशोध में लोग दुष्ट हो जाते हैं, उसे अपने प्रेम के नाम पर दुष्ट बनना होगा। मेनका, अपने प्रेम को संपत्ति की तरह प्रयोग में लाते हुए, अपनी मर्यादा जानती थी। यह मानवीय आदर्शों में सबसे उत्तम था, यह ऐसा भाव

था जो कभी मंद नहीं पड़ता था। प्रेम जितना गहरा होगा, इसकी मृत्यु उतनी ही निष्प्राण होगी। अप्सरा मेनका ने स्वयं को पीड़ापूर्वक याद दिलाया कि वह सदा से ही भय के साए में जी रही थी, उसने अपने प्रेम को उस समय त्यागने का निर्णय लिया जब वह अपने पूरे चरम पर था। उसे यह करना ही होगा - पति को त्यागना होगा, स्वयं को नहीं, उसे बचाने के लिए।

उसका प्रेम विनाशक प्रकृति का था। प्रेम एक भावात्मक चुनाव था, व्यक्ति कुछ तय करने या निर्णय लेने को स्वतंत्र नहीं होता। परंतु वह अपनी पहचान को नहीं त्याग सकती थी, एक अप्सरा और एक महत्त्वपूर्ण व्यक्ति की प्रेमिका। मेनका ने लौकिक और अलौकिक परिवेश के बीच सदा एक माता के रूप में अपनी भूमिका को सराहा। वसु और कौशिक दोनों के साथ ही वह अपनी पदवी का आनंद नहीं ले सकी। कौशिक के साथ कुछ समय के लिए भले ही उसने अपने पद का आनंद लिया परंतु अब वह एक महान व्यक्ति के पतन की साक्षी होते हुए, यह आनंद नहीं उठा सकती थी। वे अपनी प्रसन्नता के बीच इसे देख नहीं पा रहे थे। वे पथभ्रष्ट थे। केवल वही उन्हें मार्ग पर वापस ला सकती थी। भले ही उसे अपने कौशिक को सदा के लिए खोना ही क्यों नहीं पड़े।

विश्वामित्र शकुंतला के साथ खेल रहे थे, जब उन्होंने देवरथ को कुटिया की ओर आते देखा। जिसे मेनका ने कठोरता से निजी बैठक कहा था, वे याद आते ही चिहुँक गए। अब यह उनका आश्रम नहीं, उनका घर था। ऐसा नहीं कि देवरथ और अन्य शिष्य उनके पास अध्ययन नहीं करना चाहते थे, दरअसल वे ही नहीं चाहते थे कि सब इस जगह आएँ। बस इतनी-सी बात थी। वे अपने संसार को उनके साथ नहीं बाँटना चाहते थे। बस उन्हें मेनका और शकुंतला के साथ जीना था, वे अपनी नन्ही बच्ची को देख कर मुस्कराए, जो नदी के पानी में छपाके मार रही थी।

"गुरुदेव, प्रणाम।" देवरथ ने दोनों हाथ जोड़े।

"आज यहाँ किस प्रयोजन से आना हुआ?" विश्वामित्र ने नरमी से पूछा। उन्होंने शकुंतला को सावधानी से, पानी से निकाला और कंधे से लगा लिया। शकुंतला ने क़िलकारी भरी। अब वह छह महीने की हो गई है, कौतूहल बढ़ता जा रहा है और वह हर काम अपने तरीक़े से करना

चाहती है। वह चाहती थी कि पिता उसे गोद से उतार दें, विश्वामित्र ने यही किया। वह दुलार से मुस्कराई। शकुंतला की किलकारी और उल्लास में एक लापरवाही थी। वह खरगोशों से खेलने लगी। देवरथ ने देखा कि उसके गुरु विकटता का चोला उतार चुके थे। विश्वामित्र ने उससे बात करना आरंभ किया किंतु उनका ध्यान बच्ची की ओर ही था; जैसे वे अपने शिष्यों के साथ करते थे, सख़्त किंतु दयालु!

"राजा हरिश्चंद्र चाहते हैं कि आप भी उनके राजसूय यज्ञ में उपस्थित हों..." उसने कहा।

विश्वामित्र ने उसकी बात बीच में ही काट दी। "उनके कुलगुरु तो वशिष्ठ हैं ना। वे मुझे वहाँ क्यों चाहते हैं?" उन्होंने माथे पर बल डाले। हरिश्चंद्र उन्हें वशिष्ठ के साथ अधूरी चेतावनी की याद दिलाते थे। उन्हें अपने भीतर बहुत पुराना परिचित और भूला हुआ रोष उमड़ता महसूस हुआ। वे इससे दूर भागना चाहते थे, वे भाव फिर से उनके ठीक सामने थे।

"उन्होंने देश के सभी प्रमुख ऋषियों को निमंत्रण भेजा है। वे आपको कैसे ना बुलाते?" देवरथ ने कहा "और आप उनके पिता, त्रिशंकु के पुराने मित्र हैं।"

"देवरथ, मैं नहीं जाना चाहता।" विश्वामित्र ने संक्षेप में कहा।

"मुझे उनसे क्या कहना होगा?" देवरथ ने हैरानी से पूछा।

"कि मैं कहीं और व्यस्त हूँ।" विश्वामित्र दो टूक बोले।

देवरथ उन्हें असहजता से देखने लगा।

"तुम्हें मेरे लिए मिथ्यावादन करने की ज़रूरत नहीं है। उनसे कहना कि मैं अपने परिवार के साथ व्यस्त हूँ। आशा करता हूँ कि यह तुम्हारी ओर से ईमानदारी से भरा उत्तर होगा?"

देवरथ फिर से खिसिया गया। "यह तो सभी जानते हैं, ऋषिवर।" उसने हौले से कहा।

विश्वामित्र के भीतर क्रोध की लपटें भभक उठीं। "देवरथ, यह तुम्हें सभ्य नहीं लगा? मैं उस जगह नहीं जाना चाहता और अगर तुम्हें सच्चा कारण बताने में लज्जा आती है तो तुम अपनी ओर से कोई और तार्किक कारण खोज सकते हो। ठीक है?" उन्होंने उसे तिरस्कार से घूरते हुए जाने का संकेत किया।

देवरथ को उस पुराने अभिमान का स्मरण हो आया, जिसने उन्हें वह बनाया था, जो वे थे। वह सब धीरे-धीरे वापस आता दिखाई दे रहा था। “आपका पुत्र अंधर्क...” उसने सकुचाते हुए कहा।

विश्वामित्र के चेहरे पर अनासक्ति के भाव तुरंत चिंता में बदल गए।

“अब उसने क्या किया?” उन्होंने झट से पूछा।

देवरथ को अपने विचारों को प्रकट करने के लिए साहस जुटाना पड़ा ताकि उस संकट के बारे में बता सके। पहले ही दिन जब उनका परिचय हुआ था तो गुरु के सबसे बड़े पुत्र के साथ उसका संबंध थोड़ा कठिन ही रहा था। अंधर्क ने विश्वामित्र के शिष्य या नए दत्तक पुत्र के रूप में देवरथ का स्वागत नहीं किया था। दूसरे पुत्र मधुचंद ने उसे उदारता से स्वीकारा था।

“अंधर्क आपके राज्य का राजा है। वह हमारे आश्रम और हमारे लोगों को आतंकित कर रहा है।” देवरथ ने संक्षिप्त में कहा, उसे पता था कि उसके गुरु सब कुछ पल भर में भाँप लेंगे।

“उसका ऐसा साहस!” विश्वामित्र गरजे।

“उसका यह साहस इसलिए है क्योंकि आप उसे रोकने के लिए उस जगह नहीं थे।” देवरथ ने कहा।

अब विश्वामित्र की लज्जित होने की बारी थी। उनका हाथ मुट्ठी में भिंच गया जिसे उन्होंने अपनी एक ओर छिपा लिया। वे नहीं चाहते थे कि किसी को इस बारे में पता चले - हरिश्चंद्र, वशिष्ठ, या अंधर्क और उसकी दंभी महत्त्वाकांक्षा। उन्होंने आह भरी। उन्हें तुरंत कोई हल खोजना होगा।

“उसके राज्य और वन का त्याग करो और आश्रम के लिए कोई और स्थान खोजो।” उन्होंने आदेश दिया।

देवरथ सहमत नहीं लगा। “परंतु हम कहाँ जाएँ? और हम चले जाएँगे तो भी अंधर्क पीछे आएगा।”

“नहीं, वह एक दुष्ट है परंतु उसमें दूसरे राज्य पर हमला करने का साहस नहीं है। मगध जाओ। राजा को पता चलेगा कि तुम मेरे शिष्य हो तो वह तुम्हें संरक्षण देगा। मैं आश्वासन देता हूँ।” उन्होंने दावे से कहा।

“इस दौरान मधुचंद से कहो कि वह अंधर्क पर हमला करे और अपने भाई के विरुद्ध विद्रोह करे। अंधर्क उस सिंहासन का अधिकारी नहीं जो

उसे दिया गया था।" वे बोले और देवरथ ने गुरु के स्वर में छिपी निराशा को भाँप लिया।

"युद्ध का समय आ गया। परंतु यह एक गृह युद्ध होगा, एक भाई दूसरे भाई से लड़ेगा। इसे यथासंभव शांतिपूर्ण बनाना। कोई हिंसा नहीं हो।" उन्होंने बल दिया।

देवरथ पुराने राजा कौशिक के चिह्नों को उभरते देख रहा था, उनका चेहरा कठोर हो गया था। विश्वामित्र ने कहा, "सेना और सैनिकों को शामिल मत करो। उन्हें अपने राजा की दंभी मूर्खता के नाम पर लड़ने या प्राण देने की आवश्यकता नहीं। अंधर्क भी दूसरे दुष्टों की तरह कायर है। मधुचंद केवल मेरे सम्मान के कारण विद्रोह नहीं करता था। अब मैंने कह दिया इसलिए उसे अंधर्क को सिंहासन से उतार देना चाहिए। बेहतर होगा कि मेरी ओर से पत्र ले जाओ, इस तरह रक्तविहीन विद्रोह करने में आसानी होगी।"

देवरथ को देख कर लगा कि वह निश्चिंत हो गया। "मैं आपका पत्र स्वयं मधुचंद को दे दूँगा।" उसने हामी भरी।

"जब मैंने तुम्हें प्रधान शिष्य बनाया था तो अंधर्क ने मुझ पर अन्याय करने का आरोप लगाया था।" विश्वामित्र उदासी से मुस्कराए। "वह भूल गया कि उसे तो स्वयं संरक्षण मिला हुआ था, क्योंकि वह मेरी सबसे बड़ी संतान था। परंतु मेरी पत्नी शीला का दूसरा पुत्र, एक श्रेष्ठ व्यक्ति प्रमाणित हुआ। इससे यह सिद्ध होता है कि जन्म तथा पदानुक्रम से मिला अधिकार अनुचित है। विशेषाधिकार विरासत नहीं हो सकता। कोई भी अधिकार गुण व प्रतिभा के अनुसार होना चाहिए; यदि यह जन्म, धन अथवा वर्ग के आधार पर होगा तो यह नैतिक रूप से अन्याय होगा। यह बात मुझसे बेहतर और कौन जान सकता है?" उन्होंने थके हुए स्वर में आह भरी। "मैं विश्वामित्र बनने के लिए लड़ा, भेदभाव और पक्षपात के लिए आवाज़ उठाई क्योंकि मैं एक क्षत्रिय था जो ऋषि बनने की इच्छा रखता था। आज मैं ऋषि बन चुका हूँ। परंतु मैंने अपने ही राज्य में कुलपक्षपात को प्रोत्साहित किया। राजा का पुत्र ही राजा होता है। नहीं, वह राजा नहीं होता। जब तक वह स्वयं को राजा होने के योग्य प्रमाणित नहीं कर दे। हो सकता है कि उसे राजकुमार के रूप में जन्म पाने का विशेषाधिकार मिला हो, परंतु यह उसका अधिकार नहीं है। अंधर्क को यह बात पता चल जानी चाहिए!"

“मान्यवर, स्वयं को दोष नहीं दें। एक व्यक्ति अपनी संतान के कर्मों के लिए स्वयं को उत्तरदायी नहीं ठहरा सकता।”

“देवरथ, तुम्हारे प्रिय वचनों के लिए आभार परंतु इन सबके लिए मैं ही उत्तरदायी हूँ। मैंने अपना राज्य, अपने लोग, अपनी प्रजा को एक युवक के हाथों में छोड़ दिया...”

“क्योंकि आप उस पर विश्वास रखते थे!”

“लगता है कि वह अपने नाम को ही सार्थक कर रहा है। अंधर्क। मैंने उसे यह नाम दिया था कि वह अंधकार का नाश करेगा। लगता है कि स्वयं ही अंधकार हो गया है, जो प्रकाश के बजाए हर ओर अंधकार फैला रहा है।” विश्वामित्र ने दुखी हृदय से सिर हिलाया। “मैंने अपनी महत्त्वाकांक्षा के बदले में अपने राज्य का सौदा किया। यह मेरी भूल थी।” उनकी आँखें कहीं सुदूर ताक रही थीं जिनमें दमित भावनाओं की चमक थी।

देवरथ उनके स्वर की मायूसी को फिर से भाँप गया।

उसके गुरु दयालु और न्यायी थे परंतु इतने दयालु भी नहीं थे कि क्षमा कर देते। वे अपने परिवार को भी क्षमा नहीं करेंगे। उन्होंने प्रसन्न करना और मनाना सरल नहीं था। जो लोग उन्हें नीचा दिखाते थे, वे उनके प्रति दुष्ट भी हो सकते थे। विशेष रूप से वे लोग जिन्हें उन्होंने बेशर्त प्रेम दिया हो और बदले में उनकी ओर से विश्वासघात मिले। देवरथ भीतर से काँप गया, वह अंधर्क के लिए दुखी हुआ। *विश्वामित्र के रोष से उसे कौन बचा सकता था।* ऐसी आशा करना भी व्यर्थ था।

अपराध और स्वीकारोक्ति

आज वह उन्हें अपना सत्य कह देगी; वह लंबे समय से इसे टालती आ रही थी। इंद्र के आगमन ने उसके अंतिम संदेह को भी जायज़ कर दिया था – कौशिक अपनी भूतपूर्व ख्याति और कीर्ति को पाने के लिए अपने प्रेम के आश्रय को कभी नहीं त्यागेंगे। उनका घर उसके और उनकी पुत्री के साथ था और वे इसे कभी श्रेष्ठ और विशाल संसार के लिए नहीं छोड़ना चाहेंगे।

उसे उनके लिए यह करना ही होगा, मेनका ने होंठ को ज़ोर से काट लिया, अनायास ही वह अपने चुने हुए विकल्प से भयभीत हो गई। उसे अपने प्रेम को घृणा में बदलना होगा, जिसमें बहुत अधिक समय या प्रयत्न नहीं लगेगा। केवल उसे अपना सत्य प्रकट करना होगा।

मेनका ने अपने हाथों की मुटिठ्याँ भींच लीं और उन्हें आँखों पर रख दिया ताकि भावनाओं के ज्वार को रोका जा सके। उसने प्रार्थना की, मुझे उन्हें आहत करने की शक्ति दो। *कृपा करके शक्ति दो कि मैं उन्हें आहत करके देख सकूँ।* मुझे उनकी घृणा को सहन करने की शक्ति दो। फिर भी उसके हृदय के भीतर कहीं न कहीं आशा की नन्ही-सी चिंगारी भी दबी थी। क्या वे मुझे मेरे छल के लिए क्षमा कर, फिर से अपना लेंगे? यह एक ऐसी आशा थी जो उसके भारी हृदय को हल्का बनाने में जुटी थी। परंतु इसने उसे वहीं मार दिया जैसे वह अपनी प्रसन्नता को मार देती थी। उसे उन्हें मुक्त करने के लिए उनका त्याग करना होगा। वह एक जंजीर थी जो उनके सम्मान के मार्ग में बाधा दे रही थी, परंतु अब ऐसा नहीं होगा।

उसने अपनी सोती हुई पुत्री को देखा। वह उससे अपनी दृष्टि नहीं हटा सकी। हो सकता है कि वह उसे आख़िरी बार देख रही हो। उसने उसे सहज ही अपने धड़कते हृदय से लगा लिया, वह उसे उस तूफ़ान से बचाना चाहती थी, जो वह स्वयं लाने वाली थी। भय की गाँठ बुरी तरह से दुखने लगी थी।

उसने उन्हें कुटिया में प्रवेश करते सुना और पुत्री को पालने में लिटा दिया, उसका हृदय ज़ोर से धड़क रहा था। वह क्षण आ गया था। उसने उन्हें अपने पीछे महसूस किया, उन्होंने अपने हाथों से उसकी कमर को घेर लिया। वह उनकी निकटता से मुग्ध हो उठी। उन्होंने सिर झुकाया ताकि उसके नग्न कंधे को चूम सकें, वे अपने होंठों को उसके कंधों की मुलायम त्वचा पर लाए और धीरे-धीरे चूमते हुए गर्दन तक आ गए। वह एक स्नेहमयी ऊष्मा की लहर में बह गई, रोम-रोम उनकी कामना से भर गया। वह उसमें डूब गई और आँखें मूँद लीं। उसके अनकहे शब्द घातक रूप से आसपास मँडरा रहे थे। वह पीछे घूमी, उनकी श्वास अब भी गर्दन के निचले हिस्से पर महसूस हो रही थी। उसने देह को ताना, रीढ़ की हड्डी सीधी की और एक उद्देश्य के साथ सीधे उनकी आँखों में झाँकने लगी।

"मुझे आपसे ऐसा कुछ कहना है जो मैं इतने वर्षों में नहीं कह सकी।" उसने धीरे से कहा हालाँकि वह चाहती थी कि वह तुरंत अपना अपराध स्वीकार ले। वे उसे उलझन के बीच ताकते रहे। उनकी मुस्कान वहीं जड़ हो चुकी थी। क्या वह उन्हें इस तरह अंतिम बार मुस्कराते हुए देख रही थी?

"मैंने आपसे झूठ बोला था। मैं एक अप्सरा तो हूँ परंतु मुझे इंद्र ने स्वर्ग से निष्कासित नहीं किया था।" उसने गहरी श्वास ले कर बात जारी रखी। "उसने मुझे आपको लुभाने भेजा था। आप मेरा अभियान थे। आप उसके लिए संकट बन गए थे और आपको ध्यान से भटकाने के लिए ही मुझे आपसे प्रेम करने भेजा गया था ताकि आप मेरी वासना में आ कर, अपना ध्यान भंग कर दें। वह योजना सफल रही। तप को उपेक्षित कर दिया। आप मुझसे प्रेम करने लगे।" उसने थोड़ी ऐंठन के साथ... यह सब ठीक वैसे ही हुआ, जैसी योजना बनाई गई थी।

वह यह सब कह चुकी थी। उसने सब कह दिया था। वह उनके उत्तर की प्रतीक्षा करने लगी। जैसे उसने श्वास रोकी हुई थी। अनायास ही उसने अपना होंठ काट लिया, उसके हाथ कस कर जकड़े हुए थे मानो स्वयं को झटके के लिए तैयार कर रहे हों। वे वहीं स्तंभित खड़े थे, मानो मेनका के

कहे शब्दों का असर ही नहीं हुआ हो, वे ना तो कुछ सोच रहे थे और ना ही कुछ कहा। अचानक उनके चेहरे का रंग उतर गया, त्वचा स्याह दिखने लगी और होंठ रक्तहीन हो गए।

समय वहीं थम गया था, उसी तरह उन्होंने धीरे-धीरे मेनका के कहे शब्दों को अपनी स्तंभित चेतना के साथ मस्तिष्क में स्थान देना आरंभ किया। वे उस स्थान से नहीं हिले। मेनका के शब्दों ने उन्हें वहीं कील दिया था। उनके इस मौन में भी एक भयानकता थी। वे उस जगह स्थिर और अचल खड़े थे और धीरे-धीरे जीवन उनसे छूट रहा था, आत्मा देह को त्याग रही थी। मानो उस छोटे से कक्ष में उनका विस्तार हो गया था। वे किसी लंबे-चौड़े वृक्ष के समान खड़े थे जो गिरने ही वाला हो।

उनका मौन जैसे मेनका पर चिल्ला रहा था। उसने अपेक्षा की थी कि वे उस पर चिल्लाएँगे, उनके भीतर से क्रोध का ज्वालामुखी फूटेगा, वे अपने साथ हुए छल का गुस्सा उतारेंगे। परंतु उनका मौन, हवारहित शांति जैसा था, जड़ क्रोध और मृत्यु की फुसफुसाहट जैसा।

वह हौले से बोली, "कृपया, कुछ कहिए। मैं कुछ भी सुनने को तैयार हूँ - आपकी निंदा, आपकी घृणा और यहाँ तक कि आपका श्राप भी! मैं इसके ही योग्य हूँ।"

उसने निराशा में उनके हाथ जकड़ लिए। वे चिहुँके, उसका स्पर्श उन्हें जीवन में वापस ले आया था।

"मैं तुम्हें श्राप कैसे दे सकता हूँ," वे हौले से रूखे स्वर में बोले। "तुमने वह शक्ति भी तो छीन ली, क्योंकि मैं तुमसे बहुत प्रेम करता हूँ..."

वे उसे ऐसे घूर रहे थे मानो उसे पहली बार देख रहे हों। "प्रेम... प्रेम?" वे बुदबुदाए। "मेनका, क्या वह कभी वास्तविक था? इन सब दिखावों, झूठ और छल के बीच क्या हमारे बीच कुछ वास्तविक था?" वे लड़खड़ा गए। "क्या सचमुच कुछ था?" उन्होंने और बल देते हुए पूछा। "अथवा यह केवल सम्मोहन था?"

वे छोटे-छोटे वाक्यों में बात कह रहे थे, अपने पर इतना भरोसा भी नहीं रहा था कि बड़े वाक्य कह पाते। "मैंने आज तक तुम्हारे लिए जो भी महसूस किया, क्या वह भी झूठ था, तुम्हारे वशीकरण का ही कोई प्रभाव? क्या यह मेरे हृदय के बजाए काम के बाण का प्रभाव था? क्या मेरे हृदय ने मुझे छला?"

मेनका ने ज़ोर से अपना सिर हिलाया। "नहीं, मैं जानती हूँ कि आपका प्रेम निष्कपट था। कौशिक, इसे नीचा नहीं मानें, आपके ही प्रेम की गहराई ने मुझे मेरे खोखलेपन का अहसास दिलाया। मैं एक छलिया थी जिसने आपसे छल किया। परंतु अब इस झूठ के साथ नहीं जी सकती। यह मेरे प्राण ले रहा है, यह देखना मेरे लिए असहनीय होता जा रहा है कि इस प्रेम में आपको अपना ही पतन नहीं दिख रहा! मैं आपको आपके कीर्ति शिखर से और नीचे गिरते नहीं देख सकती। मैं अब अपने छल और आपके अभाव का बोझ वहन नहीं कर सकती..."

वे थोड़ा हँसे। "मेनका अब कुछ मत कहो। यह सब सुनने में म्लान और बासी लगता है। तुम्हारे शब्द तुम्हारी तरह ही सुंदर हैं, उतने ही मनमोहक और सम्मोहक... कुछ मत कहो, तुम्हारे सुंदर होंठों से झूठ के सिवा कुछ नहीं निकल सकता।" वे दुष्टता से बोले। "मुझे समझ नहीं आता कि किस पर विश्वास करना है, क्या सत्य है और क्या नहीं। तुम एक झूठ हो, एक मृगतृष्णा, एक झूठा भ्रम। इससे पूर्व कि मैं तुम्हें हानि पहुँचा दूँ, यहाँ से चली जाओ।"

वे इसे कह चुके थे। मेनका अंततः उनसे यह कहलवाने में सफल रही।

"मैं चली जाऊँगी।" उसने धीरे से कहा। "परंतु पहले आपको सत्य से अवगत करवाना चाहती हूँ। मैं इसके लिए आपकी ऋणी हूँ।"

"तुम ऋणी हो? क्या तुम जानती हो कि तुमने मुझे बरबाद कर दिया? नष्ट कर दिया, वह सब नष्ट कर दिया जो कभी हमारे पास था, हमने जो भी किया, हमने जो भी अनुभव पाया, जो भी बनाया - यह संतान।" वे बोले।

अब शांत रहने की मेनका की बारी थी। उसके पास विरोध या तर्क के लिए कोई शब्द नहीं थे। उसका मौन उकसाने वाला था और विश्वामित्र का क्रोध बढ़ता जा रहा था।

"तुम्हारे लिए अपराध स्वीकार करके चले जाना सरल होगा, मेरी सुंदरी मेनका, है ना?" उन्होंने ताना मारा। "तुम वह सुंदर प्रलोभन हो जिसके हृदय में कोई दया-माया नहीं है। वैसे तुमने यह स्वीकरण क्यों किया या तुम्हें अपने-आपको शहीद बना कर दिखाना अच्छा लगता है। यदि तुम चाहतीं तो मैं अपने अज्ञान में मग्न रहता परंतु अब मैं इसी लज्जा से मरा जा रहा हूँ, मैंने कभी मूर्खतावश तुमसे प्रेम किया था।" वे अपने भावों से लड़ रहे थे। प्रेम घृणा में, स्नेह पीड़ा में और विश्वास अविश्वास में बदल रहा था।

वे रुके और उसे खोजती हुई निगाहों से देखने लगे, "परंतु तुम मुझे अब यह सब क्यों बता रही हो?"

वह चिहुँकी और पूरे प्रण के साथ उन्हें देख कर कहा, "मैं आपके साथ जी सकती थी, परंतु इस छलना के साथ अपने साथ जीना कठिन हो गया था।"

"स्वार्थी!" वे झपटे। "तुमने अपने अंतःकरण और सुख पर विचार किया और यह नहीं देखा कि हम पर क्या तूफ़ान बरपा दिया। क्योंकि तुम केवल स्वर्ग की हृदयहीन वेश्या ही नहीं हो जो केवल लाभ के लिए प्रेम करती है..." वे जान कर चुप हो गए और मेनका के चेहरे से उड़ता हुआ रंग देखने के बाद आगे बोले, "... बल्कि एक धूर्त कायर भी हो। तुमने कहा कि तुम्हारे पास मुझे सत्य कहने का साहस था। कौन-सा सत्य, मेनका? वह सत्य भी एक झूठ है। मुझे और मेरी संतान को अकेला छोड़ कर तुम स्वर्ग वापस जाना चाहती हो, यह भी तुम्हारा एक खेल है ताकि मैं दोबारा अपने काम पर वापस नहीं जा सकूँ। जैसा कि अप्सराएँ हमेशा करती हैं!" उन्होंने विष वमन किया।

मेनका का चेहरा पीला पड़ गया। अब वे उससे घृणा करने लगे थे। वही उसका अपराध और अपराधी थे। उनके पास उसके जाने के बाद, अपने अधूरे सपने के पास वापस जाने के सिवा कोई उपाय नहीं रहेगा। उनका काम ही उनकी ढाल और बचाव होगा। वह देख सकती थी कि वे इस ओर जाने का मनन कर रहे थे, अपनी खोई हुई कीर्ति पाने के लिए, अपने खोए हुए लक्ष्य को पाने के लिए। मेनका ने विचित्र रूप से स्वयं को मुक्त पाया - उसकी योजना काम कर रही थी।

वे उदासी से मुस्कराए। "तुमने योजना बहुत अच्छी बनाई, मेनका। तुमने मेरा त्याग किया। तुमने अपनी संतान का त्याग किया। ओह, मैं भूल गया, तुम इसे पहले भी ऐसा कर चुकी हो, तुम इस कला में माहिर हो। तुम एक माँ हो, मेनका! तुम भला ऐसे कैसे कर सकती हो?"

उनके शब्द उस पर वार करने के लिए ही थे और मेनका ने पीड़ा सहते हुए, हर वार को बहादुरी से सहन किया।

"एक पिता के रूप में आप कर सकते हैं?" उसने भी उसी सुर में पूछा।

उनकी भौंहें गुस्से से तन गईं। "अब भी धर्म की बात करती हो या मुझे विवश कर रही हो कि हम दोनों अपनी संतान त्याग दें? तुम्हारी तरह,

मैंने भी पहले ऐसे किया है। मैं भी लोगों को छोड़ने में माहिर हूँ। मैंने एक सपने के लिए परिवार छोड़ा जिसे तुम्हारे लिए छोड़ दिया, और अब तुम मुझे छोड़ रही हो। तुमने मुझे मेरी ही पुस्तक से एक पाठ पढ़ा दिया...” उन्होंने आह भरी और गला खँखारा। “शकुंतला मेरी, तुम्हारी और हमारी थी, हमारे प्रेम का प्रतिफल, परंतु वह तो छलपूर्ण दिखावा था, इसलिए संतान भी वही हुई। तुमने उसे छलना का साधन बनाया। मैं उसे कभी नहीं रख सकता। वह मेरी असफलता और तुम्हें मेरे प्रेम करने की मूर्खता का स्मरण करवाती रहेगी। यह मुझे याद दिलाती रहेगी कि मैंने तुम पर भरोसा किया था। तुमने मेरे मन में अपने लिए और हमारी संतान के लिए घृणा पैदा कर दी! मेनका, तुम मुझे क्या बना रही हो, राक्षस?”

मेनका अपने क्रोध और नफ़रत की आग में झुलसते हुए काँप रही थी, “मैंने जो किया, कृपया उसके लिए हमारी पुत्री से घृणा नहीं करें। मैं उसे इस जगह से ले जाऊँगी। परंतु उसका त्याग नहीं करें, उसे अपना आशीर्वाद दें। वह आपकी पुत्री है, कौशिक!”

उसकी यह अपील काम कर गई और कौशिक अचानक ही क्लांत दिखने लगे। वे अपनी सोती हुई पुत्री की ओर झुके, उसके गदबदे गालों पर मोटी पलकें झुकी हुई थीं। उन्होंने ऐसा पहली बार नहीं देखा था कि उसका चेहरा अपनी माता से मिलता था।

“तुम्हें पता है, तुम इसे अपने साथ नहीं रख सकतीं। स्वर्ग में मनुष्यों का रहना संभव नहीं है। ना ही मैं इसे रख सकता हूँ... या कभी घृणा कर सकता हूँ।” वे दुखी हृदय से बोले। “वह मेरी है, हमारी है, हमारे प्रेम, हमारे विवाह, हमारी हानि और घृणा का प्रतीक है। मैं जब भी उसे देखूँगा तो तुम्हें कभी क्षमा नहीं कर सकूँगा। वह मुझे तुम्हारी याद दिलाती रहेगी और याद दिलाती रहेगी कि मेरे लिए तुम क्या थीं, तुमने मेरे साथ क्या किया। मैं उसे अपने साथ नहीं रख सकता। हालाँकि वह भी उतनी ही त्रस्त है, जितना मैं हूँ। हम दोनों ही पीड़ित हैं।” वे रुके और उसे संकुचित नेत्रों से देखा और बोले, “उतनी ही पीड़ित मेनका, जितनी तुम हो।”

मेनका ने अपना निचला होंठ ज़ोर से काट लिया।

“हम सभी पीड़ित हैं, है ना मेनका?” वे कर्कश स्वर में बोले। “इंद्र ने योजना बनाई, तुम इसका हिस्सा थीं और तुमने प्रेम का दिखावा किया। परंतु तुम्हारा दिखावा ही तुम्हारी वास्तविकता बन गया, तुम्हारा झूठ सच हो

गया। क्या तुम मुझे यही यक़ीन दिलाना चाहती हो? मुझे हमेशा के लिए छोड़ कर जाने से पूर्व, तुम्हारा यह स्वीकरण ही तुम्हारा अंतिम दिखावा होगा?"

मेनका कोई उत्तर नहीं दे सकी; भाव और भय ने कंठ अवरुद्ध कर दिया था। वे सदा ही अंतर्दृष्टियुक्त रहे; और अब वे बड़े ही सहज और ख़तरनाक रूप से, सत्य के निकट थे। वे उसके उद्देश्य का विश्लेषण कर रहे थे, उसकी गहन जाँच-पड़ताल कर रहे थे। वे स्वयं को उससे घृणा करने के लिए राज़ी नहीं कर सकते इसलिए अपनी ओर से कोई स्पष्टीकरण तलाश रहे थे, ताकि उसे जाने से रोक सकें। परंतु उनके लिए मेनका को जाना ही होगा।

उसे अपने शब्दों की धार से उन्हें घायल करना ही होगा। वह मुड़ी और बोली, "मैं आपसे तंग आ गई थी। मैं इस जगह से तंग आ गई थी। कौशिक, आपने मुझे क्या दिया? यदि धन नहीं तो मैं आपसे थोड़ी प्रतिष्ठा की अपेक्षा तो कर ही सकती थी, परंतु आप तो मुझे अपनी पत्नी के रूप में स्वीकार करने से भी लज्जित रहे। आपने इस दयनीय कुटिया में छिपना मंजूर किया जिसे आप घर कहते हैं। मुझे एक पुत्री से बाँध दिया, जिसकी सेवा-टहल से मैं थक गई हूँ। कौशिक, मैं थक गई हूँ। आपके साथ इस छल से थक गई हूँ। मैं स्वर्ग वापस जाना चाहती हूँ, अपने भोग-विलास के जीवन में..."

"बंद करो! मेनका अपने झूठ बंद करो।" वे चिल्लाए। उनका चेहरा विवर्ण हो गया था। "तुम किसे मूर्ख बना रही हो? मैं भरोसा नहीं कर सकता कि हमने एक-दूसरे के लिए जो अनुभव किया, वह झूठ था। मैंने तुम्हें देखा है, मेनका। तुम इस जगह एक दासी की तरह काम करती थीं।" वे बोले। "कोई धूर्त अप्सरा अपने-आप को इतना नीचे नहीं गिरा सकती, वह आत्म-प्रेम के मारे ऐसा कभी नहीं करेगी।" उन्होंने कटुता से कहा। "मैंने तुम्हारा प्रेममयी आवेग देखा है। मैंने तुम्हारे प्रेम की कोमलता, तुम्हारा निःस्वार्थ समर्पण देखा है जो कभी दिखावा हो ही नहीं सकता। मेरे लिए यह मानना कहीं सरल होगा कि तुम एक अद्भुत अभिनेत्री हो। मेरा गुस्सा और घृणा, तुम्हारे कपट से उबरने में मदद करेंगे। तुम्हारे शब्द मुझे घायल करने और गुस्सा दिलाने के लिए थे और वे ऐसा करने में सफल रहे। मैंने भी तुम्हें वही शब्द कहे, जो तुम मुझसे सुनना चाहती थीं। अब तुम क्या चाहती हो - तुमसे घृणा करूँ, मेनका?" उन्होंने उसे उदासी से देखा।

मुझे छोड़ दीजिए, वह चुपचाप रोने लगी। मेनका उनके स्वर में विवशता को सुन सकती थी, जो उसे उकसा रही थी कि वह उन्हें अपने विश्वासघात का विश्वास दिलवा सके। "अब मैं आपको सत्य कह रही हूँ। अब आप वह पुरुष नहीं रहे, जिससे मैं प्यार करती थी।" वह रो उठी और उन्हें विमुख होते हुए देखा। "आप प्रसिद्ध विश्वामित्र थे परंतु अब आप क्या हैं? एक मूर्ख और म्लान ऋषि जो अप्सरा के पीछे सम्मोहित है। आप वशिष्ठ और अरुधंती की बात करते हैं, किंतु क्या आप मुझे वह सम्मान दिलवा सकते हैं जो उन्हें मिलता है? कौशिक, मैं आरंभ से ही आपसे झूठ कहती आ रही हूँ, मैं भी उन अप्सराओं की तरह हूँ जिनसे आप घृणा करते हैं। मुझे आपको अपने वशीकरण में डाल कर, आपकी सारी शक्तियाँ छीनने के लिए भेजा गया था। मैं आज आपकी अपराधी बनी खड़ी हूँ, मैं आपके आगे अपना अपराध स्वीकार करती हूँ।"

विश्वामित्र ने उस स्त्री को देखा जिसे वे इतने वर्षों से प्रेम करते आ रहे थे। "तुम फिर से मुझे अपना आधा सत्य बता रही हो।" उनकी आँखों से तिरस्कार झलक रहा था परंतु वे चाहते थे कि मेनका कुछ और बोले। "तुम चाहती क्यों हो? किसी नेक काज के लिए झूठ बोलना?" उन्होंने चतुराई से पूछा और मेनका के होंठ काँप गए। "मेनका, मुझे फिर से मूर्ख मत बनाना। तुम मुझे धोखा दे सकती हो परंतु तुम्हारे लिए मेरी भावनाएँ मुझे धोखा नहीं दे सकतीं। वे असली थीं और तुम्हारी भावनाएँ भी सच्ची थीं। तुम उन्हें नीचा क्यों दिखा रही हो? मैं कैसे जान सकता हूँ कि तुम इस समय जो बोल रही हो, वह झूठ नहीं है?" वे रुके। उनके स्वर में उपहास का आभास था। "स्त्रियाँ प्रायः स्नेही, नाजुक और श्रेष्ठ मानी जाती हैं परंतु तुमने अहसास दिलाया कि वे भी कठोर और अपनी वासनाओं से द्रवित होती हैं, जिन्हें वे पुरुष नहीं जानते जो उन पर भरोसा करते हैं। मुझे केवल इतना पता है कि तुम किसी ऐसे व्यक्ति से झूठ नहीं बोल सकतीं जो तुम पर भरोसा करता हो और किसी ऐसे व्यक्ति पर भरोसा नहीं कर सकतीं जो तुमसे झूठ कहे। मेनका, तुम बहुत अच्छा झूठ बोलती हो, पर कृपया बताओ कि तुम्हारा पूरा सत्य क्या है? तुम इसके लिए मेरी ऋणी हो।"

"यही कि मैंने आपसे प्रेम करने का दिखावा किया।" उसने बेलाग सुर में बात समाप्त कर दी। *कृपया मुझसे घृणा कीजिए।* उसने प्रार्थना की। *हे ईश्वर, इनके हृदय में मेरे लिए तिरस्कार का भाव पैदा कीजिए।*

"अगर तुम अभी इसे स्वीकार नहीं करतीं तो मुझे कभी पता ही नहीं चलता। तुम चाहतीं तो इस प्रिय छद्म आवरण को बनाए रखतीं। तुमने ऐसा क्यों नहीं किया? हम प्रसन्नतापूर्वक एक साथ रहते हुए, अपनी पुत्री का पालन कर सकते थे। तो अब तुम यह बात क्यों स्वीकार कर रही हो, क्यों?"

उनका कोमल स्वर व्याकुल कर रहा था। यदि वे उससे नाराज़ होते या उसे उतनी पीड़ा देते जितना वे उन्हें आहत कर चुकी थी तो वह इसे अधिक बेहतर मानती। यह जाँच-पड़ताल उसे उलझा रही थी। वे सत्य के और निकट आते जा रहे थे।

"क्योंकि मैं जाना चाहती हूँ। क्योंकि मैंने आपसे कभी प्रेम नहीं किया और अब मैं इस अपराध बोध को और सहन नहीं कर सकती।" वह असहाय भाव से रोने लगी और उम्मीद की कि वे उस झूठ को सच मान लेंगे।

उन्होंने धीमे से सिर हिलाया और उन शब्दों के भार ने आस की आख़िरी कड़ी को भी तोड़ दिया।

"क्या तुम जानती हो कि मैं तुमसे प्रेम करता हूँ?" उन्होंने अनापेक्षित रूप से पूछा।

"हाँ," उसने पीड़ापूर्वक सिर हिलाया।

"तो तुमने ऐसा क्यों किया? तुम यह सब समाप्त करने पर क्यों तुली हो? ऐसा कौन-सा सच है जिसके बारे में तुम मुझसे झूठ कह रही हो?"

मेनका ने अपना सिर हिलाया। "मैंने आपसे सब कह दिया है। आप ही उसे स्वीकार नहीं करना चाह रहे। परंतु आपको स्वीकार करना ही होगा।"

"नहीं, तुमने एक बार फिर आधे सच को स्वीकारा है। तुम्हारा यह आंशिक सत्य मुझे मूर्ख बनाने के लिए है, तुम मुझे दिग्भ्रमित करना चाहती हो। तुमने कहा कि मैं कभी तुम पर विश्वास नहीं करूँ। तुमने पहले ही बहुत कुछ कह दिया है कि मेरा तुम पर भरोसा नहीं रहा। जब मैं तुम पर विश्वास नहीं करता, तो मैं तुम्हें प्रेम कैसे कर सकता हूँ। तुम यही चाहती हो ना?"

मेनका ने अपने चारों ओर असहाय भय की जकड़न महसूस की। वह हार रही थी; वह उनके तर्कों का मुक़ाबला नहीं कर सकती थी। उसने अपनी ओर से अंतिम प्रयास किया, "मैंने वही किया जो इंद्र ने करने को कहा।" वह दो टूक शब्दों में बोली।

"मैं उसकी योजना का एक हिस्सा थी। बस उसके निर्देशों का पालन कर रही थी।"

विश्वामित्र का चेहरा कठोर हो गया और आँखें आग उगलने लगीं। "ओह, वह इसका फल पाएगा। अब भी मेरे पास इतनी शक्ति शेष है कि मैं उसे श्राप दे सकता हूँ..."

"नहीं, ऐसा नहीं करें। उसे श्राप नहीं दें।" मेनका ने तुरंत कहा।

"क्यों? क्या वह भी तुम्हारा प्रेमी है?" उनकी आँखें सकुंचित हो गईं।

वह इस तरह सिकुड़ी मानो उन्होंने तमाचा मार दिया हो। "नहीं, परंतु यदि आप उसे श्राप देंगे तो उससे अधिक आपको हानि होगी।" वह रोने लगी। "आपकी शेष शक्तियों का क्षय हो जाएगा और आपके पास जो भी बचा है, आपको उसे संरक्षित करना है।"

उनके माथे के बल हट गए। "आह, तुम जितना दिखाती हो, उससे कहीं अधिक परवाह करती हो।"

मेनका ने निचले होंठ को दाँतों में भींच लिया। उन्होंने उसकी यह मुद्रा देखी और चेहरा घुमा लिया। "मेनका, परंतु मैं तुम्हें श्राप देता हूँ, मैं तुम्हें श्राप दूँगा!!!" उन्होंने कहा और मुड़ कर उसे देखा। उनकी आँखों में निराशा का सागर लहरा रहा था। "तुम मेरे सम्मुख हो और अपने प्रेमी व पति कौशिक के सामने नहीं, बल्कि विश्वामित्र के सामने खड़ी हो। तुमने उसके प्रेम और विश्वास को छला है। फिर तुम्हें इस बात का भय नहीं है। तुम्हारे पास तुम्हारे सौंदर्य, साहस और बुद्धि के सिवा कुछ नहीं है। तुमने निरंतर इनके ही प्रयोग से मुझे नष्ट किया। इसलिए मैं तुम्हें श्राप देता हूँ..." उन्होंने साँस ली, सुंदर मुख पर नेत्र जलते हुए प्रतीत हो रहे थे।

मेनका ने उनके रोष को झेलने के लिए नेत्र मूँद लिए और उन मारक शब्दों को सुनने की प्रतीक्षा करने लगी। हवा भारी हो गई थी और उनके बीच विचलित कर देने वाली शांति थी। उसने झट से नेत्र खोले। श्वास कंठ में अटकी थी। वे उसके पास खड़े थे। परंतु उन्होंने उसे छुआ नहीं। वह उनके देह की ऊष्मा को अनुभव कर सकती थी, उनकी आँखों की सुलगती हुई गहराई, उन सुंदर और उदार होंठों से निकलती श्वास, जो उनका अंतिम निर्णय सुनाने वाले थे।

"...मैं तुम्हें श्राप देता हूँ कि आज के बाद हम दोनों फिर कभी नहीं मिलेंगे।" उन्होंने हौले से कहा, उनका पीड़ित चेहरा बहुत पास था, हर शब्द

कानों को, मन को और हृदय को भेद रहा था। "मेरी मेनका, मैं तुम्हारे लिए केवल यही श्राप सोच सकता हूँ।" उनकी घरघराती श्वास में बात लगभग सुनाई नहीं दे रही थी। "मैं कभी तुम्हारा अहित नहीं सोच सकता। ना ही कभी कोई ऐसा श्राप दूँगा जिससे मेरी शक्तियों का क्षय हो, जैसा कि तुमने ही मुझे कितनी ख़ूबसूरती से याद दिलाया। परंतु मैं तुम्हें वही दुख देना चाहूँगा जो तुमने मुझे दिया, जिसे मैंने आजीवन भोगना है।" उनकी आँखें मेनका की आत्मा को भेद रही थीं। "हम पुनः कभी नहीं मिलेंगे। यही प्रेम में पड़ने या यूँ कहो कि मेरी मूर्खता का पश्चाताप होगा।"

मेनका चौंकी, उसका मुख इन शब्दों की मार और आंशिक चैन से म्लान हो गया। उसके कंधों से भारी बोझ उतर गया था। उसने उन्हें उकसा कर जो कहलवाना चाहा, वे अभी वही बोल चुके थे। वे उसे मुक्त कर चुके थे। अब वे पुनः स्वतंत्र थे।

वह पीछे हटी और मुड़ कर पालने की ओर जाने लगी।

"नहीं, तुम इसे कहाँ ले जा रही हो," उन्होंने तीक्ष्णता से कहा। "तुम अपने साथ एक मनुष्य को स्वर्ग नहीं ले जा सकती और ना ही इस धरती के नर्क में रह सकती हो। यह सोचना भी मत कि तुम स्वर्ग वापस नहीं जा कर, अकेले ही इसका पालन करोगी। तुम किसी दुष्ट की रक्षिता बन जाओगी या किसी पतनशील राजा के अंतःपुर का हिस्सा!" उन्होंने निर्दयता से कहा, "हमारा नश्वर संसार एक बदसूरत जगह है और तुम इस जगह नहीं रह सकतीं, मेरी प्यारी मेनका। मैं यह भी कभी नहीं चाहूँगा कि मेरी पुत्री स्वर्ग में सबका मन बहलाए!"

मेनका ने हामी भरी। "हाँ, मैं जानती हूँ।" वह फुसफुसाई और उनकी ओर आस भरी निगाहों से देखा।

"आप उसे अपने साथ रखेंगे?"

"मैं नहीं रख सकता जैसे तुम उसे अपने साथ स्वर्ग नहीं ले जा सकतीं। मेरे पास अब उसके लिए समय नहीं होगा।" उन्होंने उदासीनता से कहा। "उसे पूरी शिक्षा और देख-रेख चाहिए। तुम जानती हो, मेरे मित्र ऋषि कण्व निःसंतान हैं और इसे बहुत प्यार करते हैं। मैं उनसे आग्रह करूँगा कि वे इसकी देख-रेख करें। मुझे भरोसा है कि वे मेरी तुलना में कहीं अच्छे पिता साबित होंगे।"

मेनका अपने में पगला-सी गई; अब वह अपनी पुत्री पर कोई दावा नहीं कर सकती थी। भविष्य में उसका उससे कोई संबंध नहीं होगा। परंतु यह सब तो ऐसे ही होना तय था। विश्वामित्र तय कर रहे थे परंतु निर्णय तो उसका ही था। उनकी तरह, उसे भी संतान की भलाई के लिए उसका त्याग करना होगा। इसे करने का भी एक कारण था। यह करने का एक उद्देश्य था, उन्हें वह सब देना था जो उससे खो गया था - उनका हित, कल्याण और लाभ।

उसने अपना निर्जीव हाथ झटक दिया जो कभी अपनी बच्ची को नहीं उठाएगा। मेनका के भीतर से दुख का सोता उमड़ा और वह झट से दरवाज़े की ओर भागी ताकि अपने भीतर के विलाप से दूर जा सके।

"मेनका," वह उनका स्वर सुन कर ठिठकी। वह रुकी परंतु अपना सिर नहीं घुमाया। अब उसे अपने पर विश्वास नहीं रहा था। "इंद्र से कहना, उसकी हार हुई। मैं यह युद्ध भी जीतूँगा!!" वह उस रोष को सुन सकती थी जो उनके संकल्प के कारण ही सुर में वापस आ गया था।

"स्वर्ग वापस चली जाओ, धरती पर इधर-उधर मत भटकना। स्वर्ग ही तुम्हारा लक्ष्य है और हमेशा से था। विश्वावसु तुम्हारे पास लौट आएगा। उसे भगवान राम के हाथों मुक्ति मिलेगी, वे भगवान विष्णु के अवतार हैं, जो शीघ्र ही जन्म लेंगे। जाओ, मेनका और उसकी प्रतीक्षा करो..." उन्होंने अपने सारे विषाक्त क्रोध को एक ओर रख मृदु स्वर में कहा। उन्होंने इस तरह कहा मानो मेनका के सुख का दायित्व उनका था, उसी तरह मेनका के नेत्र भी अश्रुओं से भरे थे।

वह मुड़ी और अश्रुओं के बीच ही उनके मुख को अंतिम बार देखा। वह उनकी भुजाओं में जा कर, पहले की तरह प्रेम करना चाहती थी। वह चाहती थी कि यह सब प्रलाप समाप्त हो और सब पहले जैसा हो जाए। परंतु वह वहीं खड़ी रही। उसने अपनी अँगुलियों को इतना कस कर भींचा कि ऐसा लगा कि त्वचा ही फट जाएगी। उसने आख़िरी बार उन्हें देखा। वे आँखें बेहद उदास थीं, उन्होंने उसे अंतिम मुस्कान दी, यह वही मुस्कान थी जो मेनका को पिघला कर उसके हृदय को द्रवित कर देती थी। आज उसी मुस्कान ने उसका हृदय तोड़ दिया। उसके कंठ में एक सुबकी उमड़ आई।

"मुझे क्षमा कर दें।" वह हौले से बोली। "यदि कभी कर सकें तो मुझे क्षमा कर दीजिएगा!" और वह चली गई।

प्रेम से घृणा

कई बार वे पीड़ा के अहसास के साथ जागते तो कई बार सुख की अनुभूति के साथ! परंतु प्रायः उन्हें केवल घृणा का अनुभव होता था। विश्वामित्र बिस्तर पर लेटे, सोच रहे थे, सपना देख रहे थे और याद कर रहे थे। वही याद उन्हें सोने नहीं देती थी - वह उसका अपने घने काले बालों को मुलायम कंधों से उठा कर गर्दन पर जूड़े में लपेटना, उसके उरोजों का कोमल और उन्नत उभार, उनका अहसास, उसे अपने साथ लिपटाना, उनकी और उसकी रेशमी जंघाओं का आपस में रगड़ खाना और वह दुख कि वह जा चुकी है; वह तड़पती हुई इच्छा, जो उन्हें अब भी उसके लिए अनुभव होती थी। यही स्मृति उन्हें व्याकुल रखती और रातों को सोने नहीं देती थी। वह उनके लिए नहीं थी। वह संभवतः अब उनके लिए हो भी नहीं सकती थी। उसे याद करना भी उनका पागलपन ही था, परंतु वे अपने मन को नहीं समझा सकते थे। वे सो नहीं सकते थे, जितनी रातों से वह उन्हें छोड़ कर गई थी, वे सो नहीं सके थे।

विश्वामित्र को पता नहीं था कितने दिन बीत चुके थे। उन्होंने शकुंतला को विस्मित किंतु प्रसन्नचित्त ऋषि कण्व को सौंप दिया था। वे झट से, उस आश्रम से निकल आए थे, उन्होंने एक बार भी मुड़ कर अपनी प्यारी पुत्री के मुस्कराते मुख को नहीं देखा। वे एक पिता के रूप में असफल रहे; वे फिर कभी उसका सामना नहीं कर सकेंगे, उसकी आँखों में आँखें डाल कर नहीं देख सकेंगे। उन्हें अपने भीतर गहरी पीड़ा का अनुभव हुआ मानो किसी ने कलेजा चीर कर रख दिया हो, निश्चेष्ट और रक्तहीन हो उठे थे मानो।

वह अपनी कुटिया में लौट आए थे, जो पिछले कई वर्षों से, मेनका के साथ उनका घर रहा था। इसी सोच से वे कराह उठे। मेनका की अनुपस्थिति एक नीरस और लगातार उठने वाली पीड़ा की तरह थी, जो सीधा उनकी आत्मा को कष्ट दे रही थी। वे उसे अपने निकट महसूस करते, उसे चूल्हे के पास बैठ गुनगुनाता देखते; जब वह जल भर कर लाती तो कुछ उस पर भी छलकता और उसे भिगो देता। वे ख़ाली बिस्तर पर लेटे, उसकी सुगंध लेते, याद करते कि कैसे उसकी मुलायम देह, उनकी देह के साथ होती थी, उसकी दुबली भुजाएँ उन्हें घेरे रहतीं, उसकी अँगुलियाँ उनके बालों में, वह उन्हें भींचते हुए विजयी मुद्रा में उनके रूखे चेहरे को देखती और उनके भीतर से उसके लिए वासना का गहरा ज्वार उमड़ आता, वह अच्छी तरह जानती थी कि वह उन्हें किस तरह अपने वश में कर सकती थी...

वे बिस्तर पर उठ बैठे, देह से ठंडा पसीना छूट रहा था। वह अब भी उन पर ऐसी ही पकड़ रखती थी। वे अपनी सामान्य दिनचर्या में रम कर, अपनी पीड़ा से दूर होने का प्रयत्न करने लगे; उन्होंने अपना दैनिक पूजा-पाठ किया, लंबे समय तक ध्यान लगाया परंतु मन शांत नहीं हो सका।

विश्वामित्र, निराश हो कर सोचने लगे, *प्रेम ने दूर होने में अपना समय लिया था, ऐसे ही घृणा को समय लगेगा।* वे चाहते थे कि उस अतीत से दूर हो जाएँ परंतु उन्हें लगा कि उनकी सारी घृणा वापस आ गई थी। *उसी रक्त में घृणा प्रवाहित हो रही थी जिसमें कभी प्रेम बहा करता था।* उन्होंने घृणापूर्वक सोचा कि यह उनके भीतर वैसा ही आवेग और कर्म भी जगा रही थी। वे इस आस से जूझ रहे थे कि उसे मानसिक रूप से देखने पर प्रेम जाग उठेगा, एक कोमल संवेदना और स्मृति, जो संभवतः उनकी उत्तरजीविता बन सके। परंतु ऐसा नहीं था। उस जगह घृणा, वासना और द्वेष के अतिरिक्त कुछ नहीं था। वे उन आवेग से भरे विक्षिप्त क्षणों से भी गुज़रे, जब उन्हें लगता था कि काश! वे उसे एक बार फिर पा लेते, चाहे थोड़े समय के लिए ही सही, उनके मन को शांति मिल जाती। वे अपनी इच्छाओं और कल्पनाओं को पूरा कर सकते थे। *फिर मैं उसे छोड़ देता।* वे कटुतापूर्वक सोचते।

घृणा उस आवेग और देह में उबाल खाते भौतिक प्रेम जैसी ही थी। किसी उत्तुंग शिखर पर पहुँचने का भाव आता और फिर वे शांत हो कर मानो उस चोटी से नीचे उतर आते। अब वे उस घृणा के तांडवरूपी क्षणों

को अनुभव कर चुके थे, इसलिए बिस्तर पर पसीने से लथपथ, क्लांत और कुंठित पड़े थे। वे उसके भीतर नहीं, बल्कि वह उनके भीतर आवेग को चरम सीमा तक ले जा रही थी। वे इतने उदार थे कि उन्हें अमरावती नामक क़ैद में बंदी मेनका के लिए खेद था। उसने प्रेम का झूठा वचन दिया और अब उसके पास देने को कुछ नहीं था। या उसके पास था? वे ईर्ष्या से भर गए। क्या वह इस समय किसी गंधर्व, किसी देव या फिर सुंदर और मूर्ख इंद्र के साथ होगी?

ईर्ष्या का भाव इन सबमें से बदतर था; यह प्रेमियों को असुरक्षित और दुष्ट बनाता है। प्रेम की धारा मोड़ते हुए, इसे सड़ा देता है और विश्वास को विषाक्त कर देता है। विश्वामित्र के हिंसक रूप से उत्तेजित मन को प्रत्येक पुरुष उसका संभावित प्रेमी लगता था। विश्वावसु तो अभी लौटा नहीं था तो अब वह किसके साथ थी - उरण्यु, उसका प्रशंसक अथवा वह कामी काम? अचानक ही उनका दिल चाहा कि वे उसे हाथ बढ़ा कर छू लें, उसकी अँगुलियों को अपने सुगंधित केशों में घूमने दें, उसकी मुलायम नग्न देह को अपने साथ बिस्तर पर पड़ा महसूस करें, वे तकिए पर अपना मुख घुमा कर उससे बात करना चाहते थे, वे उसकी त्वचा की अद्भुत गंध तथा स्वाद को अनुभव करना चाहते थे। उन्होंने अपनी आँखें बंद कीं और उसे दोबारा अपने मन में देखा - उनके संभोग के क्षण समाप्त हो गए थे, उनके पास जो भी था, वे उसे खो चुके थे, और वे उसके कोमल सपाट पेट पर सिर टिकाए पीठ के बल लेटे थे, उनके मुख में अब भी उसका रहस्यमयी स्वाद शेष था।

उन्होंने वे सभी वार्तालाप याद किए, उन्होंने उसके छोटे-से छोटे झूठ को भी एक बड़े कपट में बदल कर देखा, उनका विषाक्त मन उसकी सहज बातों को भी संदेहास्पद बना रहा था, उसमें नए संकेतार्थ खोज रहा था। वे इस सोच को भी सहन नहीं कर पा रहे थे कि वह किसी और से बात करे या दूसरे पुरुष का स्पर्श करे, जबकि अब वे उसे खो चुके थे। *क्या उसने आमंत्रित करते हुए मुस्कान दी, क्या उसने नपे-तुले शिष्ट स्वर में बोलते हुए आकर्षक रूप से संकेत किया, क्या उसने कामुक होंठों को दाँतों से काटा, जो कभी उन्हें उत्तेजित करने में असफल नहीं रहते थे।*

यह सारे क्षणों में से बदतर थे - उनकी ईर्ष्यालु कल्पना। वे कभी इतने ईर्ष्यालु अथवा कल्पनाशील मनुष्य नहीं रहे। परंतु उनके प्रताड़ित मस्तिष्क ने

मेनका को विस्तृत छवियों के साथ देखना सीख लिया था – मेनका संभोग करते हुए; मेनका किसी अन्य देव के साथ; मेनका किसी नग्न गंधर्व के साथ; वह सब करते हुए, जो वे दोनों किया करते थे; मेनका अपने ही तरीक़े से चुंबन देते हुए, इन क्षणों में पूरी मादकता से अंगड़ाई लेते हुए, उसकी खुली हुई आमंत्रण देती हुई ग्रीवा, यौनसुख से उपजी कराह, उसकी खिलखिलाहट; मेनका अबाध व संपूर्ण आत्मोत्सर्ग के बीच, अपने पुरुष को चरम सुख की ओर ले जाती मेनका की आँखों की चमक। वे इन छवियों को पूरा दिन तथा रात के गहन मौन के बीच देखते। केवल दैनिक कर्म ही इस प्रक्रिया में बाधा बनते और स्थिरता और आरोह के मध्य केवल कुछ क्षणों के लिए ही उनका मन शांत हो पाता था। सप्ताह महीनों में बदले और वे छवियाँ अब भी स्पष्ट, नियमित तथा अंतहीन थीं। वे अपनी ही नपुंसकता से कुपित थे, उससे घृणा करते थे, उसे और अधिक प्रेम करने लगे थे।

उन्होंने सदा यही माना कि डाह का वासना के साथ सह-अस्तित्व होता है। परंतु वे इतने वर्षों से मेनका के साथ रहते हुए भी कभी ईर्ष्या की चपेट में नहीं आए। वे उस पर पूर्ण और अटल विश्वास रखते थे, उसे पूरे समर्पण के साथ चाहते थे, जो उन्हें लगा था कि पूरी तरह से प्रकट कर दिया गया था। परंतु मेनका की अनुपस्थिति ने उन्हें ईर्ष्याजनित क्रोध से भर दिया था। यहाँ तक कि अब उनकी वासना भी प्रेम के बजाए घृणा के अधिक निकट हो गई थी। उन्होंने अपने अतीत में जो भी चौड़े कंधों वाले, नग्न देही पुरुष देखे थे या संभवतः जिन्हें भविष्य में देखेंगे, वे लगातार उनके मस्तिष्क में एक आपस में गुँथी हुई परछाईं बनाए रखते। विश्वामित्र इसी अतार्किक-सी आस पर टिके थे कि वे अपने मन से उसके लिए वासना का अंत कर सकेंगे। और फिर भी, पहले से कहीं अधिक, वे उसके साथ के लिए तरसते थे – जैसे मेनका का उनके गाल सहलाना, अपनी अँगुलियों से उनकी चिबुक की फाँक को छूना; उन्हें भोजन करता देख, उसकी आँखों में उभरी चमक; उसे लुभाने वाले अंदाज़ में नदी में तैरते देखना; अपने लंबे सुगंधित केशों में लगाने के लिए पुष्प तोड़ते देखना; कोमलता से एक भटके हुए हिरण को भोजन कराना; आपस में गुँथी भुजाओं के साथ उनकी लंबी, आलस से भरी सैर, आसपास गुनगुनाती बयार की तरह लहराते हुए उनके शरीरों का आगे बढ़ना; इस कक्ष में उसकी मन को शांत करने वाली, निरंतर चलने वाली गुनगुनाहट – मधुर और कितनी कोमल...

वह एक ही जगह बहुत देर से लेटे थे, एक के बाद एक स्मृतियों के दंश सोने नहीं दे रहे थे और बार-बार प्रेम और घृणा की हिलोरें उठ रही थीं। घृणा से तो इच्छा व वासना का अंत होना चाहिए परंतु उसे तो जैसे और ईंधन मिल गया था। भले ही उन्हें कुछ भी देना पड़ता, वे क्षण भर की नींद के लिए भी कुछ भी देने को तैयार थे।

परंतु उनका विचलित मस्तिष्क एक पल के लिए भी उसे छोड़ना नहीं चाहता था। वे उससे घृणा करते थे, क्योंकि वे यह मानना चाहते थे कि मेनका ने भी उनसे प्रेम नहीं किया, वह उनसे कभी प्रेम नहीं करती थी। उसके बारे में बुरे से बुरा सोच कर, उन्होंने यह आशा रखी कि वे अपने विचलित और व्याकुल मस्तिष्क और जीवन से उसे सदा के लिए दूर कर देंगे। अब वे सोच रहे थे, कैसा शोक, मैं उसके लिए क्या विचार करूँ कि उसने मुझे प्रेम किया या नहीं? इससे कोई अंतर नहीं पड़ता। वह जा चुकी थी। वह उन वर्षों के दौरान सदा उनके प्रति एकनिष्ठ रही और उसने उन्हें इतना आवेग और आनंद दिया था कि वे उसमें पूरी तरह से विनष्ट हो गए थे। उसने सदा उनकी कल्पनाओं, उनके दुष्ट मनोभावों को वहन किया परंतु उन्होंने उसे बदले में क्या दिया? वे इस संबंध तथा विवाह से यह सोच कर जुड़े थे कि एक अप्सरा को प्रेम करना किसी स्वप्न की तरह था, और एक दिन वह हाथ से फिसल जाएगा, जब वे नींद से उठेंगे तो वे अकेले और पूरी तरह से एकांत में होंगे। उसने इसे एक दुःस्वप्न में बदल दिया था। वह क्रोध, दुख, असुरक्षा का भाव, आशाहीन भविष्य में अतार्किक-सी आशा ने उन्हें इस कष्ट के बीच असहाय बना दिया था; वे सभी भाव किसी विक्षिप्त लहर की तरह बार-बार उन्हें कष्ट देते रहते।

वे सोचते थे, क्या यह अंत है, ये पागलपन से भरी कल्पनाएँ, उनके एक साथ बीते अतीत को जान कर बार-बार दोहराना? इन बातों में दोबारा लौटने की आवश्यकता कभी नहीं होगी। वह सब व्यर्थ और विकृत था। फिर उनके मन में एक और दुष्ट विचार भी आया - वे संसार में सबसे अधिक यही चाहते थे कि किसी तरह मेनका तथा उसकी स्मृतियों को आहत करें। वे चाहते थे कि उनके पास एक युवती हो, वह भी उनके साथ उसी बिस्तर पर, उसी प्रकार निर्वस्त्र हो और वे उसके साथ उन्हीं स्थानों पर सहवास करें, जहाँ-जहाँ मेनका उनके साथ होती थी। यह उसे और स्वयं को पीड़ित करने का एकमात्र उपाय था। तब संभवतः, वे पर्याप्त प्रेम भले नहीं करते;

वे थोड़े सुरक्षित और संतुष्ट हो जाते। उनकी आत्म-दया और घृणा हाथों में हाथ डाले प्रतिदिन अंधेरे की ओर जाते सूर्यास्त के समय साथ टहलती।

परंतु वे जानते थे कि यह विचार ही विचित्र था। उन्हें यह जान कर भी आश्चर्य हुआ कि अब उनके मन में किसी स्त्री के लिए कोई कामना ही नहीं रह गई थी। मानो वे सारे वासनामयी वर्षों को मेनका के साथ बीते समय में ही छोड़ आए थे और जब नींद से जागे तो वे नपुंसक और जड़ हो चुके थे। मेनका के लिए उनके अबाध आवेग ने, वासना को सदा के लिए मिटा दिया था। वे फिर कभी किसी दूसरी स्त्री का आनंद नहीं ले सकेंगे।

उनकी कथा आवेग या प्रेम का प्रसंग नहीं था, वह तो घृणा की एक गाथा थी। परंतु विश्वामित्र उसके लिए भी आश्वस्त नहीं थे। संभवतः उनकी घृणा भी उनके प्रेम की तरह अपूर्ण थी। उन्होंने उस दर्पण को देखा, जो उन्होंने मेनका को उपहार में दिया था। उन्हें उस दर्पण में अपना प्रतिबिंब दिखाई दिया, नैन-नक़्श उनकी श्वास से धुँधला गए। उन्होंने अपनी क्या दशा बना ली थी, मेनका ने उनकी क्या दशा कर दी थी? क्या वे घृणा का प्रतिबिंब देख रहे थे? उन्हें एक लटका और मुरझाया हुआ चेहरा दिखा, उनके चेहरे पर दुख की गहरी रेखाएँ, चेहरे को एक कठोर मुखौटे में बदल रही थीं। परंतु उन्हें अपने थके हुए क्लांत नेत्रों में एक उजली-सी आस दिखी कि एक दिन वे उस अप्राप्य व्यक्ति को पा लेंगे जिसे पाने के लिए वे दिन-रात तरस रहे थे।

उनके पास किसी भी चीज़ का स्वामित्व नहीं होने की सुरक्षा थी, ना तो मेनका और ना ही उसकी पुत्री। जब वह उन्हें छोड़ कर गई तो वे कुछ भी नहीं कर पा रहे थे। वे निरंतर यही विचार करते रहते कि उन दोनों ने एक-दूसरे के लिए क्या कहा, उनका धीमा-धीमा सा, सुलगता आक्रोश क्रोध और पश्चाताप के अंगारों में बदल जाता। वे चाहते थे कि प्रेम सदा बना रहता। परंतु यदि प्रेम को मरना था तो वे चाहते थे कि वे तत्काल प्राण त्याग दे; वे चाहते थे कि स्वयं अपने हाथों से उसका गला दबा कर, उसके शेष जीवन को भी निष्प्राण कर दें।

अंततः वे उठे, आंतकित मुख पर उदासी छाई थी, उनके कानों में मेनका के क्षमायाचना के स्वर गूँज रहे थे। उसकी व्यथित आँखें अब भी उनके मन में अंकित थीं। उसका स्वर, उसकी गंध और उसकी उपस्थिति

के आभास ने पीड़ा को पुनः जीवित कर दिया। उसने अचानक उस परम प्रेम को पुनः रच दिया जिसे वे यथार्थ और स्वप्न के प्रत्येक वियोग के साथ खोते चले गए थे।

"मैंने आज तक आपसे अधिक, किसी को प्रेम नहीं किया।" उसकी अस्पष्ट बुदबुदाहट उनका उपहास करती प्रतीत हो रही थी। मानो, वह उनकी छाती पर सिर टिकाए खड़ी थी, उसका कोमल वक्षस्थल उनकी कठोर छाती से टकरा रहा था, उसकी भुजाएँ उनकी कमर के आसपास घेरा डाले थीं, उसकी अँगुलियाँ अनजाने में ही उनकी त्वचा को झुलसा रही थीं, उसके पैरों ने उनके टखनों को लपेटा हुआ था, उसने उसी तरह स्वयं को उनकी भुजाओं में समर्पित कर दिया था, जैसे वह कुछ माह पहले, कच्ची माटी के फ़र्श पर कर चुकी थी।

जब उसने अपने सूजे और खुले हुए होंठों से मादक स्वर में उच्चारा था, कोई और नहीं, कभी नहीं। तब भी वह झूठ नहीं बोल रही थी। वे हृदय के विरोधाभासों को जानते थे जो पूरी तरह से विशुद्ध भावात्मक आदर्शवाद था। उन्होंने उससे प्रेम किया परंतु घृणा, पीड़ा और गुस्से के धुँधलके के बीच भी, वे जानते थे कि उसके पास उनकी तुलना में कहीं अधिक प्रेम करने की क्षमता थी।

यदि मैंने उससे इतनी घृणा की, तो मैं उससे अब भी इतना प्रेम कैसे करता हूँ? क्या कोई प्रेम और घृणा एक साथ कर सकता है? या मैं स्वयं से इतनी घृणा करता हूँ? कि मैंने स्वयं को एक स्त्री के हाथों प्रलोभन का शिकार होने दिया, उसके प्रेम में मग्न हुआ परंतु वह मुझे केवल विनष्ट करने आई थी, मुझे बरबादी की ओर ले जाना ही उसका लक्ष्य था। उन्हें अपने इस शरीर से घृणा थी जो मेनका के लिए उत्तेजित हुआ और आनंद पाया। उन्हें अपने उस मन से भी घृणा थी जिस पर अब उन्हें भरोसा नहीं रहा था। परंतु जिस तरह प्रेम का अंत हुआ, उसी तरह घृणा का भी एक अंत था।

मेनका को गए लंबा अरसा हो चुका था। वह उनके लिए मर चुकी थी। वह उसी गहनता से किसी मृत को प्रेम नहीं कर सकते थे जिस प्रकार जीवित को किया करते थे। उनसे यह संभव नहीं था। उन्होंने ध्यान लगाने के लिए बैठते हुए आँखें बंद कीं और स्वयं को याद दिलाया, मुझे यह मानना ही नहीं चाहिए कि वह जीवित है। वे अपनी ओर सँभलने की कोशिश में

थे। उन्होंने आकाश को ऐसे देखा मानो वह उन्हें नीचे देख रही हो। *देखा, मैं तुम्हारे बिना भी कितने आराम से जी सकता हूँ। यह इतना कठिन भी नहीं है।* उन्होंने उससे कहा। केवल उनकी घृणा ही उन्हें उनकी उत्तरजीविता और उनके बारे में भरोसा दिला सकती थी। मेनका को घृणा करना, उसे प्यार करने जैसा ही था। अचानक, वह प्यार या घृणा, कुछ भी करने की अधिकारी नहीं रहे।

वे कभी प्रेमी मनुष्य थे परंतु आज फिर वे घृणा की चपेट में थे। उन्हें उससे भी घृणा थी, जिसके कारण यह सब संभव हुआ। इंद्र, अपराधी इंद्र। विश्वामित्र को सदा भय रहता था कि वे इंद्र के हाथों मेनका को खो देंगे। अनजाने में ही, वे मेनका के अभिभावक, संरक्षक बन गए थे। एक ऐसा सैनिक जो उसे किसी भी प्रकार के आघात और प्रहार से बचा लेना चाहता था। यदि उन्हें इंद्र से दो-दो हाथ करने पड़ते तो वे उसके लिए भी तैयार हो चुके थे। परंतु कायर ने कभी उन्हें खुलेआम चुनौती ही नहीं दी, जैसे उसने मेनका को स्वर्ग से निष्कासित किया था, ठीक उसी तरह वह उसे उनसे दूर ले गया। *इंद्र, मैं आजीवन मेनका के साथ रहना चाहता था और तुमने उसे मुझसे छीन लिया।* उन्होंने भीतर से उठते प्रतिशोध के साथ संकल्प लिया। *तुमने अपने षड्यंत्रों से हमारी प्रसन्नता को उसी प्रकार नष्ट कर दिया जैसे कोई तूफ़ान बेरहमी से पेड़ों को जड़ से उखाड़ देता है। इंद्र, मैं तुमसे घृणा करता हूँ और एक दिन तुम इस तरह अपने किए का मूल्य चुकाओगे कि जो हमेशा के लिए तुम्हारे अस्तित्व को नष्ट कर देगा। अब यह घृणा मेरे मन और आत्मा में बस गई है। यह केवल मेरे हृदय में नहीं रही। अब यह कोई पीड़ा नहीं, यह प्रतिशोध है।*

उनका पुराना प्रतिशोध लौट आया था। परंतु यह घृणा व संशय तथा नष्ट करने का आवेग कहीं अधिक गहरा था। अवचेतन आदिम असभ्य तरीक़े से कार्य करते हुए, उन्हें विक्षिप्तता की ओर धकेल रहा था। एक सुबह जब वे उठे तो वे जानते थे, मानो उन्होंने सारी रात जग कर योजना बनाई हो कि उस दिन से वे मेनका को भुला देंगे। बहुत समय के बाद उन्होंने हेमवती के बारे में सोचा; वे भी तो इसी पीड़ा, हृदयविदारक दुख और वियोग को सहन करती होगी, जैसा उन्हें अब अनुभव हो रहा था। उन्होंने उसका हृदय तोड़ा था; मेनका ने उनका हृदय तोड़ा। यही उनका दंड था ,जिसने उन्हें पश्चाताप की ओर मोड़ा।

वे दिनों को शब्द आडंबर की तरह जीते रहे। वे नेत्रों पर पट्टी लगाए, ऐसे व्यक्ति की तरह थे, जो अपने ही अंधकार और निराशा में खोया था, उसके पास प्रकाश या आशा की कोई किरण नहीं थी। परंतु वह थी। यह उनके भीतर थी। वह दसवाँ दिन था या सौवाँ, वे निश्चितता से नहीं कह सकते थे। परंतु अब उन्होंने अपने लिए जीवन की दिशा निर्धारित कर ली थी।

स्वर्ग और घर

वर्तमान में कुछ भी तो अनुचित नहीं था। सच सामने आ चुका था। अब झूठ उनके जीवन का हिस्सा नहीं था; उन्होंने मेनका को त्याग दिया था और वह विचित्र रूप से उनके बिना प्रसन्न थी, हालाँकि बहुत अकेली। वह फिर से स्वर्ग में थी, वह संसार से परे एक अंतहीन स्वप्न में जी रही थी। उसे याद तक नहीं था कि वह स्वर्ग में वापस कैसे आई या स्वयं को अपने महल तक कैसे घसीटा। वह उसके लिए प्रतीक्षा में था, उसकी अनुपस्थिति में उसका महल किसी को दिया नहीं गया था। मानो इंद्र को भी विश्वास था कि वह किसी न किसी दिन महल में वापस लौटेगी।

वह भी उसे देख कर चौंक गया था, इससे ज़्यादा धक्का तो उसे मेनका की दशा देख कर लगा था। वह बिखरने की क़गार पर थी। शारीरिक क्लांति से अधिक मानसिक क्लेश ने उसे तोड़ दिया था। वह कई दिन तक लगातार चुप रही पर उसकी आँखों की विवशता बहुत कुछ कहती थी। एक बार तो इंद्र जैसा कठोर और स्वार्थी जीव भी द्रवित हो गया। उसे मेनका के वापस आने की खुशी थी पर वह बदल चुकी थी। क्या हुआ था? वह वापस क्यों आ गई? जब वे आख़िरी बार मिले थे तो मेनका ने पूरी तरह से स्पष्ट कर दिया था कि अगर वह वापस आई तो इंद्र को विश्वामित्र के कोप का भाजन बनना होगा। उसने चुपचाप देवों और अपने मित्रों की सेना भी जमा कर ली थी, पर छह महीने बीत गए, उसके स्वर्ग के बाहर कुपित ऋषि नहीं दिखे। उसने ऋषि की खोज में काम, वरुण और सूर्य को भेजा पर उन्होंने आ कर यही बताया कि विश्वामित्र अपना आश्रम त्याग कर हिमालय के एकांत में तपस्या करने चले गए थे। *इंद्र ने सुन कर मन ही मन उपहास किया कि वह*

अहंकारी ऋषि वही करने लौट गया, जो करने में बेहतरीन था। परंतु उसके और मेनका के बीच क्या हुआ? वह शिशु कहाँ गया? मेनका ने अपनी पुत्री को इतनी आसानी से कैसे त्याग दिया?

अब मेनका के बारे में सोचने पर उसके मन में कोई इच्छा नहीं जागती थी, वह उसके लिए व्याकुल था और अब चिंता करने लगा था। वह निष्प्राण-सी पड़ी रहती। किसी से बोलती-बतियाती नहीं थी। जो भी बोलती, वह नीरस एकालाप से अधिक नहीं होता था। दो लोग ही उसके साथ थे - उसकी सखी तिलोत्तमा और उरण्यु, जो अब भी उसके लिए अगाध प्रेम रखता था। पर मेनका ने जल्द ही उरण्यु को भी अपने से दूर कर दिया और यह जान कर इंद्र के ईष्यालु मन को शांति ही मिली थी।

वह किसी से नहीं मिलती थी। अपने महल में ही रहती, वह सारे स्वर्ग से कट चुकी थी। उसने अपने अतीत के बारे में बताने से भी मना कर दिया था जिसने उसे स्वर्ग में वापस आने को विवश किया। अब वह स्वर्ग को अपना घर नहीं मानती थी पर फिर भी उसे इस जगह आना ही पड़ा।

मेनका खिड़की से बाहर बाग के सुंदर फूलों की सुंदरता को निहार रही थी। उसने सोचा, कितना सुंदर, मानो जीवंत दृश्य हो। उसका जीवन तो कुछ और था। आश्रम में उसके लगाए गुलाब के पौधे पर पड़ती सूर्य किरणें, उसके पति कौशिक और पुत्री के हाथ का स्पर्श; वह जीवन था। उसके मुख पर कौशिक के मुख का दबाव, जो उसे अदम्य ऊर्जा से भर देता; वह जीवन था। *जब मैं इस जगह मर रही हूँ तो ऐसे में इन फूलों की सुंदरता मेरे लिए क्या अर्थ रखती है?* उसने सोचा और झट से मोटे और भारी पर्दे खींचते हुए उस दृश्य को छिपा दिया।

बहुत समय से कौशिक के वियोग की पीड़ा सालने लगी थी और उसे मृत्यु के सिवा कुछ नहीं सूझता था। वह उसे उसी तरह चाहती थी, जैसे आरंभिक दिनों में चाहा था। वह उसके साथ भोजन करना चाहती थी, उसकी छोटी सी कुटिया में उसके साथ सोना चाहती थी। वह कौशिक को चाहती थी। वह साधारण, भ्रष्ट मानवीय प्रेम के लिए तरस रही थी। उसकी कभी मृत्यु नहीं हो सकती थी परंतु वह अब जो महसूस कर रही थी वह मृत्यु से भी कहीं बदतर था। मृत्यु पुराने जीवन का अंत कर, नए जीवन का आरंभ करती है। परंतु यह तो एक अंतहीन दुःख था। उसे कहीं चैन नहीं था, मन को शांति नहीं थी।

वह आजीवन सुंदरता और प्रशंसा के भ्रम में जीती रही। इसी बात ने उसे भुलाए रखा कि वह कितनी हृदयहीन और झूठी युवती थी। परंतु वसु और कौशिक ने इसके बावजूद उससे प्रेम किया। वह भले ही अमर हो परंतु क्या उसके पास सभी लोगों जैसी अमर आत्मा की सुंदरता थी? वसु वैसा ही तो था, कितना सौम्य और भला। कौशिक भी ऐसे ही थे, दंभी परंतु दयालु। *परंतु उन्हें इस हृदयहीना स्त्री में प्रेम करने के लिए क्या दिखा होगा?*

"तुम उसे छोड़ क्यों आईं?" मेनका अचानक पूछे गए प्रश्न से नहीं बल्कि प्रश्न पूछने वाले को पहचान कर ही चौंक गई। उसने बिना पलटे ही जान लिया था कि उर्वशी उसके पास आई थी। अब वह क्या करने आई थी? मेनका ने चैन की साँस ली कि उरण्यु नहीं आया था। वह उसे परे धकेल चुकी थी और चाहती थी कि अब वह सामने नहीं आए। उसने बहुत आराम से उसे बता दिया था कि वह उसकी नहीं हो सकती थी, क्योंकि वह प्रेम के खेल से थक चुकी थी। वह मेनका के प्रेम में था और उसकी आँखों से वही प्रेम छलकता था जो मेनका को बेसुध कर सकता था। उसने उसे परे धकेल दिया, अपने महल में प्रवेश करने से रोक दिया। वह जानती थी कि वह उससे बेहतर की अपेक्षा रखता था। उसने बड़ी निर्दयता से अपने जीवन से प्रेम को निकाल दिया था और वह भी देखेगी कि किसी के मन में उसके लिए वासना नहीं रहे। *अब मैं क्या करना चाहती हूँ? इससे आगे मुझे किस जगह जाना है?*

उर्वशी ने जैसे उसके अनकहे प्रश्न का उत्तर थमा दिया, "मेरा सबसे बड़ा पश्चाताप यही रहा कि मैं पुरुरवा के लिए उस तरह नहीं लड़ सकी जैसे मुझे लड़ना चाहिए था।" उसने आह भरी। उर्वशी तो ऐसे कभी नहीं दिखती थी। "पर मुझे और बाक़ी अप्सराओं को लगता था कि तुम लड़ोगी और किसी तरह वह पाने में सफल रहोगी जो हममें से कोई नहीं पा सका - धरती पर खुशहाल ज़िंदगी जीना।" उर्वशी ने कुछ भी कहे बिना केवल सिर हिला दिया।

मेनका अब उसके बारे में नहीं सोचना चाहती थी। पर उसने स्वयं ही तो अपने लिए ऐसे हालात चुने। उसने ही इसके लिए प्रार्थना की थी। *उसे एक अवसर दो; ताकि उसे उसका सपना, उसकी प्रसन्नता वापस मिल सके। बस यह हो जाए, मैं इसके बाद कुछ और नहीं माँगूगी। मैं उससे प्यार करती हूँ और उसके लिए कुछ भी करूँगी। चाहे उससे दूर ही क्यों नहीं रहना पड़े।*

मैं वादा करती हूँ कि उसे हमेशा के लिए छोड़ दूँगी ताकि वह अपने उद्देश्य को नए सिरे से पूरा करने निकल सके। उसने उसे खोया था पर उस खोने में ही मेनका की जीत थी। *लोग एक-दूसरे से मिले बिना भी तो प्रेम में रह सकते हैं, है ना?* उसने बहुत गहरी पीड़ा के बीच स्वयं से प्रश्न किया।

उर्वशी हौले से उसकी बाँह हिला रही थी।

"बोलो मेनका, क्या हुआ था! मैं नहीं जानती कि तुम्हारे साथ क्या हुआ, पर तुमने वही किया जो तुम्हें करना था..." उसने मेनका को सवालिया नज़रों से देखा। फिर वह बोली, "जब वसु को स्वर्ग से बाहर निकाला गया तब भी तुम इतनी पीड़ा में नहीं दिखी थीं या फिर तुम उसी दुख को दोबारा झेल नहीं सकीं।"

मेनका शांत रही। उसकी आँखें सूनी-सूनी लग रही थीं। उसने ना तो उर्वशी की बात सुनी और ना ही उस पर विश्वास किया। "तुम आज भी मुझे ही दोषी मानती हो ना? मेरी वजह से ही उस निर्दोष व्यक्ति को सज़ा मिली?"

मेनका ने अपने होंठ काट लिए और सिर घुमा दिया। वह मन को धीमे-धीमे कुतरने वाली पीड़ा से थक चुकी थी; उसने वसु को खोया, उसने कौशिक को खोया और अपनी दोनों पुत्रियों को खो दिया। जब वह वसु के साथ थी तो वह पूरी तरह से उन्मुक्त और बेपरवाह हो कर उसे चाहती थी, कौशिक के साथ उसका प्रेम एक रणनीति, योजना और छल था। पर कौशिक ने तो सदा उसे दिल से चाहा, सच्चा प्रेम दिया। यहाँ तक कि उनकी अंतिम भेंट में, जब वह अपनी सच्चाई बयाँ कर चुकी थी, वह उसकी घोर निंदा कर चुका था, तब भी वह उससे प्रेम करता था कि उसने उसे वापस जाने दिया ताकि वह वसु के पास वापस जा सके। वह वापस आ गई और अब वही यादें उसे छल रही थीं। उसने वसु को प्रेम किया, उसके लिए आवाज़ उठाई, उसका दुख मनाया। जब वह कौशिक को प्रेम करती थी तो वसु को भी चाहती थी और आज उसके पास दोनों में से कोई नहीं है। *क्या दो पुरुषों को एक साथ प्रेम करना संभव है? उसने आह भरी। हालाँकि, अब मेरे पास दोनों को देने के लिए प्रेम नहीं रहा।*

"मैं वसु के लिए शर्मिंदा हूँ। मुझे सबके सामने कहना चाहिए था कि उसने कोई अपराध नहीं किया।" उर्वशी की बात से मेनका का ध्यान भंग हुआ। उर्वशी को शर्मिंदा होना भी आता था। "मेनका, अब मैं यह बात कह

सकती हूँ। मेरे मौन ने ही रंभा की बात की पुष्टि की। तब से मैं भी कभी शांति से जी नहीं सकी और ना ही रंभा सुख से रही। उसे तो दुर्भाग्य ने और बुरी तरह से मारा; उसे भी वसु की तरह, अपने तुम्बरु को शाप के कारण खोना पड़ा। उसका बलात्कार हुआ!" उर्वशी ने बिना किसी संकोच के यह बात कही दी थी।

मेनका अचानक मुड़ी और उसके नेत्र विस्फारित हो उठे। "बलात्कार?" वह हौले से बोली। उसका स्वर शुष्क था। अक्षम्य अपराध, किसी स्त्री की मर्ज़ी के बिना उसे अपने अधीन करने की कुचेष्टा, रंभा ने वसु पर भी यही आरोप लगाया था। हालाँकि यह बात झट से मन से निकल गई और मेनका इस तथ्य के आंतक के बीच खड़ी रह गई।

मेनका अज़ीब-सी नज़रों से उर्वशी को घूर रही थी। उसे अपने ही शब्दों पर विश्वास नहीं हुआ, "किसी अप्सरा का बलात्कार कैसे हो सकता है?"

"रंभा कुबेर के महल में नलकुबेर से मिलने गई थी, उस जगह कुबेर के सौतेले भाई रावण ने उसे रोक लिया। वह उसके भतीजे की प्रेयसी है, यह जानने के बावजूद उसने रंभा पर बल प्रयोग किया।" उर्वशी ने सपाट लहज़े में बताया। "उसने कुबेर के उद्यान में रंभा का बलात्कार किया और चला गया..."

"चला गया?" मेनका हैरान थी। "कुबेर ने उसे जाने दिया?"

"कुबेर अपने भाई से बहुत डरता था। वह उसके ख़िलाफ़ आवाज़ नहीं उठा सकता था। वह रंभा की मदद कैसे करता?" उर्वशी के सुर में घृणा का पुट था। "नलकुबेर रावण के प्राण लेना चाहता था पर उसके पिता ने उसे रोक कर परिणाम के लिए चेताया। कहते हैं कि नलकुबेर ने कुपित हो कर रावण को श्राप दिया कि अगर उसने फिर कभी भी किसी युवती पर बलप्रयोग किया या उसकी इच्छा के बिना उसे छुआ तो उसके सिर के टुकड़े हो जाएँगे और मारा जाएगा। यह सुन कर सभी देव, ब्रह्मा और विष्णु जी भी आनंदित हो गए और उस पर पुष्प वर्षा की।"

"अच्छा, तो उन्होंने रावण को दंडित क्यों नहीं किया? क्या वे भी इतने कायर थे कि रावण से लड़ नहीं सकते थे? या उन्हें लगा कि रंभा नामक अप्सरा इस योग्य नहीं थी कि उसके अपमान का प्रतिशोध लिया जाता?"

उर्वशी, मेनका के शब्दों के पीछे छिपे रोष को अनुभव कर सकती थी। "क्या अप्सराओं की कोई मर्यादा या प्रतिष्ठा नहीं होती जिसकी रक्षा की जानी चाहिए? या हम केवल पुरुषों की वासना पूर्ति का साधन मात्र हैं?"

मेनका को अचानक लगा कि इस पीड़ा के सामने उसका अपना दुख कितना छोटा था। उसे अपने भीतर एक सशक्त भाव उमड़ता हुआ महसूस हुआ - यह जाना-पहचाना था और वह अभी इसे भूली नहीं थी - वह क्रोध में थी। देवों की ओर से दिखाई गई समानुभूति के लिए रोष, जो रंभा और उसके अपमान के लिए उसके साथ खड़े नहीं हुए जो उसकी देह के साथ किया गया। वे कायर थे या स्वार्थी? रावण ने स्वर्ग में रहने वाली एक युवती पर आक्रमण किया और देव शांत रहे। तीनों लोकों के स्वामी रावण को कोई चुनौती नहीं दे सकता था, जिसने अपने ही भाई कुबेर से उसकी सोने की लंका छीन कर उसे बाहर निकाल दिया और इस समय पृथ्वी के अजेय राजा के रूप में जाना जाता था। *परंतु, एक दिन, युवती का अपमान करने वाले इस बलशाली व्यक्ति का अंत भी एक स्त्री के कारण ही होगा।* मेनका ने दुखी मन से सोचा।

"रंभा अप्सराओं की रानी है। देव अपने बल और शौर्य के बावजूद उसकी रक्षा नहीं कर सके तो ऐसे में नश्वर जीवन उनसे किस सहायता या सहयोग की अपेक्षा रख सकते हैं? हम तो गुलाम मात्र हैं।" वह रो उठी, चेहरे पर रोष छलक रहा था पर उसने किसी तरह गहरी साँस भर कर स्वयं को शांत किया। रोष निरर्थक था।

"कैसी है वह?" मेनका ने पूछा, उसका हृदय रंभा के लिए रो रहा था।

"सुंदर और पहले से कहीं अधिक कटु!" उर्वशी ने कंधे झटके और मेनका का चेहरा देखा। वह मेनका के रोष को समझ नहीं सकी, मेनका के मन में अब भी उस युवती के लिए सहानुभूति थी जो उसके दुख का कारण बनी। रंभा ने ही तो वसु को झूठे आरोप में फँसा कर इंद्र से शिकायत की थी, उसे स्वर्ग से निकलवाया और कष्ट सहने के लिए धरती पर भिजवा दिया। रंभा ही तो थी जिसने मेनका की खुशियों को छीना, उन्हें चूर-चूर करते हुए, उनसे मनचाहा छल किया। परंतु आज मेनका के मन में इसी युवती के लिए इतना दुख था, वह अपने दुख से उबर कर, उसके लिए लड़ने को तैयार थी, एक ऐसा कारण, जिससे उसका कोई लेन-देन तक नहीं था।

मेनका को उर्वशी की यह शुष्कता नहीं भाई। “रंभा के साथ जो हुआ, यह तो किसी के बुरे से बुरे शत्रु के साथ भी नहीं होना चाहिए।”

“ओह! प्यारी मेनका, दयालुता की मूर्ति। तुम्हें पता है कि वह तुमसे बैर रखती है पर फिर भी तुम उसे अपना शत्रु नहीं मानतीं। रंभा धृष्ट है। वह मेरी पराजय का कारण बनी और तुम्हें असहनीय दुख दिया और...”

“यदि हमने भी उसके जैसा बर्ताव किया तो उसमें और हमारे बीच क्या अंतर रह जाएगा?”

“मैं शेखी नहीं बघार रही। बस तुम्हें बता रही हूँ कि उसने वही पाया जिसकी वह अधिकारी थी।”

“कैसे, बलात्कार की शिकार हो कर?” मेनका उर्वशी के चेहरे पर संतोषजनक भाव देख कर हैरत में थी।

उर्वशी बोली, “हाँ, जो व्यक्ति किसी दूसरे के अपमान का कारण बने, किसी निर्दोष पर आरोप लगाए, उसके साथ ऐसा ही बदतर व्यवहार होना चाहिए। उसे पता होना चाहिए था कि किसी की प्रतिष्ठा पर दाग़ लगाने का क्या अर्थ होता है। चाहे वह दाग़ तुम्हारी देह पर हो या आत्मा पर। मेनका, मैं तुम्हारे सामने स्वीकार करती हूँ कि मेरे मन में उसके लिए कोई दुख नहीं है। वह वसु के श्राप के लिए उत्तरदायी थी। उसने तुम्हारा जीवन उजाड़ दिया। उसने वसु पर आरोप लगाया कि उसने मदिरा में चूर हो कर उसका यौन शोषण करना चाहा, अब उसे पता चला होगा कि शारीरिक शोषण किसे कहते हैं। उसने दूसरों को जो घाव दिए, आज वह उनकी ही पीड़ा सह रही है। हमारे पाप कभी भी छिप नहीं सकते। उनका फल तो भुगतना ही पड़ता है!”

उर्वशी इससे अधिक कठोर शब्दों का प्रयोग नहीं कर सकती थी। रंभा ने हृदय तोड़ने का जो अपराध किया था, उसे किसी भौतिक दंड से पूरा नहीं किया जा सकता था। हालाँकि उसे सज़ा मिल चुकी थी पर मेनका यह सुन कर प्रसन्न नहीं हो पाई। वह इस सारी दुष्टता से चिंतित थी।

उर्वशी ने हौले से उसका कंधा छुआ, “मेनका, मैं भी तुम्हारे आगे अपराधी हूँ। जब रंभा ने वसु पर आरोप लगाया तो मुझे उसका प्रतिरोध करना चाहिए था परंतु मैंने उसकी बात का विरोध नहीं किया, जबकि मुझे पता था कि वसु निर्दोष था। जैसे उसने वसु के चरित्र पर हमला किया,

उसी तरह मेरा मौन भी उतना ही दुष्ट और हिंसक था। पर मैं कभी खुद को इस बात के लिए क्षमा नहीं कर सकी। मैं भी अपराधी हूँ और आज बहुत साहस के साथ तुम्हारे आगे यह स्वीकार कर पाई हूँ। मुझे क्षमा कर दो। यही कारण है कि आज तुम्हारे पास आई, अब मुझसे यह बोझ सहा नहीं जा रहा था। मैं आशा करती हूँ कि एक दिन मुझे तुमसे क्षमा मिल ही जाएगी।"

मेनका ने उसे उदासी से भरी मुस्कान दी, "अपने-आप को क्षमा करना ज़्यादा कठिन होता है पर मुझे विश्वास है कि तुम पहले से अधिक प्रसन्न हो सकोगी। मन का भार घटने से कटुता भी कम होगी। अगर मेरी इस बात को सुन कर तुम्हें बेहतर लगेगा तो सुनो कि तुम्हारे मिलने से भी पहले पुरुरवा को तुमसे वियोग का श्राप मिला हुआ था। तुम्हें वसु पर रोष था, परंतु तुम्बरु ने आपसी झड़प के दौरान पुरुरवा को यह श्राप दिया था।"

उर्वशी यह सुन कर हतप्रभ हो गई। "तुम्बरु ऐसा क्यों करने लगा और पुरुरवा ने मुझे कभी क्यों नहीं बताया?"

"नृत्य के अभ्यास के दौरान रंभा को एक मुद्रा के अभ्यास में कठिनाई हो रही थी। तुम्बरु बड़े धैर्य से सिखा रहा था परंतु पुरुरवा ने रंभा का उपहास किया और डींग हाँकने लगा कि उर्वशी रंभा से कहीं श्रेष्ठ नृत्यांगना थी और उसके पग विन्यास में कभी भूल नहीं होती। रंभा ने कुपित हो कर पुरुरवा से पूछा कि वह उसके नृत्य की परख़ करने वाला कौन होता है। पुरुरवा ने पलट कर उत्तर दिया कि रंभा ने तुम्बरु से इतना नृत्य नहीं सीखा होगा जितना वह तुमसे सीख चुका था। यह सुन कर तुम्बरु आपे से बाहर हो गया, उसने पुरुरवा को श्राप दिया कि वह कभी अपनी प्रेयसी को नहीं पा सकेगा, जिसके लिए उसके मन में इतना घमंड था।"

उर्वशी की आँखों में गुस्से की चिंगारी भड़क उठी। उसने दुष्टता से कहा, "तो तुम्बरु के भाग्य में भी यही लिखा था। उसे विराध राक्षस बनने का श्राप मिला है। जाने उसे कब मुक्ति मिलेगी?"

मेनका भी विचार कर रही थी। क्या भगवान राम शापित गंधर्वों को शापमुक्त करेंगे? हमारे जीवन श्राप से भरे हैं। दूसरों के लिए हमें श्राप देना कितना सहज है। उसने आह भरी। वह याद करने लगी कि उसने किस तरह एक बार कौशिक को रोका था कि वह इंद्र को शाप नहीं दे। जो इन सभी निरर्थक घटनाओं को आरंभ करने का कारण था।

कौशिक। उसने मन में ही उसका नाम लिया। परंतु उसे श्राप देने के बाद, वह भी तो श्राप भुगत रहा है और वे भी कभी मिल नहीं सकेंगे। उर्वशी को पुरुरवा से वर्ष में एक बार भेंट करने का क्षणिक संतोष मिलता था, परंतु उसने कौशिक को हमेशा के लिए खो दिया था, वह कभी उसकी झलक तक नहीं पा सकेगी। वे सदा शापित रहेंगे। मेनका को याद था कि उसे कितनी जल्दी यह सब समझ आ गया था - जब उसने पहली बार कौशिक के आश्रम से पलायन की योजना बनाई, जब उसने कुछ ऐसा करने का दुःसाहस किया जो करने की अनुमति नहीं थी, जब उसका पश्चाताप उसकी आत्मा को खोखला करने लगा। प्रेम, लज्जाबोध के दुख में जा छिपा था। उसका प्रेम और भय अंतरात्मा की तरह काम करते थे, अचानक ही उसे विश्वास हो गया था कि उनका प्रेम शापित था।

उसने अपनी अँगुलियों को मुट्ठी में भींच लिया और वे उसकी नरम हथेली में गड़ने लगीं। क्या उसे लंबे समय तक अचेत रहने का वरदान नहीं मिल सकता था ताकि जब उसे सुध आती तो वह अपनी हानि और दुख को भूल चुकी होती? क्या उसे हमेशा इसी पीड़ा में जीना होगा या आने वाला समय इस पीड़ा की गहनता कम कर देगा? उसने पाया कि आज उसके पास यादों के सिवा ऐसा कुछ नहीं बचा था जो उसके मन को दिलासा दे पाता। वह इसके लिए आभारी थी, उसने प्रार्थना की, उसे भी यह शांति देना। कौशिक को इसकी अधिक आवश्यकता है।

"पुरुरवा ने मुझे क्यों नहीं बताया?"

मेनका अपनी तंद्रा से बाहर आ गई। उसे उर्वशी के चेहरे पर उलझन दिखाई दी।

"उसने अपने श्राप को इतनी गंभीरता से नहीं लिया और तुम्हें बताने की भी ज़रूरत नहीं समझी होगी।" मेनका ने दयालुता से कहा। "वह तुम्हें इस बदसूरती से बचाना चाहता था।"

उर्वशी ने उदास और कोमल आँखों से मेनका को देखा, "या फिर उसे पूरा भरोसा था कि हम दोनों कभी अलग नहीं होंगे।" मेनका ने अप्सरा के हृदय को द्रवित और दुर्बल होते हुए देखा।

मेनका ने उसे दिलासा दिया, "पर तुम उसे साल में एक बार मिल तो सकती हो।" हालाँकि आगे के शब्द उसके कंठ में ही अटक गए।

वह अब कौशिक को कभी नहीं देख सकेगी, कभी नहीं। यह कौशिक की ओर से दिए गए श्राप के कारण नहीं था, दरअसल वही उसे अब देखना नहीं चाहते थे। मेनका ने उन्हें कभी जो प्रसन्नता दी होगी, वह उनके शरीर से रक्त की तरह बाहर आ चुकी थी। उन्हें मेनका और अपने लक्ष्य के बीच किसी को चुनना था। मेनका ने उस चुनाव को सरल कर दिया। उसने प्रार्थना की, कौशिक फिर से अपने पर भरोसा कर सकें। मैं अपने पर भरोसा कर सकूँ। उसने अपने पास बैठी अप्सरा पर नज़र डाली, संभवतः वह भी उसके जितनी ही अप्रसन्न थी, पर उसने अपने शैतानी मुखौटे के नीचे संसार से उस भाव को छिपा रखा था।

"यदि तुम उससे मिल नहीं पातीं तो नौ पुत्र कहाँ से जन्म लेते?" उसने उर्वशी के चेहरे पर मुस्कान लाने की कोशिश की। "पुरुरवा ने ध्यान रखा कि तुम्हारा सदा के लिए वियोग नहीं हो। श्राप को घटाने के लिए उसने बहुत तप किया। वह पर्वतों में स्थित, बद्रिकाश्रम में गया और भगवान विष्णु के आगे हाथ जोड़े, उन्हें प्रसन्न करके, इंद्र को आदेश दिलवाया कि तुम्हें वापस कर दिया जाए। इस तरह, तुम उससे वर्ष में एक बार भेंट कर सकती हो।"

"वह केवल उसी समय में खुद को सँभाल पाता है। अन्यथा अलग होते ही शोक में डूब जाता है। लोग उसे पागल राजा कहते हैं। वह मेरा नाम पुकारते हुए वनों में भटकता है... ओह मेनका, ये नश्वर मनुष्य इस तरह का प्रेम कैसे कर लेते हैं? ये इतनी गहराई से प्रेम करते हैं, हम ऐसा क्यों नहीं कर पाते?"

"क्योंकि हम स्वार्थी और बेपरवाह हैं। हम अपने सिवा किसी से प्रेम नहीं कर सकते।" मेनका ने कहा।

वह और बात नहीं करना चाहती थी। उसे वह दुख याद आने लगा जो समय और उम्र के साथ कभी मंद नहीं पड़ता था। *मुझे दुख के सिवा कुछ अनुभव नहीं होता।* उसने स्वयं को ज़बरदस्त रूप से कुछ बुद्धिमत्ता दिखाते हुए याद दिलाया। *अगर मैंने फिर से खुद को नहीं सँभाला तो हर वर्ष मैं जानबूझ कर स्वयं के नष्ट होने की कगार पर पहुँचती जाऊँगी। बस एक नाकारा अप्सरा बन कर रह जाऊँगी।* क्या वह उन अप्सराओं जैसी है, जो बहुत हँसती हैं और जिन्हें तीन-तीन पुरुष बिना किसी आत्मीयता के स्पर्श करते हैं? *मैं बिखर रही हूँ।* वह मन ही मन रोने लगी। वह अपनी पीड़ा

और पिछली यादों को भुला देना चाहती थी। मानो इस वियोग ने उसका एक अंश ही छीन लिया था। उसकी निजता छीन ली थी। यह उसकी अपनी मृत्यु का पहला क़दम था कि उसे उन यादों के साथ जीना था जो उसके हृदय के टूटे हुए टुकड़ों की तरह बिखर रही थीं। *क्या होगा अगर आप उन तमाम चीज़ों को त्याग देते हैं जिनसे आप बने थे?*

आशा और पुनरुत्थान

विश्वामित्र तय नहीं कर पा रहे थे - उन्हें आश्रम में ही रहना चाहिए या वशिष्ठ की चुनौती पर सक्रिय होना चाहिए? उन्हें ऋषि के हाथों पिछली बार का अपमान याद आया। उन्होंने तय किया कि जहाँ सब छोड़ा था, वहीं से आरंभ करना होगा, वह प्रसंग राजा हरिश्चंद्र की ईमानदारी पर हुए वाद-विवाद से आरंभ हुआ था। उन्हें वैसे भी मेनका की पीड़ादायी यादों को भुलाने के लिए आश्रम से निकलना था। उसके बारे में सोचते ही मन जाने कैसा रूखा-सा हो आता था। विश्वामित्र ने निर्णय लिया कि वे अपने भीतर उमड़ रही आक्रामकता के साथ उस सुप्त पड़ी चुनौती को पूरा करेंगे। उन्हें किसी न किसी तरह अपने भीतर दहक रही अग्नि को शांत करना होगा, फिर चाहे वे वशिष्ठ हों या हरिश्चंद्र। वे अयोध्या के लिए निकले और सीधे महल में जा पहुँचे; उन्हें वशिष्ठ को ग़लत और इस नेक राजा को झूठा साबित करना था।

विश्वामित्र के आगमन पर राजा ने उदारता से स्वागत किया, "हे सर्वाधिक पूज्य और आदरणीय ऋषि, मैंने सुना था कि आपका नया आश्रम मेरे राज्य में था, परंतु मैं आपके दर्शन करने नहीं आ सका। आपके आने से मैं कृतार्थ हुआ, परंतु क्या आप अपनी उपस्थिति का कारण कहेंगे ताकि मैं अपनी ओर से आपको सर्वश्रेष्ठ सेवा प्रदान कर सकूँ।"

"मैं इस स्थान पर एक विशेष यज्ञ संपादित करना चाहता हूँ जिसके लिए असीम संपदा की आवश्यकता होगी।" विश्वामित्र बोले। "और मैंने सुना है कि तुम एक संपन्न राजा हो। आशा करता हूँ कि तुम मेरी सहायता कर सकते हो।"

"निश्चित रूप से, महात्मन! आपको क्या आवश्यकता होगी?"

विश्वामित्र ने सीधे राजा के नेत्रों में देखते हुए दो टूक शब्दों में कहा, "तुम्हारी सारी संपदा।"

राजा स्तंभित हो उठा। एक क्षण विचार करने के बाद उसने हामी भर दी।

विश्वामित्र ने बात को और आगे बढ़ाया। "क्या तुम मुझे इतना सुवर्ण का विशाल ढेर दे सकोगे, जो तुम्हारे नगर की सबसे ऊँची पहाड़ी पर, हाथी पर खड़े मनुष्य की ऊँचाई से भी अधिक हो?"

"मैं अपनी ओर से श्रेष्ठ प्रयत्न करूँगा।" राजा ने सिर झुकाते हुए कहा। उसने सुवर्ण का बड़ा ढेर लाने का आदेश दिया और शीघ्र ही उसके राजकोष रिक्त हो गए, जैसा कि अपेक्षित था, फिर भी उतना सुवर्ण जमा नहीं किया जा सका।

विश्वामित्र प्रतीक्षा में थे कि राजा मिथ्या वचन करे। परंतु उसने ऐसा नहीं किया, "मेरे पास राजकोष में और निजी रूप से जितनी संपदा थी, मैंने वह सब आपको दे दी है।" उसने कहा। राजा के मुख पर चिंता की एक भी रेखा नहीं दिखी। "हमारे पास सुवर्ण कम पड़ रहा है परंतु मैं अपना राज्य और भूमि भी आपको देता हूँ।"

विश्वामित्र ने क्रोधित होने का दिखावा किया। "हे राजन, तुम मिथ्यावादी हो, मुझे तुम्हारा राज्य नहीं चाहिए, क्योंकि यह तुम्हारा नहीं, तुम्हारी प्रजा का है। क्या तुम कहना चाहते हो कि तुम अपनी प्रजा को भी दाँव पर लगा रहे हो?"

राजा के पास कहने को शब्द नहीं रहे और वह सकते में आ गया। "मैं अपनी प्रजा को कभी दुख नहीं दूँगा। मेरे पास आपको देने के लिए मेरे परिवार के सिवा कुछ नहीं है। मैं उन्हें ही आपको सौंपता हूँ।"

"हे राजन, क्या उन्हें बेचा जा सकता है?" विश्वामित्र ने पूछा। "तुमने अपनी पत्नी और पुत्र मुझे सौंप दिए परंतु वे मेरे किस काम के? मुझे तो धन चाहिए, दास नहीं।" उन्होंने निर्ममता से कहा।

राजा ने अपना दिया वचन निभाने के लिए वह सब कुछ बेच दिया जो उसके पास था - उसका राज्य, उसकी पत्नी और एकमात्र संतान। अंत में, उनसे स्वयं को भी श्मशान गृह के प्रबंधक वीरबाहु के हाथों बेच दिया। परंतु

अभी उसके दुखों का अंत नहीं हुआ था। उसका पुत्र रोहित सर्प दंश से मर गया। उसकी पत्नी चंद्रमति के पास इतना धन भी नहीं था कि वह पुत्र का दाह संस्कार कर पाती। उसे वह धन जमा करने के लिए भीख माँगनी पड़ी और उसने स्वयं को एक ऐसे हत्या के लिए आरोपी पाया जिसके लिए उसे मृत्यु दंड सुनाया गया। अपने स्वामी वीरबाहु के आदेश से हरिश्चंद्र को चंद्रमति का सिर काटने का काम करना था। परंतु ज्यों वह पत्नी का सिर काटने के लिए कुल्हाड़ी को निकट लाया, विश्वामित्र ने उसे रोक दिया। उन्होंने उस व्यक्ति की बहुत परीक्षा ले ली थी। वे हार गए थे परंतु हरिश्चंद्र की ईमानदारी ने उनका दिल जीत लिया था। पत्नी और पुत्र पुनः जीवित हुए और राज्य भी वापस मिल गया। विश्वामित्र की ओर से दिए गए सभी कष्ट और परीक्षा, उस राजा को परखने की प्रक्रिया में माया से अधिक नहीं थे।

"पूज्य विश्वामित्र, मेरे मन में कोई दुर्भाव अथवा कोई बैर नहीं, आपने मेरे श्रेष्ठतम रूप को सामने लाने में सहायता की। मैं सदा इसके लिए जाना जाऊँगा, जो आपकी कृपा का फल है।"

भले ही वे हरिश्चंद्र में से श्रेष्ठ को बाहर लाने में सफल रहे, परंतु इससे मेरा विकृत रूप ही सम्मुख आया, विश्वामित्र को मानना पड़ा और उन्होंने स्वयं को थोड़ा लज्जित पाया। एक बार फिर, वशिष्ठ ने उन्हें परास्त किया परंतु उस एक गहरे, त्वरित क्षण में, विश्वामित्र को अहसास हुआ कि वशिष्ठ के प्रति उनका बैर कितना तुच्छ था। वे संकल्प की निरर्थक परीक्षा में मग्न थे जबकि इसके बजाए उन्हें एक बड़े लक्ष्य को पूरा करना था - ब्रह्मर्षि बनना था - और उन्हें ब्रह्मर्षि की यह पदवी स्वयं वशिष्ठ के हाथों प्राप्त करनी थी।

विश्वामित्र हिमालय में, अपने आश्रम में वापस आ गए। वे भीतर से बेहद व्याकुल थे। हालाँकि हरिश्चंद्र के प्रति उनका सम्मान दुगना हुआ, परंतु वशिष्ठ से मिली हार ने उन्हें अधूरा बना दिया था। क्या मैं ब्रह्मर्षि बनने के योग्य नहीं था? यही सोच उन्हें खाए जा रही थी। उनका अभिमान, उनकी पराजय और उपलब्धियों ने उन्हें विचार करने पर विवश कर दिया कि उनके पास क्या था और वे क्या खो चुके थे। परंतु वे जितनी हिंसा करने की क्षमता रखते थे, उसे देख वे अपनी हृदयहीनता और सुप्त निमर्मता पर स्तंभित थे। वे बहुत बुरी तरह से आहत थे। अब वे जानते थे कि हरिश्चंद्र

और वशिष्ठ उनके साथ क्या कर चुके थे। विश्वामित्र ने हरिश्चंद्र को परीक्षा में नहीं डाला, जबकि इसके विपरीत हुआ था, उनकी परीक्षा हुई और वे बुरी तरह से असफल रहे। उनके पास एक मनुष्य बनने योग्य उदारता और दयालुता, दोनों का ही अभाव था। तो वे इतनी महान आत्मा बनने की आस भी कैसे रख सकते थे, जो वे बनना चाहते थे? अपने सारे ज्ञान और विवेक के बावजूद, वे बहुत ही निर्मम और दंभी अज्ञानी थे।

उन्होंने अपनी पराजयों की गिनती की, उनमें से प्रत्येक उन्हें मनन करने को विवश कर रही थी। यहाँ तक कि मेनका के आगे भी उन्हें अपनी वासना से बचना था और वे अपनी दुर्बलता के मारे उसकी भुजाओं में जा गिरे। क्या मैं वासना, क्रोध और अहं का दास हूँ? क्या मैं कभी ब्रह्मर्षि बनने का लक्ष्य पा सकता हूँ या पा सकूँगा? मैं अपना सपना कैसे पूरा कर सकता हूँ?

और विचित्र रूप से, उन्हें अपने अतीत से एक गूँज सुनाई दी; मेनका का स्वर उनसे उनके लक्ष्य की ओर जाने का आग्रह कर रहा था, उनसे कह रहा था कि वे उसे और अपनी संतान को छोड़ कर आगे बढ़ें। हम आपकी प्रतीक्षा करेंगे। तब उसके शब्द उन्हें उपहास लगे थे परंतु उन्होंने उसकी बात नहीं सुनी। उन्होंने अपना सपना, उसे और अपनी पुत्री को खो दिया था। उन्होंने स्वयं को कोसा; उन्होंने क्या कर दिया था?

वे अपनी रक्तपिपासा के मद में चूर रहे और स्वयं को अपने संकल्प से भटकने की अनुमति दी। फिर भी, वे स्वयं सुध में नहीं आए, उन्हें मेनका ने सुध दिलाई। उन्हें एक और कटु सत्य का परिचय मिला। यह किसी वेगवती लहर की तरह उन्हें निगल गया। वे अपने ही भावों के भँवर में गोते खाने लगे। यह कोई घृणा या क्रोध नहीं बल्कि पछतावा और ग्लानि थी। वे मेनका को उसके वास्तविक रूप में देख सकते थे - उनके प्रेम में निस्वार्थ, त्याग की उस मुद्रा में सुंदर। उन्होंने याद किया कि किस तरह मेनका प्रायः उन्हें मनाती थी, उनसे लड़ती थी, बहस करती थी, आग्रह करती थी या उनके आगे हाथ जोड़ती थी कि वे अपने सपने को पूरा करें। परंतु वे अपनी स्वार्थी काम-वासना के वशीभूत हो कर उससे चिपके रहे, जब तक उसने स्वयं को उनसे जबरन अलग करने का निर्णय नहीं ले लिया। उसके पास वह नैतिक बल था, उनके पास नहीं था। वे अपना सिर दोनों हाथों में थाम कर रोने लगे, उनके रक्तरंजित हृदय से अश्रु निकल रहे थे। उनके भीतर से एक

कराह निकली और आत्मा को आहत करते हुए, अश्रुओं के रूप में क्लांत मुख पर आ पहुँची।

हरिश्चंद्र का अपनी पत्नी और पुत्र का समर्पण करना ऐसा लगा था मानो किसी ने उनके कलेजे को चाकू से चीर दिया हो। हरिश्चंद्र के दुख ने उन्हें असहाय मेनका का स्मरण करवाया, जब उसने उनसे कहा था कि वह उन्हें छोड़ कर चली जाएगी। उन्होंने ऐसा करने पर उससे घृणा की, अपने प्रेम से कभी नहीं मिले, उसके अंतिम आत्मसमर्पण को भी नहीं देखा। हरिश्चंद्र में उन्होंने मेनका को देखा जो एक महती काज के लिए उनका और अपनी पुत्री का त्याग कर रही थी - उनका लक्ष्य जिसे उन्होंने स्वयं भुला दिया, वे स्वयं अपना लक्ष्य भूल चुके थे। मेनका ने ही उन्हें सत्य को देखने पर विवश किया, वह सत्य जिसकी माँग उन्होंने शोकसंतप्त हरिश्चंद्र से की थी। विश्वामित्र अश्रुओं से नम मुख को महसूस कर सकते थे। वे अपने विवेकी प्रेम के लिए रो रहे थे, जिसने उन्हें अंततः उनका मार्ग दिखाया था।

उन्होंने छोटा-सा कुंठित संकेत किया मानो वे उसे छूना चाहते हों, उससे क्षमायाचना करना चाहते हों, उसके पैरों में गिरना चाहते हों, उसे अपने निकट ला कर, अपने सिर को उसकी भुजाओं में रख देना चाहते हों। *मेनका, मैंने क्या कर दिया,* वे ज़ोरों से चिल्लाए। मेनका को याद करने से उनके नेत्रों में एक अमूर्त कोमलता के साथ-साथ उसके लिए प्रताड़ित दुख उभर आया था जो खो चुका था।

इस बोध ने उन्हें दुर्बलता का अहसास करवाया। ऐसा लगा उनके भीतर से सारी घृणा, क्रोध, ईर्ष्या और दुख कहीं बह गए थे। उनके भीतर प्रेम और ग्लानि की धारा बह निकली। वे ऐसा विश्वास भी कैसे कर सके कि उनके भीतर प्रेम नहीं रहा था? हरिश्चंद्र ने उन्हें दिखा दिया था कि वे कितने आसुरी हो सकते थे। राजा ईमानदारी की ख़ातिर अपनी पत्नी की हत्या तक करने को तैयार था और उन्होंने वही घृणा और अविश्वास के चलते किया। परीक्षा का अंत वैसा नहीं रहा जैसी उन्होंने अपेक्षा की थी, यह तो उनकी भी परीक्षा हो गई थी। वे ही दोषी पाए गए, उन्होंने सबसे भयंकर अपराध किया था - अपने ही प्रेम की हत्या की, अपने विश्वास का गला घोंटा और अपने सपनों की हत्या कर दी।

वे इस असाधारण-सी स्पष्टता के बीच स्तंभित थे। घृणा, संदेह और ईर्ष्या उन्हें इतनी दूर ले आए थे कि वे मेनका के कहे शब्दों को नहीं समझ

सके। उनके घृणा के इस दौर में प्रेम का कोई मोल ही नहीं रह गया था। यहाँ तक कि उनका पूजा-पाठ भी उसी घृणा के साए में बीतता। वे कुछ अच्छा और नेक सोच ही नहीं पाते थे। उन्हें लगा कि उन्होंने मेनका को उसके झूठ के बीच पकड़ लिया था परंतु उसने तो सत्य कहा था, वे ही उसे झूठ मान बैठे। यह उनके विश्वास का खोखलापन था और वह उसके प्रेम की गहराई थी। उन्होंने मेनका के ख़िलाफ़ प्रमाणों का अंबार लगा दिया था और अब वे सभी उनकी ओर संकेत कर रहे थे। इसी परीक्षा में इस बात का संपूर्ण उत्तर था कि वे वास्तव में क्या थे। मेनका का कोमल स्वर धीरे-धीरे उनके आसपास गूँजते हुए, उन्हें अपने पर भरोसा और प्रेम करने को कह रहा था। वे अपने मन में अपनी प्रेम कथा के ग्रंथ के मोटे और बहुत सारे पन्नों को धीरे-धीरे पलट रहे थे। उन्होंने उन्हें धीरे-धीरे, बिलकुल आख़िर तक पढ़ा। अंतिम अध्याय उनकी कथा का अंत नहीं था, जैसा उन्होंने मान लिया था। यह एक और कथा का आरंभ था। उन्हें फिर से आरंभ करना होगा। उनके मन से घृणा और क्रोध जा चुके थे। शाश्वत ही अंत नहीं था, यह प्रेम के क्षण का अंतहीन प्रवर्धन था। यही वह क्षण था जिसे उन्होंने परम प्रेम, विश्वास और संपूर्ण समर्पण के क्षण के रूप में चुना। वे घृणा से मुक्त हो चुके थे। अब उनके पास जीने के लिए केवल प्रेम शेष था।

उन्होंने अपनी आँखें बंद कीं, प्रसन्नता और शांति मन पर छा गई और वे ध्यान करने लगे। वे एकांत के बीच बैठे और उन्होंने अपनी ओर से भीषण तप आरंभ किया। उन्हें यह भयंकर रूप से कठिन लगा। अनायास ही मन भटक जाता और कुछ न कुछ विचार करने लगता, उनके लिए एकाग्र होना सरल नहीं हो पा रहा था। फिर उन्हें याद आया कि वे यह सब किसके लिए और क्यों कर रहे थे और फिर धीरे-धीरे उन्होंने विचारों को सहेजा, और पहले अपनी इंद्रियों और फिर विस्तृत मन को वश में कर लिया।

दिन बीतते गए और उनका तप उग्र होता गया, कहीं अधिक कठोर होता गया। उन्होंने भोजन भी त्याग दिया। वे जो श्वास ले रहे थे, केवल वह वायु ही उनके पोषण का आधार थी। अब उन्हें कुछ भी अनुभव नहीं होता था। सर्दी और गर्मी का पता नहीं चलता था। वे अपने शरीर से निकल रही गर्मी को भी नहीं महसूस कर पाते थे, मानो देह की एक-एक कोशिका पवित्र हो गई हो। उनकी देह सिकुड़ गई, दुबली और विवर्ण होती गई, परंतु वे एक विचित्र आभा से चमक उठे, मानो जलते हुए अंगारों की ललाई हो।

यदि कोई उन्हें छूता तो इस तरह जल जाता मानो उसने गर्म लोहे को छू लिया हो। उनके मुख से कृत्रिम सौंदर्य, गर्व और अभिमान जाता रहा और उसका स्थान एक प्रकाशित विनम्रता ने ले लिया, जो एक आभामंडल की तरह उन्हें घेर कर, उत्कृष्ट अवस्था का परिचय देती थी। वे कई दिनों तक, इसी अवस्था में ध्यान समाधि में बिता देते।

परंतु विश्वामित्र के मन में एक उज्ज्वल और एकमात्र विचार यही था कि इस बार वे यह तप केवल अपने लिए नहीं बल्कि अपनी मेनका के लिए कर रहे थे, जिसने उनके लिए सब कुछ त्याग दिया था। उसके प्रेम ने उनकी आत्मा और अस्तित्व को भर दिया था। यह सब जानना और उसे फिर से जीना कितना सुंदर था। उनका प्रेम अमर था।

जब दो लोग परस्पर प्रेम करते हों, तो वे एक चुंबन में बसी कोमलता, एक स्पर्श और यहाँ तक कि एक-दूसरे के स्पर्श को भी भुला नहीं पाते। इतने बरसों के बाद भी, मेनका को कौशिक और शकुंतला के बारे में सब जानने की तड़प रहती थी। अब तो उसकी बच्ची बड़ी हो गई होगी। परंतु वह कैसी होगी, लज्जावान, जोशीली, सौम्य या फिर उग्र? मेनका उन बरसों के दौरान उसे ऋषि कण्व के आश्रम के घने वृक्षों के पीछे से छिप कर देखने जाती रही। आश्रम पिछली बार की तुलना में और सुंदर लग रहा था परंतु उसकी आँखें अपनी पुत्री को खोज रही थीं। वह उस जगह नहीं थी पर मेनका को विश्वास था कि उसके कारण ही आश्रम पहले से अधिक दर्शनीय लगने लगा था, चारों ओर सुंदर फूलों की महक थी। मेनका को माही में अपने आश्रम की याद आ गई, कैसे उसने गुलाब रोपे थे और वह अक्सर मोगरे के फूलों को अपने बालों और कलाइयों में सजा लेती...

मेनका ने पलकें झपकाईं और स्वयं को उन यादों से बाहर ला कर, फिर से अपने आगे फैले विस्तृत सौंदर्य को देखने लगी। मालिनी नदी के किनारे बसा कण्व ऋषि का आश्रम स्वर्ग के किसी दृश्य जैसा लगता था।

मेनका की खोजी आँखें अपनी पुत्री की एक झलक पाने को भटकती रहीं। अंत में उसने अपनी पुत्री को देख ही लिया। लंबी, दुबली और प्यारी... और अकेली। मेनका का दिल जैसे धड़कना ही भूल गया। शकुंतला कितनी उदास लगती थी, उसके गोरे मुख से, गालों पर गड्ढे लाने वाली मुस्कान

ओझल थी, अब उसके नेत्रों में हास्य या प्रसन्नता की झलक नहीं दिखती थी। उसके पास अपने पिता की आकर्षक मोहिनी मुस्कान, गालों में गहरे गड्ढे, उनके जैसी मजबूत नाक और तीखी धार जैसी चिबुक थी। मेनका का मन अजीब-सा हो आया, वह स्वयं को चाह कर भी अतीत की यादों से मुक्त नहीं कर पा रही। दरअसल वे केवल यादें नहीं, वे भावनाएँ थीं जो अधूरी थीं और पूरी होने को तड़पती थीं। मेनका ने आह भरी। परंतु ये अच्छी यादें भी बुरी होती हैं, ये मन को सबसे अधिक सताती हैं। शकुंतला को देख कर जितना अनुमान लगाया, उससे यह ही स्पष्ट हुआ कि वह दिखने में काफ़ी हद तक अपने पिता जैसी और अपनी माता से कहीं बेहतर थी।

"तुम उसे एक देवदूती की तरह देखती हो; स्वयं को उसकी माता की तरह प्रकट क्यों नहीं करतीं?" ऋषि कण्व ने उससे पूछा था, उनकी आँखों में स्वर जैसी कोमलता थी। "कितने वर्षों से तुम उसे इसी तरह बड़ा होता देख रही हो, अब वह घुटनों के बल रेंगने वाली बच्ची से एक सुंदर युवती बन गई है। तुम उसकी माँ हो मेनका, आगे बढ़ कर अपना दावा करो।"

"नहीं, आप ही उसके एकमात्र माता-पिता हैं।" मेनका ने तत्काल विरोध किया। "वैसे भी, वह किसी ऐसी माँ से नहीं मिलना चाहेगी जिसने उसे त्याग दिया था। बस उसे कभी-कभार देख कर ही मन प्रसन्न कर लेती हूँ..." उसका स्वर काँप गया था।

"उसे बता दो, तुम्हें अच्छा लगेगा। उसे भी तो!" ऋषि कण्व ने समझाया था। "उसे अपने जन्म का सत्य पता है..."

"और उसके मन में इसके लिए कटुता है।" उसने उन्हें स्मरण करवाया।

"नहीं, ऐसा नहीं है उसे गर्व है कि वह इतने विख्यात माता-पिता की संतान है।" वे मुस्कराए। "वह बहुत प्यारी, समझदार और विवेकी कन्या है। उससे मिलो, तुम्हें भी उससे मिल कर गर्व का अनुभव होगा।"

"मुझे उस पर गर्व है।" मेनका ने कहा, "और इसके लिए मैं आपकी आभारी हूँ, ऋषिवर। मैं सदा आपकी ऋणी रहूँगी। विश्वामित्र जानते थे कि वे शकुंतला को आपको सौंप रहे थे और आप उसे श्रेष्ठ शिक्षा, मूल्य, अनुशासन और प्रेम देंगे, जो हम एक माता-पिता के रूप में नहीं दे सकते थे। अब वह क्या करना चाहती है?"

"वह इस आश्रम का संचालन करना चाहती है।" वृद्ध ऋषि हँस दिए। "मैंने उसे कहा कि वह सदा हमारे संरक्षण में पली है, उसे बाहर जा कर दुनिया देखनी चाहिए। परंतु उसका कहना है कि वह यहीं रहेगी, वह इस वन में फूलों, वृक्षों और पशुओं के बीच प्रसन्न है। मेनका, वह प्रकृति की पुत्री है। वह निर्भीक, प्यारी, वन्य और आवेगयुक्त है; यदि वह एक पुष्प की तरह कोमल है तो एक बाघिन की तरह उग्र भी है। उसके भीतर वह ताक़त है जो झुकना जानती है, उसके भीतर विश्वास करने का साहस है और वह उस मौन को पहचानती है जो मुखर होना जानता है।"

मेनका ने हामी भरी, उसकी आँखें गर्व से जगमगा उठीं, "हाँ मैंने उसे देखा है, वह कैसे पशुओं और जानवरों, नदियों और वनों, सांसारिक और आध्यात्मिकता के बीच मेल करती है। वह मासूम किंतु ज्ञानी है, परंतु दंभी नहीं है। वह अनाचार को नहीं पहचानती, उसे दुर्बलता का नहीं पता। उसे प्रेम, दयालुता, सत्य और निर्भीकता के बीच पलने का माहौल मिला है।" मेनका ने गर्व से कहा। जब उसे अहसास हुआ कि वह अपनी पुत्री के लिए एक अपरिचित थी तो मन में एक हूक सी उठी। एक ऐसी माँ, जो उसके संसार से संबंध नहीं रखती।

वह वृद्ध ऋषि को देख कर मुस्कराई। "उसकी शक्ति उसकी ईमानदारी और ज्ञान में बसी है। आपने उसे अपने पर गर्व करना सिखाया है, उसने किसी भी प्रकार की हीनता में बँधने से इंकार कर दिया है। वह जानती है कि वह एक स्त्री, उसी देव की रचना है, जिसने मनुष्य, प्रकृति, धरती व स्वर्ग को रचा।"

कण्व की आँखें गंभीर थीं, "शकुंतला यह नहीं मानती कि वह पाप की संतान है, वह स्वयं को सच्चे प्रेम और आवेग से उत्पन्न मानती है। उसे अपने जन्म पर लज्जा नहीं, तुम्हें भी अपराध बोध नहीं होना चाहिए, मेनका। तुम्हारी तरह, वह एक रत्न है, उजला, चमकदार और प्यारा। अब उसके जीवन में कुछ नया चल रहा है - वह एक राजा के प्रेम में है! उन्होंने विवाह भी कर लिया है!"

यह समाचार एक झटके की तरह आया। यह उसे उतना उत्साह और आनंद नहीं दे सका जो अपेक्षित था। मेनका असंबद्ध दिखी। "इसका अर्थ है कि वह वास्तव में बड़ी हो गई है!" उसने मुस्कराना चाहा। "विवाह कब था? परंतु वह अब तक आश्रम में क्यों है?"

कण्व ने हामी भरी। "हाँ, वह अभी उसके पास नहीं गई। वह वापस आ कर उसे हस्तिनापुर ले जाएगा।" उन्होंने कहा और मेनका के चेहरे पर उलझन के भाव देखे। "अगर इस प्रेम कथा को संक्षेप में कहें, तो शकुंतला की भेंट राजा दुष्यंत से हुई, जब वे इस वन में शिकार खेलने आया हुआ था। मैं उन दिनों आश्रम में नहीं था। वह कुछ दिन आश्रम में ही रहा और उसी दौरान उनके बीच प्रेम हुआ और उन्होंने गंधर्व परंपरा से विवाह कर लिया..."

मेनका भीतर से व्याकुल हो गई। "परंतु गंधर्व विवाह करने का क्या प्रयोजन रहा? उन्होंने आपके लौटने की प्रतीक्षा क्यों नहीं की?" उसने आग्रह किया। "उन्हें इतनी जल्दी क्यों थी?

कण्व उसकी व्याकुलता को देख सकते में आ गए। "दुष्यंत को तुरंत अपना राजकाज सँभालने वापस जाना था इसलिए..."

"फिर वे विवाह को आगे के लिए टाल सकते थे और फिर सबकी उपस्थिति में, विशेष तौर पर आपकी उपस्थिति में विवाह रचाते। आप उसके पिता हैं!" मेनका इस अज्ञात व्यक्ति के प्रति आशंकित होती जा रही थी। "कितनी विचित्र बात है कि एक राजा के पास प्रेम करने का समय है परंतु उचित रीति से विवाह करने का समय नहीं है। यह व्यक्ति कुछ आवश्यकता से अधिक जल्दबाजी में लगता है।"

कण्व ने मेनका के स्वर में तीक्ष्णता को अनुभव किया। "तुम प्रसन्न नहीं हुईं?"

"मैं यह सुन कर चिंतित हूँ।" मेनका के माथे पर बल थे।

"यह तो एक माता का पुत्री के लिए भय है जो एक नए संसार में प्रवेश कर रही है!" कण्व ने कंधे झटके। "शकुंतला अब एक विवाहित स्त्री है और शीघ्र ही हस्तिनापुर चली जाएगी। चिंता मत करो। तुम्हें ऐसा लग रहा है कि वह कोई भोग-विलास में मग्न राजा है, एक ऐसा राजा जिसे अपने सुख के सिवा कुछ नहीं सूझता।"

"वह कुछ ऐसा ही लगता है, निरंकुश और अनुत्तरदायी। दुष्यंत के बारे में सुन कर लगता है कि वह प्रेम के बजाए वासना के वश में है।"

कण्व चिहुँक उठे।

"यदि दुष्यंत के हृदय में शकुंतला के लिए प्रेम होता, तो उसे आपके आश्रम में वापस आने की प्रतीक्षा करनी चाहिए और वह ऐसा करता,"

मेनका ने चिंतित मुख से कहा। "वह एक राजा है और उसे अपने कर्तव्यों का अहसास होना चाहिए। उसे शकुंतला से प्रेम हुआ परंतु वह इसे एक गुप्त विवाह कर, संसार से छिपाता है और वापस लौट कर उसे हस्तिनापुर की रानी बनाने का खोखला वचन देता है। यहीं से उसकी मंशा पर प्रश्नचिह्न लग जाता है।"

"वह शीघ्र ही वापस आएगा।" ऋषि ने मेनका को शांत करने के लिए आश्वासन दिया। "मुझे शकुंतला और उसके चुनाव पर पूरा भरोसा है।"

मेनका ने वृद्ध ऋषि को विस्मित हो कर देखा। "संभवतः आप उस पर आवश्यकता से अधिक विश्वास रखते हैं। आपने उसे इतनी स्वतंत्रता दे दी कि उसने स्वयं को उससे बद्ध अनुभव नहीं किया।"

कण्व भीतर से खीझे और अपनी पुत्री के रक्षण के लिए तत्पर हो गए। "मेनका, उसके प्रति दयालुता का भाव रखो। वह तुम्हारी पुत्री है।"

मेनका ने सिर हिलाया। "आदरणीय ऋषि, कृपया मुझसे रुष्ट नहीं हों। मैं आपकी या उसकी निंदा नहीं कर रही। परंतु विश्वास जितना मज़बूत होता है, उतना ही भंगुर भी है। आपने कहा कि आप उस पर विश्वास रखते हैं परंतु वह इस विवाह के लिए कैसे मान गई जबकि उसे पता था कि आप उस समय आश्रम में नहीं थे? क्या उसे अपने पिता के आशीर्वाद की आकांक्षा नहीं थी? वह आपकी प्रतीक्षा क्यों नहीं कर सकी और राजा से क्यों नहीं कहा कि वह उससे आपके आने के बाद ही विवाह करेगी?"

"क्योंकि वह कन्या प्रेम में थी।"

"हाँ, और उसे उस प्रेम को विवाह में बदलने की बहुत शीघ्रता थी।" मेनका ने सुधार किया। "शकुंतला बहुत सीधी है। वह संसार की रीति नहीं जानती, परंतु वह व्यक्ति, वह राजा तो सब जानता था। यदि वह सम्मानित आशय रखने वाला सम्मानित व्यक्ति होता तो उसे आपको अपनी भावनाएँ तथा विवाह करने की इच्छा प्रकट कर लौट जाना चाहिए था। उसने आपके आने से पूर्व ही मानो सब उत्तरदायित्वों से छूटने के लिए ही जल्दी में विवाह किया और शकुंतला को एक झूठे वादे से आश्वस्त कर दिया। यही वजह है कि मुझे भय है, उसने शकुंतला का अनुचित लाभ उठाया, उसने जिस परिस्थिति में वचन दिया है, मुझे लगता है कि उसके मन में उसे पूरा करने की कोई मंशा नहीं होगी।"

"नहीं!" कण्व थोड़ा भयभीत दिखे।

"मैं भी आशा करती हूँ कि ऐसा नहीं हो।" मेनका ने संक्षेप में कहा। "वह उसे अपने साथ ले जाने के लिए कब आने वाला है?"

"मैं नहीं जानता। वह उसकी प्रतीक्षा कर रही है..." उन्होंने अनिश्चितता से कहा।

मेनका ने होंठ काट लिया, बेचैनी बढ़ती जा रही थी। उसने प्रार्थना की कि उसका भय निराधार हो और उसकी आशंका ग़लत निकले।

"तुम शकुंतला से बात क्यों नहीं करतीं?" कण्व ने कहा, वे स्वयं से ही अनिश्चित और चिंतित दिखे।

"मैं ऐसा नहीं कर सकती। मैं उसके लिए एक अजनबी से अधिक नहीं। उसे मेरी इस घुसपैठ से अरुचि होगी। वैसे भी, मुझे लगता है कि आप उचित कह रहे हैं। हो सकता है कि मैं आवश्यकता से अधिक प्रतिक्रिया दे रही हूँ, दुष्यंत शीघ्र ही लौटेगा और अपनी वधू को साथ ले जाएगा।" मेनका ने अपने स्वर में आशा का पुट लाते हुए कहा।

कण्व मूर्ख नहीं बने। "मेनका, तुम उसका सामना करने से डरती हो?"

"क्योंकि मैं स्वयं पर लज्जित हूँ।" मेनका ने आँखें नीची करते हुए कहा।

"क्या यही बात तुम्हें इतने वर्षों से खाए जा रही है?" ऋषि ने आश्चर्य से पूछा। "यह तो पश्चाताप से भी बदतर है, यह एक अपराध है! तुमने अपने पति और संतान को उनके सुख के लिए त्यागा, उनके कल्याण के लिए त्यागा, तो तुम स्वयं को माता की पदवी के अनुपयुक्त कैसे मान सकती हो? तुम एक अच्छी पत्नी थीं, तुम एक अच्छी स्त्री हो। मेनका, तुम्हारी तरह ही, तुम्हारी पुत्री ने भी अपनी आत्मा तुमसे उत्तराधिकार में पाई है - स्वतंत्र, दृढ़ और सबसे महत्त्वपूर्ण, जो स्वयं अपने प्रति जवाबदेही और ज़िम्मेदारी ले सकती है। तुम एक अप्सरा हो, मेनका, परंतु एक शक्ति भी हो, जो शक्ति देती है और रक्षण करती है। तुमने अपनी प्रसन्नता के निःस्वार्थ त्याग के साथ ऐसा किया, वे रुके और मेनका के साथ पूरी ईमानदारी से बात करने का निर्णय लिया। हो सकता है कि तुम्हें अहसास नहीं हो, परंतु ना तो तुम दुर्बल हो और ना ही अशक्त। तुमने ठीक वही किया, जो तुम चाहती थीं, तुम अपने लिए, अपने चुनावों के लिए आश्वस्त थीं, भले ही तुम्हें निजी प्रसन्नता

का त्याग करना पड़ा या तुमने स्वयं को निर्दयी कहलाने का भी अवसर दिया। तुम्हारे पास विकल्प की दुर्लभ क्षुधा है। तुम अपने चुनाव खोजती हो; स्वीकृति और संघर्ष के बीच झूलते हुए। यही तुम्हारे भीतर का युद्ध है।"

मेनका अपने स्थान से हिली।

"मेनका, मेरी बात सुनो। लगता है कि किसी ने कभी तुम्हारे बारे में कभी तुमसे सत्य नहीं कहा। अपने साथ कठोरता से पेश मत आओ। तुम संरक्षक और ओजस्वी हो; स्नेह करने और सब कुछ देने वाली स्त्री, तुम कोई लुभाने या प्रलोभन देने वाली अप्सरा नहीं हो। तुम एक बुद्धिमान स्त्री हो, तुम्हारा ज्ञान तुम्हारी औपचारिक शिक्षा की देन नहीं, यह तुम्हारे अनुभवों से उपजा है। तुम अपने अनुभवों और निर्णयों के बल पर, श्रेष्ठ दार्शनिकों के साथ जीवन के अर्थ पर विवाद करती रही हो - विश्वावसु और विश्वामित्र।" कण्व ने देखा कि मेनका उनके नामोल्लेख से चौंक गई।

"वे केवल तुम्हारे प्रेमी ही नहीं थे। वे तुम्हारे गुरु भी थे, जो तुम्हें जीवन के गहरे पाठ पढ़ा रहे थे, जो संभवतः ज्ञानी से ज्ञानी गुरु भी अपने शिष्यों को नहीं दे पाते। उन्होंने तुम्हें अस्तित्व के रहस्यों के अन्वेषण में सहायता की। यदि उन्होंने पवित्र साहित्य रचा, देह और आत्मा का ज्ञान, तो वह उन्होंने तुमसे सीखा! तुम उस आध्यात्मिक आनंद तथा कामेच्छा का मूर्तिमान रूप हो जिसे संसार तुम्हारे माध्यम से सदा स्मरण रखेगा। ठीक उसी तरह, जैसे कभी तुम थीं, तुम्हारी पुत्री भी जीवन की कामना रखती है, वह रोमांच की प्रतीक्षा में है, वह जीवन के विस्तृत क्षेत्रों में निर्भीक पथिक बनना चाहती है।"

मेनका को समझ नहीं आया कि वह क्या कहे। वह गर्व से थोड़ा अभिभूत हो गई थी। उसकी पुत्री वही थी जो वह उसके लिए और उससे भी अधिक चाहती थी।

"मेनका, तुम स्वयं को अनाधिकारी क्यों मानती हो?" ऋषि ने समझदारी से पूछा। "तुमने प्रेम किया और खो दिया परंतु अंत में जीत तुम्हारी हुई। जीवन के सभी पक्षों में भाग लेने वाला, मनुष्य के समान नहीं, अपितु उससे श्रेष्ठ होता है। विश्वामित्र भले ही आज महानतम ऋषि हों, परंतु यदि तुम नहीं होतीं तो वे आज इस पद पर नहीं होते। तुमने अपने पर मिथ्या आरोप लगाया कि इन सब बातों के लिए तुम दोषी थीं। परंतु तुम ही तो उनकी इस कीर्ति और ख्याति को वापस लाने का माध्यम बनीं। आज विश्वामित्र ज्ञान के

सागर माने जाते हैं, संसार के एकमात्र प्राणी जिन्होंने अपने भीतर विशेष 108 चक्रों को उन्नत किया, जबकि साधारणतः हमारे भीतर 7 ही चक्र होते हैं फिर उन्होंने उसे भौतिक ब्रह्मांड के सात तलों से जोड़ दिया।" ऋषि ने विस्तार से बताया। "परंतु धैर्य और संयम के बल पर, विश्वामित्र को इन अप्रकट ब्रह्माण्डों का उच्चतम तल अनुभव हुआ है, जो मूल सत्ता से निकला है - मूल ब्रह्म। वे ब्रह्मर्षि बनने के क़गार पर हैं, मेनका, जैसा तुमने चाहा था।"

जब भी ऋषि के मुख से विश्वामित्र का नाम सुनती, मेनका का हृदय काँप उठता। *मैं नहीं जानती कि वे कहाँ हैं।* वे संपर्क में नहीं थे और ना ही कभी होंगे। परंतु उसके कान, उसका दिमाग़ हमेशा उनका समाचार पाने को तड़पते थे। मानो वे दोनों ही किसी रेगिस्तान में लड़खड़ाते हुए भटक रहे हों, दोनों ही एक-दूसरे को खोज रहे हों, दोनों ही गुम हैं और अपना नखलिस्तान खोज रहे हैं। परंतु यदि वे कभी मिल भी जाते तो यह मृगतृष्णा ही होती।

कई बार मन में ऐसा पागलपन जगता है कि अपना दिया वचन और संकल्प तोड़ दूँ। उसने सोचा। *पर मैं ऐसा नहीं कर सकती। मुझे ऐसा नहीं करना चाहिए।* मेनका ने पल भर को नेत्र मूँदे और विवशता के अंधकार में गुम गई। *मुझे इससे कुछ प्राप्त नहीं होगा। मुझे आगे बढ़ने की अनुमति तो मिली परंतु पाप के फल ने हमारी पुत्री को हमसे छीन लिया।*

मेनका ऋषि की ओर मुड़ी। "क्या आप सत्य कह रहे हैं?" उसने सकुचाते हुए पूछा। वह चाहती थी कि विश्वामित्र सफल और प्रसन्न हों और ऐसा ही था। वह उन्हें उसी उद्देश्य के लिए त्याग आई थी। वह चाहती थी कि वे अपने सपने को पूरा करें। वे उसे पाने के बहुत निकट थे। "क्या वे इसे पा लेंगे?"

कण्व ने आश्वासन से भरी मुस्कान दी। "हाँ, वे इसे पा लेंगे। वह दिन शीघ्र ही आने वाला है।"

प्रतिद्वंद्वी

तिलोत्तमा ने मेनका को घबराई हुई दृष्टि से देखा व सोचने लगी कि उसे वह समाचार कैसे सुनाना होगा।

"तिलोत्तमा, क्या हुआ? तुम भयभीत हिरण जैसी क्यों लग रही हो?" मेनका ने हमेशा की तरह कोमल और मधुर स्वर में पूछा।

"विश्वामित्र के बारे में समाचार है। वे लोग फिर से उनके लिए समस्या पैदा करेंगे... " तिलोत्तमा यह बोलते हुए व्याकुलता से अपनी सखी के चेहरे के भाव निरख रही थी। "वे फिर से अजेय हो गए हैं, और इंद्र को उनसे भय होने लगा है..."

तिलोत्तमा को अपना वाक्य पूरा करने की आवश्यकता नहीं पड़ी। एक ही झटके में, मेनका समझ गई कि वह क्या कहने जा रही थी और फिर से एक छिपा हुआ वार होने वाला था। *इंद्र कभी खुल कर सामने आने वालों में से नहीं है।* वह पुनः किसी अप्सरा को इस युद्ध के लिए आगे करेगा। मेनका ने तिरस्कार भरे भाव से सोचा।

"इस बार किसे भेज रहा है?" उसने झट से पूछा।

"रंभा।"

मेनका अपने कानों पर विश्वास नहीं कर सकी। *रंभा इस आत्मघाती अभियान के लिए स्वीकृति क्यों देने लगी?* मेनका भ्रमित, क्रोधित और चिंतित थी - इंद्र व रंभा से क्रोधित और कौशिक के लिए भयभीत! उसके मन के भीतर जाने कब से अपशकुन की छाया लहरा रही थी जिसने जाने से इंकार कर दिया था। ऋषि कण्व उसे बता चुके थे कि कौशिक अपने लक्ष्य के

बहुत निकट थे। वे शीघ्र ही ब्रह्मर्षि होंगे परंतु इंद्र पुनः उन्हें असफल करने को प्रस्तुत था। *क्या कौशिक इस बार इस संकट से अपनी रक्षा कर सकेंगे?* उसका हृदय तेज़ी से धड़कने लगा। क्या वह उन्हें उनके आसन्न संकट का परिचय दे सकती है? वह ऐसा करना चाहती थी परंतु श्राप ने उसके क़दम रोक रखे थे। ऐसा नहीं कि वह विचार नहीं कर रही थी; वह उनके दिए श्राप को पूरी तरह से झेल लेगी, कहीं वह उनके लिए ही कष्ट का कारण नहीं बन जाए, वह उन्हें हर प्रकार के अभिशाप की छाया से दूर रखना चाहती थी। देखते ही देखते कौशिक को अगाह करने का संकल्प ढह गया। जब वे वर्षों से अबाध ध्यान में मग्न थे तो वह कभी उन्हें चेतावनी नहीं दे सकी। उसकी अनुपस्थिति ही उनका ध्यान भंग कर देती।

इंद्र ने इस काम के लिए उसे नहीं चुना, इससे ही स्पष्ट था कि अब उसे मेनका पर भरोसा नहीं था और यह भी पता था कि वह उसके इस निंदनीय प्रस्ताव को सिरे से नकार देगी। मेनका का हृदय जड़ हो गया था, वह उसकी योजना की दुष्टता और अनिश्चितता से काँप उठी, जाने क्या होने वाला था।

उसे दोनों में से एक अथवा दोनों से ही भेंट करनी होगी। परंतु यह उचित नहीं होगा, वे उसकी बात नहीं सुनेंगे और प्रतिरक्षा के भाव में आ जाएँगे। उन दोनों में से, केवल रंभा से भेंट करना ही तार्किक और उचित लग रहा था।

तिलोत्तमा ने मेनका के नेत्रों से बहते भाव देखे जो उसके संकल्प के साथ दृढ़ होते गए और तिलोत्तमा के मुख से अनायास निकला, "नहीं, मेनका, ऐसा कुछ करने के बारे में सोचना भी मत! वह तुम्हें पसंद नहीं करती और तुम्हारा खुल कर विरोध करती है। वह तुम्हारा कहना कभी नहीं मानेगी!"

"मैं इसके सिवा और कर भी क्या सकती हूँ?" मेनका ने कहा। "हालाँकि रंभा भी ख़तरे में है, पता नहीं, उसे इस बात का अहसास भी है या नहीं। यदि किसी ऋषि का ध्यान भंग किया जाए तो उसका दण्ड भुगतना ही पड़ता है और कौ... विश्वामित्र के रोष से सभी परिचित हैं। जो व्यक्ति अब उनके तपस् को चुनौती देता है, वे उसे नष्ट कर देंगे।"

तिलोत्तमा ने हामी भरी और मन ही मन, मेनका के इस त्वरित आत्म-सुधार पर मुस्कराए बिना नहीं रही। "तुमने कभी उसे विश्वामित्र के रूप में नहीं देखा। तुम्हारे लिए वे सदा कौशिक ही रहे - युवा, अहंकारी,

मंत्रमुग्ध राजा, जिन्हें तुमने क्षण भर के लिए तब देखा था, जब वशिष्ठ ने तुम्हें धरती पर बुलाया था!"

मेनका लजा उठी। बात सदियों पुरानी लगती है परंतु छवि तो अब भी जीवित थी। "ओह, तुम्हें स्मरण है! उन्होंने भी पहली बार किसी अप्सरा को देखा था..."

"...उन्हें तो मंत्रमुग्ध होना ही था," तिलोत्तमा ने कहा। "और केवल किसी अप्सरा मात्र पर नहीं, सखी, वे तुम पर मोहित हुए थे! वे सदा ही मोहाविष्ट रहे। इंद्र ने तुम्हें उन्हें लुभाने भेजा मेनका, संभवतः यह भी एक कारण था।"

मेनका ने आश्चर्य से देखा। "ओह, इंद्र को भी पता था। अधिकतर मनुष्य हमसे मोहित होते हैं परंतु कौशिक कोई अपवाद नहीं थे।"

"तुम्हें क्या लगता है इंद्र ने वरुण के प्रस्ताव पर हामी क्यों भरी कि सुधर्म कक्ष में सप्तर्षियों को बुलाया जाए?" तिलोत्तमा ने अधीरता से कहा। "क्योंकि उसे किसी तरह विश्वामित्र को प्रसन्न करना था और उसने इस बात का ध्यान रखा कि अमरावती में कहीं न कहीं, कभी न कभी, तुम विश्वामित्र की दृष्टि में आ जाओ।"

मेनका अपने कानों पर विश्वास नहीं कर सकी। "परंतु मैं तो कक्ष से भी नहीं निकली, आगंतुकों से भेंट करना तो दूर रहा।"

"परंतु विश्वामित्र ने तुम्हें देखा था, इंद्र ने बड़ी चतुराई से यह प्रबंध किया था। तुम अपने कक्ष में बैठी, वसु का दुख मना रही थीं और इंद्र को पता था कि तुम कभी कक्ष से बाहर क़दम नहीं रखोगी। उसने जान कर, विश्वामित्र के रथ को दो बार तुम्हारे महल के आसपास चक्कर लगवाया। पहले, स्वागत के समय और दूसरी बार, जब विश्वामित्र वशिष्ठ के साथ असहमति होने पर अमरावती से लौट रहे थे। विश्वामित्र ने तुम्हें झरोखे पर खड़े देखा था।"

"इंद्र दुष्ट है और मैं कितनी मूर्खा थी! उसने कितनी तत्परता और निपुणता से यह सारी योजना पूरी की थी..." मेनका विश्वास नहीं कर पा रही थी।

"वह सदा लोगों की दुर्बलताओं पर वार करता है। तुम सदा विश्वामित्र की दुर्बलता रहीं। और तुम्हारे लिए सदा..." तिलोत्तमा हिचकिचा गई।

"वसु?" उसने गहरी आह भरते हुए कहा।

"हाँ," तिलोत्तमा ने सिर हिलाया। "परंतु विश्वामित्र सदा तुम्हारी ताक़त रहे। उन्होंने तुम्हें एक गहराई, चरित्र की एक निश्चित गहराई प्रदान की। हृदय टूटने और शकुंतला को पीछे छोड़ने के बाद, अन्यथा तुम बच नहीं सकती थीं।" उसने स्पष्टता से कहा, "और यही कारण है कि इंद्र तुमसे वही आग्रह पुनः नहीं कर सकता।"

"रंभा के साथ उसकी क्या योजना है?" मेनका ने असहज होते हुए पूछा।

"यह सब गुप्त रूप से हो रहा है। कामदेव को भी भनक नहीं लगने दी गई। इंद्र को भय है कि वह कहीं तुमसे चुगली नहीं कर दे। इंद्र को पता है कि तुम कामदेव की कितनी प्रिय हो और वह इसका जोखिम नहीं उठाना चाहता।"

"रंभा कामदेव की सहायता के बिना कौशिक को लुभाने की योजना बना रही है? यह तो अपने-आप में विनाशकारी होगा। कामदेव के बिना, रंभा कभी सफल नहीं हो सकती। कौशिक अपने नेत्र खोलते ही उसे भस्म कर देंगे।" उसने चिंतित होते हुए कहा। उसने तिलोत्तमा को असहाय भाव से देखा। "तिलोत्तमा, मुझे उसे चेतावनी देनी होगी। उसे पता होना चाहिए कि वह क्या करने जा रही है।"

"मेनका, वह हमारी रानी है। वह अच्छी तरह जानती है कि वह क्या कर रही है।" तिलोत्तमा ने शांतिपूर्वक कहा।

मेनका तिलोत्तमा के इस अनासक्त भाव पर चकित हो उठी। तिलोत्तमा बहुत कम बोलती थी, परंतु जब भी वह परामर्श देने का निर्णय लेती तो सदा सोच कर बोलती। मेनका जानती थी कि उसकी सखी उसका रक्षण चाहती थी, उसने उसे स्नेह से देखा। तिलोत्तमा अपूर्व सुंदरी थी। उसके श्यामल सौंदर्य को ले कर अनेक प्रसंग कहे-सुने जाते थे जो ना केवल मानव और असुरों, बल्कि त्रिमूर्ति देवों को भी कामना के वशीभूत कर सकता था। एक लोकप्रिय प्रसंग के अनुसार, जब वह भगवान शिव का आशीर्वाद लेने गई तो वे किसी प्रकार उससे मोहित हो गए। जब वह उनकी प्रदक्षिणा करने लगी तो कहते हैं कि उन्होंने उसे देखने के लिए अपने चार मुख पैदा कर लिए। देवी पार्वती ने देखा कि उनके पति ने अप्सरा को देखने के लिए अपने चार मुख और उत्पन्न कर दिए हैं तो वे कुपित हुईं और तुरंत अपने हाथों से

उनके नेत्र मूँद दिए। सारा संसार और ब्रह्माण्ड तत्क्षण अंधकार के आवरण में आ गया और तभी भगवान शिव ने अपना प्रसिद्ध तीसरा नेत्र विकसित किया ताकि संसार को पुनः प्रकाश मिल सके। यह सब तिलोत्तमा के मोहक सौंदर्य के कारण हुआ!

परंतु अब उसके सामने जो तिलोत्तमा खड़ी थी, वह एक योद्धा के रूप में, उसे रंभा से भेंट करने से मना कर रही थी, जिसके प्रति उसके मन में बहुत अधिक स्नेह या प्रशंसा के भाव नहीं थे.

"रंभा तुम्हारी बात का विपरीत अर्थ भी लगा सकती है!" तिलोत्तमा ने सचेत किया। "उससे थोड़ा सँभल कर चलो।"

"मैं उसके लिए ऐसा नहीं कर रही। यह कौशिक के लिए है।"

तिलोत्तमा ने ठीक ही कहा था। मेनका ने सोचा, वह एक दिन बाद, रंभा के विशाल कक्ष में खड़ी थी। उससे रंभा के आने तक प्रतीक्षा करने को कहा गया। जिससे यह स्पष्ट हो गया कि रंभा उसके आगमन से प्रसन्न नहीं थी।

"रानी मुझसे मिलना चाहती है। और देखो, इस सम्मान का कारण क्या होगा?" रंभा ने स्वयं को दर्पण के आगे से हटाते हुए मेनका से कहा।

मेनका ने सोचा कि उसके कटाक्ष की अवेहलना करना ही उचित होगा परंतु इस तरह बात को आगे बढ़ाना कठिन हो रहा था। उसे इस मामले को जल्दी आगे बढ़ाना होगा।

"यदि मैंने सही सुना है तो तुम्हें विश्वामित्र का तपस् भंग करने के लिए धरती पर भेजा जा रहा है।" उसने अपनी बात आरंभ की, उसे अनुमान नहीं था कि रंभा के साथ किस हद तक खुल कर वार्तालाप हो सकता था।

उसने रंभा के गालों की उठी हुई हड्डियों पर दो लाल बिंदु देखे जो उसके साँवले रूप पर चमक रहे थे। "तुम्हारे गुप्तचरों ने सही सूचना दी है। क्या वह गुप्तचर वही अप्सरा है, बेचारे उरण्यु के बजाए जिसकी बाँहों में तुम आजकल रहना पसंद करती हो?" उसने मेनका के चेहरे का रंग पीला पड़ता हुआ देखा। "परंतु हाँ, मेनका, तुम्हारे प्रिय गुप्तचर ने सही कहा, मुझे ही विश्वामित्र को लुभाने भेजा जा रहा है। मैं तुम्हारे पुरुष से मिलने को उत्सुक हूँ।" उसने अपने गहन गंभीर स्वर में कहा, जिसे सुन कर मेनका की घबराहट और बढ़ गई।

“ऐसा कभी नहीं होगा! ज्यों ही वे नेत्र खोलेंगे, वे तुम्हें नष्ट कर देंगे!”

रंभा गुस्से में आ गई। उसके तराशे हुए मुख पर दुष्टता से भरा रोष तैर गया। मेनका को लगा कि उसने अनुचित शब्दों का प्रयोग कर दिया। वह तो उसे चेतावनी देने आई थी, परंतु इन शब्दों से धमकी या फिर ईर्ष्या के पलटवार की गंध आ रही थी।

“यह क्या है, मेनका?” रंभा ने भयंकर स्वर में कहा। “क्या तुम्हें ईर्ष्या है कि मैं विश्वामित्र को लुभाने जा रही हूँ? या तुम असुरक्षित महसूस करती हो कि मैं तुमसे बेहतर हो सकती हूँ?” रंभा ने उसे एक उपहास से भरी मुस्कान दी। “एक नश्वर मनुष्य से संबंध बनाना अनूठा अनुभव होगा। सुनते हैं कि ये बड़े गहरे प्रेमी होते हैं और तुम्हारा कौशिक तो और भी ज़्यादा है। मेनका, कितना अच्छा था वह?”

अब मेनका के चेहरे पर जो रंग उभरा, उसे अनुभव करने की बारी थी। यह सुनते ही उसे उन दोनों के एक साथ होने के क्षण याद आ गए, उनके जुड़े हुए होंठ, उनके परस्पर स्वेद से लथपथ अंग, परमानंद में मग्न, उसके मुख में कौशिक की हल्की कराह और उनका सहवास! उसके भीतर से वासना की हिलोर उठी और उसने उसे तुरंत निर्दयता से सुला दिया, वह जानती थी कि अब ऐसा पुनः कभी नहीं हो सकता था। उसने रंभा को आमने-सामने हो कर देखते हुए कहा, “इसका संबंध हम सब से है।”

“हम्म, मुझे पता है। यह तुम्हारे प्रेमी के बारे में है, जिसे तुम बचाना चाहती हो?” रंभा ने कटाक्ष किया।

मेनका ने तय किया कि वह उसके उपालंभ पर ध्यान नहीं देगी। “यह एक घातक योजना है। विश्वामित्र तुम्हें क्षमा नहीं करेंगे। कृपया, रंभा, उनके पास जाने का कोई जतन मत करो।”

रंभा के कठोर और सुंदर मुख पर बदलते हुए भाव दिखे। क्या यह कोई चेतावनी थी?

“यह एक निवेदन है। विश्वामित्र का रोष घातक होगा। उनके साथ यह खेल मत खेलो। वे पहले से ही इंद्र से कुपित हैं और वे इस बार इंद्र को या उनके तप में विघ्न डालने वाले को क्षमा नहीं करेंगे। वे निश्चित रूप से तुम्हें श्राप दे देंगे। तुम अपने रक्षण के लिए कामदेव की भी सहायता नहीं ले रहीं!”

रंभा ने आँखें सिकोड़ीं। "हो सकता है कि इस बार भी काम भस्म हो जाए, जैसा उसके साथ पिछली बार हुआ था, जब उसने भगवान शिव और देवी पार्वती का समागम करवाने की चेष्टा की थी। भगवान शिव ने अपनी क्रोधाग्नि से काम को भस्म कर दिया था। कथा भले ही पुरानी है, परंतु मेरा अनुमान है कि काम को अच्छा सबक़ मिल गया होगा।" वह व्यंग्यपूर्वक हँसी। "उसके कामबाण किसी काम के नहीं रहे। मुझे उनकी आवश्यकता नहीं है।" उसके शब्द सुन कर लगा कि वह मेनका को जाने का संकेत दे रही थी। "इंद्र दोबारा ऐसी भूल नहीं करेगा। पिछली बार की तरह नहीं होगा, जब तुम अपने ही शिकार के प्रेम में पड़ गई थीं।"

रंभा ने उस पर पलटवार किया। "और प्रिय, तुम मेरी सलामती की परवाह क्यों करने लगीं? तुम्हारा ऐसा शिष्ट व्यवहार कब से हुआ? तुमने तो खुलेआम तुम्बरु का अपमान करने के बाद भी क्षमा नहीं चाही। जब विश्वामित्र से अलग होने के बाद धरती से लौटी तो तुम मुझसे भेंट तक नहीं करने आईं और ना ही अपनी शोक संवेदना प्रकट की। मैं तुम्हारी वरिष्ठ हूँ। क्या तुम्हें मेरे पास नहीं आना चाहिए था?"

उसने एक दुष्टता से भरी मुस्कान दी जो धीरे-धीरे एक खिलखिलाहट में बदल गई - कठोर, अनियंत्रित और दुष्टता से भरी। मेनका को वह स्वर सुन कर अपने ही तितर-बितर हो चुके अस्तित्व का स्मरण हो आया। उसके भीतर से व्याकुलता और उद्वेग की लहर के साथ भय की सिरहन उठी और वह उस कक्ष से बाहर निकलने को तड़प उठी। यह सब तो उसकी कल्पना से भी बदतर होता जा रहा था। मेनका को समझ नहीं आ रहा था कि कैसे प्रत्युत्तर देना है। उसने सोचा कि काश! तिलोत्तमा उसके पास वह सब बताने के लिए आई नहीं होती। मैंने जो भी कहा, रंभा ने उन सब शब्दों का ग़लत अर्थ निकाला, मेनका ने आह भरी। वह अपनी ओर से एक बार और प्रयास करेगी।

"रंभा, मैं स्वयं बुरी तरह से बिखरी हुई थी। जब मैंने इस नई योजना के बारे में सुना, तभी तुम्हारे पास आने का निर्णय लिया। रंभा, यह आत्मघाती होगा।" उसने अपने सुर को और विनीत बना लिया ताकि रंभा को इस योजना में छिपे जोखिम का आभास हो सके। "इंद्र तुम्हें भेज रहा है ताकि तुम विश्वामित्र के हृदय में वासना नहीं, क्रोध उत्पन्न कर सको। यही वजह है कि काम को साथ नहीं भेजा जा रहा, तुम समझती क्यों नहीं?"

रंभा ने अपने होंठ थोड़े भींच लिए। ओह, इस बार फिर मेनका के कहे शब्द ग़लत हो गए थे।

"मेनका, मैं तुम्हारा आशय अच्छी तरह जान गई। तुम अपने प्रेमी का रक्षण चाहती हो। या संभवतः तुम उसे मेरे साथ बाँटना नहीं चाहतीं, जैसे तुमने वसु के साथ किया!"

वह बड़ी विचित्र-सी लग रही थी; चेहरा अलग ही भावों से रंग गया था।

मेनका के नेत्र मारे आश्चर्य के विस्फारित हो गए। उसने पूछा, "क्या मेरा और तुम्हारा बैर इसी कारण से है कि मैंने तुमसे वसु को छीन लिया था? अब तुम कौशिक को ले कर इस हिसाब को बराबर करना चाहती हो?"

रंभा उसे विस्फारित नेत्रों और विषाद से भरी मुस्कान के साथ देख रही थी। मेनका ने महसूस किया कि सदमे के कारण उसका चेहरा सख़्त हो गया था।

"नहीं, नहीं रंभा। यह जैसा लग रहा है, वैसा नहीं है। मैं नहीं जानती कि तुम्हारा वसु के साथ क्या संबंध था, परंतु इतना जानती हूँ कि तुमने इंद्र के साथ उसे स्वर्ग से बाहर खदेड़ने की योजना बनाई थी। तुम चाहती थीं कि उसे, मुझे या फिर हम दोनों को दंडित किया जाए।" मेनका ने कड़े शब्दों मे कहा। "परंतु अब मैं तुमसे पूछती हूँ रंभा, तुमने वसु पर उस अपराध का झूठा आरोप क्यों लगाया, जिसकी सज़ा वह आज तक भुगत रहा है?"

"क्योंकि उसने मेरी जगह तुम्हें चुना था।" रंभा ने शांत भाव से कहा।

मेनका उसे ख़ाली नज़रों से ताकने लगी। वह मन ही मन यह बात जानती थी परंतु आज रंभा के स्वीकार ने जैसे उस आघात को नए सिरे से जीवित कर दिया था। किसी भग्न हृदय के विष से अधिक विषाक्त और क्या होगा, जो जाने कितने जीवनों को विषाक्त कर देता है। वह इन बातों की कुरूपता से सिहर उठी और यही भाव उसके चेहरे पर दिखने लगे। वह उस युवती के चेहरे पर तमाचा मारना चाहती थी परंतु उसने बहुत पहले से उसे जीवन से निकाल दिया था। मेनका उसकी दुष्टता से काँप गई थी, इस परिस्थिति की भयंकरता सहन नहीं हो रही थी।

मेनका अपने भाव छिपा नहीं पा रही थी और उसके चेहरे से सब झलक रहा होगा।

रंभा उसे घृणित दृष्टि से देखती रही। "मुझ पर तरस मत दिखाना। खुद को देखो, मेनका, तुम्हें क्या हासिल हुआ? तुम्हारे पास दो पुत्रियाँ थीं और तुमने दोनों को खो दिया। विश्वामित्र खोने के लिए तुम्हारा था ही नहीं और वसु संभवतः कभी वापस नहीं आएगा।"

"हो सकता है कि तुम्बरु भी नहीं आए।" मेनका की आँखें जल रही थीं। "तुमने अपनी दुष्टता से भरी योजनाओं में उसका इस्तेमाल किया और देखो आज उसका क्या हश्र है! वह भी वसु की तरह सब सह रहा है और वह भी तुम्हारी वजह से! और..."

"...और मेरा बलात्कार इसलिए हुआ क्योंकि मैंने वसु पर ऐसा करने का मिथ्या आरोप लगाया था, क्या तुम यही कहने जा रही हो?" रंभा चिल्लाई।

मेनका यह सुन कर दंग रह गई और रंभा के दुष्ट प्रतिकार के आगे पल भर को निःशब्द हो गई।

"नहीं, मैं तुम्हारे लिए ऐसा कभी नहीं चाह सकती, कभी नहीं!" मेनका का चेहरा सफ़ेद पड़ गया था। "तुमने लोगों का प्रयोग किया परंतु तुम स्वयं प्रयुक्त हो गईं! तुम विश्वामित्र और इंद्र के इस युद्ध में इंद्र की सहायता क्यों कर रही हो? केवल इसलिए कि मुझसे प्रतिशोध ले सको? रंभा, यह सारा खेल इंद्र ने आरंभ किया था। उसे वसु से बैर था और उसने तुम्हारे माध्यम से, उसे स्वर्ग से बाहर कर दिया। यदि तुम उसकी मित्र थीं तो उसने तुम्हारे बलात्कारी को दंड कैसे नहीं दिया? इससे भी अहम बात यह है कि, स्वर्ग में कोई बलात्कार कर भी कैसे सका? इंद्र को रावण से तुम्हारा रक्षण करना चाहिए था, उसे रावण को दंड देना चाहिए था, परंतु उसे बिना किसी पश्चाताप के, खुलेआम घूमने की अनुमति दे दी गई। तुम ऐसे आदमी का साथ दे रही हो, जो अपनी कायरता के कारण तुम्हारे बलात्कारी को दंड नहीं दे सका। वह हमारा राजा है। रंभा, हमारी रक्षा करना उसका कर्तव्य बनता है।"

रंभा का चेहरा स्याह हो गया था। उसके मुख से बहुत देर तक कोई शब्द नहीं निकले। अचानक ही वह मेनका के आगे ढेर हो गई। उसने अपना सिर दोनों हाथों में थामा और सुबकियाँ भरने लगी।

यह दृश्य अपने-आप में हृदयविदारक था। उसके सुंदर चेहरे पर दुख और असहायता के अश्रु प्रवाहित हो रहे थे। पराजित कंधे झुके हुए थे, उसने अपनी निराशा के आगे आत्मसमर्पण कर दिया था। मेनका ने स्वयं को इतना असहाय कभी महसूस नहीं किया था। उसके सामने एक दुखी, टूटी हुई और प्रताड़ित स्त्री बैठी थी। प्रकट हो रहे भावों में एक वर्जना का भाव था और मेनका को लग रहा था कि उसने उसके भावों में घुसपैठ कर दी है। परंतु वह रंभा को अकेले भी नहीं छोड़ सकती थी। वह धीरे से उसके पास गई, वह स्त्री जो कभी दंभी, अहंकारी और ख़तरनाक थी, वह दुख और क्षोभ की गठरी बन कर रह गई थी।

उसने हिचकिचा कर रंभा के काँपते कंधों पर हाथ रखा और रंभा को रोने दिया। वह धैर्य से तूफ़ान के थमने की प्रतीक्षा करती रही।

उसने रंभा के काँपते हाथों में पानी से भरा पात्र थमाया और कहा, “लो इसे पिओ।” उसने सांत्वना देते हुए रंभा के हाथ छुए ताकि उनका कंपन थम जाए।

“मैंने स्वयं को कभी इतना अपमानित अनुभव नहीं किया। उसने मेरी आत्मा तक को क्षत-विक्षत कर दिया था।” रंभा हौले से फुसफुसाते हुए रोने लगी। उसने मेनका की ओर देखा और अपने भीतर से उबल रहे भावात्मक रोष को बाहर आने दिया।

“मेनका, मुझे किसी तरह वह भयंकर रात्रि भुलवा दो। हमारी सारी शक्तियों और अमरता के बावजूद मुझे बुरी तरह से त्रस्त किया गया, मेरी देह और आत्मा तक को रौंद दिया गया, मैं उस राक्षस के आगे रोती रही, चिल्लाती रही, उससे विनती करती रही...” रंभा का कंठ रुँध गया, उस पीड़ा और अपमान के स्मरण से अश्रुओं की धारा तीव्र हो गई।

“नहीं, अब कुछ मत कहो!” मेनका ने आग्रह किया।

“मुझे बोलने दो। मैं इस बारे में बोलना चाहती हूँ... मुझे किसी से तो बात करनी ही है।” रंभा ने आवेग में कहा। “मैं नलकुबेर से कुछ नहीं कह सकी, क्योंकि वह इतने गुस्से में था कि अगर उसे अवसर मिलता तो वह रावण का वध कर देता। परंतु मैंने उससे ऐसा नहीं करने का आग्रह किया! रावण एक ही क्षण में उसके प्राण ले लेता। मैं अपने लिए शोक मनाने की तुलना में उसे खोने के नाम पर अधिक भयभीत थी!”

मेनका शांत रही, उसने रंभा के भीतर घुमड़ रहे शब्दों को बाहर आने का अवसर दिया जो जाने कब से भीतर छिपे थे। रंभा तनावग्रस्त थी, पूरी देह अकड़ी हुई थी, वह आसन पर सीधी बैठी थी, होंठ भिंचे हुए थे, हाथ में पात्र को कस कर पकड़ रखा था और अपनी बात कहने की कोशिश में थी, "वह एक शीतल सुहावनी संध्या थी, मैं नलकुबेर के महल की ओर जा रही थी, जैसे मैं सदा जाती थी। उस दिन भी कुछ असामान्य नहीं था, केवल तलहटी की पहाड़ियों में रावण छिपा हुआ था।" वह हल्का-सा काँप गई। "वह बाहर निकल आया और मुझे एकदम चौंका दिया। मैंने उसे उपेक्षित किया और चलती रही। उसने मुझे रोका। मैंने उसे प्रश्नसूचक दृष्टि से देखा। मुझे नहीं पता था कि वह कौन है और मेरी उससे बात करने की कोई मंशा नहीं थी। उसने अपना परिचय दिया, 'मैं रावण हूँ। तुम एक अप्सरा हो, है ना?' उसने लगभग अपमानजनक शब्दों में पूछा। मैंने तत्काल उत्तर दिया कि मैं अप्सराओं की रानी हूँ।"

"परंतु इन शब्दों का उस पर कोई असर नहीं हुआ। उसने मेरे पास आते हुए दुष्टता से कहा कि वह तो निश्चित रूप से हो, इस स्वर्ग में पुरुषों के नाम पर कुछ देव, गंधर्व और मेरा कायर भाई कुबेर ही है! सभी स्त्रियाँ अप्सराएँ हैं और पत्नियों को अलग सुरक्षित स्थानों पर रखा गया है। तो ये भीगे होंठ किसके लिए हैं? ये तो चूमे जाने के लिए व्याकुल दिख रहे हैं।"

"मैं उसकी निर्लज्ज धृष्टता पर क्रोधित हो गई परंतु उसे तो जैसे मेरे गुस्से में भी आनंद आ रहा था। मैंने पलट कर उत्तर दिया कि मेरे पति, नलकुबेर के लिए।"

"उसने भौंहें चढ़ाते हुए कहा, 'मेरा प्रिय भतीजा! अप्सरा कभी विवाह नहीं करती और यदि करती भी है तो उसका कोई अर्थ नहीं होता।' उसने मेरी बात को लगभग नकार दिया। 'वे तो आनंद प्राप्ति के लिए होती हैं।' उसने अपने नेत्रों से मेरी देह टटोलते हुए कहा। मुझे सदा ही अपनी देह पर अभिमान रहा, मैं इसका प्रदर्शन करती, इसे पुरुषों को लुभाने के लिए इस्तेमाल भी करती परंतु उस एक क्षण में ऐसा लगा मानो किसी ने उसी देह से मेरी आत्मा को नोच कर बाहर निकाल दिया हो। मुझे उस देह पर लज्जा आने लगी और मैं इस देह को उसकी वासनामयी दृष्टि से छिपाना चाहती थी। अचानक उसने अपने हाथों से मेरा अंगवस्त्र लपक लिया और मैंने स्वयं को आजीवन इतना नग्न कभी अनुभव नहीं किया था। मैं भीतर से व्याकुल

हो गई। उसके हाथ मेरी कमर पर थे और मुझे अपनी ओर खींच रहे थे। मुझे पहली बार भय का अनुभव हुआ। मैं उससे भिक्षा माँगने लगी कि मैं तुम्हारे भतीजे की पत्नी हूँ जिसका अर्थ यह है कि मैं तुम्हारी पुत्र-वधू हूँ। कृपया मुझे जाने दो! तब मुझे अपने उस सुर से घृणा हो आई, मैं उसके आगे विनती कर रही थी। मैंने अपने आसपास देखा, चारों ओर अकेली अंधेरी रात का साम्राज्य था। जिन पहाड़ियों को मैं प्रतिदिन पार करती थी, वे आज बिलकुल सुंदर नहीं लग रही थीं। दुष्ट मेरे ठीक सामने था, उसका चेहरा मेरे पास था, कपटी, झुर्रियों से भरा गीला मुख। मैं उसकी भुजाओं से निकलने को तड़प रही थी, उसकी उखड़ी हुई श्वास मेरे मुख और गर्दन से टकरा रही थी। मेरी पूरी त्वचा मारे घृणा के सिहर रही थी। मैंने स्वयं को अपवित्र अनुभव किया। उसने मुझे नरम हरी घास पर पटक दिया जिस पर चलना मुझे बहुत भाता था, वह मुझे कंधों से नीचे की ओर दबाने लगा। 'मेरे लिए तुम स्वर्ग की अप्सरा मात्र हो, जो मुझे प्रसन्न करती है इसलिए मुझे प्रसन्न करो। मेरे साथ सहवास करो, अप्सरा!' वह मुझे दबाते हुए चिल्लाया। उसका चेहरा मारे उत्तेजना के और भी विकृत लगने लगा।"

"बस मुझे इतना ही स्मरण है। इसके बाद मुझे अपनी चीख़ों के सिवा कुछ भी स्मरण नहीं है। पता नहीं कि मैं चिल्लाई भी थी या यह मेरे मन का वहम था।" रंभा का चेहरा विकृत हो आया। "मैं केवल इतना जानती हूँ कि मेरी प्रतिष्ठा का हनन हुआ, मुझे लूटा गया, कुचला गया और मैं उसके नीचे दबी असहाय अवस्था में कराहते हुए, दया की भीख माँगती रही..." रंभा फिर से सुबकियाँ भरने लगी, नेत्रों से मानो ज्वाला निकल रही थी, वह उन भयंकर क्षणों को फिर से जी रही थी। "मेनका, वह रोष, वह अपमान, मानो वह एक अग्नि थी जिसमें मैं जल रही थी, मैं उस दिन कितनी असहाय और अशक्त थी। मैं अपनी भी सहायता नहीं कर सकी।"

मेनका ने उसे काँपते हुए देखा। भय, घृणा, रोष, पीड़ा - मेनका उसके भीतर से उमड़ते भावों को महसूस कर सकती थी। रंभा ने नेत्र कस कर मूँद लिए।

"इससे भी बदतर बात तब हुई जब नलकुबेर को उसके रोष के बावजूद असहाय और अशक्त बना दिया गया। वह केवल रावण को श्राप ही दे सका कि ज्यों ही वह किसी स्त्री पर बलप्रयोग करेगा, वह उसी क्षण मारा जाएगा।"

रावण को यह श्राप बहुत पहले मिल जाना चाहिए था, तब शायद रंभा या साध्वी वेदवती जैसी स्त्रियों को बचाया जा सकता था। जब उसने वेदवती का शील भंग करने के लिए उसे बालों से पकड़ा तो उसने स्वयं को बचाने के लिए अपने प्राणों की आहुति दे दी, परंतु जाने से पूर्व वह यह कहना नहीं भूली, "मैं तुम्हारे विनाश के लिए पुनः जन्म लूँगी।"

रावण एक विरोधाभास था। असुर राज विख्यात ऋषि विश्रवा का पुत्र तथा आदरणीय ऋषि पुलत्स्य का पौत्र था, जो दस प्रजापतियों (ब्रह्मा के पुत्र) में से थे। वह स्वयं एक विद्वान माना जाता था, उसे भी महाब्राह्मण कहा जाता था, परंतु इतना ज्ञानी होने पर भी उसके अंदर विवेक और विनय का अभाव था। विडंबना यह थी कि उसे उसकी अकूत संपदा ने नहीं बल्कि ज्ञान के अभिमान ने अहंकारी बनाया था। एक ब्रह्मराक्षस होने के नाते, उसके पास दोनों ही श्रेष्ठ रूप में थे - ब्राह्मण का ज्ञान तथा असुरों की योद्धा शक्ति। परंतु रावण ने इसका खुल कर दुरुपयोग किया। वह वीणा का निपुण वादक, *रावण संहिता* (हिंदू ज्योतिष विद्या पर एक जटिल पुस्तक) का लेखक था और इसके साथ ही आयुर्वेद तथा राजनीति विज्ञान का विद्वान भी माना जाता था। इस तरह का व्यक्ति ऐसा कार्य कर सकता था, यह बात मेनका की समझ से परे थी। एक विद्वान राक्षस कैसे बना, *यह उसके वंश के कारण था या उसके कर्म?*

"एक भतीजे ने अपने चाचा को श्राप दिया!" रंभा काँप उठी, उसका हाथ ख़ाली पात्र के आसपास घूम रहा था। "नलकुबेर केवल इतना ही कर सका। वह उससे युद्ध नहीं कर सका क्योंकि उसके पिता ने उसे ऐसा करने से रोक दिया। रावण पहले ही कुबेर को पराजित कर चुका था और उसे लंका से बाहर निकाल कर, स्वर्ग में भी उसने उसका पीछा नहीं छोड़ा था।"

मेनका उन घटनाओं के बारे में सुन चुकी थी, जो स्वर्ग में तब घटीं, जब वह कौशिक के पास स्वर्ग से दूर थी। यह सब तब आरंभ हुआ, जब रावण ने अपनी गहरी एकाग्रता के बल पर भगवान शिव से अमरता का अमृत पा लिया। एक बार उसका पान करने के बाद, उसने कुबेर को लंका से बाहर कर दिया, वह नगरी विशेष रूप से, उसके असुर पितामह सुमाली के लिए, देवों के शिल्पी विश्वकर्मा ने तैयार की थी। रावण ने अपने सौतेले भाई कुबेर से सुवर्ण नगरी को जीत लिया और उसे मजबूरन इंद्रलोक में शरण लेनी पड़ी और बाद में उसे देवों का कोषनायक बना दिया गया।

भ्रांतिमुक्त और पराजित पिता विश्रवा ने कुबेर को परामर्श दिया कि वह आत्मसमर्पण कर दे, क्योंकि अब रावण शिव से अमरत्व का वरदान पा कर अजेय हो गया था। कुबेर भाग कर स्वर्ग आ गया परंतु पहले वह अपने भाई को उसके लोभ के लिए सार्वजनिक रूप से अपमानित करना नहीं भूला। कहते हैं कि कुपित रावण ने स्वर्ग तक उसका पीछा किया, उसकी स्वर्गिक नगरी अलका को लूटा, उसे और देवों को पराजित कर तीनों लोकों को अपने वश कर लिया। परंतु उसके लिए प्रतिशोध में सबसे मधुर क्षण वे थे, जब उसने सभी देवों की उपस्थिति में अपने पराजित भाई का अपमान किया। रावण को एक दयालु और अच्छा शासक माना जाता था, यहाँ तक लंका के निर्धन से निर्धन व्यक्ति के पास भी सुवर्ण से भरा कलश होता था। परंतु जब उसके भाई कुबेर की बात आई, तो रावण एक अलग ही व्यक्ति बन गया। उसकी घृणा ने कुछ भी नहीं छोड़ा। क्या उसके द्वारा अपने भाई की पुत्रवधू का बलात्कार, उसके प्रतिशोध का अंतिम चरण था?

रंभा ने तत्काल ही स्वयं को सँभाल लिया, अपने अश्रु और उन पीड़ादायी स्मृतियों को चेहरे से हटा दिया। वह अपने लहँगे और खोई हुई मर्यादा को सहेज कर उठी और दर्पण में अपना चेहरा देख, चेहरे से गहरे धब्बे हटा दिए। फिर दर्पण नीचे रखा और पहले की तरह सुंदर और रूखी दिखने लगी जैसे कि उसे दिखना चाहिए था।

मेनका ने अपनी ओर से एक और दुर्बल प्रयत्न करना चाहा। “रंभा, कृपया ऐसा मत करो!”

रंभा ने उसे विचित्र दृष्टि से देखा। वह जैसे कहीं दूर देख रही थी, उसके होंठ हिले, “मैं किसी दूसरी अप्सरा को संकट में नहीं डालूँगी। मैं रानी हूँ, मेनका, मैं ही जाऊँगी।”

आवेश और भाग्य

विश्वामित्र को किसी उपस्थिति का आभास हुआ, परंतु उन्होंने उसे उपेक्षित कर दिया। परंतु फिर भी वह उपस्थिति वहीं थी, उनके आसपास ही मँडरा रही थी। उन्होंने मन ही मन माथे पर बल डाले। वह उपस्थिति उनके मन, इंद्रियों और चेतना में बिन बुलाए सेंध लगा रही थी। वे धीरे-धीरे आसपास के परिवेश के प्रति सचेत हुए, नेत्र भले ही बंद थे परंतु मस्तिष्क सक्रिय था। उन्हें बड़ी रुखाई से उनके ध्यान की लंबी तंद्रा से जगा दिया गया था। वे अपनी देह और मन का नियंत्रण खो कर, एक बार पुनः संसार के साथ एक हो गए थे। उन्हें अहसास हुआ कि भोर का समय है, वे सूर्य की उन दुर्बल किरणों को अनुभव कर सकते थे, जो उदित होने के लिए संघर्ष कर रहा था। उनके सूखे हुए मस्तक पर हल्के गीलेपन का आभास हुआ। क्या हल्की वर्षा हो रही थी? उन्हें लगा कि उनके अस्थिर मन की तरह ही एक मध्यम-सा प्रकाश कौंध रहा है। उन्हें अपने आसपास शीतल हवा का झोंका महसूस हुआ जिसके साथ एक भीनी-सी गंध मँडरा रही थी। यह तो परिचित-सी जान पडी और विश्वामित्र सचेत हो गए। उन्हें तत्क्षण मेनका का ध्यान आया। वह वापस आ गई थी! उनका हृदय मारे प्रसन्नता के उछल पड़ा, परंतु उन्होंने अपने उल्लास को दबा दिया। ऐसा नहीं हो सकता था। *वह अपना वचन भंग नहीं करेगी और मैंने, हमें दिया गया श्राप भी वापस नहीं लिया।* हालाँकि उन्होंने कई बार चाहा कि वह श्राप किसी तरह लौट आता परंतु मुख से निकले शब्द वापस नहीं आ सकते। उन्होंने अपनी ही भूल से यह सीखा था। उसे श्राप दे कर, उन्होंने स्वयं को ही श्राप दे दिया था कि वे कभी उसे पुनः मिल नहीं सकेंगे, उसे अनुभव

नहीं कर सकेंगे, उस स्त्री की गंध नहीं पा सकेंगे जिससे वे प्रेम करते थे। और फिर भी वह स्त्रैण गंध उनका ध्यान भंग कर रही थी। विश्वामित्र कुपित हुए, *यदि यह मेनका नहीं तो कौन स्त्री मेरी मानसिक शांति भंग कर रही है?* वह इतनी निकट थी कि उनका दम घुटा जा रहा था, वह अपनी कामुक कल्पना से उनकी इंद्रियों का भी दम घोंट रही थी।

विश्वामित्र ने झटके से नेत्र खोले, उनके नेत्रों से निकली अग्नि ने अंधेरे वन को रोशन कर दिया। उन्हें एक स्त्री दिखी - एक सुंदर युवती, परंतु वह मेनका नहीं थी।

"मैं रंभा हूँ।" वह उनके लाल तमतमाए मुख के पास आ कर बोली, वह लज्जावान युवती पूरी तरह से आत्मविश्वास से भरपूर थी कि विश्वामित्र उससे मुख नहीं मोड़ सकते थे। किसी भी पुरुष ने आज तक ऐसा नहीं किया था, कोई पुरुष ऐसा कर ही नहीं सकता था।

विश्वामित्र को ऐसा लगा कि उनके भीतर से रोष का विस्फोट होने को था। *रंभा! अप्सराओं की रानी! जिसने मेनका को इतना कष्ट दिया।* उसने पहले की तरह कोई योजना बनाई होगी और इसे भी इंद्र ने ही भेजा होगा। विश्वामित्र को वही जाना-पहचाना अनुभव स्मरण हो आया। वे अब भी उसका मानसिक चित्रण कर सकते थे - एक भीगी हुई शाम, एक जलप्रपात, भीगी हुई मेनका और वे तर्क तथा कारण के संघर्षकारी ज्वार से लड़ते हुए...

परंतु उन्हें उस स्त्री को ताकते हुए कोई वासना महसूस नहीं हुई। उनके भीतर से कोई लपट-सी नहीं उठी। कोई ज्वाला नहीं भड़की। वे उसके सौंदर्य से मग्न होने के बजाए क्रोधित हो उठे। यह सब इसलिए रचा गया कि वे वासना के वशीभूत हों, उसके आकर्षण में आ कर अपने तप, प्रार्थना, उपासना और कर्तव्य को भुला कर, देह के सुखों में लीन हो कर, एक बार फिर से अपने जीवन के अभियान को असफल कर दें। उन्हें लगा कि उनके भीतर जैसे कोई गुस्से का गर्म विस्फोट दहक गया हो। उन्होंने दरारों से भरे शुष्क होंठ खोले और हौले से कहा। "रंभा।" वह शब्द सुनते ही रंभा की लहरदार कमर तक कंपन दौड़ गया।

रंभा ने उन्हें देखा और देखते ही दो विचार एक साथ उसके भयभीत मस्तिष्क में दौड़ गए। पहला, अब वह जानती थी कि मेनका को इस मनुष्य से प्रेम क्यों हुआ था। दूसरे, उसका अंत निकट आ गया था, क्योंकि उसने उनके नेत्रों में अपनी मृत्यु की झलक देख ली थी।

"रंभा, इस धृष्टता के लिए कष्ट पाओगी। अपने सौंदर्य और यौवन का इतना घमंड! आने वाले हज़ार वर्षों के लिए तुम पाषाण हो जाओगी। अंतहीन समय तक बहती पवन, दहकते सूर्य और अथक वर्षा के बीच खड़ी रहोगी।" उन्होंने अपने गुरु गंभीर स्वर में घोषणा की।

उन्होंने रंभा को अपने आगे काँपते और थरथराते देखा। वह कुछ कहने ही वाली थी परंतु इससे पूर्व कि उसके मुख से शब्द निकलते, उसे एक जड़ पाषाण में बदल दिया गया। उनके आगे एक सुंदर पाषाण बुत खड़ा था, जो कभी रंभा हुआ करता था।

जब विश्वामित्र ने अपने श्राप को फलीभूत देखा तो उन्हें ना तो प्रसन्नता का अनुभव हुआ और ना ही मन को चैन आया। उन्होंने अपने ऊपर इतना नियंत्रण तो पा ही लिया था कि वे रंभा की ओर से बिछाए गए वासना के जाल में नहीं फँसे, परंतु अभी अपने क्रोध को पूरी तरह से वश में नहीं कर सकते थे। रंभा को श्राप देते ही, उन्होंने एक बार फिर से उन आध्यात्मिक शक्तियों को खो दिया, जो उन्होंने अब तक अर्जित की थीं। इंद्र ने भले ही उन्हें बहकाने को नहीं, परंतु दुर्बल बनाने के लिए तो रंभा का प्रयोग कर ही लिया। वे एक ही बार में उसे मिटा देना चाहते थे कि कानों में एक क्षीण-सा स्वर गूँज उठा। उन्हें मेनका की चेतावनी याद आ गई, "इसे श्राप मत देना, इस तरह उससे अधिक आपको हानि होगी।"

एक बार फिर, उन्होंने मेनका के उचित परामर्श को नहीं सुना, रंभा को दिया हुआ श्राप उनकी ही हानि कर गया था। उन्होंने एक और निर्दोष स्त्री का जीवन नष्ट कर दिया था, जो अपना कर्तव्य निभा रही थी। वे गहरे पश्चाताप में खो गए और अपने सामने खड़ी रंभा की पाषाण प्रतिमा को देखने लगे, उसका मुख तनिक खुला हुआ था मानो वह कुछ कहते-कहते रह गई और वे अनकहे शब्द उसके साथ ही पाषाण बन गए। *वह मुझे क्या बताने की चेष्टा कर रही थी?* उसके अंतिम अनकहे शब्द, *उनके मस्तिष्क में चिल्ला रहे थे या वह अंतिम बार उन्हें लुभाने की चेष्टा कर रही थी?*

उन्होंने पाषाण हो चुके सुंदर मुख को देखा जिस पर अब भी भय और आतंक का साया था, अभी मुख से वे अंतिम शब्द निकले नहीं थे कि वह पाषाण हो गई। उन्हें लगा कि शायद वह उन्हें मेनका के पास जाने को कह रही थी, क्या यह उन्हें मूर्ख बनाने की कोई योजना थी? या हो सकता है कि वह उन्हें कोस रही हो। परंतु उन्होंने रंभा के मृतप्राय नेत्रों में उस

विवशता को देखा जो उन्हें ही घूर रही थी। उसने इतनी गहनता और कुंठा के साथ तत्काल क्या कहना चाहा? क्या मेनका संकट में थी? विश्वामित्र का हृदय यह सुनते ही जड़ हो गया, उन्हें अपना दम घुटता हुआ सा महसूस हुआ, भीतर से एक कुरूप-सा भय उन्हें घेर रहा था। *मेनका,* वे बेचारगी से चिल्लाए। परंतु वह आवाज़ कहीं मन में ही दब गई जो उनके दुखी हृदय से निकली थी।

वे उसके पास कभी नहीं जा सके। वे नहीं जा सकते थे। वे उस श्राप के मारे विवश थे जो उन्होंने उन दोनों को दे दिया था। उस श्राप को तोड़ने से सारा किया-धरा समाप्त हो जाता, उससे भेंट करते ही उनकी सारी आकांक्षाओं का अंत हो जाता, जो भी पाने को वे बरसों से लगे हुए थे। वे जानते थे कि यदि वे उससे मिलते, तो फिर कभी उसे नहीं छोड़ पाते। वे उसे उसी तरह थाम लेते जैसे किसी डूबते हुए व्यक्ति को अपने लिए कोई सहारा मिल गया हो। मेनका भी यह बात अच्छी तरह जानती थी।

उनका वियोग नियति का कर्म नहीं था, यह उनकी ही मूर्खता का फल था। यह श्राप की दुष्टता उसका पूर्वाभास नहीं थी, बस अब उन्हें आजन्म एक-दूसरे के बिना रहना था। यही उनका श्राप था, यही उनकी हानि की त्रासदी थी।

उन्होंने नेत्र मूँदे ताकि अपनी शक्ति के बल पर उसे देख सकें। उन्होंने उसे देखा। वह एक विचित्र से विषाद में घिरी थी। क्या उदासी में व्यक्ति और भी सुंदर दिखने लगता है, क्या उस सुंदरता में गरिमा और पीड़ा शामिल हो जाते हैं? वह बहुत ही अद्‌भुत दिख रही थी, आँखों में जैसे सुरमई रंग के डोरे उतर आए थे, वे एक अनकही पीड़ा से और गहरा गई थीं। उसके काले और लहराते केश पुष्पों से सजे हुए नहीं थे, वे बेजान से यूँ ही खुले छोड़ दिए गए थे, किसी काले लबादे की तरह। उसके होंठ, ओह, उसके वे नाजुक और रसीले होंठ कितने सूखे और रक्तहीन दिख रहे थे। उन्होंने कल्पना की कि वह उन्हें काट रही है, उसके सुंदर दाँत बेदर्दी से उन भरे हुए कोमल होंठों में धँसे जा रहे हैं... विश्वामित्र ने अपने नेत्र खोल लिए और वर्तमान में लौट आए। वह आज भी उनके साथ हो सकती थी, परंतु उनकी अधीरता ने...

अब इस बार भी उन्होंने वैसा ही अधीर व्यवहार किया और अब रंभा की पाषाण प्रतिमा उनका उपहास कर रही थी। वे अब भी अपने सबसे

घातक भाव, अपने क्रोध पर अंकुश रखना नहीं सीख सके थे। उन्होंने अपने हाथ भींच लिए। वे फिर से पराजित हुए, इंद्र की जीत हुई।

अब भी उनके भीतर क्रोध का डेरा था, उन्हें उस पर लगाम कसनी होगी। उनका दोष और केंद्र, उनके रोष और मन की प्रशांति के कहीं बीच स्थित था। उन्हें वही मार्ग तलाशना होगा।

विश्वामित्र ने उस प्रतिमा को अंतिम बार देखा। अब उन्हें अपनी अगली यात्रा के लिए प्रस्थान करना था - उन्हें बर्फ़ीले हिमालय की ऊँचाइयों तक जाना था।

❦

"रंभा के बाद, मैं तुम्हें अप्सराओं की नई रानी के रूप में चुनता हूँ।"

इंद्र की यह घोषणा मेनका को प्रभावित करने में असफल रही, उसके मुख पर कोई उत्साह नहीं दिखा। वह जानती थी कि यह घोषणा उसे प्रसन्न करने की दुर्बल चेष्टा और एक बुरे निर्णय में सुधार भर करने का प्रयत्न था।

"मुझे तुमसे कुछ नहीं चाहिए। तुम्हारे काँटों के ताज से भी नहीं!" उसने हौले से कहा। "तुम्हें स्वर्ग में कुछ तो करना ही होगा!" इंद्र ने हल्की खीझ के साथ पलटवार किया। "तुमने प्रण लिया है कि वसु के लौटने तक कोई नृत्य प्रदर्शन नहीं करोगी और अब इस विश्वामित्र प्रसंग के बाद, तुमने कोई भी कार्य करने से भी मना कर दिया।"

मेनका ने इंद्र के वाक्य को सुधारा, "काम नहीं, दूसरों को अपने सौंदर्य से लुभाने का काम, अब मैं किसी को उसके पथ से भटकाने का कार्य नहीं करूँगी और ना ही किसी को प्रेम का झूठा आश्वासन दूँगी। मैं अपनी देह को वस्तु की तरह प्रयोग में नहीं लाना चाहती।"

"तब तुम इस जगह क्या करना चाहती हो, तुम्हें कुछ तो करना ही होगा?" उसने समझाना चाहा। "मेनका, समझदार बनो। इस पद को स्वीकार लो। मैं उदारता से यह पद दे रहा हूँ।"

काम ने हौले से मेनका का कंधा थपथपाया। "ले लो, मेनका, हो सकता है कि तुम्हें अहसास नहीं हो, परंतु यह सबकी भलाई के लिए होगा, जो तुमसे आरंभ होगी।"

मेनका शांत भाव से, निर्जीव-सी दोनों को ताकती रही।

काम ने ज़ोर दिया, "मेनका, किसी को तो अप्सराओं का ध्यान रखना ही होगा। रंभा के जाने के बाद से, बेहतर होगा कि तुम उसका स्थान ले लो। जब रंभा वापस आ जाएगी तो तुम कभी भी उसका पद वापस कर सकती हो।"

"वह तो मैं तब करूँगी, जब मैं इसे लेना स्वीकार करूँगी।" मेनका ने उत्तर दिया।

"जितना तुम सरल समझ रही हो, पद का त्याग करना इतना आसान भी नहीं होगा।" इंद्र ने धूर्तता से मुस्कराते हुए चेतावनी दी। "जिस तरह चित्रसेन को, वसु के वापस आने के बाद देव गंधर्व का पद वापस करना होगा परंतु तुम दोनों की जोड़ी बहुत सुंदर जमी - विश्वावसु, गंधर्वों का राजा और तुम, मेनका, अप्सराओं की रानी!

मेनका ने झट से इंद्र की इस राजनीतिक चाल को भाँप लिया और उसके नेत्रों में तिरस्कार का भाव उभर आया, "तुम्हें लगता है कि तुम हमें एक-दूसरे के साथ लड़वा कर कभी भी बना या बिगाड़ सकते हो?"

इंद्र का चेहरा कठोर हो आया। वह जानता था कि वह अपने और वसु के बारे में नहीं, बल्कि रंभा और अपने बारे में बात कर रही थी। वह भी प्रसन्न नहीं था। रंभा का समाचार अमरावती में तुरंत आ गया था जिसने उसकी व्याकुलता को और भी बढ़ा दिया था। इंद्र अपने-आप से ही बहुत रुष्ट और घटनाओं के इस क्रम से क्रोधित दिखा। वह एक बार फिर से पराजित हुआ। विश्वामित्र, उसने उस भयंकर शब्द को मन ही मन कहा और मुख में कड़वाहट घुल गई। उसने उसके कारण ही मेनका को खो दिया और अब रंभा भी! पर एक आशा तो थी। रंभा को श्राप देने के कारण, विश्वामित्र ने एक बार फिर से अपने तप की शक्तियों को खो दिया होगा। रंभा को अपने पर बड़ा ही घमंड था कि वह विश्वामित्र का तप भंग कर देगी, उसे क्या पता था कि इंद्र ने उसे विश्वामित्र को लुभाने नहीं बल्कि उनका क्रोध भड़काने के लिए भेजा था।

कामदेव यह बात कहीं बेहतर जानता था और उसे इस बात का रोष था, जिसे उसने खुल कर इंद्र के आगे प्रकट किया।

"अब तुम्हें मेरे परामर्श की क्या आवश्यकता है? क्या हमारे बीच रंभा को विश्वामित्र के सामने भेजने से पूर्व कोई विचार-विमर्श हुआ था?" उसने कहा। "मैं निश्चित रूप से इसका विरोध करता या फिर यही कारण था कि

तुमने मुझसे यह प्रसंग छिपाया?" उसने इंद्र के तमतमाए चेहरे को देख कर अनुमान लगाया। "मुझे उसके साथ होना चाहिए था। वह मेरी सहायता के बिना अकेले यह सब नहीं कर सकती थी। परंतु दो अहंकारियों को कौन समझा सकता था जिनका मानना था कि दोनों ही सर्वश्रेष्ठ हैं?" उसने म्लान मुख से कहा और अपने मित्र को घूरती हुई नज़रों से ताकने लगा।

"विश्वामित्र में ऐसा क्या है, मित्र जो तुम्हारे सबसे विकृत रूप को सामने ला रहा है? तुमने अब तक सभी अनुचित निर्णय लिए और वह तुम्हें हर बार पराजित करता आया और हर बार तुम्हारी हानि विकराल होती जा रही है।"

उसने अपना हाथ शांत खड़ी मेनका की ओर लहराया। "रंभा कई युगों के लिए हमसे दूर है। मेनका का होना नहीं होना मायने नहीं रखता, वह हर तरह से टूट चुकी है। तुमने उसकी आत्मा का हनन किया है। जैसा कि तुमने ही अभी स्पष्ट किया कि अब किसी काम के लिए उसका प्रयोग नहीं किया जा सकता... वह एक अप्सरा के रूप में निरर्थक हो गई! यही कारण है कि तुम उसे अप्सराओं की रानी बनाना चाहते हो, ताकि उसका कुछ उपयोग हो सके। यह तुम्हारी उदारता नहीं है!" काम ने इंद्र पर आरोप लगाया। "जैसे तुमने रंभा का प्रयोग किया और उसे विश्वामित्र के श्राप के कारण खो दिया। इंद्र, तुम्हारे हाथ क्या आया? तुम सब कुछ-सब कुछ खोते ही चले गए?"

इंद्र अपने मित्र का यह प्रलाप सुनता रहा, चेहरे पर पराजय के भाव थे परंतु अंतिम वाक्य सुनते ही वह दुगने वेग से बोला, "नहीं, नहीं अभी सब कुछ नहीं खोया! हमारे पास अभी एक अंतिम अवसर है, हम विश्वामित्र और वशिष्ठ को आपस में लड़वा कर, एक-दूसरे को तबाह करने देंगे!"

मेनका ने एक छोटी-सी मुस्कान दी जैसे उसे इंद्र के शब्द सुन कर कोई आश्चर्य नहीं हुआ हो। परंतु काम ने अपने मित्र को अविश्वास से देखा। "क्या तुम पहले ही बहुत नुक़सान नहीं कर चुके? इस मामले को यहीं समाप्त करो। हाँ, वह एक मनुष्य मात्र है जिसने तुम्हें चुनौती दी। तुम हारे, वह जीता। अब संधि करते हुए, यह बैर त्याग दो। हमें स्वर्ग में त्रासदी नहीं शांति चाहिए। हमने विश्वावसु, तुम्बरु, मेनका, रंभा को खोया और उरण्यु व नलकुबेर भी जैसे हमारे पास नहीं रहे। वे इतने शोकमग्न हैं कि कोई कार्य नहीं कर पाते। यह सब उस एक मनुष्य के साथ तुम्हारे युद्ध का नतीजा है।

हमारी श्रेष्ठ अप्सरा और गंधर्व जा चुके हैं, अब तुम किसे दाँव पर लगाना चाहते हो?" वह लगभग चिल्लाने लगा। "क्या तुम्हें इस बात का आश्चर्य नहीं कि विश्वामित्र चाहता तो तुम्हें भी श्राप दे सकता था और तुम्हें भी रंभा जैसा ही दुर्भाग्य सहन करना पड़ता? विडंबना यह है कि उसने ऐसा कर दिया है; इन पराजयों के माध्यम से, उसने तुम्हें श्राप दे दिया है! उसने सिद्ध कर दिया कि वह तुमसे कहीं श्रेष्ठ है और तुम्हें इसी सच्चाई के साथ जीना होगा। तुम्हारे लिए यही उसका श्राप है।"

इंद्र के मित्र का एक-एक शब्द कोड़े की वार की तरह उसकी पीठ पर पड़ा, उसने ठेस देने वाले सत्य से उसे बींध दिया था। विश्वामित्र ने पूरे न्याय के साथ खेल खेला, उसे खुल कर पराजित किया, इंद्र की ओर से फेंके गए हर अस्त्र को निरस्त्र कर दिया। उसके युद्ध के अस्त्र उसकी अप्सराएँ रहीं, और उसने उनका दुरुपयोग किया।

मेनका थोड़ा हिली, मानो कोई स्तंभित संगमरमर की प्रतिमा जीवित हो उठी।

"यही उनके मेरे लिए अंतिम शब्द थे। इंद्र से कहना कि इस युद्ध में मेरी जीत और उसकी हार होगी। वे वचन सत्य निकले।"

मेनका के स्वर में कोई बैर या इंद्र की पराजय पर प्रसन्नता का भाव नहीं था। उसने अपनी गहरी उदासी के बीच यह कहा और यही उसके नेत्रों से भी झलक रहा था। इंद्र के मन में पहली बार पश्चाताप जगा। हार कर उसे मानना ही पड़ा कि उसने अपनी ही सीमाओं को पार कर दिया था। विश्वामित्र ने उसे बुरी तरह से परास्त किया और हर संघर्ष के बाद उसका श्रेष्ठ रूप में सामने आया। इंद्र ने सब खो दिया, अपने श्रेष्ठ लोगों को खोया, उनके विश्वास को खोया, अपने प्रति उनके सम्मान को खोया।

"हे देवेंद्र, हम अप्सराओं को कामना के अनुसार विशिष्ट रूप से रचा गया था और इसी तरह हमारे मादक सौंदर्य का उपयोग किया जाता था।" मेनका ने धीरे से कहा। "हमने इसे अपने काम और पेशे के रूप में स्वीकारा और इस तरह हमें इस धर्म की स्वैच्छिक स्वीकृति प्रदान की गई। हमें यह यक़ीन दिलाया गया था कि हमारी सहज कामुकता पवित्रता से जुड़ी थी, यह अनैतिक नहीं थी। हम उचित और अनुचित के नियम की परवाह नहीं करती थीं। ना ही हम व्यवहार और चरित्र के मानदंडों के अनुरूप चलती थीं, हम मुक्त थीं परंतु हमें आपके आदेश का पालन करना पड़ता था, भले

ही हमारे प्राणों पर क्यों नहीं बन आए। हमें मारा नहीं जा सकता था, परंतु हमें नष्ट किया जा सकता था, हमें रोका जा सकता था। हम श्रापों और आक्रमणों के प्रति संवदेनशील रहीं, हमें जलाया जा सकता था, हमें श्राप दिया जा सकता था, हमें पाषाण अथवा राक्षसी बनाया जा सकता था, परंतु हम वह सब सहन करतीं और आपके आदेश का पालन करने के बाद वापस स्वर्ग आ जातीं ताकि आप हमें किसी दूसरे शिकार के पास भेज सकें। हम सबकी तरह, रंभा भी जानती थी कि उसे क्या करने भेजा जा रहा था और क्या उसका क्या परिणाम हो सकता था। वह मान गई, जबकि मैंने उसे ऐसा नहीं करने की चेतावनी भी दी थी।" इंद्र ने अपने होंठ भींच लिए, माथे पर बल आ गए थे। "फिर भी वह गई क्योंकि उसने कहा कि यह उसका कर्तव्य था; उसे यह करना ही पड़ा। एक रानी के रूप में वह किसी और अप्सरा को विश्वामित्र के कोप का भाजन नहीं बनाना चाहती थी। उसने हमारा रक्षण किया। स्वामी, आप हमारे राजा हैं, क्या यह रक्षण आपको नहीं करना चाहिए था?"

इंद्र के पास जैसे शब्द नहीं रहे, मेनका के साथ बात करते हुए प्रायः यही होता था। वह उससे बहस में जीत नहीं सकता था। वह अपनी राजसी शक्ति और बल से उसे अपने अधीन रख पाता था और आज वह उस पर ही प्रश्नसूचक चिह्न लगा रही थी।

"एक राजा अपनी प्रजा को आदेश देने और उनसे आज्ञापालन की अपेक्षा रखने के बाद, उनका बचाव भी करता है। यही उसका कर्तव्य भी है।" वह आगे बोली। चेहरा भावविहीन था किंतु एक-एक शब्द भावों से भरा था। हर शब्द से इंद्र की अक्षमता पर अभियोग लग रहा था। "अथवा हम आपके दास हैं? आप हमें जब जी चाहे इस्तेमाल करें और फेंक दें, केवल आपके आदेश के दास। आपने अमरावती से वसु को बाहर जाने का आदेश दिया? मुझे विश्वामित्र को जाल में फँसाने का आदेश दिया और अब रंभा को जानबूझ कर मौत के मुँह में धकेला। आपको पता था कि विश्वामित्र वासना के वशीभूत नहीं होंगे परंतु कुपित अवश्य होंगे जिसके कारण उनके तप की शक्तियों का प्रभाव जाता रहेगा।"

इंद्र तमतमा उठा। मेनका ने उसकी मंशा जान ली थी।

"ना आपने रावण के हाथों उसके बलात्कार को रोका! उसने जो भी किया, आप उसे इस तरह मुक्त रहने की अनुमति कैसे दे सकते थे?"

इंद्र का चेहरा सफ़ेद पड़ गया और फिर चेहरा लाल हो गया। मानो मेनका ने गाल पर तमाचा दे मारा हो, उसकी ही छाप और जलन चेहरे पर महसूस होने लगी।

"रावण हमें परास्त कर चुका था। हम उससे लड़ नहीं सकते थे। हम पराजित पक्ष थे।" वह फुसफुसाया।

"और इसी बात ने उसे आश्वस्त किया कि वह आपके स्वर्ग से किसी भी अप्सरा को अपनी मर्ज़ी से ले जा सकता था?" मेनका ने ताना मारा। "क्या वह हिंसा नहीं थी, क्या वह अतिक्रमण और अपराध नहीं था? वह अप्सराओं की रानी थी, इंद्रलोक की सबसे शक्तिशाली अप्सरा, फिर भी अपने उसे एक बलात्कारी के हाथों अपमानित होने दिया और उसके बाद भी वह बलात्कारी निरंकुश घूमता रहा। आप रंभा को बचा नहीं सके जो एक राजा होने के नाते आपको करना चाहिए था। आपके युद्धों के बाद हमें संधि में दिया जाता है, देवों की ओर से उपहार। स्वामी, आपने हर प्रकार से हमारा प्रयोग किया, देवों का ध्यान अपनी पत्नियों से भटकाने के लिए भी हमारा प्रयोग किया गया। याद है आपको?" मेनका ने उपहास किया। "दिव्य सितारा, तारा अपने पति देवों के गुरु ऋषि बृहस्पति के पास जाने के बजाए अपने प्रेमी भगवान चंद्र के साथ रहना चाहती थी। परंतु वे किसी भी दशा में अपनी पत्नी को वापस पाना चाहते थे। तारा अपने पति के साथ रहने से इंकार कर चुकी थी, क्योंकि अब वह उसे और प्रेम नहीं करती थी। उसने चंद्र को अपने लिए चुना। आपने व्याकुल हो कर, मुझे चंद्र को सौंप दिया ताकि चंद्र का ध्यान तारा से हट कर मेरी ओर आकर्षित हो जाए। परंतु चंद्र अपनी टेक से नहीं हटे और तारा के साथ रहते रहे। तारा आपसे और मुझसे कुपित हो गई। हम कब तक उन आकांक्षाओं की पूर्ति के लिए आपके युद्ध के अस्त्र बनी रहेंगी? इसके बाद अपने अहं की पूर्ति के लिए आप किस अप्सरा का बलिदान करना चाहेंगे?"

मेनका के शब्दों की तीखी धार इंद्र को चीरती चली गई परंतु उसका झूठा अभिमान ज्यों का त्यों रहा।

वह परास्त था परंतु उसने स्वयं से कहा, "मैं पराजित नहीं होने वाला!" परंतु अपनी पराजय के अंतिम वार और अपमान के बीच भी इंद्र का अभिमान फिर से सतह पर उभर आया, वह पहले की तरह सबसे सशक्त था परंतु इस बार चेतावनी दे रहा था कि वह कोई नया तमाशा नहीं खड़ा

करे। असफलता की तीव्र लज्जा, उसकी शक्ति से कहीं अधिक आतंक दे रही थी, उसमें कुंठा की दबी कराह शामिल थी, वह उससे यह आग्रह भी कर रही थी कि उसे चुपचाप सहमत हो जाना चाहिए।

परंतु वह पलायन नहीं कर रहा था, उसके पास एक योजना थी। उसे स्वयं विश्वामित्र से लड़ना होगा, एक दिन, आमने-सामने!

पिता, माता और पुत्री

विश्वामित्र एक लंबे समय से अपने आश्रम से नहीं हिले थे। उन्होंने श्वास लेना भी लगभग बंद कर दिया था और बहुत समय पहले ही भोजन भी तज दिया था। देव मारे चिंता के काँप उठे, वे जानते थे कि विश्वामित्र कुछ भी कर सकते थे। परंतु ब्रह्मर्षि बनने के लिए, विश्वामित्र जानते थे कि उन्हें ब्राह्मण के अर्थ को ग्रहण करना होगा - परम सत्य, सर्वोच्च यथार्थ। इस दैवीय शक्ति को पाने के बाद, वे यह दावा कर सकते थे कि वे धर्म तथा आध्यात्मिक ज्ञान में सबसे बड़े विशेषज्ञ थे। वे इसे स्वयं तक नहीं रखेंगे; वे इसे श्लोकों और ग्रंथों में सहेज कर मनुष्य जाति की आगामी पीढ़ियों के लिए सुरक्षित रख देंगे।

वशिष्ठ ऋग्वेद में इस प्रकार की ऋचाओं का संकलन कर चुके थे। उनके पास अब भी कुछ नहीं था, विश्वामित्र ने अपर्याप्तता को विनीत सजगता के साथ स्वीकारा। परंतु वे गहन चिंतन में लीन हो गए। ऐसा लगता था कि सभी देव उनकी देह में समाहित हों, उनके हृदय में प्रत्येक की विद्या का समावेश हो चुका था। वे ब्राह्मणों के अधिष्ठाता, उपयोग सम्मत शक्ति तथा ऊर्जा के स्रोत, अग्नि को अनुभव कर सकते थे; इसके अतिरिक्त प्राणदायिनी श्वास, शक्ति की आध्यात्मिक ताक़त को भी! उन्होंने स्वयं को शांत पाया, भाव तथा विचारों का प्रवाह शांत, स्थिर व अचल था। उन्होंने स्वयं को सिकुड़ता हुआ, संपीड़ित और एक कण के रूप में सिमटता हुआ महसूस किया। उनका स्व, आत्मा, आत्मन उत्सकुता से ब्राह्मण की ओर भाग रहे थे, जिस प्रकार जल की एक बूँद सागर में गिरती है, लहरें एक भँवर में बदलती हैं, फिर भी एक जादुई प्रशांति थी, अनयास बोध, आत्मबोध के

सौम्य परमानंद का अनायास बोध! उनके विचार, 'ओ३म्' के धीमे उच्चारण में जा कर स्थिर हुए। इसके पश्चात सब कुछ सौम्यता से प्रवाहित होता गया।

ओम् भूर्भुवः स्वः
तत्सवितुर्वरेण्यं
भर्गो देवस्य धीमहि
धियो यो नः प्रचोदयात्।

(उस प्राणस्वरूप, दुःखनाशक, सुखस्वरूप, श्रेष्ठ, तेजस्वी, पापनाशक, देवस्वरूप परमात्मा को हम अपनी अंतरात्मा में धारण करें। वह परमात्मा हमारी बुद्धि को सन्मार्ग में प्रेरित करे।)

उन्हें एक प्रकाश, उजला प्रकाश धीरे-धीरे चमकदार कौंध में बदलता दिखाई दिया, नेत्रों को लगभग अंधा करता हुआ, नेत्र बंद हो गए किंतु वह दृश्य उनके सामने उपस्थित था।

विश्वामित्र फुसफुसाए, 'गायत्री।' उन्होंने शक्ति, दुर्गा, सरस्वती, लक्ष्मी - सृष्टिकर्ता, संरक्षक और विनाशक की ऊर्जा के सम्मिलित स्त्रैण स्रोत, देवियों के सामूहिक अलौकिक दर्शन को पहचान लिया; वे सब देवी माँ में समाए थे।

उन्होंने दोहराया, "गायत्री! हे देवी माँ! मैं यह मंत्र आपको समर्पित करता हूँ। यह गायत्री मंत्र वेद, यज्ञ, दान तथा तप से परे सबके लिए है। यह मंत्र धर्म के विवेक में से एक है, यह अपने प्रति तथा देवों के साथ निजी संपर्क की प्रार्थना है। व्यक्ति को सिद्धि अथवा साधना की आवश्यकता नहीं, केवल इस मंत्र में विश्वास तथा उस ऐक्य में विश्वास।"

"तुमने सभी वेदों की जननी, आत्म-बोध के मूल मंत्र को रचा है जो सदा सबके लिए लाभकारी होगा।" वे मुस्कराईं। "तुमने ज्ञान को नियमों की सीमा से मुक्त किया। यह मंत्र उस सच्चे ज्ञान की उपासना है जिसे तुमने सबके लिए सर्वसुलभ कर दिया। यह एक ऐसा कार्य है जिसे अब कोई ज्ञानी नहीं कर सका था, एक ऐसा कार्य जो अतुलनीय है।"

विश्वामित्र ने अपना शीश झुकाया। उनके भीतर उत्साह की लहर दौड़ गई।

"परंतु तुम अपने लक्ष्य के बहुत निकट हो।" वे उनके मन की बात जानने के बाद हौले से हँसीं। "प्रज्ञावान व उदार वशिष्ठ की भाँति ब्रह्मर्षि बनने के मार्ग में, तुम्हारे सम्मुख केवल एक ही बाधा शेष है - तुम्हारा अहं। विश्वामित्र, तुम महान हो, तुमने अपनी महानता केवल गुण तथा पुण्य के बल पर अर्जित की है। इसे विनय तथा करुणा से साधो और तुम महानतम हो सकते हो। तब तक..." वे मुस्कराईं और वह प्रकाश धीरे-धीरे अलोप होने लगा, परंतु उनके शब्द विश्वामित्र के निराश मन में किसी घंटे के स्वर की तरह बज रहे थे।

वे अब तक कोई ब्रह्मर्षि नहीं थे। भले ही उन्होंने एक दूसरा स्वर्ग रचा हो, इस नए मंत्र से सामंजस्य तथा कल्याण रचा हो जो संपूर्ण मनुष्य जाति के लिए किसी वरदान से कम नहीं था। परंतु वे अब भी ज्ञानी नहीं थे। विश्वामित्र शांतिपूर्वक अपने ध्यान में मग्न हो गए, उनके माथे के बल एक नए संकल्प में स्थिर हो गए। वे इसे अवश्य करेंगे। वे एक दिन ब्रह्मर्षि होंगे।

☙

जिसका मेनका को आजीवन भय रहा, वही आज साकार हो गया था। उसे अपनी पुत्री से भेंट करनी होगी, यह भेंट घने वृक्षों की ओट से चोरी-चोरी देखने वाली भेंट नहीं, उससे आमने-सामने मिल कर की जाने वाली भेंट होगी। वह किसी तरह इस प्रसंग से बचने के लिए सोचते हुए अपने होंठ दाँतों से काटने लगी। पलायन, उसने आह भरी। *मैंने जिस दिन से अपनी पुत्री को कौशिक की भुजाओं में छोड़ा था, उसी दिन से मैं इस प्रसंग से भागती आ रही हूँ।*

परंतु ऋषि कण्व कुछ दिन पूर्व उसके पास आए, भयभीत और भ्रमित।

वे असंबद्ध ढंग से बोले, "तुमने ठीक कहा था मेनका। दुष्यंत अब भी नहीं लौटा।"

उनके स्वर में एक बेतरतीबी-सी थी परंतु मेनका ने शीघ्र ही अपना निष्कर्ष निकाल लिया - दुष्यंत ने शकुंतला को त्याग दिया था, जैसा कि उसे भय था।

"शकुंतला ने इस घटना को किस रूप में लिया?" मेनका ने व्यग्रता से प्रश्न किया।

"बहुत बहादुरी से, परंतु वह मुझसे कुछ नहीं कहेगी।" चिंतित पिता बिलख उठे। वह चुपचाप अपनी दैनिक चर्या इस तरह पूरी करती रहती है, मानो उसके साथ कुछ प्रतिकूल हुआ ही नहीं हो।

"प्रतिकूल?" मेनका ने माथे पर त्यौरी डालते हुए पूछा।

"ओह, मैं बताना ही भूल गया। शकुंतला गर्भवती है।"

"यह तो और भी बुरा हुआ।" मेनका ने मुँह सिकोड़ा और उस व्यक्ति के लिए रोष से भर गई जिसे उसने अब तक देखा ही नहीं था। एक कायर, जो उसकी पुत्री के योग्य ही नहीं था।

"मेनका, कृपया उससे एक बार आ कर मिलो। वह बहुत अड़ियल है और इस घटना के लिए कोई प्रतिक्रिया नहीं दे रही। उसने राजा से मिल कर समस्या को हल करने से इंकार कर दिया है। मैंने उसे कई तरह से समझाना चाहा, परंतु वह कहती है कि वह बालक को स्वयं पाल कर ही संतुष्ट रहेगी, उसका तर्क है कि जैसे मैंने बचपन से उसका पालन किया था। परंतु वह ऐसा कैसे कर सकती है? मेनका, वह तो अभी स्वयं एक बच्ची है? ओह, तुम कृपया आ कर उससे बात करो। उसे आज अपनी माता की सबसे अधिक आवश्यकता है, वह किसी स्त्री से अपने मन की बात बेहतर कह सकेगी।"

"...जिस पर वह भरोसा करती हो।" मेनका ने उन्हें धीरे से याद दिलाया।

"कृपया करके इस बार मना मत करना।" वृद्ध ने आग्रह किया। मेनका के सम्मुख एक दुखी और असहाय पिता खड़े थे। "जो भी हो, उसकी माता तो तुम ही हो।" उन्होंने आरोप लगाया। "उसे तुम्हारी आवश्यकता है, भले ही तुम दोनों को यह दिखाई नहीं दे रहा।"

मेनका अनापेक्षित रूप से कहे गए शब्दों के दंश से चौंकी। वह एक स्वार्थी स्त्री थी, ऐसा लगा कि वे उस स्वार्थी माता का उपहास कर रहे थे। मेनका का मर्म भेद गया। उसे अपनी पुत्री से मिलना ही होगा; अब वह इस भेंट को और उपेक्षित नहीं कर सकती थी। यही उसकी परीक्षा होगी, वह जानती थी, यह भय इतना तीव्र था कि वह उसके स्वाद को अपने मुख में अनुभव कर सकती थी।

मेनका ने प्रमद्वरा से अपनी प्रचंड भेंट को याद किया, उसकी अन्य पुत्री जिसे छल से, शकुंतला की तरह ही त्यागा गया था। वह एक मरणासन्न

कन्या थी जिसे मेनका ने अपनी भुजाओं में थामा था और उसके दुख ने उसे भगवान यम से भी लड़ने की ताक़त दे दी थी। परंतु इस बार यह सब अलग होगा। उसे एक अस्वीकृत बच्ची के कोप का सामना करना होगा - ठीक सामने, खुला रोष, किसी झूठ का आवरण नहीं, किसी क्रोधी नदी जैसा हरहराता सत्य!

मेनका उस साफ़-सुथरी कुटिया के बाहर खड़ी, उसमें प्रवेश करना चाहती थी। उसने अपने संकल्प और मुट्ठियों को भींचा और भीतर चली गई। वह कुटिया भी पूरे आश्रम की तरह साफ़ थी। मेनका को एक बार फिर से नदी किनारे, कौशिक और अपने घर का स्मरण हो आया, वह स्थान भी इसी तरह साफ़ और व्यवस्थित रहता था।

"आप मेरी माता हैं।"

यह सुनते ही मेनका के आश्चर्य की सीमा नहीं रही। वह इस अकस्मात सुने गए वाक्य की तीक्ष्णता या कटुता से नहीं चौंकी, वस्तुतः उसे यह वाक्य कहने वाला ही अभी दिखाई नहीं दिया था। वह झट से अपनी दाईं ओर मुड़ी और अपनी बेटी को वहीं खड़ा पाया। वह वहीं खड़ी दिखी, पेट पर हल्का-सा उभार दिखा, वह अपनी छोटी-छोटी आँखों से निरंतर उसे देख रही थी।

मेनका की श्वास पल भर को थम सी गई। उसे लगा कि वह किसी चोर की तरह रंगे हाथों पकड़ी गई हो। पुत्री को देखते ही उसका भय पुनः जीवंत हो कर प्रवाहित हो उठा, आज उसे अपने जीवन के सबसे कठिन निर्णय, अपनी पुत्री के त्याग के परिणामों का प्रत्यक्ष सामना करना था।

मेनका केवल सिर हिला सकी, उसके होंठ सूखे हुए थे। कंठ और स्वर सूख कर पीड़ा दे रहे थे।

"पिता ने मुझे बताया था कि आपके मन में दुष्यंत के प्रति संदेह था। वे मुझे बताते रहते हैं कि आप कितनी बुद्धिमान और सही थीं!" शकुंतला ने कहना जारी रखा। "क्यों नहीं होतीं, आपको तो बुद्धिमान होना ही था, आप पुरुषों के बारे में दूसरों से कहीं बेहतर जो जानती हैं!"

मेनका चिहुँकी। उसकी ओर से फेंके गए वे शब्द अपमानजनक थे, परंतु मेनका ने तुरंत अपनी पुत्री के स्वर में छिपी निराशा को भाँप लिया।

"क्या तुम दुष्यंत को इस शिशु के विषय में बताना चाहती हो?" मेनका ने मामले की गंभीरता को देखते हुए दो टूक शब्दों में पूछा।

"नहीं।"

मेनका ने प्रतीक्षा की कि शायद शकुंतला विस्तार से उत्तर दे। शकुंतला शांत रही।

"मैं सहमत हूँ। यह व्यक्ति किसी सत्य को सुनने का अधिकारी नहीं है।"

शकुंतला के चेहरे पर असुखद-सी मुस्कान दिखी। "आपकी राय कोई मायने नहीं रखती। मेरा अपना परामर्श, मेरे और मेरे शिशु के लिए पर्याप्त है। जिस तरह आपने, अपने और मेरे बारे में निर्णय लिया था, जब मैं एक शिशु थी।" उसने एक भौंह उठाते हुए, मेनका को कटुतापूर्वक याद दिलाया।

ठीक अपने पिता की तरह है! मेनका को एकदम अहसास हुआ। वे भी कुपित होने पर ऐसा ही व्यवहार करते हैं।

मेनका ने अपना होंठ काट लिया। वह बहुत कुछ कहना चाहती है परंतु कहने को कुछ भी नहीं है।

"मैं तुमसे केवल क्षमायाचना कर सकती हूँ।" उसका स्वर उन मनोभावों से कहीं अधिक मजबूत था, जिनसे वह गुज़र रही थी। "मैं इसकी अपेक्षा तो नहीं करती, परंतु किसी दिन क्षमा पाने की आशा रखती हूँ।"

मेनका ने अपनी पुत्री के अविचल और रुष्ट चेहरे को देखा। "तुम मेरी तरह नहीं हो। तुम कहीं बेहतर इंसान हो, मुझसे कहीं बहादुर।" उसने कोमलता से कहा। "मेरे पास अपनी संतान को स्वयं पालने का साहस नहीं था, जैसे तुम करने की योजना बना रही हो। तुम्हें ऋषि कण्व के पास छोड़ने का विकल्प कहीं सरल था, मैं स्वीकार करती हूँ परंतु मुझे उस निर्णय पर कोई पश्चाताप नहीं है।" उसने आह भरी। "तुम उनके पालन में कहीं बेहतर मनुष्य बनी हो, जो मेरे साथ संभव नहीं था।"

शकुंतला व्यंग्यात्मक ढंग से मुस्कराई, उसका प्यारा मुख मारे व्यंग्य के विकृत हो उठा। "शब्द, भले ही कितने सुखकर और प्रिय क्यों नहीं हों, किसी कार्य की कायरता को नहीं छिपा सकते।"

"क्या तुम मेरी पुत्री के रूप में, स्वर्ग की दासी बनना पसंद करतीं?" मेनका ने निर्दयता से पूछा, "एक अप्सरा?"

शकुंतला के चेहरा म्लान हो गया, उसके नेत्र विस्फारित और स्तंभित थे।

"यही कारण है कि अप्सराओं को अपनी संतानों को स्वर्ग में रखने की अनुमति नहीं है। इसके अतिरिक्त, नश्वर मनुष्य स्वर्ग में प्रवेश नहीं पा सकते।" मेनका ने कहा। "शकुंतला, तुम एक मनुष्य हो, एक राजकुमारी। भले ही तुम्हें हमारा स्नेह नहीं मिला किंतु हमने सदा तुम्हारा ध्यान रखा। कौ... विश्वामित्र ने तुम्हें ऋषि कण्व को इसलिए सौंपा ताकि तुम्हें सब कुछ दिया जा सके - प्रेम, स्नेह, शिक्षा, सम्मान, जो संभवतः हम तुम्हें नहीं दे सकते थे।"

"तो मुझे जन्म ही क्यों दिया?" शकुंतला ने पूछा। "यदि आप जानती थीं कि आप अपनी संतान को अपने निकट नहीं रख सकेंगी, तो मुझे कोख में धारण क्यों किया? मैं वासना के दूषित फल से अधिक नहीं हूँ!"

यह तो किसी शारीरिक आघात से कम नहीं था और मेनका इन कठोर शब्दों के आघात से चकरा गई। उसे किसी तरह अपनी पुत्री के इस रोष को सहन करना ही था। शकुंतला उसके सामने म्लान मुख लिए खड़ी, अपने ही भीतर कहीं खोई हुई थी। मेनका को संदेह था कि अभी शकुंतला ने उसे देखा भी था या नहीं, वह अपने ही क्रोध में अंधी हुई पड़ी थी। परंतु ऐसा लगा कि वह सुन तो रही थी, मेनका ने आगे कहा, "क्योंकि मैं तुम्हारे पिता से प्रेम करती थी और उनकी संतान पाना चाहती थी।" उसने सादगी से कहा। "मैं एक परिवार पाना चाहती थी। मैं चाहती थी कि हम सब एक साथ रहें। मैं चाहती थी... ओह, मैं कितना कुछ चाहती थी!" उसका स्वर काँप गया परंतु उसने शीघ्र ही स्वयं को सँभाला। "मैं समझती थी कि अपने प्रिय पुरुष की संतान पाना कैसा अनुभव होता है परंतु मैंने इसे तब तक नहीं जाना था, जब तक मैंने किसी पुरुष को प्रेम नहीं किया..."

"आपने तो विश्वावसु से भी प्रेम किया था।" शकुंतला ने जैसे कोड़े से वार किया। "और उससे भी तो एक संतान प्राप्त की थी - आपकी पहली पुत्री प्रमद्वरा।" उसने कटुता से याद दिलाया।

"...जिसे मुझे त्यागने के लिए विवश कर दिया गया।" मेनका ने अविचल नेत्रों के साथ अपनी बात कही। "वसु को मुझसे छीन लिया गया। मेरे पास कोई नहीं था, शायद यही कारण था कि मैं फिर से प्रेम, एक परिवार, एक और संतान, तुम्हारे पिता से मिलने वाली संतान के लिए तड़प उठी। परंतु सच तो यह है कि अपने पति से संतान पाने के बाद भी मैं उसे अपने साथ रख नहीं सकी..." पुत्री के मुख पर उभरे ठंडे भाव देख मेनका अपने शब्दों से भटक गई।

शकुंतला ने अपनी काली, स्थिर दृष्टि उससे हटाते हुए दुर्बल व्यंग्य के स्वर में कहा, "कहती रहें! आगे कहें।" उसके मुख से ये शब्द किसी फुफकार जैसे सुनाई दिए। "मेरे लिए तो यह बहुत बड़ा समाचार है, भावों की ऐसी अनुभवी महिला... के मुख से इतना लंबा आत्मालाप।"

मेनका जैसे क्लांत हो उठी। वह बहुत थका हुआ महसूस कर रही थी और ऐसा लग रहा था मानो थकान उसे किसी भँवर की तरह नीचे को खींच रही हो, उसके हाथ-पैर, पीड़ा के बीच गोल-गोल चक्कर काट रहे थे। वह धीरे से एक जगह बैठ कर, क्लांति की लहरों से जूझने लगी।

"परंतु ऐसा नहीं था। मैं एक मूर्ख स्त्री थी। तुम ऐसी नहीं हो, शकुंतला।" मेनका थमी।

शकुंतला ने हामी भरी परंतु मेनका समझ नहीं पाई कि उसने उसकी बात पर अपनी सहमति दी या फिर वह अपने ही विचारों में मग्न थी कि वह मेनका की कही बात सुनना ही नहीं चाहती थी।

शकुंतला ने उसे तिर्यक मुस्कान दी। "मेरा मानना है कि कोई स्त्री कितनी भी चतुर क्यों नहीं हो, प्रेम मे पड़ी हुई स्त्री मूर्ख ही होती है। मैं भी हूँ। परंतु क्या आप थीं? आपने मेरे पिता को संभोग के लिए फुसलाया। आपने उनके साथ कपट किया। फिर आपने उन्हें और मुझे त्याग दिया।"

मेनका इस प्रत्यक्ष क्रूर प्रहार से चिहुँकी। "मुझे ऐसा करना ही पड़ा। तुम्हारे और उनके कल्याण के लिए।" मेनका ने सरल शब्दों में कहा, वह अब और स्पष्टीकरण नहीं दे पा रही थी। "जैसा कि मैंने पहले भी कहा, तुम मेरी तुलना में कहीं साहसी हो।"

उसने शकुंतला को देखा, उसे आशा थी कि शायद अब वह शांत हो जाएगी। शकुंतला ने अपना चेहरा घुमा लिया और उखड़ती श्वास को सामान्य करने लगी। उसने कुछ गहरी साँसें लीं और फिर इतना धीरे बोली, मानो कहना ही नहीं चाहती हो, "मैंने उसे प्रेम किया था।" यह एक निवेदन था।

शकुंतला का स्वर तेज़ होता गया। "परंतु उसने प्रेम नहीं किया। उसने मेरा भोग किया और फिर छोड़ दिया।" उसने कटुता से कहा। "मैंने मूर्खतावश उस पर भरोसा करते हुए उसकी संतान को धारण किया, मुझे आस थी कि हमारा पुत्र उसका उत्तराधिकारी होगा जैसा कि उसने मुझे वचन देते हुए सहमति दी थी। मैंने इसी शर्त पर उसे अपना स्पर्श करने दिया था।"

मेनका ने अपनी पुत्री को गहरे विस्मय से देखा। "तुमने उससे यह वचन लिया था? तुमने केवल इसी आश्वासन के बल पर उससे प्रेम किया?"

"हाँ!" उसकी पुत्री ने पूरे आवेग से कहा। "मुझे किसी न किसी तरह के आश्वासन की आवश्यकता थी। कुछ ऐसा, जो उसे उसके उत्तरदायित्व का स्मरण करवाता, केवल गंधर्व विवाह ही पर्याप्त नहीं था..."

"परंतु जब उसने वापस आ कर तुम्हें अपनी पत्नी घोषित करने के वचन को ही नहीं निभाया तो इस बात का क्या आश्वासन बचता है कि वह इस संतान को भी अपना मानेगा?" मेनका ने पूछा, अब उसके आश्चर्य का स्थान व्याकुलता ने ले लिया था।

"मैं जानती हूँ कि वह ऐसा नहीं करेगा, यही कारण है कि मैं संतान को अपने पास रख कर, स्वयं उसका पालन करूँगी।" शकुंतला ने इतने विनीत भाव से उत्तर दिया कि मेनका उसे सराहे बिना नहीं रह सकी।

"क्या तुम्हें अहसास है कि यह करना आसान नहीं होगा?"

"वास्तव में कुछ भी आसान नहीं होता। क्या आपके लिए अपनी संतान का त्याग करना सरल था? क्या मेरे लिए आपके बिना बड़ा होना सरल था?"

मेनका ने अधीरता से कहा, "तुम्हारा निर्णय बहुत महत्त्वपूर्ण और अपवादित है, परंतु मेरा नहीं था। यह एक कायरता थी, मैंने अपने कर्मों और उत्तरदायित्वों को नहीं माना, यही कारण था कि शायद इतनी सरलता से तुम्हारा त्याग कर दिया। तुम्हें अपने निर्णय पर अटल रहने के लिए बहुत भारी और असाधारण साहस की आवश्यकता पड़ेगी, शकुंतला तुम्हें संसार का सामना करना होगा। आज से पहले किसी स्त्री ने ऐसा करने का साहस नहीं किया। तुम वह पहली माता बनोगी, जो स्वयं अपनी संतान का पालन-पोषण करेगी।"

"मैं उसके लिए पिता और माता, दोनों की भूमिका वहन करूँगी।" शकुंतला ने अडिग शब्दों में कहा। "मैं उसे जिस संसार में रखूँगी, वहाँ वह कभी अनाथ या अनचाहा महसूस नहीं करेगा।"

मेनका का चेहरा विरूप हो उठा। प्रत्येक शब्द जैसे एक माता के रूप में उसकी अपनी विश्वसनीयता पर सवाल उठा रहा था।

"मुझे किसी को कुछ सिद्ध नहीं करना।" शकुंतला ने और भी धीरे से कहा। "मैं अपनी संतान का त्याग नहीं करना चाहती या उसके पिता के

पास नहीं जाना चाहती, जो मुझे अपनी पत्नी के रूप में स्वीकार करने से इंकार करता है। यदि वह अपनी पत्नी के पास वापस नहीं आया, तो क्या वह हमारी संतान को स्वीकारेगा? मुझे उसकी आवश्यकता नहीं है। दुष्यंत प्रसिद्ध राजा इलिणा तथा रथंतरा का पुत्र है और उसे उत्तराधिकार में जो राज्य मिला, कहा जाता है कि वह गांधार से विंध्य तक और सिंधु से बंग तक फैला है। परंतु मैं उसकी संपदा और पद नहीं चाहती। मैं अपने लिए कुछ नहीं चाहती! मुझे अपनी संतान के लिए सब कुछ चाहिए, मैं आवश्यकता पड़ने पर उसके लिए लड़ूँगी...” शकुंतला के नेत्र पल भर को कौंध गए, मेनका को उन्हें देख कौशिक की झलक मिली।

“यदि वह मुझसे इतना प्रेम नहीं करता कि मुझे अपनी पत्नी और रानी के रूप में स्वीकार सके, तो ऐसा ही हो। मेरे साथ आनंद उठाने के बाद, उसे अपने वचन का पालन करना उचित नहीं लगा। उसने प्रेम करते हुए मिथ्या वचन दिया था, क्या इसे क्षम्य माना जा सकता है?” शकुंतला ने निष्कपटता से पूछा।

“नहीं, इससे उस व्यक्ति की सच्चाई का पता चलता है।” मेनका ने उत्तर दिया, वह पुत्री की कुशाग्रता से द्रवित हो उठी।

“मुझे पूरा भरोसा है, वह कभी लौट कर नहीं आएगा, इससे ही यह बात प्रमाणित हो जाती है। उसने मुझे त्याग दिया और मैं कभी उससे मान्यता पाने की याचना नहीं करूँगी। मैं जा कर उसे समझाने का प्रयत्न भी नहीं करूँगी। कभी नहीं!” उसने गुस्से से कहा। उसकी सुनहरी आँखों में उसके पिता की तरह क्रोधित गर्व झलक उठा।

“अपने बच्चे के लिए भी नहीं!” मेनका ने पूछा।

“अपने बच्चे के लिए मैं कुछ भी करूँगी।” वह आग-बबूला होते हुए बोली। “एक पत्नी के रूप में उसकी रानी नहीं बनना चाहती परंतु हाँ, एक माता के रूप में, मैं अपने बच्चे के अधिकारों का हनन नहीं होने दूँगी।”

मेनका ने अपनी पुत्री का नया ही रूप देखा। वह कोई दूध पीती भावुक कन्या नहीं थी, जो दुष्यंत की बातों में आ गई हो। उसने उस गुप्त विवाह के अपने चुनाव को वैधता प्रदान करने के लिए शर्त रखी थी। दुष्यंत से कहा था कि वह उसे तभी स्पर्श कर सकेगा जब वह वचन देगा कि उनका पुत्र ही राज्य का उत्तराधिकारी होगा और उनकी पुत्री राजकुमारी, ना तो वे परित्यक्त होंगे और ना ही अस्वीकृत। उस एक माँग से पता चलता था

कि उसने अपने जीवन में मिलने वाले पहले पुरुष के प्रति कितनी सतर्कता और चतुराई बरती। अपनी आयु से कहीं अधिक दूरदर्शिता के साथ, उसने झट से अपने अजन्मे शिशु को ध्यान में रखते हुए अवसर का लाभ उठाया और उसके लिए राजसी उत्तराधिकार का आश्वासन प्राप्त किया। हालाँकि शकुंतला के भीतर छिपी कन्या ने राजसी वंश से प्रभावित हो कर, दुष्यंत के आगे समर्पण नहीं किया था। उसने इस बात को ध्यान में रखा कि कहीं आने वाले समय में वह उसकी रक्षिता नहीं कहलाए, वह उसकी पत्नी, उसकी रानी बनना चाहती थी। उसने अपनी क्षणिक दुर्बलता को अपने और अपने बच्चे के लिए आजन्म संबंध में बदला था, पूरी तरह से वैधता के साथ।

मेनका को अहसास हुआ कि वह अपनी पुत्री को जानती ही कितना थी कि उसे पूरी तरह से समझ पाती। हो सकता है, शकुंतला ने स्वयं को भी यह तथ्य भूलने ही नहीं दिया हो कि वह एक अनाथ थी। यही भय उसे सदा सताता रहा हो और उसने राजा से वह वचन ले लिया हो, क्योंकि वह अपनी भावी संतान के लिए ऐसा भविष्य नहीं चाहती थी। शकुंतला अपने पद के लिए पूरी तरह से सावधान रही, वह राजसी युवक की बातों के प्रलोभन में नहीं आई और ना ही कभी उसे अपने से वरिष्ठ जान कर व्यवहार किया। अगर वह एक राजा था तो वह भी तो राजसी वंश से थी जिसे महान ऋषियों ने जन्मा और पाला। मेनका अपनी पुत्री की दक्ष चतुराई पर विस्मित थी।

"जब समय आएगा, तो आवश्यक होने पर उसका सामना करूँगी," शकुंतला ने कहा, "परंतु अभी... मैं..."

"तो कुछ समय के लिए मेरे साथ इंद्रलोक चलो।" मेनका ने आग्रह किया। "मैं तुम्हारा और तुम्हारी संतान का ध्यान रखूँगी। यदि यह लड़का हुआ, तो उसे सभी देवों से योद्धा बनने का प्रशिक्षण मिलेगा, जैसे एक राजा को मिलना चाहिए..."

"और यदि कन्या ने जन्म लिया तो..." शकुंतला ने धीरे से कहा और मेनका ने उसके स्वर में अनिश्चितता को भाँप लिया। मेनका अपनी पुत्री की रक्षा करना चाहती थी, उसे बदतर परिस्थितियों से दूर ले जाना चाहती थी।

"वह एक राजकुमारी होगी जिसे कलाओं और युद्धकलाओं का प्रशिक्षण मिलेगा। वह कोई अप्सरा नहीं होगी!" मेनका ने तत्काल आश्वासन दिया। "मैं अपनी पुत्री के लिए ऐसा नहीं कर सकी परंतु उसकी संतान के लिए कर सकती हूँ। मैं अपनी ओर से श्रेष्ठ सुविधाओं को देने का प्रयत्न करूँगी।"

वह इंद्र के संत्रास की कल्पना कर सकती थी, परंतु यदि आवश्यकता हुई तो वह उससे भी लड़ेगी।

शकुंतला ने अपना सिर हिलाया। "परंतु क्या स्वर्ग में नश्वर मनुष्यों का जाना निषिद्ध नहीं है?" यह कोई प्रश्न नहीं, एक वाक्य था। "नहीं माता, आप मेरी चिंता नहीं करें। मैं यहाँ अधिक प्रसन्न रहूँगी।"

मेनका ने अपनी श्वास रोक ली, वह श्वास लेने का साहस नहीं कर सकी, उसे अपने कानों पर विश्वास करने का साहस नहीं हो रहा था, उसका हृदय मीठी पीड़ा से भरा और फिर असीम आनंद से सराबोर हो उठा। उसने शेष वाक्य पर ध्यान ही नहीं दिया था। उसकी पुत्री ने उसे 'माता' कह कर पुकारा। मानो किसी ने सूखी धरती पर जल का छिड़काव कर दिया हो, धरती उस एक-एक बूँद को सोखते हुए, अपनी जन्मों की प्यास बुझा रही हो। मेनका को ऐसा लगा जैसे मन में एक शांति विराज गई हो, उसका मन एक नई आस से हरा हो गया। अंततः वह अपनी पुत्री की माता थी।

"माता, मैं वन्य पुत्री हूँ।" शकुंतला ने कहा। "हाँ, हम उत्तरजीविता की प्रवृत्ति और स्वतंत्र इच्छा के शासन में रहते हैं। हम प्रकृति के सौंदर्य और आतंक को जानते हैं, इसकी शक्ति और संरक्षण को पहचानते हैं। हम इसका आदर और मान करते हैं। इसने ही मुझे सशक्त बनाया है। मैं वास्तव में आपके संसार के बारे में नहीं जानती और ना ही मुझे यह पता है कि इस वन के बाहर क्या है, मैं समाज के नियमों से परिचित नहीं। उस संसार में, संभवतः पिता के बिना, संतान को जन्म देना बुरा माना जाता होगा। मैं इसे अपना अधिकार, अपना चुनाव मानती हूँ। मैं अपनी संतान को उसी संसार में लाना चाहती हूँ, जिससे मैं संबंध रखती हूँ। मैं उसे अन्याय से घिरे समाज में जन्म नहीं देना चाहती। हम वनवासी अपने ही नियमों पर चलते हैं। आप ये जानती हैं, माता, आपने भी इसका अनुभव पाया है। मैं एक पुरुष से मिली, उससे प्रेम हुआ और पूरे भरोसे व आनंद सहित स्वयं को उसे सौंप दिया। उसने प्रत्युत्तर नहीं दिया और भाग खड़ा हुआ। परंतु अब मैं अकेली ही अपनी संतान का पालन करूँगी। केवल इसलिए नहीं कि मुझसे इसकी अपेक्षा की जाती है। इसलिए नहीं कि ऐसा कभी नहीं हुआ। ना ही यह कोई विद्रोह अथवा तुष्टीकरण है। यह एक विकल्प है जो मैंने अपने लिए चुना है। मैं एक कन्या से, युवती बनी और शीघ्र ही माता बनूँगी। यह मेरा निर्णय है और मैं इसे चाहती हूँ जैसे इसे चाहती थी। अपने पुत्र या

पुत्री को राज्य में राजकुमार या राजकुमारी की तरह पालने के बजाए मैं वन में ही रह कर अपनी संतानों को योद्धा और विद्वान बनाना चाहूँगी।" उसने गर्व से कहा। "इसके लिए उन्हें अपने पिता की विरासत की आवश्यकता नहीं होगी। वह स्वयं अपने ही गुणों के आधार पर ऐसा कर सकेगा, जैसे उसके नाना विश्वामित्र ने किया था!"

मेनका का हृदय संकुचित हो उठा। उसके शब्दों में कौशिक की अपने दौहित्र के लिए की गई भविष्यवाणी की गूँज थी। क्या वह सच होगी? क्या उनकी पुत्री की संतान एक विशाल राष्ट्र की संस्थापक होगी? मेनका ने अपनी पुत्री को देखा और एक बार फिर उसे अपनी पुत्री में अपने पिता की उग्र छवि दिखी। हालाँकि वह इतनी समझदार और स्वाभिमानी थी कि अपने अधिकारों के लिए लड़ सकती थी, उसके भीतर अपने और बच्चे के भविष्य की योजना बनाने की सहज बुद्धि थी और वह बिना किसी की सहायता लिए, अपने बच्चे को उसका वैध उत्तराधिकार भी दिलवा सकती थी। ऋषि कण्व ने सही नहीं कहा था। शकुंतला को अपनी माता की आवश्यकता नहीं थी। शकुंतला को किसी की आवश्यकता नहीं थी, जब तक उसके पास अपनी संतान थी। उसकी संतान, मेनका जानती थी कि उसकी संतान सदा ही उसकी दुर्बलता रहेगी।

"और वैसे भी, मैं भी एक राजकुमारी नहीं हूँ, माता?" शकुंतला मुस्कराई। "और जब मेरी संतान होगी, तो मैं चाहूँगी कि उसका पालन महल में हो, जैसे किसी राजकुमारी के पुत्र का होना चाहिए! मैं अपने शिशु को उन सामाजिक परंपराओं के नाम पर नहीं छोडूँगी जिसकी मुझे परवाह नहीं है।"

मेनका शांत रही; उसे अपना उत्तर मिल चुका था। वह सोचती थी कि उसकी पुत्री ने इतनी आसानी से स्वयं को दुष्यंत के हाथों क्यों सौंप दिया और ऋषि कण्व के लौटने की भी प्रतीक्षा नहीं की। अब वह जानती थी। वह उसी परित्यक्त बच्ची की असुरक्षा थी। वह उस व्यक्ति के प्रेम में पड़ी और उसे हर क़ीमत पर पाना चाहती थी। दुष्यंत में उसे अपना प्रेम और सुकून दिखाई दिए। उसका राजकीय पद संतान के भविष्य का आश्वासन था, जो कि उसके पास कभी नहीं रहा। हालाँकि एक राजकुमारी, राज-ऋषि विश्वामित्र की पुत्री होने के बावजूद, उसे आश्रम की सादगी के बीच बचपन मिला। उसे कण्व और अन्य ऋषि परिवारों से स्नेह मिला परंतु उसने स्वयं को कभी यह भूलने नहीं दिया कि वह एक परित्यक्त शिशु थी और किसी

से संबंध नहीं रखती थी। वह अपनी संतान के लिए भी ऐसा भविष्य नहीं चाहती थी। उसकी पुष्टि के लिए ही, वह उचित व्यक्ति से विवाह करना चाहती थी। दुष्यंत उसकी प्रार्थनाओं का उत्तर था। वह पुरुष, जिसे वह प्रथम दृष्टि में ही प्रेम करने लगी। असुरक्षाओं के कारण ही हम विचित्र से विचित्र कर्म कर बैठते हैं। मेनका स्वयं को एक और विचार से दूर नहीं कर सकी, उसके कारण ही उसकी पुत्री के मन में यह असुरक्षा आई। यह एक प्रश्नयोग्य विरासत थी जो एक माँ ने अपनी पुत्री को सौंपी थी।

अज्ञान और बोध

विश्वामित्र को लगा कि किसी ने सहायता के लिए पुकारा। यह कोई पुकार नहीं, किसी मरणासन्न व्यक्ति की कातर कराह थी। विश्वामित्र स्तंभित थे; उन्होंने माथे पर बल डालते हुए सोचा कि *क्या व्यक्ति मर रहा था?* उन्हें विवश हो कर अपने नेत्र खोलने पड़े और अपने आसपास देखा। उन्हें पहले कुछ नहीं दिखा परंतु फिर एक दुर्बल व्यक्ति दिखा जो उनके चरणों में गिरा विलाप कर रहा था।

"मेरी सहायता करें। मुझे थोड़ा जल चाहिए।" उसकी साँसें अटक रही थीं और स्वर भी नहीं निकल पा रहा था।

विश्वामित्र ने तुरंत अपने कमंडल से जल लिया और साष्टांग की मुद्रा में लेटे व्यक्ति के मुख में डाल दिया। उसके होंठ सूखे हुए थे जिनकी दरारों से रक्त बह रहा था। उसकी जीभ मुड़ गई थी और जल की पहली बूँद मिलते ही बाहर की ओर आ गई। वह एक दरिद्र पुरोहित लगता था, जिसके वस्त्र फटे हुए थे। यह तो स्पष्ट था कि वह बहुत निर्धनता के बीच जीवन बिता चुका था। वह प्यासा था परंतु उसने जल को बहुत धीरे-धीरे और सावधानी से पिया ताकि एक बूँद भी व्यर्थ नहीं हो। अंत में उसने जल पीना समाप्त किया और अंतिम बूँद का भी उसी तरह स्वाद लिया जैसे जल की पहली बूँद पी थी। जल ने उसके भीतर थोड़ी शक्ति दे दी थी।

"मैं सदैव आपका ऋणी रहूँगा, हे दयालु ऋषि, आपने मेरे प्राणों की रक्षा की।" उसने भर्राए स्वर में कहा, उसके मुख से निकले शब्दों की ताक़त

लौट रही थी। उसने रुक कर गहरी साँस ली और उसकी थकी हुई आँखों में एक सकुचाया-सा भाव था।

"क्या मुझे थोड़ा भोजन मिल सकता है? मैं भूखा हूँ। मैंने पिछले दस दिन से कोई भोजन नहीं किया।"

विश्वामित्र ने हामी भरी। उन्होंने वह थाली निकाली, जिसे उनका शिष्य प्रतिदिन इसी आस में छोड़ जाता था कि वे अपना उपवास खोल कर एक कौर लेंगे। थाली भरी हुई थी पर भोजन सादा ही था - कंद-मूल, फल और थोड़ा-सा दाल-भात।

बूढ़ा ब्राह्मण पहला कौर लेने ही वाला था कि उसका ध्यान अपने गंदे और मलिन हाथों और नाख़ूनों पर गया।

"मैं अपने हाथ धोए बिना भोजन नहीं कर सकता।" उसने कहा।

विश्वामित्र ने उसका हाथ थपथपाया। "मेरे पास कमंडल में जितना जल था, वह तो समाप्त हो गया किंतु निकट ही एक नदी है..." उन्होंने उस व्यक्ति के पीछे की ओर संकेत किया। "तुम उस जगह जा कर हाथ धो सकते हो। परंतु क्या तुम्हारे अंदर ऐसा करने की शक्ति है?" विश्वामित्र ने संदेह से पूछा।

"स्वच्छता अनिवार्य है। एक स्वच्छ शरीर में ही स्वच्छ और शुद्ध मन का वास होता है। यही प्रबोध का पहला चरण है।" उस व्यक्ति ने उठने का प्रयत्न करते हुए कहा।

विश्वामित्र ने उसका हाथ पकड़ कर उसकी उठने में सहायता की। वह व्यक्ति थोड़ा-सा डगमगाया परंतु उसने अपने झुके हुए कंधों को उठाते हुए, नदी की ओर सुनिश्चित क़दम बढ़ा दिए।

"जल्दी आना, अन्यथा भोजन ठंडा हो जाएगा।" विश्वामित्र ने उसे पीछे से पुकारा।

उस व्यक्ति ने हामी भरी और अपनी चाल तेज़ कर दी।

विश्वामित्र ने भोजन को देखा। उनके भीतर भोजन करने की कोई इच्छा नहीं जागी। उन्होंने आह भरी और पुनः अपने ध्यान में मग्न हो गए।

उस व्यक्ति ने सावधानी से अपने हाथ धोए, हर नाख़ून से मैल निकाला और कोहनियों तक हाथों को अच्छी तरह मल-मल कर साफ़ करते हुए धो लिया। फिर उसका ध्यान अपने पैरों की ओर गया। उनकी दशा तो

और भी बुरी थी। उसने उन्हें अच्छी तरह धोया और अपनी पतली काँपती हुई टाँगों पर पानी डाला। वह खुद को काफ़ी हद तक स्वच्छ अनुभव कर रहा था।

फिर वह ऋषि की ओर मुड़ा। वह अब भी दुर्बल महसूस कर रहा था। उसे उस विशाल बरगद तले पहुँचने में थोड़ा समय लगा, जिसके नीचे विश्वामित्र विराजे थे। उसने थाली को देखा और उसे यह देख कर आश्चर्य हुआ कि भोजन अब भी गरम था। उसके मुँह में पानी आ गया और वह जल्दी-जल्दी भोजन निगलने लगा। संतुष्ट हो कर, उसने आभार प्रकट करने के लिए ऋषि की ओर देखा, तब उसे ऋषि के बंद नेत्र दिखाई दिए। वे पुनः ध्यानमग्न हो चुके थे और नेत्र गहन मनन में कहीं खोए थे।

बूढ़े ने ऋषि को ताकते हुए विचार किया कि अब उसे क्या करना चाहिए। उसने ऋषि के कंधे को ज़ोर से थपथपाया।

विश्वामित्र ने तत्काल उत्तर नहीं दिया। फिर उन्हें अपने बाएँ कंधे पर पुनः झटका-सा लगा। उन्होंने धीरे से आँखें खोल कर अपने सामने खड़े व्यक्ति को देखा।

"स्वागत देवेंद्र," विश्वामित्र ने होंठों पर भीनी-सी मुस्कान के साथ कहा, "आशा करता हूँ कि धरती की जलवायु आपके प्रति दयालु रही होगी।"

वह व्यक्ति अचंभित रह गया। उसकी अँगुलियाँ मुट्ठी में भिंची, उसके नितंबों पर टिकी थीं, जैसे उसकी आदत थी। इंद्र ने विश्वामित्र को तनिक खीझ से देखा। इस व्यक्ति ने उसे हर बार नीचा दिखाया और उस पर अपनी श्रेष्ठता सिद्ध की। एक बार फिर इंद्र की पराजय हुई परंतु वह इतनी सरलता से पराजय स्वीकार करने वालों में से नहीं था।

"हे देव राज! तुम पराजित नहीं हुए।" विश्वामित्र ने कहा

इंद्र खीझा हुआ दिखा, परंतु उसने कुछ नहीं कहा।

"तुम तो अपना कर्तव्य निभा रहे थे। तुम्हें स्वर्ग की रक्षा करनी थी, जैसे मैंने अपने हितों की रक्षा की," विश्वामित्र ने शांत भाव से कहा।

इंद्र ने विश्वामित्र को अविश्वास से देखा। उनके स्वर में क्रोध का लेशमात्र भी नहीं था, उनके प्रशांत मुख पर रोष की एक रेखा तक नहीं थी। विश्वामित्र अपनी अंतिम परीक्षा में सफल रहे। उन्होंने ना केवल अपनी क्षुधा तथा मूलभूत आवश्यकताओं पर विजय पा ली थी, उनका अपने मन

और भयंकर क्रोध पर भी पूरा नियंत्रण हो चुका था। इंद्र ने उन्हें रोष दिलाने का प्रयत्न किया, जैसा वह आसानी से हर बार कर लेता था। परंतु विश्वामित्र इस चाल में नहीं आए, जैसा वे एक बार मेनका के साथ कर चुके थे। परंतु विश्वामित्र इन सभी कपटों के बाद, कहीं अधिक सशक्त हो कर सामने आए। उन्होंने ना तो कुछ कहा और ना किसी टूटे हुए प्रेमी की तरह व्यवहार किया, जैसा कि इंद्र ने सोचा था। रंभा को भेज कर, इंद्र को लगा था कि विश्वामित्र गुस्से में आ कर, उसे श्राप देंगे और अपने वर्षों के तप को भंग कर देंगे। परंतु इस बार ऐसा नहीं हुआ, इंद्र ने ऋषि के शांत नेत्रों को देखा। महान ऋषि ने मानसिक रूप से अपना सुधार कर लिया था। वे ऐसे व्यक्ति थे, जिन्होंने देवों को चुनौती दी, अपना स्वर्ग स्वयं रचा, निजी इंद्र को प्रतिष्ठित करने की धमकी दी, देवों को विवश किया कि वे उनके द्वारा किए गए यज्ञ का प्रसाद ग्रहण करने धरती पर उतरें, मनुष्य और देवों के बीच के समीकरण को बदला, नश्वरता बनाम अनश्वरता को बदला। वे महान ऋषियों के साथ अपने ज्ञान पाने के अधिकार के लिए लड़े और इसे आक्रामक तपस्या को संभव कर दिखाया। अंत में, ब्रह्मर्षि बनने की चाह में, उन्होंने गायत्री मंत्र की रचना की, परम सत्ता के नाम को छंद में इस तरह पिराया कि सारी मानवजाति का कल्याण हो सके। विश्वामित्र ने ही सर्वप्रथम गायत्री के अर्थ और महत्त्व को जाना और अपने ज्ञान के बल पर उससे मंत्र की रचना कर, इसे संसार के साथ बाँटा। इसे साधारण और दरिद्रों को भी समान रूप से सौंपा गया। यह मंत्र केवल सुविधाजीवी या एक विशिष्ट वर्ग के लिए नहीं अपितु सभी के लिए था। उन्होंने संसार में इस बात की प्रतिष्ठा की कि मनुष्य के जीवन में श्रेष्ठता से अधिक गुणों का महत्त्व है।

पहली बार इंद्र के हृदय में भय का संचार हुआ। वह, देवों का राजा इंद्र, ब्रह्माण्ड में जीवित महानतम ऋषि की दया पर था। उस एक लंबे क्षण के बीच, इंद्र ने अपनी पराजय स्वीकारी, उसने अंततः उस व्यक्ति की महानता को स्वीकारा। ऐसा मनुष्य जिसे पराजित करने का उसने संकल्प लिया था। इंद्र को अनुभव हुआ कि उस मनुष्य के पास उससे कहीं अधिक शक्तियाँ थीं और अब वह उसे और अधिक समय तक आगे जाने से रोक नहीं सकता था। इंद्र अपने घर में, अपने इंद्रलोक में वापस सुरक्षित लौट जाना चाहता था परंतु भय और पराजय ने उसे वहीं जड़ कर दिया था। वह समर्पण की मुद्रा में अनिश्चित-सा खड़ा रहा। अब विश्वामित्र उसके साथ क्या करेंगे?

विश्वामित्र को अपने भीतर से एक विशाल और सशक्त प्रवाह उमड़ता हुआ प्रतीत हुआ, वे जान गए थे कि उन्होंने अपने पर पूर्णतः नियंत्रण पा लिया था। उन्होंने इंद्र को कौतूहल भरी दृष्टि से देखा, जो सदा उन्हें त्रास देते हुए संघर्ष करता आया था; वही इंद्र जिसने उनकी मेनका को सदा के लिए उनसे छीन लिया। विश्वामित्र ने क्षण भर के लिए आँखें मूँदी, अपने भीतर से उठ रही शांति का स्वागत किया। परंतु तभी विचार आया कि इंद्र के कारण ही तो उनकी मेनका से भेंट हुई, उनकी भेंट कोई संयोग तो नहीं थी। हालाँकि अब वे उस भावना को भुला चुके थे परंतु अब भी वह उनकी आत्मा को सहलाती थी। उन्होंने भले ही उसे खो दिया परंतु वह आज भी उनके अंदर जीवित थी। इंद्र उसे उनसे कभी छीन ही नहीं सकता था।

विश्वामित्र का चेहरा अविचलित रहा, भले ही मन में विचारों का प्रवाह उमड़ा हुआ था। विश्वामित्र ने इंद्र के वास्तविक स्वरूप को देख कर कहा, “देवेंद्र, यह मेरे अहोभाग्य कि आपसे प्रत्यक्ष भेंट हुई, भले ही आपने वेश बदला हुआ है।”

“जब आपने मेरे लिए भोजन को गर्म रखा और पुनः ध्यानलीन हुए तो मुझे समझ जाना चाहिए था कि आप सब जानते हैं।” इंद्र ने कंधे झटके।

“आपने मुझे चुनौती नहीं दी या अब आप कोई आमना-सामना नहीं करना चाहते?”

“ऐसा क्या है, जिसके लिए तुम संघर्ष करना चाहते हो इंद्र? इंद्र, मुझे तुम्हारा स्वर्ग नहीं चाहिए। तुमने मुझे कई बार, अलग-अलग तरीक़ों से तोड़ना चाहा। वह मेरी संकल्प शक्ति की परीक्षा थी। परंतु हाँ, तुम आज फिर मेरा ध्यान भंग करने में सफल रहे और मैं मानता हूँ कि तुम्हारे पास ऐसा करने का कोई ठोस कारण भी रहा होगा।” विश्वामित्र ने सहज स्वर में कहा।

“मैं क्या कह सकता हूँ? मैं अपना अपराध स्वीकार करता हूँ।” दिव्य राजा ने कहा और उसका सुंदर मुख समर्पण के मारे कुम्हला गया। “मैं पूरे विनय से आपको प्रणाम करता हूँ महर्षि। मैंने आपके साथ जो भी बुरा किया, उसके लिए मैं लज्जित हूँ।”

विश्वामित्र ने कहा, “मैंने तुम्हें क्षमा किया। मेनका ने भी एक बार चेताया था कि मुझे अपने श्राप को तुम पर व्यर्थ नहीं करना चाहिए।”

उन्होंने देखा कि मेनका का नाम लेते हुए इंद्र चिहुँका। "तुमने मुझे बहुत दुख दिया परंतु मेनका के साथ जो किया, वह दुष्टता थी।" विश्वामित्र ने धीमे से कहा और उनके गाल की एक नस उभर आई। "मुझे तुम्हें इसके लिए दंड देना चाहिए परंतु मैं मेनका की सलाह मानूँगा, हालाँकि तुम उसकी दया पाने के अधिकारी नहीं हो। मुझे यह विश्वास भी नहीं कि तुमने अपना सबक़ सीखा या नहीं। तुम अक्सर खेल खेलते हो और बहुत से प्राणों से खेल चुके हो। एक दिन, यह सब तुम्हारे पास ही लौटेगा या तुम्हें तुम्हारे दैवीय पद से उतरने पर विवश कर देगा। सावधान, देवेंद्र! सावधान। तुम स्वयं अपने ही शत्रु बन गए हो।"

इंद्र ने ऋषि के कहे शब्दों पर इतना ध्यान नहीं दिया। उसके लिए इतना ही पर्याप्त था कि वह ऋषि के श्राप से बच गया था। उसने आह भरते हुए कहा, "आदरणीय! आपके ध्यान को भंग करना ही मेरा उद्देश्य नहीं था, मैं यहाँ एक संदेशवाहक अथवा मध्यस्थ की भूमिका निभाने आया हूँ।" उसने सकुचाते हुए कहा।

विश्वामित्र शांत रहे ताकि इंद्र अपनी बात पूरी कर सके। "आप अपने उद्देश्य के निकट हैं; आप लगभग ब्रह्मर्षि बन चुके हैं। सभी देव और यहाँ तक त्रिमूर्ति ने भी इसे मान्यता दे दी है..."

विश्वामित्र बोले, "मैं अनुग्रहीत हूँ किंतु ऋषि वशिष्ठ का आशीर्वाद मिलने की प्रतीक्षा में हूँ। मैं उनकी ओर से स्वीकृति चाहता हूँ। वही मेरे जीवन का परम क्षण होगा जब वे स्वयं मुझे इस पद पर प्रतिष्ठित करेंगे।"

"वे आपके पास नहीं आ सकते। वे अपने पुत्रों की मृत्यु से विषादग्रस्त हैं..." इंद्र ने कहा, और विश्वामित्र को कनखियों से देखा।

विश्वामित्र ने अपने जबड़े भींच लिए।

"मैंने सुना कि कहीं न कहीं आप ही उनके पुत्रों की मृत्यु के लिए उत्तरदागी थे?" इंद्र का सुर बदला हुआ था।

"तुम जानबूझ कर इस घटना को तूल मत दो।" विश्वामित्र ने अपना सुर ऊँचा किए बिना चेतावनी दी। परंतु उनकी आँखें झुकी हुई थीं, होंठों पर अप्रसन्नता की हल्की-सी रेखा दिखाई दे रही थी। इंद्र का कहना अनुचित तो नहीं था। वे ही वशिष्ठ के पुत्रों की मृत्यु के उत्तरदायी थे। यह सब इतने अनापेक्षित रूप से हुआ कि वे उन घटनाओं को घटने से रोक ही नहीं सके।

कल्मषपाद के नाम से जाने गए इक्ष्वाकु राजा सौदास की भेंट वन में यात्रा करते समय एक युवा ऋषि से हुई। पथ सँकरा था और राजा ने अनुमान लगाया कि ऋषि अपने स्थान से हट कर, राजा के रथ का पहले जाने का अवसर देगा परंतु ऋषि शक्ति, वशिष्ठ का बड़ा पुत्र स्वभाव से क्रोधी था। वह तर्क करने लगा कि एक योद्धा को ऋषि के लिए मार्ग छोड़ना चाहिए, इससे ही सामाजिक अनुक्रम की पुष्टि होती है। राजा ने गुस्से में आ कर, अपने कोड़े से ऋषि पर वार किया। शक्ति चोट की तुलना में अपमान की पीड़ा से तिलमिलाया और राजा को श्राप दिया कि वह एक मांसभक्षी असुर बन जाए। इससे पूर्व कि शक्ति को अपने कहे शब्दों का अर्थ समझ आता, वह असुर क्षण भर में शक्ति को ही लील गया। भूखे असुर ने वशिष्ठ के अन्य पुत्रों को भी खोज निकाला और उन्हें मार कर खा गया।

इस घटना के घटने से बहुत पहले से, वशिष्ठ और विश्वामित्र के बीच राजपुरोहित पद के लिए संघर्ष चलता आ रहा था। वशिष्ठ को राजा सौदास ने राजपुरोहित पद के लिए चुना था किंतु वे इस चयन से संतुष्ट नहीं थे और वे किसी और को यह पद देना चाहते थे, उनके मन में विश्वामित्र का ही विचार आ रहा था और इस बात से उन दोनों की कटुता और भी बढ़ गई।

उस दुर्भाग्यपूर्ण दिन, विश्वामित्र भी उसी वन से निकल रहे थे, वे उस लड़ाई के साक्षी हुए और उन्हें वशिष्ठ और राजा सौदास से बदला लेने का अवसर मिल गया। वे दो युवाओं को आपस में लड़ता जान कर, वहीं पेड़ के पीछे से चुपचाप देखने लगे। वे ना तो ध्यान करना चाह रहे थे और ना ही उस तनाव को दूर करने के इच्छुक थे। उन्हें अनुमान भी नहीं था कि वह प्रसंग हत्या पर जा कर समाप्त होगा। यदि वे समय पर हस्तक्षेप कर देते तो उस दुखद घटना को घटने से रोक सकते थे।

इंद्र उन्हें बहुत सावधानी से परख रहा था, “वशिष्ठ अपने सभी पुत्रों के मरने के बाद दुख से व्याकुल हैं। मारे दुख के, उन्होंने आहार व जल त्याग दिया है, वे समाधि के लिए प्रस्तुत हैं और चाहते हैं कि सरस्वती नदी का पवित्र जल उन्हें अपने साथ प्रवाहित कर ले जाए।” इंद्र विश्वामित्र के मुख पर छाई आकुलता को देख क्षण भर के लिए रुका।

“क्या वे इतने अस्वस्थ हैं?” आज पहली बार विश्वामित्र के मन में अपने सबसे बड़े शत्रु के लिए समानुभूति का भाव उत्पन्न हुआ था। परंतु प्रतिशोध किसी भी भाव से परे, अपनी गोद में क्रोध, ईर्ष्या, पीड़ा और विनाश

को लिए बैठा था। विश्वामित्र इस दोहरी दुखद त्रासदी को सुन स्तंभित हो उठे। युद्ध बहुत लंबा हो चुका था, इतना रक्तरंजित कि अब इसके समाप्त होने का समय आ गया था।

इंद्र को विश्वामित्र के मुख पर संकल्प का भाव दिखा। "यदि अब भी आपके हृदय में ऋषि वशिष्ठ के प्रति तनिक भी दुर्भाव..." विश्वामित्र ने इंद्र को वाक्य पूरा ही नहीं करने दिया।

"इंद्र उकसाने का कार्य मत करो। तुम पहले ही पर्याप्त विनाश कर चुके हो।" विश्वामित्र के स्वर में चेतावनी थी। "हर बार तुम बहुत आगे निकल जाते थे, परंतु हर बार देव और अन्य तुम्हारे प्रति दयालु रहे। सत्य कहूँ, तुम देव होने के अधिकारी ही नहीं हो, तुम एक मनुष्य से भी बदतर हो। अपने ही लोगों के प्रति दुष्टता और बैर रखते हो। उनका दुरुपयोग ही नहीं करते, बल्कि उनका शोषण करते हो।" विश्वामित्र ने कहते हुए आँखें सिकोड़ीं।

इंद्र का सारा रक्त मानो मुख पर आ गया। विश्वामित्र का अर्थ स्पष्ट था कि वे मेनका की बात कर रहे थे। इंद्र ने किस प्रकार निर्लज्जता से उसे उनके विरुद्ध प्रयुक्त किया। इंद्र का हृदय सकुंचित हो उठा, पूरे शरीर में भय की लहर दौड़ गई।

"तुम केवल उस शक्ति के कारण ख़तरनाक हो, जिसका तुम प्रतिनिधित्व करते हो, वह शक्ति जो तुम्हें सौंपी गई है। इसका ध्यान रखो। इसके अभाव में तुम कुछ नहीं हो। एक साधारण मनुष्य भी नहीं।"

प्रत्येक शब्द से कटाक्ष छलक रहा था। इंद्र का चेहरा रक्तिम हो उठा। उसने आख़िरी दाँव के रूप में विश्वामित्र के क्रोध को भड़काना चाहा, परंतु इस खेल में तो वह स्वयं ही उलझ गया था।

विश्वामित्र की बात अभी पूरी नहीं हुई थी। "इंद्र तुम्हें अपने दिव्य स्वरूप पर गर्व है, है ना? यही तुम्हारी कीर्ति है परंतु मनुष्य के पास भी यह होती है; उसे केवल इसका अहसास नहीं होता। यह उसके भीतर समाई है, उसके अहं, घमंड, अभिमान और लोभ के तले दबी हुई। परंतु उसे इसे खोजना पड़ता है, स्वयं ही इसकी तलाश कर, सामने लाना होता है। इसी खोज के बीच, वह स्वयं को पा लेता है। जब प्रत्येक मनुष्य अपनी दिव्यता पा लेगा, तो धरती ही स्वर्ग हो जाएगी। परंतु यही तो तुम नहीं चाहते, यही कारण है कि तुमने मुझे मेरा लक्ष्य, मुझे दिव्यता पाने से रोकने का भरपूर

प्रयास किया। इंद्र, तुम्हारे पास तुम्हारी दिव्यता है, आशा करता हूँ कि तुम इसे बचा कर रख सको।”

उनके बीच का मौन ही घातक नहीं था। इंद्र को पता था कि विश्वामित्र के मुख से निकला एक-एक शब्द उसके लिए अपशकुन हो सकता था। उसने विनीत भाव से तुरंत कहा, “मैं तो आज एक संदेशवाहक मात्र हूँ। मैं आपको ऋषि वशिष्ठ का समाचार देने आया था। अब आपसे विदा लेता हूँ।” उसने कहा।

विश्वामित्र मुस्कराए। वे जानते थे कि इंद्र अपने से श्रेष्ठ व्यक्तियों को पसंद नहीं करता था। *इंद्र अभी इतना परिपक्व नहीं था कि ऐसी किसी भी परिस्थिति या संवेदना को सँभाल सके, उसके भीतर विवेक का अभाव था।* विश्वामित्र ने आह भरी और वशिष्ठ के आश्रम की ओर जाने वाले लंबे मार्ग पर चल दिए।

ज्यों ही वे शांत घाटी में पहुँचे, विश्वामित्र ने हिमालय की बर्फ़ पर बसा वशिष्ठ का आश्रम पहचान लिया। विश्वामित्र के चेहरे से ठंडी हवा टकराई तो उन्हें वह स्थान और परिवेश जाना-पहचाना सा लगा। वह सब वहीं था, जहाँ से आरंभ हुआ था। *सत्ता का खेल, गौरव और अभिमान का संघर्ष, खोखले क्रोधित शब्द और अहं। इसने युद्ध और रक्तपात को जन्म दिया। दुख, उदासी, विषाद, विनाश और पश्चाताप को जन्म दिया। वह विष और बैर जो जाने कितने निर्दोष जीवन भी लील गया।*

जब विश्वामित्र आश्रम के निकट पहुँचे, वशिष्ठ के शिष्य उन्हें चिंतित हो कर देखने लगे। *अब क्या? क्या फिर से रक्तरंजित युद्ध होगा? क्या विश्वामित्र मरणासन्न, बिस्तर पर पड़े वृद्ध पर हमला करेंगे?*

विश्वामित्र ने विनम्रता से ऋषि के पास ले जाने को कहा। यह सुन कर हतप्रभ शिष्य उन्हें वशिष्ठ की कुटिया में ले गया। ज्यों ही उसने छोटे से हवादार कक्ष में प्रवेश किया, एक विचित्र-सा सन्नाटा छा गया।

विश्वामित्र को समझ नहीं आ रहा था कि वे किस ओर देखें, वे अरुंधती की नम आँखों को देखने से बचना चाहते थे। उन्हें उसका सामना करने का साहस करना होगा ताकि उसके लगाए आरोपों को सहन कर सकें। वह एक माता थी जो अपने पुत्रों की मृत्यु का शोक मना रही थी और इस समय अपने मरणासन्न पति के लिए चिंतित थी। वह कक्ष में विश्वामित्र की उपस्थिति को उपेक्षित करते हुए, ज्वरग्रस्त पति के माथे पर गीली पट्टी

रखती रही। संभवतः यही उसका रोष दिखाने का तरीक़ा रहा हो। विश्वामित्र शक्ति की युवा विधवा अदृश्यंती को देख भी नहीं सके, जो गोद में अपनी संतान को लिए खड़ी थी। परंतु शिशु स्नेह से मुस्करा रहा था, चेहरे पर आंतरिक प्रभा की झलक थी।

"इसका नाम क्या है?" उन्होंने हौले से पूछा।

"पाराशर," माता ने हैरानी से देखते हुए उत्तर दिया।

"देवी, मुझसे भयभीत मत हो। यदि हो सके तो क्षमा कर दो।" विश्वामित्र के कंठ में कुछ अटक-सा गया परंतु उन्होंने अपना हाथ शिशु के मस्तक पर रख उसे आशीर्वाद दिया। "यह एक महान ऋषि होगा और इसका पुत्र उससे भी विख्यात ऋषि होगा। इसे सदियों तक उल्लेखनीय साहित्यिक उपलब्धियों के लिए जाना जाएगा।"

विश्वामित्र ने वशिष्ठ के मुख से दबी हँसी का स्वर सुना। "तुम व्यास की बात कर रहे हो, है ना? हमें हमारा भविष्य बता रहे हो! विश्वामित्र, तुम भविष्य कब से बाँचने लगे?"

वशिष्ठ का हास्यबोध ज्यों का ज्यों था। विश्वामित्र ने उसके पास जाते हुए मन में सोचा। वे जूट से बने बिस्तर के पास गए, जहाँ ऋषि लेटे थे। झुर्रियों से भरा चेहरा, उन भोजपत्रों जैसा शुष्क हो गया था, जिन पर वे ग्रंथ लिखते थे। परंतु उनके नेत्र, अब भी आंतरिक ज्योति से प्रकाशित थे।

"महर्षि, मैं विनीत भाव से आपसे क्षमायाचना करने आया हूँ।" विश्वामित्र ने कहा और रोगी ऋषि को सम्मुख देख क्षण भर को उनके शब्द भी कहीं खो से गए। क्या उन्होंने ही इस व्यक्ति की यह दशा की है? विश्वामित्र को विवश हो कर अपने विषय में यह कुरूप सत्य स्वीकार करना ही पड़ा कि वे ही उस व्यक्ति के दुखों के लिए उत्तरदायी थे।

वशिष्ठ ने किसी तरह एक फीकी मुस्कान दी। "आह, तुम आ ही गए... मैं तुम्हारी ही प्रतीक्षा में था।"

विश्वामित्र और अरुंधती सन्न रह गए। विश्वामित्र ने उस मौन को भंग करते हुए पूछा, "क्या आप मुझे क्षमा करने के लिए मेरी प्रतीक्षा कर रहे थे?" विश्वामित्र के सुर में आस की झलक थी।

"तुम्हें मेरी क्षमायाचना की आवश्यकता नहीं, तुम मेरा आशीर्वाद चाहते हो। तुम्हें अपने शत्रु का सामना करने आना ही पड़ा और तुम्हारे मन में

छिपा चोर। तुम्हें मुझे दिखाने आना पड़ा कि पिछले वर्षों में तुम कितने महान हो गए हो।" वशिष्ठ ने मुस्कराते हुए साफ़ शब्दों में कहा।

"नहीं, नहीं। मैं अपनी बड़ाई करने या प्रतिशोध लेने नहीं आया। महर्षि, मेरी धृष्टता क्षमा करें। मेरा हठ पहले ही दूसरों को लाभ पहुँचाने के बजाए बहुत हानि कर चुका है।"

"किस बात की क्षमा?"

"मैं ही आपके पुत्रों की मृत्यु का उत्तरदायी।" विश्वामित्र ने फुसफुसाते हुए कहा।

"मेरे पुत्रों को वही मृत्यु मिली जिसके वे अधिकारी थे। शक्ति ने घमंड में आ कर राजा को श्राप दिया। उसने ही राजा को नरभक्षी बनाया और उसका पहला शिकार बना। उसने ही असुर को रचा, जिसने अंततः उसके व उसके भाइयों के प्राण ले लिए। मनुष्य प्रायः ऐसा ही करता है और उसे अपनी भूल का अहसास तक नहीं होता। प्रायः वह असुर उसके अपने ही भीतर बसता है..." उन्होंने आह भरी।

"मेरे भीतर भी तो ऐसा ही एक असुर था।" विश्वामित्र ने धीरे से कहा। "मैं उसके लिए उत्तरदायी हूँ। वे अपने अपराध बोध से मरे जा रहे थे। जैसा आपके पुत्रों की मृत्यु के प्रसंग में हुआ। यदि मैं चाहता तो उनके प्राणों की रक्षा कर सकता था परंतु प्रतिशोध की लालसा ने मुझे ऐसा करने से रोक दिया। लज्जा के मारे शब्द कंठ में ही रह गए। क्षमा करें, महर्षि, क्षमा करें। यदि मैं इस घृणित अपराध को करने के बाद क्षमा पा सकता हूँ तो क्षमा करें।"

अरुंधती अपने स्थान से हिली। विश्वामित्र ने उसे देखते हुए कहा, "माता, मुझे श्राप नहीं दें।"

अरुंधती के सौम्य नेत्र ने पीड़ा से भरे थे, वे धीरे-धीरे एक मध्यम आलोक से भर गए और उनमें ऐसे अश्रुओं की छाप थी जो बह नहीं सके। "होनी को यही मंजूर था तो यही सही। उनकी आत्मा को शांति मिले।" वह बुदबुदाई। चेहरे पर गरिमामयी दुख अंकित था। "हमें भी यही करना चाहिए। मेरे हृदय में तुम्हारे लिए कोई रोष या घृणा नहीं है विश्वामित्र। तुम इन घटनाओं के निमित्त मात्र थे। एक बार तुम आश्रम में अतिथि बन कर आए और तब से यह कटुता चली आ रही है परंतु आज, तुम अलग आशय ले कर आए हो, मैं तुम्हारा सम्मान करती हूँ।"

"मुझे मेरी ही दृष्टि में और लज्जित नहीं करें। कृपया मेरा अपने अतिथि के रूप में स्वागत नहीं करें, मैं एक अपराधी हूँ जो आपसे क्षमा चाहता है।"

"मैंने तुम्हें पहले ही क्षमा कर दिया है।" वशिष्ठ बोले। "क्योंकि मैं जानता हूँ कि तुमने जो किया, वह तुम्हारी शत्रुता के कारण नहीं था। यह उस रोष के कारण था जो मेरे और ऋषियों द्वारा तुम्हारे प्रति किए गए अन्याय के कारण पैदा हुआ, हमने तुम्हें ज्ञान और विवेक के अधिकार से वंचित रखना चाहा। यह केवल हम ऋषियों की धरोहर नहीं, इस पर सबका अधिकार है। योद्धा हो या राजा, व्यापारी हो या कोई अन्य; शिक्षा पर सबका अधिकार है। यह किसी वर्ग या वर्ण के लिए सीमित नहीं है। इसे किसी सौभाग्यशाली, प्रसिद्ध, धनी या बलशाली की बापौती नहीं होना चाहिए। तुमने यह मार्ग दिखाया जो उचित था। मैंने भी अपना पाठ पाया और तुमने मुझे मेरे दोष दिखाए। किसी को भी ज्ञान प्राप्ति से वंचित नहीं कर सकते। पुत्र, यदि क्षमा की बात करें, तो मैंने अपने पुत्रों के हंता राजा को भी क्षमा कर दिया। सबकी मृत्यु के लिए राजा नहीं, शक्ति स्वयं उत्तरदायी था। जब मैं राजा सौदास से मिला, तो मैंने उसे श्राप से मुक्त कर दिया। मुझे पूरा विश्वास है कि वह पूरे न्याय के साथ शासन करते हुए, कभी किसी का अपमान नहीं करेगा। भले ही कोई ऋषि हो अथवा भिक्षुक। राजा के लिए सारी प्रजा एक समान होती है, है ना विश्वामित्र? स्मरण है ना, तुमने ही एक बार कहा था?"

विश्वामित्र ने अपना शीश झुका लिया। मैं आगे कहना चाहता हूँ, "अगर किसी व्यक्ति के साथ करुणा और सम्मान का भाव रखा जाए तो उसे राक्षस से मनुष्य बनाया जा सकता है। आपने मेरे साथ ऐसा ही किया। मैंने जो भी किया, उसके कारण कृपया अपने प्राणों का त्याग नहीं करें। पुनः जीने का प्रयत्न करते हुए अपना उपवास त्याग दें। मैं आपसे थोड़ा भोजन करने का आग्रह करता हूँ। आप इस तरह पराजित नहीं हो सकते।"

विश्वामित्र ने तांबे के पात्र में जल लिया और उसे वशिष्ठ के काँपते होंठों के पास ले गए। उन्होंने उसमें से धीरे से घूँट भर लिया।

"पुत्र, मैंने लंबा जीवन जी लिया है।" बूढ़े ऋषि ने तकिए पर सिर टिका दिया। उनकी दुबली पारदर्शी त्वचा झुर्रियों से ढँकी थी, उनमें से प्रत्येक विवेक और दर्शन के युगों की गाथा सुनाती थी। उनकी आँखों में एक

धुँधली-सी चमक थी, भीतर से ज्ञान की चिंगारी फूट रही थी। "मेरे पुत्र नहीं रहे परंतु मैंने अपने ज्ञान और विचारों की धरोहर अपने पुत्रों को सौंप दी है। वे इसी तरह ज्ञान का प्रसार करेंगे। यह आवश्यक नहीं कि यह कार्य हमारी संतान द्वारा ही हो। क्या ऐसा होना चाहिए, विश्वामित्र?" वे उन्हें देख कर मुस्कराए। "तुम्हें बेहतर पता होना चाहिए। तुमने ऐसा किया। तुम्हें अपने ज्ञान को आगे ले जाने के लिए अपने वंश की आवश्यकता नहीं थी। तुम्हारी अपनी सत्यनिष्ठा तुम्हारी ख्याति बनाए रखेगी। तुमने अपने नाकारा पुत्रों को त्याग कर अपने भतीजे शनुःशेप को चुना। अपने शिष्यों के माध्यम से अपने वचनों को संसार में प्रसारित किया।"

विश्वामित्र ने हौले से कहा, "मैं भी इस योग्य नहीं था। मैं कैसे भूल सकता हूँ कि मैंने हेमवती और अपनी प्रिय शकुंतला से कैसे घृणा की? मैं कभी नहीं समझा कि मेनका कितनी भली थी?" विश्वामित्र ने बीच में कहा, उनके स्वर में दुख था। "मैं अपने जीवन में आई सभी स्त्रियों के प्रति निर्दय रहा। वे मुझे कैसे क्षमा कर सकती हैं? मैं स्वयं को कभी कैसे क्षमा कर सकूँगा?"

"तुम इसका पश्चाताप कर सकोगे, उनके साथ भेंट का एक दिन भी आएगा।" बूढ़े महर्षि ने मुस्करा कर कहा। "तुमने हेमवती को अपने लिए छोड़ा परंतु मेनका तुम्हें तुम्हारे कल्याण के लिए छोड़ गई। तुमने अपने स्वार्थी कारणों से परिवार का त्याग किया; मेनका ने निःस्वार्थ भाव से तुम्हें त्यागा। वही बोध ही तुम्हारा पश्चाताप है, तुम्हारा तप ही तुम्हारा प्रायश्चित है। विश्वामित्र, तुम स्वयं अपने गुरु हो, तुमने अपनी भूलों से सीखा। तुम कोई विद्रोही नहीं, तुम सच्चे उदारवादी थे। तुमने इसलिए युद्ध नहीं किया कि तुम्हें उकसाया गया था, इसलिए युद्ध किया क्योंकि तुम नाकाम रहे। तुम्हारे लिए ज्ञान की प्राप्ति एक मुक्त अधिकार था, जो इस धरती के हर प्राणी को मिलना चाहिए। यही कारण था कि तुमने मुझे चुनौती दी, तुमने ऋषियों को चुनौती दी, इंद्र व देवों को चुनौती दी। तुम एक ऐसी व्यवस्था को नकार रहे थे, जो कहती है कि तुम एक ब्राह्मण के रूप में जन्म नहीं लेते परंतु तुम्हें इस अर्जित करना होता है। तुमने ऐसा किया था। विश्वामित्र, तुमने संसार को दिखा दिया, तुमने देवों तथा मनुष्य जाति को दिखा दिया कि पुण्य तथा गुण, उपाधि से बढ़ कर है। इसके लिए, सभी सदा तुम्हारे आभारी रहेंगे, हे ब्रह्मर्षि विश्वामित्र!"

विश्वामित्र स्तब्ध हो उठे। वे इतने हतप्रभ थे कि वशिष्ठ के शब्दों का अर्थ नहीं समझ सके।

"हाँ विश्वामित्र, तुम बहुत पहले ही ब्रह्मर्षि हो गए थे, केवल तुम्हें पता नहीं चला। तुम और अधिक पाना चाहते थे।" वशिष्ठ मुस्कराए।

विश्वामित्र के चेहरे पर पल भर को अविश्वास खेल गया। वे कुछ कहने-सुनने की दशा में नहीं थे।

"तुम सदा ही एक विख्यात राजा व योद्धा थे परंतु तुम्हारी एकाग्रता ने सबको जीत लिया। - संसार को, स्वर्ग को और अंत में तुम्हें भी! वशिष्ठ ने कहा। तुमने सबको जीत लिया परंतु अपने अहं और घमंड से उबरने में थोड़ा समय लगा।" वशिष्ठ किसी तरह शक्ति बटोर कर कहते रहे। "...मैंने तुम्हें जो भी परीक्षा दी, तुम उसमें पराजित हुए और शीर्ष तक जाने के संकल्प के साथ सामने आए।"

विश्वामित्र ने उन्हें आश्चर्य से देखा। क्या वशिष्ठ की ओर से शक्ति और श्रेष्ठता का प्रदर्शन दिखावा था।

मानो उनके मन की बात जान कर वशिष्ठ ने उत्तर दिया, "अन्यथा तुम स्वयं को ही चुनौती कैसे देते? विश्वामित्र, तुम एक अद्भुत व्यक्ति हो। तुम एक बलशाली, संपन्न और नेक राजा थे या सम्राट भी कह सकते हैं, परंतु तुमने कुछ ऐसा करने का साहस किया जो कोई सोच भी नहीं सकता था, तुमने ज्ञान प्राप्ति का विचार किया। तुम्हारे पास शक्ति व सत्ता थी परंतु तुम इसका उच्चतम संस्करण चाहते थे। तुमने संघर्ष किया, तुमने युद्ध किया। कुछ जगह जीत हुई तो कहीं हार भी गए, परंतु तुमने कभी हार नहीं मानी। इस संकल्प के साथ सफल होने की इच्छा थी और इसके माध्यम से ही तुमने अपना विवेक अर्जित किया। विश्वामित्र, अब वह तुम्हारे पास है, तुम्हारे पास सब कुछ है। विश्वास करो, अब तुग एक ब्रह्मर्षि हो, सबसे अधिक विवेकी तथा बलशाली।"

कक्ष में पुनः मौन छा गया परंतु वे शब्द विश्वामित्र के कानों में गूँज रहे थे। विश्वामित्र ने वे शब्द गहरे आश्चर्य के बीच सुने जिन्हें वे जाने कब से सुनना चाहते थे। ब्रह्मर्षि वशिष्ठ स्वयं घोषणा कर रहे थे कि अब विश्वामित्र उनकी भाँति ही ब्रह्मर्षि थे। उन्हें इन शब्दों को समझने में थोड़ा समय लगा। परंतु ज्यों ही वे उनके सुन्न पड़े हुए मस्तिष्क तक पहुँचे, विश्वामित्र को

अहसास हुआ कि उन्हें कुछ भी अनुभव नहीं हुआ। उनके भीतर किसी आनंद या उल्लास का भाव नहीं था। विजय का कोई रोमांच नहीं था। वे शब्द उन्हें किसी भी तरह से प्रभावित करने में अक्षम रहे?

"विश्वामित्र, तुम एक ब्रह्मर्षि हो, आनंदित हो।" वशिष्ठ ने उनके मन की बात जान कर कहा और अचानक मानो हवा के झोंके ने कक्ष में पुष्पवर्षा कर दी। देवों ने भी इसे मान्यता दे दी और ब्रह्मा, विष्णु और महेश भी अपना समर्थन दे रहे थे। "क्या तुम्हें कुछ अनुभव नहीं हुआ?" वशिष्ठ ने कोमलता से पूछा।

विश्वामित्र ने नेत्र मूँदे, उनके भीतर हमेशा की तरह शांति छा गई और उसके माध्यम से ही उन्होंने त्रिदेव को आशीर्वाद देते हुए देखा। तब उन्हें उसका अनुभव हुआ। विनय का एक उच्चतम गहरा भाव उमड़ा, वे उस उच्चतम चेतना के आगे नत हो गए।

वशिष्ठ ने भी प्रणाम की मुद्रा में हाथ जोड़ दिए। विश्वामित्र अपने आगे उस महान आत्मा को हाथ जोड़ते देख द्रवित हो गए। वे स्वयं वृद्ध ऋषि के चरणों में गिर गए। यह उनका उस व्यक्ति के प्रति अंतिम समर्पण था, जिसने उन्हें वह बना दिया था जो बनने की आकांक्षा वे जाने कब से रखते आए थे। परंतु इस प्रसन्नता के बीच भी उनके मन में एक विचार चुपके से प्रवेश कर गया। यदि मेनका नहीं होती तो आज वे वह नहीं बन पाते, जो आज बने थे।

विफल और संतुष्ट

मेनका अभी-अभी मिले समाचार से उलझन में थी। *अब मुझे ऋषि कण्व ने क्यों बुलाया है? यह निश्चित ही दोबारा शकुंतला या भरत के संबंध में कुछ होगा।* मेनका के माथे पर बल आ गए और वह इस बारे में सोचने लगी। उसका दौहित्र कभी बीमार नहीं होता। वह एक मज़बूत क़द-काठी का किशोर है, प्रसन्नचित्त और बलवान। अपनी आयु के अन्य बच्चों से कहीं लंबा, सभी युद्ध कलाओं का ज्ञाता, उसने गदा युद्ध के चारों प्रकार में निपुणता प्राप्त कर ली है और हाथी व घोड़े की सवारी भी बहुत अच्छी तरह करने लगा है। मेनका उसे याद कर स्नेह से मुस्कराई, उसे ऐसा होना ही था। *इंद्र, सूर्य और वरुण उसके गुरु हुए और इसके अतिरिक्त ऋषि कण्व ने उसे वेदों व उपनिषदों का ज्ञान दिया, जैसे कभी उन्होंने शकुंतला को दिया होगा।* वन में पलने-बढ़ने के कारण, वह निर्भीक हो कर, बड़ी ही मस्ती में जंगली जानवरों के बीच घूमता था। वह अक्सर जंगली जानवरों की सवारी करता और सिंहों व बाघों के मुख खोल कर उनके दाँत गिनने का खेल खेलता, जिसे देख कर शकुंतला उससे नाराज़ होती थी।

"जानवर खेलने के लिए नहीं होते और उनका शिकार करना तो और भी दुष्टता होती है।" वह उसे फटकारती और उसके नेत्रों में क्रोध उभर आता।

"यह मनुष्य की लापरवाह रक्तपिपासा है जिसे वे राजकीय विलास का नाम देते हैं, प्रिय, इसकी आदत डाल लो...," मेनका उसे स्मरण करवा चुकी थी। "अब तुम हस्तिनापुर की महारानी हो!"

मेनका ऋषि कण्व के आश्रम पहुँची। वह हमेशा की तरह शांत और आकर्षक था, मालिनी नदी निकट ही हौले से बह रही थी। फूल पूरे यौवन पर थे, आश्रम के युवा ऋषि बहुत अच्छी तरह से आश्रम की देखरेख कर रहे थे। मेनका ने होंठ काटा और सोचने लगी कि कहीं ऋषि कण्व अस्वस्थ तो नहीं। उसने कुटिया में प्रवेश किया और स्थिर खड़ी रह गई, कंठ में जैसे कुछ अटक-सा गया, उसका मुख सफ़ेद पड़ गया था, जैसे किसी ने सारा रंग सोख लिया हो।

"मुझे देख कर बेसुध मत होना। क्या अप्सराएँ बेहोश होती हैं?"

वही गुरु गंभीर नपा-तुला स्वर, जो आज भी उसकी यादों का एक हिस्सा है, वह उन दोनों के मध्य हुए एक-एक वार्तालाप को जाने कितनी बार फिर से जी चुकी थी। यह कोई सपना नहीं था। यह तो वही था। हमेशा की तरह उसके सामने अपनी पूरी भव्यता के साथ खड़ा था, बीतते बरसों में भी उसके कंधे झुके नहीं थे, हालाँकि उसके मुख पर बीतते वक़्त के निशान आ गए थे। वह चेहरा अब एक घनी दाढ़ी में छिपा था, जिसमें सफ़ेद छाप दिखने लगी थी। परंतु उसकी आँखें ज्यों की त्यों थीं, उनमें चमकता हास्यबोध उसकी आँखों को जगमगा देता था और ऐसी ही उसकी मनमोहिनी और हृदय जीत लेने वाली मुस्कान थी।

ऐसा लगा जैसे समय कहीं थम-सा गया और वह एक क्षण पूरे एक जीवनकाल जितना हो गया। उसके कंठ से शब्द नहीं फूट रहे थे, कंठ बिना बहे अश्रुओं से भारी था। वह केवल उसे प्यासे नेत्रों से अपलक ताक सकती थी। उसने पलकें तक नहीं झपकाईं, भय था कि कहीं वह किसी मृगतृष्णा की तरह लुप्त नहीं हो जाए, वह ऐसा ही तो था; मायावी और अप्राप्य।

धीरे-धीरे उसकी दुर्बल टाँगों में प्राण आने लगे, धक-धक करते हृदय ने गति को थोड़ा स्थिर किया, उसकी त्वचा अब भी म्लान किंतु चमकीली थी। उसे अब भी कुछ कहने का मन नहीं था, भय था कि कहीं शब्द मात्र से ही माया का जादू नहीं टूट जाए। यह कोई सपना नहीं था, जो हर रात आता था, वह उसके जागने के घंटों और निद्राविहीन रातों में भी आया करता। आज वही यहीं था। वह मुझसे मिलने आया है, उसका दिल उसे बार-बार स्मरण कराने लगा। वह उससे घृणा नहीं करता था, वह उससे कुपित नहीं था, उसकी आँखों में रोष का इतना-सा भी आभास नहीं था, वे तो स्नेह से भीगी हुई थीं।

मेनका ने अपने काँपते होंठों में दाँत गड़ा दिए ताकि उन्हें स्थिर कर सके। वह रोएगी नहीं, वह कभी उसके आगे नहीं रोई और अब भी यही होगा। वह धीरे से चलते हुए उसके पास गई, अब भी उसकी आँखों को जैसे विश्वास नहीं हो रहा था, ज्यों ही उसके पास गई तो वह बदलने लगा। उसके सामने कौशिक खड़े प्रतीक्षा नहीं कर रहे थे, वह तो वसु था, जो अपनी सुनहरे नेत्रों की गरमाहट लिए मुस्करा रहा था...

मेनका ने आह भरी। वह झटके से उठ बैठी और पाया कि नेत्र विस्फारित और भयभीत थे। वह लगातार चमचमाती छत को ताकती रही, वह हाल ही में बिखरी हुई छवि के त्रास में थी। यह भी एक सपना ही निकला, उसने आह भरी, देह अब भी काँप रही थी। मेनका धीरे से उठ बैठी, उसका दिल तेज़ी से धड़क रहा था। कौशिक और वसु, फिर से। *ये दोनों बार-बार उसके सपनों में, उसकी चेतना के गर्भ में हस्तक्षेप क्यों करते थे?* वह सोचने लगी, *मेरे मन को फिर शांति कब मिलेगी?*

"तुम आज भी देर से जगीं? क्या हमें अपने नृत्य के अभ्यास के लिए चलना चाहिए?" उसने कक्ष में प्रवेश करती तिलोत्तमा को कहते सुना। "एक रानी हो, चाहो तो नृत्य अभ्यास के लिए नहीं भी जाओ।"

मेनका अब भी अपने सपने के प्रभाव में थी, इसलिए कुछ उत्तर नहीं देते बना। परंतु वह अपनी सखी को देख कर आश्चर्यचकित हुई।

"क्या तुम अन्य लोगों के साथ राम और सीता के विवाह में नहीं गईं?" वह हौले से बोली और अपने दिमाग़ से पिछले सपने के प्रभाव को झटकने का प्रयास किया।

"वैसे भी हममें से बहुत से लोग जा रहे हैं इसलिए मैंने तुम्हारी तरह नहीं जाने का निर्णय लिया।"

"हमारे बारे में अफवाहें प्रसारित करने का एक और अवसर मिल जाएगा।"

तिलोत्तमा ने अपने कंधे झटके, "रंभा ने यह सब दुष्टतापूर्वक तब आरंभ किया था, जब मैंने तुम्बरु वाले प्रसंग में तुम्हारा साथ दिया था और चूँकि मैं किसी गंधर्व के साथ नहीं दिखती, किसी देव की प्रेयसी नहीं इसलिए ये बात और भी सही लगने लगती है!" तिलोत्तमा दबी हँसी के साथ बोली। "ख़ैर, अभी तो वे उस विवाह को ले कर अधिक उत्साहित होंगे। सारी अमरावती इस समय मिथिला पहुँची हुई है!"

"ऐसा क्या? क्या कामदेव और अन्य पिछली रात के भोग-विलास से उबर गए?" मेनका ने रुखाई से पूछा, होंठों पर एक चौड़ी मुस्कान थी। "परंतु वे इस विवाह को कैसे छोड़ सकते हैं? आज का दिन धरती के लिए सबसे प्रसन्नता का समय है। सभी देव नवविवाहित जोड़े को अपना आशीर्वाद देने गए होंगे।"

तिलोत्तमा ने हौले से कहा, "कहते हैं कि ब्रह्मर्षि विश्वामित्र ने वह विवाह संबंध तय किया है।" वह कनखियों ने सखी को ताक रही थी। मेनका हल्का-सा चौंकी। वह नाम, वह व्यक्ति। अब उन्हें वह सम्मानित पद मिल चुका है। मेनका को भीतर से प्रसन्नता और गर्व का अनुभव हुआ। उन्होंने इसे कर दिखाया।

"राम और लक्ष्मण उनके शिष्य थे, और उन्होंने राक्षसी ताड़का और उसके पुत्र सुबाहु को मारने में सहायता की, जो विश्वामित्र के यज्ञ में बाधा दे रहे थे।" तिलोत्तमा ने बताया। वे इन दो असाधारण कुमारों से इतना प्रभावित हुए कि कहते हैं, उन्होंने उन्हें ब्राह्मण का परम ज्ञान देते हुए, सभी विद्याओं की जननी - बल व अतिबल भी सौंप दिए। इस तरह वे आजीवन ओज और बल पा सकते थे और भूख, प्यास व थकान को अपने वश में कर सकते थे। कहते हैं कि उन्होंने इन दो कुमारों को अपना सारा पवित्र ज्ञान सौंपा ताकि वे उस विवेक को अगली पीढ़ियों तक ले जा सकें। फिर वे उन्हें मिथिला ले गए और उन्हें उनकी भावी संगिनियों से मिलवाया। उन्होंने ही उनके प्रेम प्रसंग और विवाह का आरंभ किया। उनका दावा है कि यह उनकी ओर से धरती पर अंतिम कल्याणकारी कार्य होगा।"

मेनका के प्यारे मुखड़े पर छोटी-सी मुस्कान खेल गई। "तो उन्होंने सब कुछ प्रेम पर ही ला कर समाप्त किया; वे अब भी प्रेम में विश्वास रखते हैं।" वह बुदबुदाई। उसे तिलोत्तमा से सब कुछ विस्तार से सुनने की आवश्यकता नहीं थी। वह कौशिक, शकुंतला और वसु के जीवन की हर छोटी-बड़ी घटना की पूरी जानकारी रखती थी। राम के नाम से उसके हृदय में आस जगी। क्या राम वसु को इंद्र के शाप से मुक्त करेंगे ताकि वह स्वर्ग वापस आ सके?

तिलोत्तमा ने उसे तीक्ष्ण दृष्टि से देखा। "विश्वामित्र तुमसे मिलने कभी नहीं आए, है ना? और ना ही तुमने कभी उनसे मिलना चाहा? तुम इस विवाह में भी इसलिए नहीं गईं क्योंकि तुम्हें पता था कि वे भी वहीं होंगे।"

“यदि हम आपस में मिल भी लें तो दोनों में से किसका भला होगा?” मेनका ने कंधे झटके और एक थकी हुई आह भरी। “अब हमारे पास कहने के लिए भी कुछ नहीं बचा।”

“क्योंकि तुम दोनों ने वही किया जो दूसरों ने आग्रह किया। तुमने उन्हें पीछे धकेल दिया, उन्हें ब्रह्मर्षि बनने में सहायता की। तुम्हें श्राप देते हुए, उन्होंने भी यही देखा कि तुम वापस अपने घर, स्वर्ग में, अपने उचित स्थान पर, वसु के पास जा सको। वे भी अच्छी तरह जानते थे कि तुमने वसु को भुलाने के लिए ही उनका प्रयोग किया था।” तिलोत्तमा अचानक थम गई, उसकी सखी के नेत्रों में अकथ पीड़ा उभर आई थी। “वे इसी कारणवश अपनी पुत्री के विवाह में नहीं आए। वे तुमसे कभी नहीं मिलेंगे, क्योंकि वे तुम्हें, तुम्हारी प्रसन्नता के अंतिम अवसर, वसु से वंचित नहीं करना चाहते।”

मेनका अपने हाथों को देखते हुए, अपने भीतर जा पहुँची जैसा कि वह अक्सर करती थी। “यहाँ तक कि शकुंतला को भी इसका आभास था। यही कारण है कि उसने भी पूरी गरिमा से अपने विवाह में पिता की अनुपस्थिति को स्वीकार किया। परंतु उसने बताया था कि विवाह के बाद वे उससे मिले थे। पिता और पुत्री का पुनः मेल हुआ था। यह तो होना ही था। शकुंतला उनका एकमात्र सुख थी जो उनके हृदय को प्रसन्न कर देता था। उन्हें मुझ पर इस बात का गुस्सा इतना नहीं था कि मैंने उनसे छल किया, मेरे साथ अधिक नाराज़गी इस बात की थी कि मैंने अपनी पुत्री का त्याग किया।” मेनका ने याद किया। “उन्होंने मुझे उसे बताने की अनुमति भी नहीं दी कि वह उनके मित्र कण्व के पास कहीं अच्छी तरह रहेगी जो संतान पाने को तरस रहे थे। यह सब जो भी हुआ, भलाई के लिए ही था। मैं यही मानती हूँ।”

तिलोत्तमा ने अपनी सखी का हाथ पकड़ कर दिलासा दिया। “सब अच्छा ही हुआ। विश्वामित्र अंततः ब्रह्मर्षि हुए और शकुंतला व दुष्यंत का विवाह धूमधाम से संपन्न हुआ, जब दुष्यंत ने विवाह करने का निर्णय लिया।” उसने दाँत निपोरे। “अयोध्या राजकुमार का विवाह भी शायद उतने ही वैभव से होगा, जैसे वर्षों पूर्व शकुंतला का हुआ था।”

मेनका का चेहरा तत्काल चमक उठा। वह एक विशाल प्रसंग था जिसके साथ उसके अपने विवाद भी जुड़े थे। शकुंतला ने सभी बातों का ध्यान रखा।

“जो भी हो, पुत्री तो वह तुम्हारी ही है!”

"नहीं, मुझसे कहीं चतुर और बुद्धिमान है।" मेनका ने एक मुस्कान के साथ कहा। "और कहीं अधिक बहादुर भी! मेरी तरह कायर नहीं। उसने निर्णय लिया कि अपनी संतान का त्याग नहीं करेगी और स्वयं उसका पालन करेगी। वह ऐसा करने वाली पहली माता रही होगी!" मेनका अपने स्वर में गर्व के आभास को छिपा नहीं पाई। "वह विवाह भी अपने-आप में एक हैरानी की ही बात थी। मुझे यह जान कर आश्चर्य हुआ जब शकुंतला ने अंततः तय किया कि वह दुष्यंत को उनके पुत्र के बारे में बताने वाली है। उसे संतोष था कि उसने स्वयं अपने पुत्र को पाला-पोसा। जब भरत ने अपने पिता के बारे प्रश्न पूछने आरंभ किए, तो उसने तय किया कि अब पिता और पुत्र के बीच परिचय हो जाना चाहिए। तब वह कई वर्षों के बाद, दुष्यंत के महल में हस्तिनापुर पहुँची।"

"जहाँ दुष्यंत ने उसके साथ कितना बुरा व्यवहार किया! दुष्यंत ने शकुंतला को वेश्या कहा।" तिलोत्तमा सुलग उठी।

मेनका को भीतर से क्रोध उमड़ता महसूस हुआ। "तुम भी अपनी माता की तरह हो।" दुष्यंत ने कहा। मेनका ने दाँत पीसते हुए बताया। "शकुंतला को मेरी बेटी होने का कलंक सहना पड़ा। ऐसा नहीं कि उसने आसानी से यह सब सुन लिया। उसने पूरे गर्व से ऐलान किया कि वह प्रसिद्ध माता-पिता की संतान थी और यदि वह वेश्या थी तो दुष्यंत एक कायर था जो उससे विवाह करने के वचन को पूरा नहीं कर सका। उसने उसे याद दिलाया कि वह एक अनाथ थी परंतु अवैध संतान नहीं थी। हालाँकि उसने कभी दुष्यंत से प्रेम किया था परंतु वह अपने प्रति अपमान से भरा एक भी कठोर शब्द नहीं सुनेगी जो उसकी गरिमा के विरुद्ध जाता हो।"

तिलोत्तमा ने कुछ सोचते हुए सिर हिलाया, "जब वह भरत को यहाँ लाती थी तो मैं उससे मिली थी। मेनका वह तुम्हारी तरह ही सुंदर थी, तुम्हारी तरह कोमल किंतु उसके भीतर किसी बाघिन जैसे उग्रता थी।"

"अपने पिता की तरह।" मेनका ने कहा।

"नहीं, तुम्हारी तरह।" तिलोत्तमा ने उसे सुधारा। "तुम जानती हो कि कब पलटवार करना है और तब तुम्हारा रूप देखने योग्य होता है। तुम इसी तरह वसु के सम्मान के लिए लड़ी थीं!"

शकुंतला को अपना सम्मान पाने के लिए लड़ना पड़ा। दुष्यंत ने उसे पत्नी के रूप में महल ले जाने के वचन को नहीं निभाया, परंतु रोने या उसके

आने की प्रतीक्षा करने के बजाए, उसने उसी आश्रम में अपनी संतान को जन्म दिया। उसने उसे सर्वदमन नाम दिया, जिसका अर्थ था, सबको जीतने वाला। उसने उसे किसी ऐसे राजकुमार की तरह पाला जो वनवास में हो, उसे वह सब सिखाया जो एक राजपुत्र को सीखना चाहिए। परंतु दुष्यंत ने उसे और उसके पुत्र को अपनाने से इंकार कर दिया। उसने उसे वेश्या और वासना से जन्मे अवैध पुत्र की माता कह कर राज्य से निकलने का आदेश सुना दिया। मेनका उन कठोर शब्दों को सुन चिहुँकी थी, उसे अपने पर गुस्सा आने लगा कि उसके कारण उसकी पुत्री को ऐसे दुष्चरित्र व्यक्ति के हाथों अपमानित होना पड़ा। दुष्यंत ने उसे और कौशिक को भी नहीं छोड़ा; दोनों पर ही निर्लज्ज व्यभिचारी होने का आरोप लगाया जिन्होंने अपवित्र संबंध स्थापित किया था। निःसंदेह ऐसे माता-पिता की संतान शकुंतला ही हो सकती थी, जो उसके दरबार में आ कर साधारण वेश्या की तरह बोल रही थी।

क्रोधित शकुंतला अपने और अपनी प्रतिष्ठा की रक्षा के लिए तत्पर हो उठी। उसे अहसास हो चुका था कि यह वही व्यक्ति था जिसे उसने बरसों पहले अपना हृदय और देह सौंपे थे, जिसे उसने अपने लिए चुना था। यही वह व्यक्ति था जो उसकी संतान का पिता था, वह वापस आने का वचन दे कर भी नहीं लौटा, उसे अपनी रानी बनाने का वचन नहीं निभाया और आज खुले दरबार में कितने दुःसाहस से उसका और उसके पुत्र का अपमान कर रहा था।

"मेरी शकुंतला एक निष्पाप भोली कन्या थी जो एक आश्रम में पली, जो भय का नाम भी नहीं जानती थी, वह वन्य पशुओं के बीच और भयंकर वन में रहती थी। परंतु यह व्यक्ति तो उनसे भी बदतर था।" मेनका ने कहा, उसके स्वर में अब भी तिरस्कार का भाव था। शकुंतला ने जीवन में कभी कपट या छल का अनुभव नहीं पाया था। वह दुर्बलता को नहीं जानती थी। उसे सदा प्रेम, दयालुता, आदर और मर्यादा के बीच पाला गया। यही कारण था कि वह दुष्यंत से केवल अपनी ही बोली में बात कर सकती थी - सत्य और केवल सत्य। उसने अपने और मेरे नाम पर लगे कलंक को मिटाने के लिए संघर्ष किया।" मेनका ने याद किया। उसके नेत्र उस पीड़ा के स्मरण से ही गहरा गए जो उसकी पुत्री ने उस दिन अपने प्रेमी के राजसी दरबार में सहन की थी।

"तुमने अपने अज्ञान में मुझे नहीं पहचाना और वेश्या कह रहे हो। अगर तुम मुझे मान्यता नहीं देते तो इस तरह मैं वेश्या नहीं हो जाती, परंतु तुम एक कायर हो, एक ऐसा व्यक्ति जिसमें मूल्यों और संस्कृति का अभाव है। मैं तुम्हारी पत्नी हूँ, जिससे तुमने ऋषि कण्व के आश्रम में, गंधर्व परंपरा से विवाह रचाया परंतु तुमने उसे एक अवसर जाना और मुझे त्याग दिया। फिर भी, भले ही रानी ना सही, मैं तुम्हारी पत्नी रही।" शकुंतला ने तिरस्कारपूर्वक कहा। "एक पत्नी अपने पति के प्रेम और सम्मान की अधिकारी होती है। मुझे तुमसे अपमान के सिवा कुछ नहीं मिला, परंतु मैंने यह अधिकार तुम्हें नहीं दिया। एक राजा होने के नाते, तुम्हें अपनी प्रजा का अपमान करने का अधिकार नहीं मिल जाता। मैं तुमसे उस सम्मान की माँग करती हूँ जो मेरा दाय है।"

तिलोत्तमा मेनका को बोलते सुन रही थी, उसकी पुत्री का अपमान उसका भी अपमान था।

"शकुंतला के शब्द उसके निर्भीक सत्य की शक्ति की देन थे।" तिलोत्तमा ने देखा। वह अपना स्तर जानती थी और उसने अपने अधिकारों की माँग करने में संकोच नहीं किया। "मेनका, तुमने भी वही किया था, जब तुम इंद्र के दरबार में वसु के लिए लड़ी थीं। तुम दोनों ही अपने प्रिय पात्रों के लिए लड़े - तुम वसु के लिए, शकुंतला अपने पुत्र के लिए। परंतु इससे भी महत्त्वपूर्ण यह है कि तुम दोनों ने यह अपने आत्म-सम्मान के लिए किया। तुम वेश्या नहीं थीं, वे इंद्र और दुष्यंत थे जिन्होंने अपने झूठ और आरोपों के हाथों आत्मा बेची ताकि निजी लाभ पा सकें। उनका सम्मान दाँव पर था, तुम्हारा नहीं!"

मेनका गर्व से मुस्कराई; "यह गरिमा और मर्यादा का प्रदर्शन था। शकुंतला एक बुद्धिमान युवती है। उसने दुष्यंत को याद दिलाया कि वह दरबार में अपने खोए हुए प्रेम की भिक्षा लेने या दान लेने नहीं आई; उसे इनमें से कुछ भी नहीं चाहिए।" मेनका ने अनजाने में अपने बाल समेटते हुए पुत्री का प्रसंग सुनाना जारी रखा। "वह इतने वर्षों से उसके बिना अपने आश्रम में सुख से रहती आई थी और उसे उसके पद या वैभव की चाह नहीं थी, जो उसकी तरह ही खोखले थे। वह केवल न्याय चाहती थी जिसे पाने का उसे पूरा अधिकार था। वह उसके लिए नहीं था, वह उसे अपने पुत्र के लिए चाहती थी। उसका एकमात्र उद्देश्य यही था कि दुष्यंत अपने पुत्र

को मान्यता दे, उसे स्वीकारे। मेरा सत्य ही मेरा एकमात्र शस्त्र, मेरा एकमात्र बचाव है। तुम्हारा विवेक और ईमानदारी इसमें ही है कि तुम इस सत्य को अपनाओ। सत्य, हज़ार अश्वमेध बलियों से भी छिप नहीं सकता, सारे वेदों के अध्ययन या गंगा के पवित्र जल में स्नान से भी बढ़ कर है सत्य। सत्य का अर्थ है, अपने अंतःकरण को उत्तर देना!" उसने कहा। "और यही वह सत्य है, हे राजन! तुम मुझे और मेरे पुत्र को नकार कर, इस सत्य को नकार रहे हो। तुमने मेरे माता-पिता के लिए अक्षम्य शब्दों का प्रयोग किया, तुमने उन पर जो आरोप लगाए, केवल तुम्हारे कहने से वे वैसे नहीं हो सकते। विश्वामित्र सदा एक महान ऋषि के रूप में सम्मानित होंगे और मेरी माता मेनका, सौंदर्यमयी अप्सरा, जिन्हें ब्रह्मा ने संसार के साथ रचा था। वह, जिन्हें मेरे पिता ने वरा, वे सदा विश्वामित्र के प्रेम, उनकी पत्नी और उनकी संतान शकुंतला की माता के रूप में जानी जाएँगी। उन्हें कोई स्वर्ग की अप्सरा के रूप में याद नहीं करेगा, जैसे तुमने निर्लज्जतापूर्वक उन पर आरोप लगाया और मुझे भी वही कहा!"

इतना कह कर वह अपने बारह वर्षीय पुत्र की ओर मुड़ी और कहा, "तुम जानना चाहते थे कि तुम्हारे पिता कौन थे। मैं उनसे तुम्हारा परिचय करवाती हूँ।" उसने अवहेलना के सुर में कहा। "ऐसा व्यक्ति जिसने हमारा त्याग कर दिया और आज यह मानता है हम इसका पद और सिंहासन चाहते हैं। राजन, भय मत करो। मेरे पुत्र को राजा बनने के लिए तुम्हारे राज्य की आवश्यकता नहीं है। वह इतना योग्य है कि अपने लिए स्वयं राज्य बना लेगा, जैसे मेरे पिता ने स्वयं अपना भविष्य रचा। मेरा पुत्र सदा विश्वामित्र के दौहित्र के रूप में जाना जाएगा, भले ही लोग उसे राजा दुष्यंत के पुत्र के रूप में नहीं जानें। वह तुम्हारे नाम, विरासत या मान्यता के बिना, भरत के रूप में संसार पर शासन करेगा।"

ये कटाक्ष करने के बाद शकुंतला अपने पुत्र के साथ दरबार से लौटने को प्रस्तुत हुई और यदि देवों तथा दिव्य ऋषियों ने हस्तक्षेप नहीं किया होता तो शकुंतला आश्रम लौट गई होती। उन्होंने राजा को फटकारा और उससे स्वीकार करवाया कि शकुंतला उसकी पत्नी और सर्वदमन उसका पुत्र था।

"ऋषियों ने युवा राजकुमार को भरत नाम दिया। 'जो पोषित है,' और अब सभी उसे इस नाम से बुलाते हैं।" मेनका ने अपने किशोर दौहित्र को याद करते हुए स्नेह से कहा।

दुष्यंत के प्रति प्रारंभिक रोष में कमी तो आई थी परंतु वह स्वीकारती थी कि उसे वह इतना प्रिय नहीं था, जितना वह ऋषि रुरु को चाहती थी, जो अब भी प्रमद्वरा के प्रति समर्पित थे। उनकी कथा एक साधारण-सी प्रेम कथा थी, वह केवल आवेग की कथा नहीं; ईमानदारी और सम्मान का प्रसंग था। मेनका ने मन ही मन आह भरी; ईमानदारी के बारे में उससे बेहतर और कौन जान सकता था।

"तुम उसे ज़्यादा पसंद नहीं करतीं। तुमने कभी उसे पसंद नहीं किया।" तिलोत्तमा ने कहा। वह दुष्यंत के बारे में मेनका के संदेह को भाँप गई थी।

"उसने मेरी पुत्री को कष्ट दिया। मैं उसे क्षमा नहीं कर सकती।" मेनका ने माना। "उसने उसका त्याग किया, उसे पूरे बारह वर्ष तक प्रतीक्षा करवाई। उसका अपमान किया और भरे दरबार में बारह वर्षीय पुत्र और पत्नी को लज्जित किया। मैं उसका आदर नहीं कर सकती। वह दावा करता है कि उसे विवश हो कर शकुंतला और अपने पुत्र को अस्वीकार करने का निर्णय लेना पड़ा, क्योंकि उसकी प्रजा उससे विवाह और उसकी संतान की वैधता के विषय में प्रश्न करती। उसने तर्क देने का साहस किया था कि उनके विवाह का कोई साक्षी भी तो नहीं था। उसने उसे इसलिए स्वीकारा क्योंकि उसके पास कोई और विकल्प नहीं था। कई ऋषियों ने उसे चेतावनी भी दी थी कि उसे विश्वामित्र का रोष भी सहन करना पड़ सकता था।"

"यही उपाय काम कर गया होगा।" तिलोत्तमा हँस दी और मेनका भी मुस्कराए बिना नहीं रह सकी।

"कौशिक की ख्याति अब भी आतंकित करती है। दुष्यंत को जल्दी ही सुध आ गई। ऐसा नहीं कि शकुंतला के मन में उसके या अपने विवाह के लिए कोई भ्रम है। उसने दुष्यंत के प्रेम के पीछे यह विवाह नहीं किया, उसने पुत्र को उसका उचित राजसी अधिकार दिलवाने के लिए विवाह किया। शकुंतला बहुत पहले उस पर भरोसा खो चुकी है। दुष्यंत को उसे नए सिरे से अर्जित करना होगा और अब वह जी-जान से ऐसा कर भी रहा है। मुझे नहीं लगता कि अब वह प्रेम नामक भाव के प्रति इतनी दयालुता से पेश आएगी।" मेनका ने खेद से कहा। "पर हाँ, अगर यही सांत्वना है तो अब वह हस्तिनापुर की रानी कहलाती है।"

"न्यायसंगत रानी।" तिलोत्तमा ने सुधारा। "वह इस पद की अधिकारी है, भले ही उस पुरुष की नहीं हो! वह एक दुष्यंत जैसे व्यक्ति पर विश्वास कैसे कर सकी? यदि ऋषि बीच में नहीं आते तो क्या होता?"

"वह आश्रम वापस आ जाती और अपने पुत्र को राजा बनने का प्रशिक्षण देती।" मेनका ने झट से कहा। "उसने अपनी शर्तों पर चुनाव किया था। परंतु हाँ, जब कोई युवती अपने पुरुष के हाथों अपमानित होती है तो क्या होता है?"

तिलोत्तमा हामी भरते हुए सोचने लगी। "उसे अहसास होता है कि वह व्यक्ति उसके योग्य नहीं है, वह उसे एक भारी भूल समझ कर भूल जाती है। मेनका, तुमने भी तो यही किया। तुमने भी उन पुरुषों को भूलना चाहा जिनसे तुमने प्रेम किया, हालाँकि वे अच्छे लोग थे?"

मेनका अधीरता से हिली और उसके हाव-भाव से लगा कि वह इस विषय में बात नहीं करना चाहती थी। "ऐसा क्यों है कि पुरुष ही सदा स्त्रियों को परिभाषित करते हैं?" उसने कहा, उसका चेहरा आत्म-निंदा की विडंबना से जीवित हो उठा, आँखों में उदासी और सच्चाई की झलक थी।

तिलोत्तमा ने कोई उत्तर नहीं दिया।

"पुरुष? क्या वे मेरी भूल थे, तिलोत्तमा?" मेनका के स्वर में दुख की छाया थी।

"वसु और विश्वामित्र भूल थे?" तिलोत्तमा ने हौले से दोहराया।

"जो चीज़ें सही तरह से नहीं चलतीं, वे भूलें ही तो कहलाती हैं।" मेनका ने आह भरी। अचानक, उसका चेहरा बदला। "एक समझ, एक बोध, कि वह सही नहीं हुआ किंतु फिर भी मुझे कोई पछतावा नहीं है।" उसने और दृढ़ शब्दों में घोषणा की।

"तुम कहना क्या चाह रही हो?" तिलोत्तमा ने सावधानी से पूछा।

"हमारे जीवन में कुछ निश्चित प्रसंग ऐसे होते हैं जो हमें प्रसन्नता देते हैं, जो बुरे होते हैं, हम कई कारणों से उनसे उबर नहीं पाते।" उसकी आँखों यादों की रेखाएँ उभर आईं थीं। "हो सकता है कि तभी हम अधूरे छूटे हुए संबंधों के लिए आविष्ट हो जाते हों।"

तिलोत्तमा ने मेनका को ध्यान से देखा। "तुम वसु से कभी दूर नहीं जा सकीं, है ना? उसके वियोग के दुख से बचने के लिए तुम भागीं, जानबूझ

कर विश्वामित्र की भुजाओं में समाईं। फिर तुमने उसे भी त्याग दिया, जिसमें तुम्हारा नहीं, उनका कल्याण था। तुम चाहतीं तो सत्य को अपने पास रखते हुए, उन्हें हमेशा अपने साथ रख सकती थीं।"

"मैं एक झूठ के साथ और नहीं जी सकती थी। अपराध बोध प्रसन्नता का नाश कर देता है। वसु और कौशिक में यही अंतर था। वसु के साथ, मैं संतुष्ट थी, उसे बेशर्त प्रेम करती थी। कौशिक के साथ, मैं अपने ही अपराध बोध तले दबी रहती थी। हर तरह से, उनका मेरे बिना रहना ही बेहतर था।" मेनका ने सुदूर ताकते हुए कहा। "भरोसे के बिना और उस अपराध बोध के साथ, हम कभी लंबे समय तक सुख से नहीं रह सकते थे। वियोग की कटुता - एक को मुझसे छीन लिया गया और दूसरे को मैंने त्यागने के लिए स्वयं चुना - इससे दुख बदतर या बेहतर नहीं हो जाता। मैं जानती हूँ कि मैंने दोनों को प्रेम किया था और दोनों को ही खो दिया।"

"तुमने वसु को नहीं खोया, मुझे पूरा विश्वास है कि वह वापस आएगा।" तिलोत्तमा ने झट से हस्तक्षेप किया।

"हाँ, हो सकता है। एक दिन वह लौट आएगा।" मेनका ने हामी भरी और चेहरे पर उदासी से भरी मुस्कान खेल गई। "परंतु क्या वह वही वसु होगा, जिससे मैंने प्रेम किया था? अब मैं भी तो वही मेनका नहीं रही। क्या वह अब भी मुझसे प्रेम करेगा? अभी हमारे बीच बहुत से 'किंतु, परंतु' शामिल हैं। मैं आशा रखने का साहस नहीं करती और प्रतीक्षा करने से भी कोई लाभ नहीं है। हम कभी नहीं मिट सकते, हम कभी नहीं मरेंगे, तिलोत्तमा। परंतु मेरे लिए मृत्यु एक मुक्ति है जो हमारा कल्याण कर सकती है। हम स्वर्ग में रहने वाले दुर्भाग्य के मारों को यह सुख नहीं मिल सकता। अनश्वर जीवों के रूप में, हमारा जीवन एक सदा बहने वाली नदी है जो तेज़ी से बहे या धीरे, हमें सदा अपने साथ ले जाती रहेगी। जब भी कोई बाधा आएगी तो यह अपनी दिशा बदल लेगी परंतु कभी सागर तक नहीं पहुँचेगी..." उसकी कठोर आँखें अनायास ही मृदु हो आईं। "वसु और प्रमद्वरा, कौशिक और शकुंतला; मैंने दो पुरुषों से प्रेम किया और दोनों से पुत्रियाँ पाईं, मैं संतुष्ट हूँ, विफल नहीं।"

यह संतुष्टि से भरा ऐसा कथन था जिसमें कोई पछतावा या मालिन्य नहीं था। वह पूरी तरह से संतुष्ट लगी। "असफल संबंधों का अर्थ यह नहीं होता कि हम असफल हुए। मैंने उन्हें नीचा नहीं दिखाया और ना ही उन्होंने

मेरे साथ ऐसा किया। यह एक हानि तो है परंतु विफलता नहीं है।" उसने और उग्र शब्दों में दोहराया।

तिलोत्तमा ने हामी भरी। "मेनका, तुम असफल नहीं रहीं। तुमने बुरे से बुरा दौर भी निकाला है। अब तुम अप्सराओं की रानी हो और रंभा की तरह भय के बजाए आशा से शासन करती हो। तुमने जिस चीज़ के लिए सब छोड़ा था, अंततः विश्वामित्र ने उसे पाया और ब्रह्मर्षि बने। तुमने अपनी पुत्री के प्राणों की रक्षा की और अब वह अपने परिवार के साथ सुख से रहती है। इसी तरह शकुंतला और भरत भी! वे तुमसे प्रेम करते हैं।" उसने कहा।

"मुझे उनसे सम्मान मिला, मेरे लिए यह अधिक महत्त्व रखता है।" मेनका ने आतुर दृष्टि से कहा। "मैंने कभी नहीं सोचा था कि ऐसा हो सकता था और यह उनकी महानता है, जिसके कारण यह संभव हुआ। मैं उनकी क्षमा करने की उदारता के आगे बहुत छोटा महसूस करती हूँ।" उसने अपना होंठ चबाते हुए कहा, "यह बहुत महत्त्व रखता है कि संतान अपने माता-पिता का आदर करे। मैं उनकी दृष्टि में अपने कारण लज्जा देखने से घृणा करती हूँ और मैंने उन्हें ऐसा करने के बहुत से कारण और अवसर दिए थे।"

"परंतु उन्होंने ऐसा नहीं किया। तुम्हारे पास एक परिवार है, तुम परिवार का हिस्सा हो।" तिलोत्तमा ने उसे आश्वासन दिया और सखी के मन को भाँप लिया। मेनका का सुंदर मुखड़ा म्लान हो गया था और होंठों पर तिर्यक मुस्कान थी।

"चलो, विवाह में चलें!" तिलोत्तमा ने अचानक कहा।

मेनका एकदम चौंकी।

"हाँ मेनका, चलो चलें। तुम उन्हें वहाँ मिल सकती हो। यह तुम्हारा अंतिम अवसर होगा।" तिलोत्तमा ने उसे समझाना चाहा।

मेनका जड़ हो गई।

"इस विवाह के बाद वे हिमालय चले जाएँगे। उनका कहना है कि इस धरती पर यह उनका अंतिम कार्य होगा। उन्होंने भगवान राम की सेवा कर ली और अब वे सब कुछ त्याग कर, सेवानिवृत्त होना चाहते हैं। वे जा रहे है, मेनका, हो सकता है कि वे कभी वापस नहीं आएँ। जाओ, उनसे मिलो, इस संबंध को पूरा करो।"

मेनका को लगा कि उसका हृदय तेज़ी से धड़क रहा था और उससे निकली ऊष्मा चारों ओर प्रसारित होने लगी। "मैं उन्हें देख सकती हूँ, उनके मखमली गंभीर स्वर को सुन सकती हूँ, उसे सहलाने वाले प्रश्नसूचक नेत्रों में देख सकती हूँ।"

"तुम उस श्राप के बारे में सोच रही हो ना?"

मेनका ने सिर हिलाया, वह काँप रही थी। "नहीं, मैंने कभी नहीं सोचा और ना ही उन्होंने सोचा होगा। यह एक श्राप नहीं, सावधानी थी। एक अग्नि मंडल, जिसमें से मैं बाहर नहीं जा सकती थी और वे भीतर नहीं आ सकते थे।"

"हो सकता है कि आज के बाद तुम्हें उनसे भेंट करने का कभी अवसर नहीं मिले।" तिलोत्तमा ने आग्रह किया।

मेनका ने काँपते हाथों को स्थिर करने के लिए अपनी अँगुलियों को कस कर जकड़ लिया, उसका दिल तेज़ी से धड़क रहा था और आस जग रही थी। उसके पास फिर से एक चुनाव था...

तिलोत्तमा ने प्रतीक्षा की। फिर समय धीरे-धीरे बीतते हुए, कक्ष के सन्नाटे को गाढ़ा करने लगा।

"नहीं!" मेनका ने साँस छोड़ी। "नहीं!" उसने एक रूखी-सी आह भरते हुए, थोड़े तेज़ सुर में कहा। "हम एक-दूसरे के किए को मिटा देंगे।" वह हौले से फुसफुसाई। कुछ क्षण बाद, उसका स्वर धीमा हो गया और वह हौले से बोली, "नहीं, मैं उनसे कभी भी मिल सकती थी और वे भी मुझसे मिल सकते थे, परंतु हम नहीं मिले। हम नहीं मिलेंगे। यह तय हो चुका है।"

तिलोत्तमा ने अपनी सखी को भिंचे होंठों से एक मुस्कान के बीच खुद को सँभालते देखा तो अनबहे अश्रुओं से मन भारी हो गया। मेनका की रेशमी आँखों में एक बार फिर से आत्मविश्वास उभर आया, उसने परंपरा से परे सत्य को चाहा, परंपरा से परे अपने प्रण को जीया।

"पता है, तुम असाधारण हो।"

"नहीं, मैं नहीं हूँ!" मेनका हँस दी। "मैं एक अप्सरा हूँ।" वह बाहर की ओर देखते हुए ज़ोर-ज़ोर से हँसने लगी।

बाहर का दृश्य अद्भुत था, सूर्य तेज़ी से उदित हो रहा था और उसने चारों ओर एक स्वर्णिम आभा बिखेर दी थी। चौड़े वृक्षों की शाखाएँ

इस तरह सीधी हो गई थीं, मानो प्रणाम कर रही हों, उस मंद बयार में पुष्प झूम रहे थे, कोमल पंखुड़ियों पर बिखरी ओस की बूँदों को हिला रही थी। प्रातःकालीन प्रकाश की ऊष्मा में लंबे और चौड़े हरियाली से भरे पथ और भी सुंदर दिखते हुए, एक नए वचन तथा नवीन आशावाद के साथ नए दिन का स्वागत कर रहे थे। इस स्वर्ग के रंग असाधारण रूप से सुंदर और विविध थे, परंतु कुछ भी स्थायी नहीं था। परंतु वह उनसे घिरी थी, उनके शुष्क और विविध रंग। यह अमरावती थी। यह उसका घर था, उसका स्वर्ग, जहाँ उसे अपने सारे बोझ उतारने ही होंगे; वह उनसे बच नहीं सकती थी।

उसे यहीं रहना था, अकेली हो अथवा नहीं।

उपसंहार :
मेनका की विरासत

संसार ने विश्वामित्र को सेवानिवृत्त हो कर पर्वतों की ओर नहीं जाने दिया। उनके अधीन नए ऋषियों और मुनियों की पीढ़ियाँ विकसित हुईं - उनका जन्म और पृष्ठभूमि कोई महत्त्व नहीं रखते थे।

ऋषि ऋचीक की भविष्यवाणी सही निकली। विश्वामित्र के पड़भांजे, जमदग्नि के पुत्र परशुराम ऋषि के रूप में जन्मे किंतु एक रक्तपिपासु योद्धा बने, क्षत्रियों से घृणा करने वाले। वे राजसी वंशों के नाश के लिए जन्मे थे। सीता स्वयंवर के दौरान, राजा जनक के दरबार में इन दो अनूठे ऋषियों की भेंट हुई - विश्वामित्र राम के गुरु थे तथा परशुराम राम को धमकाने आए थे कि उन्होंने शिव धनुष क्यों भंग किया।

वसु राम के आशीर्वाद से कबंध के श्राप से मुक्त हो कर स्वर्ग वापस लौट गया। इंद्र ने उसे देवगंधर्व के रूप में स्वीकारा परंतु अपना मित्र नहीं माना, उसे मेनका से विवाह करने के लिए कभी क्षमा नहीं कर सका। परंतु वसु, इंद्र से उदासीन, मेनका से पुनः मिलने को कहीं अधिक उत्सुक था।

हालाँकि रंभा उस काल में हज़ारों वर्षों तक पाषाण बनी रही, अंततः उसने सीता की सहायता ही की। नलकुबेर ने रावण को जो श्राप दिया था, उसके कारण ही रावण बंदी बनाई गई सीता को स्पर्श नहीं कर पाया। वह उसे लुभाने की हर संभव कोशिश करता रहा।

मेनका के शब्द, अंततः इंद्र के लिए सत्य सिद्ध हुए। उसने सब कुछ खो दिया - राज्य, गौरव, पत्नी। यह सब उसने दंभ में आ कर किया, उसके हाथों एक ऋषि मारे गए और इस अपराध के लिए उसे स्वर्ग से निष्कासित कर दिया गया, उसके स्थान पर नए राजा को नियुक्त किया गया।

विश्वामित्र और मेनका का दौहित्र भरत एक सम्राट बना, जिसका विस्तृत साम्राज्य आगे चल कर भारत कहलाया। वह उस काल में, सौर और चंद्र वंश का अनूठा प्रतिनिधि था। राजा दुष्यंत के पुत्र के रूप में, चंद्रवंशी राजाओं के वंश से था और माता शकुंतला, विश्वामित्र की सूर्यवंशी कन्या की ओर से, भरत दोनों राजसी परिवारों का वंशज था। इसके अतिरिक्त, अपने नाना विश्वामित्र की तरह, वह भी यही मानता था कि कोई मनुष्य जन्म से नहीं, अपने गुणों से योग्य होता है और उसके पुत्र उसके सिंहासन के सहज उत्तराधिकारी नहीं थे। उसने वितथ नामक़ अनाथ युवक को एक नए वंश के वंशज के रूप में चुना।

मेनका का वसु से मेल हुआ और उसने स्वर्ग में एक संतुष्टिदायक जीवन व्यतीत किया, परंतु वह विश्वामित्र को कभी नहीं भूली। वसु ने उसके भीतर आए इस गुप्त अंतर को पहचान लिया था - उसने कुछ नहीं कहा और उसे सदा की तरह प्रेम देता रहा - चुपचाप और भी अधिक! मेनका, उसकी संवेदनशीलता से द्रवित हो कर, उसे और अधिक प्रेम करने लगी।

मेनका और विश्वामित्र की भेंट कभी नहीं हुई। उसने फिर कभी किसी को पथभ्रष्ट नहीं किया।

अनुवादक का परिचय

रचना भोला 'यामिनी', पिछले 24 वर्षों से मौलिक लेखन व अनुवाद के क्षेत्र में कार्यरत हैं। मौलिक लेखन में जीवनी साहित्य, धर्म, पत्रकारिता, समाज, अध्यात्म, सामान्य ज्ञान, साहित्य, महिलोपयोगी, बाल साहित्य, पेरेंटिंग आदि विविध विषयों पर पचास से अधिक पुस्तकें प्रकाशित। इनमें लघुकथा संग्रह *प्रयास, द्रौपदी* पर आत्मकथात्मक शैली में लिखा गया उपन्यास *याज्ञसेनी* तथा वर्ष 2018 में प्रकाशित रूहानी इश्क़ की इबादत में रचे गए लव नोट्स *मन के मंजीरे* उल्लेखनीय हैं।

वे अनुवाद के क्षेत्र में राष्ट्रीय तथा अंतरराष्ट्रीय ख्यातिनाम लेखकों की लगभग 170 से अधिक कृतियों का अंग्रेज़ी से हिंदी में अनुवाद कर चुकी हैं। उन्होंने खुशवंत सिंह, देवदत्त पटनायक, आनंद नीलकंठन, किरण बेदी, सुधा मूर्ति, शिल्पा शेट्टी, ट्विंकल खन्ना, नेपोलियन हिल, ज़िग ज़िगलर, अगाथा क्रिस्टी, डेल कारनेगी, राधाकृष्णन पिल्लै, ऑर्थर ऑसबोर्न, निक वुई चिक, डॉ. जोसेफ़ मर्फ़ी, डॉ. डेविड जे. श्वार्ट्ज़, डॉ. वेन डायर, रयुहो ओकावा, महात्रया रा, जेवियर मोरो, विक्टर ई. फ्रैंकल, श्री श्री रविशंकर, सिस्टर शिवानी, ब्रैंडा बार्नबी, नमिता गोखले, दुर्जोय दत्त, डोमिनीक लापियर, विनोद चौधरी, टी लोबसांग रम्पा, डान मिग्युअल रूइज़, अनीता रैना थापन, स्वामी राम, रॉबिन शर्मा, रूज़बेह एन.भरूचा व ब्रायन ट्रेसी, सोग्याल रिंपोचे आदि अनेक लेखकों की कृतियों का अनुवाद किया है।

रचना भोला 'यामिनी' की अनूदित कृतियों में *चार परम रहस्य, रमण महर्षि के अनमोल वचन, सीता, देवलोक-2ए देवलोक-3ए अजेय, कलि का उदय, असुर, असीम आनंद की ओर, रहस्य से परे, आकर्षण के नियम से*

आगे, फ़कीर, अधिकतम से अधिक, तिरुपति : एक जीवन दर्शन व ध्यान साधना का सरल अभ्यास आदि उल्लेखनीय हैं।

उनके लिए उनका लेखन कार्य पैशन से प्रोफ़ेशन और मेडिटेशन तक जाने की एक अद्‌भुत यात्रा रहा है, जिसे वे अनवरत जारी रखना चाहती हैं। लेखन व पठन-पाठन के अतिरिक्त वे पर्यटन, संगीत की विविध विधाओं, विश्वस्तरीय सिनेमा व लोक परंपराओं के अध्ययन में विशेष रुचि रखती हैं।

संपर्क : rachnabhola25@gmail.com